Die Bücherkiepe

Kiepenheuer ist ein charaktervoller Name, mit dem Klang nach der norddeutschen Küste. Hat ein Vorfahre im Hafen die Schiffe bestiegen, mit Körben, ganzen Türmen leerer Körbe, die er den ausfahrenden Fischern abtrat? Aus ihren Netzen schütteten sie nachher das Gewimmel der gefangenen Fische in die Kiepen. Ihr Heuer schätzte die Ware und trug sie zum Markt.

Heinrich Mann

Thomas Hardy

Tess von d'Urbervilles

Eine reine Frau

Mit 24 Zeichnungen von
Beate Dietrich

1989
Gustav Kiepenheuer Verlag
Leipzig und Weimar

Originaltitel: Tess of the d'Urbervilles
Aus dem Englischen übertragen von Paul Baudisch
Mit einem Nachwort von Anselm Schlösser
Die Zusammenstellung der Auskünfte besorgte Erika Hector
Mit einem Porträt Thomas Hardys

ISBN 3-378-00306-5

Erste Auflage
Lizenz Nr. 396/265/50/89 LSV 7321
Gesamtherstellung: Karl-Marx-Werk Pößneck V 15/30
Schrift: Timeless mager
Gestaltung: Renate Schiwek
Printed in the German Democratic Republic
Bestell-Nr. 812 279 5
~~01350~~
6,50

Armer
Verletzter Name! Wie ein weiches Bett
Soll dich mein Busen hegen.
Shakespeare

1. Phase

Das Mädchen

I

EINES Abends in den letzten Tagen des Mai wanderte ein Mann mittleren Alters heimwärts von Shaston nach dem Dörfchen Marlott im benachbarten Tale von Blakemore oder Blackmoor. Die zwei Beine, die ihn trugen, waren wacklig, und sein Gang hatte die Neigung, immer wieder von der geraden Linie nach links abzuweichen. Ab und zu nickte er scharf mit dem Kopf, als wollte er irgendeine Ansicht bekräftigen, aber er dachte sich nichts Besonderes. Ein leerer Eierkorb hing an seinem Arm, der Stoff seines Hutes war zerknüllt, und an jener Stelle des Randes, wo sein Daumen beim Grüßen hintappte, zeigte sich ein abgeschabter Fleck. Es dauerte nicht lang, und er begegnete einem älteren Pfarrgeistlichen, der auf einer grauen Stute saß und im Reiten ein Wanderlied vor sich hin summte.

»'n Abend«, sagte der Mann mit dem Korb.

»Guten Abend, Sir John«, erwiderte der Pfarrer.

Nach ein oder zwei Schritten blieb der Fußgänger stehen und drehte sich um.

»Mit Verlaub, Herr: den letzten Markttag haben wir uns um diese Zeit hier auf der Straße getroffen, und ich sagte ›guten

Abend‹, und Sie gaben zur Antwort ›guten Abend, Sir John‹, grade wie jetzt.«

»Ja«, sagte der Pfarrer.

»Und schon früher mal – vor 'nem Monat vielleicht.«

»Kann sein.«

»Nun, was können Sie bloß damit meinen, daß Sie mich immer wieder Sir John nennen, und bin doch bloß der simple Jack Durbeyfield, der Höker?«

Der Pfarrer ritt einen oder zwei Schritte näher.

»Es war nur eine Laune«, sagte er; und nach kurzem Zögern: »Es geschah auf Grund einer Entdeckung, die ich erst neulich gemacht habe, als ich nach Stammbäumen für die neuere Geschichte der Grafschaft stöberte. Ich bin Pfarrer Tringham, der Altertumsforscher, aus Stagfoot Lane. Wissen Sie wirklich nicht, Durbeyfield, daß Sie der direkte rechtmäßige Stammhalter der alten Ritterfamilie d'Urberville sind, die ihre Abstammung von Sir Pagan d'Urberville herleitet, dem berühmten Ritter, der mit Wilhelm dem Eroberer aus der Normandie kam? So liest man es in der Chronik von Battle Abbey.«

»Nie davon gehört.«

»Nun, 's ist wahr. Halten Sie einen Augenblick Ihr Kinn in die Höhe, damit ich Ihr Profil deutlicher sehe. Ja, das ist die Nase und das Kinn der d'Urbervilles – ein bißchen degeneriert. Ihr Ahnherr war einer von den zwölf Rittern, die den Lord von Estremavilla aus der Normandie bei der Eroberung von Glamorganshire unterstützten. Überall in dieser Gegend von England hatten Zweige Ihrer Familie ihre Güter; ihre Namen erscheinen in den Schatzkammerrollen aus der Zeit König Stephans. Unter der Regierung König Johanns war einer von ihnen so reich, daß er den Maltesern ein Lehngut schenkte; und zu Zeiten Eduards II. wurde Ihr Vorfahr Brian nach Westminster berufen, um an dem großen Staatsrat teilzunehmen. In den Tagen Oliver Cromwells kam die Familie ein wenig herunter, aber nicht in ernstlicherem Maße, und unter der Regierung Karls II. ernannte man euch wegen eurer Königstreue zu Rittern von der Königlichen Eiche. Es hat Generationen von Sir Johns unter euch gegeben, und wenn die Ritterschaft erblich wäre wie eine Baronie – und so war es tatsächlich in alten Zeiten, als die Ritterwürde vom

Vater auf den Sohn überging – nun, so würden Sie heute Sir John sein.«

»Was Sie nicht sagen!« murmelte Durbeyfield.

»Kurz«, schloß der Pfarrer und klatschte entschieden mit seiner Gerte über den Schenkel, »es gibt kaum noch eine zweite solche Familie in ganz England.«

»Wirklich nicht? Da schlag doch der Blitz drein«, sagte Durbeyfield. »Und da treib ich mich hier herum, Jahr um Jahr, von einem Winkel in den andern, als wär ich nichts Beßres als der schäbigste Kerl im Kirchspiel ... Und wie lang hat man die Neuigkeit über mich schon raus, Pastor Tringham?«

Der Geistliche erklärte, soviel er wisse, sei es ganz aus dem Gedächtnis der Leute entschwunden, und man könne kaum sagen, daß es überhaupt jemals bekannt gewesen wäre. Seine eigenen Nachforschungen hätten eines Tages im vergangenen Frühling begonnen, als er sich damit befaßte, den wechselnden Schicksalen der d'Urberville-Familie nachzuspüren, und Durbeyfields Namen auf seinem Wagen bemerkte; dies hätte ihn veranlaßt, Erkundigungen einzuziehen, bis schließlich an der Sache nicht mehr zu zweifeln war.

»Anfangs nahm ich mir vor, Sie nicht durch eine so unnütze Mitteilung zu beunruhigen«, sagte er. »Doch zuweilen sind unsere Gefühlsregungen stärker als unser Verstand. Ich dachte, vielleicht wüßten Sie sowieso schon davon.«

»Ja, 's ist wahr, ich hab ein- oder zweimal gehört, daß meine Familie bessere Tage gesehen hat, bevor sie nach Blackmoor gekommen ist. Aber ich scherte mich nicht drum; glaubte, das soll bloß heißen, daß wir früher einmal zwei Rösser im Stall hatten, während wir jetzt nur eines haben. Ich hab auch 'nen uralten Silberlöffel zu Hause und ein uraltes Wappensiegel; aber mein Gott, was ist schon ein Wappensiegel? ... Und wenn man bloß denkt, daß ich und diese nobligen d'Urbervilles immer und alleweil vom selben Fleisch und Blut waren! 's hieß, mein Urgroßvater hatte allerlei Geheimnisse, und er wollt nicht mit der Sprache heraus, von wo er her ist ... Und wo stehen unsere Zelte, Pastor, wenn ich so frei sein darf; ich meine, wo hausen wir d'Urbervilles?«

»Ihr haust nirgends. Ihr seid erloschen – als Adelsfamilie.«

»Schlimm, schlimm.«

»Ja – die lügnerischen Familienchroniken nennen es ›erloschen in der männlichen Linie‹ – das heißt, untergegangen – verschwunden.«

»Nun dann, wo liegen wir begraben?«

»In Kingsbere-sub-Greenhill: Reihen um Reihen von euch in euren Grüften, mit euren Monumenten unter einem Baldachin von grauem Marmor.«

»Und wo sind unsere Familiengüter und Besitzungen?«

»Ihr habt keine.«

»Oh! Und auch kein Land?«

»Nein; obwohl ihr früher einmal reichlich genug davon hattet, wie ich schon sagte, denn eure Familie bestand aus zahlreichen Linien. In dieser Grafschaft gab's einen Landsitz von euch zu Kingsbere, einen zweiten zu Sherton, einen dritten zu Millpond, einen vierten zu Lullstead und einen fünften zu Wellbridge.«

»Und werden wir jemals wieder zu dem Unsern kommen?«

»Oh – das kann ich nicht wissen!«

»Und was tu ich am besten in dieser Sache, Herr?« fragte Durbeyfield nach einer Pause.

»Oh – nichts, nichts; kasteit euch bloß mit dem Gedanken – ›wie sind die Mächtigen der Erde gestürzt‹. Es ist ein einigermaßen interessanter Fall für den Lokalhistoriker und Genealogen, nichts weiter. Unter den Häuslern dieser Grafschaft gibt es mehrere Familien, die fast ebenso glanzvoll sind. Guten Abend.«

»Aber wollen Sie nicht umkehren und ein Glas Bier mit mir auf den Anlaß genehmigen, Pastor Tringham? Im ›Reinen Tropfen‹ haben sie ein sehr feines Gebräu angezapft – freilich ganz sicher nicht so gut wie bei Rolliver.«

»Nein, danke – heute abend nicht, Durbeyfield. Sie haben bereits genug.«

Mit diesen Worten ritt der Pfarrer seines Weges, von Zweifeln erfüllt, ob es klug gewesen, diese kuriose Neuigkeit auszuplaudern.

Als er fort war, ging Durbeyfield traumverloren einige

Schritte weiter, setzte sich auf einen grasbewachsenen Hügel am Straßenrand und stellte seinen Korb vor sich hin. Nach wenigen Minuten tauchte in der Ferne ein Bursche auf, der dieselbe Richtung einschlug, wie sie Durbeyfield zuvor verfolgt hatte. Als dieser ihn erblickte, hob er die Hand, und der Bursche beschleunigte seinen Schritt und kam näher.

»Junge, nimm den Korb da! Sollst für mich 'nen Auftrag besorgen.«

Das spindeldürre Bürschchen runzelte die Stirn. »Wer sind Sie denn, John Durbeyfield, daß Sie mit mir herumkommandieren und mich Junge nennen? Sie kennen meinen Namen ebensogut wie ich den Ihrigen!«

»Wirklich, wirklich? Da liegt das Geheimnis – da liegt das Geheimnis! Nun, parier mir schön und hör zu, was ich dir für eine Botschaft aufgeben will. Also, Fred, ich will dir's rundheraus sagen – das Geheimnis ist, daß ich von adligem Blut stamme – ich hab es grade zuvor an diesem heutigen Nachmittag entdeckt; per Eilpost.« Und als Durbeyfield dies verkündete, sank er aus seiner sitzenden Stellung zurück und streckte sich wollüstig auf der Rasenbank mitten unter den Gänseblümchen aus.

Der Bursche stand vor Durbeyfield und betrachtete nachdenklich seine hingegossene Gestalt vom Scheitel bis zur Sohle.

»Sir John d'Urberville – das bin ich«, fuhr der Mann auf der Erde fort. »Das heißt, wenn Ritter Barone wären – was sie eigentlich auch sind. 's steht alles über mich in der Historie aufgeschrieben. Kennst du 'nen Ort, Junge, wie Kingsbere–sub–Greenhill?«

»Ja. Bin auf dem Jahrmarkt in Greenhill gewesen.«

»Nun, siehst du, unter der Kirche von dieser Stadt, da liegen –«

»'s ist keine Stadt, der Ort, wo ich meine; wenigstens war's keine, als ich dort war – 's war ein kleines einäugiges, schielendes Nest.«

»Kümmer dich nicht um den Ort, Junge, nicht darum handelt es sich jetzt. Unter der Kirche von diesem Dorf liegen meine Vorfahren – Hunderte von ihnen in Panzerhemden und voller Juwelen, in großen Bleisärgen, die viele, viele Tonnen wiegen. 's gibt keinen Mann in der Grafschaft Südwessex, der grandiosere oder noblere Gerippe in seiner Familie hat als ich.«

»Oh?«

»So, jetzt nimm diesen Korb da und trab weiter nach Marlott, und wenn du zum Wirt vom ›Reinen Tropfen‹ kommst, so sag ihm, er soll auf der Stelle Pferd und Wagen zu mir schicken, um mich nach Hause zu kutschieren. Und in den Sitzkasten vom Wagen soll er ein Nößel Rum in einer kleinen Flasche verstauen und soll mir's ankreiden. Und wenn du fertig bist, dann lauf mit dem Korb zu meinem Haus und sag meinem Weib, sie soll mit dem Waschen aufhören, weil sie's nicht zu Ende zu schaffen braucht, und sie soll warten, bis ich nach Haus komme, denn ich hab ihr was Neues zu erzählen.«

Als der Bursche unschlüssig stehenblieb, schob Durbeyfield die Hand in die Tasche und zog einen Shilling hervor, einen von den verhältnismäßig wenigen, die er besaß.

»Das ist für deine Mühe, Junge.«

Dies veranlaßte den jungen Mann, den Stand der Dinge anders einzuschätzen.

»Jawohl, Sir John. Danke sehr. Noch etwas, was ich für Sie tun kann, Sir John?«

»Sag ihnen zu Hause, ich möchte zum Nachtmahl – nun, Lämmerbraten, wenn's zu haben ist; und wenn sie's nicht auftreiben können, dann Blutwurst; und wenn auch das nicht, nun, Kutteln werden's auch tun.«

»Jawohl, Sir John.«

Der Junge hob den Korb auf, und als er sich in Bewegung setzte, klang vom Dorfe herüber Blasmusik.

»Was ist das?« fragte Durbeyfield. »Doch nicht wegen mir?«

»'s ist der Frauenvereinsumzug, Sir John. Ihre Tochter gehört ja auch dazu.«

»Richtig – hab's ganz vergessen, weil mir größere Dinge im Kopf herumgehn! Nun, mach dich auf die Strümpfe nach Marlott, vorwärts, und bestell mir den Wagen, und vielleicht fahr ich rüber und schau mal im Verein nach.«

Der Bursche entfernte sich, und Durbeyfield lag von der Abendsonne beschienen in Gras und Gänseblümchen und wartete. Lange Zeit hindurch kam keine Menschenseele des Weges vorüber, und die schwachen Klänge des Orchesters waren die einzigen Laute, die im Kranz der blauen Hügel dem Ohr die Gegenwart von Menschen verkündeten.

II

DAS Dörfchen Marlott liegt inmitten der nordöstlichen Bodenwellen des schönen Tales von Blakemore oder Blackmoor, von dem schon oben die Rede war, eine von Bergen umringte und abgeschlossene Gegend, die zum größten Teile noch nie der Fuß eines Ausflüglers oder eines Landschaftsmalers betreten hat, obwohl sie in kaum vier Stunden von London aus zu erreichen ist.

Von seiner besten Seite lernt man dieses Tal kennen, wenn man von den Gipfeln der Hügel, die es umschließen, hinabschaut – außer vielleicht zur Zeit der sommerlichen Dürre. Wenn man aber bei schlechtem Wetter führerlos in seinen Tiefen umherstreift, kann es einem leicht geschehen, daß die schmalen, gewundenen und schmutzigen Pfade eine verdrießliche Enttäuschung bereiten.

Dieser fruchtbare und geschützte Landstrich, wo die Felder niemals braun und die Quellen niemals trocken sind, wird nach Süden durch die steilaufragende Kette von Kreidefelsen begrenzt, welche die Gipfel von Hambledon Hill, Bulbarrow, Nettlecombe-Tout, Dogbury, High Stoy und Dubb Down einschließt. Der Wanderer, der sich von der Küste her nordwärts etwa zwanzig Meilen weit durch kalkhaltige Dünen und Getreidefelder hindurchgearbeitet hat und dann plötzlich den Rand einer dieser steilen Böschungen erreicht, ist überrascht und entzückt, wenn er, wie eine Landkarte zu seinen Füßen ausgebreitet, eine Landschaft erblickt, die so völlig verschieden ist von der Gegend, die er eben durchschritten hat. Hinter ihm öffnen sich die Hügel, die Sonne brennt auf Felder herab, die so groß sind, daß sie der Landschaft den Charakter freien Landes geben, die schmalen Wege schimmern weiß; niedrig und dicht verflochten stehen die Hecken, und die Luft ist durchsichtig klar. Hier in diesem Tal scheint die Welt nach kleineren und zarteren Maßen erschaffen zu sein; die Felder sind bloße Beete und so zusammengeschrumpft, daß von dieser Höhe ihre Rainhekken wie ein Netzwerk von dunkelgrünen Fäden wirken, die das blassere Grün des Grases überspreiten. Die Atmosphäre in den unteren Schichten ist dunstig schwer und so mit azurner Bläue durchtränkt, daß auch die mittleren Partien, wie es die Maler nennen, diese Färbung übernehmen, während jenseits der Horizont in tiefstem Ultramarin leuchtet. Die pflügbaren Äcker sind spärlich und eng begrenzt; mit nur geringen Ausnahmen zeigt sich dem Blick eine einzige mächtige und üppige Masse von Gras und Bäumen, die viele kleinere Hügel und die Schluchten der größeren überzieht. So sieht das Tal von Blackmoor aus.

Der Distrikt bietet topographisches und in nicht geringerem Maße auch historisches Interesse. Das Tal war in früheren Zeiten bekannt als der Forst des Weißen Hirschen, auf Grund einer merkwürdigen Legende aus der Regierungszeit König Heinrichs III.; damals tötete ein gewisser Thomas de la Lynd einen wunderschönen weißen Hirsch, den der König gestellt und verschont hatte, was dem Jäger eine schwere Geldbuße eintrug. In jenen Tagen, und noch bis zu einer verhältnismäßig jüngeren Zeit, war der Landstrich dicht bewaldet. Selbst heute noch findet man Spuren des früheren Zustands in den alten Eichengehölzen, in den unregelmäßigen Waldstreifen, die auf den Abhängen stehenblieben, und in den hohlen Baumstämmen, die so viele von den Weideplätzen überschatten.

Die Wälder sind verschwunden, doch einige alte Bräuche aus ihrem Schattendüster haben sich erhalten. Zahlreiche freilich leben nur noch in verwandelten oder verschleierten Formen weiter. Den Maientanz zum Beispiel konnte man an dem Nachmittag, von dem hier die Rede ist, unter der Marke des Vereinsfestes oder, wie sie es auch manchmal nannten, ›Vereinsumgangs‹ erkennen.

Es war ein bedeutsames Ereignis für die jüngeren Bewohner von Marlott, obgleich die Teilnehmer an der Zeremonie seinen wirklichen Reiz nicht bemerkten. Seine einzigartige Merkwürdigkeit lag weniger in der Beibehaltung des alten Brauches, an jedem Jahrestag in Prozession umherzuziehen und zu tanzen, als in dem Umstand, daß die Teilnehmer ausschließlich Frauen waren. In Männervereinen sind solche Feierlichkeiten weniger ungewöhnlich, wenn sie auch langsam aussterben; doch die natürliche Scheu des sanfteren Geschlechts oder aber eine sarkastische Einstellung von seiten der männlichen Verwandten hat derartige Frauenvereine, soweit sie überhaupt noch anderswo bestehen blieben, ihres Glanzes und ihrer vollen Lebendigkeit beraubt. Nur der Verein von Marlott lebte kräftig weiter und erhielt die lokale Tradition der ländlichen Feste aufrecht. Er hatte Hunderte von Jahren hindurch seine Umzüge veranstaltet und veranstaltete sie immer noch.

Die Mitglieder des Bundes waren alle in weiße Gewänder gekleidet – ein heiterer Überrest aus alten Zeiten, als Fröhlichkeit und Maientanz gleichbedeutende Ausdrücke waren, und als noch nicht die Gewohnheit, zu grübeln und zu berechnen, alle Regungen des Gemüts auf einen eintönigen Durchschnitt herabgedrückt hatte. Zu allererst zeigten sie sich den Schaulustigen, wenn sie in einer Prozession, je zwei und zwei, rund um das Kirchspiel marschierten. Ideal und Wirklichkeit standen in leisem Widerspruch, als so die Sonne ihre Gestalten gegen die grünen Hecken und efeuumschlungenen Häuserfronten abzeichnete; denn wenn auch die ganze Schar weiße Gewänder trug, waren doch nicht zwei von den Farben einander gleich. Einige näherten sich einem reinen Blütenweiß; andere zeigten ein bläßliches Blau; andere wieder, die von den älteren Jahrgängen getragen wurden (und vielleicht viele Jahre zusammengefaltet im Schrank gelegen hatten), spielten in eine Schattierung von leichenhaftem Grau hinüber und gemahnten an die Mode aus Georgs Zeiten.

Außer dem Abzeichen des weißen Kleides trug noch jede Frau und jedes Mädchen in der rechten Hand einen geschälten Weidenzweig und in der linken einen Strauß weißer Blumen. Das Schälen des Zweiges und die Auswahl der Blumen war der persönlichen Sorgfalt der Trägerin anvertraut.

In dem Zuge befanden sich ein paar Frauen in mittleren Jahren, ja, auch einige höheren Alters, die sich den Jahren näherten, da sie – wie geschrieben steht – sagen werden: ›Sie gefallen mir nicht‹, und ihr von Silberfäden durchzogenes Haar und die verrunzelten, von Zeit und Sorgen mitgenommenen Gesichter boten in diesem lustigen Kreise fast einen grotesken und sicherlich einen rührenden Anblick. Wenn man es recht bedenkt, war vielleicht von jeder dieser kummervollen und geprüften Frauen mehr zu erfahren als von ihren jugendlichen Gefährtinnen und wohl auch mehr über sie zu sagen. Aber wir wollen die älteren hier beiseite treten lassen zugunsten jener, unter deren Mieder ein rasches und warmes Herz pocht.

Freilich bildeten die jungen Mädchen die Mehrzahl, und das üppige Haar auf ihren Köpfen leuchtete unter dem Sonnenschein in allen Schattierungen von Gold, Schwarz und Braun. Einige hatten schöne Augen, andere eine schöne Nase, einen schönen Mund oder eine schöne Gestalt; nur wenige, oder vielleicht gar keine, besaßen alles. Deutlich sah man, wie schwierig es ihnen wurde – so preisgegeben den neugierigen und forschenden Augen der Menge –, ihren Lippen den richtigen Ausdruck zu verleihen, wie wenig sie imstande waren, den Kopf aufrecht zu tragen und die Befangenheit aus ihren Mienen zu verbannen; das alles zeigte, daß sie echte Landmädchen waren, ungewohnt der vielen gaffenden Blicke.

Und wie sie alle sich der Himmelssonne erfreuten, so besaß auch noch jede einzelne eine geheime kleine Sonne, an der sie ihre Seele wärmte: irgendeinen Traum, eine Neigung, irgendein Steckenpferd, zumindest eine ferne und leise Hoffnung, die vielleicht langsam Hungers sterben mußte und dennoch ihr Dasein fristete, wie die Hoffnung immer und überall. So waren sie denn alle heiter und viele von ihnen lustig.

Sie kamen auf ihrem Rundgang an dem Wirtshaus zum ›Reinen Tropfen‹ vorüber und bogen eben von der Landstraße ab, um durch ein Lattentor auf die Wiesen hinauszuziehen, als eine von den Frauen sagte:

»Oh, meine Güte! Tess Durbeyfield, da kommt wahrhaftig dein Vater in einem Wagen nach Hause gefahren!«

Bei diesem Ausruf wandte ein junges Mitglied des Bundes den Kopf. Sie war ein schlankes und hübsches Mädchen – vielleicht nicht hübscher als einige andere –, doch ihr lebendiger Rosenmund und ihre großen unschuldigen Augen verliehen ihrer Gestalt einen beredten Zauber. Sie trug im Haar ein rotes Band und war die einzige aus der weißen Schar, die sich eines solch auffälligen Schmuckes rühmen konnte. Als sie sich umsah, erblickte sie Durbeyfield, wie er die Straße entlang in einer Kutsche aus dem ›Reinen Tropfen‹ einherrollte, und auf dem Bock saß eine kraushaarige stämmige Dirne, die Blusenärmel bis über die Ellbogen aufgeschlagen. Dies war die muntere Magd jenes Gasthauses, die in ihrer Rolle als Faktotum zuweilen auch den Stallknecht und Kutscher spielte. Durbeyfield, tief zurückgelehnt und mit behaglich geschlossenen Augen, schwenkte die Hand über dem Kopf und sang in langsamem Rezitativ:

»In Kingsbere – hab – ich – eine – große – Familiengruft – und – Ritterahnen – in – bleiernen – Särgen.«

Die ganze Schar kicherte, nur das Mädchen nicht, das Tess genannt wurde – und es schien ihr langsam heiß in den Kopf zu steigen, als sie fühlte, daß ihr Vater sich vor aller Augen lächerlich machte.

»Er ist müde, nichts weiter«, sagte sie hastig, »und man hat ihn auf den Wagen genommen, weil unser eigenes Pferd heute rasten muß.«

»Himmlische Einfalt, Tess«, riefen ihre Gefährtinnen. »Er hat seinen Marktdusel. Ha-ha!«

»Paßt auf; ich gehe keinen Zoll weiter mit euch, wenn ihr Scherze über ihn macht!« Tess rief es laut, und die Farbe ihrer Wangen verbreitete sich über ihr ganzes Gesicht und über den Hals. Ihre Augen wurden feucht, und sie senkte den Blick zur Erde. Als die andern bemerkten, daß sie sie wirklich verletzt hatten, sagten sie kein Wort mehr, und wieder herrschte Ordnung. Der Stolz erlaubte ihr nicht, noch einmal den Kopf zu wenden, um zu erfahren, was ihr Vater vorhatte, wenn er sich überhaupt etwas dachte; und so schritt sie mit der ganzen Schar weiter der Umzäunung zu, wo der Tanz auf dem grünen Rasen vor sich gehen sollte. Als dieser Platz erreicht war, hatte sie ihren Gleichmut wieder zurückgewonnen, schlug mit ihrem Stäbchen nach der Nachbarin und plauderte wie früher.

In diesem Abschnitt ihres Lebens stand Tess Durbeyfields Herz noch allen Regungen offen, unberührt von jeder Erfahrung. Beim Sprechen merkte man ihr bis zu einem gewissen Grade den Dialekt an, trotz der Dorfschule: Bezeichnend für

die Mundart dieser Gegend ist ein Laut, der sich annähernd durch die Silbe ur wiedergeben läßt, und sein Klang ist vielleicht nicht weniger reich und ausdrucksvoll als irgendein anderer, den man in menschlicher Sprache finden kann. Der aufgeworfene, tiefrote Mund, dem diese Silbe angeboren war, hatte wohl schwerlich schon seine endgültigen Umrisse erhalten, und nach jedem Wort, wenn sich die Lippen wieder schlossen, schob die Unterlippe die obere ein wenig in die Höhe.

Immer noch zeigten sich in ihrer Erscheinung huschend und verstohlen die Entwicklungsstufen ihrer Kindheit. Wie sie so an diesem Tage einherging, konnte man zuweilen – trotz all ihrer gesunden, schönen Weiblichkeit – ihr zwölftes Lebensjahr auf ihren Wangen oder ihr neuntes blitzend in den Augen sehen; und selbst ihr fünftes Jahr huschte hin und wieder über die Krümmung ihres Mundes.

Doch nur wenige wußten dies, und noch weniger Leute machten sich Gedanken darüber. Eine kleine Minderzahl, vor allem Fremde, hefteten wohl einen langen Blick auf sie, wenn sie zufällig vorüberschritt, wurden einen Augenblick lang gefesselt von ihrer Frische und hätten gerne gewußt, ob sie ihr jemals wieder begegnen würden; doch fast für alle war sie nur ein hübsches und malerisches Landmädchen und weiter nichts.

Man hörte und sah nichts weiter von Durbeyfield und seiner Triumphkarosse mit der Stallmagd auf dem Bock, und nachdem die Frauenschar den erwählten Platz betreten hatte, begann der Tanz. Da keine Männer unter der Gesellschaft waren, tanzten die Mädchen anfangs miteinander, doch als die Stunde der Arbeitsruhe heranrückte, versammelten sich die männlichen Bewohner des Dorfes und mit ihnen andere Müßiggänger und vorüberziehende Ausflügler rund um den Rasen und schienen geneigt, Unterhandlungen anzuknüpfen.

Unter diesen Zuschauern befanden sich drei junge Männer von besserem Stande, die kleine Schnappsäcke auf den Rücken geschnallt hatten und feste Stöcke in der Hand trugen. Ihre Ähnlichkeit und die Stufenfolge ihres Alters würden fast jedem die Vermutung aufgedrängt haben, daß sie das sein müßten, was sie wirklich waren, nämlich Brüder. Der älteste trug die weiße Krawatte, die hochgeschlossene Weste und den schmalrandigen

Hut des gewöhnlichen Vikars; der zweite war der typische Universitätsstudent; was aus der Erscheinung des dritten und jüngsten sprach, würde kaum ausgereicht haben, um ihn zu charakterisieren. In seinen Blicken und seiner Kleidung lag ein Ausdruck von Ungebundenheit und Unbestimmbarkeit, der andeutete, daß er sich bisher wohl kaum in die Schablone eines Berufes gefunden hatte. Daß er planlos und flüchtig bald dieses, bald jenes probierte, das hätte man so aufs Geratewohl von ihm behaupten können.

Diese drei Brüder erzählten jedem, mit dem sie ins Gespräch gerieten, daß sie ihre Pfingstfeiertage auf einer Fußwanderung durch das Tal von Blackmoor verbringen wollten, und ihr Weg führe von der Stadt Shaston nach Nordosten.

Sie lehnten sich über das Gatter an der Straße und erkundigten sich nach der Bedeutung des Tanzes und der weißgekleideten Mädchen. Die zwei älteren Brüder hatten offenbar nicht die Absicht, länger als einen Augenblick zu verweilen, doch der dritte schien an dem Anblick dieses Rudels von Mädchen, die ohne männliche Partner tanzten, Vergnügen zu finden, so daß er keine Eile hatte weiterzuwandern. Er schnallte seinen Schnappsack ab, legte ihn samt dem Stock auf die Zaunbank und öffnete das Gatter.

»Was hast du vor, Angel?« fragte der älteste.

»Ich habe Lust, einen Tanz mit ihnen zu machen. Warum sollen wir's nicht alle versuchen? Nur ein oder zwei Minuten – es wird uns nicht lange aufhalten.«

»Nein, nein; Unsinn!« sagte der erste. »Vor allen Leuten mit einer Schar von Bauerndirnen tanzen – wie denn, wenn uns jemand sieht! Vorwärts, sonst wird es finster, eh wir nach Stourcastle kommen, und das ist der nächste Ort, wo wir schlafen können; außerdem müssen wir noch, bevor wir ins Bett gehen, ein Kapitel aus dem ›Weckruf gegen den Unglauben‹ durcharbeiten, wenn ich mir schon die Mühe gemacht habe, das Buch mitzunehmen.«

»Gut gut – in fünf Minuten hole ich dich und Cuthbert ein; haltet euch nicht auf; ich gebe dir mein Wort drauf, Felix.«

Die zwei älteren Brüder trennten sich widerstrebend von ihm und schritten weiter; ihres Bruders Schnappsack nahmen sie mit, damit er ihnen schneller folgen könne, und der jüngste betrat den Rasenplatz.

»Das ist ja jammerschade«, sagte er galant zu zwei oder drei von den Mädchen in seiner Nähe, sobald eine Pause in dem Tanz eintrat. »Wo stecken eure Partner, Schönste?«

»Sie sind noch nicht von der Arbeit zurück«, antwortete eine von den Kühnsten. »Mit der Zeit werden sie schon kommen. Bis dahin – wollen Sie unser Tänzer sein, mein Herr?«

»Gewiß. Aber was ist einer für so viele!«

»Besser als keiner. 's ist zum Trübseligwerden, immer mit Mädels trippeln und immer nur Mädels sehn und nichts in den Armen haben. Nun, greifen Sie zu und wählen Sie.«

»Pst – sei nicht so keck!« sagte ein schüchternes Mädchen.

Auf diese Einladung hin musterte der junge Mann die Gruppe mit seinen Blicken und versuchte eine Wahl zu treffen; aber da sie ihm alle so fremd waren, gelang es ihm nicht recht. Er nahm fast die erste, die in der Nähe stand, und es war nicht die Sprecherin, obgleich sie darauf gewartet hatte; und es war zufällig auch nicht Tess Durbeyfield. Stammbaum, Gebeine der Ahnherrn, das Zeugnis der Monumente, die Züge der d'Urbervilles, das alles hatte Tess bisher noch nicht in ihrem Daseinskampfe geholfen und vermochte nicht einmal, ihr über die Köpfe der gewöhnlichsten Bauerndirnen hinweg einen Tänzer zu verschaffen. So viel über normannisches Blut, dem viktorianischer Reichtum fehlt.

Der Name des Mädchens, das sie in den Schatten stellte, wurde nicht überliefert; doch alle beneideten sie als die erste, die an diesem Abend den Luxus eines männlichen Partners genoß. So groß aber war die Macht des Beispiels, daß die jungen Dörfler, die sich, solange noch kein Eindringling im Wege stand, durchaus nicht beeilt hatten, die Pforte zu durchschreiten, jetzt munter hereinströmten; und bald waren die Paare mit Bauernburschen in merklicher Zahl durchsetzt, bis schließlich selbst das unansehnlichste Mädchen des Vereins nicht länger gezwungen war, im Reigen die Rolle des Mannes zu spielen.

Die Kirchenuhr schlug, und plötzlich sagte der Student, er müsse fort – er habe sich vergessen – er müsse seinen Kameraden nach. Als er die Reihen der Tanzenden verließ, fielen seine

Blicke auf Tess Durbeyfield, aus deren großen, runden Augen, um die Wahrheit zu sagen, ein leiser, fast unmerklicher Vorwurf sprach, weil er nicht sie gewählt. Auch ihm tat es jetzt leid, daß er sie ihrer Bescheidenheit wegen übersehen hatte; und mit diesem Gedanken verließ er den Rasen.

Um seine große Verzögerung wettzumachen, lief er in fliegender Eile den Pfad hinunter nach Westen, und bald lag die Bodenmulde hinter ihm, und er stieg den nächsten Abhang hinan. Noch hatte er seine Brüder nicht eingeholt, aber er blieb stehen, um Atem zu schöpfen, und blickte zurück. Er konnte in der grünen Umzäunung die weißen Gestalten der Mädchen sehen, wirbelnd im Tanze, wie sie sich gedreht hatten, als er unter ihnen war. Sie schienen ihn bereits ganz vergessen zu haben.

Alle – nur vielleicht eine nicht. Diese weiße Gestalt stand abseits und allein am Zaun. Ihre Stellung sagte ihm, daß sie das hübsche Mädchen sein mußte, mit der er nicht getanzt hatte. So belanglos auch die Sache war, er fühlte instinktiv, daß sein Versehen sie schmerzte. Er wünschte, daß er sie angesprochen hätte; er wünschte, daß er nach ihrem Namen gefragt hätte. Sie war so bescheiden, so seelenvoll und sah so lieblich aus in ihrem dünnen weißen Gewand, daß ihm ein Gefühl sagte, er habe sich dumm benommen.

Aber es ließ sich nicht ändern, und so drehte er sich um, wanderte eiligen Schrittes weiter und ließ den Gedanken fallen.

III

ABER Tess Durbeyfield verbannte den Vorfall nicht so leicht aus ihrem Gedächtnis. Lange Zeit hatte sie keine Lust zum Tanzen, obwohl sie Tänzer die Menge finden konnte; doch ach, sie sprachen nicht so hübsch wie der fremde junge Mann. Erst als auf dem Hügel die Strahlen der Sonne die fernhin ziehende Gestalt des jungen Fremden verschlangen, schüttelte sie ihre zeitweilige Traurigkeit ab und antwortete dem Burschen, der sie zum Tanz aufforderte, mit einem Ja.

Bis zur Dämmerung blieb sie bei ihren Gefährtinnen und beteiligte sich nicht ohne Lust am Tanze; denn obgleich sie bis jetzt die Liebe noch nicht kannte, machte es ihr bloß um der Sache willen Freude, sich im Takt zu schwingen; und wenn sie die ›sanften Qualen, die bittere Süße, die lustvollen Schmerzen und den lieblichen Kummer‹ jener Mädchen sah, die umworben und gewonnen wurden, so ahnte sie kaum, wessen ihr eigenes Herz in solchen Dingen fähig war. Zankten und rangen die Burschen beim schottischen Ländler um ihre Hand, so war es ein Reiz für sie und weiter nichts; und wurden sie ungestüm, so wies sie sie zurecht.

Sie wäre vielleicht noch länger geblieben, doch ihre Gedanken schweiften zu dem seltsamen Auftreten und Gebaren ihres Vaters zurück, so daß eine leichte Unruhe sie befiel; und neugierig, was mit ihm los sein mochte, stahl sie sich vom Tanze weg und lenkte ihre Schritte zum anderen Ende des Dorfes, wo die väterliche Hütte lag.

Als sie noch viele Dutzend Meter von ihrem Ziel entfernt war, drangen andere rhythmische Töne, als die sie soeben verlassen hatte, an ihr Ohr, Töne, wohlbekannt – so wohl! Es war eine regelmäßige Folge von dumpfen Stößen im Innern des Hauses, die das heftige Schaukeln einer Wiege auf steinernem Boden hervorrief, und im Takte zu dieser Bewegung sang eine weibliche Stimme mit kräftigem Tempo das beliebte Liedchen von der ›Gefleckten Kuh‹:

»Dort sah ich sie li-iegen im grünen Hai-ain;
Komm, Liebste, ich sage dir, wo!«

Ab und zu hörte für einen Augenblick gleichzeitig das Schaukeln und der Gesang auf, und dann trat ein Ausruf in den höchsten Tönen der menschlichen Stimme an die Stelle der Melodie.

»Gott segne deine Juwelenaugen! Und deine Wangen wie Wachs! Und deinen Kirschenmund! Und deine Götterbeinchen! Und jeden Fleck an deinem gesegneten Körper!«

Und stets nach dieser Anrufung begann das Schaukeln und Singen von neuem, und die ›Gefleckte Kuh‹ ging weiter wie zuvor. So standen die Dinge, als Tess die Tür öffnete und drinnen auf der Matte innehielt, um die Szene zu überschauen.

Das Innere der Hütte, trotz der lustigen Melodie, umfing des Mädchens Sinne mit einer unaussprechlichen Düsterkeit. Von der feiertäglichen Fröhlichkeit des Tages, den weißen Gewändern, den Blumensträußen, den Weidenzweigen, dem wirbelnden Reigen auf grünem Rasen, den blitzschnell vorüberhuschenden zarten Gefühlen für den Fremdling – was für ein Schritt zu der grauen Melancholie dieses Anblicks im Schimmer einer einzigen Kerze! Nicht genug an dem Mißton dieses Kontrastes, durchkältete auch der Vorwurf ihr Herz, daß sie nicht früher heimgekehrt war, um der Mutter bei ihren häuslichen Pflichten zu helfen, statt draußen dem Vergnügen nachzujagen.

Da stand die Mutter inmitten der Kinderschar, wie Tess sie verlassen hatte – über den Waschtrog vom Montag gebeugt, der nun wie immer bis zum Wochenende nicht leer geworden war. Aus diesem Trog kam tags zuvor – voll schrecklicher Zerknirschung dachte Tess daran – derselbe weiße Rock, den sie auf dem Leibe trug und dessen Rand sie so achtlos im feuchten Gras mit grünen Flecken beschmutzt hatte – und ihrer Mutter Hände hatten ihn ausgewunden und geplättet.

Wie gewöhnlich balancierte Mrs. Durbeyfield zur Seite des Troges auf einem Fuß, da der andere eben damit beschäftigt war, das jüngste Kind zu wiegen. Die Wiegenkufen hatten so viele Jahre hindurch auf diesem Sandsteinboden unter dem Gewicht zahlreicher Kinder harte Arbeit getan, daß sie nahezu plattgeschliffen waren und jeden Schwung ein mächtiger Stoß begleitete; wie ein Weberschiffchen wurde das Kindchen hin- und hergeschleudert, wenn so Mrs. Durbeyfield, angefeuert durch ihr Singen, die Kufen trat mit aller Kraft, die ihr noch geblieben war, nachdem sie den ganzen lieben Tag lang im Seifenwasser geplanscht hatte.

Klipp-klapp, klipp-klapp ging die Wiege; die Kerzenflamme züngelte schmal in die Höhe und begann auf und nieder zu hüpfen; das Wasser tröpfelte von Mrs. Durbeyfields Ellbogen, und in feurigem Tempo erklang das Ende der Strophe, während sie inzwischen ihre Tochter betrachtete. Selbst heute noch, trotz der Last einer Kinderschar, sang Joan Durbeyfield leidenschaftlich gern. Kein Liedchen flatterte von draußen ins Tal von

Blackmoor, ohne daß nicht Tess' Mutter nach einer Woche schon Wort und Melodie im Kopf gehabt hätte.

Immer noch strahlte unmerklich fast aus den Zügen des Weibes etwas von der Frische und selbst von der Hübschheit ihrer Jugend und ließ keinen Zweifel, daß die persönlichen Reize, deren Tess sich rühmen konnte, zum größten Teile ein Geschenk ihrer Mutter und folglich unadelig und unhistorisch waren.

»Ich werde die Wiege für dich schaukeln, Mutter«, sagte die Tochter sanft. »Oder ich ziehe mein gutes Kleid aus und helfe dir wringen. Dachte, du hättest schon längst Schluß gemacht.«

Die Mutter trug es Tess nicht nach, daß sie die häusliche Arbeit so lange ihren alleinigen Bemühungen überlassen hatte; nur selten machte sie ihr daraus einen Vorwurf, da sie es kaum empfand, wenn ihr die Hilfe der Tochter fehlte. Denn sie besaß ein Hauptmittel, sich die Mühen des Tages zu erleichtern, sie verschob jede Arbeit von einem Mal auf das andere. Diesen Abend aber war sie sogar in noch vergnügterer Laune als gewöhnlich. Es lag eine Verträumtheit, eine Versonnenheit und Begeisterung in dem mütterlichen Blick, die das Mädchen nicht verstehen konnte.

»Bin froh, daß du 'kommen bist«, sagte ihre Mutter, sobald der letzte Ton des Liedes ihre Lippen verlassen hatte. »Will gehn und deinen Vater holen; aber noch ganz was anderes, Tess – ich muß dir erzählen, was passiert ist. Wirst ziemlich paff sein, mein Täubchen, wennst es erfährst!« (Mrs. Durbeyfield sprach gewohnheitsmäßig Dialekt; ihre Tochter, die unter einer Londoner Lehrerin die sechste Klasse der Volksschule absolviert hatte, verfiel nur dann in ihn, wenn Freude, Überraschung oder Schmerz sie erregten.)

»Während ich weg war?« fragte Tess.

»Ja!«

»Hat es was damit zu tun, daß Vater heute nachmittag in der Kutsche solch einen Hanswurst aus sich machte? Warum bloß? Ich war nahe daran, vor Scham in die Erde zu sinken!«

»Das gehört alles zu der feinen Post! Man hat rausgekriegt, daß wir die vornehmsten Leute in der ganzen Grafschaft sind – schon seit Urzeiten, lang vor Oliver Cromwell – seit den Tagen der Heidentürken – mit Monumenten und Grüften und Helmbusch und Wappen und Gott weiß, was alles. Unter Karl haben sie uns zu Rittern von der Königlichen Eiche gemacht, und unser richtiger Name heißt d'Urberville! ... Wird dir nicht prächtig ums Herz? Das war's, warum dein Vater im Wagen nach Haus fuhr, nicht, weil er getrunken hatte, wie die Leute glaubten.«

»Das freut mich. Wird es uns etwas nützen, Mutter?«

»O ja! 's kann wohl was Großes dabei rausschaun. Sowie sich's nur rumspricht, wird 'n Haufen Leute, alle so nobel wie wir, in ihren Kutschen gefahren kommen, gar nicht zu zweifeln. Dein Vater hat's auf dem Nachhauseweg von Stourcastle erfahren und mir die Sache von A bis Z erzählt.«

»Wo ist Vater jetzt?« fragte Tess plötzlich.

Statt zu antworten, teilte ihr die Mutter allerlei andere Dinge mit.

»Er ging heute in Stourcastle zum Doktor. 's ist scheinbar überhaupt nicht Schwindsucht. Bloß lauter Fett ums Herz, sagt er. Schau, so ist es.« Joan Durbeyfield krümmte im Sprechen ihren naß verschwemmten Daumen und Zeigefinger wie ein großes C und benützte den anderen Zeigefinger als Weiser. »›Im gegenwärtigen Augenblick‹, sagt er zu deinem Vater, ›ist Ihr Herz hier um und um eingeschlossen und auch *hier* um und um eingeschlossen; dieser Zwischenraum ist noch offen‹, sagt er. ›Sobald es so zusammengeht‹ – Mrs. Durbeyfield schloß ihre Finger zu einem Kreis –, ›sind Sie ausgelöscht wie ein Zündholz, Mr. Durbeyfield‹, sagt er, ›'s kann zehn Jahre dauern, 's kann auch in zehn Monaten passieren oder in zehn Tagen‹.«

Tess sah erschrocken drein. Sollte ihr Vater vielleicht so bald schon in die dunkle Ewigkeit eingehen, trotz dieser plötzlichen Erhöhung?

»Doch wo *ist* Vat?« fragte sie wieder.

Abbitte lag in den Augen ihrer Mutter. »Werde nur nicht zornig! Der arme Mann – er hat sich so schwach gefühlt nach der erhebenden Neuigkeit – daß er vor 'ner halben Stunde zu Rolliver 'nüberging. Er hat's wirklich nötig, sich Kräfte zu holen für seine morgige Fahrt mit dieser Ladung von Bienenstöcken, die er abliefern muß. Adel hin, Adel her, er wird wegen der großen Entfernung kurz nach Mitternacht losziehn müssen.«

»Sich Kräfte holen!« rief Tess heftig, und die Tränen quollen ihr in die Augen. »O mein Gott! In die Kneipe gehen, um sich Kräfte zu holen! Und du, Mutter, bist es genauso zufrieden wie er!«

Ihr Verweis und ihre zornige Stimmung schienen das ganze Zimmer zu erfüllen, und die Möbel, die Kerze, die spielenden Kinder und das Gesicht ihrer Mutter sahen verschüchtert aus.

»Nein«, sagte die letztere empfindlich, »ich bin's nicht zufrieden. Hab bloß auf dich gewartet, damit du hierbleibst und das Haus hütest, während ich ihn holen geh.«

»Ich will gehen.«

»Nein, nein, Tess. Weißt du, es würde nichts nützen.«

Tess erhob keine Vorstellungen. Sie wußte, was ihrer Mutter Einwand bedeutete. Mrs. Durbeyfields Jacke und Haube hingen bereits versteckt über einem Stuhl an ihrer Seite, bereit für den geplanten Ausflug, dessen Anlaß die gute Frau stärker beklagte als seine Notwendigkeit.

»Und trag den ›Vollkommenen Traumdeuter‹ in den Schuppen«, fuhr sie fort, trocknete sich eilig die Hände und zog die Kleider an.

Der ›Vollkommene Traumdeuter‹ war ein alter dicker Band, der auf einem Tische dicht neben ihr lag, so abgenützt vom vielen Umhertragen, daß die Kanten schon mit den Rändern der Schrift zusammenfielen. Tess nahm ihn in die Hand, und ihre Mutter brach auf.

Diese abendlichen Ausgänge, um ihren hilflosen Gatten im Wirtshaus aufzustöbern, gehörten zu den wenigen Freuden Mrs. Durbeyfields, die ihr in dem Schmutz und Wirrwarr eines kinderreichen Haushalts noch geblieben waren. Es machte sie glücklich, ihn bei Rolliver zu entdecken, dort eine oder zwei Stunden an seiner Seite zu sitzen und während dieser Zeit alle Gedanken an die Kinder und alle Sorgen zu verbannen. Eine Art Heiligenschein, ein abendlicher Schimmer verklärte dann das Leben. Sorgen und andere Wirklichkeiten entschwanden unfühlbar in jenseitige Fernen, mußten nicht mehr in ihrer ganzen drückenden Schwere mit wundem Körper und wunder Seele ertragen werden, sondern sanken zu unwichtigen Erscheinungen herab, die das Gehirn durchziehen und beschaulich betrachtet werden. Die Kleinen, den Blicken entrückt, schienen nun eher eine heitere und wünschenswerte Zugabe zum Leben zu sein als eine Last; die Ereignisse des Alltags, wie sie von hier aus sich darstellten, entbehrten nicht des Humors und der Lustigkeit. Ihre Gefühle glichen ein wenig jenen Gefühlen von ehemals, als sie während der Brautzeit auf demselben Fleck neben ihrem jetzigen Ehegatten gesessen, als sie ihre Augen vor den Mängeln seines Charakters verschlossen und in ihm nur den idealen Liebhaber gesehen hatte.

Sobald Tess mit den jüngeren Kindern allein war, ging sie zuerst mit dem Wahrsagebuch in den Schuppen und schob es unter das Strohdach. Zufolge einer merkwürdigen fetischistischen Furcht vor diesem schmutzigen Folianten wollte ihre Mutter nie erlauben, daß das Buch die ganze Nacht über im Hause blieb, und sooft man es zu Rate gezogen hatte, wurde es hierher in den Schuppen zurückgetragen. Zwischen der Mutter, mit ihrem dem Untergang geweihten Ballast von Aberglauben, Volkssprichwörtern, Dialektausdrücken und mündlich überlieferten Balladen, und der Tochter, der Nutznießerin unendlich oft verbesserter Gesetze, mit ihrer Staatsschulbildung und ihrem musterhaften Durchschnittswissen, klaffte, wenn man es im üblichen Sinne nimmt, eine Lücke von zweihundert Jahren. Sooft sie beisammen waren, standen das Jakobitische und das Viktorianische Zeitalter nebeneinander.

Als Tess über den Gartenpfad zurückschritt, sann sie darüber nach, was denn wohl die Mutter an diesem besondern Tage aus dem Buche hatte erfahren wollen. Sie vermutete, es mochte sich auf die jüngste Entdeckung bezogen haben, doch ahnte sie nicht, daß es lediglich sie selbst betroffen hatte. Aber sie ließ diesen Gedanken fallen und machte sich daran, die tagsüber getrocknete Wäsche einzusprengen, unterstützt von ihrem neunjährigen Bruder Abraham und ihrer zwölfjährigen Schwester Elisabeth-Luise, die ›Lisa-Lu‹ gerufen wurde; die Jüngsten waren zu Bett gebracht. Zwischen Tess und dem nächstälteren Mitglied der Familie lagen vier Jahre, da die beiden Sprößlinge, die die Lücke ausgefüllt hatten, in frühester Kindheit gestorben waren, und dies verlieh ihr, wenn sie mit ihren jüngeren Geschwistern allein war, eine gleichsam mütterliche Haltung. Auf

Abraham folgten im Alter wieder zwei Mädchen, Hope und Modesty; dann kam ein Junge von drei Jahren und dann zuletzt noch der Säugling, der eben sein erstes Lebensjahr zurückgelegt hatte.

All diese jungen Seelchen waren Passagiere auf dem Schiff der Durbeyfields – in ihren Freuden, ihren Bedürfnissen, ihrer Gesundheit und selbst in ihrem Dasein gänzlich von den Entscheidungen der beiden erwachsenen Durbeyfields abhängig. Wenn es die Häupter des Durbeyfield-Haushalts für gut befanden, in Not, Unheil, Hunger, Krankheit, Schmach oder Tod zu steuern, so war dieses halbe Dutzend kleiner Gefangener unter Deck gezwungen, mit ihnen mitzusegeln – sechs hilflose Geschöpfe, die man nie gefragt hatte, ob sie überhaupt leben wollten, und noch weniger, ob sie unter solch harten Bedingungen zu leben wünschten, wie sie die Zugehörigkeit zu dem allen Stürmen preisgegebenen Hause Durbeyfield mit sich brachte. Mancher würde gerne wissen, woher der Dichter, dessen Philosophie heutzutage für sehr tiefschürfend und glaubwürdig gilt, da seine Verse rein und hochfliegend sind, woher er die Vollmacht nimmt, von den ›heiligen Plänen der Natur‹ zu sprechen.

Es wurde immer später, und weder Vater noch Mutter erschienen. Tess blickte zur Tür hinaus und wanderte in Gedanken durch Marlott. Das Dorf schloß die Augen. Überall wurden die Kerzen und Lampen ausgelöscht. Ihr inneres Auge sah die müden Bewohner vor sich und die ausgestreckte Hand, die nach der Flamme griff.

Ihrer Mutter Auszug, um den Gatten heimzuholen, bedeutete ganz einfach, daß noch einer mehr zu holen war. Tess begann einzusehen, daß es für einen Mann von schwankender Gesundheit, der vor ein Uhr morgens eine Reise antreten sollte, nicht das richtige sein dürfte, zu dieser späten Stunde im Wirtshaus zu sitzen und sein altadeliges Geblüt zu feiern.

»Abraham«, sagte sie zu ihrem kleinen Bruder, »setz deinen Hut auf – du hast doch keine Angst? – und geh zu Rolliver hinüber und sieh nach, was aus Vater und Mutter geworden ist.«

Der Junge hüpfte bereitwillig von seinem Stuhl, öffnete die Tür, und die Nacht nahm ihn auf. Wieder verstrich eine halbe Stunde; weder Mann noch Weib noch Kind kehrten zurück. Die verführerische Kneipe schien Abraham gleich seinen Eltern geködert und gefangen zu haben.

»Ich muß selber gehn«, sagte sie.

Lisa-Lu legte sich nun zu Bett, und nachdem Tess die Kinder alle eingeschlossen hatte, machte sie sich auf ihren Weg, die finstere und krumme Gasse oder Straße entlang, die nicht für Leute bestimmt war, welche es eilig hatten – eine Straße, die zu einer Zeit angelegt wurde, als noch nicht jeder Zollbreit Landes seinen Wert besaß und als noch ein einziger Zeiger der Uhr genügte, um den Tag einzuteilen.

IV

ROLLIVERS Kneipe, das einzige Bierhaus an diesem Ende des langgestreckten Dorfes mit seinen verstreuten Häusern, konnte sich lediglich einer Konzession für den Ausschank unter freiem Himmel rühmen; da folglich von Gesetzes wegen niemand im Gebäude selber trinken durfte, blieb die ganze öffentliche Bewirtung der Gäste streng auf ein kleines, etwa sechs Zoll breites und zwei Meter langes Brett beschränkt, das mit Drähten an dem Gartenstaket befestigt war, so daß ein Sims entstand. Auf dieses Brett stellten die durstigen Fremden ihre Gläser, während sie auf der Straße standen und tranken, schleuderten die Neige auf die staubige Erde, wo sie einen ganzen Archipel von kleinen Inselchen bildete, und sehnten sich nach einem geruhsamen Sitz im Hause.

So die Fremden. Doch es gab auch ortsansässige Gäste, die denselben Wunsch empfanden; und wo ein Wille ist, da ist auch ein Weg.

In einem geräumigen Schlafzimmer oben im Stock, dessen Fenster mit einem großen wollenen Schal – erst kürzlich von der Wirtin, Mrs. Rolliver, abgelegt – dicht verhängt waren, hatten sich an diesem Abend fast ein Dutzend Personen versammelt, die alle im Wein ihre Seligkeit suchten, lauter alteingesessene Bewohner aus den nächsten umliegenden Häusern Marlotts und häufige Besucher dieser Zufluchtsstätte. Es lag nicht nur daran, daß die große Entfernung bis zu dem ›Reinen Tropfen‹, der vollkonzessionierten Taverne am anderen Ende des langgezogenen Dorfes, seine gastliche Bequemlichkeit für die Bewohner dieses Endes praktisch unerreichbar machte; auch die weit ernstere Frage, die Frage nach der Qualität des Getränkes, entschied sich zugunsten der vorherrschenden Ansicht, daß es besser war, bei Rolliver in einem Winkel des Dachbodens als bei dem andern Wirt in einer großen Gaststube zu trinken.

Eine ärmliche, vierbeinige Bettstatt in dem Zimmer bot mehreren Personen, die sich um ihre drei freien Seiten scharten, Raum zum Sitzen; ein paar hatten sich auf die Kommode geschwungen, ein anderer wieder hockte auf der aus Eichenholz geschnittenen Truhe, zwei auf dem Waschtisch, ein dritter auf dem Stuhl, und so saßen alle ganz bequem. Zu dieser Stunde hatten sie bereits jenes Stadium geistiger Behaglichkeit erreicht, da ihre Seelen die Fesseln des Körpers sprengten und ihre eigenen Gefühle warm den Raum durchdrangen. Durch diesen Prozeß wurde das Zimmer und seine Einrichtung immer prächtiger und würdiger; der Schal am Fenster gewann den reichen Glanz eines Wandteppichs, die Messinggriffe des Schubladekastens glichen goldenen Türklopfern, und die geschnitzten Bettpfosten schienen eine entfernte Verwandtschaft mit den prunkvollen Säulen in Salomos Tempel zu haben.

Nachdem sich Mr. Durbeyfield von Tess getrennt hatte, eilte sie schnellen Schrittes hierher, öffnete die Vordertür, durchschritt den ebenerdigen Raum, der in tiefem Düster lag, und schloß dann die Stiegentür auf wie jemand, dessen Finger mit dem Mechanismus der Klinke wohlvertraut sind. Ihr Aufstieg über die gewundene Treppe ging langsamer vonstatten, und als ihr Gesicht über der letzten Stufe ins Licht emportauchte, zog es die Blicke der ganzen Gesellschaft auf sich, die in dem Schlafzimmer versammelt war.

»– sind bloß ein paar private Freunde, die ich eingeladen habe, auf meine Kosten das Vereinsfest weiterzufeiern«, rief beim Klang der Schritte die Wirtin aus, so zungenfertig wie ein Kind, das den Katechismus aufsagt, während sie die Treppe hinunterlugte. »Oh, Sie sind's, Mrs. Durbeyfield! Mein Gott, wie Sie mich erschreckt haben! Ich dachte, 's wär irgendein Schnüffler von der Behörde.«

Mrs. Durbeyfield wurde von den übrigen Teilnehmern des Konklaves mit Blicken und Kopfnicken begrüßt und wandte sich zu der Stelle, wo ihr Gatte saß. Er summte geistesabwesend in tiefen Tönen vor sich hin: »Bin genausoviel wert wie gewisse Leute hier und dort! Hab 'ne große Familiengruft in Kingsbere-sub-Greenhill und feinere Skeletter als irgendeiner im Lande Wessex!«

»Muß dir etwas sagen, was mir durch den Kopf gefahren ist – eine große Idee!« flüsterte sein munteres Weib. »He, John, siehst du mich nicht?« Sie stieß ihn leicht mit dem Ellbogen, während er wie durch eine Fensterscheibe durch sie hindurchschaute und in seinem Rezitativ fortfuhr.

»Pst! Singen Sie man nicht so laut, mein Guter«, sagte die Wirtin; »'s könnt grade einer von der Behörde vorüberkommen und mir die Konzetzion wegnehmen.«

»Er hat Ihnen doch erzählt, was uns passiert ist?« fragte Mrs. Durbeyfield.

»Ja – so beiläufig. Glauben Sie, daß was Bares dabei herausschaut?«

»Ah, das ist das Geheimnis«, erwiderte Joan Durbeyfield verschmitzt. »Wie man's nimmt, 's ist ganz gut, mit 'ner Kutsche verwandt zu sein, wenn man auch nicht in ihr fährt.« Sie senkte ihre Stimme und fuhr in leisem Tone zu ihrem Gatten fort: »Seit du mir die Neuigkeit gebracht hast, ist mir eingefallen, daß da draußen bei Trantridge, am Rand von der ›Jagd‹, eine reiche Dame wohnt, und die heißt d'Urberville.«

»He – was sagst du?« erwiderte Sir John.

Sie wiederholte ihre Mitteilung. »Diese Dame muß mit uns verwandt sein«, sagte sie. »Und meine Idee ist, wir schicken Tess hin, damit sie ihre Verwandtschaft geltend macht.«

»'s gibt wirklich 'ne Dame mit diesem Namen – jetzt, wo du's erwähnst!« sagte Durbeyfield. »Pastor Tringham hat nicht dran gedacht. Aber sie zählt nicht neben uns – 'ne jüngere Linie, gar kein Zweifel, schon seit König Normanns Tagen.«

Während diese Frage erörtert wurde, bemerkte keiner von dem Paar in seiner Vertieftheit, daß der kleine Abraham ins Zimmer geschlichen war und auf eine Gelegenheit wartete, sie zur Heimkehr aufzufordern.

»Sie ist reich, und sicherlich würde sie sich um das Mädel kümmern«, fuhr Mrs. Durbeyfield fort; »und 's wär 'ne sehr gute Sache. Ich seh nicht ein, warum zwei Zweige von derselben Familie nicht auf Besuchsfuß stehen sollten!«

»Ja, und wir alle machen die Verwandtschaft geltend!« rief Abraham fröhlich unter der Bettstatt hervor. »Und alle gehn wir hin und besuchen sie, wenn Tess bei ihr wohnt; wir fahren in ihrer Kutsche und ziehen uns schwarze Kleider an!«

»Wie kommst du denn hierher, Kind? Was plauschst du für Unsinn? Geh hinaus und spiel auf der Stiege, bis Vater und Mutter parat sind! ... Nu, Tess muß zu diesem Mitglied unserer Familie hingehen. Sicherlich kriegt sie die Dame herum – Tess wird's schaffen; und höchstwahrscheinlich führt's noch dazu, daß irgendein vornehmer Herr sie heiratet. Kurz und gut, ich weiß es nun mal genau.«

»Wie?«

»Ich hab ihr Schicksal im ›Traumdeuter‹ befragt, und just das ist herausgekommen. Hättest sehen sollen, wie hübsch sie heute aussah; ihre Haut ist so samtig wie von einer Herzogin.«

»Was sagt das Mädel selber dazu?«

»Ich hab sie nicht gefragt. Sie weiß noch gar nicht, daß es so 'ne weibliche Verwandte gibt. Aber ganz sicher verhilft es ihr zu 'ner großen Heirat, und sie wird sich nicht weigern hinzugehn.«

»Tess ist 'n Querkopf.«

»Aber im Grunde läßt sie sich was sagen. Überlaß sie nur mir.«

Obgleich dies eine vertrauliche Unterredung war, erfaßten doch die Umsitzenden genug von ihrer Tragweite, um zu erkennen, daß die Durbeyfields nun gewichtigere Dinge zu besprechen hatten als die gewöhnlichen Sterblichen und daß Tess, ihre hübsche älteste Tochter, herrliche Aussichten vor sich sah.

»Tess macht 'ne hübsche Erscheinung her, wie ich heute bei mir dachte, als ich sie mit den andern durchs Kirchspiel stiefeln sah«, bemerkte einer von den älteren Kneipbrüdern mit gedämpfter Stimme. »Aber Joan Durbeyfield soll dran denken, daß 'n grüner Apfel keinen süßen Saft gibt.« Dies war eine lokale Redensart, die ihre besondere Bedeutung hatte, und es erfolgte keine Antwort.

Die Unterhaltung wurde allgemein, und bald darauf hörte man Schritte, die unten das Zimmer durchquerten.

»– sind bloß ein paar private Freunde, die ich eingeladen habe, auf meine Kosten das Vereinsfest weiterzufeiern.« Die Wirtin hatte hastig die Formel heruntergeleiert, die sie für Eindringlinge bereithielt, bevor sie noch erkannte, daß der Ankömmling Tess war.

Selbst den Blicken ihrer Mutter entging es nicht, wie traurig verirrt des Mädchens junge Züge inmitten dieser alkoholischen Dünste wirkten, die das Zimmer durchzogen und die Runzeln alternder Gesichter mit einer recht passenden Atmosphäre umgaben; und es bedurfte kaum eines vorwurfsvollen Aufblitzens in ihren dunklen Augen, um ihren Vater und ihre Mutter zu veranlassen, daß sie sich von ihren Sitzen erhoben, hastig ihr Bier austranken und hinter ihr die Treppe hinunterstiegen, während Mrs. Rollivers ängstliche Vorsicht ihre Schritte begleitete.

»Keinen Lärm, bitte, wenn Sie so gut sein wollen, meine Besten; sonst könnte ich meine Konzetzion verlieren und vor Gericht kommen, und ich weiß nicht, was alles! Gute Nacht miteinander!«

Sie gingen zusammen nach Hause; Tess hielt den einen Arm des Vaters und Mrs. Durbeyfield den andern. Er hatte wirklich nur sehr wenig getrunken – nicht ein Viertel der Menge, die ein gewohnheitsmäßiger Zecher an einem Sonntagmorgen zur Kirche tragen könnte, ohne daß er seinen Kurs verfehlte oder ihm die Knie knickten; aber die schwache Konstitution Sir Johns ließ derartige winzige Sünden bergehoch wachsen. Als sie an die frische Luft kamen, schwankte er so stark auf seinen Beinen, daß er die ganze Dreierreihe den einen Augenblick linkshin zerrte, als marschierten sie nach London, und im nächsten Augenblick nach der andern Seite, als wollten sie nach Bath marschieren – was eine komische Wirkung erzeugte, die bei Familien auf nächtlichem Heimweg nicht selten ist; und gleich den meisten komischen Wirkungen ist sie alles in allem gar nicht so komisch. Die beiden Frauen bemühten sich tapfer, diese erzwungenen Schwenkungen und Rückmärsche zu maskieren, so gut es ihnen Durbeyfield, der sie veranlaßte, der kleine Abraham und sie selber erlaubten; und wie sie sich so allmählich ihrer eigenen Türe näherten, stimmte plötzlich das Haupt der Familie seinen früheren Refrain an, als wolle er seine Seele gegen den Anblick seiner kleinen, gegenwärtigen Behausung wappnen:

»Ich hab eine Fami-iliengruft in Kingsbere!«

»Still – sei nicht töricht, Jacky«, sagte sein Weib. »Deine Familie ist nicht die einzige, die in alten Zeiten mächtig was wert war. Schau dir die Anktells an und die Horseys und die Tringhams selber – alle fast so vor die Hunde gegangen wie du – trotzdem ihr freilich vornehmeres Volk gewesen seid als sie, das ist wahr. Gott sei Dank, ich hab nie zu einer Familie gehört und brauch mich in dieser Beziehung für nichts zu schämen!«

Tess gab dem Thema eine andere Wendung und sprach aus, was augenblicklich ihren Geist weit stärker beschäftigte als der Gedanke an ihre Vorfahren:

»Ich fürchte, Vater wird nicht imstande sein, sich morgen so zeitig mit den Bienenstöcken auf den Weg zu machen.«

»Ich? In einer oder in zwei Stunden bin ich auf dem Damm«, sagte Durbeyfield.

Es wurde elf, bevor die ganze Familie zu Bett lag, und zwei Uhr morgens war die späteste Stunde, um mit den Bienenstökken aufzubrechen, wenn sie noch vor Beginn des samstägigen Marktes bei den Krämern in Casterbridge abgeliefert werden sollten; denn der Weg führte zwanzig bis dreißig Meilen weit über schlechte Straßen, und Pferd und Wagen waren alt und abgeklappert. Um halb zwei kam Mrs. Durbeyfield in das große Schlafzimmer, wo Tess und alle ihre kleinen Schwestern und Brüder schliefen.

»Der arme Mann kann nicht gehen«, sagte sie zu der ältesten Tochter, deren große Augen sich in dem Augenblick geöffnet hatten, da ihrer Mutter Hand die Klinke berührte.

Tess setzte sich im Bett auf, verloren in vages Sinnen zwischen einem Traum und dieser Nachricht.

»Aber jemand *muß* gehen«, erwiderte sie. »Es ist schon spät für die Stöcke. Bald ist das Schwärmen für dieses Jahr vorüber;

und wenn wir's bis zum nächsten Wochenmarkt verschieben, wird keine Nachfrage mehr nach ihnen sein, und wir haben sie auf dem Hals.«

Mrs. Durbeyfield schien dieser Schwierigkeit nicht gewachsen.

»Vielleicht würde irgendein junger Bursche gehn? Einer von denen, die gestern so sehr drauf aus waren, mit dir zu tanzen«, schlug sie plötzlich vor.

»O nein – nicht um die Welt!« erklärte Tess stolz. »Damit jeder den Grund erfährt – eine so beschämende Sache! Ich denke, ich könnte selber fahren, wenn Abraham mitgeht und mir Gesellschaft leistet.«

Ihre Mutter stimmte schließlich diesem Vorschlag zu. Der kleine Abraham wurde aus seinem tiefen Schlummer in einem Winkel desselben Zimmers geweckt und veranlaßt, sich die Kleider anzuziehen, während sein Geist immer noch in anderen Regionen weilte. Inzwischen hatte sich Tess hastig angekleidet, und das Paar ging mit angezündeter Laterne in den Stall hinaus. Das gebrechliche Wägelchen war bereits beladen, und das Mädchen führte das Pferd ›Prinz‹ heraus, das nur um einen Grad weniger gebrechlich war als das Fuhrwerk.

Das arme Geschöpf blickte verwundert in die Nacht hinaus, verwundert über die Laterne und über die beiden Gestalten, als könne es nicht glauben, daß es zu dieser Stunde, da jedes lebende Wesen unter Dach seine Ruhe genießen sollte, aufgefordert wurde, den Stall zu verlassen und zu arbeiten. Sie steckten einen Vorrat von Kerzenstummeln in die Laterne, hängten diese an die Ausbiegseite des Wagens und trieben das Pferd an. Solange der Weg aufwärts führte, gingen sie nebenher, denn sie wollten das so schwache Tier nicht überlasten. Um sich, so gut sie konnten, aufzuheitern, schufen sie mit der Laterne, etwas Butterbrot und ihrer eigenen Unterhaltung eine künstliche Morgenstimmung, da der wirkliche Tagesanbruch noch in weiter Ferne lag. Als Abraham sich ermuntert hatte (denn bisher war er in einer Art Dämmerzustand einhergestapft), begann er über die seltsamen Umrisse zu plaudern, mit denen die verschiedenen dunklen Gegenstände sich gegen den Himmel abzeichneten, über diesen Baum da, der wie ein rasender, von seinem Lager aufspringender Tiger aussah, und über jenen, der dem Kopf eines Riesen glich.

Als sie die kleine Niederung von Stourcastle durchwandert hatten, schweigend und schläfrig unter dem dichten braunen Blätterdach, gelangten sie auf höheren Grund. Höher noch zu ihrer Linken ragte, umgürtet mit seinen Erdwällen, der Gipfel von Bulbarrow oder Bealbarrow, wohl fast der höchste in Südwessex, zum Himmel empor. Von hier an senkte sich die Straße eine lange Strecke weit allmählich hinab. Sie stiegen vorne auf den Wagen, und Abraham wurde nachdenklich.

»Tess!« sagte er endlich nach längerem Stillschweigen, als wollte er sie auf etwas Wichtiges vorbereiten.

»Ja, Abraham.«

»Bist nicht froh, daß wir vornehme Leute geworden sind?«

»Nicht gerade froh.«

»Aber du bist froh, daß du einen Gentleman heiraten sollst?«

»Was?« sagte Tess und hob das Gesicht.

»Daß unsere noble Verwandtschaft dir helfen wird, einen Gentleman zu heiraten.«

»Mir? Unsere noble Verwandtschaft? Wir haben keine solche Verwandtschaft. Wer hat dir das in den Kopf gesetzt?«

»Ich hörte sie drüber sprechen bei Rolliver, als ich hinging, um Vater zu suchen. Draußen in Trantridge wohnt eine reiche Dame aus unserer Familie, und Mutter sagt, wenn du dich bei der Dame als Verwandte vorstellst, wird sie dir dazu verhelfen, einen Gentleman zu heiraten.«

Seine Schwester wurde unvermittelt still und versank in nachdenkliches Schweigen. Abraham schwatzte weiter, mehr aus Freude am Plaudern, als um Gehör zu finden, so daß die Versonnenheit seiner Schwester keine Rolle spielte. Er lehnte sich gegen die Bienenstöcke zurück und machte mit emporgerichtetem Gesicht seine Bemerkungen über die Sterne, deren kalte Pulse droben in den schwarzen Räumen schlugen, still erhaben über diese beiden flackernden Flämmchen menschlichen Lebens. Er fragte, wie weit diese funkelnden Lichter entfernt seien und ob Gott jenseits von ihnen wohne. Doch immer wieder irrte sein kindliches Geplapper zu jener Sache zurück, die auf seine Phantasie noch tieferen Eindruck gemacht hatte als die Wunder

der Schöpfung. Wenn die Heirat mit einem Gentleman Tess reich machte, würde sie dann genug Geld haben, um ein so großes Fernglas zu kaufen, daß es die Sterne so nahe heranbrächte wie den Nettlecombe-Tout?

Dieses von neuem auftauchende Thema, das die ganze Familie verseucht zu haben schien, erfüllte Tess mit Ungeduld.

»Laß das jetzt sein!« rief sie.

»Hast du gesagt, die Sterne sind Welten, Tess?«

»Ja.«

»Alle wie die unsere?«

»Ich weiß nicht; aber ich glaube wohl. Manchmal scheinen sie den Äpfeln auf unserem Reinettenbaum zu gleichen. Die meisten sind glänzend und gesund – ein paar aber vom Mehltau zerfressen.«

»Auf was für einem Stern leben wir – auf einem glänzenden oder auf einem verdorbenen?«

»Auf einem verdorbenen.«

»Das ist ein rechtes Unglück, daß wir uns nicht auf einem gesunden angesiedelt haben, wenn es doch so viele gab.«

»Ja.«

»Ist es wirklich so, Tess?« sagte Abraham und wandte sich zu ihr, sehr interessiert, als er diese seltsame Kunde überdachte. »Wie wär's gewesen, wenn wir uns auf einem gesunden angesiedelt hätten?«

»Nun, Vater würde nicht gehustet haben und nicht so herumgeschlichen sein wie jetzt, und er wäre nie zu betrunken, um diesen Weg zu machen; und Mutter würde nicht immerfort waschen, ohne jemals fertig zu werden.«

»Und du würdest eine fix und fertige reiche Dame sein und müßtest nicht erst durch die Heirat mit einem Gentleman reich gemacht werden.«

»Ach, Aby, sprich nicht – sprich nicht wieder davon!«

Seinen Gedanken überlassen, wurde Abraham bald schläfrig. Tess war nicht sehr geschickt im Lenken eines Pferdes, doch sie glaubte, daß sie fürs erste die ganze Führung des Wagens auf sich nehmen und Abraham erlauben könnte, ein wenig zu schlafen, wenn er Lust dazu hätte. Sie richtete ihm vor den Bienenstöcken eine Art Lager her, so daß er nicht fallen konnte, nahm dann das Leitseil selber in die Hand und fuhr in langsamem Trott wie zuvor des Weges.

Prinz beanspruchte nur geringe Achtsamkeit, da es ihm zu allen überflüssigen Sprüngen an Energie fehlte. Als Tess nicht mehr durch einen Gesellschafter abgelenkt wurde, versank sie noch tiefer in Träumereien, den Rücken gegen die Körbe gelehnt. Die stumme Prozession der Bäume und Hecken, die an ihr vorüberzog, verband sich mit phantastischen Szenen jenseits der Wirklichkeit, und die gelegentlichen Stöße des Windes wurden zu Seufzern irgendeiner unermeßlichen, traurigen Seele, die bis an die Grenzen des Weltalls reichte und die Jahrhunderte der Geschichte umspannte.

Als sie dann die sich kreuzenden Fäden ihres eigenen Lebens verfolgte, schien sie zu erkennen, wie nichtig ihres Vaters Stolz war; es war ihr, als sähe sie in der Phantasie ihrer Mutter den vornehmen Bräutigam auf sie warten, sähe sein verzerrtes Gesicht, wie er ihre Armut verlachte und ihre in Leichentücher gehüllten ritterlichen Ahnen. Immer merkwürdiger und sinnloser wurde alles, und sie merkte nicht mehr, wie die Zeit verstrich. Ein plötzlicher Stoß erschütterte sie auf ihrem Sitz, und Tess erwachte aus dem Schlummer, in den auch sie gefallen war.

Sie hatten sich ein gutes Stück weiter bewegt, seit ihr das Bewußtsein entschwunden war, und der Wagen stand still. Ein hohles Stöhnen, wie sie es ähnlich noch nie in ihrem Leben gehört hatte, drang von vorne an ihr Ohr, gefolgt von einem lauten Rufe: »Heda, ho!«

Die Laterne an ihrem Wagen war ausgegangen, aber eine andere leuchtete ihr ins Gesicht – viel heller, als ihre eigene geleuchtet hatte. Irgend etwas Schreckliches war geschehen. Das Geschirr hatte sich in eine schwarze Masse verstrickt, die den Weg versperrte.

Bestürzt sprang Tess hinunter und entdeckte die fürchterliche Wahrheit. Das Stöhnen kam von ihres Vaters armem Pferde Prinz. Die Morgenpost mit ihren zwei lautlosen Rädern, die wie immer gleich einem Pfeil diese Straßen entlangsauste, war in ihr langsames und unbeleuchtetes Fuhrwerk hineingefahren. Die spitzige Deichsel des Postwagens drang wie ein Schwert in die Brust des unglücklichen Prinz, und aus der Wunde schoß in einem Strom sein Lebensblut hervor und sprudelte zischend auf die Straße.

In ihrer Verzweiflung sprang Tess nach vorne und legte die Hand auf die offene Wunde, was nur dazu führte, daß sie vom Gesicht bis zum Rocksaum mit den purpurnen Tropfen bespritzt wurde. Dann stand sie da und schaute hilflos zu. Auch Prinz stand fest und regungslos, solange er konnte, bis er plötzlich schwer in sich zusammenfiel.

Inzwischen war der Postkutscher herbeigekommen und begann, den heißen Körper des Pferdes hin und her zu zerren und ihn auszuschirren. Doch es war tot; und als der Postkutscher sah, daß er jetzt nichts weiter tun konnte, kehrte er zu seinem eigenen Tier zurück, das unverletzt geblieben war.

»Ihr seid auf der falschen Seite gefahren«, sagte er. »Ich muß mit den Postsäcken weiter, und so ist es das beste für euch, wenn ihr hier mit eurer Ladung wartet. Sobald ich kann, schicke ich euch jemand zu Hilfe. Bald wird es tagen, und ihr habt nichts zu fürchten.«

Er stieg auf den Bock und jagte seines Weges davon, während Tess stand und wartete. Die Schwärze der Nacht verblaßte, die Vögel in den Hecken schüttelten sich, erwachten und zwitscherten, die Straße zeigte ihr weißes Antlitz und Tess das ihre, das noch weißer war. Der ungeheure Bluttümpel vor ihr begann bereits zu gerinnen und irisierend zu schillern; und als die Sonne aufging, strahlten eine Million prismatischer Farben aus ihm empor.

Prinz lag auf der Seite, still und starr; seine Augen standen halb offen, und das Loch in seiner Brust sah so klein aus, daß man glauben konnte, es habe alles, was ihn beseelte, entströmen lassen.

»Das hab ich angerichtet – alles ich!« rief das gequälte Mädchen und starrte verloren auf das Schauspiel. »Keine Entschuldigung gibt es für mich – keine. Wovon werden Vater und Mutter jetzt leben? Aby, Aby!« Sie schüttelte das Kind, das das ganze Unglück verschlafen hatte. »Wir können nicht weiter mit unserer Ladung – Prinz ist tot!«

Als Abraham alles erfaßte, zeigten sich plötzlich, wie aus dem

Stegreif, die Runzeln eines Fünfzigjährigen in seinem jungen Gesicht.

»Ja, und gestern habe ich noch getanzt und gelacht!« fuhr sie zu sich selber fort. »Zu denken, daß ich solch ein Dummkopf war!«

»'s ist bloß, weil wir auf einem verdorbenen Stern sind und nicht auf einem gesunden, nicht wahr, Tess?« murmelte Abraham durch seine Tränen.

In stumpfer Verstörtheit warteten sie eine Spanne Zeit, die endlos schien. Endlich bewies ihnen ein Geräusch und nahende Gestalten, daß der Kutscher des Postwagens sein Wort gehalten hatte. Ein Bauersmann aus dem nahen Stourcastle kam herbei, einen kräftigen Klepper am Zügel führend. Das Pferd wurde als Ersatz vor den Wagen mit den Bienenstöcken geschirrt und die Fracht nach Casterbridge befördert.

Der Abend desselben Tages sah den leeren Wagen wieder die Unfallstelle erreichen. Seit dem Morgen hatte Prinz hier im Graben gelegen; doch mitten auf der Straße war immer noch der Blutfleck sichtbar, wenn auch zerscharrt und durchfurcht von den vorüberrollenden Rädern. Alles, was von Prinz geblieben war, wurde in den Wagen gehoben, den er ehemals selbst gezogen hatte, und, die Hufe in die Luft gestreckt, mit schimmernden Eisen im Schein der untergehenden Sonne, legte er das Dutzend Meilen nach Marlott zurück.

Tess war schon früher heimgegangen. Wie sie die Nachricht überbringen sollte – das konnte sie sich nicht vorstellen. Es war eine Erlösung für ihre Zunge, als sie aus den Gesichtern der Eltern ersah, daß sie bereits von ihrem Verluste wußten; aber es entkräftete nicht die Selbstvorwürfe, mit denen sie sich immer noch überhäufte, weil sie so nachlässig gewesen war, einzuschlafen.

Doch gerade die hilflose Zerfahrenheit des Haushalts machte das Unglück für die Durbeyfields weniger schrecklich, als es auf eine strebsame Familie gewirkt haben müßte, obgleich es hier den völligen Ruin mit sich brachte, dort aber nur einen beschwerlichen Nachteil bedeutet hätte. In den Mienen der Durbeyfields zeigte sich nichts von dem glühenden Zorn, der in Eltern, die ihr zeitliches Wohl hitziger verfolgen, gegen das Mädchen entbrannt wäre. Niemand tadelte Tess so sehr, wie sie sich selber tadelte.

Als sich herausstellte, daß der Abdecker und der Gerber für den Kadaver nur ein paar Shillinge geben wollten, weil er so alt und abgerackert war, da zeigte sich Durbeyfield dem Anlaß gewachsen.

»Nein«, sagte er stoisch, »ich will seinen alten Leib nicht verkaufen. Als wir d'Urbervilles Ritter im Lande waren, haben wir unsere Schlachtrösser nicht als Katzenfutter verkauft. Sollen sie ihre Shillinge behalten! Er hat mir bei seinen Lebzeiten ehrlich gedient, und ich will mich jetzt nicht von ihm trennen.«

Am nächsten Tag grub er im Garten ein Grab für Prinz und plagte sich eifriger, als er sich seit Wochen geplagt hatte, wenn es galt, das Korn für seine Familie anzubauen. Als die Grube fertig war, schlangen Durbeyfield und sein Weib einen Strick um das Pferd und zerrten es den Pfad entlang, während die Kinder hinterdreinliefen. Abraham und Lisa-Lu schluchzten, Hope und Modesty machten ihrem Kummer in lautem Geplärr Luft, das von den Wänden widerhallte; und als sie Prinz hineingewälzt hatten, versammelten sie sich rund um das Grab. Der Ernährer war ihnen entrissen worden; was würden sie jetzt anfangen?

»Ist er in den Himmel gegangen?« fragte Abraham schluchzend.

Dann begann Durbeyfield die Erde einzuschaufeln, und die Kinder weinten von neuem. Alle außer Tess. Ihr Gesicht war trocken und bleich, als stünde sie vor sich selber wie eine Mörderin da.

V

MIT dem Hausiergeschäft, das in der Hauptsache von dem Pferd abhängig gewesen, ging es von nun an bergab. Not, wenn nicht Hunger, drohte in der Zukunft. Durbeyfield war, was man ortsüblich einen Schlenderjahn nannte; zuzeiten arbeitete er sehr tüchtig; aber man konnte sich nie verlassen, daß diese Zeiten mit den Stunden zusammenfielen, da man seiner bedurfte; und weil er auch an die regelmäßige Arbeit eines Tagelöhners wenig gewöhnt war, zeigte er sich nicht sehr ausdauernd, wenn es einmal richtig zusammenging.

Inzwischen sann Tess, da *sie* ja die ganze Familie in diese Klemme gebracht hatte, im stillen darüber nach, was sie wohl anfangen könnte, um ihnen wieder herauszuhelfen; und dann brachte die Mutter ihren Plan aufs Tapet.

»Wir müssen das Gute mit dem Schlechten nehmen, Tess, wie's kommt«, sagte sie; »und nie hätte man dein vornehmes Blut in 'nem brenzlicheren Augenblick entdecken können. Du mußt es mit deinen Verwandten probieren. Weißt du, daß da draußen am Rand von der ›Jagd‹ eine sehr reiche Mrs. d'Urberville wohnt, die zu unserer Familie gehört? Du mußt zu ihr gehen und die Verwandtschaft geltend machen und sie bitten, daß sie uns in unserer Not beisteht.«

»Ich habe nicht viel Lust dazu«, sagte Tess. »Falls es diese Dame wirklich gibt, müssen wir schon froh sein, wenn sie sich freundlich gegen uns benimmt – und dürfen gar nicht erwarten, daß sie uns hilft.«

»Du könntest sie zu allem herumkriegen, mein Schatz. Und überdies steckt vielleicht mehr dahinter, als du denkst. Ich weiß, was ich weiß.«

Das bedrückende Gefühl des Unheils, das sie angerichtet hatte, veranlaßte Tess, den mütterlichen Wünschen respektvoller zu lauschen, als sie es sonst wohl getan hätte; aber sie konnte nicht verstehen, weshalb es ihrer Mutter solche Genugtuung bereitete, an ein Unternehmen zu denken, dessen Nutzen in *ihren* Augen so zweifelhaft schien. Die Mutter mochte vielleicht Erkundigungen eingezogen und entdeckt haben, daß diese Mrs. d'Urberville eine Dame von unvergleichlichen Tugenden und unübertroffener Barmherzigkeit war. Aber der stolzen Tess flößte die Rolle der armen Verwandten Widerwillen ein.

»Möchte lieber versuchen, Arbeit zu bekommen«, murmelte sie.

»Durbeyfield, du kannst die Sache entscheiden«, sagte sein Weib und wandte sich zu ihm, der im Hintergrund saß. »Wenn du sagst, sie *muß* gehn, so wird sie gehn.«

»'s paßt mir nicht, daß meine Kinder die Gnade von fremden Verwandten in Anspruch nehmen«, murmelte er. »Ich bin das

Haupt des nobelsten Zweigs der Familie, und 's ist meine Pflicht, mich stramm zu halten.«

Seine Gründe gegen den Plan erschienen Tess viel schlimmer als alles, was ihr selbst daran zuwider war. »Nun, Mutter, da ich das Pferd umgebracht habe«, sagte sie traurig, »so glaube ich, daß ich wohl irgend etwas tun muß. Ich habe nichts dagegen, sie zu besuchen, aber ob ich sie um Hilfe bitte, das sollst du mir überlassen. Und denke nicht wieder daran, daß sie mir vielleicht eine Partie besorgen könnte – das ist töricht.«

»Gut gesagt, Tess!« bemerkte ihr Vater bündig.

»Wer behauptet denn, daß ich mir solche Gedanken mache?« fragte Joan.

»Ich glaube, es liegt dir im Sinn, Mutter. Doch ich will hingehn.«

Zeitig am nächsten Tag stand sie auf, wanderte zu dem Bergstädtchen Shaston und benutzte dann einen Omnibus, der zweimal die Woche von Shaston ostwärts nach Chaseborough fuhr, nahe an Trantridge vorbei, dem Kirchspiel, in dem die sagenhafte und geheimnisvolle Mrs. d'Urberville ihren Wohnsitz hatte.

Tess Durbeyfields Reiseweg an diesem denkwürdigen Morgen führte mitten durch das nordöstliche Hügelgelände des Tales, in dem sie geboren wurde und wo ihr Leben sich entfaltet hatte. Das Tal von Blackmoor war für sie die Welt und seine Bevölkerung die ganze Menschheit. In den staunenerfüllten Tagen der Kindheit hatte sie oft von den Hürden und Zauntritten Marlotts ihre Blicke durch die ganze Länge dieses Tales schweifen lassen, und was damals für sie ein Geheimnis gewesen war, blieb auch heute noch nicht viel weniger als ein Geheimnis. Täglich sah sie von ihrem Zimmerfenster aus Türme, Dörfer, in der Ferne verschwimmende weiße Gebäude und, alles überragend, die Stadt Shaston, majestätisch auf ihrer Höhe, wo die Fenster wie Lampen in der Abendsonne leuchteten. Kaum jemals hatte sie die Stadt besucht, denn selbst von dem Tale und seiner Umrandung kannte sie nur einen kleinen Teil genauer, und noch seltener war sie über das Tal hinausgekommen. Jede Linie des Hügelkranzes war ihr so lieb und vertraut wie die Züge ihrer Eltern und Geschwister; in allem aber, was darüber hinaus lag, hing ihr Urteil gänzlich von den Kenntnissen ab, die sie in der Dorfschule erworben hatte, wo sie zur Zeit ihres Austritts, vor ein oder zwei Jahren, ihren Platz unter den ersten behauptet hatte.

In jenen frühen Tagen erfuhr sie viel Liebe von andern Kindern gleichen Alters und gleichen Geschlechts, und man war gewohnt, sie im Dorfe stets mit zwei Gefährtinnen zu sehen – alle fast gleichaltrig –, wie sie Seite an Seite von der Schule nach Hause schlenderten, Tess in der Mitte; über einem Wollrock, der seit undenklichen Zeiten seine ursprüngliche Farbe verloren hatte, trug sie eine rosarote, bedruckte Schürze mit einem feinen Netzmuster und schritt auf schlanken Beinen stolz daher, in knappen Strümpfen mit kleinen Löchern an den Knien, wo sich die Maschen sprossenförmig gelöst hatten, wenn sie kriechend auf den Straßen und Wiesenrainen nach Pflanzen und Steinen, ihren Schätzen, suchte; ihr damals erdfarbenes Haar drehte sich lockig gleich Korkenziehern, die Arme der beiden Mädchen an ihrer Seite ruhten um ihre Hüften, und Tess hielt die Schultern der Freundinnen umschlungen.

Als Tess älter wurde und einzusehen begann, wie die Verhältnisse lagen, empfand sie malthusischen Kummer um ihre Mutter, weil sie ihr gedankenlos so viele kleine Schwestern und Brüder zugesellte, und es war doch solch eine Plage, die Kleinen zu warten, die schon auf der Welt waren. Ihre Mutter besaß die Denkart eines glücklichen Kindes: Joan Durbeyfield zählte einfach selber zu der langen Schar ihrer neun Sprößlinge, wie sie nun so heranwuchsen, und man konnte sie nicht einmal recht die Älteste nennen.

Doch wurde Tess den kleineren eine freundliche wohltätige Schwester, und um ihnen nach besten Kräften zu helfen, pflegte sie, sobald sie die Schule verlassen hatte, auf den benachbarten Bauernhöfen beim Heuen oder Ernten mitzutun; und lieber noch ging sie melken oder buttern, was sie gelernt hatte, als ihr Vater Kühe besaß. Und da sie flinke Finger hatte, war sie in dieser Arbeit besonders geschickt.

Jeder Tag schien mehr und mehr von den Lasten des Haushalts auf ihre jungen Schultern zu wälzen, und daß Tess im Herrenhaus der d'Urbervilles die Durbeyfields repräsentieren sollte, ergab sich ganz selbstverständlich. In diesem Punkte muß man zugeben, daß die Durbeyfields ihre beste Seite hervorkehrten.

An der Straßenkreuzung von Trantridge stieg sie aus dem Omnibus und schritt zu Fuß einen Hügel hinan in der Richtung auf den Distrikt, der als ›Die Jagd‹ bekannt war und an dessen Grenzen, wie man ihr mitgeteilt hatte, Mrs. d'Urbervilles Landsitz ›Am Hang‹ zu finden sein mußte. Es war nicht ein Gutshof im üblichen Sinne, mit Feldern, Weiden und einem brummigen Pächter, aus dem der Eigentümer und seine Familie auf Biegen oder Brechen die notwendigsten Einkünfte herauspressen muß. Es war mehr, weit mehr: ein Landhaus, einfach zum Vergnügen gebaut, ohne einen einzigen Morgen beschwerlich lästigen Akkerlands, außer dem wenigen Boden, der für häusliche Zwecke erforderlich war; eine kleine Musterfarm stand daneben, eine Liebhaberei, die von der Eigentümerin selbst geführt und von einem Verwalter besorgt wurde.

Das warm leuchtende, aus roten Ziegeln erbaute Pförtnerhäuschen kam zuerst in Sicht, bis an die Dachrinnen mit Immergrün umsponnen. Tess dachte, dies sei das Herrenhaus selber, bis sie mit einigem Herzklopfen das Seitenpförtchen durchschritten und eine Stelle erreicht hatte, wo die Auffahrt eine Biegung machte, und nun plötzlich das Hauptgebäude in ganzer Größe vor sich sah. Es war ein Bau aus jüngster Zeit – in der Tat fast neu – und leuchtete in derselben prächtigen Scharlachfarbe, die schon an dem Pförtnerhäuschen so merkwürdig mit dem Immergrün kontrastiert hatte. Weit draußen hinter den hellen Ziegelrändern des Hauses, das sich wie eine rote Geranie von den gedämpften Farben ringsum abhob, dehnte sich die sanfte azurblaue Landschaft der ›Jagd‹ aus – ein wahrhaft ehrwürdiger Waldstrich, einer der wenigen erhalten gebliebenen Forste von zweifellos urzeitlichem Alter in England, wo man immer noch die druidische Mistel auf bejahrten Eichen fand und wo riesige, nicht von Menschenhand gepflanzte Eibenbäume wuchsen, wie sie ehemals gewachsen waren, als man noch Bogen aus ihrem Holze schnitzte. Doch diese urwäldliche Szenerie, wenn sie auch von dem Landsitz aus sichtbar war, lag außerhalb der unmittelbaren Grenzen des Gutes.

Alles an dieser zierlichen Besitzung war hell, blühend und

gut instand gehalten; Reihen von Glashäusern erstreckten sich über die Hänge herab bis zu dem Unterholz am Fuße des Hügels. Alles glänzte blank wie Geld – glich der neuesten Münze, die eben aus der Präge kommt. Die Ställe, zum Teil versteckt hinter Alpenföhren und immergrünen Eichen und mit allem neuesten Komfort ausgestattet, sahen so würdig aus wie Dorfkapellen, und auf dem ausgedehnten Rasenplatz stand ein prächtiges Zelt, das sich auf Tess zu öffnete.

Die schlichte Tess Durbeyfield stand staunenden Blickes halb gelähmt am Rande des Kiesweges. Ihre Füße hatten sie bis hierher getragen, bevor es ihr noch ganz zum Bewußtsein kam, wo sie sich befand; und nun widersprach alles ihren Erwartungen.

»Ich dachte, wir wären eine alte Familie, aber das ist ja alles neu!« sagte sie in ihrer ungekünstelten mädchenhaften Art. Sie wünschte, daß sie nicht so bereitwillig dem Plan ihrer Mutter, ›die Verwandtschaft geltend zu machen‹, zugestimmt und lieber versucht hätte, in der näheren Nachbarschaft ihres Heimes Beistand zu finden.

Die d'Urbervilles – oder Stoke-d'Urbervilles, wie sie sich zuerst nannten –, die all dies besaßen, waren eine Familie, wie man sie in solch einem altmodischen Teil des Landes nicht allzu häufig antrifft. Pfarrer Tringham hatte die Wahrheit gesprochen, als er sagte, daß unser schlotternder John Durbeyfield der einzige echte und geradlinige Stammhalter der alten d'Urberville-Familie in der Grafschaft oder in der nächsten Umgebung sei; er hätte hinzufügen können, was er sehr gut wußte, daß die Stoke-d'Urbervilles nicht *mehr* zum echten Stamm der d'Urbervilles gehörten als er selbst. Doch muß man zugeben, daß diese Familie einen sehr guten Stamm bildete, um einen Namen darauf zu pfropfen, der einer solchen Auffrischung dringend bedurfte.

Nachdem der alte Mr. Simon Stoke, der kürzlich aus dem Leben geschieden war, sich als ehrlicher Kaufmann (einige sagten als Geldverleiher) im Norden ein Vermögen gemacht hatte, beschloß er, sich im Süden von England als Landmann niederzulassen, möglichst weit weg von dem Schauplatz seiner Tätigkeit; und als er dies ins Werk setzte, empfand er die Notwendigkeit, das neue Leben unter einem neuen Namen zu beginnen, der nicht so sehr in aller Leute Gedächtnis und weniger abgedroschen war als die beiden ursprünglichen, dürftigen und kahlen Wörtchen. Nachdem er eine Stunde lang im Britischen Museum die Seiten aller Werke durchstudiert hatte, die erloschenen, halberloschenen, in Vergessen gesunkenen und zugrunde gegangenen Familien aus jenem Kreise Englands, wo er sich anzusiedeln gedachte, gewidmet waren, gelangte er zu der Erwägung, daß ›d'Urberville‹ nicht weniger gut aussah und nicht weniger gut klang als irgendein anderer Titel: und folglich hängte er seinem eigenen Namen mit kühnem Griff das d'Urberville an, für sich und seine Erben in alle Ewigkeit. Doch war er in dieser Beziehung keineswegs ausschweifend und überspannt, und als er seinen Stammbaum auf der neuen Basis entwarf, verfuhr er sehr maßvoll im Aufbau der Wechselheiraten und Verbindungsglieder und schaltete nie auch nur einen einzigen Titel ein, dessen Rang die Grenzen strengster Zurückhaltung überschritten hätte.

Von diesem Phantasiegebilde wußten natürlich die arme Tess und ihre Eltern nicht das geringste – sehr zu ihrem Schaden; ja, sogar die Möglichkeit solcher Annexionen war ihnen unbekannt; denn sie dachten sich wohl, daß Gunst und Ansehen eine Gabe des Reichtums sein könne, glaubten aber, ein Familienname sei natürlichen Ursprungs.

Tess stand immer noch zögernd da wie ein Schwimmer, der eben kopfüber ins Wasser springen will, und wußte kaum, ob sie sich zurückziehen oder weiter vordringen sollte, als eine Gestalt aus dem dunklen, dreieckigen Eingang des Zeltes hervortrat. Es war ein hochgewachsener junger Mann, der eine Zigarre rauchte.

Er hatte eine fast schwärzlich braune Gesichtsfarbe, volle Lippen, unschön geformt, doch rot und glatt, und darüber einen gut gepflegten schwarzen Schnurrbart mit gekräuselten Spitzen, obgleich er nicht älter sein konnte als drei- oder vierundzwanzig. Trotz des Anflugs von Roheit in seinen Zügen lag eine merkwürdige Kraft im Gesicht des Gentleman und in seinen kühn rollenden Augen.

»Nun, meine Allerschönste, was kann ich für Sie tun?« sagte

er, auf sie zutretend. Und als er gewahrte, daß sie ganz verdonnert dastand, fuhr er fort: »Haben Sie keine Furcht vor mir. Ich bin Mr. d'Urberville. Kommen Sie zu mir oder zu meiner Mutter?«

Diese Verkörperung eines d'Urberville und Namensvetters widersprach ihren Erwartungen noch stärker als das Haus und das Grundstück. Sie hatte von einem betagten und würdigen Antlitz geträumt, dem veredelten Abbild aller charakteristischen Züge der d'Urbervilles, durchfurcht von lebendigen Hieroglyphen, die das Andenken an die Jahrhunderte ihres Hauses und der englischen Geschichte bewahrten. Doch sie riß sich zusammen zu der Aufgabe, die ihr jetzt bevorstand, zumal sie ihr nicht entrinnen konnte, und antwortete:

»Ich wollte zu Ihrer Mutter, mein Herr.«

»Ich fürchte, Sie können sie nicht sehen – sie ist krank«, erwiderte der gegenwärtige Stammhalter des unechten Hauses; denn dies war Mr. Alec, der einzige Sohn des kürzlich verstorbenen Gentleman. »Kann *ich* Ihnen nicht dienen? Was ist es für ein Geschäft, worüber Sie mit ihr zu sprechen wünschen?«

»Es ist kein Geschäft – es ist – ich kann es gar nicht sagen, was.«

»Vergnügen?«

»O nein. Ja, mein Herr, wenn ich's Ihnen sage, wird es –«

Tess empfand eine gewisse Lächerlichkeit, die in ihrem Vorhaben lag, nun so stark, daß sich, trotz ihrer Scheu vor dem jungen Mann und ihrem allgemeinen Unbehagen, ihre rosigen Lippen zu einem Lächeln krümmten, was dem dunkelhäutigen Alexander sehr reizvoll erschien.

»Es ist so furchtbar dumm«, stammelte sie; »ich fürchte, ich kann es Ihnen nicht sagen.«

»Macht nichts; ich liebe dumme Sachen. Versuchen Sie es noch einmal, liebes Fräulein«, sagte er freundlich.

»Mutter forderte mich auf, herzugehen«, fuhr Tess fort; »und freilich, ich war selber auch geneigt. Aber ich dachte nicht, daß es so werden würde. Ich bin gekommen, mein Herr, um zu sagen, daß wir zu derselben Familie gehören wie Sie.«

»Oho! Arme Verwandte?«

»Ja.«

»Stokes?«

»Nein; d'Urbervilles.«

»Ja, ja, ich meinte d'Urbervilles.«

»Unser Name wurde in ›Durbeyfield‹ verstümmelt; aber wir haben mehrere Beweise, daß wir d'Urbervilles sind. Altertumsforscher sagen es – und – und wir besitzen ein altes Siegel und einen sehr alten Silberlöffel, die Höhlung ganz rund wie ein kleiner Schöpfer, mit einem springenden Löwen am Stiel und darüber ein Kastell. Aber er ist so alt, daß Mutter mit ihm die Erbsensuppe umrührt.«

»Ja, ganz sicher, ein silbernes Kastell ist mein Wappen«, sagte er freundlich.

»Und so meinte Mutter, wir sollten uns mit Ihnen bekannt machen – denn wir haben durch einen schlimmen Unfall unser Pferd verloren und sind der älteste Zweig der Familie.«

»Sehr freundlich von Ihrer Mutter, zweifellos. Und *ich* wenigstens bedaure ihren Schritt nicht.« Alec sah Tess beim Sprechen in einer Weise an, die sie ein wenig erröten machte. »Und so, mein hübsches Mädchen, sind Sie also auf einen freundschaftlichen Besuch zu uns, Ihren Verwandten, gekommen?«

»Ich glaube, ja«, stotterte Tess und blickte mit Unbehagen auf das Herrenhaus.

»Nun, das ist nicht schlimm. Wo wohnen Sie, was sind Sie?«

Sie teilte ihm kurz einige Einzelheiten mit und sagte ihm nach weiteren Fragen, daß sie beabsichtige, mit demselben Fuhrmann zurückzukehren, der sie hierher gebracht hatte.

»Das dauert lang, bevor er an der Kreuzung von Trantridge wieder vorüberkommt. Wie wär's, wenn wir ein bißchen über das Grundstück spazierten, um uns die Zeit zu vertreiben, meine hübsche Kusine?«

Tess wünschte ihren Besuch so sehr als möglich abzukürzen; doch der junge Mann drang in sie, und sie willigte ein, ihn zu begleiten. Er führte sie über den Rasen, an Blumenbeeten vorbei und durch Treibhäuser; und dann kamen sie in den Obstgarten, wo er sie fragte, ob sie Erdbeeren gern äße.

»Ja«, erwiderte Tess, »wenn sie reif sind.«

»Hier sind sie schon.« D'Urberville begann einzelne Beeren für sie zu pflücken und reichte sie ihr über die Schulter, während er sich niederbückte; und plötzlich wählte er ein besonders schönes Exemplar der ›British-Queen‹-Sorte, richtete sich auf und hielt es ihr am Stengel an den Mund.

»Nein, nein!« sagte sie rasch, die Finger zwischen seine Hand und ihre Lippen schiebend. »Ich möchte sie lieber selbst in die Hand nehmen.«

»Unsinn«, bestand er; und mit einem leichten Widerwillen öffnete sie ihre Lippen und nahm die Beere.

Sie hatten schon einige Zeit mit diesem planlosen Wandern verbracht, und Tess aß zerstreut und halb hypnotisiert alles, was d'Urberville ihr anbot. Als sie keine Erdbeeren mehr verzehren konnte, füllte er ihren kleinen Korb; und dann schlenderten sie zu den Rosensträuchern hinüber, wo er Blüten pflückte und ihr zum Anstecken gab. Sie gehorchte, immer noch wie im Traum, und als keine Blumen mehr an ihrer Brust Platz fanden, steckte er selbst eine oder zwei Knospen an ihren Hut und überhäufte in seiner verschwenderischen Freigebigkeit ihren Korb mit zahllosen Blüten. Schließlich schaute er auf seine Uhr und sagte: »Nun müssen Sie etwas zu essen bekommen, und dann wird es Zeit für Sie sein, aufzubrechen, wenn Sie den Wagen nach Shaston erwischen wollen. Kommen Sie, und ich will sehen, was ich Nahrhaftes finden kann.«

Stoke-d'Urberville führte sie auf den Rasen zurück und in das Zelt, wo er sie verließ, um bald wieder mit einem Korb voll leichter Erfrischungen aufzutauchen, den er vor sie hinstellte. Es lag offensichtlich in den Wünschen des Gentleman, sich in diesem angenehmen Tête-à-tête nicht von der Dienerschaft stören zu lassen.

»Haben Sie etwas dagegen, wenn ich rauche?« fragte er.

»Oh, ganz und gar nicht.«

Durch die Rauchschwaden, die das Zelt durchschwebten, beobachtete er, wie sie so hübsch und gedankenlos mit vollen Backen kaute, und als Tess Durbeyfield nun voller Unschuld auf die Rosen an ihrer Brust hinunterschaute, ahnte sie nicht, daß hier hinter dem blauen narkotischen Schleier das ›tragische Verhängnis‹ ihres Dramas saß – er, dessen Bestimmung es war, in dem Spektrum ihres jungen Lebens der blutrote Streif zu sein. Sie besaß eine Eigenschaft, die ihr in diesem Augenblick nach-

teilig war, weil sie Alec d'Urberville veranlaßte, den Blick auf sie zu heften: eine Üppigkeit der Erscheinung, eine körperliche Fülle, die bewirkte, daß sie viel frauenhafter aussah, als sie in Wirklichkeit war. Sie hatte diesen Zug von ihrer Mutter geerbt, ohne die Eigenschaften, die er anzudeuten schien. Gelegentlich war sie darüber besorgt, bis ihre Gefährtinnen sagten, daß dies ein Fehler sei, den die Zeit heilen würde.

Bald war sie mit ihrem Imbiß fertig. »Jetzt gehe ich nach Hause«, sagte sie aufstehend.

»Und wie heißen Sie?« fragte er, als er sie über die Auffahrt geleitete, bis das Haus ihren Blicken entschwunden war.

»Tess Durbeyfield aus Marlott.«

»Und Sie sagen, daß Ihre Leute ihr Pferd verloren haben?«

»Ich – habe es umgebracht!« antwortete sie, und ihre Augen füllten sich mit Tränen, als sie genauer von dem Tod erzählte. »Und ich weiß nicht, was ich jetzt für Vater tun soll.«

»Ich muß nachdenken, ob sich nicht etwas machen läßt. Meine Mutter muß einen Posten für Sie finden. Doch, Tess, keinen Unsinn mit d'Urberville – nur Durbeyfield, wissen Sie! Ein ganz anderer Name.«

»Ich wünsche mir keinen bessern, mein Herr«, sagte sie mit einiger Würde.

Einen Augenblick lang – nur für einen Augenblick –, als sie in der Krümmung der Zufahrt waren, zwischen den hohen Rhododendren und Tannen, bevor noch das Pförtnerhäuschen in Sicht kam, da neigte er sein Gesicht zu ihr, als ob – aber nein, er besann sich eines besseren und ließ sie zufrieden.

So begann die Sache. Hätte sie die Bedeutung dieses Zusammentreffens erfaßt, so hätte sie wohl fragen können, warum sie verurteilt war, an diesem Tage von dem falschen Manne gesehen, beachtet und begehrt zu werden und nicht von einem gewissen anderen, der in jeder Hinsicht der echte und richtige war – soweit menschliche Beziehungen echt und richtig sein können; doch für ihn war sie zu dieser Zeit nichts weiter als ein flüchtiger, halb vergessener Eindruck.

In der unvernünftigen Vollstreckung der vernünftigen Weltenpläne lockt der Ruf selten den Gerufenen herbei, und selten ist der liebenswerte Mann zur Stelle, wenn die Stunde der Liebe schlägt. Die Natur sagt nicht oft in jenem Augenblick ›Schau!‹ zu ihren armen Geschöpfen, da das Schauen zu glücklichen Taten führen kann; und nicht oft erhält der Schrei eines Menschen: ›Wo?‹ von ihr zur Antwort: ›Hier!‹, bis schließlich das Versteckenspielen ein ermüdender, abgebrauchter Zeitvertreib wird. Wir könnten uns fragen, ob auf dem Gipfel und Höhepunkt des menschlichen Fortschritts diese Unstimmigkeiten durch eine schärfere Erkenntnis berichtigt sein werden, durch eine harmonischere Wechselwirkung der sozialen Kräfte als die, welche uns heute vorwärtstreibt und im Kreise herumstößt. Doch eine solche Vervollkommnung läßt sich nicht prophezeien, und nicht einmal ihre Möglichkeit ist vorstellbar. Genug, daß in dem vorliegenden Fall, wie in Millionen anderer Fälle, die beiden Hälften eines annähernd *vollkommenen* Ganzen sich nicht im *vollkommen* richtigen Augenblick gegenüberstanden; die beiden zusammengehörigen Wesen, gleichsam Stück und Gegenstück, schweiften unabhängig voneinander eine Weile lang töricht und sinnlos auf der Erde umher, bis die späte Stunde kam. Diesem verwünschten Aufschub entsprangen Kümmernisse, Enttäuschungen, Erschütterungen, Katastrophen – das, was man ein seltsames Geschick nannte.

Als d'Urberville in das Zelt zurückkam, setzte er sich nachdenklich rittlings auf einen Stuhl, ein zufriedenes Leuchten im Gesicht. Dann brach er in lautes Gelächter aus.

»Hol mich der Teufel! Was für eine spaßige Sache! Ha-ha-ha! Und was für ein reizendes Mädel!«

VI

TESS schritt den Hügel hinunter zur Trantridger Straßenkreuzung, und gleichgültig nahm sie ihren Platz in dem Wagen ein, der von Chaseborough nach Shaston zurückkehrte. Sie wußte gar nicht, was die andern Insassen bei ihrem Eintritt zu ihr sagten, obgleich sie ihnen Antwort gab; und als das Gefährt sich wieder in Bewegung setzte, fuhr sie achtlos blind dahin, und nur ihr inneres Auge wachte.

Einer der Mitreisenden sprach sie freimütiger an als die anderen: »Nun, Sie sind ja ein ganzer Blumenstrauß! Und solche Rosen im frühen Juni!«

Da wurde sie erst gewahr, welches Schauspiel sie den überraschten Blicken bot: Rosen an der Brust, Rosen auf dem Hut, Rosen und Erdbeeren bis an den Rand im Korbe. Sie errötete und sagte verwirrt, man habe ihr die Blumen geschenkt. Als die Passagiere gerade nicht zu ihr herüberschauten, entfernte sie verstohlen die auffälligsten Blüten von ihrem Hut, legte sie in den Korb und deckte ihr Taschentuch darüber. Dann versank sie wieder in Sinnen, und als sie die Blicke niederschlug, stach sie ein Dorn, der in ihrer Bluse steckengeblieben war, ins Kinn. Gleich all den Häuslern aus dem Tale von Blackmoor war Tess in Einbildungen und abergläubische Ahnungen verstrickt; dies nahm sie für ein böses Omen – das erste, das ihr an diesem Tage auffiel.

Der Wagen fuhr nur bis Shaston, und von diesem Bergstädtchen bis nach Marlott ins Tal waren noch mehrere Meilen zu Fuß hinabzusteigen. Ihre Mutter hatte ihr geraten, hier im Hause einer bekannten Kätnerin die Nacht zu verbringen, falls sie sich zu müde fühlen würde, weiterzugehen; dies tat sie auch und wanderte erst am folgenden Nachmittag heimwärts.

Als sie ins Haus trat, ersah sie augenblicklich aus dem triumphierenden Gehaben ihrer Mutter, daß in der Zwischenzeit irgend etwas vorgefallen war.

»O ja, ich weiß schon alles! Hab dir gesagt, daß alles wie geschmiert gehen würde, und jetzt hat sich's erwiesen!«

»Während ich fort war? Was denn?« sagte Tess ziemlich müde. Die Mutter musterte das Mädchen von oben bis unten mit einem verschmitzten beifälligen Blick und fuhr neckend fort: »So hast du sie rumgekriegt!«

»Woher weißt du das, Mutter?«

»Hab einen Brief bekommen.«

Nun besann sich Tess, daß die Zeit dafür gerade ausgereicht haben mußte.

»Sie sagen – Mrs. d'Urberville sagt – sie will, daß du dich eines kleinen Geflügelhofes annimmst, der ihr Steckenpferd ist. Aber das stellt sie bloß so schlau an, um dich hin zu bekommen, ohne dir große Hoffnungen zu machen. Sie will dich als Verwandte anerkennen – das soll's heißen.«

»Aber ich habe sie nicht gesehen.«

»Wen denn sonst?«

»Ihren Sohn.«

»Und hat er dich anerkannt?«

»Nun – er nannte mich Kusine.«

»Und ich hab's doch gewußt! Jacky – er nannte sie Kusine!« rief Joan ihrem Gatten zu. »Nun, natürlich hat er mit seiner Mutter gesprochen, und sie will dich dort haben.«

»Ich weiß aber nicht, ob ich mich darauf verstehe, Geflügel zu züchten«, sagte die unschlüssige Tess.

»Dann weiß *ich* nicht, *wer* sich drauf versteht. Du bist drin geboren worden und drin aufgezogen. Wer in einem Geschäft geboren ist, weiß immer mehr davon als irgendein Lehrling. Überdies ist das Ganze bloß 'ne Spiegelfechterei, weil sie für dich was tun wollen, ohne daß du dich abhängig fühlst.«

»Ich bin noch nicht ganz sicher, ob ich hingehen soll«, erwiderte Tess nachdenklich. »Wer hat den Brief geschrieben? Willst du mich ihn sehen lassen?«

»Mrs. d'Urberville hat ihn geschrieben. Hier ist er.«

Der Brief war in der dritten Person abgefaßt und benachrichtigte Mrs. Durbeyfield mit kurzen Worten, daß der Dame die Dienste ihrer Tochter bei der Wartung ihres Geflügelhofes nützlich sein würden; falls sie kommen könnte, stünde ihr ein bequemes Zimmer zur Verfügung, und wenn sie der Herrschaft gefiele, würde man ihren Lohn freigebig bemessen.

»Oh – das ist alles?« sagte Tess.

»Du konntest doch nicht erwarten, daß sie dich auf der Stelle in die Arme nimmt und dich küßt und hätschelt.«

Tess schaute zum Fenster hinaus.

»Ich würde lieber hierbleiben, bei dir und Vater«, sagte sie, unruhig und nachdenklich.

»Warum nur?«

»Ich möchte dir nicht gern sagen, warum, Mutter; wirklich, ich weiß es selbst nicht ganz.«

Acht Tage später kehrte sie eines Abends heim von einer fruchtlosen Suche nach irgendeiner leichten Beschäftigung in der nächsten Nachbarschaft. Es war ihr Plan gewesen, während des Sommers genügend Geld zusammenzubringen, um ein neues Pferd zu kaufen. Kaum hatte sie die Schwelle überschritten, als eines der Kinder durch den Raum tanzte und ausrief: »Der Gentleman ist dagewesen!«

Die Mutter beeilte sich zu erzählen, und jeder Zollbreit an ihr schmunzelte. Mrs. d'Urbervilles Sohn hatte zu Pferde vorgesprochen, da ihn sein Ritt zufällig in die Richtung nach Marlott führte. Er wünschte im Namen seiner Mutter endgültig zu erfahren, ob Tess wirklich kommen könne, um die Geflügelfarm der alten Dame zu verwalten; denn der Bursche, der bisher die Tiere beaufsichtigte, habe sich als nicht vertrauenswürdig erwiesen. »Mr. d'Urberville sagt, du mußt ein sehr gutes Mädchen sein, wenn du nur im geringsten so bist, wie du aussiehst; er weiß, sagt er, daß du dein Gewicht in Gold wert sein mußt. Er hat 'n mächtiges Interesse an dir – nicht gelogen.«

Tess schien einen Augenblick lang mit wirklicher Freude zu hören, daß ein fremder Mensch eine so gute Meinung von ihr gefaßt hatte, da sie sich selber doch so tief gesunken vorkam.

»Es ist sehr freundlich von ihm, wenn er das glaubt«, murmelte sie; »und wenn ich ganz genau wüßte, wie es sich dort lebt, so würde ich für kurze Zeit zusagen.«

»Er ist ein tollhübscher Mann!«

»Das scheint mir nicht!« erwiderte Tess kühl.

»Nun, das ist deine große Chance, ob du so denkst oder so; und ich weiß gewiß, er trägt 'nen wunderschönen Diamantring.«

»Ja«, rief der kleine Abraham fröhlich von der Fensterbank her, »und ich hab' ihn gesehen! Und er funkelte, wenn er mit der Hand seinen Schnurrbart strich. Mutter, warum hat unser nobler Verwandter immerfort seine Hand an den Schnurrbart gehalten?«

»Hör dir das Kind an!« rief Mrs. Durbeyfield bedeutungsvoll und stolz.

»Vielleicht, um seinen Diamantring zu zeigen«, murmelte Sir John verträumt auf seinem Stuhle.

»Will es mir überdenken«, sagte Tess und verließ das Zimmer.

»Nun, sie hat bei dem jüngeren Zweig unserer Familie auf

den ersten Hieb Eroberung gemacht«, fuhr die würdige Frau zu ihrem Manne fort; »und sie ist 'ne Närrin, wenn sie's nicht ausnützt.«

»'s paßt mir nicht recht, daß meine Kinder von zu Hause weggehen«, sagte der Krämer. »Wo ich das Haupt von der Familie bin, sollten die andern zu mir kommen.«

»Aber laß sie doch gehen, Jacky«, bettelte schmeichlerisch seine arme, unverständige Frau. »Er ist in sie verschossen – du kannst es deutlich sehen. Kusine nannte er sie! Er wird sie heiraten, höchstwahrscheinlich, und eine Lady aus ihr machen; und dann ist sie wieder, was ihre Ahnen waren.«

John Durbeyfield besaß mehr Eitelkeit als Energie oder Gesundheit, und diese Aussicht gefiel ihm.

»Nun, vielleicht ist es das, was der junge Mr. d'Urberville im Sinn hat«, gab er zu; »und vielleicht denkt er im Ernst daran, sein Blut durch eine Verbindung mit der alten Linie zu verbessern. Tess, das kleine Luderchen! Ob sie wohl *deshalb* zu ihnen hingelaufen ist?«

Inzwischen schlenderte Tess gedankenvoll zwischen den Stachelbeerbüschen durch den Garten zum Grab des Pferdes. Als sie wieder ins Haus trat, nahm die Mutter die Gelegenheit wahr.

»Nun, was willst du tun?« fragte sie.

»Wenn ich nur Mrs. d'Urberville gesehen hätte«, erwiderte Tess.

»Ich denke, du kannst gut und gern einschlagen. Dann wirst du sie bald genug sehen.«

Ihr Vater hustete auf seinem Stuhl.

»Ich weiß nicht, was ich sagen soll!« antwortete das Mädchen fahrig. »Ihr müßt entscheiden. Ich habe das alte Pferd getötet, und jetzt ist's wohl an mir, euch irgendwie ein neues zu verschaffen. Doch – doch – Mr. d'Urberville gefällt mir nicht ganz.«

Die Kinder, die im Gedanken an die Aufnahme ihrer Schwester bei der reichen Verwandtschaft (denn so stellten sie sich die andere Familie vor) nach dem Tod des Pferdes einen schmerzstillenden Trost gefunden hatten, begannen zu weinen, als Tess sich so widerwillig zeigte. Sie quälten sie und warfen ihr das Zögern vor.

»Tess will nicht ge-e-e-hn und sich zu 'ner Dame machen lassen – nein, sie sagt, sie will nicht!« wehklagten sie mit weit aufgerissenen Mäulchen. »Wir werden kein feines neues Pferd kriegen und keinen Haufen Goldgeld, um Spielzeug auf dem Jahrmarkt zu kaufen! Und Tess wird sich nicht hübsch herausputzen können, niemals ni-i-icht!«

Ihre Mutter stimmte dasselbe Lied an: ihre Methode, die häuslichen Arbeiten ins Unendliche hinauszuziehen, so daß sie viel drückender erschienen, als sie in Wirklichkeit waren, ergab gleichfalls ein gewichtiges Argument. Einzig der Vater bewahrte eine neutrale Haltung.

»Ich will gehen«, sagte Tess schließlich.

Ihre Mutter konnte das Gefühl der bräutlichen Visionen, die des Mädchens Zustimmung heraufbeschwor, nicht unterdrükken.

»Recht so! Für so 'n hübsches Mädchen ist's 'ne feine Gelegenheit.«

Tess lächelte gequält.

»Ich hoffe, 's ist eine Gelegenheit zum Geldverdienen. Andere Möglichkeiten sehe ich nicht. Es wäre besser, du würdest zu den Nachbarn kein Wort von diesen dummen Dingen sagen.«

Mrs. Durbeyfield versprach nichts. Sie war nicht ganz sicher, ob sie sich nicht nach den Bemerkungen des Besuchers stolz genug fühlen würde, eine ziemliche Menge zu sagen.

So wurde die Sache abgemacht; und das junge Mädchen schrieb einen Brief, in dem sie sich bereit erklärte, an jedem beliebigen Tage, sobald man sie brauchen würde, aufzubrechen. Man teilte ihr pünktlich mit, daß Mrs. d'Urberville sich über ihren Entschluß freue und daß man ihr übermorgen an den höchsten Punkt des Tales einen leichten Karren entgegenschikken würde, um sie und ihr Gepäck aufzunehmen; und sie solle sich bereithalten. Mrs. d'Urbervilles Handschrift schien ziemlich männlich zu sein.

»Einen Karren?« murmelte Joan Durbeyfield argwöhnisch. »Für die eigene Verwandtschaft hätt's auch 'ne Kutsche sein können.«

Nachdem Tess nun schließlich ihren Weg gewählt hatte, war

sie weniger unruhig und zerstreut und ging an ihre Arbeit mit einer gewissen Selbstzufriedenheit bei dem Gedanken, durch eine nicht sehr drückende Beschäftigung ihrem Vater ein neues Pferd verschaffen zu können. Sie hatte gehofft, als Lehrerin an die Schule zu kommen, doch das Geschick schien es anders zu wollen. Da sie in geistiger Beziehung älter war als ihre Mutter, betrachtete sie Mrs. Durbeyfields Heiratsträume keinen Augenblick lang ernsthaft. Die leichtfertige Frau hatte für ihre Tochter fast von der Stunde ihrer Geburt an immer wieder gute Partien entdeckt.

VII

AN dem Morgen, der für die Abreise bestimmt war, lag Tess schon vor Anbruch der Dämmerung wach – in jener Minute am Rande der Nacht, da die Haine noch stumm sind und nur ein einziger prophetischer Vogel hellstimmig seine Überzeugung hinaussingt, daß zumindest er die genaue Zeit des Tages weiß, während alle andern Schweigen bewahren, als seien sie gleichermaßen überzeugt, daß sie nichts davon verstehen. Bis zum Frühstück blieb sie oben, mit Packen beschäftigt, und kam dann in ihren gewöhnlichen Werktagskleidern herunter, denn ihr Sonntagsgewand lag sorgsam gefaltet im Koffer.

Ihre Mutter stellte sie zur Rede. »Du willst doch nicht zu deinen Leuten gehn, ohne dich besser herauszustaffieren?«

»Ich soll ja doch *arbeiten!«* erwiderte Tess.

»Nun ja«, sagte Mrs. Durbeyfield; und fügte vertraulich hinzu: »Zu Anfang kann man ja ein bißchen so tun. Aber ich glaube, 's wird klüger sein, wenn du dich gleich von deiner besten Seite zeigst.«

»Gut, gut; du mußt es wohl am besten wissen«, erwiderte Tess ruhig und nachgiebig.

Und um ihrer Mutter Freude zu machen, lieferte sich das Mädchen ganz in Joans Hände und sagte mit gelassener Heiterkeit: »Mach mit mir, was du willst, Mutter.«

Mrs. Durbeyfield war nur zu entzückt über diese Fügsamkeit. Zuerst holte sie ein großes Becken herbei und wusch ihr das Haar mit solcher Gründlichkeit, daß es nach dem Trocknen und

Kämmen doppelt so üppig aussah als sonst. Sie durchflocht es mit einem breiteren roten Band als gewöhnlich. Dann zog sie ihr das weiße Kleid an, das Tess bei dem Vereinsumzug getragen hatte und dessen duftige Fülle im Verein mit der gebauschten Frisur ihrem in der Entwicklung begriffenen Körper eine Üppigkeit verlieh, die ihr Alter Lügen strafte und einen wohl veranlassen konnte, sie für ein Weib zu halten, obgleich sie doch nicht viel mehr war als ein Kind.

»Ich muß dir sagen, daß in meiner Strumpfferse ein Loch ist«, erklärte Tess.

»Scher dich nicht um Löcher in deinen Strümpfen – sie schreien nicht. Als ich ein Mädel war – solange ich nur einen hübschen Hut auf dem Kopf hatte, kümmerte ich mich den Teufel um meine Fersen.«

So stolz war die Mutter über des Mädchens Erscheinung, daß sie, wie ein Maler vor seiner Staffelei, zurücktrat und ihr Werk als Ganzes musterte.

»Du mußt dich selber anschaun!« rief sie. »Du siehst noch viel besser aus als neulich.«

Da der Spiegel nicht groß genug war, um auf einmal mehr als einen sehr kleinen Teil von Tess zu zeigen, hängte Mrs. Durbeyfield einen schwarzen Mantel außen an den Fensterrahmen und schuf so aus den Scheiben eine große Spiegelfläche, wie es der Brauch armer Häuslerinnen ist, wenn sie sich putzen. Dann ging sie die Treppe hinunter zu ihrem Mann, der im unteren Zimmer saß.

»Will dir sagen, wie's steht, Durbeyfield«, begann sie frohlockend; »er wird's nicht übers Herz bringen, sich nicht in sie zu verlieben. Aber was du auch tust, sprich nicht zuviel vor Tess von seiner Vernarrtheit in sie und von dieser Chance, die ihr da winkt. Sie ist ein so verqueres Mädel, daß es sie am Ende gegen ihn einnehmen könnte oder daß sie noch jetzt die Lust verliert, anzutreten. Wenn alles gut geht, bin ich dafür, diesem Pfarrer in Stagfoot Lane 'ne kleine Erkenntlichkeit zu schenken, weil er uns die ganze Sache erzählt hat – der liebe, gute Mann!«

Als aber die Abschiedsstunde näherrückte und das erste Entzücken über den Putz verflogen war, regten sich leichte Besorgnisse in Joan Durbeyfields Gemüt. Sie veranlaßten die gute

Frau, ihre Absicht zu äußern, ein kleines Stückchen mitzugehen – bis zu der Stelle, wo die Hänge des Tales ihren ersten steilen Anstieg nach der Außenwelt begannen. Auf der höchsten Stelle sollte Tess den Wagen treffen, den die Stoke-d'Urbervilles schickten, und ihren Koffer hatte bereits ein Bursche mit einem kleinen Handkarren voraus auf diese Anhöhe befördert, damit er bereitstehe.

Als die jüngeren Kinder ihre Mutter die Haube aufsetzen sahen, verlangten sie schreiend, mitgehen zu dürfen.

»Ich *will* aber ein kleines Stückchen mit Schwester mitgehn, jetzt, wo sie unsern vornehmen Vetter heiratet und feine Kleider tragen wird.«

»Nun aber«, sagte Tess errötend und drehte sich rasch um, »ich will kein Wort mehr davon hören! Mutter, wie konntest du ihnen nur solchen Unsinn in den Kopf setzen?«

»Nein, meine Kinderchen, sie geht zu unserer reichen Verwandten, um dort zu arbeiten und Geld für ein neues Pferd zu verdienen«, erklärte Mrs. Durbeyfield friedfertig.

»Leb wohl, Vater«, sagte Tess mit gepreßter Stimme.

»Leb wohl, mein Mädel«, erwiderte Sir John, hob den Kopf von der Brust und unterbrach sein Schläfchen, denn er hatte sich heute morgen zu Ehren des Anlasses eine kleine Ausschweifung gestattet. »Nun, ich hoffe, mein junger Freund wird ein so hübsches Exemplar von seinem eigenen Geblüt gerne sehen. Und sag ihm, Tess, weil wir so ganz von unserer früheren grandiosen Höhe heruntergekommen sind, will ich ihm den Titel verkaufen – ja, verkaufen – und zu keinem sehr teuren Preise.«

»Nicht für weniger als für tausend Pfund!« rief Lady Durbeyfield.

»Sag ihm – ich verlange tausend Pfund. Nun, ich tu's auch für weniger, wenn ich mir's recht überlege. Er wird dem Titel bessere Ehre machen als so ein armer ruinierter Kerl wie ich. Sag ihm, er soll ihn für hundert haben. Aber ich will mich nicht auf Lappalien versteifen. – Sag ihm, er soll ihn für fünfzig haben – für zwanzig Pfund! Ja, zwanzig Pfund – das ist der niedrigste Preis. Verdamm mich, Familienehre ist Familienehre, und nicht einen Pfennig weniger will ich nehmen!«

Das Auge des Mädchens war zu trüb und ihre Stimme zu erstickt, als daß sie die bitteren Gefühle äußern konnte, die sie erfüllten. Sie drehte sich schnell um und verließ das Zimmer.

So spazierten die Kinder und ihre Mutter miteinander dahin, Tess inmitten zweier Mädchen, die sie bei der Hand hielten und von Zeit zu Zeit nachdenkliche Blicke auf sie warfen, wie man einen Menschen betrachtet, der zu großen Taten auszieht; gleich dahinter schritt ihre Mutter, und die ganze Gruppe stellte das Bild ehrenhafter Schönheit dar, die Unschuld zur Seite und im Rücken die Eitelkeit voll Seeleneinfalt. Sie folgten der Straße bis zu der Stelle, wo der Anstieg begann, auf dessen Gipfel das Fuhrwerk aus Trantridge Tess aufnehmen sollte; man hatte diese Grenze gewählt, um dem Pferd die Mühe der letzten Steigung zu ersparen. In weiter Ferne hinter den ersten Hügeln unterbrachen die klippengleichen Gebäude von Shaston den Umriß der Bergkette. Auf der erhöhten Straße, in die der Aufstieg mündete, war niemand außer dem Burschen zu sehen, den sie vorausgeschickt hatten; der saß nun hier auf der Handdeichsel des Schubkarrens, welcher alle weltliche Habe des Mädchens enthielt.

»Warte hier, bald wird der Wagen kommen«, sagte Mrs. Durbeyfield. »Ja, da drüben sehe ich ihn schon!«

Er war gekommen – plötzlich tauchte er hinter dem Rande der nächsten Böschung auf und hielt neben dem Jungen mit dem Schubkarren. Die Mutter und die Kinder beschlossen nun, nicht mehr weiterzugehen; Tess sagte ihnen ein hastiges Lebewohl und lenkte ihre Schritte den Hügel hinan.

Sie sahen, wie ihre weiße Gestalt sich dem leichten Karren näherte, auf dem bereits der Koffer stand. Doch bevor sie ihn noch ganz erreicht hatte, schoß aus einer dichten Baumgruppe auf dem Gipfel ein zweites Gefährt hervor, lenkte um die Biegung der Straße an dem Gepäckwagen vorbei und hielt neben Tess, die sich wie in höchster Überraschung umdrehte.

Jetzt erst gewahrte die Mutter, daß dieses zweite Vehikel nicht ein bescheidenes Gefährt war wie das erste, sondern ein funkelnagelneues Gig oder zweirädriges Jagdwägelchen, prächtig ausgestattet und lackiert. Der Fahrer war ein junger Mann von drei- oder vierundzwanzig Jahren, mit einer Zigarre zwischen den Zähnen; er trug eine modische Sportmütze, ein graues Jackett, Beinkleider von derselben Farbe, weißes Halstuch, steifen Kragen und braune Kutschierhandschuhe – kurz, er war der hübsche junge, stutzerhafte Reitersmann, der vor ein oder zwei Wochen Joan besucht hatte, um sich Bescheid über Tess zu holen.

Mrs. Durbeyfield klatschte wie ein Kind in die Hände. Bald senkte sie die Blicke, bald starrte sie wieder hin. Konnte sie sich denn noch in der Bedeutung dieses Ereignisses irren?

»Ist das der noble Onkel, der Schwesterchen zu einer Dame machen will?« fragte das jüngste Kind.

Inzwischen konnte man die in Musselin gehüllte Tess auf der Höhe stehen sehen, regungslos und unentschlossen neben diesem Wägelchen, dessen Insasse auf sie einsprach. Ihre scheinbare Unentschlossenheit war in Wirklichkeit weit mehr als Unentschlossenheit: war eine böse Ahnung. Tess würde den bescheidenen Karren vorgezogen haben. Der junge Mann stieg vom Bock und bat sie allem Anschein nach sehr dringend, aufzusitzen. Sie wandte das Gesicht den Hügel hinab zu ihren Angehörigen und betrachtete die kleine Gruppe. Irgend etwas schien einen raschen Entschluß in ihr zu erwecken; vielleicht fuhr es ihr durch den Kopf, daß *sie* Prinz getötet hatte. Plötzlich stieg sie auf, der junge Mann schwang sich neben sie und peitschte unverzüglich auf das Pferd los. Im nächsten Augenblick waren sie an dem langsamen Karren mit dem Koffer vorüber und verschwanden hinter dem Rand des Hügels.

Kaum war Tess außer Sichtweite und das dramatische Interesse an der Sache verflogen, als sich die Augen der Kleinen mit Tränen füllten. Das jüngste Kind sagte: »Wenn doch lieber die arme, arme Tess nicht fortgegangen wäre, um eine Dame zu werden!«, und die Mundwinkel verziehend, brach es in Schluchzen aus. Dieser neue Gesichtspunkt steckte die andern an, das zweite Kind folgte dem Beispiel und dann auch das letzte, bis sie alle drei laut und jämmerlich weinten.

Auch in Joan Durbeyfields Augen standen Tränen, als sie sich heimwärts wandte. Sobald sie aber das Dörfchen erreicht hatte, begann sie geduldig auf die Gunst des Zufalls zu vertrauen. Des Nachts jedoch im Bette seufzte sie schwer, und ihr Mann fragte sie, was los sei.

»Oh, ich weiß es selbst nicht genau«, erwiderte sie. »Ich dachte mir, es wär vielleicht besser gewesen, wenn Tess nicht hingegangen wäre.«

»Hättest du daran nicht vorher denken sollen?«

»Nun, 's ist 'ne Chance für das Mädel – aber trotzdem, wenn's noch einmal drauf ankäme, würd ich sie nicht eher fortlassen, bis ich nicht herausgefunden hätte, ob der Gentleman wirklich ein gutherziger junger Mann ist und sich für sie als Verwandter interessiert.«

»Ja, das hättst vielleicht tun sollen«, schnarchte Sir John.

Joan Durbeyfield wußte stets irgendeinen Trost ausfindig zu machen: »Nun, sie gehört zum echten Stamm, und so muß sie allemal mit ihnen zu Rande kommen, wenn sie ihren Trumpf richtig ausspielt. Und heiratet er sie nicht gleich, so heiratet er sie später. Denn daß er lichterloh in sie verschossen ist, das kann jedermanns Auge sehn.«

»Was ist ihr Trumpf? Ihr d'Urberville-Blut, meinst du?«

»Nein, Dummkopf; ihr Gesicht – wie's bei mir war.«

VIII

NACHDEM sich Alec d'Urberville neben Tess auf den Bock geschwungen hatte, kutschierte er in schnellem Tempo den Kamm des ersten Hügels entlang, und während sie so dahinfuhren und den Karren mit dem Koffer weit hinter sich zurückließen, schwatzte er ununterbrochen auf sie ein und überhäufte sie mit Komplimenten. Stetig ansteigend erstreckte sich rund um sie nach allen Seiten eine unabsehbare Landschaft; hinter Tess lag das grünende Tal ihrer Geburt, vor ihr eine grauverhüllte Gegend, von der sie nichts weiter wußte als das wenige, was ihr erster kurzer Besuch in Trantridge sie gelehrt hatte. So erreichten sie den Rand eines Abhanges, über den sich die Straße fast eine Meile weit schnurgerade hinabsenkte.

Seit dem Unfall mit ihres Vaters Pferd war Tess Durbeyfield, trotz ihres angeborenen Mutes, stets übertrieben furchtsam, sooft sie in einem Wagen saß; die kleinste unregelmäßige Bewegung erschreckte sie. Eine gewisse Sorglosigkeit, mit der ihr Führer die Zügel handhabte, begann sie unruhig zu machen.

»Sie werden hinunter wohl langsam fahren?« sagte sie und versuchte, unbekümmert zu erscheinen.

D'Urberville wandte seine Blicke zu ihr, wippte die Zigarre zwischen den Spitzen seiner großen weißen Vorderzähne und erlaubte seinen Lippen, ganz von selber leise zu lächeln.

»Nun, Tess«, antwortete er nach ein oder zwei paffenden Zügen aus seiner Zigarre, »das fragt doch nicht ein so strammes, tapferes Mädchen wie Sie? Ich nehme den Abhang immer in vollem Galopp. 's gibt nichts, was so aufpulvert.«

»Aber vielleicht müssen Sie es nicht gerade *jetzt* tun?«

»Ah«, sagte er, den Kopf wiegend, »es sind zweie da, mit denen man zu rechnen hat. Es kommt nicht nur auf mich an. Tib muß gefragt werden, und sie hat eine sehr kuriose Veranlagung.«

»Wer?«

»Nun, diese Stute. Mir scheint, sie sah sich eben sehr grimmig nach mir um. Haben Sie es nicht bemerkt?«

»Probieren Sie nicht, mir Angst einzujagen«, erwiderte Tess steif.

»Nein, das tue ich nicht. Wenn irgendein Mensch auf Erden dieses Pferd lenken kann, so bin ich's. Ich will nicht sagen, daß es überhaupt eine Menschenseele zustande bringt – aber *wenn* jemand diese Macht besitzt, muß ich es sein.«

»Warum halten Sie so ein Pferd?«

»Ah, das dürfen Sie wohl fragen! Es war mein Schicksal, vermute ich. Tib hat schon mal einen Kerl getötet; und gleich nachdem ich sie gekauft hatte, erschlug sie mich beinahe. Und dann, mein Wort drauf, habe *ich* sie fast umgebracht. Aber sie ist immer noch querköpfig; und man ist manchmal mit ihr kaum seines Lebens sicher.«

Sie begannen eben die Talfahrt; und unverkennbar – ob aus eigenem Antrieb oder auf Veranlassung seines Herrn (und das letztere war das wahrscheinlichere) – wußte das Pferd so gut, welche tollkühne Tat man von ihm erwartete, daß es kaum eines Winkes vom Bock bedurfte.

Immer weiter hinab rasten sie, die Räder surrten wie ein Kreisel, das Gig schaukelte nach rechts und links, die Achse stellte sich ein wenig schief zur Fahrtrichtung, und der Rücken des Pferdes hob und senkte sich vor ihnen in wellenförmigen Stößen. Zuweilen schien ein Rad viele Meter lang den Boden nicht zu berühren, manchmal sprang wirbelnd ein Stein über die Hecke, und unter den Hufen spritzten Funken, die das Tageslicht überstrahlten. Vor ihnen, wie sie so dahinjagten, weitete sich die gerade Straße ihren Blicken entgegen, die beiden Straßenränder schossen auseinander wie ein sich spaltender Stock und stürzten links und rechts an den Schultern vorbei.

Der Wind blies durch ihr weißes Musselingewand bis auf die Haut, und ihre gewaschenen Haare flatterten nach rückwärts. Sie nahm sich vor, keine Furcht zu verraten, aber sie umklammerte d'Urbervilles Arm, der die Zügel hielt.

»Berühren Sie nicht meinen Arm! Wir fliegen hinaus, wenn Sie das tun! Nehmen Sie mich um die Taille, und halten Sie sich fest.«

Sie umschlang ihn um die Mitte, und so erreichten sie den Fuß des Hügels.

»Wohlbehalten, Gott sei Dank, trotz Ihrer Torheit!« sagte sie mit glühendem Gesicht.

»Pfui, Tess; warum so giftig?« rief d'Urberville.

»Die Wahrheit ist es.«

»Nun, Sie brauchten mich nicht so ganz ohne Dank loszulassen, kaum daß Sie sich außer Gefahr fühlen.«

Sie hatte nicht überlegt, was sie tat, als sie sich unwillkürlich an ihn anklammerte, nicht bedacht, ob er ein Mann war oder ein Weib, ob Stock oder Stein. Nun gewann sie wieder ihre Haltung, saß, ohne zu antworten, abweisend da, und so erreichten sie den Gipfel eines zweiten Hanges.

»Nun wieder los!« sagte d'Urberville.

»Nein, nein!« rief Tess. »Seien Sie vernünftiger, ich bitte Sie darum.«

»Wenn man sich aber auf einem der höchsten Punkte der Grafschaft befindet, muß man wieder hinab«, gab er zurück.

Er ließ die Zügel schießen, und zum zweiten Male fuhren sie drauflos. D'Urberville wandte ihr sein Gesicht zu, als der Wagen hin- und herschleuderte, und sagte mit mutwilligem Spott: »Nun, legen Sie wieder Ihren Arm um meine Hüften, wie Sie es vorhin taten, meine Schöne.«

»Niemals!« erwiderte Tess voll Selbstvertrauen und hielt sich, so gut sie konnte, fest, ohne ihn zu berühren.

»Lassen Sie mich einen einzigen kleinen Kuß auf diese Kirschenlippen drücken, Tess, oder auch nur auf diese erhitzte Wange, und ich halte an – auf Ehre, ich tu's!«

Tess, maßlos überrascht, glitt auf ihrem Sitz noch weiter von ihm weg, worauf er das Pferd von neuem antrieb und sie noch stärker schaukelte.

»Kann nichts anderes helfen?« rief sie schließlich verzweifelt, und ihre großen Augen starrten ihn an wie die Augen eines wilden Tieres. Daß ihre Mutter sie so hübsch herausgeputzt hatte, zeitigte offensichtlich eine beklagenswerte Wirkung.

»Nichts, teure Tess«, antwortete er.

»Oh, ich weiß nicht – nun gut; meinetwegen!« stieß sie mit fliegendem Atem kläglich hervor.

Er zog die Zügel, und als der Wagen seine Fahrt verlangsamte, schickte er sich an, sich den ersehnten Kuß zu holen. Doch plötzlich wich sie zur Seite, als käme ihr jetzt erst ihre Sittsamkeit zum Bewußtsein. Da seine Arme mit den Zügeln beschäftigt waren, lag es nicht in seiner Macht, ihr Manöver zu verhindern.

»Nun, verdammt – ich werde uns beiden den Hals brechen!« schwor ihr mutwillig leidenschaftlicher Gefährte. »So halten Sie also Ihr Wort, Sie junge Hexe, so?«

»Gut denn«, sagte die arme Tess; »ich will stillhalten, da Sie so entschlossen sind! Doch ich – ich dachte, Sie würden freundlich zu mir sein und mich beschützen, als mein Verwandter!«

»Der Teufel hol den Verwandten! Nun?«

»Aber ich will nicht, daß jemand mich küßt!« flehte sie, während eine große Träne über ihr Gesicht herabzukollern begann und ihre Mundwinkel vor verhaltenem Weinen zuckten. »Und ich wäre nicht gekommen, wenn ich das gewußt hätte.«

Er blieb unerbittlich, und sie hielt still, und d'Urberville gab ihr den Kuß der Macht. Kaum war dies geschehen, als sie vor Scham errötete, das Taschentuch hervorzog und den Fleck auf ihrer Wange, den seine Lippen berührt hatten, heftig zu reiben begann. Der Anblick reizte seinen Unwillen, denn diese Bewegung war sehr unüberlegt.

»Für ein Bauernmädchen sind Sie gewaltig heikel!« sagte der junge Mann.

Tess gab auf diese Bemerkung keine Antwort, und freilich verstand sie nicht ganz seinen Gedankengang; daß sie ihm durch das unwillkürliche Abwischen ihrer Wange einen beleidigenden Verweis erteilt hatte, kam ihr nicht zu Bewußtsein. Für sie war der Kuß durch diese Gebärde ungeschehen gemacht, soweit so etwas äußerlich möglich ist. In dem dunklen Gefühl, daß er verdrossen sei, blickte sie beharrlich geradeaus, während sie eine weitere halbe Stunde dahintrabten, bis sie zu ihrer Bestürzung bemerkte, daß sie noch einen Abhang zu überwinden hatten.

»Es soll Ihnen leid tun!« begann er, immer noch in beleidigtem Tone, und schwang von neuem die Peitsche. »Das heißt, wenn Sie mir nicht gutwillig erlauben, Sie noch einmal zu küssen, und ohne Taschentuch.«

Sie seufzte. »Gut denn, mein Herr«, sagte sie. »Oh – lassen Sie mich meinen Hut holen!«

Mitten im Wort hatte der Wind ihren Hut auf die Straße geweht, denn ihr gegenwärtiges Tempo auf der Hochfläche war keineswegs langsam. D'Urberville zog die Zügel und sagte, er wolle ihn für sie holen, aber Tess war schon auf der andern Seite unten.

Sie ging zurück und hob ihn auf.

»Sie sehen ohne ihn hübscher aus, bei meiner Seele – wenn das möglich ist«, sagte er, während er sie über die Rücklehne des Bockes betrachtete. »Nun denn, nur herauf! Was ist los?«

Der Hut saß auf seinem Platz und war festgebunden, aber Tess hatte noch keinen Schritt vorwärts getan.

»Nein, mein Herr«, rief sie, in trotzigem Triumph das Elfenbein ihres Mundes enthüllend; »nie wieder, soweit es an mir liegt.«

»Wie – Sie wollen nicht zu mir heraufsteigen?«

»Nein; ich werde gehen.«

»Es sind noch fünf oder sechs Meilen bis Trantridge.«

»Und wenn es auch ein Dutzend sind! Übrigens kommt der Karren hinterher.«

»Sie schlaue Hexe! Nun, sagen Sie mir aufrichtig – haben Sie nicht absichtlich diesen Hut wegfliegen lassen? Ich will drauf schwören!«

Ihr vorsichtiges Schweigen bestärkte d'Urberville in seinem Verdacht.

Dann verfluchte und verwünschte er sie und gab ihr alle Namen, die ihm nur für den Anlaß einfallen wollten. Plötzlich riß er das Pferd herum und versuchte, nach rückwärts auf sie zuzufahren, um sie so zwischen dem Gig und der Hecke einzuengen. Doch ging dies nicht an, ohne sie zu verletzen.

»Sie sollten sich schämen, daß Sie so schändliche Worte gebrauchen!« rief Tess mutig von der Höhe der Hecke her, in die sie hineingeklettert war. »Ich kann Sie überhaupt nicht leiden! Ich hasse und verabscheue Sie! Ich gehe zu meiner Mutter zurück, ja!«

D'Urbervilles üble Laune heiterte sich auf beim Anblick ihres Zorns, und er lachte herzhaft.

»Nun, ich mag Sie nur um so lieber«, sagte er. »Kommen Sie, es soll Friede sein. Ich will's nie wieder gegen Ihren Willen versuchen. Mein Leben zum Pfand!«

Immer noch ließ sich Tess nicht bewegen, wieder aufzusitzen. Doch erhob sie keinen Einwand dagegen, daß er mit seinem Gig neben ihr herfuhr, und in diesem Aufzug rückten sie langsamen Schrittes dem Dorfe Trantridge näher. Von Zeit zu Zeit verriet d'Urberville einen fast wilden Schmerz, wenn er mit ansah, wie er sie durch sein schlechtes Benehmen gezwungen hatte, zu Fuß dahinzuwandern. Sie hätte sich ihm nun wirklich unbesorgt anvertrauen dürfen; aber fürs erste hatte er ihr Vertrauen verwirkt, und sie blieb unten auf der Straße, nachdenklich schreitend, als fragte sie sich zweifelnd, ob es nicht klüger wäre, nach Hause zurückzukehren. Doch ihr Entschluß war nun einmal gefaßt, und es schien wankelmütig, ja sogar kindisch, wenn sie ihn jetzt aufgeben wollte, solange sie nicht gewichtigere Gründe hatte.

Wie konnte sie ihren Eltern vor die Augen treten, wie den Koffer zurückschaffen? Und wie durfte sie aus so sentimentalen Rücksichten den ganzen Plan zur Rehabilitierung ihrer Familie über den Haufen werfen?

Wenige Minuten später tauchten vor ihrem Blick die Rauchfänge des Landsitzes auf und in einem geschützten Winkel zur Rechten die Geflügelfarm und das Bauernhäuschen, ihr Bestimmungsort.

IX

DAS Geflügelvolk, zu dessen Aufseherin, Lieferantin, Wärterin, Ärztin und Freundin Tess ernannt wurde, hatte sein Hauptquartier in einer alten, strohbedeckten Hütte aufgeschlagen, inmitten eines Geheges, das früher einmal ein Garten gewesen, nun aber ein zertretener und sandiger Hofplatz war. Efeu überwucherte das Haus, und die Zweige dieses Schmarotzers schlangen sich so breit und üppig um den Schornstein, daß er wie ein verfallener Turm wirkte. Die unteren Räume blieben gänzlich den Vögeln überlassen, die in ihnen mit dem Gehaben rechtmäßiger Besitzer umherspazierten, als sei die Wohnung von ihnen selbst erbaut worden und nicht von gewissen staubbedeckten Zinssassen, die nun ostwärts und westwärts verstreut auf dem Kirchhof lagen. Die Abkömmlinge dieser ehemaligen Eigentümer empfanden es fast als eine Nichtachtung ihrer Familie, als das Haus, an dem sie mit solcher Liebe hingen, das ihre Vorfahren soviel Geld gekostet hatte und mehrere Generationen hindurch, lange bevor die d'Urbervilles kamen und hier zu bauen begannen, in ihrem Besitz gewesen war, als dieses Haus von Mrs. Stoke-d'Urberville, kaum daß ihr das Besitztum rechtmäßig zufiel, achtlos in einen Geflügelstall verwandelt wurde. ›Zu Großvaters Zeiten war's gut genug für Christenmenschen‹, sagten sie.

Die Zimmer, in denen Dutzende von Kindern ihre Erziehung mit Jammergeschrei begleitet hatten, widerhallten nun von dem Trippeln heranwachsender Kücken. Verstörte Hennen in Gatterkäfigen nahmen die Stellen ein, wo ehemals würdige und gelassene Pflüger auf ihren Stühlen gesessen hatten. Die Kaminecke

und der einstmals flammende Herd waren nun mit umgestürzten Bienenkörben vollgestellt, in denen die Hennen ihre Eier legten; und draußen vor der Tür wurden die Gartenplätze, die das jeweilige Familienhaupt sorgsam mit seinem Spaten in Ordnung gehalten hatte, von den Hähnen wild und rücksichtslos zerscharrt.

Den Garten, in dem das Häuschen stand, umgab eine Mauer; er konnte nur durch eine Pforte betreten werden.

Als Tess, die erfahrene Tochter eines berufsmäßigen Geflügelzüchters, sich am nächsten Morgen ungefähr eine Stunde damit beschäftigt hatte, die verschiedenen Einrichtungen zu ändern und zu verbessern, öffnete sich die Tür in der Mauer, und ein Dienstmädchen in weißer Haube und Schürze trat ein. Sie kam vom Herrenhaus.

»Mrs. d'Urberville wünscht das Geflügel wie gewöhnlich«, sagte sie; doch als sie gewahrte, daß Tess sie nicht ganz verstand, erklärte sie: »Missis ist eine alte Dame und blind.«

»Blind!« rief Tess.

Fast bevor noch die bösen Ahnungen, die diese Neuigkeit in ihr erweckte, Zeit finden konnten, festere Umrisse zu gewinnen, nahm sie auf die Weisung ihrer Kameradin zwei von den schönsten Hamburghs unter den Arm und folgte ihr, die gleichfalls zwei Hühner ergriffen hatte, zu dem nahe gelegenen Herrenhaus; trotzdem es reichgeschmückt und imposant war, verrieten an diesem Flügel überall Spuren, daß irgendein Bewohner seiner Räume stummen Geschöpfen seine Liebe zuwende – denn in Sichtweite der Fenster flogen Federn durch die Luft, und Hühnerkörbe standen im Gras.

In einem Wohnzimmer zu ebener Erde saß, tief verborgen in einem Lehnstuhl, mit dem Rücken zum Licht, die Eigentümerin und Herrin des Gutes, eine weißhaarige Frau, nicht älter als sechzig Jahre oder vielleicht sogar noch jünger, mit einer großen Haube auf dem Kopf. Sie besaß eher die beweglichen Züge, wie man sie häufig bei Menschen findet, deren Augenlicht Stufe um Stufe dahinschwand, die sich angestrengt bemüht haben, es zu erhalten, und sich nur widerstrebend von ihm trennten, als die starre Miene jener Leute, die schon seit langem des Gesichtes beraubt oder gar blind geboren sind.

Tess schritt mit ihren gefiederten Schützlingen auf diese Dame zu – unter jedem Arm ein Huhn.

»Ah, Sie sind das junge Mädchen, das sich meiner Vögel annehmen soll«, sagte Mrs. d'Urberville, als sie einen fremden Schritt vernahm. »Ich hoffe, Sie werden freundlich zu ihnen sein. Mein Verwalter sagte mir, Sie wären ganz die geeignete Person für diesen Posten. Nun, wo stecken sie? Ah, dies ist Prahlhans! Aber er ist heute gar nicht so lebendig, nicht wahr? Er fürchtet sich wohl, weil er von einer fremden Hand angefaßt wird. Und Phena auch – ja, sie sind ein wenig erschreckt – nicht wahr, meine Lieblinge? Aber sie werden sich bald an Sie gewöhnen.«

Während die alte Dame sprach, setzten Tess und die andere Magd, ihren Winken Folge leistend, die Hühner nacheinander auf ihren Schoß, und sie befühlte sie vom Kopf bis zum Schwanz, untersuchte ihre Schnäbel, ihre Läppchen, die Kämme der Hähne, ihre Flügel und ihre Krallen. Ihr Tastsinn befähigte sie, die Tiere augenblicklich zu erkennen und sofort zu entdecken, ob auch nur eine einzige Feder geknickt oder beschmutzt war. Sie griff ihre Kröpfe ab und wußte, was sie gefressen hatten, ob zuwenig oder zuviel; auf ihrem Gesicht spiegelten sich lebendig die kritischen Gedanken, die ihren Geist durchzogen.

Die Vögel, die die beiden Mädchen hereingebracht hatten, wurden wieder in den Hof zurückgetragen, und der Vorgang wiederholte sich, bis die alte Dame alle die verhätschelten Hähne und Hennen einer Prüfung unterzogen hatte – Hamburghs, Zwerghühner, Cochinchinas, Dorkings und derlei Rassen, wie sie gerade damals in Mode waren; jeden einzelnen Besucher erkannte sie, sobald der Vogel auf ihren Knien saß, und irrte sich nur selten.

Es gemahnte Tess an eine Konfirmation; Mrs. d'Urberville war der Bischof, die Hühner waren die jungen Leute, die vorgeführt wurden, und sie selbst und das Dienstmädchen repräsentierten Pastor und Kurat des Kirchspiels, das sie großgezogen hatte. Am Schluß der Zeremonie fragte Mrs. d'Urberville Tess ganz unvermittelt, während tausend Runzeln und Fältchen wellengleich über ihr Gesicht huschten: »Können Sie pfeifen?«

»Pfeifen, gnädige Frau?«

»Ja, Liedchen pfeifen.«

Tess *konnte* pfeifen, gleich den meisten andern Landmädchen, obgleich sie sich's nicht angelegen sein ließ, diese Fertigkeit in feiner Gesellschaft auszuüben. Doch gab sie freundlich zu, daß es sich so verhalte.

»Dann werden Sie sich jeden Tag damit beschäftigen müssen. Ich hatte einen Jungen, der konnte es sehr gut, aber er ist weggegangen. Ich wünsche, daß Sie meinen Gimpeln vorpfeifen; da ich sie nicht sehen kann, liebe ich es, sie zu hören, und auf diese Weise bringen wir ihnen Melodien bei. Zeigen Sie ihr, wo die Käfige stehen, Elisabeth. Sie müssen morgen beginnen, sonst bleiben mir die Vögel zurück. Sie sind nun schon mehrere Tage vernachlässigt worden.«

»Mr. d'Urberville hat ihnen heute morgen vorgepfiffen, Madam«, sagte Elisabeth.

»So? Puh!«

Das Gesicht der alten Dame legte sich in unwillige Falten, und sie gab keine weitere Antwort.

So endete für Tess der Empfang bei ihrer vermeintlichen Verwandten, und die Vögel wurden in ihre Gelasse zurückgetragen. Des Mädchens Überraschung über Mrs. d'Urbervilles Benehmen war nicht groß; denn seit sie den Umfang des Gutes gesehen hatte, erwartete sie nicht mehr. Aber sie war weit davon entfernt zu merken, daß die alte Dame noch nie ein Wort von der sogenannten Verwandtschaft vernommen hatte. Sie vermutete, daß zwischen der blinden Frau und ihrem Sohn keine tiefe Neigung bestehe. Aber auch darin irrte sie sich. Mrs. d'Urberville war nicht die erste Mutter, die sich gezwungen sah, ihren Sprößling grollend zu lieben und grenzenlos nachsichtig zu sein.

Trotz des so unangenehmen Vorspiels am vergangenen Tag fühlte sich Tess von der Freiheit und Neuartigkeit ihrer Stellung angezogen, als des Morgens die helle Sonne schien und sie nun einmal hier in ihre neue Würde eingeführt war. Sie brannte darauf, ihr Können an der unerwarteten Aufgabe zu erproben, um sich so zu vergewissern, ob sie Aussicht habe, ihren Posten zu behalten. Sobald sie in dem ummauerten Garten allein war, setzte sie sich auf einen Hühnerkorb und spitzte sehr ernsthaft den Mund zu der lang vernachlässigten Übung. Und sie entdeckte, daß ihre frühere Fertigkeit kläglich geschwunden war und nichts von ihren Lippen kam als ein hohles, grabesdüsteres Windessausen – nicht ein einziger klarer Ton.

Fruchtlos blies und blies sie immer wieder die Backen auf, verwundert, wie sie sich dieser angeborenen Kunst so ganz hatte entwöhnen können, bis sie plötzlich gewahr wurde, daß sich etwas in den Efeuzweigen bewegte, die die Gartenmauer nicht weniger dicht überzogen als die Hütte. Sie blickte hin und sah eine Gestalt vom Mauersims auf den Rasen herunterspringen. Es war Alec d'Urberville, der ihr nicht zu Gesicht gekommen war, seit er sie tags zuvor an die Tür des Gärtnerhäuschens, ihre Wohnung, geleitet hatte.

»Auf Ehre!« rief er. »Noch nie hat es in Natur oder Kunst etwas so Schönes gegeben wie Ihren Anblick, Kusine Tess.« (Das Wort Kusine hatte einen leichten spöttischen Beiklang.) »Ich habe Sie von der anderen Seite der Mauer beobachtet; wie die Ungeduld auf einem Denkmal sitzen Sie da und spitzen diesen hübschen roten Mund zum Pfeifen und huhuen und huhuen und fluchen im stillen und sind nicht imstande, einen Ton hervorzubringen. Sie sehen ja ganz verdrossen drein, weil es Ihnen nicht gelingt.«

»Ich *bin* verdrossen, aber ich habe nicht geflucht.«

»Ah! Ich verstehe, warum Sie's probieren – diese Gimpel! Meine Mutter will wohl, daß sie ihre musikalische Erziehung fortführen. Wie selbstsüchtig von ihr! Als ob es nicht genug Arbeit für ein Mädchen wäre, diese verdammten Hähne und Hennen zu pflegen. Wenn ich Sie wäre, würde ich mich rundweg weigern.«

»Aber sie wünscht es ganz besonders von mir, und morgen früh soll ich bereit sein.«

»Wirklich? Nun denn – ich werde Ihnen ein oder zwei Lektionen geben.«

»O nein, das werden Sie nicht tun!« sagte Tess, sich nach der Pforte zurückziehend.

»Unsinn; ich will Sie ja nicht anrühren. Schauen Sie – ich werde auf dieser Seite des Drahtgitters stehen, und Sie können auf der andern bleiben; so dürfen Sie sich ganz sicher fühlen. Nun, geben Sie acht. Sie spitzen Ihre Lippen zu straff. So ist es richtig – so.«

Er ließ dem Wort die passende Handlung folgen und pfiff einen Vers aus ›Tu, o tu diese Lippen fort‹. Doch die Anspielung machte nicht den leisesten Eindruck auf Tess.

»Nun probieren Sie's«, sagte d'Urberville.

Sie versuchte, reserviert auszusehen; ihr Gesicht verhärtete sich streng wie ein steinernes Bild. Doch er beharrte auf seiner Aufforderung, und schließlich, um ihn loszuwerden, schürzte sie die Lippen nach seinem Rate; doch lachte sie gequält auf, bevor es ihr gelang, einen klaren Ton hervorzubringen, und dann errötete sie vor Ärger über ihr Lachen.

Er ermutigte sie: »Versuchen Sie es noch einmal!«

Tess war sehr ernsthaft, schmerzlich ernsthaft in diesem Augenblick; sie probierte – und zu guter Letzt kam ganz unerwartet ein richtiger voller Ton von ihren Lippen. Die momentane Freude am Erfolg überwältigte sie; ihre Augen weiteten sich, und unwillkürlich lächelte sie ihm ins Gesicht.

»Das war's! Jetzt habe ich Sie in Schwung gebracht – und es wird wunderschön weitergehn. Sehen Sie, ich sagte, daß ich nicht in Ihre Nähe kommen würde; und trotz einer Versuchung, wie sie noch nie einem Sterblichen begegnet ist,werde ich mein Wort nicht brechen ... Tess, halten Sie meine Mutter für eine verschrobene alte Seele?«

»Ich weiß noch nicht viel von ihr.«

»Sie werden dahinterkommen; es kann gar nicht anders sein, wenn sie von Ihnen verlangt, ihren Gimpeln vorzupfeifen. Ich stehe jetzt ziemlich mit ihr über Kreuz, aber Sie werden in Gunst kommen, wenn Sie ihr lebendes Inventar gut betreuen. Guten Morgen! Sollten Sie auf irgendwelche Schwierigkeiten stoßen und Hilfe brauchen, so gehen Sie nicht zum Verwalter, kommen Sie zu mir.«

Dies war das Regime, in dessen Machtkreis Tess Durbeyfield gewagt hatte, einen Platz auszufüllen. Die Erlebnisse des ersten Tages wiederholten sich an zahlreichen folgenden Tagen. Ein allmähliches Vertrautwerden mit Alec d'Urbervilles Anwesenheit – das dieser junge Mann sorgfältig förderte, indem er leichthin mit ihr plauderte und sie, wenn sie allein waren, scherzhaft seine Kusine nannte – beseitigte fast ganz ihre ursprüngliche Scheu vor ihm, ohne jedoch irgendein Gefühl in ihr Herz zu pflanzen, das eine neue und zartere Scheu erzeugen konnte. Aber sie war gefügiger unter seinen Händen, als eine bloße Kameradschaft bewirkt haben würde, dank ihrer unvermeidlichen Abhängigkeit von seiner Mutter und – da diese verhältnismäßig hilflos war – auch von ihm.

Bald fand sie, daß das Pfeifen vor den Gimpeln in Mrs. d'Urbervilles Zimmer keine sehr drückende Beschäftigung war, soweit sie nur ihre Kunstfertigkeit wieder besaß; denn von ihrer musikalischen Mutter hatte sie zahlreiche Melodien aufgeschnappt, die wunderbar für diese Sänger paßten. Weit befriedigender als die Übungen im Garten war dies allmorgendliche Pfeifen an den Käfigen. Frei von dem Zwang, den ihr des jungen Mannes Gegenwart auferlegt hatte, schürzte sie den Mund, näherte ihre Lippen dem Gitter und pfiff in ruhiger Anmut den aufmerksamen Lauschern vor.

Mrs. d'Urberville schlief in einer großen vierpfostigen Bettstatt, die mit schweren Damastvorhängen verhüllt war, und die Dompfaffen bewohnten dasselbe Gemach, wo sie zu bestimmten Stunden frei umherflitzten und kleine Tupfen auf dieMöbel setzten. Während Tess einst am Fenster vor den aufgereihten Käfigen stand und wie gewöhnlich ihre Lektion erteilte, glaubte sie hinter dem Bett ein Rascheln zu hören. Die alte Dame war nicht anwesend, und als sich das Mädchen umdrehte, hatte sie den Eindruck, daß unter dem Saum der Vorhänge die Spitzen zweier Stiefel zum Vorschein kamen. Dies brachte ihr Pfeifen so aus dem Konzept, daß der Lauscher, wenn einer zugegen war, ihren Argwohn entdecken mußte. Nach diesem Vorfall durchsuchte sie jeden Morgen die Falten des Vorhangs, doch fand sie nie jemanden dahinter. Alec d'Urberville hatte sich offenbar eines Besseren besonnen und den kindischen Einfall, sie durch solch einen Hinterhalt zu erschrecken, aufgegeben.

X

JEDES Dorf hat seine Eigenheiten, seine Verfassung, seinen eigenen Moralkodex. Die leichtsinnige Flatterhaftigkeit eines Teiles der jüngeren Frauen in und um Trantridge fiel in die Augen und war vielleicht kennzeichnend für den erlesenen Geist, der das benachbarte Haus ›Am Hang‹ regierte. Der Ort besaß auch noch einen eingewurzelten Makel: es wurde stark getrunken. Die ständige Unterhaltung auf den Bauernhöfen in der Runde drehte sich um die Nutzlosigkeit des Geldsparens: und Arithmetiker in Arbeitskitteln, über ihre Pflüge oder Hauen gebeugt, ließen sich in äußerst spitzfindige Berechnungen ein, um zu beweisen, daß die Armenpfründe des Kirchspiels einem Mann in seinen alten Tagen eine reichlichere Versorgung biete als alles, was er sich ein ganzes Leben hindurch von seinen Löhnen absparen könne.

Das Hauptvergnügen dieser Philosophen war es, jeden Samstagabend nach getaner Arbeit nach Chaseborough, einer heruntergekommenen Marktstadt zwei oder drei Meilen von Trantridge, zu wandeln; und dann kehrten sie in den ersten Morgenstunden heim und verbrachten den Sonntag damit, die verdauungsstörenden Wirkungen jenes merkwürdigen Gebräus zu verschlafen, das ihnen von den Monopolbesitzern der einstmals unabhängigen Wirtshäuser als Bier verkauft wurde.

Lange Zeit beteiligte sich Tess nicht an diesen wöchentlichen Pilgerfahrten. Doch auf das Drängen würdiger Ehefrauen, die nicht viel älter waren als sie selbst – denn übereilte Heiraten bildeten hier ebenso die Regel wie anderswo –, willigte sie schließlich ein mitzugehen. Der erste Versuch bot ihr mehr Vergnügen, als sie erwartet hatte; nach der eintönigen Beschäftigung auf der Geflügelfarm die ganze Woche hindurch wirkte die Fröhlichkeit der andern äußerst ansteckend. Sie ging immer häufiger mit. Da sie anmutig und interessant war und eben auf der Schwelle der fraulichen Reife stand, zog ihre Erscheinung hie und da die heimliche Aufmerksamkeit der Müßiggänger in den Straßen von Chaseborough auf sich; und aus diesem Grunde, obgleich sie zuweilen den Ausflug in die Stadt selbständig machte, suchte sie stets bei Einbruch der Nacht die Gefährten auf, um auf dem Heimweg Schutz und Begleitung zu haben.

Dies währte so einen oder zwei Monate lang, bis einmal im frühen September ein Samstag kam, an dem mit der Wochenmesse ein Jahrmarkt zusammenfiel; und die Pilger aus Trantridge suchten dieserhalb verdoppelte Entzückung in den Kneipen. Es war lange nach Sonnenuntergang, und Tess wartete auf den Trupp, bis sie ganz müde wurde. Während sie an einer Ecke neben der Taverne stand, in der ihre Begleiter saßen, hörte sie Schritte, und als sie sich umdrehte, erblickte sie das rote Glimmen einer Zigarre. D'Urberville stand da. Er winkte ihr, und sie ging widerwillig zu ihm hin.

»Nun, mein Schatz, was tun Sie hier so spät am Abend?«

Sie war nach dem langen Tag und ihrer Wanderung so ermüdet, daß sie ihm ihre Sorgen anvertraute.

»Ich warte schon so lange, um Begleitung nach Hause zu haben, weil mir die Straße in der Nacht ziemlich fremd ist. Aber ich glaube wirklich, ich werde nicht mehr länger warten.«

»Das sollen Sie auch nicht. Ich habe heute nur ein Reitpferd hier, aber kommen Sie zur ›Fränkischen Lilie‹, und ich miete ein Fahrzeug und bringe Sie nach Hause.«

Tess hatte nie ganz ihr ursprüngliches Mißtrauen gegen ihn überwunden, und trotz der Verspätung zog sie es vor, mit den Arbeitsleuten heimzugehen. So antwortete sie, daß sie ihm sehr verbunden sei; nach reiflicherer Überlegung aber wollte sie ihm nicht zur Last fallen. »Ich sagte den Leuten, daß ich auf sie warte, und sie werden sich jetzt drauf verlassen.«

»Gut denn, wenn Sie so töricht sein wollen! Wie es Ihnen beliebt.«

Kaum hatte er eine neue Zigarre angezündet und sich entfernt, als im Wirtshaus die Dörfler aus Trantridge sich langsam auch darauf besannen, wie die Zeit verflog, und sich rüsteten, gemeinsam aufzubrechen. Die Bündel und Körbe wurden zusammengerafft, und eine halbe Stunde später, als die Turmglocke ein Viertel nach elf schlug, zogen sie in loser Gruppe die Straße entlang, die hügelaufwärts nach ihren Heimen führte.

Drei Meilen weit mußten sie gehen über eine ausgedörrte

weiße Straße, die des Nachts im Mondlicht noch weißer erschien.

Als Tess in der Schar dahinmarschierte, bald mit dem einen Mädchen, bald mit dem andern, gewahrte sie bald, daß in der frischen Nachtluft die Männer, die ein wenig über die Schnur gehauen hatten, zu taumeln begannen und im Zickzack wandelten; auch ein paar von den leichtsinnigeren Frauen hatten einen ziellos unsteten Gang, als da waren ein brünettes Mannweib, Car Darch, betitelt Pikkönigin, bis vor kurzem eine Favoritin d'Urbervilles, Nancy, ihre Schwester, mit dem Spitznamen Carokönigin, und eine jungverheiratete Frau, die bereits einmal hingepurzelt war. Doch wie irdisch und plump auch in diesem Augenblicke ihre Erscheinung auf ein gemeines, unbezaubertes Auge wirken mochte – für sie selber lag der Fall ganz anders. Sie verfolgten ihre Straße mit dem Bewußtsein, daß sie in einem tragenden Medium dahinschwebten, stolze Besitzer schöpferischer und tiefer Gedanken, daß sie selber und die Natur ringsherum einen Organismus bildeten, dessen sämtliche Glieder harmonisch und freudig ineinander wirkten. Sie waren so erhaben wie der Mond und die Sterne zu ihren Häupten, und Mond und Sterne waren so feurig wie sie.

Tess jedoch hatte in ihres Vaters Haus so peinliche Erfahrungen in dieser Hinsicht gemacht, daß die Entdeckung des Zustandes, in dem ihre Gefährten sich befanden, den Genuß zerstörte, den ihr die Mondscheinpartie zu bereiten anfing. Doch aus den oben angeführten Gründen hielt sie sich zu der Gesellschaft.

Auf der offenen Landstraße waren sie in zerstreuten Gliedern vorgerückt; aber nun führte ihr Weg durch ein Feldgatter, und da die Vorderste es schwierig fand, das Gatter zu öffnen, drängten sie sich alle dicht zusammen.

Diese Führerin der Wanderschar war Car, die Pikkönigin, die einen Weidenkorb trug. Er enthielt die Spezereien ihrer Mutter, ihre eigenen Putzsachen und andere Einkäufe für die Woche, und da er groß und schwer war, hatte ihn Car, um ihn bequemer zu tragen, auf den Kopf gehoben, wo er in gefährlicher Balance einherschwebte, während sie mit eingestemmten Armen des Weges zog.

»He – was ist das bloß, was deinen Rücken herunterkriecht, Car Darch?« sagte plötzlich jemand aus der Schar.

Alle schauten nach Car hin. Sie trug ein Kleid aus leichtem bedrucktem Kattun, und von ihrem Hinterkopf bis ziemlich unter die Taille konnte man etwas wie ein Seil hinabrollen sehen, gleich dem Zopf eines Chinesen.

»'s ist ihr Haar, das sich auflöst«, sagte jemand anderes.

Nein; es war nicht ihr Haar: Es war ein schwarzer Strom, der aus dem Korb sickerte und in den kalten, stillen Strahlen des Mondes wie eine schleimige Schlange glitzerte.

»'s ist Sirup«, bemerkte eine scharfsichtige Matrone.

Sirup war es. Cars arme alte Großmutter hatte eine Schwäche für dieses süße Zeug. Honig erhielt sie in Fülle von ihren eigenen Bienenstöcken, aber Sirup war es, wonach ihre Seele begehrte, und Car hatte sich angeschickt, sie mit einem Schmaus zu überraschen. Als das dunkelhaarige Mädchen hastig den Korb niederstellte, fand sie, daß das Gefäß mit der Flüssigkeit zertrümmert war.

Inzwischen hatte der außerordentliche Anblick von Cars Rükken ein brüllendes Gelächter entfesselt, das die schwarze Königin so heftig aufbrachte, daß sie sich auf der Stelle durch die erstbesten zu Gebote stehenden Mittel von dieser Verunzierung zu befreien trachtete, die Hilfe der Spötter verschmähend. Sie stürzte aufgeregt in das Feld, das sie eben überquerten, warf sich platt auf den Rücken ins Gras und begann, so gut sie konnte, ihr Kleid abzuwischen, indem sie sich waagrecht im Kreise über den Rasen drehte und auf den Ellbogen fortbewegte.

Das Gelächter scholl immer lauter; die Zuschauer, von Krämpfen geschüttelt beim Anblick Cars, klammerten sich an das Gatter und an die Pfosten und lehnten sich auf ihre Stöcke. Unsere Heldin, die sich bisher ruhig verhalten hatte, konnte sich in diesem tollen Augenblick nicht mehr halten und mußte dem Beispiel der andern folgen.

Es war ein Unglück – in mehr als einer Hinsicht. Kaum hörte die dunkle Königin unter den Stimmen der anderen Landarbeiter den nüchterneren und volltönenderen Klang aus dem Munde der Tess, als ein seit langem schwelendes Gefühl der Rivalität sie bis zur Tollheit entflammte. Sie sprang auf die Füße und trat dicht vor den Gegenstand ihres Mißfallens.

»Wie unterstehst du dich, mich auszulachen, Trulle!«

»Ich konnte mir wirklich nicht helfen, als es die andern taten«, entschuldigte sich Tess, immer noch kichernd.

»Ah, denkst, bist alles, he du, weil d' grad eben Liebkind bei ihm bist! Aber nur sachte, Gnädigste, nur sachte! Bin soviel wert wie zwei von deiner Sorte! Da schau her – jetzt bedien dich!«

Zum Entsetzen von Tess begann die schwarze Königin das Mieder ihres Kleides abzuwerfen – und da es sich ohnehin in einem so lächerlichen Zustand befand, war sie nur zu froh, es loszuwerden – bis sie ihren vollen Hals, die Schultern und Arme entblößt hatte, die im Mondschein so strahlend und schön erschienen wie eine Schöpfung des Praxiteles; denn sie besaßen die ganze untadelig rundliche Fülle eines stämmigen Landmädchens. Sie ballte die Fäuste und pflanzte sich in Boxerstellung vor Tess auf.

»Warum nicht gar! Ich werde mich nicht schlagen!« sagte Tess majestätisch. »Und wenn ich gewußt hätte, daß Sie zu dieser Sorte gehören, hätte ich mich nicht herbeigelassen, mit solch 'nem Dirnenvolk mitzugehn!«

Diese etwas zu allgemeine Rede beschwor auf das unglückliche Haupt der schönen Tess einen Sturzbach von Schmähungen aus anderen Lagern herab, und besonders die Carokönigin, die zu d'Urberville im selben Verhältnis gestanden, dessen man auch Car verdächtigt hatte, verbündete sich mit der letzteren gegen die gemeinsame Feindin. Noch ein paar andere Weiber stimmten mit ein; aber hätten sie nicht den ausgelassenen Abend hinter sich gehabt, es wäre wohl keine von ihnen schwachköpfig genug gewesen, so heftigen Zorn zu verraten. Als nun die Ehemänner und Liebhaber sahen, daß Tess in unbilliger Weise von allen Seiten eingeschüchtert wurde, versuchten sie Frieden zu stiften, indem sie für sie einsprangen; doch dieser Versuch führte augenblicklich dazu, daß der Krieg noch heftiger entbrannte.

Tess war entrüstet und beschämt. Sie machte sich keine Bedenken mehr über die Einsamkeit des Weges und die späte

Stunde; es war ihr einziges Ziel, so schnell als möglich von der ganzen Bande fortzukommen. Und sie wußte recht gut, daß die Besseren unter ihnen am nächsten Tag ihre Hitzigkeit bereuen würden. Sie standen nun alle im Felde, und Tess drängte sich zur Seite, um allein davonzulaufen, als hinter dem Rand der die Straße beschirmenden Hecke hervor fast geräuschlos ein Reiter auftauchte: Alec d'Urberville schaute groß auf sie herab.

»Was zum Teufel ist denn hier los, Leute?« fragte er.

Die Erklärung kam nicht sehr pünktlich von den Lippen, und in Wahrheit benötigte er sie gar nicht. Da er schon in einiger Entfernung ihre Stimmen gehört hatte, war er verstohlen nähergeritten und erfuhr genug, um zu wissen, was vorging.

Tess stand abseits von den übrigen, unweit des Gatters. Er beugte sich zu ihr herab. »Springen Sie hinter mir in den Sattel«, flüsterte er, »und wir sind im Nu wie der Blitz von den kreischenden Katzen fort!«

Sie war fast einer Ohnmacht nahe, so lebendig fühlte sie die Entscheidung. Fast in jedem andern Augenblick ihres Lebens würde sie diese dargebotene Hilfe und Begleitung zurückgewiesen haben, wie sie es schon mehrmals zuvor getan hatte; und auch jetzt hätte ihre Verlassenheit allein sie nicht zwingen können, anders zu handeln. Da aber die Einladung in diesem besonders kritischen Moment kam und sie durch einen raschen Sprung Furcht und Entrüstung in einen Triumph über ihre Feinde verwandeln konnte, überließ sie sich ihrem Impuls, setzte die Fußspitze auf Alecs Rist und sprang hinter ihm in den Sattel. Bevor noch die kampflustigen Nachtschwärmer gewahr wurden, was geschehen war, sprengte das Paar bereits ins ferne Dunkel davon.

Die Pikkönigin vergaß ihr besudeltes Mieder und stand neben der Carokönigin und dem jungverheirateten, taumeligen Weib – alle starr nach jener Richtung blickend, wo das Getrappel des Pferdes auf der Straße verklang.

»Wo schaut ihr hin?« fragte ein Mann, der den Vorfall nicht bemerkt hatte.

»Ho-ho-ho!« lachte die schwarze Car.

»Hi-hi-hi!« lachte die jungverheiratete Zecherin, während sie sich auf den Arm ihres zärtlichen Gatten stützte.

»Ha-ha-ha!« lachte die Mutter der schwarzen Car, strich sich den Schnurrbart und erklärte lakonisch: »Aus der Bratpfanne ins Feuer.«

Und dann trollten sich diese Kinder der freien Luft, denen selbst alkoholische Ausschweifungen kaum für die Dauer etwas anhaben konnten, wieder auf den Feldweg, und während sie dahinschritten, schwebte mit ihnen, rund um den Schatten jedes einzelnen Kopfes, eine opalisierende Gloriole, von den Strahlen des Mondes auf die glitzernde Taufläche geworfen. Jeder der Wanderer sah nur seinen Heiligenschein, der nie den Schatten des Kopfes verließ, sosehr dieser auch pöbelhaft wackeln mochte; er haftete fest und zierte ihn beharrlich, bis es schien, als gehörten die fahrigen Schwankungen unzertrennlich zu dem Strahlenspiel und ihr rauchender Atem zu dem Nebel der Nacht. Und die Geister der Landschaft, des Mondlichts und der Natur schienen sich harmonisch mit den Geistern des Weines zu vermischen.

XI

DIE beiden galoppierten eine Weile wortlos die Straße entlang, Tess an ihn angeklammert, immer noch fliegenden Atems in ihrem Triumphe, wenn sich auch andere Zweifel in ihr regten. Sie hatte bemerkt, daß dieses Pferd nicht jenes feurige Tier war, das er manchmal ritt, und fühlte sich trotz ihres ziemlich gefährlichen Sitzes nicht beunruhigt. Sie bat ihn, das Pferd in Schritt zu zügeln, was Alec auch tat.

»Hübsch gemacht, nicht wahr, teuerste Tess«, sagte er nach einiger Zeit.

»Ja!« erwiderte sie. »Sicher muß ich Ihnen sehr dankbar sein.«

»Und *sind* Sie es?«

Sie gab keine Antwort.

»Tess, warum können Sie es nicht leiden, daß ich Sie küsse?«

»Ich glaube – weil ich Sie nicht liebe.«

»Wissen Sie das ganz sicher?«

»Ich bin manchmal zornig auf Sie!«

»Ah, das habe ich halb und halb gefürchtet.« Dennoch hatte

Alec gegen dieses Geständnis nichts einzuwenden. Er wußte, daß alles immer noch besser war als Gefühlskälte. »Warum sagten Sie mir's nicht, wenn ich Sie zornig machte?«

»Sie wissen sehr gut, warum. Weil ich mir hier nicht helfen kann.«

»Ich habe Sie doch nicht oft durch Liebeserklärungen beleidigt.«

»Zuweilen.«

»Wie oft?«

»Das wissen Sie ebensogut wie ich – allzuoft.«

»Jedesmal, wenn ich es versuchte?«

Sie schwieg, und das Pferd tänzelte eine ziemliche Strecke weit im Paßgang dahin, bis ein feiner leuchtender Nebel, der schon den ganzen Abend in den Gräben gehangen hatte, sich nach allen Seiten ausbreitete und sie einhüllte. Er schien das Mondlicht schwebend zu tragen und machte es durchdringender als die klare Luft. War es dies oder ihre Geistesabwesenheit oder ihre Schläfrigkeit? – Sie wurde nicht gewahr, daß sie schon längst an der Stelle vorüber waren, wo der Weg nach Trantridge von der Landstraße abzweigte, und daß ihr Führer nicht den Pfad nach Trantridge gewählt hatte.

Sie war unaussprechlich müde. Die ganze Woche hindurch hatte sie sich jeden Morgen um fünf Uhr erhoben, war Tag um Tag von früh bis abends auf den Füßen gewesen und hatte dann noch an dem heutigen Abend die drei Meilen nach Chaseborough zurückgelegt; drei Stunden hatte sie dort auf ihre Nachbarn gewartet, ohne zu essen oder zu trinken, da ihre Ungeduld fortzukommen sie von beidem abhielt; dann war sie eine Meile weit heimwärts gewandert und mußte die Aufregung des Streites durchmachen, bis es nun schließlich fast ein Uhr geworden war. Doch nur ein einziges Mal wurde sie von wirklicher Schlaftrunkenheit überwältigt. In diesem Augenblick der Vergeßlichkeit lehnte sie sich sanft an ihn.

D'Urberville zog die Füße aus dem Steigbügel, drehte sich auf dem Sattel zur Seite und umschlang ihre Hüften mit seinem Arm, um sie zu stützen.

Unverzüglich ging sie in die Defensive über, und mit einer jener plötzlichen Abwehrregungen, denen sie unterworfen war, stieß sie ihn leicht von sich weg. In seiner kitzlig unsicheren Positur verlor er nahezu das Gleichgewicht und wäre um ein Haar kopfüber auf die Straße gekollert; das Pferd war zwar sehr kräftig, aber glücklicherweise war es das ruhigste in seinem Stall.

»Das ist höllisch unfreundlich!« sagte er. »Ich habe nichts Böses im Sinn – will Sie nur vor einem Sturz bewahren.«

Sie grübelte argwöhnisch nach; bis sie schließlich dachte, das könnte trotz allem wahr sein, sich erweichen ließ und ganz demütig sagte: »Verzeihen Sie, Sir.«

»Ich werde Ihnen nicht verzeihen, wenn Sie nicht ein wenig Vertrauen zu mir zeigen. Lieber Gott!« brach er aus, »wer bin ich, daß mich ein kleines Mädel wie Sie zurückweist? Fast drei geschlagene Monate lang haben Sie mit meinen Gefühlen Ihren Spaß getrieben, haben mir eine Nase gedreht und mich angefahren; und ich will es mir nicht gefallen lassen!«

»Ich werde Sie morgen verlassen.«

»Nein, Sie werden mich nicht morgen verlassen! Wollen Sie, ich frage noch einmal, wollen Sie zeigen, daß Sie mir vertrauen, und mir erlauben, daß ich meinen Arm um Sie lege? Kommen Sie, wir sind jetzt ganz unter uns, und niemand hört zu. Wir kennen einander gut; und Sie wissen, daß ich Sie liebe und Sie für das hübscheste Mädchen auf der Welt halte; und Sie sind's auch. Darf ich Sie liebhaben?«

Sie holte kurz Atem, ungehalten und abwehrend, wand sich unruhig auf ihrem Sitz, blickte vor sich in die Ferne und murmelte: »Ich weiß es nicht – ich wünsche – wie kann ich ja oder nein sagen, wenn –«

Er entschied die Frage, indem er sie mit seinem Arm umschlang, wie er es begehrt hatte, und Tess äußerte keinen Einwand mehr. So ritten sie seitlings dahin, bis ihr plötzlich auffiel, daß sie schon seit undenkbar langer Zeit unterwegs waren – weit länger, als man gewöhnlich für die kurze Strecke von Chaseborough brauchte, selbst in diesem langsamen Paßgang; und sie sah, daß sie sich nicht mehr auf fester Straße, sondern auf einem bloßen Fußpfad befanden.

»Oh, wo sind wir?« rief sie aus.

»Wir reiten an einem Wald vorüber.«

»Wald – was für ein Wald? Wir müssen von der Straße abgekommen sein!«

»Ein Stückchen von der ›Jagd‹ – der älteste Forst in England. Die Nacht ist lieblich, und warum sollen wir nicht unsern Ritt ein wenig ausdehnen?«

»Wie konnten Sie so falsch sein!« sagte Tess halb kokett und halb in echter Bestürzung; und um sich von seinem Arm zu befreien, löste sie seine Finger einen nach dem andern, obgleich sie dabei Gefahr lief, selbst hinunterzurutschen. »Und gerade in dem Augenblick, da ich solches Vertrauen in Sie setzte und Ihnen zu Gefallen war, weil ich dachte, ich hätte Ihnen mit diesem Stoß unrecht getan! Lassen Sie mich bitte absitzen und nach Hause gehen.«

»Sie können nicht nach Hause gehn, könnten es nicht einmal, wenn die Luft klar wäre. Wir sind viele Meilen von Trantridge entfernt, wenn ich's denn sagen muß, und in diesem wachsenden Nebel würden Sie stundenlang zwischen den Bäumen umherirren.«

»Tut nichts«, schmeichelte sie. »Setzen Sie mich zur Erde, ich bitte Sie. Es ist mir gleich, wo wir sind; lassen Sie mich nur hinunter, Mr. Alec. Bitte!«

»Gut denn, ich will es tun – unter einer Bedingung. Nachdem ich Sie hierher an diesen abgelegenen Ort gebracht habe, fühle ich mich verantwortlich für Ihr sicheres Geleit nach Hause, gleichgültig, wie Sie selbst darüber denken. Daß Sie ohne Hilfe nach Trantridge kommen, ist ganz unmöglich; denn ehrlich gestanden, in diesem Nebel da, der alle Umrisse verzerrt, weiß ich selber nicht recht, wo wir sind. Nun, wenn Sie versprechen wollen, neben dem Pferd zu warten, während ich durch die Büsche streife, bis ich zu irgendeiner Straße oder einem Haus komme und genau unsere Lage feststellen kann – dann will ich Sie gutwillig hier absetzen. Sobald ich zurückkomme, gebe ich Ihnen genau die Richtung an, und wenn Sie darauf bestehn, zu Fuß zu gehn, so können Sie gehn; oder Sie könnten auch reiten – ganz nach Belieben.«

Sie nahm diese Bedingungen an und glitt seitlings hinunter, aber er hatte sich rasch noch einen herzhaften Kuß gestohlen. Er sprang auf der andern Seite ab.

»Ich muß wohl das Pferd halten«, sagte sie.

»O nein; das ist nicht nötig«, erwiderte Alec, das keuchende Tier tätschelnd. »Er hat heute nacht schon genug.«

Er drehte den Kopf des Pferdes den Büschen zu, band es an einen Zweig, zog dann einen leichten Staubmantel aus, den er über dem Anzug trug, und breitete ihn auf das dichte Laub.

»Nun setzen Sie sich hier nieder«, sagte er. »Der Mantel wird die Feuchtigkeit abhalten. Behalten Sie nur das Pferd im Auge – das wird völlig genügen.«

Er ging ein paar Schritte von ihr weg, kam aber wieder zurück und sagte: »Nebenbei, Tess, Ihr Vater hat heute einen neuen Klepper bekommen. Irgend jemand schenkte ihm das Tier.«

»Jemand? Sie!«

D'Urberville nickte.

»O wie gütig ist das von Ihnen!« rief sie aus, mit einem peinlichen Gefühl der Verlegenheit, daß sie ihm gerade jetzt danken mußte.

»Und die Kinder haben ein paar Spielsachen.«

»Ich wußte nicht, daß Sie ihnen je etwas schickten!« murmelte sie sehr bewegt. »Ich wünschte fast, Sie hätten es nicht getan – ja, ich wünschte es fast!«

»Warum, Liebste?«

»Es – es bringt mich so in Verlegenheit.«

»Tessy – lieben Sie mich jetzt nicht ein kleines bißchen?«

»Ich bin Ihnen dankbar«, gab sie widerstrebend zu. »Aber ich fürchte, nein –« Die plötzliche Erkenntnis, daß seine Leidenschaft bei dieser Erfüllung ihrer Pläne mitgespielt hatte, peinigte sie so stark, daß eine langsame Träne aus ihren Augen rollte und dann eine zweite, bis sie schließlich laut herausweinte.

»Weinen Sie nicht, Liebste! Setzen Sie sich jetzt hier nieder und warten Sie, bis ich komme.« Sie setzte sich widerstandslos auf den Mantel, den er ausgebreitet hatte, und fröstelte leicht. »Ist Ihnen kalt?« fragte er.

»Nicht sehr – ein wenig.«

Er berührte Sie mit seinen Fingern, die wie in einer Woge versanken. »Sie haben nur dieses pludrige Musselinkleid an – wie kommt das?«

»Es ist mein bestes Sommerkleid. Als ich von zu Hause fortging, war es sehr warm, und ich wußte nicht, daß ich reiten und bis in die Nacht hinein ausbleiben würde.«

»Die Nächte werden frostig im September. Will mal sehen.« Er ging zum Pferd, zog aus einem Paket am Sattel eine Drogenflasche, und nachdem er sie mit einiger Mühe geöffnet hatte, hielt er sie ihr unversehens an den Mund. Tess spuckte und hustete und schnappte: »Es wird auf meinen hübschen Rock kommen!« Und dann schluckte sie alles hinunter, was er in sie hineinschüttete, um damit der gefürchteten Katastrophe vorzubeugen.

»So – jetzt werden Sie sich wärmer fühlen«, sagte d'Urberville, als er die Flasche wieder an ihren Platz brachte. »'s ist nur ein wohlbekannter Likör, den mich meine Mutter für die Wirtschaft mitbringen hieß, und sie wird nichts dagegen haben, daß ich ein paar Tropfen davon als Medizin verwendet habe. Nun, mein Schatz, ruhen Sie sich hier aus; ich werde bald wieder zurück sein.«

Er zog ihr den Überrock um die Schultern und tauchte in die webenden Dünste, die jetzt breite Schleier von Baum zu Baum zogen. Sie konnte das Rascheln der Zweige hören, wie er den anstoßenden Abhang hinanstieg, bis seine Schritte nicht lauter mehr waren als das Hüpfen eines Vogels und schließlich ganz dahinstarben. Mit dem Untergang des Mondes dämpfte sich dann das blasse Licht, und Tess wurde fast unsichtbar, als sie auf dem dürren Laub, wo er sie verlassen hatte, in Träumereien versank.

Inzwischen arbeitete sich Alec d'Urberville den Abhang hinauf, um seine ungeheuchelte Ungewißheit, in welchem Revier der ›Jagd‹ sie sich befanden, loszuwerden. Er war tatsächlich mehr als eine Stunde lang auf gut Glück drauflosgeritten, jede Abzweigung benützend, die sich bot, um das Zusammensein mit ihr hinauszuziehen, und er hatte ihrer mondbeschienenen Gestalt weit mehr Aufmerksamkeit geschenkt als irgendwelchen Dingen zur Seite des Weges. Da es wünschenswert war, dem abgehetzten Pferd ein wenig Ruhe zu gönnen, übereilte er sich nicht auf seiner Suche nach Wegzeichen. Eine kurze Kletterei über den Hügel in das benachbarte Tal brachte ihn zu dem Zaun einer Landstraße, die er wiedererkannte, so daß die Frage, wo sie sich befanden, entschieden war. Daraufhin machte d'Urberville kehrt; doch zu dieser Zeit war der Mond bereits ganz verschwunden, und da auch der Nebel sich geltend machte, lag die ›Jagd‹ in dichte Finsternis gehüllt, obgleich der Morgen nicht mehr fern war. Er sah sich genötigt, mit ausgestreckten Händen vorwärtszudringen, um nicht an Äste zu stoßen, und er entdeckte, daß er fürs erste nicht imstande war, genau den Ausgangspunkt seiner Streife zu treffen. Nachdem er auf und ab und rund im Kreise umhergeirrt war, hörte er schließlich dicht neben sich eine leichte Bewegung des Pferdes; und unerwartet verfing sich sein Fuß in dem Ärmel seines Überrockes.

»Tess!« sagte d'Urberville.

Es kam keine Antwort. Die Dunkelheit war nun so stark, daß er einfach nichts anderes sehen konnte als eine blasse, neblige Masse zu seinen Füßen, welche die weiße, in Musselin gehüllte Gestalt andeutete, die er auf dem welken Laub zurückgelassen hatte. Alles übrige war *eine* Finsternis. D'Urberville bückte sich und hörte ein sanftes, regelmäßiges Atmen. Sie lag in tiefem Schlaf.

Überall ringsum herrschten Finsternis und Schweigen. Zu Häupten ragten die urzeitlichen Eiben und Eichen der ›Jagd‹, auf deren Zweigen sich sanft ruhende Vögel in ihrem Morgenschlummer schaukelten; und rundherum hüpften die Kaninchen und Hasen. Wo war der Schutzengel der Tess? Wo die Vorsehung? Vielleicht, gleich jenem andern Gott, von dem der ironische Heide sprach, unterhielt er sich gerade oder hatte zu tun oder befand sich auf Reisen, oder vielleicht lag er zufällig im Schlaf und war nicht aufzuwecken.

Zu dieser Stunde regten sich schon einige Söhne des Waldes in nicht sehr entfernten Hütten und schlugen Licht; gute und lautere Herzen unter ihnen, Muster von Ehrlichkeit und Frömmigkeit und Ritterlichkeit. Und kraftvolle Pferde stampften in den Ställen, bereit, in die Morgenluft hinausgelassen zu werden. Aber kein Blitz, kein feuriges Zeichen der Erkenntnis spornte diese Männer an, die Pferde zu schirren und in den Sattel zu springen, oder flößte ihnen auch nur die leiseste Ahnung ein, daß ihre Schwester in den Händen des Verderbers war; und sie kamen nicht dieses Weges.

Warum es geschehen mußte, daß auf dieses schöne Gewebe eines Frauenschicksals, empfindlicher als zarte Gaze und bis zu diesem Augenblick unleugbar weiß wie Schnee, solch ein rohes Muster vorgezeichnet wurde, wie es das Verhängnis ihm zugeteilt hatte – warum so oft das Rohe sich solchermaßen des Zarten bemächtigt, das haben viele Jahrtausende analytischer Philosophie unserem Gerechtigkeitsgefühl nicht zu erklären vermocht. Man könnte freilich die Möglichkeit zugeben, daß in jeder Katastrophe eine Vergeltung steckt. Zweifellos haben ein paar von Tess d'Urbervilles gepanzerten Vorfahren, wenn sie ausgelassen von einer Schlägerei nach Hause tollten, den Bauernmädchen ihrer Tage dasselbe schmähliche Unrecht, und sogar noch unbarmherziger, zugefügt. Doch der Grundsatz, die Sünden der Väter an den Kindern heimzusuchen, mag zwar eine hinlänglich passende Moral für Gottheiten sein, aber die durchschnittliche Menschennatur verachtet ihn; und so ist er hier nichts nütze.

Was die Landsleute dort unten in jenen verborgenen Winkeln niemals müde werden, untereinander in ihrer fatalistischen Weise zu sagen: ›Es mußte geschehen‹ – das war der Jammer. Ein unermeßlicher Abgrund sollte hinfort die Seele unserer Heldin von ihrem früheren Selbst scheiden, das aus ihrer Mutter Tür getreten war, um sein Glück auf dem Geflügelhof von Trantridge zu versuchen.

2. Phase

Nicht Mädchen mehr

XII

DER Korb war schwer und das Bündel groß, aber sie schleppte die Last dahin wie ein Mensch, den körperliche Dinge nicht sonderlich beschweren. Gelegentlich blieb sie stehen, um ganz mechanisch an irgendeinem Gatter oder Pfosten zu rasten; dann rückte sie die Bürde auf ihrem vollen runden Arm zurecht und schritt stetig weiter.

Es war ein Sonntagmorgen im späten Oktober, etwa vier Monate nach Tess Durbeyfields Ankunft in Trantridge. Der Tag war noch nicht lange angebrochen, und der gelbe Lichtschimmer am Horizont in ihrem Rücken erhellte den Hügelkamm, dem sie ihr Gesicht zuwandte – den Grenzwall des Tales, wo sie seit jüngster Zeit ein Fremdling war – und den sie überklimmen mußte, um ihre Geburtsstätte zu erreichen. Auf dieser Seite stieg die Straße allmählich an, und der Boden und die ganze Szenerie sahen völlig anders aus als die Landschaft im Tale von Blackmoor. Selbst im Charakter und in der Mundart der Bewohner machten sich trotz der verschmelzenden Wirkung einer Kreisbahn feine Unterschiede geltend, so daß Tess Durbeyfields Heimatdorf, obgleich es keine zwanzig Meilen von ihrem Aufenthaltsort zu Trantridge entfernt war, in weiten Fernen zu liegen schien. Das Landvolk, das in jenem Tale eingeschlossen lebte, trieb nordwärts und westwärts Handel, reiste nordwärts und westwärts, ging dort auf Brautschau und heiratete dort, und seine Gedanken schweiften nordwärts und westwärts; die Leute auf dieser Seite richteten ihre Tätigkeit und Aufmerksamkeit vor allem auf den Osten und Süden.

Der Abhang war derselbe, über den d'Urberville mit ihr an jenem Junitag in so wilder Fahrt hinabgejagt war. Tess legte den Rest der Steigung ohne Unterbrechung zurück, und als sie den

Rand des Hügels erreichte, starrte sie auf die vertraute grüne Welt hinab, die nun halb verschleiert im Nebel vor ihr lag. Schön war immer der Anblick von dieser Höhe, und heute für Tess von furchtbarer Schönheit; denn seit ihre Augen das letztemal auf ihm geruht hatten, hatte sie erfahren, daß dort, wo der liebliche Vogel singt, auch die Schlange zischt. Von nun an war das Leben für sie vollkommen verändert. Ja, ein ganz anderes Mädchen – nicht mehr jenes, das sie zu Hause gewesen –, ein ganz anderes Mädchen stand sie nun da, gebeugt unter diesem Gedanken, und drehte sich um, um hinter sich zu schauen. Sie konnte es nicht ertragen, voran ins Tal zu blicken.

Über die lange weiße Straße, die Tess soeben mühsam erklommen hatte, sah sie ein zweirädriges Gefährt heraufkommen, an dessen Seite ein Mann schritt, der die Hand in die Höhe reckte, um ihre Aufmerksamkeit auf sich zu lenken.

Sie gehorchte mit gedankenlosem Gleichmut dem Zeichen, auf ihn zu warten, und nach wenigen Minuten hielten Mann und Pferd an ihrer Seite.

»Warum haben Sie sich so verstohlen weggeschlichen?« sagte d'Urberville mit vorwurfsvoller Atemlosigkeit; »noch dazu an einem Sonntagmorgen, wenn alle Leute im Bett liegen! Ich entdeckte es nur zufällig und bin wie der Teufel drauflosgefahren, um Sie einzuholen. Sehen Sie sich bloß die Stute an. Warum auf solche Weise fortlaufen? Sie wissen, daß niemand Sie gegen Ihren Willen festgehalten hätte. Und wie unnötig war es, daß Sie sich zu Fuß fortschleppten und sich diese schwere Last aufhalsten! Ich bin Ihnen wie ein Verrückter gefolgt, nur um Sie die restliche Strecke zu fahren, falls Sie nicht zurückkommen wollen.«

»Ich will nicht zurück«, sagte sie.

»Das dachte ich mir – ich sagte es ja. Nun also, stellen Sie Ihre Sachen herauf und lassen Sie sich von mir nach Hause befördern.«

Teilnahmslos stellte sie ihren Korb und ihr Bündel in das Jagdwägelchen und stieg hinauf; und sie saßen Seite an Seite. Jetzt hatte sie keine Furcht mehr vor ihm; ihr Kummer übertönte alle anderen Regungen.

D'Urberville zündete sich mechanisch eine Zigarre an, und

während sie ihre Fahrt fortsetzten, unterhielten sie sich stokkend und leidenschaftslos über den alltäglichen Anblick links und rechts vom Wege. Er hatte ganz vergessen, wie er einst um einen Kuß auf ihre Wange gekämpft hatte, als sie im frühen Sommer über dieselbe Straße in der andern Richtung gefahren waren. Sie saß nun da wie eine Marionette und gab einsilbige Antworten auf seine Bemerkungen. Nach einiger Zeit kam die Baumgruppe in Sicht, hinter der das Dörfchen Marlott lag. Erst jetzt zeigte sich in ihrem starren Gesicht eine leise Regung, und ein paar Tränen begannen aus ihren Augen zu rinnen.

»Warum weinen Sie?« fragte er kühl.

»Ich dachte nur daran, daß ich da drüben geboren wurde«, murmelte Tess.

»Nun – wir müssen alle irgendwo geboren werden.«

»Ich wollte, ich wäre nie geboren – weder dort noch sonstwo!«

»Pah! Wenn Sie nicht nach Trantridge kommen wollten, warum kamen Sie dann?«

Sie antwortete nicht.

»Nicht aus Liebe zu mir, das will ich beschwören.«

»Das ist wahr. Wenn ich aus Liebe zu Ihnen gekommen wäre, wenn ich Sie jemals geliebt hätte, wenn ich Sie immer noch liebte, würde ich mich nicht so hassen und verabscheuen, weil ich schwach war!«

Er zuckte die Achseln. Sie fuhr fort:

»Ich verstand nicht, was Sie wollten, bis es zu spät war.«

»Das sagt jede Frau.«

»Wie können Sie es wagen, diese Worte in den Mund zu nehmen!« rief sie und wandte sich ungestüm zu ihm; ihre Augen blitzten, als der schlummernde Mut (den er eines Tages noch stärker erleben sollte) in ihr erwachte. »Mein Gott! Ich könnte Sie aus dem Wagen stoßen! Ist Ihnen nie der Gedanke gekommen, daß, was jede Frau sagt, manche Frau auch fühlen könnte?«

»Gut, gut«, sagte er lachend; »es tut mir leid, Sie verletzt zu haben. Ich handelte unrecht – das gebe ich zu.« Er verfiel in eine leise Bitterkeit, als er fortfuhr: »Nur brauchten Sie es mir nicht ewig und immer vorzuwerfen. Ich bin bereit, bis auf den letzten Heller zu bezahlen. Sie wissen, daß Sie es nicht mehr nötig haben, auf den Feldern oder in den Schweizereien zu arbeiten. Sie wissen, daß Sie sich aufs beste anziehen können, und nicht so kahl und ärmlich herumzulaufen brauchen, wie Sie es seit kurzer Zeit tun, als müßten Sie sich jedes Bändchen selbst verdienen.«

Ihre Lippe schürzte sich leicht, obgleich höhnische Verachtung in ihrer großzügigen, impulsiven Natur sich nur selten regte.

»Ich sagte schon, daß ich nicht das geringste mehr von Ihnen nehmen will, und ich will es nicht – ich kann nicht! Ich *würde* Ihr Geschöpf sein, wenn ich dies noch weiter täte, und ich will nicht!«

»Nach Ihrem Benehmen könnte man denken, Sie wären noch obendrein eine Prinzessin und nicht nur eine echte d'Urberville vom alten Stamm – ha, ha! Nun, Tess, mein Liebchen, ich kann nicht mehr sagen. Vermutlich bin ich ein schlechter Kerl – ein verdammt schlechter Kerl. Ich wurde schlimm geboren, ich habe schlimm gelebt, und ich werde in aller Wahrscheinlichkeit schlimm sterben. Aber bei meiner verkauften Seele, ich möchte nicht schlecht gegen *Sie* sein, Tess. Und wenn sich gewisse Umstände ergeben sollten – Sie verstehen – durch die Sie auch nur in die mindeste Schwierigkeit geraten, so schicken Sie mir eine einzige Zeile, und Sie erhalten umgehend, was Sie brauchen. Vielleicht werde ich nicht in Trantridge sein – ich gehe für einige Zeit nach London – kann das alte Weib nicht vertragen. Aber alle Briefe werden nachgeschickt.«

Sie wünsche nicht, sagte sie, daß er sie noch weiterfahre, und sie machten unter der dichten Baumgruppe halt. D'Urberville stieg ab und hob sie in seinen Armen herunter; dann stellte er ihre Sachen neben sie auf den Boden. Sie verneigte sich leicht vor ihm, ihre Blicke suchten kaum die seinen; und dann wandte sie sich um, griff nach ihrem Gepäck und wollte gehen.

Alec d'Urberville nahm die Zigarre aus dem Mund, beugte sich zu ihr und sagte:

»Sie wollen mich doch nicht so verlassen, mein Schatz? Komm!«

»Wie Sie wünschen«, antwortete sie gleichgültig. »Sehen Sie, wie Sie mich gezähmt haben!«

Sie drehte sich um, hob ihr Gesicht zu ihm empor und verharrte wie eine marmorne Säule, während er einen Kuß auf ihre Wangen drückte – halb gewohnheitsmäßig, halb als ob seine Begier noch nicht ganz erstorben wäre. Ihre Blicke ruhten verloren auf den fernsten Bäumen längs der Straße, während sie den Kuß empfing, als merke sie kaum, was er tat.

»Nun die andere Wange, aus alter Bekanntschaft.«

Sie drehte den Kopf so teilnahmslos geduldig, wie man wohl der Aufforderung eines Zeichners oder Friseurs gehorcht, und er küßte sie auf die andere Seite; seine Lippen berührten eine Wange, die feucht war und von kühler Glätte wie die Haut der Pilze, die rings im Grase wuchsen.

»Sie geben mir nicht Ihren Mund und erwidern nicht meinen Kuß. Nie tun Sie das freiwillig – Sie werden mich, fürchte ich, nie lieben.«

»Ich habe es oft gesagt. Es ist wahr. Nie habe ich Sie wirklich und echt geliebt, und ich glaube, ich werde es nie können.« Sie fügte kummervoll hinzu: »Vielleicht würde jetzt nichts nützlicher für mich sein als eine Lüge in diesem Punkt; aber noch ist mir soviel Ehre geblieben, mag es auch nur ein Rest sein, daß ich nicht lügen will. Wenn ich Sie liebte, hätte ich wohl den besten aller Gründe, es Ihnen zu gestehen. Aber ich liebe Sie nicht.«

Er stieß einen schweren Seufzer aus, als begänne der Auftritt sein Herz oder sein Gewissen oder seine Kavaliersehre zu bedrücken.

»Nun, Tess, Sie sind ganz töricht melancholisch. Ich habe keinen Grund, Ihnen jetzt zu schmeicheln, und kann offen sagen, daß Sie es nicht nötig haben, so traurig zu sein. Sie können es an Schönheit mit jeder Frau aus dieser Gegend aufnehmen, ob hoch oder gering; das sage ich Ihnen als erfahrener Mann und als wohlwollender Freund. Wenn Sie klug sind, werden Sie diese Gabe der Welt häufiger zeigen, als Sie es jetzt tun – bevor sie verblaßt. Und doch, Tess, wollen Sie nicht zu mir zurück? Bei meiner Seele, ich lasse Sie nicht gern gehen!«

»Nie, niemals! Mein Entschluß stand fest, sobald ich sah –

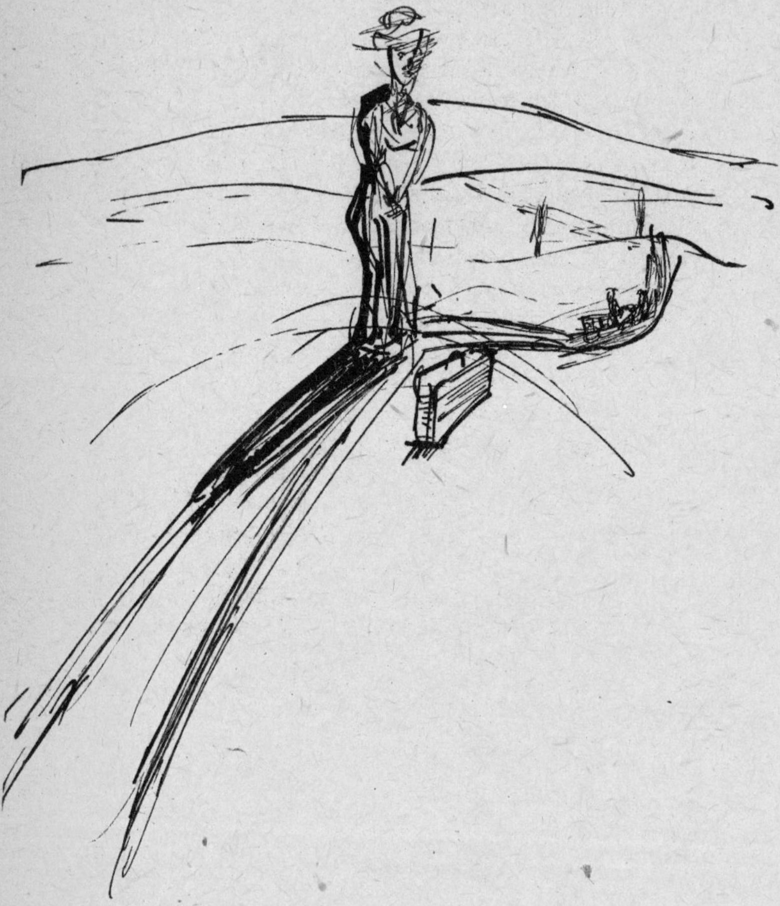

was ich früher hätte sehen sollen; und ich will nicht zurück.«

»Dann guten Morgen, meine Kusine, vier Monate lang meine Kusine – leben Sie wohl!«

Er sprang leichtfüßig auf den Wagen, ordnete die Zügel und war im nächsten Augenblick zwischen den hohen rotbeerigen Hecken verschwunden.

Tess schaute ihm nicht nach, sondern zog langsam die gewundene Straße dahin. Es war noch früh am Morgen, und obgleich sich eben der untere Rand der Sonnenscheibe vom Hügel löste, trafen ihre kraftlosen und matten Strahlen eher das Auge als das Gefühl. Keine Menschenseele war in der Nähe. Einzig der traurige Oktober und ihr noch traurigeres Ich schienen die Straße zu beherrschen.

Als sie jedoch weiterwanderte, näherten sich von rückwärts Tritte, die Tritte eines Mannes; und da er munter und rasch ausschritt, war er ihr dicht auf den Fersen und hatte schon guten Morgen gesagt, bevor sie noch recht seine Nähe gewahr wurde. Er schien irgendein Handwerker zu sein und hielt einen Zinntopf mit roter Anstreichfarbe in der Hand. Er fragte sie in geschäftsmäßigem Ton, ob er ihr den Korb tragen solle, was sie ihm gestattete; und sie ging neben ihm her.

»Noch früh heute morgen, am heiligen Sabbat, um schon auf den Beinen zu sein«, sagte er heiter.

»Ja«, erwiderte Tess.

»Wenn die meisten Leute von ihrer Wochenarbeit ausruhn.«

Auch dieser Bemerkung pflichtete sie bei.

»Obschon ich heute mehr wirkliche Arbeit schaffe als die ganze Woche hindurch.«

»So?«

»Die ganze Woche arbeite ich zum Preis der Menschen und am Sonntag zum Preise Gottes. Das ist echter und wahrer als das andere – nicht? Ich habe hier bei diesem Zauntritt ein wenig zu tun.« Mit diesen Worten wandte sich der Mann zu einer Lücke an der Straßenseite, die auf eine Weide führte. »Wenn Sie einen Augenblick warten wollen«, fügte er hinzu, »–'s wird nicht lange dauern.«

Da er ihren Korb hatte, konnte sie nicht gut anders; und sie wartete und schaute ihm zu. Er stellte den Korb und den Zinntopf nieder, rührte die Farbe mit dem Pinsel, der drin steckte, durcheinander und begann, auf das mittlere von den drei Brettern des Zauntritts große viereckige Buchstaben zu malen; hinter jedes Wort setzte er ein Komma, als wolle er eine Pause einschalten, in der dieses Wort sich tief ins Herz des Lesers senken sollte.

DEINE, VERDAMMNIS, SCHLAEFT, NICHT
2. Petr. II. 3.

Leuchtend hoben sich diese grellen, scharlachfarbenen Worte von der friedlichen Landschaft ab, von den blassen verschwimmenden Farbtönen der Gehölze, von der blauen Luft am Horizont und den mit Flechten bewachsenen Brettern des Steiges. Sie schienen sich hinauszuschreien, und es war, als beginne die Atmosphäre zu hallen. Mancher hätte angesichts dieser häßlichen Sudelei ausrufen können: »Ach, arme Theologie!« – die letzte groteske Phase eines Glaubens, der zu seiner Zeit der Menschheit gute Dienste geleistet hatte. Doch die Worte durchbohrten Tess mit anklagendem Entsetzen. Es war, als wüßte dieser Mann ihre jüngste Geschichte; und doch war er ihr völlig fremd.

Als er mit seinem Text fertig war, hob er ihren Korb auf, und sie begann wieder mechanisch neben ihm herzugehen.

»Glauben Sie an das, was Sie da hinmalen?« fragte sie mit gedrückter Stimme.

»An diese Bibelstelle glauben? Glaube ich an mein eigenes Dasein?«

»Doch«, sagte sie zitternd. »Sie haben wohl nicht aus freiem Willen gesündigt?«

Er schüttelte den Kopf.

»Ich kann nicht mit dieser brennenden Frage Haarspalterei treiben«, erwiderte er. »Hunderte von Meilen bin ich während des letzten Sommers gewandert und habe an jede Mauer, jedes Gatter und jeden Steig diese Bibelstellen gemalt, kreuz und quer durch den ganzen Distrikt. Ihre Nutzanwendung überlasse ich den Herzen der Leute, die sie lesen.«

»Sie erscheinen mir furchtbar«, sagte Tess. »Niederschmetternd! Mörderisch!«

»So sind sie auch gedacht!« erwiderte er im Tonfall eines Krämers. »Aber Sie sollten meine gepfeffertsten lesen – die, die ich mir für die Verbrecherviertel und Hafenstädte aufhebe. Da würden Sie sich krümmen! Nicht, als ob das kein sehr guter Text für die ländlichen Gegenden wäre ... Ah – da drüben bei dieser Scheune ist eine kleine, hübsche weiße Mauer, die ganz unausgenützt dasteht. Dort muß ich was anbringen. Wollen Sie warten, Miß?«

»Nein«, sagte sie. Und ihren Korb ergreifend, schleppte sich Tess ihres Weges. Ein paar Schritte weiter wandte sie den Kopf. Die alte graue Mauer begann nun gleichfalls in feurigen Lettern eine Botschaft zu verkünden, mit einer seltsamen und ungewohnten Miene, wie in Bekümmernis über diese Pflicht, die man ihr noch niemals zugemutet hatte. Eine plötzliche Röte schoß in ihr Gesicht, als sie las und begriff, was die Inschrift besagen sollte, die der Mann nun zur Hälfte vollendet hatte:

DU, SOLLST, NICHT – –

Ihr heiterer Freund sah sie herüberblicken, hielt in seinem Pinseln inne und schrie:

»Wenn Sie irgend so was fragen wollen, worüber wir sprachen, so gibt's da 'nen sehr ernsten, guten Mann, der heute in dem Kirchspiel, wohin Sie gehen, eine Armenpredigt halten wird – Mr. Clare aus Emminster. Ich gehör jetzt nicht zu seiner Glaubensrichtung, aber er ist ein guter Mann, und er wird den Text nicht schlechter auslegen als jeder andere Pastor, den ich kenne. Er war's, der mich auf den Pfad gebracht hat.«

Aber Tess gab keine Antwort; klopfenden Herzens ging sie weiter, die Blicke auf den Boden geheftet. »Pah – ich glaube nichts davon!« sagte sie verächtlich, als die Röte aus ihrem Gesicht gewichen war.

Eine Rauchfahne stieg plötzlich aus dem Schornstein ihres Vaterhauses empor, sein Anblick tat ihrem Herzen weh. Als sie es erreichte und über die Schwelle trat, krampfte sich ihr Herz noch stärker zusammen. Ihre Mutter, die soeben von oben heruntergekommen war, wandte den Kopf, um sie zu begrüßen; sie saß vor dem Herd und zündete unter dem Frühstückskessel entrindete Eichenzweige an. Die kleinen Kinder waren noch im oberen Stockwerk und ebenso der Vater; denn am Sonntagmorgen fühlte er sich berechtigt, eine halbe Stunde länger im Bett liegenzubleiben als sonst.

»Oh! Liebste Tess!« rief die überraschte Mutter, aufspringend und das Mädchen küssend. »Wie geht's dir? Hab dich nicht eher gesehen, als bis du plötzlich hinter mir warst! Kommst du nach Hause, um zu heiraten?«

»Nein, nicht deshalb komme ich, Mutter.«

»Dann auf Ferien?«

»Ja – auf Ferien; lange Ferien«, sagte Tess.

»Was? Will dein Vetter das Ding nicht grademachen?«

»Er ist nicht mein Vetter, und er hat nicht die Absicht, mich zu heiraten.«

Ihre Mutter blickte ihr scharf ins Auge.

»Komm, du hast mir nicht alles gesagt«, begann sie.

Dann erzählte Tess.

»Und trotzdem hast du ihn nicht dazu gebracht, dich zu heiraten?« wiederholte die Mutter. »Jede andere Frau hätt's geschafft, nur du nicht!«

»Vielleicht jede andere Frau, ja, vielleicht jede andere – außer mir.«

»Das hätte sich doch noch hören lassen, wenn du damit zurückgekommen wärst!« fuhr Mrs. Durbeyfield fort, nahe daran, in Tränen des Ärgers auszubrechen. »Nach all dem Tratsch, der uns hier über dich und ihn zu Ohren gekommen ist – wer hätte erwartet, daß es so enden würde! Warum hast du nicht dran gedacht, was Gutes für deine Familie zu tun, statt nur an dich selber zu denken? Schau nur, wie ich mich schinden und placken muß, und dein armer und schwacher Vater mit seinem Herzen, das wie 'ne Bratpfanne vollgestopft ist. Hab wirklich gehofft, daß dabei was herauskommt! Wenn man bloß daran denkt, was für ein hübsches Paar ihr beide abgegeben habt, als ihr miteinander davongefahren seid, vor vier Monaten! Schau, was er uns geschenkt hat – alles, glaubten wir, wegen der Verwandtschaft. Aber wenn er nicht unser Verwandter ist, so muß er's nur deshalb getan haben, weil er dich liebt. Und doch hast du ihn nicht dazu bringen können, daß er dich heiratet!«

Alec d'Urberville dazu bringen, sie zu heiraten! Er sie heiraten! Nie hatte er ein Wort von Ehe gesprochen. Und wenn er es getan hätte? Wie man sie je dazu treiben könnte, plump nach diesem sozialen Rettungsanker zu greifen, wußte sie nicht. Aber ihre arme törichte Mutter konnte sich ihre Gefühle zu diesem Mann nicht vorstellen. Vielleicht waren sie unter den Umständen ungewöhnlich, unnatürlich, unerklärlich; aber es ging nicht anders. Und gerade das war's, wie sie schon sagte, weshalb sie sich verabscheute. Es war ihr nie etwas an ihm gelegen, es lag ihr auch jetzt nichts an ihm. Sie hatte ihn gefürchtet, hatte versucht, ihm zu entfliehen, hatte sich ihm unterworfen, und das war alles. Sie haßte ihn nicht eigentlich; er war nicht auf der Welt, war Luft für sie, und selbst um ihres guten Namens willen hätte sie kaum gewünscht, ihn zu heiraten.

»Du hättest vorsichtiger sein sollen, wenn du ihn nicht dazu bringen wolltest, daß er dich zu seiner Frau macht!«

»O Mutter, Mutter!« rief das gequälte Mädchen und wandte sich leidenschaftlich ihrer Mutter zu, als wolle ihr armes Herz brechen. »Wie konnte man von mir erwarten, daß ich es *wissen* sollte? Ich war ein Kind, als ich vor vier Monaten dieses Haus verließ. Warum sagtest du mir nicht, daß Gefahren drohten? Warum warntest du mich nicht? Die vornehmen Damen, die wissen, wovor sie sich zu hüten haben, weil sie Zeit haben, Romane zu lesen, die ihnen all diese Listen schildern; aber ich hatte nie die Möglichkeit, etwas davon zu erfahren, und du hast mir nicht geholfen!«

Ihre Mutter war geschlagen.

»Dachte mir, wenn ich von seinen zärtlichen Gefühlen sprechen wollte und wohin sie führen könnten, so würdest du ihn nicht mehr mögen und deine Chance verlieren«, murmelte sie, sich mit der Schürze die Augen wischend. »Nun, wir müssen uns wohl, so gut es geht, damit abfinden. 's ist natürlich, alles in allem, und wie Gott will.«

XIII

DAS Ereignis von Tess Durbeyfields Rückkehr aus dem Hause ihrer reichen Verwandtschaft machte als Gerücht die Runde, wenn Gerücht nicht ein zu gewichtiges Wort für den Umkreis einer Quadratmeile ist. Am Nachmittag kamen mehrere junge Mädchen aus Marlott zu Besuch, frühere Schulkameradinnen und Bekannte von Tess; in ihren besten Kleidern, gestärkt und gebügelt rückten sie an, wie es sich für die Besucher einer Persönlichkeit gebührte, die in höheren Sphären eine Eroberung gemacht hatte (was sie ja glaubten), saßen an den Wänden entlang und musterten sie mit großer Neugier. Denn die Tatsache, daß gerade der oftbesagte, vom Himmel geschneite Vetter, Mr. d'Urberville, sich in sie verliebt hatte – ein Gentleman, der nicht nur eine lokale Größe war und dessen Ruf als leichtsinniger Courschneider und Herzensbrecher weit über die unmittelbaren Grenzen von Trantridge hinauszudringen begann –, diese Tatsache verlieh ihrer vermeintlichen Stellung durch ihre Bedrohtheit einen weit höheren Zauber, als ein ungefährdetes Glück es vermocht hätte.

Ihr Interesse war so tief, daß die Jüngeren, sobald Tess ihnen den Rücken drehte, flüsterten:

»Wie hübsch sie ist und wie vorteilhaft ihr dieses Sonntagskleid steht! Ich glaube, es kostet ein enormes Stück Geld, und sicher ist es ein Geschenk von ihm.«

Tess, die eben auf den Küchenschrank in der Ecke hinauflangte, um das Teegeschirr herunterzuholen, hörte diese Kommentare nicht; sonst würde sie vielleicht ihre Freundinnen auf der Stelle aufgeklärt haben. Doch ihre Mutter vernahm sie, und Joans einfältige Eitelkeit, der die Hoffnung auf eine aufsehenerregende Heirat versagt war, sättigte sich so gut wie möglich an der Sensation einer aufsehenerregenden Liebschaft. Alles in allem fühlte sie sich befriedigt, mochte auch solch ein beschränkter und erstohlener Triumph ihrer Tochter Ruf in Mitleidenschaft ziehen; noch konnte es ja mit einer Heirat enden, und in dem warmen Gefühl, das diese Bewunderung in ihr erweckte, lud sie die Besucher ein, zu einer Tasse Tee zu bleiben.

Ihr Schwatzen, ihr Lachen, ihre gutgelaunten Anspielungen

und vor allem der Neid, der manchmal aufflackerte und hervorblitzte, belebten aller Stimmung; und als der Abend heranrückte, ließ Tess sich von der Lebhaftigkeit der andern anstekken und wurde fast fröhlich. Die marmorne Härte wich aus ihrem Gesicht, ihr Schritt gewann wieder etwas von seiner früheren schwebenden Leichtigkeit, und sie erglühte in all ihrer jungen Schönheit.

In manchen Augenblicken, allem Grübeln zum Trotz, antwortete sie sogar auf die Fragen der Mädchen in einem gewissen überlegenen Ton, als würde sie gewahr, daß ihre Erfahrungen auf dem Gebiete tändelnder Liebe in der Tat ein klein wenig beneidenswert waren. Doch es lag ihr so fern, nach den Worten von Robert South, ›mit ihrem eigenen Untergang zu liebäugeln‹, daß dieser Wahn wie ein Blitz vorüberzog; die kalte Vernunft kehrte wieder und verspottete ihre krampfhafte Schwäche; die Gespenstigkeit ihres flüchtigen Stolzes öffnete ihr die Augen und warf sie in ihre verschlossene Teilnahmslosigkeit zurück.

Und dann die Verzagtheit beim Grauen des nächsten Morgens, als nicht mehr Sonntag war, sondern Montag, und das Festkleid im Schrank hing, verschwunden die lachenden Besucher, und sie allein erwachte in ihrem alten Bett und rund um sie die unschuldigen Kinder sanft atmeten. An Stelle der Aufregungen ihrer Heimkehr und des Interesses, das sie erweckt hatte, sah sie vor sich eine lange und steinige Landstraße, die sie beschreiten mußte, ohne Stütze und kaum von Mitgefühl begleitet. Ihre Niedergeschlagenheit in diesem Augenblick war schrecklich, und sie hätte sich in ein Grab verkriechen wollen.

Nach Verlauf einiger Wochen lebte Tess wieder ein wenig auf und brachte es über sich, sich den Leuten zu zeigen, soweit es nötig war, wenn sie am Sonntagmorgen zur Kirche kommen wollte. Sie liebte den Gesang – schlecht und recht, wie er war – und die alten Psalmen und stimmte gern in die Morgenhymne ein.

Diese angeborene Liebe zur Melodie, die sie von ihrer balladensingenden Mutter geerbt hatte, verlieh der schlichtesten Musik eine Gewalt über sie, die ihr manchmal fast das Herz verzehrte.

Um sich so sehr wie nur möglich der Beachtung zu entziehen

– sie hatte ihre Gründe dafür – und um den Galanterien der jungen Männer auszuweichen, brach sie auf, bevor noch das Geläute begann, und setzte sich ganz rückwärts unter der Galerie dicht neben die Gerümpelecke, wo nur alte Männer und Weiber hinkamen und wo unter den Friedhofsgeräten aufrecht die Bahre stand.

Die Pfarrkinder schlenderten zu zweien oder dreien herein, setzten sich reihenweise vor ihr nieder, legten eine dreiviertel Minute lang ihre Stirnen auf das Pult, als beteten sie, wenn auch nur zum Schein, richteten sich dann auf und schauten umher. Als die Chorgesänge an die Reihe kamen, wurde zufällig eines ihrer Lieblingsstücke gewählt, aber sie wußte nicht, wie es hieß, und hätte es gern erfahren. Sie dachte darüber nach, ohne den Gedanken völlig in Worte zu kleiden, wie seltsam und göttlich die Macht eines Komponisten ist, der ein Mädchen wie sie, das nie seinen Namen gehört und nie einen Schlüssel zu seiner Persönlichkeit haben würde, durch eine Kette rührender Empfindungen, die anfangs nur er allein gefühlt hatte, vom Rande des Grabes zurückrufen konnte.

Die Leute, die ihre Köpfe gedreht hatten, drehten sie von neuem, während der Gottesdienst seinen Fortgang nahm; und als man sie schließlich entdeckte, entstand ein Geflüster. Tess wußte, was sie sich zuflüsterten, ihr Herz krampfte sich zusammen, und sie fühlte, daß sie nicht mehr in die Kirche gehen konnte.

Das Schlafzimmer, das sie mit einigen ihrer Geschwister teilte, wurde noch ständiger als je ihr Zufluchtsort. Hier, mit dem schmalen Geviert des Strohdachs über dem Kopfe, beobachtete sie den Wind, den Schnee und den Regen, prächtige Sonnenuntergänge und die wechselnde Folge des Vollmonds. So streng hielt sie sich zurückgezogen, daß schließlich jedermann dachte, sie sei abgereist.

Die einzige Bewegung, die Tess sich zu dieser Zeit gönnte, war ein Spaziergang nach Einbruch der Dunkelheit; und gerade dann, draußen in den Wäldern, schien sie am wenigsten einsam zu sein. Sie verstand es, des Abends auf Haaresbreite jenen Augenblick abzupassen, wenn Licht und Dunkelheit sich so völlig ausgeglichen die Waage halten, daß die starre Begrenztheit des Tages und die schwebende Ungewißheit der Nacht einander aufheben und den Gedanken hemmungslos freien Flug gewähren. Dann geschieht es, daß die bindende Last des Daseins so klein wie nur möglich zusammenschrumpft. Tess hatte keine Furcht vor den düstern Schatten; einzig der Gedanke schien sie zu beherrschen, den Menschen aus dem Wege zu gehen – oder vielmehr jenem kalten verstrickten Gebilde, das man die Welt nennt, so schrecklich in seiner Masse und so harmlos, ja sogar erbarmenswert in seinen Teilchen.

Auf diesen einsamen Hügeln und in den Schluchten war ihr stilles Dahingleiten eins mit dem Element, das sie umgab. Ihre biegsame und huschende Gestalt verschmolz unzertrennlich mit der Landschaft. Zuzeiten steigerte ihre grillenhaft schweifende Phantasie die Vorgänge in der Natur rund um sie zu immer stärkerer Lebendigkeit, bis sie ein Teil ihres eigenen Schicksals schienen. Sie *wurden* vielmehr ein Teil ihres Schicksals; denn die Welt ist nur ein psychologisches Phänomen, und was sie *schienen*, das *waren* sie auch. Die mitternächtigen Windstöße, wehklagend zwischen den noch straff geschlossenen Knospen und der dürren Rinde des winterlichen Geästs, klangen als bittere Vorwürfe in ihre Ohren. Ein Regentag war der Ausdruck unheilbaren Kummers über ihre Schwäche in der Seele irgendeines unbestimmten ethischen Wesens, das sie nicht ganz als den Gott ihrer Kindheit bezeichnen und doch unter einem anderen Namen nicht begreifen konnte.

Doch dieser enge Kreis, den sie um ihren eigenen Charakter zog, gegründet auf Reste eines veralteten Herkommens, bevölkert von Phantomen und Stimmen anklagender Beschwörung, war eine traurige und verfehlte Schöpfung ihrer Phantasie – ein gespenstiges Reich moralischer Kobolde, vor denen sie sich grundlos ängstigte. *Diese Gespenster* lagen in Zwietracht mit der wirklichen Welt, nicht sie. Wenn sie zwischen den schlafenden Vögeln in den Hecken dahinschritt, wenn sie die hüpfenden Kaninchen in einem monderhellten Gehege belauschte oder unter einem Zweig voll schlummernder Fasanen stand, kam sie sich wie eine Verkörperung der Schuld vor, die in die Gefilde der Unschuld eindringt. Doch all diese Zeit über schied und sonderte sie, wo es keinen Unterschied gab. Sie glaubte sich im Widerstreit und war doch ganz in Harmonie. Sie hatte sich dazu verleiten lassen, ein notwendiges Gesetz der menschlichen Gesellschaft zu übertreten, nicht aber ein Gesetz dieser Regionen, in deren Mitte sie sich so ausgestoßen fühlte.

XIV

Es war ein nebliger Sonnenaufgang im August. Die dichteren nächtlichen Dünste zerteilten sich vor dem Angriff der warmen Strahlen und schrumpften zu einzelnen Flöckchen zusammen in Gräben und verborgenen Winkeln, wo sie warteten, bis sie ins Nichts verdunsten würden.

Der Nebel verlieh der Sonne einen wunderlich fühlenden, persönlichen Ausdruck, der ein männliches Fürwort gefordert hätte. Ihr jetziger Anblick, verstärkt durch das Fehlen jeder menschlichen Gestalt auf dem Schauplatz, machte die Sonnenanbeter aus alter Zeit im Nu begreiflich. Das Himmelslicht war ein goldhaariges, gottähnliches Wesen mit strahlendem Antlitz und mildem Auge, in Kraft und Frische der Jugend auf eine Erde herabblickend, die voll überströmenden Verlangens ihm entgegendrängte.

Ein wenig später drangen ihre Strahlen durch die Ritzen der Fensterläden, zogen gleich glühendheißen Schüreisen brennende Streifen über Küchenschränke, Kommoden und andere Möbel und weckten die Schnitter, die noch nicht auf den Beinen waren.

Doch von allen rötlich strahlenden Dingen an diesem Morgen waren die hellsten zwei breite Flügel bemalten Holzes, die über den Rand eines gelben Kornfeldes dicht am Dorfe emporragten. Diese Flügel und zwei andere unterhalb bildeten das rotierende Malteserkreuz der Mähmaschine, die man am Abend zuvor auf das Feld geschafft hatte, damit sie für die Arbeit des heutigen Tages bereitstünde. Die Farbe, mit der sie bestrichen waren und deren Tönung das Sonnenlicht noch intensiver machte, verlieh ihnen ein Aussehen, als hätte man sie in flüssiges Feuer getaucht.

Das Feld war bereits ›geöffnet‹, das heißt, man hatte um den ganzen Umfang des Ackers herum mit der Sense eine Straße von ein paar Fuß Breite in den Weizen geschnitten für die erste Durchfahrt der bespannten Maschine.

Zwei Gruppen, eine von Männern und Burschen, die andere von Weibern, kamen die Straße herab – gerade zu der Stunde, als die Schatten des östlichen Heckenrandes die westliche Hecke in der Mitte trafen, so daß die Köpfe der Schreitenden den Sonnenaufgang genossen, während ihre Füße noch in der Dämmerung weilten. Sie verschwanden von der Straße zwischen zwei steinernen Pfeilern, die das nächste Feldgatter seitwärts deckten.

Bald darauf erscholl hinter der Umzäunung ein Zirpen wie der Liebesruf des Grashüpfers. Die Maschine hatte sich in Gang gesetzt, und über dem Gatter wurde ein bewegliches Gebilde sichtbar, ein Kutscher auf dem Rücken eines Zugpferdes und ein Begleiter auf dem Sitz des Geräts. Die eine Seite des Feldes entlang bewegte sich das Gefährt, und langsam drehten sich die Arme der Mähmaschine, bis es den Hügel hinab gänzlich den Blicken entschwand. Nach einer Minute tauchte es am andern Rand des Feldes im selben gleichförmigen Schritt wieder auf; der glitzernde Messingstern auf der Stirne des Handpferdes fesselte den Blick, als er über die Stoppeln emporstieg, dann kamen die glänzenden Arme und dann die ganze Maschine.

Die schmale Gasse von Stoppeln, die das Feld umgrenzte, wurde mit jeder Runde breiter, und wie der Morgen vorrückte, drängte sich das stehende Getreide auf eine immer engere Fläche zusammen. Kaninchen, Hasen, Schlangen, Ratten, Mäuse zogen sich zwischen die Halme zurück wie in eine Festung, ohne sich der vergänglichen Natur ihrer Zuflucht bewußt zu sein und des Schicksals, das ihrer später am Tage harrte, wenn ihr Schlupfwinkel zu immer fürchterlicherer Enge schrumpfen wird und sie sich auf einen Haufen zusammendrängen, Freunde und Feinde, bis auch die letzten wenigen Meter stehenden Weizens unter den Zähnen der unbeirrbaren Maschine fallen und sie einer um den andern unter den Stöcken und Steinen der Schnitter den Tod finden.

Die Mähmaschine ließ das geschnittene Korn in kleinen Häufchen hinter sich, jedes groß genug für eine Garbe; und an diese machten sich die emsigen Binder im Nachtrab – zum größten Teil Frauen, darunter aber einige Männer in Hemden aus bedrucktem Kattun und Hosen, die mit Lederriemen um die Hüften gegürtet waren; und nutzlos wurden so die zwei Knöpfe rückwärts, die bei jeder Bewegung des Trägers in den Sonnenstrahlen funkelten und glitzerten, als säße dort ein Augenpaar am Kreuz der Lenden.

Doch interessanter in dieser Schar von Garbenbindern war das andere Geschlecht, dank des Reizes, den ein Weib gewinnt, wenn es ein Teil und ein Stück der freien Natur wird und nicht bloß, wie zu gewöhnlichen Zeiten, als ein Ding für sich inmitten steht. Der Ackersmann ist ein Mensch auf einem Felde; eine Schnitterin des Feldes Bestandteil. Sie hat irgendwie ihre eigenen Grenzen verloren, das Wesen ihrer Umgebung aufgesogen und sich ihr eingefügt.

Die Frauen – oder vielmehr Mädchen, denn sie waren meist jung – trugen gezogene Kattunhauben mit großen flatternden Schleierrändern, um die Sonne abzuhalten, und Handschuhe, um die Hände nicht an den Stoppeln zu verletzen. Die eine hatte eine blaßrosa Jacke an, die andere ein cremefarbenes Kleid mit engen Ärmeln, eine dritte einen Rock so rot wie die Arme der Mähmaschine und andere wieder, die älteren, den ›Schlüpfer‹ oder Over-all aus roher, gebleichter Leinwand – das altgewohnte, praktischste Kleidungsstück der Feldarbeiterinnen, das die jungen verpönten. An diesem Morgen kehrt das Auge unwillkürlich zu dem Mädchen in der rosaroten Baumwolljacke zurück, denn von allen hat sie die biegsamste Gestalt und die zartesten Linien. Doch ihre Haube ist tief über die Stirn gezogen, daß nichts von ihrem Gesicht sich enthüllt, während sie Garben bindet, wenn man auch ihren Teint aus ein oder zwei verirrten dunkelbraunen Haarsträhnen erraten kann, die unter dem Schleier der Haube hervorquellen. Ein Grund dafür, warum sie gelegentlich die Aufmerksamkeit auf sich lockt, liegt vielleicht in dem Umstand, daß sie nie um diese Aufmerksamkeit buhlt, während die andern Frauen oftmals nach allen Seiten auslugen.

Ihr Binden vollzieht sich mit der Monotonie eines Uhrwerks. Aus der letzten fertigen Garbe zieht sie eine Handvoll Ähren und klopft dann mit der linken Handfläche ihre Spitzen, um sie gleichzurichten. Dann schreitet sie tief gebückt vorwärts, rafft das Getreide mit beiden Armen gegen die Knie, schiebt die linke behandschuhte Hand unter das Bündel, um auf der andern Seite die Rechte zu fassen, und hält es umarmt wie einen Liebhaber. Dann zieht sie die Enden des Bandes zusammen und kniet auf der Garbe, während sie den Knoten knüpft, ab und zu ihre Röcke zurechtstreifend, wenn der Luftzug sie aufplustert. Ein Stück ihres nackten Armes ist zwischen dem starken Leder des Stulphandschuhs und dem Ärmel ihres Kleides sichtbar; und wie der Tag vorrückt, zerkratzen die Stoppeln die frauenweiche Haut, und sie blutet.

In kurzen Zwischenräumen richtet sie sich auf, um zu rasten, um die verschobene Schürze wieder festzubinden oder die Haube glattzustreichen. Dann kann man das ovale Gesicht eines hübschen jungen Weibes erblicken mit tiefen dunklen Augen und langen schweren, haftenden Flechten, die wie in flehender Bitte sich überall festzuklammern scheinen, wo sie hingleiten. Die Wangen sind blässer, die Zähne regelmäßiger, die roten Lippen schmäler, als man sie gewöhnlich bei einem ländlich aufgewachsenen Mädchen findet.

Es ist Tess Durbeyfield alias d'Urberville, ein wenig verändert – dieselbe und doch nicht dieselbe; in der jetzigen Periode ihres Daseins lebte sie wie eine Fremde und Ausländerin hier in diesem Lande, wenn es ihr auch nicht fremd war. Nach einer langen, einsiedlerischen Abgeschlossenheit hatte sie während der letzten Woche den Entschluß gefaßt, auf den Feldern ihres Heimatdorfes Arbeit anzunehmen; denn die geschäftigste Jahreszeit für die Welt des Ackerbaus war herangekommen, und keine andere Arbeit, die sie im Haus verrichten konnte, war gegenwärtig so einträglich wie das Tagewerk des Schnitters.

Die andern Frauen bewegten sich mehr oder weniger ähnlich wie Tess; sobald jede von ihnen eine Garbe fertig hatte, schwenkte die ganze Schar zusammen wie die Tänzer in einer Quadrille, und jede einzelne lehnte ihr Ährenbündel aufrecht gegen das der andern, bis eine Mandel oder, wie man es hierzulande nannte, ein ›Schober‹ von zehn oder zwölf Garben dastand.

Sie gingen frühstücken und kamen wieder, und die Arbeit nahm wie zuvor ihren Fortgang. Als die elfte Stunde näherrückte, hätte ein Beobachter bemerken können, daß Tess Durbeyfields Blick hin und wieder sinnend zum Rand des Hügels hinüberschweifte, ohne daß sie in ihrem Garbenbinden innehielt. Beim ersten Glockenschlag tauchten über der stoppligen Rundung des Hügels die Köpfe einer Kinderschar auf, im Alter von sechs bis vierzehn Jahren.

Ihr Gesicht überzog sich mit einer leichten Röte, doch immer noch hielt sie nicht inne.

Die älteste von den Ankömmlingen, ein Mädchen mit einem dreieckigen Schal, dessen Zipfel über die Stoppeln schleifte, trug in ihren Armen etwas, was auf den ersten Blick eine Puppe zu sein schien; doch stellte es sich als ein Kind in langen Windeln heraus. Eine andere brachte einen kleinen Imbiß. Die Schnitter unterbrachen die Arbeit, griffen nach ihren Mundvorräten und setzten sich mit dem Rücken gegen eine der Mandeln nieder. Hier fielen sie über das Mahl her, die Männer sprachen eifrig einem Steinkrug zu, und ein Becher machte die Runde.

Tess war unter den letzten, die von der Arbeit abließen. Sie setzte sich an die äußerste Ecke der Mandel, das Gesicht etwas von ihren Kameraden abgewandt. Als sie sich niedergelassen hatte, reichte ein Mann in einer Mütze aus Kaninchenfell, mit einem roten Taschentuch im Gürtel, den Becher voll Bier über die Spitze der Mandel zu ihr hinüber, damit sie trinke. Aber sie nahm dieses Angebot nicht an. Sobald ihr Gabelfrühstück aufgetischt war, rief sie das große Mädchen, ihre Schwester, herbei und nahm den Säugling von ihren Armen; und froh, von der Last befreit zu sein, lief das Mädchen zu der nächsten Mandel und schloß sich den andern Kindern an, die dort miteinander spielten. Mit einer merkwürdig verstohlenen und dennoch mutigen Bewegung, und immer noch stärker errötend, knöpfte Tess ihr Kleid auf und begann das Kind zu stillen.

Die Männer, die ihr zunächst saßen, wandten bedächtig ihre Gesichter dem fernen Ende des Feldes zu, ein paar begannen zu rauchen, und einer, mit geistesabwesender Zärtlichkeit, streichelte bedauernd den Krug, der nicht länger sein Naß spenden wollte.

Alle die Weiber außer Tess begannen lebhaft zu schwatzen und ordneten die gelockerten Knoten ihres Haares.

Als das Kind satt war, setzte es die junge Mutter aufrecht in ihren Schoß, und während ihre Blicke in die blaue Ferne schweiften, liebkoste sie es mit einer düsteren Gleichgültigkeit, die fast Abneigung war; dann begann sie es ganz plötzlich ein paar dutzendmal heftig zu küssen, als könne sie gar nicht damit aufhören, und das Kind plärrte über dem Ungestüm dieses Angriffs, der Leidenschaftlichkeit mit dem Gefühl der Schande seltsam verband.

»Sie ist vernarrt in das Kind, wenn sie auch anders tut und sagt, es wär ihr lieber, das Baby und sie selber lägen auf dem Friedhof«, bemerkte das Weib mit dem roten Rock.

»Sie wird bald aufhören mit diesen Redereien«, erwiderte der in der Fellmütze. »Mein Gott, 's ist wunderbar, woran sich ein Mensch mit der Zeit gewöhnen kann.«

»Jammerschade, daß es von allen gerade ihr passieren mußte. Aber immer die Hübschesten! Die am wenigsten gut ausschauen, sind so sicher wie 'ne Kirche – he, Jenny?« Der Sprecher wandte sich daraufhin zu einer aus der benachbarten Gruppe, die sicherlich nicht mit Unrecht als sehr unansehnlich bezeichnet wurde.

Jammerschade war es freilich; selbst ein Feind konnte unmöglich anders empfinden, wenn er Tess betrachtete, wie sie dasaß mit ihrem blütengleichen Mund und ihren großen zärtlichen Augen, die weder schwarz waren noch blau, noch grau, noch violett; all diese Tönungen zusammen und noch hundert andere sah man, wenn man in die Iris ihres Auges blickte – Schattierung hinter Schattierung, Tönung neben Tönung – runde, bodenlose Tiefen: fast das Urbild einer Frau, wäre nicht die leichte unvorsichtige Sorglosigkeit des Charakters gewesen, das Erbteil ihrer Familie.

Ein Entschluß, der sie selbst überraschte, hatte sie diese Woche nach vielen Monaten zum erstenmal auf die Felder hinausgebracht. Nachdem sie ihr zuckendes Herz mit jeder Waffe des reuigen Grames, die ihre einsame Unerfahrenheit nur ersinnen konnte, zermartert und zermürbt hatte, setzte ihr der gesunde Menschenverstand den Kopf zurecht. Sie fühlte, daß sie gut daran tun würde, sich wieder nützlich zu machen – von neuem um jeden Preis die süße Unabhängigkeit zu kosten. Das Vergangene war vergangen; was immer auch gewesen, jetzt hatte es keine Bedeutung mehr. Über all seine Folgen schlugen die flutenden Zeiten zusammen; nach wenigen Jahren würde es scheinen, als wären sie nie gewesen, und sie selber versunken und vergessen. Inzwischen grünten die Bäume wie zuvor, die Vögel sangen, und die Sonne schien so hell wie immer. Die vertraute Umgebung hatte sich nicht verdüstert ob ihres Grames, war nicht verwelkt unter ihren Leiden.

Sie hätte sehen können, daß alles, was ihr Haupt so tief gebeugt hatte – der Gedanke, daß die Welt über ihre Lage in unruhiger Sorge sei –, auf einem Wahn beruhte. Für niemanden als für sie selber hatten ihr Dasein, ihre Erfahrungen, ihre Leidenschaften Bestand, für niemanden als für sich selber war sie ein lebendiges Gefüge von Empfindungen. Allen ihren Nebenmenschen konnte sie nur ein flüchtiger Gedanke sein. Selbst den Freunden nicht mehr als ein häufig vorübergleitender Gedanke. Wenn sie sich den lieben langen Tag und die ganze Nacht hindurch peinigte, bedeutete es für die Freunde nichts weiter als: ›Ah, sie macht sich selbst unglücklich.‹ Wenn sie versuchte, fröhlich zu sein, alle Sorgen zu verbannen, das Tageslicht, die Blumen, das Kind freudig zu genießen, so erweckte sie nur einen Gedanken in ihnen: ›Ah, sie trägt es sehr gefaßt.‹ Allein, auf einem verlassenen Eiland, würde da ihr Erlebnis sie unglücklich gemacht haben? Nicht sehr. Wäre sie eben erst aus dem Nichts erschaffen worden, um plötzlich als ledige Mutter in der Welt zu stehn, ohne jede andere Lebenserfahrung als die Geburt eines namenlosen Kindes – würde dann ihre Lage sie zur Verzweiflung getrieben haben? Nein, sie hätte es ruhig hingenommen und Freude daran gefunden. Der größte Teil ihres Elends entsprang ihrem konventionellen Gesichtspunkt und nicht ihren angeborenen Gefühlen.

Wie immer auch Tess darüber denken mochte, irgendeine Willensregung hatte sie bewogen, sich wie in früheren Zeiten hübsch zu kleiden und auf die Felder hinauszugehn, da Arbeitshände bei der Ernte sehr begehrt wurden. Dies war es, warum sie sich mit solcher Würde betrug und zuweilen den Leuten gelassen ins Gesicht schaute, selbst dann, als sie ihren Säugling in den Armen hielt.

Die Schnitter erhoben sich von der Getreidepuppe, streckten die Glieder und drückten die Pfeifen aus. Die Pferde, die man ausgeschirrt und gefüttert hatte, wurden wieder an die scharlachfarbene Maschine gespannt. Nachdem Tess eilig ihren Imbiß verzehrt hatte, winkte sie ihrer ältesten Schwester, das Baby wegzuholen, knöpfte das Kleid zu, zog wieder die Lederhandschuhe an und bückte sich von neuem über die letzte fertige Garbe, um ein Band für die nächste hervorzuziehen.

Am Nachmittag und Abend ging die Arbeit wie am Morgen weiter, und Tess blieb bis zum Dunkelwerden bei der Schar der Schnitter. Dann fuhren sie alle auf einem der größten Leiterwagen nach Hause, begleitet von einem breiten, trüben Mond, der sich im Osten über dem Boden erhoben hatte; und sein Antlitz glich der abgenutzten, blattgoldenen Gloriole irgendeines wurmzerfressenen toskanischen Heiligen. All ihre Kameradinnen sangen Lieder und zeigten sich sehr mitfühlend und froh darüber, daß Tess wieder unter Menschen erschien, wenn sie sich auch nicht enthalten konnten, schadenfroh ein paar Verse aus der Ballade von jenem Mädchen einzuflechten, das in den lustigen grünen Wald geht und verwandelt zurückkommt. Es gibt im Leben Gegengewichte und Ausgleiche; und das Ereignis, das Tess zu einem warnenden Beispiel für ihre Nächsten machte, erhob sie auch in vieler Augen für den Augenblick zur interessantesten Persönlichkeit des Dorfes. Die Freundlichkeit der Gefährten lenkte sie immer stärker von sich ab, ihre muntere Laune steckte sie an, und sie wurde fast heiter.

Doch nun, da ihre moralischen Sorgen dahinschwanden, erwuchs ihr eine neue Sorge dort, wo sie nichts als Mensch war und wo kein soziales Gesetz galt. Als sie nach Hause kam, mußte sie zu ihrem Kummer erfahren, daß der Säugling seit dem Nachmittag plötzlich erkrankt war. Man hätte solch ein jähes Zusammenklappen voraussehen können, so zart und schwächlich war sein Wuchs; doch trotzdem kam das Ereignis als ein plötzlicher Schlag.

Des Babys Verstoß gegen die Gesellschaftsordnung, da es zur Welt kam, hatte die jungfräuliche Mutter vergessen; ihre Seele verlangte danach, diesem Ordnungsbruch Dauer zu verleihen und das Kind am Leben zu erhalten. Bald aber wurde klar, daß die Stunde der Befreiung für diesen kleinen Gefangenen im Fleische früher schlagen sollte, als ihre schlimmsten Ahnungen vermutet hatten. Und als sie dies erkannte, stürmte ein Unheil auf sie ein, das noch schlimmer war als der bloße Verlust des Kindes – ihr Baby war nicht getauft.

Tess hatte sich in eine Stimmung treiben lassen, die sich widerstandslos mit dem Gedanken abfand: Wenn sie für das, was sie getan hatte, in der Hölle braten müsse, so müsse sie eben braten, und damit gut. Gleich allen Dorfmädchen war sie gut bewandert in der Heiligen Schrift, hatte pflichteifrig die Geschichten von Aholah und Aholibah studiert und wußte, welche Schlüsse daraus zu ziehen waren. Doch als sich dieselbe Frage hinsichtlich ihres Kindes erhob, erhielt sie ein ganz anderes Aussehen. Ihr Liebling sollte sterben und der ewigen Seligkeit verlustig gehen.

Es war schon fast Schlafenszeit, aber sie flog die Treppe hinunter und fragte, ob sie nach dem Pastor senden dürfe. Zufällig befand sich gerade in diesem Augenblick ihres Vaters Gefühl für den altehrwürdigen Adel seiner Familie auf dem Höhepunkt und seine Empfindlichkeit gegen den Makel, den Tess auf diesen Adel geheftet hatte, in schärfster Bereitschaft, denn er war soeben von seiner abendlichen Zecherei in Rollivers Kneipe zurückgekehrt. Kein Pfarrer solle seine Schwelle überschreiten, erklärte er, und gerade jetzt die Nase in seine Angelegenheiten stecken, da es durch ihre Schande nötiger geworden sei als je zuvor, einen Schleier darüber zu breiten. Er sperrte die Tür fest zu und steckte den Schlüssel in seine Tasche.

Die Hausgenossen gingen zu Bett, und maßlos verzweifelt zog sich auch Tess zurück. Sie lag beständig wach, und gegen Mitternacht merkte sie, daß es dem Baby immer schlechter ging. Es starb dahin – ruhig und schmerzlos, doch darum nicht weniger unaufhaltsam.

In ihrem Elend warf sie sich auf dem Bett hin und her. Die Glocke schlug die feierliche Stunde, jene erste Stunde, da das Denken sich von den Pfaden der Vernunft wegschleicht und unheildrohende Möglichkeiten felsenfest wie Tatsachen vor die

Seele treten. Sie sah in Gedanken ihr Kind in die tiefsten Tiefen der Hölle gestoßen, zweimal verdammt als ungetauft und ehrlos geboren, sah, wie der Erzfeind es auf seine dreizackige Gabel spießte, die dem Haken glich, mit dem sie an Backtagen den Ofen schürte; und dieses Bild ergänzte sie durch viele grillenhafte und wunderliche Züge von Marter und Qual, die man in diesem christlichen Lande den Kindern in der Schule vormalt. Das düstere Gemälde ergriff in dem Schweigen des schlafenden Hauses so mächtig ihre Phantasie, daß ihr Nachthemd von kaltem Schweiß feucht wurde und die Bettstatt bei jedem Schlag ihres Herzens erzitterte.

Das Kind atmete immer schwerer, und die seelische Spannung der Mutter steigerte sich immer mehr. Nutzlos war es, das kleine Wesen mit Küssen zu überschütten; sie hielt es nicht länger im Bett aus und irrte fieberhaft durchs Zimmer.

»O barmherziger Gott, habe Mitleid; hab Mitleid mit meinem armen Kind!« rief sie. »Überhäufe mich mit deinem Zorn, so viel du willst, und von Herzen gern nehm ich ihn hin; aber erbarme dich des Kindes!«

Sie lehnte sich gegen die Kommode und murmelte lange Zeit unzusammenhängende Bitten vor sich hin, bis sie plötzlich auffuhr.

»Ah! Vielleicht kann Baby erlöst werden! Vielleicht wird es genau dasselbe sein!«

Sie sprach mit so heiter strahlendem Ausdruck, daß es schien, als müßte ihr Gesicht durch das ringsum herrschende Düster leuchten.

Sie zündete eine Kerze an und trat an ein zweites und an ein drittes Bett längs der Wand, wo sie ihre kleinen Schwestern und Brüder weckte, die alle dasselbe Zimmer innehatten. Dann schob sie den Waschtisch vor, so daß sie hinter ihn gelangen konnte, schüttete etwas Wasser aus einem Krug in das Becken und ließ die Kinder im Kreise niederknien, die Hände gefaltet mit emporgestreckten Fingern. Während die Kinder, halb noch im Schlafe, von Scheu ergriffen ob ihres Benehmens, mit immer runder geweiteten Augen in dieser Stellung verharrten, hob sie den Säugling vom Bett auf – das Kind eines Kindes, so winzig und unentwickelt, daß es schien, als sei es kaum Mensch genug, um seiner Erzeugerin den Titel einer Mutter zu verleihen. Jetzt stand Tess aufgerichtet mit dem Säugling auf dem Arm neben dem Becken, die nächstälteste Schwester hielt das Gebetbuch aufgeschlagen vor ihre Augen, wie in der Kirche der Küster es dem Pfarrer hinhält, und so schickte sich das rührende Mädchen an, ihr Kind zu taufen.

Sie wirkte seltsam groß und imposant, als sie in ihrem langen weißen Nachtgewand dastand und über ihren Rücken bis zu den Hüften ein dicker Strang geflochtenen Haares schwer hinabhing. Die gütige Trübheit der matten Kerze befreite ihre Gestalt und ihre Züge von den kleinen Makeln, die das Sonnenlicht enthüllt hätte – die von den Stoppeln zerkratzten Handgelenke und die Müdigkeit in den Augen; ihre hohe Verzückung übte eine verklärende Wirkung auf dies Antlitz, das sie ins Unglück gebracht hatte, und es zeigte sich in makelloser Schönheit mit einem Zug von Würde, der fast königlich war. Die Kleinen, im Kreise kniend, die schläfrigen Augen rot und blinzelnd, verfolgten diese Vorbereitungen voll einer unschlüssigen Verwunderung, die nur durch ihre körperliche Müdigkeit nicht lebhafter in Erscheinung trat.

Die Älteste sagte:

»Willst es wirklich taufen, Tess?«

Die Mutter erwiderte ein feierliches Ja.

»Wie soll es heißen?«

Daran hatte sie nicht gedacht; aber als sie in der Taufhandlung fortfuhr, kam ihr ein Name in den Sinn, und nun sprach sie ihn aus: *»Sorge,* ich taufe dich im Namen des Vaters, des Sohnes und des Heiligen Geistes.«

Sie besprengte das Kind mit Wasser, und Schweigen herrschte.

»Sagt Amen, Kinder.«

Die dünnen Stimmchen flöteten gehorsam: »Amen!«

Tess fuhr fort:

»Wir empfangen dies Kind« – und so weiter – »und zeichnen es mit dem Zeichen des Kreuzes.«

Hier tauchte sie ihre Hand in das Becken und malte mit dem Zeigefinger inbrünstig ein ungeheures Kreuz über den Säugling, die üblichen Sprüche wiederholend, daß er mannhaft kämpfen solle gegen die Sünde, die Welt und den Teufel und ein treuer Krieger und Knecht Gottes sein bis ans Ende seiner Tage. Sie fuhr ordnungsgemäß fort mit dem Vaterunser, das ihr die Kinder in einem dünnen Klageton wie Mückensummen nachlispelten, bis sie am Schluß ihre Stimmen laut wie ein Küster erhoben und in das Schweigen flöteten: »Amen!«

Dann begann ihre Schwester mit wachsendem Vertrauen zu der Wirksamkeit dieses Sakraments aus tiefstem Herzen die Danksagungen, die auf das Vaterunser folgen, zu ergießen, kühn und triumphierend in dem vollen Orgelton, den ihre Stimme gewann, wenn sie ihr ganzes Herz in ihre Worte legte, und den alle, die sie kannten, nie vergessen werden. Die Glaubensekstase vergöttlichte sie fast, erfüllte ihr Gesicht mit einem strahlenden Schimmer und rief auf jeder Wange einen roten Fleck hervor, während in ihren Pupillen die winzig verkleinerte Kerzenflamme wie ein Diamant glitzerte. Die Kinder starrten sie in wachsender Verehrung an und fanden nicht mehr den Mut, Fragen zu stellen. Sie sah für sie nicht mehr wie das Schwesterchen aus, sie erschien ihnen als ein großes, erhabenes und Ehrfurcht gebietendes Wesen – eine Gottheit, mit der sie nichts gemein hatten.

Des armen Sorge Feldzug gegen die Sünde, die Welt und den Teufel war dazu verurteilt, nur kurze Zeit zu glänzen – ein Glück vielleicht für ihn selber, wenn man seine Anfänge bedenkt. Im trüben Grau des Morgens tat dieser gebrechliche Kämpfer und Knecht seinen letzten Atemzug, und als die andern Kinder erwachten, weinten sie bitterlich und baten Schwesterchen um ein neues hübsches Baby.

Die Ruhe, die seit der Taufe über Tess gekommen war, verließ sie auch nicht bei dem Verlust des Kindes. Am hellen Tag freilich fühlte sie, daß ihre Ängste um seine Seele etwas übertrieben waren; ob begründet oder nicht, sie empfand jetzt keinerlei Unruhe. Wenn die Vorsehung, dachte sie bei sich, solch eine stellvertretende Handlung nicht anerkennen wollte, so legte *sie* zum Beispiel keinen Wert auf jenen Himmel, der durch diese Regelwidrigkeit verlorenging – weder für sich selbst, noch für ihr Kind.

So ging Sorge, der Ungebetene, dahin – dieses aufgedrungene Geschöpf, dieses Bastardgeschenk der schamlosen Natur, die das bürgerliche Gesetz nicht achtet; ein Heimatloser, für den die Zeitendauer nur eine Frage von Tagen war, der nicht wußte, daß es etwas wie Jahre und Jahrhunderte überhaupt gab, dem das Innere der Hütte das Weltall bedeutete, das Wetter einer Woche ein Klima, die Kindheit des Neugeborenen das menschliche Dasein und der Instinkt, an der Brust zu saugen, alles Menschenwissen.

Tess, die ziemlich viel über die Taufe nachsann, fragte sich, ob sie wohl gemäß der Dogmatik ausreichen würde, um dem Kind ein christliches Begräbnis zu sichern. Niemand konnte das sagen außer dem Pfarrer des Kirchspiels, und dieser war ein Neuling am Ort und ein sehr zurückhaltender Mann. Sie ging nach Anbruch der Dunkelheit zu seinem Haus und stand am Tor, doch brachte sie den Mut nicht auf einzutreten. Das Unternehmen wäre gescheitert, wenn sie ihn nicht zufällig auf seinem Heimweg getroffen hätte, als sie sich eben zum Gehen wandte. Im Düster des Abends machte sie sich keine Bedenken, offen zu sprechen.

»Ich möchte Sie etwas fragen, mein Herr.«

Er äußerte seine Geneigtheit, sie anzuhören, und sie erzählte ihm die Geschichte von des Kindes Krankheit und ihrer improvisierten Taufhandlung.

»Und nun, Sir«, fügte sie ernst hinzu, »können Sie mir eines sagen – wird es für ihn ganz dasselbe sein, wie wenn Sie ihn getauft hätten?«

Da er in diesem Augenblick nicht anders empfand als ein Gewerbsmann, der erfährt, daß eine Verrichtung, zu der man *ihn* hätte berufen sollen, von seinen Kunden auf eigene Faust schlecht und recht zusammengepfuscht wurde, so war er geneigt, nein zu sagen. Doch die Würde des Mädchens und die seltsam zärtliche Besorgnis in ihrer Stimme verbanden sich, um seine edleren Regungen wachzurufen – oder vielmehr jene Regungen, die ihm noch geblieben waren, nachdem er sich zehn Jahre lang bemüht hatte, einen mechanischen Glauben auf echten Skeptizismus zu pfropfen. Der Mensch und der Geistliche rangen miteinander in seinem Herzen, und der Sieg fiel dem Menschen zu.

»Mein liebes Mädchen«, sagte er, »es wird ganz dasselbe sein.«

»Dann wollen Sie ihm also ein christliches Begräbnis geben?« fragte sie rasch.

Der Vikar fühlte sich in die Enge getrieben.

Als er von der Krankheit des Säuglings gehört hatte, war er nach Einbruch der Nacht gewissenhaft zu dem Hause gegangen, um den Ritus zu vollziehen, und da er nicht wußte, daß die Weigerung, ihn vorzulassen, von ihrem Vater und nicht von Tess ausging, konnte er zwingende Not nicht als Entschuldigung gelten lassen.

»Ah – das ist eine andere Frage«, sagte er.

»Eine andere Frage – warum?« fragte Tess mit einiger Wärme.

»Nun – ich würde es gerne tun, wenn nur wir beide in Betracht kämen. Aber ich darf nicht – aus liturgischen Gründen.«

»Nur das eine Mal, Sir!«

»Ich darf wirklich nicht.«

»O mein Herr, um Gottes willen!« Sie ergriff bei diesen Worten seine Hand.

Er entzog sie ihr und schüttelte den Kopf.

»Dann kann ich Sie nicht mehr leiden!« brach sie aus. »Und niemals wieder gehe ich in Ihre Kirche!«

»Sprechen Sie nicht so vorschnell, Tess.«

»Vielleicht wird es für ihn ganz dasselbe sein, wenn Sie es nicht tun? ... Wird es ganz dasselbe sein? Sprechen Sie um Gottes willen nicht als Heiliger zur Sünderin, sprechen Sie selber zu mir – zu mir Armen!«

Wie der Vikar seine Antwort mit den strengen Begriffen in Einklang brachte, die er über dieses Thema zu hegen glaubte, das zu sagen, liegt nicht in der Macht eines Laien, wenn er ihm auch verzeihen kann. Etwas bewegt sagte er auch in diesem Fall:

»Es wird ganz dasselbe sein.«

So wurde noch in dieser Nacht das Baby in einer kleinen Holzschachtel, bedeckt mit einem uralten Frauenschal, auf den Kirchhof getragen und bei Laternenschein begraben, um den Preis eines Shillings und eines Glases Bier für den Totengräber

– in jenem elenden Winkel des Gottesackers, wo ER die Nesseln wachsen läßt und wo alle ungetauften Kinder ruhen, alle notorischen Trunkenbolde, Selbstmörder und andere mutmaßlich verdammte Seelen. Doch der unheilig düstren Umgebung zum Trotze verfertigte sich Tess tapfer ein kleines Kreuz aus zwei Latten und einem Bindfaden, umkränzte es mit Blumen und pflanzte es eines Abends am Kopfende des Grabes auf, als sie, ohne gesehen zu werden, den Friedhof betreten konnte; und an das Fußende stellte sie einen Strauß derselben Blumen in einem kleinen Krug voll Wasser, um sie frisch zu erhalten. Was lag daran, daß außen am Krug das Auge des kalten Beobachters die Worte las: ›Keelvells Marmelade‹? Das Auge mütterlicher Liebe, erhabenere Dinge schauend, sah sie nicht.

XV

›DURCH Erfahrung‹, sagte Roger Ascham, ›lehrt uns langes Irregehen einen kurzen Weg entdecken.‹ Nicht selten macht uns langes Irregehen für die weitere Reise untauglich, und was nützt uns dann unsere Erfahrung? Tess Durbeyfields Erfahrung gehörte zu dieser lähmenden Art. Schließlich und endlich hatte sie gelernt, was zu tun war; aber wer wollte nun ihr Tun gelten lassen?

Wenn sie, bevor sie in das Haus der d'Urbervilles ging, streng nach der Richtschnur etlicher Spruchweisheiten und Phrasen, die ihr und der Welt im allgemeinen bekannt waren, gewandelt wäre, kein Zweifel, daß sie sich dann nie hätte betrügen lassen. Aber es lag nicht in ihrer Macht – noch liegt es in irgendeines Menschen Macht –, die ganze Wahrheit goldener Regeln zu fühlen, solange es noch möglich ist, aus ihnen Nutzen zu ziehen. Sie – und wie viele andere auch – hätte mit dem heiligen Augustinus ironisch zu Gott sagen können: ›Du hast zu einem besseren Wandel geraten, als du beschieden hast.‹

Während der Wintermonate blieb sie im Vaterhaus, Geflügel rupfend, Truthähne und Gänse stopfend oder Kleider für ihre Schwestern und Brüder nähend aus allerlei Staatsgewändern, die d'Urberville ihr geschenkt und die sie verächtlich beiseite geschoben hatte. Sie wollte sich nicht an ihn wenden. Doch oft verschlang sie die Hände hinter dem Kopf und verfiel in Sinnen, wenn man dachte, sie arbeite fleißig.

Mit philosophischer Gelassenheit verzeichnete sie die Erinnerungsdaten, wie sie im Kreislauf des Jahres vorüberzogen: Die unheilvolle Nacht ihrer Trantridger Zeit mit ihrem düstern Hintergrund der ›Jagd‹; das Geburts- und das Todesdatum ihres Kindchens; ihren eigenen Geburtstag und auch alle übrigen Tage, wie sie durch Vorfälle gekennzeichnet waren, die sie irgendwie berührt hatten. Plötzlich eines Nachmittags, als sie im Spiegel ihre Schönheit betrachtete, fuhr ihr der Gedanke durch den Kopf, daß es noch ein anderes Datum gäbe, von größerer Bedeutung für sie als jene Tage: das ihres eigenen Todes, da all diese Reize verschwunden sein würden, ein Tag, der versteckt und unsichtbar unter all den andern Tagen des Jahres lag, der kein Zeichen von sich gab und keinen Laut, wenn er alljährlich an ihr vorüberzog; und war darum doch nicht weniger unentrinnbar da. Wann? Warum durchfröstelte es sie nicht, wenn sie Jahr um Jahr diesem kalten Besucher begegnete? Jeremias Taylors Gedanke schoß auch ihr durch den Kopf: Daß irgend einmal in der Zukunft jene, die sie gekannt hatten, sagen würden: ›Es ist der – -te, der Tag, an dem die arme Tess Durbeyfield starb‹; und sie würden nichts Merkwürdiges in dieser Feststellung finden. Von diesem Tage, den das Schicksal für alle Ewigkeit zu ihrer Zeitengrenze bestimmt hatte, wußte sie nicht, wo im Monat, in der Woche, in der Jahreszeit oder im Jahre sein Platz war.

So fast mit einem Sprung wandelte sich Tess vom schlichten Mädchen zum komplizierten Weib. Sprechende Spuren der Nachdenklichkeit prägten sich ihrem Gesicht auf, und ein tragischer Ton trat zuweilen in ihre Stimme. Ihre Augen wurden größer und beredter. Sie wurde, was man ein prachtvolles Geschöpf genannt hätte; ihre Erscheinung war schön und fesselnd, ihre Seele die eines Weibes, das die stürmischen Erlebnisse der letzten ein oder zwei Jahre nicht im mindesten demoralisiert hatten. In den Augen der Welt freilich wären diese Erfahrungen nichts weiter gewesen als eine liberale Erziehung.

Sie hatte sich in der letzten Zeit so abseits gehalten, daß ihr

Kummer, der nie allgemein bekannt wurde, in Marlott nahezu vergessen war. Doch sie gewann die Überzeugung, daß sie sich hier nie wieder richtig wohl fühlen konnte, hier an einem Ort, der mit angesehen hatte, wie der Versuch ihrer Familie, bei den reichen d'Urbervilles ›die Verwandtschaft geltend zu machen‹ und durch sie sogar eine noch engere Verbindung zu erlangen, kläglich zusammenbrach. Zumindest konnte sie sich nicht wohl fühlen, solange nicht eine Reihe von Jahren das bittere Bewußtsein dieser Dinge ausgetilgt hatten. Doch selbst jetzt fühlte Tess immer noch die Pulse hoffnungsvollen Lebens warm in sich schlagen; sie würde sich glücklich fühlen in irgendeinem Winkel, wo es keine Erinnerungen gab. Wenn sie der Vergangenheit entrinnen könnte, so würde sie alles, was damit zusammenhing, ungeschehen machen; und dazu mußte sie fort von Marlott.

Einmal verloren, für immer verloren – galt das wirklich von der Keuschheit? So fragte sie sich manchmal. Sie konnte diesen Spruch als falsch erweisen, wenn es ihr gelang, einen Schleier über vergangene Dinge zu breiten. Die Kraft zur Erneuerung, die in der ganzen organischen Natur herrschte, war sicherlich nicht allein der Jungfräulichkeit versagt.

Sie wartete lange Zeit, ohne daß sie eine Gelegenheit fand, von neuem das Vaterhaus zu verlassen. Ein besonders schöner Frühling kam ins Land, und fast konnte man hören, wie sich in den Knospen das Wachstum regte; es peitschte sie auf, wie es die wilden Tiere aufgepeitscht, und erweckte in ihr den leidenschaftlichen Wunsch, fortzugehen. Schließlich, eines Tages im frühen Mai, kam ein Brief von einem alten Freund ihrer Mutter, an den sie sich schon vor langem mit einer Anfrage gewandt hatte – ein Molkereibesitzer, den sie nie gesehen hatte. Er schrieb, daß in seiner Schweizerei eine geschickte Milchmagd benötigt würde, und falls sie in der Zwischenzeit nichts gefunden habe, würde er sich freuen, wenn er sie für die Sommermonate bekommen könnte.

Der Ort lag nicht ganz so weit entfernt, wie sie es hätte wünschen können, doch immerhin weit genug, da weder ihre Schritte noch ihr Ruf je über einen kleinen Umkreis hinausgedrungen waren. Für Leute in begrenzten Sphären sind Meilen gleich geographischen Graden, Pfarrdörfer gleich Grafschaften, Grafschaften gleich Provinzen und Königreichen.

Eines stand bei ihr fest: in den Träumen und Taten ihres neuen Lebens sollte es keine d'Urberville-Luftschlösser mehr geben. Sie würde das Milchmädchen Tess sein, und nichts weiter. Ihre Mutter kannte ihre Gefühle in diesem Punkt so gut – obgleich kein Wort über das Thema zwischen ihnen gefallen war –, daß sie jetzt nie mehr auf die ritterlichen Ahnen anspielte.

Doch so groß ist die menschliche Inkonsequenz, daß einer der Reize des neuen Ortes für Tess ein seltsam zufälliger Vorzug war: Er lag in der Nähe der Heimatgegend ihrer Vorfahren. (Denn diese stammten nicht aus Blakemore, wenn auch ihre Mutter bis in die Knochen ›Blakemore‹ war.) Die Schweizerei namens Talbothays, ihr Bestimmungsort stand nicht weit entfernt von einer der früheren Besitzungen der d'Urbervilles, nahe den großen Familiengrüften, wo ihre adeligen Großmütter und deren mächtige Ehegatten ruhten. Sie würde imstande sein, sie zu betrachten und darüber nachzudenken, daß nicht nur d'Urberville wie Babylon gefallen war, sondern daß auch eines bescheidenen Nachfahren persönliche Unschuld ebenso still und geräuschlos dahinsinken könnte. Die ganze Zeit über fragte sie sich, ob wohl ihrem Aufenthalt im Lande der Vorfahren irgend etwas seltsam Gutes entspringen würde; und ein Mutgefühl stieg mechanisch in ihr auf wie der Saft in den Zweigen. Es war die unverbrauchte Jugend, die, eine Zeitlang zurückgedrängt, nun von neuem emporwogte und Hoffnung mit sich brachte und den unbesiegbaren Trieb zur Daseinsfreude.

3. Phase

Die Genesung

XVI

AN einem Maimorgen voll Thymianduft und Vogelsang, zwei bis drei Jahre nach der Rückkehr von Trantridge – zwei stille Jahre der Sammlung für Tess Durbeyfield – verließ sie zum zweiten Male ihr Vaterhaus.

Nachdem sie ihre Sachen zusammengepackt hatte, so daß man sie ihr später nachsenden konnte, brach sie mit einem gemieteten Wägelchen nach der kleinen Stadt Stourcastle auf, die sie auf ihrer Reise berühren mußte; doch nun lag ihr Ziel fast entgegengesetzt der Richtung ihres ersten Auszuges. Von der Kuppe des nächsten Hügels schaute sie voll Bedauern auf Marlott zurück und auf ihr väterliches Haus, obgleich sie sich so sehr gesehnt hatte, fortzukommen.

Ihre dort hausenden Angehörigen würden nun wohl wie bisher ihre tägliche Lebensweise fortsetzen, ohne sich einer Verringerung ihrer Freuden bewußt zu werden, wenn auch sie in weiter Ferne weilte und ihr Lächeln ihnen geraubt war.

Nach wenigen Tagen würden sich die Kinder wieder ihrem Spiel hingeben, so fröhlich wie nur je, und keinen Augenblick fühlen, daß ihre Abreise irgendeine Lücke gelassen habe.

Diese Trennung von den jüngeren Geschwistern – das wußte sie sicher – war das allerbeste; bliebe sie bei ihnen, so würden sie sich wahrscheinlich weniger Gutes aus ihren Lehren als Böses durch ihr Beispiel aneignen.

Ohne sich aufzuhalten, fuhr sie durch Stourcastle und dann weiter bis zu einem Knotenpunkt mehrerer Landstraßen, wo sie auf den Planwagen eines Fuhrmanns warten konnte, dessen Weg nach Südwesten führte; denn die Eisenbahnen, die diesen eingeschlossenen Landstrich umgürteten, hatten ihn bisher noch nie überquert. Während sie aber wartete, kam ein Bauer auf seinem Wägelchen daher, annähernd in der Richtung, die sie einschlagen wollte; obgleich sie ihn nicht kannte, lehnte sie sein Angebot, sich neben ihn zu setzen, nicht ab und sah darüber hinweg, daß er sie offenbar nur ihres hübschen Gesichts wegen eingeladen hatte. Er fuhr nach Weatherbury, und wenn sie ihn bis dorthin begleitete, konnte sie die restliche Strecke zu Fuß zurücklegen, statt im Planwagen über Casterbridge zu reisen.

Trotz dieser langen Fahrt hielt sich Tess in Weatherbury gerade nur solange auf, um zu Mittag in einem Bauernhaus, an das sie der Pächter empfohlen hatte, ein schlechtes, schwer zu beschreibendes Mahl zu verzehren. Von hier brach sie zu Fuß auf, den Korb in der Hand, um die weite, hochgelegene Heide zu erreichen, die diesen Distrikt von den tiefliegenden Matten eines entfernteren Tales trennte, wo die Molkerei stand, das Ziel und Ende ihrer Pilgerfahrt am heutigen Tage.

Tess hatte diese Gegend noch nie besucht, und dennoch fühlte sie sich hier heimisch. In nicht sehr weiter Ferne zu ihrer Linken entdeckte sie in der Landschaft einen dunklen Fleck, und eine genauere Nachforschung bestärkte sie in der Annahme, daß dort eine Baumgruppe stand, die die Umgebung von Kingsbere bezeichnete, Kingsbere, jenes Dorf, in dessen Kirche die Gebeine ihrer Vorfahren – ihrer nutzlosen Vorfahren – begraben lagen.

Sie empfand jetzt keine Bewunderung für sie; sie haßte sie fast, weil sie ihr so übel mitgespielt hatten; von allem, was sie besessen, war ihr nur das alte Siegel und der alte Löffel geblieben. »Pah – ich habe von meiner Mutter ebensoviel in mir wie von meinem Vater!« sagte sie. »Meine ganze Hübschheit stammt von ihr, und sie war nur eine Milchmagd.«

Die Wanderung über die Höhen und Niederungen von Egdon, die zwischen ihr und ihrem Ziel lagen, war ein mühsameres Stück Weges, als sie zunächst angenommen hatte, da die ganze Strecke eigentlich nur wenige Meilen betrug. Nach zwei Stunden, nachdem sie ein paarmal die falschen Abzweigungen eingeschlagen hatte, fand sie sich auf einem Gipfel, der das lang gesuchte Tal beherrschte, das Tal der großen Molkereien, das Tal, wo Milch und Butter üppig gediehen und in größerer Fülle erzeugt wurden, wenn auch weniger köstlich als in ihrer Heimat – die grünende Ebene, wohlbewässert von dem Flusse Var oder Froom.

Es war durch und durch verschieden von dem Tale der kleinen Molkereien, dem Blackmoortal, das allein sie bisher gekannt hatte, wenn man von ihrem verhängnisvollen Aufenthalt in Trantridge absieht. Hier war die Welt nach größeren Maßen entworfen. Die Gehege umfaßten fünfzig Acres statt zehn, die Gehöfte dehnten sich weiter aus, die Viehherden bildeten hier ganze Stämme, dort nur Familien. Diese unendlichen Scharen von Kühen, die sich unter ihren Augen vom fernen Osten nach dem fernen Westen erstreckten, übertrafen an Zahl jede Herde, die sie jemals mit einem Blick überschaut hatte. Die grüne Flur war so dicht mit ihnen übersprenkelt wie eine Leinwand von Van Alsloot oder Sallaert mit holländischen Bauern. Die satte Farbe der roten und dunkelbraunen Rinder verschluckte das Licht der Abendsonne, das die weißhäutigen Tiere in fast blendenden Strahlen zurückwarfen, blendend selbst für ein Auge auf dieser entfernten Höhe, wo Tess nun stand.

Die Vogelperspektive vor ihr war vielleicht nicht so üppig schön wie jene andere, so wohlbekannte; doch wirkte sie aufheiternder. Es fehlten ihr die intensiv blaue Atmosphäre des anderen Tales und dessen fette Erde und schwere Gerüche; die neue Luft war klar, erfrischend, ätherisch. Selbst der Fluß, der das Gras und die Kühe dieser berühmten Molkereien nährte, floß anders als die Wasserläufe in Blackmoor. Jene waren langsam, still, oftmals trüb, strömten über Schlammbetten, und wer unvorsichtig hindurchwatete, konnte versinken und unversehens verschwinden. Die Wasser des Var waren so klar wie der reine Fluß des Lebens, der dem Evangelisten erschien, flüchtig schnell wie der Schatten einer Wolke, mit kiesigen Untiefen, die den ganzen Tag lang murmelnd zum Himmel emporplapperten. In Blackmoor war die Lilie die Wasserblume, hier der Hahnenfuß.

Der Wandel in der Luft vom Schweren zum Leichten oder vielleicht das lebhafte Gefühl, inmitten einer neuen Umgebung zu sein, wo kein gehässiges Auge auf ihr ruhte, befeuerte wunderbar ihre Stimmung. Ihre Hoffnungen vermischten sich mit dem Sonnenschein zu einem idealen Lichtkreis, der sie umschwebte, als sie dem sanften Südwind entgegenzog. In jedem Lüftchen vernahm sie eine liebliche Stimme, und in jedem Vogelgezwitscher schien eine Freude zu lauern.

In jüngster Zeit hatte sich der Ausdruck ihres Gesichts mit dem wechselnden Zustand ihres Gemüts verändert, beständig schwankend zwischen Schönheit und Alltäglichkeit, je nachdem die Gedanken heiter waren oder düster. Den einen Tag war sie rosig und makellos, den andern blaß und tragisch. Wenn ihr Gesicht rosig schimmerte, fühlte sie weniger tief, als wenn es blaß war; ihre vollkommenere Schönheit ging Hand in Hand mit einer weniger begeisterten Stimmung, ihre erhabenere Stimmung mit einer weniger vollkommenen Schönheit. Es war ihr bestes Gesicht, das sich nun dem Südwind entgegenstellte.

Der unwiderstehliche, allgemeine, unbewußte Trieb, irgendwo süße Freuden zu suchen, dieser Trieb, der alles Lebendige vom Geringsten bis zum Höchsten durchdringt, hatte schließlich auch Tess überwältigt. Da sie selbst jetzt erst eine junge Frau von zwanzig Jahren war, eine Frau, deren Geist und Gefühle ihr Wachstum noch nicht beendet hatten, konnte unmöglich irgendein Ereignis einen Eindruck in ihr hinterlassen, der nicht zumindest einer Wandlung fähig war.

Und so stiegen ihr Mut, ihre Dankbarkeit und ihre Hoffnung immer höher und höher. Sie stimmte einige Balladen an, aber sie fand sie unzulänglich, bis sie sich schließlich auf den Psalter besann, über den so oft am Sonntagmorgen ihre Augen geschweift waren, bevor sie von dem Baum der Erkenntnis naschte, und sie sang: »O Sonne und Mond . . ., o ihr Sterne . . ., o ihr grünen Auen der Erde . . ., o ihr Vögel in der Luft . . ., zahmes und wildes Getier . . ., Kinder der Menschen . . . segnet den Herrn, preist ihn und verherrlicht ihn in Ewigkeit!«

Plötzlich hielt sie inne und murmelte: »Aber vielleicht kenne ich den *Herrn* noch gar nicht recht.«

Und vermutlich war die halb unbewußte Rhapsodie ein naturreligiöser Ausbruch in monotheistischem Falsett: Frauen, deren Lieblingsgefährten die Gestalten und Kräfte der freien Natur sind, bewahren in ihrer Seele weit mehr von den heidnischen Phantasien ihrer Vorfahren aus grauer Urzeit als von der systematisierten Religion, die ihrem Volke in späterer Zeit gelehrt wurde. Doch fand Tess zumindest einen annähernden Ausdruck für ihre Gefühle in dem alten Benedicite, das sie von frühester Kindheit an gestammelt hatte; und es genügte. Eine so tiefe Zufriedenheit mit einer so geringfügigen und vorläufigen Tat, wie es der erste Schritt auf dem Weg zu einer unabhängigen Lebensweise war, gehörte unzertrennlich zu dem Temperament der Durbeyfields. Tess trug zwar wirklich den Kopf gern hoch, während ihr Vater nichts dergleichen tat; aber sie glich ihm darin, daß sie sich mit augenblicklichem und kleinem Stückwerk zufriedengab und daß sie keinen Sinn dafür hatte, mühsam nach jenem winzigen sozialen Aufstieg zu streben, der das einzig Erreichbare für eine Familie war, die mit so schweren Hemmungen rechnen mußte wie die einstmals mächtigen d'Urbervilles in diesen Tagen.

Noch lebte selbstverständlich in ihr die Energie ihrer mütterlichen, unverbrauchten Familie und auch die natürliche Energie ihrer Jahre, neu entflammt nach dem Erlebnis, das sie für den Augenblick niedergeschmettert hatte. Man soll die Wahrheit sagen: Frauen überleben in der Regel solche Demütigungen, gewinnen wieder ihren Lebensmut zurück und betrachten sie von neuem mit ganz anderem Auge. Solange Leben ist, solange ist Hoffnung – diese Überzeugung ist den ›Betrogenen‹ nicht so völlig fremd, wie uns einige liebenswürdige Theoretiker glauben machen wollen.

Tess Durbeyfield also, fröhlichen Herzens und voller Lebensdurst, stieg die Hänge von Egdon tiefer und tiefer hinab auf die Molkerei zu, das Ziel ihrer Pilgerschaft.

Der bis in die letzten Einzelheiten reichende, auffällige Unterschied zwischen den wetteifernden Tälern zeigte sich nun. Das Geheimnis Blackmoors ließ sich am besten von den Höhen ringsumher entdecken; um das Tal, das vor ihr lag, richtig zu enträtseln, war es nötig, in seine innersten Tiefen hinabzusteigen. Als Tess dies getan hatte, fand sie sich auf einer mit Rasenteppichen bedeckten Ebene, die sich, soweit das Auge reichte, nach Osten und Westen erstreckte.

All dies ebene Land hatte der Fluß in den höheren Strichen gestohlen und brockenweise ins Tal gebracht; und nun schlängelte er sich erschöpft, betagt und abgemagert mitten durch seine einstige Beute dahin.

Ihrer Richtung nicht ganz sicher, blieb Tess auf der umsäumten, weitgedehnten, grünenden Fläche stehen, gleich einer Fliege auf einem Billardtisch von unbegrenzter Länge, und für die Umgebung um kein Jota bedeutungsvoller als diese Fliege. Keine andere Wirkung hatte bisher ihre Anwesenheit auf das stille geruhsame Tal geübt, als daß sie das Gemüt eines einsamen Reihers erregte, der sich nicht weit von ihrem Pfade auf die Erde herabließ, mit langgestrecktem Halse dastand und sie beäugte.

Plötzlich erhob sich aus allen Winkeln des Tieflands ein langgezogener und wiederholter Ruf:

»Muh! Muh! Muh!«

Vom fernsten Osten bis zum fernsten Westen pflanzten sich die Schreie wie durch Ansteckung fort, ab und zu vom Gebell eines Hundes begleitet. Es war nicht der Ausdruck dafür, daß das Tal sich der Ankunft der schönen Tess bewußt wurde, sondern die gewöhnliche Ankündigung der Melkzeit – halb fünf Uhr, da die Schweizer darangehen, die Kühe von der Weide zu holen.

Die rote und weiße Herde in nächster Nähe, die phlegmatisch auf den Ruf gewartet hatte, trottete nun dem Gehöft im Hintergrunde zu, und im Gehen schwangen ihre großen Beutel voll Milch unter ihnen hin und her. Tess folgte langsam in ihrem Nachtrab und betrat den Pachthof durch das offene Gatter, das vor ihr die Herde durchschritten hatte. Rund um das Gehege erstreckten sich lange strohgedeckte Schuppen – die schrägen Seiten des Daches mit lebendigem grünem Moos überkrustet – und die Traufen, auf hölzernen Pfosten ruhend, die glänzend glatt gescheuert waren von den Flanken zahlloser Kühe und Kälber vergangener Zeiten; nun waren diese Rinderscharen alle in Vergessenheit versunken, in ihrer Dunkeltiefe kaum vorstellbar. Zwischen den Pfosten reihten sich die Milchkühe, und dem Beschauer, der hinter ihnen stand, erschien jedes Tier in diesem Augenblick als ein Kreis auf zwei Stelzen, von dessen Mittelpunkt herab sich wie ein Pendel ein Zopf bewegte, während die Sonne, die hinter dieser geduldigen Reihe hinabsank, deren Schatten scharf nach innen auf die Wand warf. So zeichnete sie

Abend für Abend die Schatten dieser ruhmlosen und ungekünstelten Gestalten mit ebenso großer Sorgfalt für jede Kontur, als handelte es sich um das Profil einer Hofschönheit vor der Wand eines Palastes, kopierte sie so emsig, wie sie in alten Zeiten olympische Gestalten auf marmorne Fassaden kopiert hatte oder die Umrisse Alexanders des Großen, Julius Cäsars und der Pharaonen.

Es waren die unruhigeren Kühe, die man hier einstallte. Die andern, die aus freiem Willen still hielten, wurden in der Mitte des Hofes gemolken, wo nun viele dieser besser gesitteten Tiere wartend standen – lauter Milchkühe erster Güte, wie man sie außerhalb dieses Tales nur selten und auch innerhalb seiner Grenzen nicht immer sieht, genährt mit dem saftigen Futter, das die Rieselwiesen in dieser blühenden Jahreszeit boten. Auf der Haut der Weißgefleckten spiegelte sich der Sonnenschein mit blendendem Schimmer, und die polierten Messingknöpfe auf ihren Hörnern glitzerten. Ihre großgeäderten Euter hingen gewichtig wie Sandsäcke herab, die Zitzen ragten hervor wie die Füße am Kochtopf wandernder Zigeuner; und wie so jedes Tier zaudernd wartete, bis es an die Reihe käme, sickerte die Milch hervor und fiel in Tropfen zur Erde.

XVII

SOWIE die Kühe von der Weide anlangten, strömten in Scharen die Milchmägde und Melker von ihren Hütten und aus dem Molkereigebäude herbei, die Mägde in hölzernen Pantinen, nicht des Wetters wegen, sondern um nicht die Schuhe in dem schlammigen Mist des Viehhofs zu beschmutzen. Jedes der Mädchen setzte sich auf seinen dreibeinigen Schemel, das Gesicht zur Seite gewandt und die rechte Wange an die Kuh gelehnt, und blickte die Flanke des Tieres entlang versonnen auf die näherschreitende Tess. Die männlichen Melker, die mit herabgeklapptem Hutrand die Stirne gegen das Tier lehnten und zu Boden starrten, bemerkten sie nicht.

Einer von diesen war ein stämmiger Mann in mittleren Jahren, dessen lange weiße Latzschürze etwas feiner und sauberer aussah als die Umhängekittel der anderen und dessen Jacke darunter von gutem Tuch und Schnitt war – der Herr der Meierei, den sie suchte. Die Doppelrolle, die er spielte – sechs Tage lang hier auf dem Hofe ein werktätiger Melker und Butterer und am siebenten Tag im erbtümlichen Kirchenstuhl ein würdiger Herr, gekleidet in schwarzes glänzendes Tuch – war so auffällig, daß sie die Leute zu einem Vers begeistert hatte:

Die ganze Woche Meier Dick,
Am Sonntag Mister Richard Crick.

Als er Tess suchenden Blickes dastehen sah, kam er quer über den Hof auf sie zu.

Mit der Mehrzahl der Meier ist zur Melkzeit nicht gut sprechen, doch Mr. Crick war diesmal froh, daß er eine neue Arbeitskraft bekam – denn jetzt gab es viel zu tun –, und empfing sie mit herzlicher Wärme; er erkundigte sich auch nach ihrer Mutter und der übrigen Familie, wenn das auch hauptsächlich nur eine Formsache war. Denn in Wirklichkeit hatte er Mrs. Durbeyfields Existenz restlos vergessen, bis er dann durch den Brief ihrer Tochter an diese Tatsache erinnert wurde.

»O ja, ich hab Ihre Mutter sehr gut gekannt«, sagte er ohne Zögern. »Und hab von ihrer Heirat gehört. Und ein altes neunzigjähriges Weib, das hier in der Nähe wohnte, aber seit langer Zeit tot und dahin ist, erzählte mir mal, daß die Familie, in die Ihre Mutter im Blackmoortal hineingeheiratet hat, ursprünglich aus dieser Gegend da stammt, und 's wär ein altes ehrwürdiges Geschlecht, das nahezu vom Erdboden ausgetilgt ist – wenn's auch die neuen Generationen nicht wüßten. Aber mein Gott, ich scherte mich nicht um das Weibergetratsch, ne, ne.«

»O nein – es steckt nichts dahinter«, erwiderte Tess.

Dann drehte sich das Gespräch nur mehr um die Arbeit.

»Sie können sie doch sauber ausmelken, Mädelchen? Möchte nicht, daß meine Kühe zu dieser Jahreszeit trocken gehn.«

Sie beseitigte seine Bedenken in diesem Punkt, und er musterte sie von oben bis unten. Seit dem Herbst war sie kaum vor die Tür gekommen, und ihr Teint war sehr zart geworden.

»Na, werden Sie's aushalten? 's ist ganz behaglich hier für derbes Volk; aber wir leben nicht in 'nem Gurkenbeet.«

Sie erklärte, daß sie es aushalten könne, und ihr Eifer und ihre Bereitwilligkeit schienen ihn für sie einzunehmen.

»Nun, Sie möchten sicher gern 'ne Schale Tee oder irgendwas zum Essen, wie? Noch nicht? Gut, halten Sie's, wie Sie wollen. Aber meiner Seel, wenn's um mich ginge, ich wär nach so 'ner weiten Reise ausgedörrt wie ein hohler Pflanzenstengel.«

»Ich will jetzt mit dem Melken beginnen, daß ich rein komme«, sagte Tess.

Um sich vorläufig ein wenig zu erfrischen, trank sie ein paar Tropfen Milch, zur Überraschung des Meiers Crick; ja, sogar nicht ohne eine gewisse Verachtung von seiner Seite; denn es war ihm offensichtlich niemals der Gedanke in den Sinn gekommen, daß Milch sich auch zum Trinken eigne.

»Oh, wenn Sie's hinunterbringen, gut so«, sagte er gleichgültig, während er ihr den Kübel hinhielt, aus dem sie schlürfte. »Ich hab's seit Jahren nicht angerührt – ne, ne. Der Teufel hol das Zeug; 's würde wie Blei in meinen Gedärmen liegen. Sie können's bei *ihr* probieren«, fuhr er fort und nickte mit dem Kopf zu der nächsten Kuh hinüber. »Nicht, daß sie sich grade sehr schwer melken würde. Wir haben schwere, und wir haben leichte, wie andere Leute auch. Aber das werden Sie bald genug herauskriegen.«

Als Tess ihren Hut mit einer Haube vertauscht hatte und nun auf ihrem Schemel unter der Kuh saß und als die Milch durch ihre Fäuste in den Eimer spritzte, schien sie zu fühlen, daß sie wirklich einen neuen Grundstein zu ihrer Zukunft gelegt hatte. Diese Überzeugung erfüllte sie mit stiller Heiterkeit, ihre Pulse schlugen langsamer, und sie war imstande, sich umzusehen.

Das melkende Volk bildete eine richtige kleine Abteilung von Männern und Mädchen, die Männer mit den harteutrigen Tieren beschäftigt, die Mädchen mit den gutmütiger veranlagten. Es war eine große Meierei. Alles in allem standen mehr als hundert Melker und Milchmägde in Cricks Diensten; und sechs oder acht von den Rindern molk der Herr mit eigener Hand, wenn er nicht außer Haus weilte. Dies waren die Kühe, die sich am schwersten melken ließen. Da er seine Taglöhner mehr oder weniger nur zur Aushilfe in Dienst nahm, wollte er dieses halbe Dutzend ihren Händen nicht anvertrauen, in der Besorgnis, sie könnten sie aus Gleichgültigkeit nicht sauber ausmelken; auch auf die Mägde wollte er sich nicht verlassen, damit sie nicht durch allzu lockeren Griff denselben Fehler begingen, mit dem Resultat, daß im Verlauf der Zeit die Kühe ›trocken gehen‹ würden – das heißt, daß die Milch versiegen würde. Nicht der augenblickliche Verlust machte ein nachlässiges Melken so bedenklich; aber sobald die Anforderungen an das Tier nachließen, verringerte sich auch die Milchleistung und hörte schließlich ganz auf.

Nachdem sich Tess bei ihrer Kuh häuslich niedergelassen hatte, fiel eine Zeitlang im ganzen Viehhof kein Wort, und kein Laut unterbrach das Purren der Milchströme in den zahlreichen Kübeln, außer ab und zu ein kurzer Zuruf an eines der Tiere, die Mahnung, sich umzudrehen oder stillzuhalten. Nichts bewegte sich als die auf- und abgleitenden Hände der Melker und die pendelnden Schwänze der Kühe. So arbeiteten sie alle weiter, rings umgeben von der ungeheuren flachen Flur, die hingebreitet lag bis an die beiden Hänge des Tales – eine Ebene, zusammengefügt aus uralten Landschaftselementen, die längst in Vergessenheit gesunken waren und deren Charakter sich zweifellos beträchtlich von der Landschaft unterschieden hatte, die nun aus ihnen entstanden war.

»Mir kommt's so vor«, sagte der Meier, stand plötzlich von einer Kuh auf, mit der er soeben fertig war, ergriff mit der einen Hand seinen dreibeinigen Schemel und mit der andern den Kübel und schritt auf das nächste hartmilchende Tier zu; »mir kommt's so vor, als wollten die Kühe heute ihre Milch nicht wie gewöhnlich hergeben. Bei meinem Leben, wenn die Blinzerin anfängt, so zurückzubleiben, wird sich's nicht verlohnen, sie in den Mittsommer hinüberzunehmen.«

»'s kommt davon, weil 'ne neue Kraft unter uns ist«, sagte Jonathan Kail. »So was hab ich schon früher beobachtet.«

»Sicherlich. Kann sein. Ich dachte nicht dran.«

»Ich hab gehört, daß sie zu solchen Zeiten in ihre Hörner hinaufsteigt«, bemerkte eine Milchmagd.

»Nun, was das Hinaufsteigen in die Hörner betrifft«, erwiderte Meier Crick unschlüssig, als könnte selbst Zauberei an anatomischen Möglichkeiten eine Grenze finden, »so wüßte ich's wirklich nicht zu sagen; wüßt's wirklich nicht. Aber die ungehörnten Kühe halten die Milch genauso zurück wie die gehörnten, und ich bin daher nicht ganz dieser Meinung. Kennen Sie das Rätsel von den ungehörnten Kühen, Jonathan? Warum geben ungehörnte Kühe weniger Milch im Jahr als gehörnte?«

»Ich weiß es nicht!« warf die Magd ein. »Warum?«

»Weil ihrer nicht so viele sind«, sagte der Meier. »Mag's sein wie es will – diese Luders halten ganz bestimmt heute ihre Milch zurück. Leute, wir müssen ein oder zwei Strophen loslassen – das ist die einzige Kur dagegen.«

In den Molkereien dieser Gegend nahm man oft seine Zuflucht zu Liedern, um die Kühe anzureizen, wenn es sich zeigte, daß sie ihren gewöhnlichen Ertrag verweigerten; und auf des Meiers Aufforderung begann die ganze melkende Schar aus voller Kehle zu singen – freilich in rein geschäftsmäßigem Ton und nicht sehr spontan. Das Resultat entsprach ihrem Glauben und zeitigte eine entschiedene Besserung, solange der Gesang andauerte. Sie leierten vierzehn oder fünfzehn Strophen aus einer fröhlichen Ballade her, von einem Mörder, der sich fürchtete, im Dunkeln schlafen zu gehn, weil er gewisse schweflige Flammen um sich erblickte; und dann sagte einer von den Männern:

»Ich wollte bloß, es würde einem nicht so den Atem erschöpfen, wenn man mit krummem Rücken singt!«

»Sie sollten Ihre Harfe holen, Herr; nicht, daß nicht 'ne Fiedel das beste wär.«

Tess, die die Ohren spitzte, glaubte, diese Worte seien an den Meier gerichtet, aber sie irrte sich. Eine Antwort in Gestalt eines »Warum?« ertönte gleichsam aus dem Bauch einer braunen Kuh an der Barre; sie kam von den Lippen eines Melkers hinter dem Tier, den sie bisher nicht bemerkt hatte.

»O ja; nichts kommt 'ner Fiedel gleich«, sagte der Meier. »Obschon ich glaube, daß die Bullen sich stärker durch ein Lied rühren lassen als die Kühe – nach meiner Erfahrung zumindest. 's war einmal drüben in Mellstock ein uralter Mann – namens William Dewy – aus der Familie, die dort drüben mit Hausieren ziemliche Geschäfte machte, wissen Sie noch, Jonathan? Ich kannte den Mann von Ansehn, wie ich meinen eigenen Bruder kenne, sozusagen. Nu, dieser Mann spazierte von 'ner Hochzeit nach Hause, wo er auf seiner Fiedel aufgespielt hatte, in 'ner feinen mondhellen Nacht; und um den Weg abzukürzen, machte er 'nen Abschneider über die ›Vierzig Äcker‹, ein Feld, an dem er vorüber mußte; und dort war ein Stier auf der Weide. Der Stier erblickte William und setzte ihm nach, die Hörner gesenkt, bei Gott; und obschon William aus Leibeskräften rannte und nicht viel Alkohol im Leibe hatte (von wegen, weil's eine Hochzeit war und bei wohlhabenden Leuten), so fand er doch, daß er niemals rechtzeitig den Zaun erreichen und hinüberkommen würde, um sich zu retten. Nu, als er sich schon gar nicht mehr zu helfen wußte, zog er im Laufen seine Fiedel hervor und spielte einen Hopser auf, drehte sich zu dem Bullen rum und zog sich rücklings in die Ecke zurück. Der Stier besänftigte sich und blieb stehen, scharf auf William Dewy hinstarrend, der drauflos fiedelte, bis sich schließlich 'ne Art von Lächeln auf das Gesicht des Bullen stahl. Aber kaum hörte William mit dem Spielen auf und machte kehrt, um über die Hecke zu klettern, als auch der Bulle mit seinem Lächeln aufhörte und die Hörner senkte und auf Williams Hosenboden zielte. Nun, William mußte sich umdrehen und weiterspielen, er mochte wollen oder nicht; und 's hatte erst drei geschlagen, und er wußte, daß stundenlang keine Menschenseele des Wegs kommen würde, und war so verdattert und müde, daß er nicht wußte, was tun. Als er bis um vier herum auf seiner Fiedel gekratzt hatte, spürte er, daß er's wirklich bald aufgeben mußte, und er sagte zu sich selber: ›Es steht bloß noch dieser letzte Ton zwischen mir und der ewigen Seligkeit! Der Himmel steh mir bei, oder ich bin ein verlorener Mann.‹ Nun, da fiel ihm ein, wie er am Weihnachtsabend in tiefer Nacht das Rindvieh hatte knien sehn.'s war jetzt nicht Weihnachtsabend, aber es schoß ihm durch den Kopf, dem Bullen 'nen Streich zu spielen. So legte er los mit der Hymne auf Christi Geburt, just wie beim weihnachtlichen Lobsingen; und da, hast du nicht gesehen, fällt der Bulle auf seine Knie in seiner Einfalt, als wär's die richtige Nacht und Stunde von Christi Geburt. Sobald sein gehörnter Freund sich hingekniet hatte, machte William kehrt, schob ab wie ein Windhund und sprang wohlbehalten über die Hecke, bevor noch der betende Stier wieder auf den Füßen war und ihm nachsetzen konnte. William pflegte zu sagen, er hätte schon so manches liebe Mal 'nen Menschen verdattert dreinschauen sehen, aber noch nie so dumm, wie dieser Bulle dreinschaute, als er herausfand, daß man seine frommen Gefühle zum besten gehalten hatte und daß nicht Christabend war . . . Ja, William Dewy, so hieß der Mann; und ich kann euch auf ein Haar sagen, wo er in diesem Augenblick auf dem Friedhof von Mellstock liegt – genau zwischen dem zweiten Eibenbaum und dem nördlichen Chorgang.«

»Das ist eine kuriose Geschichte; sie führt uns in mittelalterliche Zeiten zurück, als der Glaube noch eine lebendige Sache war!«

Diese Bemerkung, seltsam für einen Meierhof, wurde von der Stimme hinter der braunen Kuh gemurmelt; da aber niemand die Anspielung verstand, fand sie keine Beachtung. Nur der Erzähler schien zu denken, sie könnte eine skeptische Haltung gegenüber seiner Legende andeuten.

»Nun, 's ist völlig wahr, Herr, so oder so. Ich kannte den Mann sehr gut.«

»Ja, ja; ich zweifle nicht daran«, sagte die Person hinter der braunen Kuh.

So wurde Tess aufmerksam auf den Mann gemacht, der mit dem Meier gesprochen hatte und von dem sie kaum einen Schatten sehen konnte, da er seinen Kopf beharrlich in die Flanke der Milchkuh vergrub. Sie verstand nicht, warum er sogar von dem Meier mit ›Herr‹ angeredet wurde. Aber es bot sich keine Erklärung; er blieb unter der Kuh sitzen, so lange, daß er inzwischen ihrer drei hätte melken können, und machte hie und da einem heimlichen Stoßseufzer Luft, als komme er nicht vorwärts.

»Nur sachte, Herr, nur sachte«, sagte der Meier. »Der Kniff macht's aus, nicht die Kraft.«

»Das merke ich«, erwiderte der andere, stand schließlich auf und räkelte sich. »Ich glaube aber, ich bin mit ihr fertig, obschon mir die Finger dabei weh getan haben.«

Nun konnte ihn Tess in seiner ganzen Größe sehen. Er trug die gewöhnliche weiße Schürze und die Ledergamaschen eines Milchbauern beim Melken, und seine Stiefel waren dick beschwert mit dem Mist und Schmutz des Hofes; aber damit erschöpften sich die Merkmale seiner Stellung. Hinter allem lag ein Zug von Bildung, Zurückhaltung, Feinheit, Traurigkeit und Fremdheit.

Doch die Einzelheiten seiner Erscheinung wurden für den Augenblick durch die Entdeckung beiseite gedrängt, daß sie diesen Mann schon einmal gesehen hatte. Seit jener Zeit waren so viele Veränderungen mit Tess vorgegangen, daß sie sich einen Moment lang nicht besinnen konnte, wo sie ihn getroffen; und dann fiel ihr blitzartig ein, daß er der Fußwanderer war, der an dem Vereinstanz zu Marlott teilgenommen hatte – der vorübereilende Fremde, von dem sie nicht wußte, woher er kam, der mit anderen tanzte, doch nicht mit ihr, der sie geringschätzig stehen ließ und mit seinen Freunden des Weges zog.

Die Flut von Erinnerungen, die dieses Wiederaufleben eines Vorfalls, älter als ihr Mißgeschick, in ihr wachrief, versetzte sie einen Augenblick lang in Bestürzung, denn sie fürchtete, daß auch er sie wiedererkennen würde und auf irgendeine Weise ihre Geschichte erfahren könnte. Aber das ging vorüber, als er, wie sie sah, mit keiner Miene verriet, daß er sich auf sie besänne. Allmählich bemerkte sie, daß seit ihrer ersten und einzigen Begegnung seine beweglichen Züge nachdenklicher geworden waren und daß nun ein stattlicher Jünglingsbart die Lippe und das Kinn bedeckte; dort, wo der Bart auf den Wangen begann, hatte er die Farbe blassen Strohs, und weiter von den Wurzeln entfernt gegen die Spitzen hin dunkelte er in ein warmes Braun hinüber. Unter der leinenen Melkschürze trug er eine dunkle Manchesterjacke, Kniehosen und Gamaschen und ein weißes gestärktes Hemd. Ohne die Tracht des Melkers hätte niemand seine Stellung erraten können. Mit gleicher Wahrscheinlichkeit konnte er ein exzentrischer Gutsbesitzer sein oder ein studierter Landmann. Daß er in der Arbeit eines Meiers noch ein Neuling war, hatte sie augenblicklich erkannt, da er so lange zum Melken einer einzigen Kuh brauchte.

Inzwischen flüsterte manch eine Milchmagd der anderen zu: »Wie hübsch sie ist!«, nicht ganz ohne echte Großmut und Bewunderung, wenn auch halb in der Hoffnung, daß die Hörer diese Behauptung leugnen würden – und sie hätten es, streng genommen, auch tun dürfen; denn Hübschheit war eine sehr ungenaue Definition für das, was an Tess ins Auge fiel. – Als das abendliche Melken beendet war, schlenderten sie alle gruppenweise ins Haus, wo Mrs. Crick, die Frau des Meiers – die zu vornehm war, um selbst in den Hof melken zu gehen, und die bei mildem Wetter ein warmes Stoffkleid trug, weil die Mägde Kattun trugen –, die Aufsicht über die Kannen und Geräte führte.

Wie Tess erfuhr, schliefen außer ihr nur zwei oder drei von den Mägden im Meierhofe; die meisten der Hilfskräfte gingen nach Hause. Beim Nachtmahl kam ihr nicht ein einziges Mal jener vornehme Melker zu Gesicht, der die Geschichte des Meiers kommentiert hatte, und sie fragte auch nicht nach ihm; denn den Rest des Abends verbrachte sie damit, ihren Platz im Schlafzimmer herzurichten: ein großer Raum über dem Milchhaus, einige dreißig Fuß lang. Die Schlafstellen der anderen im Hause wohnenden Milchmägde befanden sich in demselben Gemach. Alle drei waren blühende junge Frauen und mit Ausnahme einer einzigen etwas älter als sie. Als die Schlafenszeit kam, fühlte sich Tess völlig erschöpft und schlummerte auf der Stelle ein.

Doch eines der Mädchen, das in einem anstoßenden Bett lag, war munterer als Tess und wollte nicht aufhören, ihr allerlei Einzelheiten über die Heimstatt zu erzählen, in die sie eben eingezogen war. Des Mädchens geflüsterte Worte vermischten sich mit den Abendschatten, und für die schlaftrunkenen Sinne schienen sie Tess aus der Dunkelheit zu entstehen, durch die sie schwebten.

»Mr. Angel Clare – er, der das Melken lernt und die Harfe spielt – redet nie sehr viel mit uns. Er ist ein Pfarrerssohn und hat zuviel mit seinen eigenen Gedanken zu tun, um auf Mädels zu achten. Er geht beim Meier in die Schule – lernt die Landwirtschaft in all ihren Zweigen. Die Schafzucht hat er anderswo gelernt, und jetzt eignet er sich das Molkereiwesen an . . . Ja, er stammt aus sehr guter Familie. Sein Vater ist der hochwürdige Mr. Clare in Emminster – hübsch viele Meilen von hier.«

»Oh – ich habe von ihm gehört«, sagte ihre Gefährtin, die nun völlig erwacht war. »Mr. Clare ist ein sehr eifriger Priester, nicht wahr?«

»Ja, das ist er – der eifrigste in ganz Wessex, sagt man, der letzte vom alten puritanischen Schlag, wie ich gehört habe; denn hier herum sind sie alle, was man bischöflich nennt. Alle seine Söhne, außer unserm Mr. Clare, werden auch zu Pfarrern erzogen.«

Tess besaß zu dieser Stunde nicht Neugier genug, um zu fragen, warum der anwesende Mr. Clare nicht auch wie seine Brüder zum Pfarrer erzogen wurde, und sank allmählich wieder in Schlummer, während die Worte ihrer Berichterstatterin mit dem Geruch der Käse aus dem anstoßenden Speicher und mit dem abgemessenen Geräusch der Molke, die unten im Stock aus den Pressen tropfte, zu ihr herüberdrangen.

XVIII

NOCH taucht Angel Clare nicht ganz als eine scharfumrissene Gestalt aus der Vergangenheit; nur eine gefühlvolle Stimme ist da, ein langer Blick aus starren, sinnend verlorenen Augen und ein beweglicher Mund, etwas zu klein und zart geformt für einen Mann, obgleich sich hier und da die Unterlippe unerwartet strafft – und das genügt, um jeden Verdacht der Unentschlossenheit zu beseitigen. Trotzdem lag in seinem Betragen und seinen Mienen etwas Nebelhaftes, Befangenes, Unbestimmtes und kennzeichnete ihn als einen Menschen, der wahrscheinlich noch kein sehr klares Ziel vor sich sah und sich um seine materielle Zukunft nicht viel Gedanken machte. Doch schon in seiner Knabenzeit hatten die Leute von ihm gesagt, er gehöre zu denen, die alles können, was sie anpacken.

Er war der jüngste Sohn seines Vaters, eines armen Pastors am andern Ende der Grafschaft, und kam als Zögling für sechs

Monate in die Molkerei von Talbothays, nachdem er auf ein paar anderen Höfen die Runde gemacht hatte; seine Absicht war, praktische Kenntnisse in den verschiedenen Gebieten der Landwirtschaft zu erwerben, und er dachte dabei entweder an die Kolonien oder daran, die Bewirtschaftung eines Gutshofes in der Heimat zu übernehmen, wie es die Umstände gerade bestimmen mochten.

Sein Eintritt in den Stand der Ackerbauern und Viehzüchter war ein Schritt in der Laufbahn des jungen Mannes, den weder er selbst noch andere vorausgeahnt hatten.

Mr. Clare der Ältere, dessen erste Frau starb und ihm eine Tochter zurückließ, heiratete im vorgerückten Alter zum zweiten Male. Diese Dame schenkte ihm etwas unerwarteterweise drei Söhne, so daß zwischen Angel, dem Jüngsten, und seinem Vater, dem Vikar, fast eine ganze Generation zu fehlen schien. Von diesen Knaben war der erwähnte Angel, das Kind seines hohen Alters, der einzige Sohn, der sich keinen Universitätsgrad erwarb; und doch erweckte gerade er allein frühzeitig die besten Hoffnungen, die eine akademische Erziehung vollauf berechtigt hätten.

Etwa drei Jahre vor Angels Erscheinen beim Tanze zu Marlott, eines Tages, nachdem er die Schule verlassen hatte und zu Hause seine Studien fortsetzte, kam ein Paket von dem Buchhändler des Ortes in das Pfarrhaus, adressiert an Seine Hochwürden James Clare. Der Vikar öffnete es, und als er ein Buch darin fand, las er ein paar Seiten, worauf er dann von seinem Stuhl aufsprang und geraden Wegs mit dem Buch unterm Arm in den Laden eilte.

»Warum wurde dies in mein Haus geschickt?« fragte er in entschiedenem Tone und hielt den Band in die Höhe.

»Es war bestellt, mein Herr.«

»Nicht von mir und von keinem meiner Angehörigen; ich bin glücklich, das sagen zu dürfen.«

Der Ladenbesitzer warf schnell einen Blick in sein Bestellbuch.

»Oh, man hat es falsch adressiert, mein Herr«, sagte er. »Es wurde von Mr. Angel Clare bestellt und hätte an ihn geschickt werden sollen.«

Mr. Clare wand sich wie unter einem Faustschlag. Bleich und niedergeschlagen ging er nach Hause und rief Angel in sein Studierzimmer.

»Wirf einen Blick in dieses Buch, mein Junge«, sagte er. »Was weißt du davon?«

»Ich bestellte es«, antwortete Angel einfach.

»Wozu?«

»Zum Lesen.«

»Wie kannst du daran denken, es zu lesen?«

»Wie? Nun – es ist ein philosophisches System. Nie ist ein moralischeres oder religiöseres Werk im Druck erschienen.«

»Ja – sehr moralisch; das will ich gar nicht leugnen. Aber religiös! Und für dich, der ein Diener des Evangeliums werden will!«

»Da du auf die Sache anspielst, Vater«, sagte der Sohn, und ein bekümmerter Ausdruck trat in sein Gesicht, »möchte ich ein für allemal erklären, daß ich es vorziehen würde, nicht die Weihen zu empfangen. Ich fürchte, ich könnte es nicht mit gutem Gewissen tun. Ich liebe die Kirche, wie man seine Eltern liebt. Ich werde stets die wärmste Neigung für sie empfinden. Es gibt keine Institution, für deren Geschichte ich eine tiefere Bewunderung habe; aber ich kann mich nicht, wie meine Brüder, ehrlich zu ihrem Diener weihen lassen, solange sie sich weigert, sich von unhaltbaren Erlösungsriten frei zu machen.«

Nie war dem geradlinigen und schlichten Vikar eingefallen, daß es mit seinem eigenen Fleisch und Blut so weit kommen könnte! Er stand da, wie vor den Kopf geschlagen, empört, gelähmt. Und wenn Angel nicht in den kirchlichen Stand eintreten wollte, was hatte es dann für einen Zweck, ihn nach Cambridge zu schicken? Die Universität als Schritt zu irgend etwas anderem außer der Priesterweihe – das erschien diesem Mann der fixen Ideen wie eine Vorrede ohne ein Buch. Er war nicht bloß religiös, sondern andächtig fromm; ein fester Glaubensbekenner – nicht wie heute dieser Titel von theologischen Taschenspielern in der Kirche und außerhalb schlau gedeutelt wird, sondern in dem alten und inbrünstigen Sinn der evangelischen Schule einer, der

Ehrlich glaubte,
Es hab vor achtzehnhundert Jahren hier
Das Ewige, das Göttliche auf Erden
In Wahrheit selbst gewirkt.

Angels Vater versuchte es mit Argumenten, mit Zureden, mit Bitten.

»Nein, Vater; ich kann den Artikel vier nicht unterzeichnen, ganz zu schweigen von den übrigen, wenn ich ihn im buchstäblichen und grammatischen Sinne nehmen soll, wie es die Erklärung verlangt; und daher kann ich, wie die Dinge heute stehen, nicht Priester sein. Mein ganzer Instinkt in religiösen Angelegenheiten strebt nach einer Erneuerung; um deinen Lieblingsbrief an die Juden zu zitieren: ›Jene Dinge beseitigen, die erschüttert sind, Dinge von Menschenhand, damit übrigbleibe, was nicht zu erschüttern ist.‹«

Sein Vater grämte sich so tief, daß Angel ganz schlimm ums Herz wurde, wenn er ihn ansah.

»Was hat es für einen Zweck, daß deine Mutter und ich sparen und uns einschränken, um dir eine akademische Erziehung zu geben, wenn sie nicht zur Ehre und zum Ruhm Gottes dienen soll?« wiederholte sein Vater.

»Nun, daß sie zur Ehre und zum Ruhm der Menschheit dienen könne, Vater.«

Wenn Angel sich darauf versteift hätte, wäre es ihm vielleicht möglich gewesen, gleich seinen Brüdern nach Cambridge zu gehen. Doch des Vikars Ansicht, daß dieser Sitz der Gelehrsamkeit nur ein Sprungbrett zur Priesterweihe sein könne, gehörte fast zur Tradition der Familie. Und so eingewurzelt war der Gedanke in seinem Geist, daß jede Hartnäckigkeit dem feinfühligen Sohn an die Absicht zu grenzen schien, ein Vertrauen zu mißbrauchen und die frommen Häupter des Haushalts zu kränken, die, wie sein Vater andeutete, gezwungen waren, früher und auch heute noch sich viel vom Munde abzuknappen, um diesen einheitlichen Erziehungsplan für die drei jungen Leute durchzuführen.

»Ich werde mich ohne Cambridge behelfen«, sagte Angel schließlich. »Ich fühle, daß ich unter diesen Umständen kein Recht habe, hinzugehen.«

Die Wirkungen dieser entscheidenden Debatte machten sich bald bemerkbar. Er verbrachte Jahre und Jahre mit planlosen Studien, Unternehmungen und Grübeleien; er begann, eine beträchtliche Gleichgültigkeit gegen Gesellschaftsformen und herkömmliche Sitten an den Tag zu legen.

Die materiellen Vorzüge, Rang und Reichtum, verachtete er in steigendem Maße. Selbst die ›gute alte Familie‹ (um eine Lieblingsphrase eines jüngst verstorbenen Ehrenmannes aus der Gegend zu benützen) besaß keine Würze für ihn, wenn ihre Vertreter nicht gute neue Überzeugungen hatten. Gegen diese strengen Gesinnungen gab es ein Gleichgewicht: Als er nach London ging, um zu sehen, wie es in der Welt zugehe, verdrehte ihm eine Frau, viel älter als er, den Kopf und hätte ihn beinahe eingefangen, doch kehrte er glücklicherweise wieder heim, ohne daß ihm das Erlebnis sehr geschadet hätte.

Eine frühzeitige Vertrautheit mit der Einsamkeit des Landes hatte in ihm eine unbesiegliche und fast unvernünftige Abneigung gegen das moderne Stadtleben großgezogen, und so sah er sich von all jenen Erfolgen ausgeschlossen, die er durch den Eintritt in einen weltlichen Beruf (da der geistliche untunlich war) hätte anstreben können. Aber irgend etwas mußte geschehen. Und da einer seiner Bekannten als Kolonialpächter mit den besten Aussichten vorwärtskam, schoß es Angel durch den Kopf, daß dies ein Fingerzeig für den richtigen Weg sein könnte. Landwirtschaft, entweder in den Kolonien oder in Amerika oder in der Heimat – Landwirtschaft um jeden Preis, nachdem zuerst durch eine fleißige Lehrlingszeit die richtige Eignung für den Beruf geschaffen war – das schien eine Tätigkeit, die ihm vermutlich Unabhängigkeit bieten würde, ohne daß er das opfern mußte, was er sogar noch höher schätzte als ein gutes Auskommen: die Freiheit seines Geistes.

So finden wir Angel Clare mit sechsundzwanzig Jahren hier zu Talbothays als einen beflissenen Zögling der Viehzucht und, da es in der Nähe keine Häuser gab, wo er bequem hätte wohnen können, als Pensionär im Haushalt des Meiers.

Sein Zimmer war eine ungeheure Dachstube, die sich über die ganze Länge des Molkereigebäudes erstreckte. Man konnte den Raum nur über eine Leiter vom Käsespeicher aus erreichen, und er war lange Zeit versperrt gewesen, bis Angel ankam und ihn zu seinem Asyl erwählte. Hier hatte Clare Platz in Hülle und Fülle, und oft konnten ihn die Bewohner der Molkerei auf- und abschreiten hören, wenn längst das ganze Haus zur Ruhe gegangen war. An dem einen Ende hing ein Vorhang und trennte einen Teil des Raumes ab, wo sein Bett stand, während der äußere Teil als gemütliches Wohnzimmer eingerichtet war.

Anfangs lebte er ausschließlich oben, las ziemlich viel und klimperte auf einer alten Harfe, die er bei einer Versteigerung gekauft hatte. Bald aber zog er es vor, lieber in der menschlichen Natur zu lesen und seine Mahlzeiten unten in der gemeinsamen Eßküche einzunehmen, mit dem Meier und seiner Frau, mit den Mägden und Knechten, die alle zusammen eine muntere Gemeinde bildeten; wenn auch nur wenige vom Melkgesinde im Hause schliefen, beteiligten sich doch eine ganze Reihe an den Mahlzeiten. Je länger Clare hier wohnte, desto weniger hatte er gegen seine Gesellschaft einzuwenden, und um so mehr fand er Gefallen daran, mit ihnen allen in guter Freundschaft zu leben.

Sehr zu seiner Überraschung bereitete ihm das Zusammensein mit ihnen ein wirkliches Vergnügen. Das herkömmliche Bauernvolk seiner Phantasie – personifiziert durch die jämmerliche Wachsfigur, die als ›Jogel‹ bekannt ist – verlor nach wenigen Tagen jede Realität. Aus größerer Nähe war kein Jogel zu sehen. Anfangs freilich, als Clare eben frisch aus einer ganz anders gearteten Umgebung kam, schienen diese Freunde, mit denen er jetzt Stuhl an Stuhl saß, ein wenig fremd und seltsam. Sich auf gleichem Fuße mit den übrigen Mitgliedern des Haushalts niederzulassen, dünkte ihn in der ersten Zeit unwürdig. Die Gedanken, die Sitten und die ganze Umgebung erschienen rückschrittlich und nichtssagend. Aber als er dann weiter hier lebte, Tag um Tag, wurde der feinfühlige Gast gewahr, daß das Schauspiel für ihn einen neuen Sinn gewann. Ohne jede sachliche Veränderung trat eine bunte Vielfalt an die Stelle der Einförmigkeit. Clares Wirt und sein Haushalt, seine Arbeiter und seine Mägde – sobald Clare sie genau kennenlernte, begannen sie sich zu differenzieren wie in einem chemischen Prozeß. Pascals Gedanke wurde ihm klar: ›A mesure qu'on a plus d'esprit, on trouve qu'il y a plus d'hommes originaux.‹ Die unpersönliche, feststehende Figur des ›Bauernjogel‹ hörte auf zu existieren. Er hatte sich in eine große Zahl mannigfaltiger Mitgeschöpfe aufgelöst – Wesen von vielerlei Charakter, Wesen von unendlicher Verschiedenheit; einige fröhlich, mancher gelassen heiter, ein paar niedergedrückt, hier und da einer geistreich, ja fast genial, einige stupid, andere liederlich und wieder andere feierlich ernst; hier ein stummer Milton, da der Stoff zu einem Cromwell. Menschen waren es, die voneinander ihre persönlichen Ansichten hatten, ganz so wie er von seinen Freunden, die einander Beifall zollten oder verurteilten, die des Nächsten Schwächen und Laster betrachteten und sich darüber amüsierten oder traurig wurden; Menschen, von denen jeder einzelne auf seine ureigene Weise die Straße zum trüben Tod dahinwanderte.

Ganz unerwartet begann er an dem Leben in freier Luft Gefallen zu finden, nicht nur, weil es ihn auf seiner geplanten Laufbahn vorwärts brachte, sondern auch um seiner selbst und um der Dinge willen, die es mit sich brachte. Wenn er seine Stellung überdachte, fiel wie durch ein Wunder die chronische Melancholie von ihm ab, die sich der zivilisierten Menschen bemächtigt, sobald der Glaube an eine wohltätige Macht abstirbt. Zum erstenmal seit den letzten Jahren konnte er nach Lust und Laune lesen, ohne für irgendeinen Beruf büffeln zu müssen; denn die wenigen landwirtschaftlichen Handbücher, die er sich gerne aneignen wollte, beschäftigten ihn nur kurze Zeit des Tages. Er wuchs über alte Gedankengänge hinaus und sah etwas Neues im Leben und der menschlichen Natur. Dann schloß er auch enge Bekanntschaft mit Erscheinungen, die er bisher nur sehr dunkel gekannt hatte – mit den Jahreszeiten in ihren Launen, Morgen und Abend, Nacht und Mittag in ihren Temperamenten, mit den Winden und ihrem verschiedenen Charakter, mit den Bäumen, den Wassern und Wolken, den schweigenden Schatten, den Irrlichtern und Sternbildern und mit den Stimmen der unbeseelten Dinge.

Die ersten Morgenstunden waren immer noch kühl genug,

um den großen Raum, wo gefrühstückt wurde, durch ein Feuer annehmlich zu machen; und auf Mrs. Cricks Anordnung, die behauptete, daß Angel Clare zu vornehm sei, um an ihrem Tisch mitzuessen, pflegte er während der Mahlzeit in der gähnenden Kaminecke zu sitzen, und seine Tasse und sein Teller wurden auf ein Klappbrett neben ihn hingestellt. Das Licht aus dem gegenüberliegenden hohen, breiten und quer geteilten Fenster fiel in seinen Winkel herüber, und verstärkt durch ein Nebenlicht von kaltem, trübem Schimmer, das durch den Kamin herableuchtete, setzte es ihn instand, ohne Mühe zu lesen, sooft er Lust dazu hatte. Zwischen Clare und dem Fenster stand der Tisch, an dem seine Kameraden saßen, und ihre kauenden Profile hoben sich scharf von den Scheiben ab, während im Hintergrund die Tür zur Milchkammer lag, durch die in langen Reihen die rechteckigen Pfannen sichtbar waren, bis an den Rand gefüllt mit der Morgenmilch. Am andern Ende erblickte man das große rotierende Butterfaß und hörte sein Schlappern – und deutlich zeigte sich durch das Fenster die Triebkraft in Gestalt eines matten Pferdes, das im Kreis lief und von einem Jungen angetrieben wurde.

Mehrere Tage vergingen nach der Ankunft der neuen Magd, ohne daß Clare, der geistesabwesend in seinem Winkel saß und in irgendeinem Buch, einer Zeitschrift oder einem Musikheft las, die eben die Post gebracht hatte, ihre Anwesenheit bei Tische recht bemerkte. Sie sprach so wenig, und die anderen Mädchen sprachen so viel, daß ihm keinerlei neue Note in dem murmelnden Geplapper auffiel, und es war seine Gewohnheit, die Einzelheiten eines äußeren Bildes zugunsten des Gesamteindrucks zu vernachlässigen. Eines Tages aber, als er eine seiner Partituren durchblätterte und seine Phantasie die Melodie in seinem Kopf erklingen ließ, verfiel er in schlaffe Trägheit, und das Notenheft rollte auf den Boden. Er betrachtete das Holzfeuer, das einsame Flämmchen, das nun nach dem Kochen und Sieden des Frühstücks in einem dahinsterbenden Tanz Pirouetten schlug, und es schien im Takt der Melodie in seinem Kopfe zu hüpfen; sein Blick ruhte auf den zwei Kaminhaken, die von dem Querriegel herabbaumelten, mit flockigem Ruß behangen, der nach demselben Takt vibrierte, und auf dem halbgeleerten

Kessel, der winselnd und summend die Melodie begleitete. Die Unterhaltung am Tisch mischte sich in sein gespenstisches Orchester, bis ihm plötzlich durch den Kopf fuhr: ›Was für eine flötende Stimme eine von diesen Milchmägden hat! Ich glaube, es ist die Neue.‹

Clare schaute sich nach ihr um; sie saß bei den andern.

Ihre Blicke fielen nicht auf ihn. Ja, zufolge seines langen Schweigens hatte man seine Anwesenheit im Zimmer fast vergessen.

»Ich weiß nichts von Geistern«, sagte sie eben; »aber ich weiß, daß unsere Seelen den Körper verlassen können, auch bei Lebzeiten.«

Der Meier wandte sich zu ihr mit vollem Mund, die Blicke geladen mit ernsten Fragen; und sein großes Messer und seine Gabel (hier gab es noch richtiges Frühstück) pflanzte er aufrecht vor sich auf den Tisch wie die Pfosten eines Galgens.

»Wie – im Ernst? Und ist das wahr, Mädelchen?« sagte er.

»Ganz leicht kann man spüren, wie sie davonschwebt«, fuhr Tess fort, »wenn man nachts im Gras liegt und senkrecht hinaufschaut auf irgendeinen großen hellen Stern. Und wenn man dann die Gedanken fest auf diesen Stern heftet, so wird man bald merken, daß man Hunderte und aber Hunderte Meilen von seinem Körper entfernt ist, und er scheint einem gar nicht zu fehlen.«

Der Meier wandte seinen scharfen Blick von Tess ab und richtete ihn auf sein Weib.

»Nun, das ist 'ne kauzige Sache, Christie – wie? Wenn man bloß denkt, wie viele Meilen ich diese letzten dreißig Jahre zur Nachtzeit herumgestrolcht bin, auf Liebschaft oder in Geschäften oder nach dem Doktor oder der Hebamme, und hab doch bis zu diesem Augenblick nicht die leiseste Ahnung davon gehabt.«

Da Tess die allgemeine Aufmerksamkeit auf sich gelenkt sah, den Zögling des Meiers nicht ausgenommen, errötete sie, bemerkte gleichgültig, daß es nur eine Einbildung sei, und machte sich wieder an ihr Frühstück.

Clare fuhr fort, sie zu mustern. Bald war sie mit dem Essen fertig, und da sie spürte, daß Clares Blicke auf ihr ruhten, begann sie mit dem Zeigefinger unsichtbare Muster auf das Tischtuch zu zeichnen, befangen wie ein Haustier, das sich beobachtet fühlt.

›Was für ein echtes Naturkind diese Milchmagd ist!‹ sagte er bei sich selber.

Und dann schien er in ihr etwas Vertrautes zu erkennen, etwas, was ihn in eine fröhliche und unbekümmerte Vergangenheit zurückführte – lange bevor noch die Notwendigkeit, ernstlich an die Zukunft zu denken, den Himmel grau getrübt hatte. Er schloß, daß er sie schon einmal gesehen haben müsse; wo, das wußte er nicht. Sicherlich war es eine zufällige Begegnung während irgendeines Ausflugs über Land gewesen, und er empfand keine sehr große Neugier. Aber der Umstand genügte, um ihn zu veranlassen, daß er Tess den Vorzug vor den andern hübschen Mägden gab, wenn er die Weiblichkeit seiner Umgebung betrachtete.

XIX

Im allgemeinen wurden die Kühe der Reihe nach gemolken, wie sie gerade standen, wahllos und ohne Vorzug. Doch bestimmte Kühe zeigen eine Vorliebe für ein besonderes Händepaar und treiben zuweilen diese Parteilichkeit so weit, daß sie bei keinem andern als bei ihrem Lieblingsmelker stillhalten wollen; und der Melkkübel eines Fremden wird ohne weitere Umstände mit einem Fußtritt über den Haufen geworfen.

Es war Meier Cricks Regel, diese Zu- und Abneigungen durch einen ständigen Austausch beharrlich zu unterdrücken, da er sonst für den Fall, daß ein Melker oder eine Magd die Meierei verließ, in Schwierigkeiten geriet. Das geheime Ziel der Mägde aber war das gerade Gegenteil der Regel Mr. Cricks, denn die tägliche Auswahl der acht oder zehn Kühe, an die sich das betreffende Mädchen gewöhnt hatte, machte die Arbeit an den Eutern der willfährigen Tiere überraschend leicht und mühelos.

Tess, gleich ihren Kameradinnen, fand bald heraus, welche Kühe eine Vorliebe für ihre Arbeitsweise besaßen, und da die lange häusliche Haft, der sie sich während der letzten zwei oder drei Jahre mit kurzen Unterbrechungen unterworfen, ihre Finger zart und empfindlich gemacht hatte, würde sie gern ebenso vorgegangen sein wie die übrigen Melkerinnen. Unter der ganzen Schar von hundertundfünf Tieren waren es besonders acht – Kloß, Liebchen, Hochnase, Schecke, Alt-Schätzchen und Jung-Schätzchen, Zierpuppe und Schreihals –, die, wenn auch die Zitzen von einer oder zweien hart wie Rüben waren, die Milch so bereitwillig und leicht unter ihren Händen hergaben, daß sie fast nur mit den Fingerspitzen zu arbeiten brauchte. Da sie aber die Wünsche des Meiers kannte, bemühte sie sich gewissenhaft, die Tiere heranzunehmen, wie sie gerade kamen, ausgenommen die ganz Hartmilchenden, die sie noch nicht bewältigen konnte.

Doch bemerkte sie bald eine merkwürdige Übereinstimmung zwischen der offensichtlich zufälligen Stellung der Kühe und ihren Wünschen in dieser Hinsicht, bis sie schließlich fühlte, daß ihre Reihenfolge nicht das Werk des Zufalls sein konnte. Seit kurzem beteiligte sich der Zögling des Meiers an dem Zusammentreiben der Kühe, und beim fünften oder sechsten Male, als sie sich gegen die Kuh lehnte, wandte sie ihre Blicke schlau und forschend zu dem jungen Mann hinüber.

»Mr. Clare, Sie haben die Kühe geordnet!« sagte sie errötend; und bei dieser freundlichen Beschuldigung schürzte, ihr selbst zum Trotz, der Anflug eines Lächelns sanft ihre Oberlippe, so daß sich die Spitzen ihrer Zähne zeigten, während die Unterlippe regungslos ernst blieb.

»Nun, das ist nicht so wichtig«, erwiderte er. »Sie werden ja immer hier sein, um sie zu melken.«

»Glauben Sie? Ich hoffe! Aber ich weiß es nicht.«

Später dann zürnte sie sich selber, denn sie dachte, er, der die ernsten Gründe nicht wußte, die ihr diesen abgelegenen Platz lieb machten, könnte den Sinn ihrer Antwort mißverstanden haben. Sie hatte so ernst zu ihm gesprochen, als spielte seine Anwesenheit irgendeine Rolle in ihren Wünschen. So groß war ihre Besorgnis, daß sie in der Abenddämmerung nach dem Melken allein in den Garten hinausging, um ihrer Reue nachzuhängen. Warum hatte sie ihm verraten, daß ihr seine Aufmerksamkeit nicht entgangen war?

Es war ein richtiger Sommerabend im Juni; die Atmosphäre schwebte in so zartem Gleichgewicht, trug Farben und Töne so leicht dahin, daß unbeseelte Dinge mit zwei oder drei, wenn nicht gar mit fünf Sinnen begabt zu sein schienen. Es gab keinen Unterschied zwischen nah und fern, und ein Beschauer fühlte sich in enger Berührung mit allem, was der Horizont umschloß. Die ausgebreitete Stille machte auf sie den Eindruck, als sei sie eine Wesenheit für sich, nicht nur das bloße Fehlen von Geräuschen. Jetzt wurde sie durch die Klänge einer Harfe unterbrochen.

Tess hatte diese Töne in der Dachkammer über ihrem Haupt schon gehört. Dünn, gedämpft, gefesselt durch die Haft zwischen den Wänden, hatten sie nie so stark auf sie gewirkt wie jetzt, da sie die stille Luft durchirrten, gleichsam in unbeschwerter Nacktheit. An und für sich waren Instrument und Spiel sehr armselig; doch es kommt immer nur auf die Beziehungen an, und die lauschende Tess konnte gleich einem bezauberten Vogel die Stelle nicht verlassen. Statt sich zu entfernen, rückte sie vielmehr dem Spieler näher und hielt sich sorgsam hinter der Hecke, damit er ihre Anwesenheit nicht errate.

Der Saum des Gartens, wo Tess sich befand, hatte einige Jahre hindurch brach gelegen und strotzte nun feucht von saftigem Gras, das bei der Berührung Wolken von Blütenstaub verstreute; strotzte von hohem, blühendem Unkraut, dem unangenehme Gerüche entströmten – Unkraut, dessen rote, gelbe und purpurne Farben ein wirres Gemälde formten, so blendend bunt wie ein Beet von Zierpflanzen. Verstohlen wie eine Katze schlich sie durch dieses verschwenderische Wachstum, raffte Kuckucksspeichel mit ihrem Rocksaum mit, zertrat Schlangen, die ihr unter die Füße kamen, befleckte sich die Hände mit Distelmilch und Schneckenschleim und zerrieb auf ihren nackten Armen klebrigen Meltau, der, schneeweiß auf den Stämmen der Apfelbäume, auf ihre Haut blutrote Flecken malte; so kam sie ganz nahe an Clare heran, immer noch unbemerkt von ihm.

Tess fühlte weder Zeit noch Raum. Die Verzückung, die nach ihrer Schilderung ein starrer Blick auf die Sterne willkürlich erzeugen konnte, kam nun über sie, ohne daß sie es wollte; sie wiegte sich auf den dünnen Tönen wie auf Wellen, die Harmonien zogen wie leichte Lüftchen durch sie hindurch, Tränen in ihre Augen lockend. Der fliegende Blütenstaub schien der sichtbar gewordene Klang der Harfe zu sein und die tauige Feuchte die weinende Empfindsamkeit des Gartens. Obgleich die Nacht nicht mehr fern war, glühten die scharfduftenden Blüten des Unkrauts, als wollten sie sich vor brennendem Eifer nicht schließen, und die wogenden Farben vermischten sich mit den wogenden Tönen.

Das Licht, das noch über dem Garten hing, strömte aus einem großen Riß in der Wolkenbank am westlichen Horizont, als sei von ungefähr ein Stückchen Tag zurückgeblieben, während sonst überall die Finsternis hereinbrach. Der Spieler beendete seine klagende Melodie, ein sehr einfaches Stück, das keine große Fertigkeit erforderte; und Tess wartete und dachte, ein neues würde beginnen. Doch des Spielens müde, war er planlos um den Zaun herumgeschlendert und streifte von rückwärts auf sie zu. Mit glühenden Wangen floh Tess verstohlen und lautlos, als bewege sie sich kaum.

Doch Angel erblickte ihr helles Sommerkleid und rief sie an; seine tiefe Stimme drang deutlich zu ihr hinüber, obgleich er in einiger Entfernung von ihr stand.

»Was treibt Sie, so davonzulaufen, Tess?« sagte er. »Fürchten Sie sich?«

»O nein . . . hier draußen nicht; besonders jetzt nicht, wenn die Apfelblüten fallen und alles so grün ist.«

»Aber drinnen haben Sie Angst – wie?«

»Nun – ja, Herr.«

»Wovor?«

»Ich kann es nicht ganz sagen.«

»Daß die Milch sauer wird?«

»Nein.«

»Vor dem Leben im allgemeinen?«

»Ja.«

»Ah – auch mir geht es so, sehr oft. Dieses Dasein ist recht ernst und schwierig, glauben Sie nicht?«

»Da Sie es sagen – ja, so ist es.«

»Immerhin hätte ich nicht erwartet, daß ein junges Mädchen wie Sie es schon in diesem Lichte sieht. Wie kommt das?«

Sie verharrte in zögerndem Schweigen.

»Kommen Sie, Tess, sagen Sie mir's im Vertrauen.«

Sie glaubte, er wolle wissen, wie ihr das Gesicht der Dinge erscheine, und erwiderte schüchtern:

»Die Bäume haben forschende Augen, nicht wahr? Das heißt, es scheint so. Und der Fluß sagt: ›Warum belästigst du mich mit deinen Blicken?‹ Und es ist, als sehe man eine Unzahl von morgigen Tagen, alle in einer geraden Linie, der erste am größten und klarsten, und die andern werden immer kleiner und kleiner, je weiter sie in der Ferne stehen; aber sie alle scheinen wild und grausam und als wollten sie sagen: ›Ich komme! Hüte dich vor mir! Hüte dich vor mir!‹ ... Aber Sie können mit Ihrer Musik Träume wachrufen und all diese schrecklichen Phantasien verjagen!«

Er war überrascht, als er dieses junge Weib so traurige Vorstellungen schildern hörte. Wenn sie auch nur eine Milchmagd war, hatte sie doch jenen Zug von Seltenheit an sich, der den Neid ihrer Hausgenossen erregen konnte. Mit ihren eigenen heimatlichen Worten – ein wenig unterstützt durch ihre sechsklassige Volksschulbildung – drückte sie Gefühle aus, die man fast die Gefühle des Zeitalters hätte nennen können: den Weltschmerz des Modernismus. Diese Wahrnehmung wurde ihm weniger unerklärlich, sobald er bedachte, daß das, was man fortschrittliche Ideen nennt, in Wirklichkeit zum großen Teil nur die letzte Mode der Definition ist – ein genauerer Ausdruck (mit Hilfe von allerlei Ismen) für Gedanken und Gefühle, die Männer und Frauen jahrhundertelang unklar zu fassen trachteten.

Dennoch war es seltsam, daß sie schon in so jungen Jahren auf all diese Dinge verfallen sein sollte; mehr als seltsam: es war interessant, ergreifend, rührend. Da er die Ursache nicht ahnte, fiel ihm nicht ein, daß es bei Erlebnissen auf die Stärke ankommt und nicht auf die Dauer. Der giftige Meltau, der ihren Körper vorübergehend befallen hatte, war die Ursache für die frühe Reife ihres Geistes gewesen.

Tess wieder konnte nicht verstehen, warum ein Mann aus geistlicher Familie, mit guter Erziehung und frei von materieller Not, das Dasein als eine Last betrachtete. Für sie, die unglückliche Erdenpilgerin, gab es sehr triftige Gründe. Wie aber konnte dieser bewundernswürdige und poetische Mann jemals in das Tal der Erniedrigung hinabsteigen, jemals mit dem Manne von Uz empfinden – wie sie selbst vor zwei oder drei Jahren manch einen Tag und manch eine Nacht empfunden hatte: ›Meine Seele wünscht erstickt zu sein, und meine Gebeine wünschen den Tod. Es widert mich; nicht ewig möchte ich leben.‹

Freilich hatte er gegenwärtig seine Klasse verlassen. Aber dies, wußte sie, geschah ja nur, weil er, gleich Peter dem Großen auf der Schiffswerft, sich Wissen und Fertigkeiten aneignen wollte. Er molk nicht deshalb Kühe, weil er gezwungen war, Kühe zu melken, sondern um zu lernen, wie man ein wohlhabender und erfolgreicher Meier, Gutsbesitzer, Landwirt und Viehzüchter wird. Mit der Zeit würde er dann ein amerikanischer oder australischer Abraham werden, der wie ein Monarch seine Schaf- und Rinderherden beherrscht, die gefleckten und die gestreiften, und seine Knechte und Mägde. Trotzdem schien es ihr zuweilen unerklärlich, daß ein studierter, musikalischer, denkender junger Mensch es nach reiflicher Überlegung vorziehen konnte, Bauer zu werden und nicht, gleich seinem Vater und den Brüdern, Geistlicher.

Da nun keiner den Schlüssel zu des andern Geheimnis besaß, war jeder verdutzt über diese Enthüllungen und erwartete neue Aufschlüsse über den Charakter und die Stimmung des Freundes, ohne daß einer versucht hätte, der Geschichte des andern nachzuspüren.

Jeder Tag, jede Stunde verriet ihm einen neuen kleinen Zug ihrer Natur, und so ging es auch ihr mit ihm. Tess versuchte, ein zurückgezogenes Leben zu führen, aber sie rechnete nicht mit ihrer starken Vitalität.

Anfangs schien Tess in Angel Clare weniger den Mann als den Verstand zu sehen. In diesem Sinne verglich sie ihn mit sich selber; und sooft sie von neuem die Fülle seiner Einfälle entdeckte, sooft sie den Abstand entdeckte zwischen ihrem eigenen bescheidenen geistigen Standpunkt und der unermeßlichen Bergeshöhe des seinen, wurde sie ganz niedergeschlagen und verlor allen Lebensmut.

Er bemerkte eines Tages ihre Niedergeschlagenheit, als er zufällig ein paar Worte über das Hirtenleben im alten Griechenland zu ihr gesprochen hatte. Während er redete, pflückte sie am Wegrand die Knospen, die man ›Lords und Ladies‹ nennt.

»Warum sehen Sie auf einmal so kummervoll drein?« fragte er.

»Oh, es ist nur – über mein eigenes Ich«, sagte sie mit einem schwachen, traurigen Lachen und begann mit fahrigen Bewegungen eine ›Lady‹ zu zerpflücken. »Nur das Gefühl, was aus mir hätte werden können! Mein Leben sieht aus, als wäre es nutzlos vergeudet worden, weil die Gelegenheit fehlte. Wenn ich sehe, was Sie wissen, was Sie gelesen, gesehen und gedacht haben, dann fühle ich, was für ein Nichts ich bin. Ich bin wie die arme Königin von Saba, die in der Bibel lebte. Ich habe keinen Mut mehr.«

»Du lieber Gott, machen Sie sich doch darüber keine Sorgen! Nun«, sagte er mit einigem Enthusiasmus, »es würde mir ja nur zuviel Freude machen, meine liebe Tess, wenn ich Ihnen ein wenig in der Geschichte nachhelfen könnte oder bei irgendeiner Lektüre, die Sie in Angriff nehmen möchten –«

»'s ist wieder eine Lady«, unterbrach sie ihn und hielt ihm die zerpflückte Knospe entgegen.

»Was?«

»Ich meinte, daß man immer mehr Ladies findet als Lords, wenn man sie abschält.«

»Lassen Sie jetzt die Lords und Ladies. Würden Sie gern irgendein Studium anpacken – Geschichte zum Beispiel?«

»Nun, manchmal habe ich das Empfinden, als wollte ich gar nicht mehr wissen, als ich bereits weiß.«

»Warum nicht?«

»Weil das ganze Lernen nur zeigt, daß ich nichts weiter bin als ein Glied in einer langen Reihe; da finde ich dann, daß in irgendeinem Buch jemand beschrieben ist, der mir völlig gleichschaut, und weiß, daß ich nur die Rolle dieses Menschen spielen werde; 's macht mich traurig, weiter nichts. Am besten ist's, man denkt gar nicht daran, daß unser Charakter und alles, was man in der Vergangenheit getan hat, genauso war wie bei Tausenden und daß unser zukünftiges Leben und unsere zukünftigen Handlungen auch nichts anderes sein werden als die von Tausenden und aber Tausenden.«

»Wie, Sie wollen also wirklich nicht lernen?«

»Ich hätte nichts dagegen, zu lernen, warum – warum die Sonne auf den Gerechten wie auf den Ungerechten scheint«, antwortete sie mit einem leichten Beben in der Stimme. »Aber das werden mir die Bücher nicht sagen.«

»Tess, pfui über diese Bitterkeit!« Natürlich sprach er nur aus einem konventionellen Pflichtgefühl, denn derlei Zweifel waren ihm selbst in vergangenen Tagen nicht fremd gewesen. Und als er den unerfahrenen Mund und diese unreifen Lippen betrachtete, dachte er, daß solch ein Kind der frischen Erde derlei Gesinnungen nur äußerlich und mechanisch aufgeschnappt haben mußte. Sie fuhr fort, die Lords und Ladies zu schälen, bis Clare, einen Augenblick lang das wellige Kräuseln ihrer Wimpern über dem gesenkten Blick betrachtend, schließlich zögernd davonschlenderte. Als er fort war, stand sie eine Weile da, gedankenvoll die letzte Knospe zerpflückend; und dann erwachte sie aus ihrer Träumerei, warf die Knospe und den ganzen Blumenadel, den sie in der Hand hielt, ungeduldig auf die Erde in aufwallendem Ärger über ihre Einfältigkeit und doch mit einer belebenden Wärme im Grunde ihres Herzens.

Für wie dumm mußte er sie halten! In einer Anwandlung, vor ihm zu glänzen, besann sie sich auf etwas, was sie in jüngster Zeit zu vergessen trachtete, weil seine Folgen so unerfreulich waren – die Zugehörigkeit ihrer Familie zu dem Rittergeschlecht der d'Urbervilles. So wertlos dieses Attribut war, so unheilvoll sich seine Entdeckung in vieler Hinsicht für sie erwiesen hatte – vielleicht würde Mr. Clare als Gentleman und gelehrter Historiker sie hinlänglich respektieren und ihr kindisches Benehmen mit den Lords und Ladies vergessen, sobald er erführe, daß jene Gestalten aus grauem Marmor und Alabaster auf dem Friedhof von Kingsbere wirklich ihre eigenen Vorfahren darstellten, daß sie keine untergeschobene d'Urberville war, aus Geld und Ehrgeiz zusammengesetzt wie die in Trantridge, sondern bis ins Mark eine d'Urberville vom echten Stamm.

Doch bevor sie sich an diese Enthüllung wagte, sondierte die mißtrauische Tess auf Umwegen den Meier, um herauszubekommen, was es wohl für eine Wirkung auf Mr. Clare haben würde; und sie fragte ihn, ob Mr. Clare großen Respekt vor alten eingesessenen Familien habe, die all ihr Geld und Land verloren.

»Mr. Clare«, sagte der Meier emphatisch, »ist einer der rebellischsten Kunden, die man je gesehen hat – nicht ein bißchen wie die übrige Familie; und wenn's irgendwas gibt, was er noch mehr haßt als alles andere, so ist's das, was man 'ne alte Familie nennt. Er sagt, jeder muß einsehen, daß die alten Familien in vergangener Zeit ihr Pensum erledigt haben und daß jetzt nichts mehr in ihnen drin sein kann. Da sind die Billetts und die Drenkhards und die Greys und die St. Quintins und die Hardys und die Goulds, die meilenweit das Land in diesem Tal besessen haben; jetzt kann einer sie allesamt spottbillig aufkaufen. Nu, unsere kleine Retty Priddle da, Sie wissen, gehört zu den Paridelles – der alten Familie, die 'ne Unmenge von den Ländereien draußen bei King's-Hintock besessen hat, wo jetzt der Earl von Wessex drauf sitzt, bevor man noch von ihm oder den Seinen überhaupt gehört hat. Nun, Mr. Clare kriegte das heraus und hat tagelang ganz höhnisch mit dem armen Mädel geredet. ›Ah!‹ sagte er zu ihr, ›Sie werden nie eine gute Milchmagd abgeben! Ihr ganzes Können wurde vor Jahrhunderten in Palästina aufgebraucht, und ihr müßt jetzt tausend Jahre brachliegen, um Kraft zu sammeln für neue Taten!‹ Neulich mal kam ein Junge her, um Arbeit zu suchen, und sagte, sein Name wär Matt; und wie wir ihn um seinen Zunamen fragten, da sagte er, er hätte nie was davon gehört, daß er 'nen Zunamen hätte, und wie wir ihn fragten, warum, da sagte er, 's wär wohl, weil seine Leute noch nicht lange genug ansässig seien. ›Ah, du bist mein Junge!‹ sagte Mr. Clare, sprang auf und schüttelte ihm die Hände; ›ich habe große Hoffnungen für dich‹, und schenkte ihm 'ne halbe Krone. O nein, er kann alte Familien nicht verdauen!«

Als die arme Tess diese Karikatur von Clares Anschauungen hörte, war sie froh, daß sie sich nicht in einem schwachen Augenblick ein Wörtchen hatte entschlüpfen lassen – wenn auch ihre Familie ein so ungewöhnliches Alter besaß, daß sie fast den ganzen Zirkel durchlaufen hatte und zu einer neuen geworden war. Sie hielt den Mund über die Gruft der d'Urbervilles und über den Ritter des großen Wilhelm, dessen Namen sie trug. Jener Einblick in Clares Charakter brachte ihr die Vermutung nahe, daß sie es in hohem Maße ihrer vermeintlichen traditionslosen Frische zu verdanken habe, wenn sie in seinen Augen Interesse gewann.

XX

DIE Jahreszeit entfaltete sich und reifte. Eines neuen Jahres Troß von Blumen, Blättern, Nachtigallen, Drosseln, Finken und derlei Eintagsgeschöpfen richtete sich häuslich ein, wo vor einem Jahr noch andere ihre Plätze eingenommen hatten, als diese hier nicht mehr noch waren als Keime und unbelebte Atome. Die Strahlen der östlichen Sonne lockten die Knospen heraus und dehnten sie zu langen Stengeln, pumpten Lebenssaft in lautlosen Strömen empor, schlossen die Blumenblätter auf und saugten Düfte hervor in unsichtbarem, sprühendem Hauch.

Meier Cricks Hausgesinde, Mädchen und Männer, lebte behaglich dahin, gelassen friedlich, ja, sogar fröhlich. Ihre Stellung war vielleicht die glücklichste von allen Stellungen auf der sozialen Stufenleiter – oberhalb der Grenze, wo die Bedürftigkeit endet, und unterhalb der Linie, wo überlieferte Bräuche das natürliche Empfinden zu verkrüppeln beginnen und der Zwang abgedroschener modischer Gesetze die Fülle in Mangel verkehrt.

So verging die Zeit des grünenden Laubes, da die ganze Natur nichts anderes im Sinne zu haben scheint, als die Bäume wachsen zu lassen. Unbewußt studierten Tess und Clare einander, stets in knapper Balance auf der Schneide einer Leidenschaft, doch sichtlich den Sturz vermeidend. All die Zeit über, beherrscht von einem unwiderstehlichen Gesetz, steuerten sie aufeinander zu, so sicher wie zwei Ströme in *einem* Tal.

Tess war noch nie in ihrem jungen Leben so glücklich gewesen wie jetzt, sollte vielleicht nie wieder so glücklich sein. Sie fühlte sich, um nur eines zu sagen, in dieser neuen Umgebung körperlich und geistig daheim. Das Reis, das an der Saatstelle mit den Wurzeln auf eine giftige Gesteinsschicht gestoßen war, sah sich in tiefere Erde verpflanzt. Dazu kam, daß sie und Clare noch auf dem strittigen Grenzland zwischen Neigung und Liebe standen, wo noch keine tiefen Empfindungen erreicht sind, noch keine sinnenden Gedanken erwachen und die mißliche Frage stellen: ›Wohin will mich dieser neue Strom tragen? Was bedeutet es für meine Zukunft? Wie verhält es sich zu meiner Vergangenheit?‹

Für Angel Clare war Tess bisher nur ein flüchtiges Phänomen – eine rosige, wärmende Erscheinung, die seinem Bewußtsein gerade erst faßbar und wirklich geworden war. So erlaubte er seinen Gedanken, sich mit ihr zu beschäftigen, und glaubte, seine Vorliebe sei nichts weiter als eines Philosophen Interesse für ein außerordentlich neuartiges, frisches und fesselndes Exemplar der Weiblichkeit.

Sie begegneten einander ständig; sie konnten es nicht ändern. Tag für Tag trafen sie sich in jenem seltsamen und feierlichen Intervall, dem Zwielicht des Morgens, in der violetten oder blaßroten Dämmerung; denn hier mußte man zeitig aufstehn, sehr zeitig. Das Melken geschah zu früher Stunde; und vor dem Melken kam das Abrahmen, das kurz nach drei Uhr begann. Gewöhnlich war eine oder die andere Magd dazu ausersehen, die übrigen zu wecken, während sie selbst durch eine Weckeruhr aus dem Schlaf gerüttelt wurde; da Tess der jüngste Ankömmling war und es sich bald herausstellte, wie man sich stets darauf verlassen konnte, daß sie nicht, gleich den andern, das Alarmgeklingel verschlief, wurde diese Aufgabe am häufigsten ihr anvertraut. Kaum schlug und surrte die dritte Stunde, als sie ihr Zimmer verließ und zur Tür des Meisters lief; dann ging es die Leiter hinauf zu Angels Tür, und ein lautes Flüstern rief ihn wach; schließlich weckte sie ihre Kameradinnen, die andern Milchmägde. Bis Tess angezogen war, hatte Clare sich bereits nach unten begeben und hinaus in die feuchte Luft. Die übrigen Mägde und der Meier drehten sich gewöhnlich noch einmal in den Kissen um und erschienen erst eine Viertelstunde später.

Die grauen Halbtöne des Tagesanbruchs sind nicht die grauen Halbtöne des sinkenden Tages, mag auch die Tönung ihrer Schatten dieselbe sein. Im Zwielicht des Morgens erscheint das Licht tätig aktiv und die Dunkelheit passiv; im Zwielicht des Abends ist es die Dunkelheit, die wachsend andringt, und das Licht ihr schläfriges Widerspiel.

Da sie so oft – vielleicht nicht immer zufällig – die ersten waren, die in der Meierei aufstanden, schien es ihnen, als seien sie in der ganzen Welt die ersten auf den Beinen. Während dieser frühen Tage ihres Aufenthalts zu Talbothays hatte Tess mit dem Abrahmen nichts zu tun und ging sogleich nach dem Aufstehn ins Freie, wo Clare sie in der Regel erwartete. Das gespenstische, halbe, wäßrige Licht, das die freie Flur erfüllte, flößte ihnen ein Gefühl der Einsamkeit ein, als wären sie Adam und Eva. In diesem trüben Anfangsstadium des Tages schien Tess in Clares Augen geistig und körperlich eine würdige Größe zu entfalten, eine fast königliche Macht, vielleicht weil er wußte, daß zu dieser abnormen Stunde wohl kaum jemals eine Frau mit so vielen persönlichen Gaben unter freiem Himmel und in den Grenzen seines Horizonts lustwandeln würde; nur wenige in ganz England. Schöne Frauen schlafen gewöhnlich in der Mittsommerdämmerung. Sie weilte dicht in seiner Nähe, und die andern waren vergessen.

Das zerrissene, seltsame, leuchtende Düster, durch das sie Seite an Seite zu dem Fleck hinüberschlenderten, wo die Kühe lagen, ließ ihn oft an die Stunde der Auferstehung denken. Er ahnte nicht, daß Magdalena neben ihm sein könnte. Während die ganze Landschaft in neutralem Schatten lag, hob sich das Antlitz seiner Gefährtin, der Brennpunkt seiner Blicke, über die Nebelschicht, und es schien wie ein Phosphoreszieren von diesen Zügen auszugehen. Geisterhaft sah sie aus, wie eine schweifende Seele, losgelöst von ihrem Körper. In Wirklichkeit hatte ihr Gesicht, ohne daß man es merkte, den kalten Schimmer des Tages aus dem Nordosten aufgefangen; seine eigenen Züge, ihm unbewußt, trugen für Tess denselben Ausdruck.

In diesen Augenblicken, wie gesagt, machte sie den tiefsten Eindruck auf ihn. Sie war nicht mehr die Milchmagd, sondern ein visionäres Ebenbild der *Frau* – ein ganzes Geschlecht, in *eine* typische Gestalt verdichtet. Halb neckend nannte er sie Artemis, Demeter und gab ihr noch andere phantastische Namen, die ihr nicht gefielen, weil sie sie nicht verstand.

»Nennen Sie mich Tess«, sagte sie etwas unsicher und mißtrauisch; und er tat es.

Dann wuchs die Helligkeit, und ihre Züge wurden schlicht und weiblich; sie wandelte sich von einer Gottheit, die Segen spenden konnte, zu einem Wesen, das um Segen flehte.

Zu diesen Stunden, die nicht den Menschen gehörten, konnten sie nahe an die Wasservögel heran. Mit lautem, dreistem Lärmen, als würden Türen und Fensterläden geöffnet, kamen Reiher aus dem Geäst einer Schonung neben der Weide hervor, die sie häufig aufsuchten; und waren sie schon zur Stelle, so blieben sie kühn im Wasser stehen, während das Paar vorüberschritt, starrten sie an, die Köpfe waagrecht im Kreise drehend, langsam und leidenschaftslos gleich uhrwerkgetriebenen Puppen.

Dann konnten sie die dünnen Sommernebel sehen, flockige, ebene Schichten und sichtlich nicht dicker als Daunendecken, über die Wiesen gespreitet in zersprengten Resten von geringem Umfang. An der grauen Feuchte des Grases zeigten sich Spuren, wo die Kühe während der Nacht gelegen hatten – dunkelgrüne Eilande trockenen Grases von der Größe ihrer Leiber inmitten des weitgedehnten Taumeeres. Aus jeder Insel sprang ein gewundener Pfad hervor, auf dem die Kuh davongetrottet war, um nach dem Aufstehen zu fressen, und am Ende dieses Pfades fanden sie das Tier; sobald es die beiden erkannte, strömte der schnarchende Atem aus seinen Nüstern und blies einen dichteren kleinen Nebel durch die herrschenden Dünste. Dann trieben sie die Tiere in den Viehhof zurück oder setzten sich hin, um sie gleich auf der Stelle zu melken, je nachdem es der Fall erforderte.

Vielleicht auch breitete sich der Sommernebel noch dichter aus, und die Wiesen lagen da wie ein weißes Meer, aus dem die zerstreuten Bäume gleich gefährlichen Felsen ragten. Vögel durchzogen es, schwangen sich in den Schimmer empor und standen, sich sonnend, in der Luft oder senkten sich herab auf die nassen Geländer, die das Weideland durchschnitten und nun wie Glasstangen glänzten. Winzige Diamanten aus der Feuchte des Nebels hingen auch Tess an den Wimpern und Tropfen an ihrem Haar gleich Perlen. Wenn der Tag ganz stark und nüchtern wurde, vertrockneten diese Perlen; mehr noch:

dann verlor Tess ihre seltsame und ätherische Hoheit. Ihre Zähne, Lippen und Augen funkelten in den Sonnenstrahlen, und sie war nur die blendend hübsche Milchmagd, die sich gegen die andern Frauen der Welt behaupten mußte.

Um diese Zeit wohl hörten sie Meier Cricks Stimme, der den außerhalb wohnenden Melkern ob ihres Zuspätkommens eine Strafpredigt hielt und in scharfen Tönen mit der alten Deborah Fyander redete, weil sie sich die Hände nicht gewaschen hatte.

»Um Himmels willen, steck deine Hände unter die Pumpe, Deb! Bei meiner Seele, wenn die Londoner bloß von dir und deiner schlumpigen Art wüßten, würden sie ihre Milch und ihre Butter noch zimperlicher hinunterwürgen, als sie es bereits tun; und das will viel heißen.«

Das Melken nahm seinen Fortgang, bis es schließlich Tess und Clare und alle andern mit ihnen deutlich hören konnten, wie Mrs. Crick in der Küche den schweren Frühstückstisch von der Wand hervorzerrte, denn dies war das unabänderliche Vorspiel zu jeder Mahlzeit; und sobald der Tisch abgeräumt war, begleitete dasselbe schreckliche Scharren seine Rückreise.

XXI

GLEICH nach dem Frühstück herrschte große Aufregung in der Milchkammer. Das Faß drehte sich wie gewöhnlich, aber die Butter wollte nicht werden. Sooft dies geschah, war die ganze Meierei wie gelähmt. ›Plitschplatsch‹ echote die Milch in dem großen Zylinder, doch der Ton, auf den sie warteten, kam und kam nicht.

Meier Crick und sein Weib, die Milchmädchen Tess, Marian, Retty Priddle, Izz Huett und die Verheirateten aus den umliegenden Hütten, ferner Mr. Clare, Jonathan Kail, die alte Deborah und die restlichen Meierleute standen da und starrten hoffnungslos die Buttermühle an, und der Junge, der draußen das Pferd in Gang hielt, machte mondrunde Augen, um zu zeigen, daß er die Situation erfaßte. Selbst das melancholische Pferd schien bei jeder Runde in forschender Verzweiflung zum Fenster hereinzuschauen.

»'s ist Jahre her, seit ich zu Wundermann Trendles Sohn in Egdon ging – viele Jahre«, sagte der Meier bitter. »Und er war nichts gegen seinen Vater. Hab fünfzigmal gesagt, und nicht nur einmal, daß ich nicht an ihn glaube. Und ich glaub nicht an ihn. Aber ich werde zu ihm hingehn müssen, wenn er noch lebt. O ja, ich werde zu ihm hingehn müssen, wenn das Zeug so weitermacht.«

Selbst Mr. Clare begann die Verzweiflung des Meiers tragisch zu nehmen.

»Wundermann Fall, da drüben hinter Casterbridge, den sie das lange O zu nennen pflegten, war zu meiner Jugendzeit ein sehr tüchtiger Kerl«, sagte Jonathan Kail. »Aber jetzt ist er zermorscht wie Zunder.«

»Mein Großvater ging immer zu Wundermann Mynterne, draußen in Owelscombe, und war 'n geschickter Mann, so hörte ich Großvater sagen«, fuhr Mr. Crick fort. »Aber heutzutage findet man diese echte Sorte nicht mehr.«

Mrs. Cricks Gedanken hielten sich enger an die vorliegende Sache.

»Vielleicht ist irgendwer im Haus verliebt«, sagte sie probeweise. »In meinen jüngern Tagen hab ich gehört, daß es davon kommen kann. Nun, Crick, – das Mädel, das wir vor Jahren hatten, erinnerst du dich, und wie die Butter damals nicht wurde –«

»Ach ja, ja! Aber das ist nicht der springende Punkt. 's hatte nichts mit der Liebschaft zu tun. Ich erinnere mich noch an alles – 's war der Schaden im Faß.«

Er wandte sich an Clare.

»Jack Dollop, Sir, ein durchtriebener Bursche, den wir hier einmal als Melker hatten, bandelte mit 'nem jungen Weib an drüben in Mellstock und betrog sie, wie er viele andere zuvor betrogen hatte. Aber diesmal hatte er's mit 'ner andern Sorte zu tun, und 's war nicht das Mädel selber. An 'nem Himmelfahrtstag, ich weiß noch wie heute, standen wir hier gerade wie jetzt, nur daß kein Buttern im Gang war, und da sahen wir des Mädels Mutter auf die Tür zukommen, mit 'nem großen messingbeschlagenen Regenschirm in der Hand, der 'nen Ochsen zu Boden geschlagen hätte, und sie sagte: ›Arbeitet Jack Dollop hier?

– Weil ich ihn brauche! Ich hab ein tüchtiges Hühnchen mit ihm zu rupfen, das kann ich Ihnen sagen!‹ Und ein Stück hinter der Mutter spazierte Jacks junges Mädel und heulte bitterlich in ihr Schneuztuch. ›O Gott, das ist 'ne Bescherung!‹ sagt Jack und schaut zum Fenster hinaus. ›Sie bringt mich um! Wo soll ich hin – wo soll ich hin? Sagt ihr nicht, wo ich stecke!‹ Und damit klettert er in die Buttermühle durch das Klapptürchen und sperrt sich innen ein, just in dem Augenblick, wie die Mutter der Jungen ins Milchhaus hereinstürmt. ›Der Lump – wo steckt er?‹ sagt sie, ›ich werde ihm die Schnauze zerkratzen, wenn ich ihn nur erst erwische!‹ Nun, sie stöbert überall 'rum und schimpft auf Jack los und läßt kein gutes Haar an ihm, während Jack halb erstickt im Butterfaß liegt und das arme Mädel – oder junge Weib vielmehr – an der Tür steht und sich die Augen aus dem Kopf heult. Ich werde es nie vergessen, nie! Es hätte einen Stein erweicht! Aber sie konnte ihn nirgendwo finden.«

Der Meier hielt inne, und ein oder zwei kommentierende Worte kamen von den Lippen der Zuhörer.

Meier Cricks Geschichten hatten die Eigentümlichkeit, daß sie beendet zu sein schienen, wenn es noch gar nicht so weit war, und Fremde ließen sich oft dazu verleiten, ihre abschließenden Bemerkungen voreilig einzuwerfen; doch alte Freunde wußten besser Bescheid.

Der Erzähler fuhr fort:

»Nun, wie das alte Weib so schlau sein konnte, es zu erraten, das wüßte ich nicht zu sagen, aber sie fand heraus, daß er in dieser Buttermühle steckte. Ohne ein Sterbenswörtchen zu verlieren, packt sie die Kurbel (damals drehten wir noch mit der Hand) und schwingt sie herum, und Jack beginnt drinnen hin und her zu plumpsen. ›O mein Gott, haltet die Mühle auf! Laßt mich heraus!‹ sagt er, den Kopf hervorsteckend. ›Sie wird mich noch zu Brei buttern!‹ (Im Herzen war er ein feiger Kerl, wie solche Männer meistens.) ›Nicht eher, als bis Sie's wiedergutmachen, daß Sie ihre ahnungslose Unschuld zerstört haben!‹ sagt die Alte. ›Halten Sie das Faß auf, alte Hexe!‹ schreit er. ›Sie nennen mich alte Hexe, Sie Betrüger!‹ sagt sie; ›wo Sie mich seit fünf Monaten Schwiegermutter nennen sollten!‹ Und weiter ging die Buttermühle, und Jacks Knochen rasselten wieder rund um und um. Nun, keiner von uns traute sich, einzugreifen, und schließlich versprach er ihr, das Ding geradezumachen.

›Ja – Sie können sich auf mein Wort verlassen!‹ sagte er. Und so ging die Sache damals aus.«

Während die Zuhörer lächelten und ihre Bemerkungen machten, ertönten hinter ihrem Rücken rasche Schritte, und sie schauten sich um. Tess, bleichen Gesichts, war zur Tür gegangen.

»Wie warm es heute ist!« sagte sie fast unhörbar.

Es war warm, und keiner von ihnen brachte ihren Rückzug mit den Erinnerungen des Meiers in Verbindung. Mr. Crick trat jetzt vor, öffnete ihr behend die Tür und sagte mit zärtlichem Spott:

»Nun, Mädelchen« (häufig gab er ihr mit unbewußter Ironie diesen Kosenamen) »die hübscheste Melkerin in meiner Meierei! Sie dürfen sich nicht von dem ersten Sommerlüftchen so erschöpfen lassen, sonst sitzen wir schön auf, wenn Sie uns in den Hundstagen versagen, nicht wahr, Mr. Clare?«

»Ich fühle mich schwach – und – ich glaube, im Freien wird mir besser sein«, sagte sie und verschwand nach draußen.

Zu ihrem Glück verwandelte sich in diesem Augenblick das Plantschen der Milch in der rotierenden Buttermühle in ein entschiedenes ›Klippklapp‹.

»Sie wird!« rief Mrs. Crick, und aller Aufmerksamkeit war von Tess abgelenkt.

Diese schöne Dulderin erholte sich bald in der frischen Luft; aber den ganzen Nachmittag über blieb sie sehr niedergeschlagen. Als das abendliche Melken vorüber war, wollte sie nicht bei den andern verweilen und ging ins Freie, ziellos dahinschlendernd, ohne zu wissen, wohin. Es machte sie unglücklich – oh, so unglücklich –, daß für ihre Gefährtinnen die Geschichte des Meiers nicht viel mehr war als eine humoristische Erzählung; niemand außer ihr schien das Leid zu gewahren, das darin lag; ganz gewiß, keine einzige wußte, wie grausam sie die empfindliche Stelle in ihren Erlebnissen traf. Die Abendsonne erschien ihr nun abstoßend häßlich wie eine große flammende Wunde im Himmel. Nur ein einsamer schnarrender Rohrsperling grüßte sie von den Uferbüschen des Flusses her in einem traurigen mechanischen Ton, gleich einem Freunde vergangener Tage, dessen Freundschaft sich überlebt hat.

An diesen langen Junitagen gingen die Milchmädchen wie auch die meisten Hausgenossen schon bei Sonnenuntergang oder noch früher zu Bett, denn nun, in der Zeit der vollen Kübel, war die Morgenarbeit vor dem Melken so früh und so schwer. Tess begleitete gewöhnlich ihre Kameradinnen nach oben. Heute abend aber war sie die erste, die in das gemeinsame Zimmer ging, und als die andern Mädchen hereinkamen, hatte sie schon ein wenig geschlummert. Sie sah, wie sie sich in dem orangefarbenen Licht der hinabgetauchten Sonne entkleideten, das ihre Gestalten mit seinem Schimmer färbte; sie schlummerte wieder ein, wurde aber von ihren Stimmen geweckt und richtete still die Blicke auf sie.

Keine von ihren drei Zimmergenossinnen war ins Bett gestiegen. Sie standen zusammengedrängt, barfüßig in ihren Nachthemden, am Fenster; die letzten roten Strahlen aus dem Westen erwärmten noch ihre Gesichter und Hälse und die Wände rund um sie. Alle beobachteten sie irgend jemanden drunten im Garten mit tiefem Interesse, die drei Gesichter dicht aneinandergepreßt: ein frohsinniges und rundes, ein blasses mit dunklen Haaren und ein schönes, von gelbroten Flechten umrahmt.

»Dränge nicht! Du siehst ebensogut wie ich«, sagte Retty, das rothaarige und jüngste Mädchen, ohne die Blicke vom Fenster zu wenden.

»'s hat keinen Sinn, Retty Priddle, wenn du mehr in ihn verliebt bist als ich«, sagte Marian mit dem lustigen Gesicht, die Älteste. »Er denkt an andere Wangen als an deine!«

Retty Priddle starrte immer noch hinaus, und die andern starrten von neuem.

»Da ist er wieder!« rief Izz Huett, das blasse Mädchen mit dunklem, feuchtem Haar und scharfgeschnittenen Lippen.

»Du brauchst gar nicht zu reden, Izz«, antwortete Retty. »Denn ich habe gesehen, wie du seinen Schatten geküßt hast.«

»Was hast du gesehen?« fragte Marian.

»Nun – er beugte sich über den Molkentrog, um die Molke abzulassen, und der Schatten seines Gesichts fiel hinter ihm auf die Wand, dicht neben Izz, die dort stand und eine Kufe füllte. Sie legte den Mund an die Wand und küßte den Schatten von seinem Mund; ich sah sie, wenn auch er's nicht sah.«

»Oh, Izz Huett!« rief Marian.

Ein rosiger Fleck zeigte sich mitten auf Izz Huetts Wangen.

»Nun, dabei war nichts Schlimmes«, erklärte sie mit gekünstelter Kälte. »Und wenn ich in ihn verliebt bin, so ist's Retty auch; und auch du, Marian, wenn du's so nimmst.«

Marians volles Gesicht konnte sich nicht rosiger färben, als es immer schon war.

»Ich?« erwiderte sie. »Was du nicht sagst! Ah, da ist er wieder! Liebe Augen – liebes Gesicht – lieber Mr. Clare!«

»Da – du hast es zugegeben!«

»Auch du – und wir alle«, erwiderte Marian mit dem trockenen Freimut eines Menschen, der sich ganz und gar nicht um die Meinung der anderen kümmert. »Es ist dumm, uns was vorzumachen, solange wir unter uns sind, wenn wir's auch vor andern Leuten nicht zuzugeben brauchen. Ich würde ihn gleich morgen heiraten!«

»Das täte ich auch – und noch mehr«, murmelte Izz Huett.

»Und auch ich«, wisperte die furchtsame Retty.

Der Lauscherin wurde warm.

»Wir können ihn nicht alle heiraten«, sagte Izz.

»'s wird nicht geschehn, keine von uns; was noch schlimmer ist«, erwiderte die Älteste. »Da kommt er wieder!«

Alle drei warfen ihm eine stille Kußhand zu.

»Warum?« fragte Retty rasch.

»Weil er Tess Durbeyfield am liebsten mag«, sagte Marian, die Stimme senkend. »Ich habe ihn Tag für Tag beobachtet und hab's herausgefunden.«

Ein nachdenkliches Schweigen.

»Aber sie macht sich doch nichts aus ihm?« stieß Retty schließlich leise hervor.

»Nun – manchmal glaube ich das auch.«

»Aber wie dumm ist das alles!« sagte Izz Huett ungeduldig. »Natürlich wird er keine von uns heiraten und auch Tess nicht – der Sohn eines Gentleman, der ein großer Gutsbesitzer und Landwirt über dem Wasser werden will! Viel wahrscheinlicher, daß er uns auffordern wird, mit ihm als Mägde hinüberzukommen für soundsoviel pro Jahr!«

Die eine seufzte, die zweite seufzte, und Marians dralle Gestalt seufzte am schwersten von allen. Irgend jemand im Bett dicht daneben seufzte gleichfalls. Tränen traten in die Augen Retty Priddles, der hübschen rothaarigen Jüngsten, des letzten Sprosses der Paridelles, die in den Annalen der Grafschaft eine so wichtige Rolle spielen. Schweigend standen sie noch ein Weilchen auf der Lauer, die drei Gesichter wie zuvor eng aneinandergepreßt; und die drei Farben ihres Haares verschmolzen ineinander. Aber der ahnungslose Mr. Clare war ins Haus gegangen, und sie sahen ihn nicht mehr; und da die Schatten sich zu vertiefen begannen, krochen sie in ihre Betten. Wenige Minuten später hörten sie ihn die Leiter zu seinem Zimmer hinaufsteigen. Marian schnarchte bald, aber Izz konnte sich lange nicht von ihren Gedanken losreißen. Retty Priddle weinte sich in Schlaf.

Die tiefer empfindende Tess konnte noch lange nicht einschlummern. Diese Unterhaltung reihte sich den bittern Pillen an, die sie am heutigen Tage hatte hinunterschlucken müssen. Kaum das leiseste Gefühl der Eifersucht regte sich in ihrer Brust. Was das betrifft, so wußte sie, daß ihr der Vorzug gehörte. Da sie zarter gestaltet, besser erzogen und, wenn auch neben Retty die Jüngste, doch mehr Weib war als die andern, wußte sie, daß die oberflächlichste und gewöhnlichste Mühe genügen würde, um sich in Angel Clares Herzgegend gegen diese ehrlichen Freundinnen zu behaupten. Aber die gewichtige Frage lautete: Sollte sie es tun? Sicherlich besaßen die drei im Ernstfall kaum die geringste Aussicht; doch gab es oder hatte es für eine oder die andere zuweilen die Möglichkeit gegeben, ihm eine flüchtige Neigung einzuflößen und die angenehmen Freuden seiner Ritterlichkeit zu genießen, solange er hierblieb. Solche ungleichen Liebschaften hatten schon manchmal zu einer Heirat geführt, und Mrs. Crick erzählte ihr einmal, daß Mr. Clare eines Tages scherzhaft gefragt habe, was es ihm denn nützen würde, wenn er eine feine Dame heiraten wollte und dabei tausend Acres koloniales Weideland besorgen müßte und Vieh züchten und Getreide schneiden. Ein Bauernweib wäre das einzig Vernünftige für ihn. Ob nun aber Mr. Clare im Ernst gesprochen hatte oder nicht – warum sollte *sie,* die nie mit gutem Gewissen irgendeinem Mann erlauben konnte, sie jetzt noch zu heiraten, und die heilig geschworen hatte, daß sie sich dazu niemals würde verlocken lassen, warum sollte sie Mr. Clares Aufmerksamkeit von anderen Frauen ablenken, nur um des kurzen Glückes willen, sich in seinen Blicken zu sonnen, solange er in Talbothays weilte?

XXII

Am nächsten Morgen kamen sie gähnend die Treppe herunter; aber das Abrahmen und Melken ging wie gewöhnlich vor sich, und sie begaben sich zum Frühstück nach drinnen. Meier Crick tauchte auf, wütend durch das Haus stampfend. Er hatte einen Brief bekommen, in dem sich ein Kunde beklagte, daß die Butter einen Stich habe.

»Und beim Henker, 's ist so!« sagte der Meier, in der linken Hand einen hölzernen Spatel schwenkend, auf dem ein Klumpen Butter steckte. »Ja – kostet selber!«

Mehrere von den Leuten scharten sich um ihn; Mr. Clare kostete, Tess kostete, auch die anderen Milchmägde vom Hause, einer oder zwei von den Melkern und zu guter Letzt Mrs. Crick, die vom wartenden Frühstückstisch herbeikam. Zweifellos war da ein Stich. Der Meier, der sich in tiefes Sinnen versenkt hatte, um den Geschmack besser zu spüren und so die besondere Gattung schädlichen Futterkrauts zu erraten, von dem er herrührte, rief plötzlich aus:

»'s ist Knoblauch! Und ich glaubte, 's wär' kein Hälmchen davon auf dieser Weide übriggeblieben!«

Da erinnerten sich alle alten Arbeitskräfte, daß eine bestimmte Trockenwiese, auf die man seit kurzem ein paar von den Kühen hinausließ, in vergangenen Jahren die Butter ebenso verdorben hatte. Damals erkannte der Meier den Geschmack nicht und hielt die Butter für behext.

»Wir müssen diese Wiese durchjäten«, fuhr er fort; »das darf nicht so weitergehen!«

Nachdem sie sich alle mit alten spitzen Messern bewaffnet

hatten, zogen sie gemeinsam hinaus. Da die feindliche Pflanze nur in sehr mikroskopischen Dimensionen vorhanden sein konnte, wenn sie dem oberflächlichen Blick entging, schien es ein ziemlich hoffnungsloses Unternehmen, sie in dem Streifen üppigen Grases, der vor ihnen lag, finden zu wollen. Dennoch stellten sie sich in einer Reihe auf; alle beteiligten sich an der Suche, da sie so wichtig war; der Meier am oberen Ende mit Mr. Clare, der sich freiwillig zur Hilfe erboten hatte, dann Tess, Marian, Izz Huett und Retty, neben ihnen Bill Lewell, Jonathan und die verheirateten Meierinnen – nämlich Beck Nibbs mit ihrem wolligen Schwarzhaar und den rollenden Augen und die flachsköpfige Franziska, die sich in den bösen Winternebeln auf den feuchten Wiesen am Fluß die Schwindsucht geholt hatte und die gleich der ersteren in ihrer eigenen Hütte wohnte.

Die Augen auf die Erde geheftet, krochen sie langsam über einen Streifen des Feldes und kehrten ein Stückchen weiter unten um, so daß nach beendeter Suche kein einziger Zoll der Wiesenfläche übrigbleiben konnte, auf den nicht die Blicke eines oder des andern gefallen. Es war ein sehr beschwerliches Geschäft, denn auf dem ganzen Feld ließen sich nicht mehr als ein halbes Dutzend Knoblauchschößlinge entdecken. Doch so stechend wirkte das Kraut, daß wahrscheinlich ein einziger kleiner Bissen davon zwischen den Zähnen einer einzigen Kuh ausgereicht hatte, um das ganze Tageserzeugnis der Molkerei zu würzen.

Sosehr sich alle diese Menschen an Charakter und Laune voneinander unterschieden, bildeten sie doch jetzt, über den Boden gebeugt, eine merkwürdige gleichförmige Kette – automatisch, geräuschlos; und ein fremder Beobachter, der etwa über die benachbarte Straße herabkam, wäre wohl entschuldbar gewesen, wenn er sie alle als Jogel in einen Topf geworfen hätte. Während sie entlangkrochen, tief vornübergebückt, um die Pflanze zu erspähen, warfen die Butterblumen einen sanften gelben Schimmer auf ihre beschatteten Gesichter und verliehen ihnen ein elfisches Aussehen, als beschiene sie der Mond, obgleich auf ihre Rücken die Sonne mit ihrer ganzen mittäglichen Kraft herniederbrannte.

Angel Clare, der kommunistisch an seinem Grundsatz festhielt, alles mit den andern zu teilen, hob ab und zu den Blick. Es war natürlich kein Zufall, daß er gleich neben Tess schritt.

»Nun, wie geht es Ihnen?« murmelte er.

»Sehr gut, danke«, erwiderte sie sittsam.

Da sie erst eine halbe Stunde zuvor eine ganze Reihe persönlicher Dinge besprochen hatten, schien diese einleitende Phrase ein wenig überflüssig. Aber sie kamen jetzt nicht weiter ins Gespräch. Sie krochen und krochen dahin, der Saum ihres Rockes berührte seine Gamaschen, und sein Ellbogen streifte manchmal an den ihren. Schließlich konnte es der Meier, der der nächste in der Reihe war, nicht mehr länger aushalten.

»Meiner Seel und Treu, dieses Bücken da macht mir wahrhaftig den Rücken wund und lahm!« rief er aus, und mit gepeinigtem Ausdruck streckte er sich langsam, bis er aufrecht stand. »Und Sie, Mädelchen Tess, Ihnen ging's vor ein oder zwei Tagen nicht gut – der Kopf wird Ihnen tüchtig weh tun! Hören Sie auf, wenn Sie sich schwach fühlen; lassen Sie's die andern fertig machen.«

Meier Crick zog sich zurück, und Tess folgte ihm. Auch Mr. Clare trat aus der Reihe und fing an, auf eigene Faust nach dem Unkraut umherzusuchen. Als er in ihre Nähe kam, begann Tess in ihrer Erregung über all das, was sie am Abend zuvor gehört hatte, ein Gespräch.

»Sehen sie nicht hübsch aus?« sagte sie.

»Wer?«

»Izzy Huett und Retty.«

Tess war kummervoll zur Überzeugung gelangt, daß jedes von diesen Mädchen eine gute Frau für einen Landwirt abgeben würde und daß es eigentlich ihre Pflicht sei, sie anzupreisen und ihre eigenen unglückseligen Reize herabzusetzen.

»Hübsch? Nun ja – es sind hübsche Mädchen – sie sehen frisch aus. Ich habe mir's oft gedacht.«

»Nur behalten sie ihre Hübschheit nicht lange, die armen Dinger!«

»Ja, ja, das ist das Unglück.«

»Sie sind ausgezeichnete Meierinnen.«

»Ja; wenn auch nicht bessere als Sie.«

»Das Rahmen verstehen sie besser als ich.«

»Wirklich?«

Clare betrachtete die Mädchen – die nun auch ihn beobachteten.

»Sie wird rot«, fuhr Tess heroisch fort.

»Wer?«

»Retty Priddle.«

»Oh! Warum denn?«

»Weil Sie sie ansehen.«

Sosehr auch Tess entschlossen sein mochte, sich selbst aufzuopfern, so konnte sie doch nicht gut noch weitergehn und ihm zurufen: ›Heiraten Sie eine von den beiden, wenn Sie wirklich ein Landmädchen haben wollen und nicht eine Dame; und denken Sie nicht daran, *mich* heiraten zu wollen!‹ Sie folgte dem Meier Crick und sah zu ihrer traurigen Befriedigung, daß Clare zurückblieb.

Von diesem Tag an zwang sie sich, ihm geflissentlich auszuweichen, erlaubte sich nie mehr wie früher, lange in seiner Gesellschaft zu bleiben, selbst wenn sie ganz zufällig zusammentrafen. Sie gab den andern dreien jede Chance.

Tess war Frau genug, um aus den Geständnissen der Mädchen zu erkennen, daß es für Angel Clare ein leichtes gewesen wäre, diese Milchmägde zu verführen. Und wenn sie gewahrte, wie sorgsam er es vermied, das Glück einer jeden auch nur im mindesten Grade aufs Spiel zu setzen, erwachte in ihr eine liebevolle Achtung für die Haltung, die er zeigte, und die, wie sie glaubte, einem selbstbeherrschten Pflichtgefühl entsprang; nie hatte sie diese Eigenschaft in einem Wesen des andern Geschlechts zu finden erwartet, und wäre sie diesem Mann abgegangen, so hätte wohl mehr als eines von den schlichten Gemütern, die seine Hausgenossen waren, weinend seine bittere Bußfahrt antreten können.

XXIII

Das heiße Juliwetter hatte sie unversehens überfallen, und die Atmosphäre des flachen Tales hing schwer wie Opiumdunst über den Arbeitsleuten, den Kühen und den Bäumen. Heißdampfende Regengüsse strömten oft vom Himmel, machten das Gras, wo die Kühe weideten, noch üppiger und hinderten das Einbringen des Spätheus auf den andern Wiesen.

Es war ein Sonntagmorgen, das Melken war vorüber, und die außerhalb wohnenden Melker gingen nach Hause. Tess und die andern drei zogen sich eilig an, denn sie alle hatten ausgemacht, gemeinsam in die Kirche von Mellstock zu wandern, die drei oder vier Meilen von der Schweizerei entfernt lag. Sie lebte nun schon zwei Monate in Talbothays, und dies war ihr erster Ausflug.

Den ganzen vorigen Nachmittag und die ganze Nacht hindurch waren heftige Gewittergüsse auf die Fluren herniedergeprasselt und hatten einen Teil des Heus in den Fluß gespült; doch heute morgen nach dieser Wasserflut schien die Sonne nur um so strahlender, und die Luft war balsamisch und klar.

Der gewundene Pfad von ihrem Dorf nach Mellstock lief ein Stück die Senkung des Tales entlang, und als die Mädchen den tiefsten Fleck erreichten, fanden sie, daß der Regen etwa fünfzig Meter weit die Straße fußhoch überschwemmt hatte. An einem Wochentag wäre das kein ernstliches Hemmnis gewesen; sie wären ganz unbekümmert in ihren hohen Pantinen und Stiefeln hindurchgetrappelt. Doch an diesem Tag der Eitelkeit, diesem Sonnentag, da das Fleisch auszieht, um mit dem Fleisch zu liebäugeln, während es heuchlerisch so tut, als beschäftige es sich mit geistigen Dingen, bei diesem Anlaß, weiße Strümpfe und dünne Schuhe zu tragen und die rosaroten, weißen und gelben Kleider, an denen jeder Schmutzfleck sichtbar sein mußte, bot der Pfuhl ein mißliches Hindernis. Sie konnten den Ruf der Kirchenglocke hören – immer noch fast eine Meile entfernt.

»Wer hätte mitten im Sommer solch ein Steigen des Flusses erwartet!« sagte Marian auf der Kante der Straßenböschung, auf die sie geklettert waren und wo sie nun in heikler Balance Fuß faßten; denn sie hofften an der Böschung behutsam entlangklettern zu können, bis der Tümpel hinter ihnen läge.

»Wir kommen nicht hin, wenn wir nicht mittendurch waten oder den Umweg über die Steinerne Brücke machen; und da würden wir uns so sehr verspäten!« sagte Retty und verstummte hoffnungslos.

»Und wenn ich zu spät in die Kirche gehe und alle die Leute mich anstarren«, sagte Marian, »steigt mir so die Hitze auf, daß ich mich kaum wieder abkühlen kann, bevor wir zu den Letzten Bitten kommen.«

Während sie so dastanden und an der Böschung klebten, hörten sie hinter der Krümmung der Straße ein Platschen, und bald darauf erschien Angel Clare, der die Straße entlang durch das Wasser auf sie zukam.

Vier Herzen stießen gleichzeitig einen gewaltigen Seufzer aus.

Seine Erscheinung war vermutlich so unsabbatlich, wie man sie nicht oft an dem Sohn eines dogmatischen Pfarrers bemerkt; er hatte seine Arbeitskleider an, lange Wasserstiefel, unter dem Hute ein Salatblatt, um den Kopf kühl zu halten, und um seine Erscheinung zu vervollständigen, trug er einen Distelspaten in der Hand.

»Er geht nicht in die Kirche«, sagte Marian.

»Nein – ich wollte, er ginge!« murmelte Tess.

In der Tat, Angel, mit Recht oder mit Unrecht (um die ungefährliche Redensart aalglatter Polemiker zu entlehnen), zog an schönen Sommertagen in Stein geschriebene Predigten den Predigten in Kirchen und Kapellen vor. An diesem Morgen war er überdies hinausgewandert, um nachzuschauen, ob der Heuschaden durch die Überschwemmung beträchtlich sei. Unterwegs bemerkte er schon von weitem die Mädchen, während diese mit den Schwierigkeiten ihres Weges so beschäftigt waren, daß sie ihn nicht gewahrten. Er wußte, daß das Wasser an jener Stelle gestiegen war und daß es ihre Schritte hemmen würde. So eilte er vorwärts, mit einer undeutlichen Vorstellung, wie er ihnen helfen könnte – besonders einer von ihnen.

Das rotwangige, helläugige Quartett sah so reizend aus in den hellen Sommerkleidern, wie sie da gleich Tauben auf einem schiefen Dach an der Böschung klebten, daß er einen Augenblick stehenblieb, um sie zu betrachten, bevor er näherschritt. Ihre schleierartigen Rocksäume hatten im Grase zahllose Fliegen und Schmetterlinge aufgefegt, die nun, außerstande zu entrinnen, in dem durchsichtigen Gewebe wie in einem Vogelhaus gefangensaßen. Ganz zuletzt erst fiel Angels Auge auf Tess, die am weitesten rückwärts stand; voll unterdrückten Gelächters über ihre Bedrängnis konnte sie nicht umhin, seinen Blick strahlend zu erwidern.

Er schritt näher, bis er dicht unter ihnen im Wasser stand, das nicht über seine hohen Stiefel reichte, und sah sich die gefangenen Fliegen und Schmetterlinge an.

»Wollen Sie in die Kirche?« sagte er zu Marian, die vorne stand, und schloß die beiden nächsten in seine Bemerkung ein, überging jedoch Tess.

»Ja, Sir; und es wird spät. Und mir steigt immer so die Hitze –«

»Ich will euch durch den Tümpel tragen – eine Liese wie die andere.«

Alle vier erröteten, als pulste ein einziges Herz durch sie.

»Ich glaube, das geht nicht, Sir«, sagte Marian.

»Es ist die einzige Möglichkeit für euch, hinüberzukommen. Unsinn – ihr seid nicht zu schwer! Ich würde euch alle vier auf einmal ertragen. Nun, Marian, geben Sie acht«, fuhr er fort, »und legen Sie Ihre Arme um meine Schultern. Nun halten Sie sich fest. So ist es gut.«

Marian hatte sich auf seinen Arm herabgelassen und seine Schultern umschlungen, wie er es anordnete, und Angel schritt mit ihr davon; und von rückwärts gesehen, wirkte seine schmächtige Figur wie der bloße Stengel des großen Blumenstraußes, den ihre pludrige Gestalt repräsentierte. Sie verschwanden um die Krümmung der Straße, und nur seine plätschernden Schritte und der oberste Zipfel von Marians Hutband verrieten, wo sie sich befanden. Nach wenigen Minuten erschien er wieder. Izz Huett war der Reihe nach die nächste auf der Böschung.

»Da kommt er«, murmelte sie, und man konnte sehen, daß ihre Lippen vor Erregung trocken waren. »Und ich muß meine Arme um seinen Hals legen und ihm ins Gesicht schauen, wie Marian es machte.«

»Da ist nichts dabei«, sagte Tess rasch.

»Alles hat seine Zeit«, fuhr Izz achtlos fort. »Das Halsen und das Verzichten; für mich ist jetzt das erste an der Reihe.«

»Pfui – das stammt aus der Heiligen Schrift, Izz!«

»Ja«, sagte Izz, »ich hab in der Kirche immer ein Ohr für hübsche Verse.«

Angel Clare, für den dreiviertel dieser Verrichtung eine bedeutungslose Gefälligkeit war, näherte sich nun Izz. Still und träumerisch ließ sie sich in seine Arme hinuntergleiten, und Angel marschierte planmäßig mit ihr ab. Als zum drittenmal seine Schritte hörbar wurden, konnte man fast mit Augen sehen, wie Rettys klopfendes Herz sie erzittern machte. Er ging auf das rothaarige Mädchen zu, und während er sie in die Arme nahm, blickte er Tess an. Seine Lippen hätten nicht deutlicher sagen können: ›Bald bist du es und ich.‹ Ihr Gesicht verriet, daß sie ihn begriff; sie konnte es nicht ändern. Sie verstanden einander.

Die arme kleine Retty, wenn auch bei weitem die leichteste Last, war sie die lästigste von Clares Bürden. Marian war wie ein Sack Mehl gewesen, ein totes Gewicht von Plumpheit, unter dem er buchstäblich einherwankte. Izz hatte sich vernünftig und ruhig gehalten. Retty war ein hysterisches Nervenbündel.

Doch er schaffte das unruhige Geschöpf hinüber, setzte sie zur Erde und kehrte zurück. Tess sah jenseits der Hecke die fernen drei in einer Gruppe stehen, wie Clare sie auf die nächste Bodenerhebung hingestellt hatte. Nun war *sie* an der Reihe. Mit Staunen entdeckte sie, daß die Erregung über die Nähe seines Atems und seiner Augen, die sie an ihren Gefährtinnen verachtet hatte, sie selbst noch stärker erfaßte; und wie in Furcht, ihr Geheimnis zu verraten, begann sie im letzten Augenblick, mit ihm zu feilschen.

»Ich könnte vielleicht die Böschung entlangklettern – ich kann besser klettern als die andern. Sie müssen ja so müde sein, Mr. Clare!«

»Nein, nein, Tess«, sagte er rasch. Und bevor sie es recht gewahrte, saß sie auf seinem Arm und ruhte an seiner Schulter.

»Drei Leas, um eine Rahel zu gewinnen«, flüsterte er.

»Es sind bessere Frauen als ich«, erwiderte sie, großherzig an ihrem Entschluß festhaltend.

»Nicht für mich«, sagte Angel.

Er sah, wie bei diesen Worten die Wärme in ihre Wangen drang, und sie gingen einige Schritte schweigend weiter.

»Ich hoffe, ich bin nicht zu schwer?« sagte sie schüchtern.

»O nein. Sie sollten Marian heben! Solch ein Klumpen! Sie sind wie eine wogende Welle, warm von der Sonne. Und dieser ganze pludrige Musselin um Sie herum ist der Schaum.«

»Sehr hübsch, wenn ich Ihnen so vorkomme.«

»Wissen Sie, daß ich dreiviertel dieser Mühe einzig und allein wegen des letzten Viertels auf mich genommen habe?«

»Nein.«

»Ich erwartete heute nicht solch ein Ereignis.«

»Auch ich nicht ... Das Wasser ist so plötzlich gestiegen.«

Verstand sie ihn so, als spielte er auf das Steigen des Wassers an? Ihr fliegender Atem strafte sie Lügen. Clare blieb stehen und neigte sein Gesicht zu ihr.

»O Tessy!« rief er aus.

Des Mädchens Wangen brannten lichterloh, und vor Erregung konnte sie ihm nicht in die Augen schauen. Dies mahnte Angel daran, daß er im Begriff stand, etwas unfair eine zufällige Zwangslage auszunützen, und er trieb es nicht weiter. Kein entschiedenes Liebeswort hatte bis jetzt ihre Lippen überschritten, und ein Aufschub war nun wünschenswert. Doch schritt er langsam dahin, um die übrige Strecke so lang als möglich auszudehnen; schließlich aber kamen sie zu der Biegung, und der restliche Teil ihres Weges lag offen vor den Blicken der anderen drei. Sie erreichten trockenen Boden, und er setzte sie zur Erde.

Ihre Freundinnen betrachteten sie und ihn mit runden, nachdenklichen Augen, und Tess konnte sehen, daß sie von ihr gesprochen hatten. Er sagte ihnen hastig Lebewohl und plantschte die überschwemmte Straße entlang, zurück nach Talbothays.

Die vier zogen wie zuvor miteinander des Weges, bis Marian das Schweigen mit den Worten brach:

»Nein – wahr und wahrhaftig, wir haben keine Chance gegen sie!« Sie warf einen unfrohen Blick auf Tess.

»Was meinst du?« fragte die letztere.

»Dich mag er am liebsten – am allerliebsten! Wir konnten es sehn, als er dich brachte. Er hätte dich geküßt, wenn du ihn dazu ermutigt hättest, nur ein bißchen ermutigt.«

»Nein, nein«, sagte sie.

Die Fröhlichkeit, mit der sie aufgebrochen waren, hatte sich irgendwie verflüchtigt; und doch herrschte keine Feindseligkeit oder Bosheit unter ihnen. Sie waren großmütige, junge Herzen, aufgezogen in den einsamen ländlichen Winkeln, wo Schicksalsergebenheit die allgemeine Gesinnung ist, und sie legten ihr nichts zur Last. Daß einer den andern verdrängte, das *mußte* so sein.

Tess tat das Herz weh. Es ließ sich nicht länger vor ihr selber verhehlen, daß sie Angel Clare liebte, vielleicht nur um so leidenschaftlicher, da sie wußte, daß auch die andern ihr Herz an ihn verloren hatten. Dies Gefühl ist ansteckend, besonders unter Frauen. Und doch, ihr dürstendes Herz bemitleidete auch die Freundinnen. Ihre ehrenhafte Natur hatte dagegen angekämpft, aber allzu schwach, und so nahmen die Dinge ihren natürlichen Lauf.

»Ich werde dir nie im Weg stehen und auch euch andern nicht!« erklärte sie Retty am selben Abend im Schlafzimmer, und die Tränen liefen ihr über die Wangen. »Ich kann nichts dafür, liebe Retty! Ich glaube nicht, daß er überhaupt ans Heiraten denkt; aber wenn er sogar um mich anhalten wollte, ich würde ihn zurückweisen, wie ich jeden Mann zurückweisen würde.«

»Oh! Wirklich? Warum?« sagte die verwunderte Retty.

»Es kann nicht sein! Aber ich will offen sprechen. Wenn ich mich auch ganz aus dem Spiele lasse – so glaube ich doch nicht, daß er eine von euch wählen wird.«

»Ich hab's nie erwartet – nie daran gedacht!« stöhnte Retty. »Aber ach, ich wollte, ich wäre tot!«

Das arme Kind, zerrissen von Gefühlen, die sie kaum verstand, wandte sich zu den beiden andern Mädchen, die eben die Treppe heraufkamen.

»Wir wollen wieder Freundschaft mit ihr halten«, sagte sie zu ihnen. »Sie denkt ebensowenig daran, daß er sie nehmen wird, wie wir dran denken.«

So wich die Zurückhaltung, und sie wurden zutraulich und warm.

»Mir scheint alles gleich, was ich jetzt anfange«, sagte Marian, deren Laune auf tiefsten Baß gestimmt war. »Ich sollte 'nen Meier in Stickleford heiraten, der zweimal um mich angehalten hat; aber – meiner Seel' – lieber würde ich mit mir ein Ende machen, als jetzt sein Weib werden. Warum redest du nicht, Izz?«

»Nun, ehrlich gestanden«, sagte Izz, »heute war ich ganz überzeugt, daß er mich küssen wollte, als er mich auf den Armen hielt; und lehnte mich still an seine Brust und hoffte und hoffte und rührte mich nicht ein bißchen. Aber er tat's nicht. Ich mag nicht länger hier in Talbothays bleiben! Ich gehe nach Hause.«

Die Luft des Schlafzimmers schien von der hoffnungslosen Leidenschaft der Mädchen zu erzittern. Sie wanden sich fiebrig unter der beklemmenden Last einer Empfindung, die das grausame Gesetz der Natur auf ihre Schultern gewälzt hatte – einer Empfindung, die sie weder erwartet noch ersehnt hatten. Der Vorfall dieses Tages entfachte die Flamme, die verzehrend im Innern ihrer Herzen brannte, und die Qual überstieg fast das Maß ihrer Kräfte. Die Unterschiede, die sie als Einzelwesen voneinander sonderten, wurden durch diese Leidenschaft verwischt, und jede einzelne war nur mehr ein Teil eines großen Organismus, genannt *Geschlecht.* Nur wenig Eifersucht regte sich in ihnen, da keine Hoffnung bestand. Alle drei waren sie Mädchen von gesundem Menschenverstand, und keine neigte dazu, sich selbst mit irgendwelchen eitlen Einbildungen an der Nase zu führen, sich herauszustreichen oder sich ein Ansehn zu geben in der Absicht, die andern zu überstrahlen. Die volle Erkenntnis, wie fruchtlos vom sozialen Gesichtspunkt aus ihre Vernarrtheit war, wie zwecklos schon im Anfang, wie aussichtslos im Fortgang – wo es doch nichts gab, was eine solche Verbindung vor den Augen der Gesellschaft rechtfertigen konnte (während vor den Augen der Natur nichts fehlte) – und daneben die eine Tatsache, die nun einmal da war und die sie zu schmerzlichsten Freuden hinriß –, all dies verlieh ihnen in ihrem Verzicht eine Würde, die ihnen eine greifbare und banale Heiratsaussicht versagt hätte.

Sie warfen sich auf ihren kleinen Betten von einer Seite auf die andere; drunten im Hause tröpfelte monoton die Käsepresse.

»Bist du wach, Tess?« flüsterte jemand nach einer Weile.

Es war Izz Huetts Stimme.

Tess bejahte, worauf auch Retty und Marian plötzlich die Decken von sich warfen und seufzten:

»Wir auch!«

»Möchte wissen, wie sie aussieht – die Dame, von der man sagt, daß seine Familie sie für ihn bestimmt hat!«

»Möcht's wissen«, sagte Izz.

»Eine Dame für ihn?« rief Tess atemlos und fuhr auf. »Davon habe ich nie etwas gehört!«

»O ja – man munkelt davon. 'ne junge Dame aus seinen Kreisen, von der Sippschaft ausgesucht. Die Tochter eines Doktors der Theologie, nicht weit von Emminster, seines Vaters Kirchspiel. Es liegt ihm nicht viel an ihr, sagen die Leute. Aber sicherlich wird er sie heiraten.«

Sie hatten so wenig davon gehört; doch war es genug, um hier in dunkelnder Nacht elende schmerzliche Träume darauf zu bauen. Sie malten sich alle die Einzelheiten aus: Wie er herumgekriegt wurde, seine Einwilligung zu geben, die Vorbereitungen zur Hochzeit, das Glück der Braut, ihr Kleid und ihren Schleier, das glückliche Heim, da längst sie selbst, soweit es ihre Liebe zu ihm betraf, in Vergessenheit versunken sein würden. So schwatzten sie und litten und weinten, bis der Schlaf ihren Kummer hinwegzauberte.

Nach dieser Enthüllung nährte Tess nicht länger den törichten Gedanken, daß in Clares Aufmerksamkeit für sie irgendeine ernsthafte und wohlüberlegte Absicht versteckt sein könnte. Es war eine flüchtige Sommerliebe, die ihrem Gesicht galt, und nur um der kurzen Liebe willen – nichts weiter. Und die dornige Krönung dieser traurigen Gedanken war das Bewußtsein, daß sie, die er in oberflächlicher Weise wirklich den andern vorzog, sie, die sich leidenschaftlicher wußte als die anderen und gewandter und schöner, in den Augen weltlicher Moral seiner weniger würdig war als die unansehnlicheren Geschöpfe, über die er hinwegsah.

XXIV

INMITTEN der quellenden Fruchtbarkeit und warmen Gärung des Vartales, zu einer Jahreszeit, da man unter dem Zischen aufschäumenden Lebens fast das heimliche Rauschen der Säfte hören konnte, war es unmöglich, daß nicht auch die launischste Liebe zur Leidenschaft erwachsen sollte. Die bereiten Herzen wurden von allem, was sie umgab, befruchtet.

Der Juli zog über ihre Köpfe dahin, und das hochsommerliche thermidorische Wetter, das seinen Spuren folgte, schien wie eine Bemühung der Natur, mit dem Zustand der Herzen in Talbothays zu wetteifern. Die Luft dieses Ortes, so frisch im Frühling und frühen Sommer, war nun reglos dumpf und erschlaffend. Die schweren Gerüche lasteten auf den Menschen, und zu Mittag schien die Landschaft in Ohnmacht zu liegen. Äthiopische Gluten bräunten die höher gelegenen Hänge der Fluren, doch hier, wo die Wasserläufe murmelten, gab es immer noch glänzendes grünes Gras. Wie Clare beklommen war von der Hitze, so lastete auf seinem Innern die wachsende Glut der Leidenschaft für die sanfte, schweigsame Tess.

Da die Regenzeit vorüber war, lagen die Hochflächen trokken. Die Räder an des Meiers Fuhrwägelchen, wenn er vom Markt nach Hause jagte, leckten die pulverige Oberfläche der Landstraße auf, und weiße Staubbänder folgten ihnen, als hätten sie einen schmalen Streifen Schießpulver in Brand gesetzt. Die Kühe sprangen wild über das fünfbarrige Gatter des Viehhofs, toll gemacht durch die Bremsen; Meier Crick trug beständig die Hemdsärmel über die Ellbogen aufgeschlagen. Offene Fenster hatten ohne offene Türen keine lüftende Wirkung, und im Garten der Meierei schlichen die Amseln und Drosseln unter den Johannisbeerbüschen eher wie Vierfüßler umher als wie geflügelte Geschöpfe. Die Fliegen in der Küche waren träg, zudringlich und plump vertraulich, krochen an ungewohnten Plätzen umher, auf dem Fußboden, in Schubladen und über die Handrücken der Milchmägde. Die Gespräche drehten sich um den Sonnenstich, während das Buttern und noch mehr die Aufbewahrung der Butter Aufgaben waren, die zur Verzweiflung trieben.

Der Kühle und Bequemlichkeit wegen molken sie nun ausschließlich auf den Weiden, ohne die Kühe hereinzutreiben. Tagsüber folgten die Tiere gehorsam dem Schatten auch des kleinsten Baumes, wie er sich in seinem täglichen Kreislauf rund um den Stamm drehte; und wenn die Melker kamen, konnten sie vor lauter Fliegen kaum stillhalten.

An einem dieser Nachmittage standen zufällig vier oder fünf ungemolkene Kühe abseits von der großen Herde hinter dem Winkel einer Hecke, darunter auch Kloß und Alt-Schätzchen, die die Hände der Tess lieber hatten als die irgendeiner andern Magd. Als Tess sich neben einer ausgemolkenen Kuh von ihrem Schemel erhob, kam Angel Clare, der sie seit einiger Zeit beobachtete, und fragte sie, ob sie nicht zunächst die vorerwähnten Tiere anpacken wolle. Schweigend stimmte sie zu; und auf Armeslänge den Schemel schwenkend, den Kübel gegen die Knie gestemmt, ging sie zu ihnen hinüber. Bald drang durch die Hecke der Ton von Alt-Schätzchens Milch, die in den Eimer zischte, und da fühlte sich Angel geneigt, gleichfalls um die Ecke zu gehen und eine harteutrige Milchkuh zu erledigen, die dort umherstreifte; denn nun verstand er sich darauf ebensogut wie der Meier selbst.

Alle Männer und auch einige von den Weibern vergruben beim Melken ihre Stirnen in die Flanken der Kühe und starrten in die Eimer. Doch ein paar – vor allem die Jüngeren – lehnten den Kopf seitlings gegen das Tier. Dies war auch Tess Durbeyfields Gewohnheit: die Schläfe in die Flanke der Milcherin gepreßt, die Augen auf den fernen Rand der Weide geheftet mit dem Blick eines Menschen, der in tiefes Sinnen verloren ist. So molk sie Alt-Schätzchen, und da die Sonne gerade auf ihrer Seite stand, schien sie prall auf ihre rosagekleideten Glieder und auf ihre blütenweiße Schleierhaube und auf ihr Profil, jede Kontur mit blendender Schärfe umreißend wie eine Kamee, die in den schwärzlichen Hintergrund der Kuh geschnitten schien.

Sie wußte nicht, daß Clare ihr hinter die Hecke gefolgt war, daß er unter seiner Kuh saß und sie beobachtete. Die völlige Regungslosigkeit ihres Kopfes und ihrer Züge war auffällig; wie in Trance saß sie da, die Augen geöffnet, ohne zu sehen. Nichts in dem Bilde bewegte sich als Alt-Schätzchens Schwanz und

ihre rosigen Hände, die letzteren leicht und sanft, gleichsam ein rhythmischer Pulsschlag, als gehorchten sie einem Reflexreiz wie ein schlagendes Herz.

Wie lieblich erschien ihm ihr Gesicht! Doch lag nichts Ätherisches in seinen Zügen; es war ganz echte Lebendigkeit, echte Wärme, echtes Fleisch und Blut. Und das alles gipfelte in dem Ausdruck ihres Mundes. Augen, fast so tief und sprechend, hatte er schon früher gesehen, und vielleicht auch ebenso schöne Wangen, ebenso gewölbte Brauen; Kinn und Hals fast ebenso wohlgeformt; doch noch nie hatte er auf dem Antlitz der Erde etwas erblickt, was ihrem Munde gleichkam. Für einen jungen Mann, der nur das mindeste Feuer besaß, war diese kleine Aufstülpung in der Mitte ihrer roten Oberlippe verwirrend, betörend, zum Tollwerden. Nie zuvor hatte er weibliche Lippen und Zähne gesehen, die ihm so beharrlich immer wieder das alte Elisabethinische Gleichnis von den schneegefüllten Rosen aufdrängten. Ohne Zögern würde er als Liebhaber diese Lippen *vollkommen* genannt haben. Doch nein – sie waren nicht vollkommen. Und gerade der Zug des Unvollkommenen in der scheinbaren Vollendung verlieh ihnen ihre Lieblichkeit, weil er das war, was sie menschlich machte.

Clare hatte die Schweifung dieser Lippen so viele Male eifrig studiert, daß er sie leicht in Gedanken nachbilden konnte; und nun, als sie wieder vor seine Blicke traten, in die Farben des Lebens gekleidet, machten sie sein Fleisch erschauern, jagten ein kaltes Rieseln durch seine Nerven, das ihn einer Ohnmacht nahe brachte und tatsächlich, durch irgendeinen mysteriösen physiologischen Prozeß, ein prosaisches Niesen erzeugte.

Da gewahrte sie, daß er sie beobachtete; aber sie wollte sich's nicht durch eine Veränderung ihrer Stellung merken lassen, wenn auch die merkwürdig traumhafte Starre von ihr wich und ein nahes Auge leicht hätte entdecken können, daß der rosige Schimmer auf ihrem Gesicht sich langsam vertiefte und dann verblich, bis nur noch ein leichter Anflug übrigblieb.

Der unwiderstehliche Drang, der wie eine himmlische Verkündung Clare ergriffen hatte, wurde nicht schwächer. Entschlüsse, verschwiegene Klugheit und alle Befürchtungen wichen zurück. Er sprang auf, überließ es der Milchkuh, seinen

Eimer umzustoßen, wenn sie Lust dazu hatte, ging raschen Schrittes auf sie, seine Augenweide, zu, kniete neben ihr hin und riß sie in seine Arme.

Tess wurde völlig überrumpelt und gab sich seiner Umarmung hin, besinnungslos einem Unvermeidlichen gegenüber. Da sie sah, daß es wirklich ihr Geliebter war, der zu ihr kam, und kein anderer, öffneten sich ihre Lippen, und in ihrer plötzlichen Freude sank sie an seine Brust mit einem kleinen Schrei, der sehr wie ein Ausruf höchsten Entzückens klang.

Er war nahe daran, diesen allzuverlockenden Mund zu küssen, aber er riß sich plötzlich in zarter Gewissenhaftigkeit zurück.

»Verzeih mir, liebe Tess!« flüsterte er. »Ich hätte fragen sollen. Ich – ich wußte nicht, was ich tat. Ich will mir nichts herausnehmen. Ich liebe dich zärtlich, Tessy, Liebste. Aus reinstem Herzen!«

Alt-Schätzchen hatte sich inzwischen verdutzt umgeschaut; und als sie neben sich zwei Menschen kauern sah, wo kraft unvordenklichen Brauches nur ein einziger sitzen sollte, lupfte sie mißgelaunt das Hinterbein.

»Sie ärgert sich – sie weiß nicht, was wir wollen – sie wird die Milch umstoßen!« rief Tess und strebte sanft, sich zu befreien; ihre Augen verfolgten eifrig die Bewegungen des Tieres, doch ihr Herz war weit tiefer mit sich selbst und mit Clare beschäftigt.

Sie glitt von ihrem Schemel in die Höhe, und sie standen nun nebeneinander, und immer noch hielt sein Arm sie umschlungen. Ihre Augen, starr in die Ferne blickend, begannen sich zu füllen.

»Warum weinst du, Liebling?« sagte er.

»Oh – ich weiß nicht!« murmelte sie kummervoll.

Als sie ihre Lage klarer sah und empfand, wurde sie unruhig, blickte zur Seite und versuchte, sich seinem Arm zu entziehen.

»Nun, ich habe meine Gefühle verraten, Tess, zu guter Letzt«, sagte er mit einem merkwürdig verzweifelten Seufzer, der unbewußt zu verstehen gab, daß sein Herz seinen Verstand überwältigt hatte. »Daß ich dich heiß und aufrichtig liebe, brauche ich nicht zu sagen. Aber ich – ich will jetzt nicht weitergehen – es quält dich – ich bin ebenso erstaunt wie du. Du wirst nicht denken, daß ich auf deine Wehrlosigkeit gerechnet habe – daß ich zu voreilig war und zu unüberlegt, nicht wahr?«

»Ich weiß es nicht.«

Er hatte ihr erlaubt, sich loszumachen; und nach ein oder zwei Minuten saßen sie wieder beim Melken. Niemand hatte mitangesehn, wie die beiden in eins verschmolzen; und als ein paar Minuten später der Meier an diesem verborgenen Winkel vorüberkam, verriet nicht das leiseste Zeichen, daß dies auffällig getrennte Paar sich selber mehr war als nur Kamerad und Kameradin. Doch in der kurzen Zwischenzeit, seit Crick sie zum letztenmal gesehen hatte, war etwas geschehen, was für ihre Seelen den Schwerpunkt des Weltalls verrückte – solange es währen mochte; etwas, was der Meier, hätte er davon gewußt, als praktischer Mann verachtet haben würde und was doch auf einem beharrlichen und unwiderstehlicheren Trieb begründet war als ein ganzer Haufen von sogenannten praktischen Dingen. Ein Schleier war zur Seite gewallt; beider Blickfeld sollte hinfort von einem neuen Horizont begrenzt sein – für kurze Zeit oder für lange.

4. Phase

Die Folge

XXV

RUHELOS ging Clare in die Dunkelheit hinaus, als der Abend heranrückte und sie, die sein Herz besaß, sich auf ihr Zimmer zurückgezogen hatte.

Die Nacht war so schwül wie der Tag. Keine Kühle kam mit der Dunkelheit, außer im feuchten Gras. Die Straßen, die Gartenpfade, die Hauswände, die Mauern des Viehhofs waren warm wie Backöfen und strahlten die Temperatur des Mittags dem Nachtschwärmer ins Gesicht.

Er setzte sich auf das östliche Gatter des Molkereihofes und wußte nicht, was er von sich denken sollte. Das Gefühl hatte wirklich an diesem Tage den Verstand erstickt.

Seit der plötzlichen Umarmung vor drei Stunden hatten sich die beiden einander ferngehalten. Sie schien zu fiebern, schien fast erschrocken über das Vorgefallene, während ihn die Neuheit, das Unvorhergesehene, die Gewalt der Umstände in Unruhe versetzten – ihn, dieses feinnervige, versonnene Geschöpf. Er konnte sich bis jetzt kaum klar werden über ihre wirkliche Beziehung und wie sie sich von nun an vor Dritten verhalten sollten.

Angel war als Schüler in diese Meierei gekommen mit der Vorstellung, daß sein zeitweiliger Aufenthalt hier nichts weiter sein würde als eine Episode in seinem Leben, bald durchlaufen und rasch vergessen; er war gekommen wie an einen Ort, wo er, gleichsam von einem verschleierten Alkoven aus, gelassen die fesselnde äußere Welt betrachten und mit Walt Whitman ausrufen könnte:

Ihr Scharen von Männern und Fraun
in euren alltäglichen Kleidern,
Wie seltsam kommt ihr mir vor –,

während er den Plan bedächte, sich von neuem in diese Welt zu stürzen. Aber siehe, die fesselnde Szene war hierher verlegt worden. Was die verzehrende Welt gewesen, hatte sich in eine uninteressante äußerliche Pantomime verwandelt, während hier, an diesem scheinbar düsteren und leidenschaftslosen Ort, ein Neues mit vulkanischer Plötzlichkeit auftauchte, wie es noch niemals anderswo für ihn erstanden war.

Da alle Fenster des Hauses offenstanden, konnte Clare über den Hof herüber jedes belanglose Geräusch der zur Ruhe gehenden Hausgenossen hören. Diese Meierei, so gering, so unbedeutend, für ihn so sehr nur eine Stätte erzwungenen Aufenthalts, daß sie ihm bisher nie hinlänglich wichtig erschienen war, um als ein wesentliches Zubehör der Landschaft näher beachtet zu werden – was war sie jetzt? Die alten und moosbewachsenen Ziegelgiebel flüsterten ihm zu: ›Bleib!‹ Die Fenster lächelten, die Tür schmeichelte und winkte, die Schlingpflanzen erröteten wissend im Bunde. Ein Menschenwesen in diesen Mauern besaß eine so weitreichende Macht, daß es die leblose Materie durchdrang und die Ziegel, den Mörtel und den ganzen darübergebreiteten Himmel vor brennender Empfindsamkeit erzittern machte. Wer war dieses mächtige Wesen? Eine Milchmagd.

Mit Erstaunen entdeckte er, was für eine wichtige Sache das Leben dieser obskuren Meierei für ihn geworden war. Und obgleich man dafür die neue Liebe zum Teil verantwortlich machen mußte, lag es doch nicht einzig an ihr. Mancher Mensch, nicht nur Angel, hat erfahren, daß die Größe eines Lebens nicht von seiner äußeren Reichweite abhängt, sondern von seinem subjektiven Erfahrungsgehalt. Der eindrucksfähige Bauer führt ein größeres, reicheres, dramatischeres Leben als der dickfellige König. Als er die Sache so betrachtete, fand er, daß hier dasselbe gewaltige Leben zu sehen war wie anderswo.

Trotz seiner Ketzerei war Clare ein Mann von Gewissen. Tess war kein unwichtiges Geschöpf, mit dem man spielen konnte, um es dann fortzuwerfen, sondern ein Weib, das sein kostbares Leben führte – ein Leben, das für sie, die es erlitt oder genoß, ebenso große Dimensionen besaß wie das Leben des Mächtigsten für diesen selber. Von *ihren* Gefühlen hing die ganze Welt ab, durch *ihr* Dasein existierten alle Mitgeschöpfe. Selbst das Universum gewann für Tess erst an dem besondern Tage in dem besondern Jahre Wirklichkeit, da sie geboren wurde.

Dieses Bewußtsein, in das er sich eingedrängt hatte, war die einzige Daseinsmöglichkeit, die Tess von einer fühllosen *Ersten Ursache* gewährt erhielt – ihr Alles, ihr Lebenselement. Wie sollte er sie also für unwichtiger halten als sich selber, für eine hübsche Kleinigkeit, mit der man tändelt und die man satt bekommt; wie durfte er anders als in tiefstem Ernste die Neigung behandeln, die er, wie er wußte, in ihr erweckt hatte, da sie unter ihrer kühlen Oberfläche von so feuriger Empfindsamkeit war? Er durfte sie nicht quälen und zugrunde richten.

Wenn er täglich in gewohnter Weise mit ihr zusammentraf, mußte sich entwickeln, was begonnen hatte. Bei einem Leben in so engen Beziehungen bedeutete jede Begegnung ein Entfachen der Zärtlichkeit; Fleisch und Blut konnten nicht widerstehen; und da er sich über die Folgen einer solchen Neigung nicht schlüssig wurde, nahm er sich vor, fürs erste allen Beschäftigungen fernzubleiben, bei denen sie gemeinsam zu tun hätten. Bis jetzt war noch kein großes Unglück geschehen.

Aber es war schwer, den Entschluß, sich ihr nie zu nähern, auch durchzuführen. Jeder Pulsschlag trieb ihn zu ihr hin.

Es kam ihm der Gedanke, seine Angehörigen aufzusuchen. Er könnte die Möglichkeit finden, sie über diese Sache zu befragen. In weniger als sechs Monaten lief seine Zeit hier ab, und nach ein paar weiteren Monaten auf einem anderen Gutshof würde er dann vollkommen mit landwirtschaftlichen Kenntnissen ausgerüstet und in der Lage sein, auf eigene Faust etwas anzufangen. Brauchte nicht ein Landwirt ein Weib, und sollte eines Bauern Weib eine Wachsfigur aus dem Salon sein oder eine Frau, die sich auf Landwirtschaft verstand? Trotz der erfreulichen Antwort, die das Schweigen ihm erteilte, beschloß er, seine Reise anzutreten.

Eines Morgens, als man sich in der Meierei von Talbothays zum Frühstück niedersetzte, bemerkte irgendeine Magd, daß sie heute noch nichts von Mr. Clare gesehen habe.

»Ja, gewiß«, sagte Meier Crick. »Mr. Clare ist nach Haus gegangen, nach Emminster, um ein paar Tage bei seinen Leuten zu verbringen.«

Für vier von Leidenschaft erfüllte Menschen an diesem Tische erlosch mit einem Schlag das Licht des morgendlichen Sonnenscheins, und die Vögel dämpften ihren Gesang. Aber keines der Mädchen verriet durch ein Wort oder eine Geste seine Verwirrung.

»Seine Zeit bei mir geht zu Ende«, fügte der Meier mit einem Phlegma hinzu, das unbewußt brutal war; »und so fängt er wohl an, sich anderswo um seine Pläne umzuschauen.«

»Wie lange soll er denn noch hierbleiben?« fragte Izz Huett, die einzige in der niedergeschlagenen Gruppe, die ihrer Stimme die Frage zutrauen konnte.

Die andern lauerten auf die Antwort des Meiers, als hinge ihr Leben von ihr ab; Retty mit geöffneten Lippen auf das Tischtuch starrend, Marian noch röter erhitzt als gewöhnlich, Tess klopfenden Herzens, den Blick hinaus auf die Wiesen gerichtet.

»Nun, ohne in mein Merkbuch zu schauen, kann ich mich nicht genau an den Tag erinnern«, erwiderte Crick mit derselben unerträglichen Gleichgültigkeit. »Aber auch *der* Termin kann sich 'n bißchen ändern. Sicher bleibt er noch, um draußen im Strohhof beim Kalben ein wenig Praxis zu kriegen. Möchte sagen, er bleibt wohl bis zum Ende des Jahres.«

Etwas mehr als vier Monate folternden Entzückens in seiner Nähe – ›Wonne, umschlossen von Pein‹. Und danach die Finsternis unsäglicher Nacht.

In diesem Augenblick ritt Angel Clare eine schmale Straße entlang, zehn Meilen von den Frühstückenden entfernt, in der Richtung auf seines Vaters Pfarrhaus in Emminster zu, und schleppte, so gut er konnte, einen kleinen Korb, der ein paar Blutwürste und eine Flasche Honigwein enthielt, von Mrs. Crick mit freundlichen Grüßen für seine Eltern bestimmt. Die weiße Straße dehnte sich vor ihm, und seine Augen ruhten auf ihr; aber seine Blicke starrten nicht auf die Straße, sie schweiften in das kommende Jahr. Er liebte sie; sollte er sie heiraten? Wagte er es, sie zu heiraten? Was würde seine Mutter und was seine Brüder sagen? Was würde er selbst ein paar Jahre später sagen? Das hing davon ab, ob unter der momentanen Leidenschaft die

Keime treuer Kameradschaft ruhten oder ob es sich nur um eine sinnliche Freude an ihrem Körper handelte, ohne Bürgschaft der Dauer.

Die kleine, von Hügeln umringte Vaterstadt, der Kirchturm von rotem Stein aus der Tudorzeit, die Baumgruppe neben dem Pfarrhaus tauchten schließlich vor seinen Blicken auf, und er ritt hinab auf die wohlbekannte Pforte zu. Als er, bevor er die Schwelle seines Heimes überschritt, einen Blick nach der Kirche hinüberwarf, sah er vor der Sakristeitür eine Gruppe von Mädchen stehen, zwischen zwölf und sechzehn Jahren, wie sie offensichtlich die Ankunft irgendeiner andern erwarteten, die einen Augenblick später sichtbar wurde: eine Gestalt, etwas älter als die Schulmädchen, in einem breitrandigen Hut und festgestärkten, batistenen Morgenkleid, in der Hand ein paar Bücher.

Clare kannte sie gut. Er konnte nicht genau erkennen, ob sie ihn bemerkte; er hoffte das Gegenteil, damit es nicht nötig würde, hinzugehen und mit ihr zu sprechen, mit ihr, diesem unschuldigen Geschöpf. Eine übermächtige Abneigung, sie zu begrüßen, ließ ihn entscheiden, daß sie ihn nicht gesehen habe. Die junge Dame war Miß Mercy Chant, die einzige Tochter von seines Vaters Nachbar und Freund, und seine Eltern hofften im stillen, daß er sie eines Tages heiraten würde. Sie tat sich in Glaubensstreitigkeiten und Bibelunterricht hervor und war offensichtlich eben im Begriff, in der Sakristei eine Stunde abzuhalten. Clares Gedanken schweiften einen Augenblick lang zurück zu den leidenschaftlichen, sonnig durchglühten Heiden im Tale des Var und zu der lebendigsten, stärksten unter ihnen allen.

Ein augenblicklicher Impuls hatte ihn zu dem Entschluß gebracht, nach Emminster hinüberzutraben, und folglich hatte er sich nicht schriftlich bei seinen Eltern angemeldet, richtete es jedoch so ein, daß er um die Frühstücksstunde anlangte, bevor sie noch das Haus verließen und an ihre Pflichten im Kirchspiel gingen. Er hatte sich ein wenig verspätet, und sie saßen bereits bei der Morgenmahlzeit. Sobald er eintrat, sprang die Gruppe am Tisch auf, um ihn zu bewillkommnen: sein Vater und seine Mutter, sein Bruder, Hochwürden Felix – Kurat in einer Stadt der anstoßenden Grafschaft, jetzt für vierzehn Tage daheim –, und sein zweiter Bruder, Hochwürden Cuthbert, der klassische Gelehrte, Professor und Dekan seiner Fakultät, der über die Hauptferien von Cambridge gekommen war. Seine Mutter erschien in einer Haube und mit silberner Brille, und sein Vater sah aus, wie er wirklich war – ein ernster, gottesfürchtiger Mann, etwas hager, ungefähr fünfundsechzig Jahre alt, das blasse Gesicht durchfurcht von Gedanken und Pflichten. Über ihren Köpfen hing das Bild von Angels Schwester, der Ältesten unter den Geschwistern, sechzehn Jahre älter als er, die einen Missionar geheiratet hatte und nach Afrika gegangen war.

Der alte Mr. Clare war ein Geistlicher von einem Typus, der innerhalb der letzten zwanzig Jahre aus dem zeitgenössischen Leben nahezu verschwunden ist. Geistiger Nachkomme in gerader Linie von Wycliff, Huss, Luther, Calvin, ein Protestant unter den Protestanten, Glaubenseiferer, Mann von apostolischer Schlichtheit im Leben und Denken, hatte er sich schon als unreifer Jüngling ein für allemal über die tieferen Fragen des Daseins seine Meinung gebildet und ließ fortan kein weiteres Nachgrübeln mehr zu. Selbst seine Altersgenossen von derselben Schule hielten ihn für einen sehr extremen Denker, während er andererseits seinen schärfsten Gegnern unwillkürliche Bewunderung abrang durch seine Gründlichkeit und durch die bemerkenswerte Fähigkeit, mit der er alle Zweifel über Prinzipien zugunsten der *Energie* beiseite schob, die er bei der Anwendung dieser Grundsätze entwickelte. Er liebte Paulus von Tarsus, schätzte den heiligen Johannes, haßte Sankt Jakobus, soweit er es wagte, und betrachtete Timotheus und Titus mit gemischten Gefühlen. Das Neue Testament war seiner Auffassung nach weniger eine Christiade als eine Pauliade – weniger eine Beweisführung als ein Rauschmittel. Sein Glaube an die *Bestimmung* wuchs sich fast zu einem Laster aus und mündete, negativ genommen, gänzlich in eine Philosophie der Entsagung, die den Lehren Schopenhauers und Leopardis verwandt war. Er verachtete die kanonischen Bücher und liturgischen Vorschriften, schwor auf die neununddreißig Artikel und hielt sich von A bis Z konsequent – was er auch in gewisser Hinsicht sein mochte. Eins war er zweifellos: aufrichtig.

Die ästhetische, sinnliche, heidnische Freude an natürlichem Leben und gesunder Weiblichkeit, die sein Sohn Angel seit jüngster Zeit im Tale des Var erlebte, würde seinem Naturell in höchstem Grade zuwider gewesen sein, hätte er die Möglichkeit gehabt, sich durch Fragen oder eigene Vorstellung einen Begriff davon zu machen. Einmal vor längerer Zeit passierte Angel das Unglück, in einem Augenblick der Gereiztheit seinem Vater zu sagen, daß es für die Menschheit vielleicht weit besser gewesen wäre, wenn die Religion der modernen Gesellschaft ihre Quelle in Griechenland hätte und nicht in Palästina; und sein Vater, in seinem bestürzten Kummer, konnte nicht auf die Idee geraten, daß in solch einer Behauptung vielleicht ein *Tausendstel* Wahrheit stecken, und noch weniger, daß sie vielleicht eine halbe oder eine ganze Wahrheit enthalten mochte. Er richtete einfach, eine ziemliche Zeit hindurch, sehr strenge Predigten an Angel. Aber sein Herz war so gütig, daß er niemals lange etwas nachtrug, und er begrüßte heute seinen Sohn mit einem Lächeln, das lauter und freundlich war wie das eines Kindes.

Angel setzte sich nieder, und die Stätte heimelte ihn an. Doch fühlte er sich nicht so wie früher zu der versammelten Familie gehörig. Jedesmal, wenn er hierher zurückkehrte, verspürte er diesen Zwiespalt, und seit er das letztemal an dem Leben im Pfarrhaus teilgenommen hatte, war es ihm noch merklicher fremd geworden als gewöhnlich. Die transzendentalen Sehnsüchte – die dennoch unbewußt auf einer geozentrischen Weltanschauung beruhten: das Paradies im Zenit und die Hölle im Nadir – muteten ihn so fremd an, als wären sie die Träume von Bewohnern eines andern Planeten gewesen. Seit kurzem hatte er lediglich *Leben* gesehen, nur den großen, leidenschaftlichen Puls des Daseins gefühlt, unbefangen, nicht verzerrt und nicht geknebelt durch jene Glaubensanschauungen, die sich fruchtlos bemühen zu unterdrücken, was echte Weisheit in kluger Beschränkung nur regeln würde.

Die andern wieder sahen in ihm eine große Veränderung, ein wachsendes Abrücken von dem Angel Clare früherer Tage. Vor allem bemerkten sie jetzt einen Unterschied in seinen Manieren, besonders die Brüder. Er fing an, sich wie ein Bauer zu benehmen: seine Beine schlenkerten breit; die Muskeln seines Gesichts waren ausdrucksvoller geworden; der Blick seiner Augen sprach ebenso deutlich wie das Wort seines Mundes, und vielleicht noch deutlicher. Die Manieren des Studenten waren nahezu verschwunden und in noch höherem Maße die Manieren des jungen Salonmenschen. Ein Geck würde gesagt haben, daß er seine Kultur verloren habe, und eine Prüde, daß er ein Rüpel geworden. So ansteckend wirkte die häusliche Kameradschaft mit den Nymphen und Schäfern von Talbothays.

Nach dem Frühstück ging er mit seinen zwei Brüdern spazieren, unpuritanischen, wohlerzogenen, abgestempelten jungen Männern, korrekt bis in die letzte Fiber: solche tadellose Musterbilder, wie sie alljährlich aus der Drechslerei einer systematischen Erziehung hervorgehen. Beide hatten sie etwas kurzsichtige Augen; und wenn es Sitte war, ein Monokel an der Schnur zu tragen, so trugen sie ein Monokel an der Schnur; war es Sitte, einen Kneifer zu tragen, so trugen sie einen Kneifer, und war es Sitte, eine Brille zu tragen, so trugen sie flugs eine Brille – alles ohne Bezug auf den besonderen Defekt ihrer eigenen Sehkraft. Wenn Wordsworth auf den Thron gehoben wurde, schleppten sie Taschenausgaben mit sich herum; und wenn Shelley an Ansehen verlor, ließen sie ihn auf ihren Bücherbrettern verstauben. Wenn Correggios Heilige Familien bewundert wurden, bewunderten sie Correggios Heilige Familien; wurde er zugunsten Velasquez' in Acht und Bann getan, so leisteten sie unverdrossen Gefolgschaft, ohne jeden persönlichen Einwand.

Wenn diese beiden Angels wachsende soziale Verschrobenheit bemerkten, so bemerkte er ihre wachsende geistige Beschränktheit. Felix schien ihm ganz Kirche; Cuthbert ganz Universität. Für den einen waren seine Diözesansynoden und Kirchenvisitationen die Haupttriebfedern der Welt; für den andern war es Cambridge. Jeder Bruder erkannte ehrlich an, daß es ein paar unbedeutende Dutzend Millionen von Außenseitern der zivilisierten Gesellschaft gäbe, Personen, die weder zur Universität noch zur Kirche gehörten; aber diese müsse man eher *dulden* als sie *achten* und mit ihnen *rechnen.*

Beide waren sie pflichteifrige und aufmerksame Söhne und besuchten ihre Eltern sehr regelmäßig. Felix, der doch einem weit jüngeren Stadium in der Entwicklung der Theologie entsproßte als sein Vater, war weniger selbstaufopfernd und uneigennützig. Soweit eine gegenteilige Ansicht eine Gefahr für ihren Verfechter bedeuten konnte, zeigte er sich toleranter als sein Vater; doch weniger bereitwillig als sein Vater verzieh er die Geringschätzung seiner eigenen Lehren, die in solcher Gegnerschaft lag. Cuthbert war im allgemeinen der Freisinnigere, wenn er auch, klüger als der andere, weniger Herz besaß.

Als sie den Hügelabhang entlangspazierten, erwachte Angels früheres Gefühl in ihm von neuem – daß keiner der beiden, soviel sie auch vor ihm voraus haben mochten, das Leben so darstellte, wie es wirklich gelebt wurde. Vielleicht, und so ist es bei vielen Menschen, waren ihre Möglichkeiten der Beobachtung nicht so groß wie ihre Möglichkeiten des Ausdrucks. Keiner hatte eine angemessene Vorstellung von den komplizierten Kräften, die außerhalb des glatten und sanften Stromes, in denen sie und ihre Kollegen dahinschwammen, am Werke waren. Keiner sah den Unterschied zwischen *ortsgültiger* Wahrheit und *universeller* Wahrheit; was die kleine Welt in ihren geistlichen und akademischen Bezirken sagte, war sehr verschieden von dem, was die große Welt dachte.

»Bei dir heißt es jetzt wohl Landwirtschaft und nichts als Landwirtschaft, mein Junge«, sagte Felix unter andern Dingen zu seinem jüngsten Bruder, während er mit düsterer Strenge durch seine Brille die entfernten Felder betrachtete. »Und daher müssen wir uns, so gut es geht, damit abfinden. Aber ich bitte dich dringend, bestrebe dich so viel wie möglich, mit moralischen Idealen in Berührung zu bleiben. Landwirtschaft treiben heißt natürlich, sich äußerlich schlecht und recht durchschlagen; nichtsdestoweniger kann edles Denken mit einfachem Leben Hand in Hand gehen.«

»Natürlich«, erwiderte Angel. »Wurde es nicht vor neunzehnhundert Jahren bewiesen – wenn ich ein wenig auf deine Domäne übergreifen darf? Warum denkst du denn, Felix, daß ich meine höheren Gedanken und meine moralischen Ideale verlieren könnte?«

»Nun, nach dem Ton deiner Briefe und unserer Unterhaltung bildete ich mir ein – 's ist vielleicht nur eine *Einbildung* –, daß du irgendwie die geistige Stoßkraft verlierst. Ist es dir nicht aufgefallen, Cuthbert?«

»Hm, Felix«, sagte Angel trocken, »du weißt, wir sind sehr gute Freunde. Jeder von uns bewegt sich in seinem zugewiesenen Kreise. Wenn aber von geistiger Stoßkraft die Rede ist, so scheint mir, du als zufriedener Dogmatiker solltest mich in Ruhe lassen und dich lieber drum bekümmern, was aus *deiner* geistigen Frische geworden ist.«

Sie gingen den Hügel wieder hinab zum Mittagessen, das zu wechselnder Stunde angesetzt wurde, je nachdem die Morgenarbeit ihres Vaters oder ihrer Mutter im Kirchspiel ihren Abschluß fand. Bequeme Rücksicht auf nachmittägliche Besucher war das letzte, woran die selbstlosen Mr. und Mrs. Clare dachten, wenn auch die drei Söhne über diesen Punkt hinlänglich einer Meinung waren, um zu wünschen, ihre Eltern würden sich ein wenig moderneren Begriffen anpassen.

Der Spaziergang hatte sie hungrig gemacht, besonders Angel, der nun ein Leben in freier Luft führte und an die üppigen ›dapes inemptae‹ auf des Meiers etwas bäuerisch überladenem Tische gewöhnt war. Aber keiner von den alten Leuten war zurückgekommen, und erst als die Söhne das Warten fast satt hatten, traten ihre Eltern ein. Das selbstverleugnende Paar war beschäftigt gewesen, den Appetit einiger kranker Pfarrkinder zu betreuen, die sie, etwas inkonsequent, in der Gefangenschaft des Fleisches zu erhalten suchten, während sie ihren eigenen Appetit ganz vergaßen.

Die Familie setzte sich zu Tisch, und ein frugales Mahl von kalten Speisen wurde aufgetragen. Angel sah sich nach Mrs. Cricks Blutwürsten um; er hatte angeordnet, sie delikat zu rösten, wie man es in der Meierei machte, und wünschte, seine Eltern sollten den wunderbaren Kräutergeschmack ebenso hoch schätzen wie er selbst.

»Ah, du suchst die Blutwürste, mein lieber Junge«, bemerkte Clares Mutter. »Aber es wird dir gewiß nicht schwer ankommen, dich ohne sie zu behelfen, sobald du nur den Grund erfährst, so wie es auch deinem Vater und mir nicht schwer wird. Ich schlug ihm vor, Mrs. Cricks freundliches Geschenk den Kindern des Mannes mitzubringen, der momentan nichts verdienen kann, weil er Anfälle von Delirium tremens hat; und Vater war auch der Meinung, daß es ihnen große Freude machen würde. So taten wir's denn.«

»Natürlich«, sagte Angel heiter und sah sich nach dem Honigwein um.

»Ich fand den Met so stark alkoholisch«, fuhr seine Mutter fort, »daß er sich ganz und gar nicht zum Trinken eignet. Aber er ist wertvoll in dringenden Fällen statt Rum oder Branntwein; und deshalb habe ich ihn in meinen Medizinschrank gestellt.«

»An diesem Tische werden nie geistige Getränke getrunken, grundsätzlich nicht«, fügte sein Vater hinzu.

»Aber was soll ich der Frau des Meiers sagen?« fragte Angel.

»Die Wahrheit natürlich«, entgegnete sein Vater.

»Ich möchte ihr lieber sagen, daß uns der Met und die Blutwürste sehr geschmeckt haben. Sie ist ein freundliches, munteres Menschenkind und wird mich sicher rundheraus fragen, sobald ich zurückkomme.«

»Das kannst du nicht tun, wenn es nicht zutrifft«, antwortete Mr. Clare lichtvoll.

»Ah – sicher; obschon der Met ein sehr süffiger Tropfen ist.«

»Ein was?« fragten Cuthbert und Felix aus einem Munde.

»Oh – ein Ausdruck, den man drüben in Talbothays braucht«, erwiderte Angel errötend. Er fühlte, daß seine Eltern in ihrer Handlungsweise recht hatten, mochte auch ihr Mangel an Feingefühl falsch sein, und sagte kein Wort mehr.

XXVI

Erst gegen Abend, nach den häuslichen Gebeten, fand Angel Gelegenheit, vor seinem Vater ein oder zwei Themen aufs Tapet zu bringen, die ihm am Herzen lagen. Er sammelte Mut und Kräfte dazu, während er hinter seinen Brüdern auf dem Teppich kniete, die Sohlen ihrer Wanderstiefel und die kleinen Nägel in ihren Absätzen betrachtend. Als der Gottesdienst vorüber war, verließen sie mit ihrer Mutter das Zimmer, und er blieb mit Mr. Clare allein.

Der junge Mann erörterte zuerst mit dem Alten seine Pläne,

wie er es soweit bringen wollte, sich als Landwirt auf größerem Fuße etablieren zu können, entweder in England oder in den Kolonien. Dann sagte ihm sein Vater, da ihm die Kosten, Angel nach Cambridge zu schicken, erspart geblieben seien, habe er es als seine Pflicht empfunden, alljährlich eine Summe Geldes beiseite zu legen, um eines Tages einmal ein Stück Land für ihn zu kaufen oder zu pachten, damit er sich nicht ungebührlich vernachlässigt fühle.

»Soweit es sich um weltlichen Wohlstand handelt«, fuhr sein Vater fort, »wirst du zweifellos in wenigen Jahren viel besser daran sein als deine Brüder.«

Diese zärtliche Rücksichtnahme von seiten des alten Mr. Clare brachte Angel auf das zweite und wichtigere Thema. Er bemerkte zu seinem Vater, daß er bereits sechsundzwanzig sei, und wenn er als Landwirt anfangen solle, brauchte er ja ein zweites Paar Augen im Hinterkopf, um alles beaufsichtigen zu können; es würde nötig sein, daß irgend jemand die häuslichen Arbeiten seines Betriebes überwache, während er auf den Feldern zu tun habe. Wäre es daher nicht gut für ihn, zu heiraten?

Sein Vater schien diesen Gedanken nicht für unvernünftig zu halten; und dann stellte Angel die Frage:

»Was für ein Weib, glaubst du, würde für mich als sparsamen und schwerarbeitenden Landmann am besten taugen?«

»Ein echtes christliches Weib, die für dich eine Hilfe sein wird und ein Trost bei deinem Ausgang und deinem Eingang. Auf alles andere kommt es wirklich wenig an. Solch ein Weib läßt sich finden; in der Tat, mein ernst gesinnter Freund und Nachbar, Dr. Chant –«

»Aber sollte sie nicht zuallererst imstande sein, Kühe zu melken, gute Butter zu rühren und stattliche Käse zu machen, wissen, wie man Hennen und Truthühner ansetzt und Kücken aufzieht, im Notfall eine Schicht Feldarbeiter dirigieren und den Wert von Schafen und Kälbern schätzen können?«

»Ja; das Weib eines Landwirts; ja sicherlich. Es wäre wünschenswert«, der alte Mr. Clare hatte offensichtlich noch nie an diese Punkte gedacht. »Ich wollte hinzufügen«, sagte er, »wenn wir von einem reinen und frommen Weib sprechen, so wirst du keine finden, die mehr deinen wahren Interessen entspräche oder – und das ganz sicher – mehr nach meinem und deiner Mutter Sinn wäre als deine Freundin Mercy, an der du einen gewissen Anteil zu nehmen pflegtest. Freilich hat sich meines Nachbarn Chant Tochter seit kurzem die Mode der jüngeren Geistlichkeit in dieser Gegend angewöhnt, den Kommunionstisch bei festlichen Gelegenheiten mit Blumen und anderem dummen Zeug zu schmücken – *Altar* nannte sie ihn eines Tages zu meinem Entsetzen. Aber ihr Vater, der von solchem Firlefanz ebensowenig wissen will wie ich, sagt, dem ließe sich abhelfen. Es ist eine bloße mädchenhafte Schwärmerei, die sicherlich nicht von Dauer sein wird.«

»Ja, ja; Mercy ist gut und fromm, ich weiß es. Aber Vater, glaubst du nicht, daß ein junges Weib, ebenso rein und tugendhaft wie Miß Chant, die aber an Stelle der kirchlichen Fertigkeiten dieser Dame in den Pflichten des Landlebens ebensogut Bescheid weiß wie ein Landwirt selber, unendlich besser zu mir passen würde?«

Sein Vater beharrte auf seiner Überzeugung, daß eine gründliche Kenntnis ländlicher Pflichten erst an zweiter Stelle nach einer paulinischen Menschenliebe und Weltanschauung käme, und der impulsive Angel, der seines Vaters Gefühle ehren und zu gleicher Zeit seine Herzenssache fördern wollte, begann zu heucheln. Er sagte, das Schicksal oder die Vorsehung habe ihm eine Frau in den Weg geführt, die in jeder Hinsicht alle Eignungen zur Gefährtin eines Landmannes besitze und entschieden von ernster Denkungsart sei. Er könne nicht sagen, ob sie sich der orthodoxen puritanischen Sekte seines Vaters angeschlossen habe, aber sie würde wahrscheinlich in diesem Punkte der Bekehrung zugänglich sein. Sie sei eine regelmäßige Kirchgängerin von schlichter Gläubigkeit, aufrichtigen Herzens, empfänglichen Gemüts, klug, ziemlich anmutig in ihrem Benehmen, tugendhaft wie eine Vestalin und von Person ausnehmend schön.

»Stammt sie aus einer Familie, in die du gerne heiraten möchtest – kurz, ist sie eine Dame?« fragte seine erschreckte Mutter, die während des Gesprächs leise in das Studierzimmer gekommen war.

»Sie ist nicht das, was man gewöhnlich eine Dame nennt«, sagte Angel unverzagt, »denn sie ist die Tochter eines Häuslers, wie ich mit Stolz betone. Aber dennoch *ist* sie eine Dame – in ihren Gefühlen und in ihrem Charakter.«

»Mercy Chant stammt aus sehr guter Familie.«

»Pah! Was nützt das, Mutter?« sagte Angel rasch. »Wie soll ›Familie‹ dem Weib eines Mannes helfen, der wie ich sich mühsam durchschlagen muß und auch künftighin wird durchschlagen müssen?«

»Mercy ist gebildet, und Bildung hat ihren Reiz«, erwiderte seine Mutter, ihn durch ihre Silberbrille betrachtend.

»Äußerliche Bildung, was soll sie bei dem Leben nützen, das ich führen will? Ihre Lektüre aber kann ich in die Hand nehmen. Sie wird eine sehr gelehrige Schülerin sein, wie ihr zugeben müßtet, wenn ihr sie kennen würdet. Sie ist voller Poesie – verwirklichter Poesie, wenn ich diesen Ausdruck gebrauchen darf. Sie *lebt,* was Dichter auf dem Papier nur schreiben . . . Und sie ist eine einwandfreie Christin, ganz sicher; vielleicht gerade von dem Stamm, von der Gattung und Spezies, die ihr fortzupflanzen wünscht.«

»O Angel, du spottest!«

»Verzeihung, Mutter. Da sie aber wirklich fast jeden Sonntagmorgen die Kirche aufsucht und ein gutes christliches Mädchen ist, werdet ihr sicher um dieser Eigenschaft willen alle sozialen Mängel nachsehen und empfinden, daß ich Schlimmeres tun könnte, als sie zu wählen.« Angel wurde ganz ernst in seinem Eifer, diese ziemlich automatische Frömmigkeit seiner geliebten Tess hervorzuheben, die er (denn er ließ sich's nie träumen, daß sie ihm noch einmal so gute Dienste leisten würde) gerne ein wenig geringschätzig behandelt hatte, wenn er sie an ihr und den anderen Milchmägden bemerkte, da sie inmitten wesentlich dämonistischer Glaubensanschauungen auffällig unlebendig wirkte.

In ihren betrübten Zweifeln, ob denn ihr Sohn selbst irgendein Recht auf den Titel besaß, den er für das unbekannte junge Weib in Anspruch nahm, begannen Mr. und Mrs. Clare, es als einen nicht zu verachtenden Vorteil zu empfinden, daß *sie* zumindest gesunde fromme Anschauungen hatte; besonders, da die Vereinigung des Paares ein Werk des Zufalls oder der Vorsehung sein mußte, denn Angel würde niemals orthodoxe Frömmigkeit zu einer Bedingung seiner Wahl gemacht haben. Schließlich sagten sie, es sei besser, nichts zu übereilen, aber sie hätten nichts dagegen, sie zu sehen.

Angel unterließ es daher, im Augenblick weitere Einzelheiten vorzubringen. So herzensrein und selbstaufopfernd auch seine Eltern waren, fühlte er doch, daß sie als Leute aus dem Mittelstand gewisse schlummernde Vorurteile besaßen, die man nur mit einigem Takt überwinden konnte. Denn obgleich das Gesetz ihm erlaubte, nach freiem Ermessen zu handeln, und obgleich die Eigenschaften der Schwiegertochter für die alten Leute keine praktische Bedeutung haben konnten, da sie wahrscheinlich weit voneinander getrennt leben würden, wollte er doch als zärtlicher Sohn bei dem wichtigsten Entschluß seines Lebens ihre Gefühle nicht verletzen.

Er gewahrte, wie inkonsequent es von ihm war, daß er bei zufälligen Umständen in Tess' Leben so eindringlich verweilte, als wären sie vitale Züge. Er liebte Tess um ihrer selbst willen; liebte sie um ihrer Seele, ihres Herzens, ihres Kernes willen – nicht, weil sie so geschickt in der Meierei arbeitete, nicht, weil sie sich so gut zu seiner Schülerin eignete, und sicherlich nicht ihres simplen, formalen Glaubensbekenntnisses wegen. Ihr unverfälschtes Naturmenschentum bedurfte nicht einer konventionellen Übertünchung, um seinen Gefallen zu finden. Seiner Ansicht nach hatte bisher ›Erziehung‹ nur sehr wenig den Pulsschlag jener Regungen und Triebe beeinflußt, von denen ein häusliches Glück abhängt: Man könne vermuten, daß im Verlauf der Zeiten verbesserte Systeme moralischer und geistiger Erziehung soweit kommen werden, die unwillkürlichen und sogar die unbewußten Instinkte der Menschennatur merklich und vielleicht beträchtlich zu veredeln. Doch bis zum heutigen Tage, soweit er es überblicken könne, dürfe man wohl sagen, daß die Kultur bei jenen Lebewesen, die unter ihren Einfluß gebracht wurden, lediglich auf die geistige Epidermis eingewirkt habe. Diesen Glauben fand er bestärkt durch seine Erfahrungen mit Frauen, die sich seit kurzem über die kultivierte Mittelklasse hinaus auch auf ländliche Gemeinschaften erstreckten und ihn lehrten, wie sehr zwischen dem guten und klugen Weib aus der *einen* sozialen Schicht und dem guten und klugen Weib aus einer *andern* sozialen Schicht der wesentliche Unterschied geringer war als zwischen dem guten und schlechten, dem klugen und dummen innerhalb *derselben* Schicht oder Klasse.

Es war der Morgen seiner Abreise. Seine Brüder hatten bereits das Pfarrhaus verlassen, um eine Fußwanderung nach dem Norden zu unternehmen, von wo dann der eine nach seiner Universität und der andere in seine Hilfspfarre zurückkehren sollte. Angel hätte sie begleiten können, doch er zog es vor, sein Liebchen in Talbothays wieder aufzusuchen. Er wäre kein sehr passender Weggenosse gewesen; denn mochte er auch von allen dreien der verständnisvollste Menschenkenner, der frömmste Idealist, ja sogar der am gründlichsten bewanderte Christologe sein – es lag doch etwas Entfremdendes in dem dauernden Bewußtsein, daß seine eckige Art sich nicht recht in die runde Lücke fügen würde, die ihm eingeräumt war. Weder vor Felix noch vor Cuthbert hatte er sich getraut, Tess zu erwähnen.

Seine Mutter strich ihm Brötchen, und sein Vater begleitete ihn auf seiner Stute ein kleines Stück die Straße entlang. Da Angel seine eigenen Angelegenheiten recht gut gefördert hatte, lauschte er, während sie miteinander über die schattigen Pfade trabten, in willfährigem Stillschweigen des Vaters Berichten über seine Schwierigkeiten im Kirchspiel und wie einige seiner Amtsbrüder, die er liebte, ihm kühl begegneten, weil er das Neue Testament so streng im Lichte einer Doktrin auslege, die *sie* für schädlich und calvinistisch hielten.

»Schädlich!« sagte Mr. Clare mit heiterer Verachtung; und er fuhr fort, Erfahrungen zu schildern, aus denen die Absurdität dieser Ansicht klar hervorgehen müsse. Er erzählte von wunderbaren Bekehrungen sündiger Menschen, die er zustande gebracht hatte, nicht nur unter den Armen, sondern auch unter den Reichen und Wohlhabenden; und offenherzig gab er auch viele Fehlschläge zu.

Als ein Beispiel für die letzteren erwähnte er den Fall eines jungen Emporkömmlings namens d'Urberville, der einige vierzig Meilen entfernt in der Nachbarschaft von Trantridge wohnte.

»Doch nicht einer von den alten d'Urbervilles aus Kingsbere und anderen Orten?« fragte sein Sohn. »Diese kuriose, historische und verbrauchte Familie mit ihrer Gespenstergeschichte von der vierspännigen Kutsche?«

»O nein. Die ursprünglichen d'Urbervilles sind vor sechzig oder achtzig Jahren in Verfall geraten und verschwunden – ich glaube es wenigstens. Dies hier scheint eine neue Familie zu sein, die sich den Namen beigelegt hat; zur Ehre der früheren Ritterschaftslinie muß ich *hoffen,* daß sie nur untergeschoben ist. Aber wie merkwürdig, daß du Interesse für alte Familien äußerst. Ich dachte, du legtest noch weniger Wert auf sie als selbst ich.«

»Du mißverstehst mich, Vater; das tust du oft«, sagte Angel mit ein wenig Ungeduld. »In politischer Hinsicht stehe ich der Frage, ob ihr Alter ein großer Vorzug sei, skeptisch gegenüber. Einige der Klügeren unter ihnen selber ›eifern gegen ihr eigen Geschlecht‹, wie Hamlet sagt; aber vom lyrischen, dramatischen und selbst historischen Gesichtspunkt aus fühle ich mich sehr zu ihnen hingezogen.«

Diese Unterscheidung, wenn auch keineswegs sehr subtil, war doch für den alten Mr. Clare allzu fein, und er fuhr in der Geschichte fort, die er eben erzählen wollte: Daß nämlich nach dem Tode des alten, sogenannten d'Urberville der junge Mann die rücksichtslosesten Leidenschaften entfaltet habe, obwohl er eine blinde Mutter besitze, deren Zustand ihn klüger hätte machen sollen. Als Mr. Clare in dieser Gegend weilte, um als Missionar zu predigen, kam ihm allerlei von seinem Lebenswandel zu Ohren, und tapfer nahm er Gelegenheit, ihm frei von der Leber weg den geistlichen Zustand seiner Seele vor Augen zu halten. Obgleich er ein Fremder war und auf eines anderen Kanzel stand, empfand er dies als seine Pflicht und wählte zu seinem Text die Worte des heiligen Lucas: ›Du Narr, noch diese Nacht soll deine Seele von dir gefordert werden!‹ Der junge Mann nahm diesen unverhüllten Angriff sehr übel, und in dem Wortstreit, der sich, als sie einander begegneten, ergab, machte er sich keine Bedenken, Mr. Clare vor allen Leuten zu beschimpfen, ohne Achtung vor seinen grauen Haaren.

Angels Wangen röteten sich in schmerzlicher Empörung.

»Lieber Vater«, sagte er kummervoll, »ich wollte, du würdest dich nicht solch unverdienten schmerzlichen Erniedrigungen durch Schurken aussetzen!«

»Schmerzlich?« erwiderte sein Vater, und sein rauhes Gesicht leuchtete in inbrünstiger Selbstverleugnung. »Der einzige Schmerz, den ich empfand, war Schmerz um seinetwillen; der arme, törichte Jüngling! Glaubst du, seine zornigen Worte konnten mir Schmerz bereiten, oder selbst seine Schläge könnten es? ›Man schilt uns, so segnen wir; man verfolget uns, so dulden wir's; man lästert uns, so flehen wir; wir sind stets als ein Fluch der Welt und ein Fegeopfer aller Leute.‹ Diese alten und edlen Worte an die Korinther sind auch in dieser Stunde noch völlig wahr.«

»Doch nicht Schläge, Vater? Er schritt nicht zu Schlägen?«

»Nein, das tat er nicht. Wenn ich auch schon Schläge ertragen habe von Männern, die bis zur Tollheit berauscht waren.«

»Nein!«

»Ein dutzendmal, mein Junge. Was ist dabei? Ich habe sie vor der Missetat bewahrt, ihr eigenes Fleisch und Blut zu morden; und sie kamen noch so weit, mir zu danken und Gott zu loben.«

»Möge dieser junge Mann dasselbe tun!« sagte Angel mit Wärme. »Aber ich fürchte das Gegenteil, nach dem, was du sagst.«

»Wir wollen es gleichwohl hoffen«, erwiderte Mr. Clare. »Und ich höre nicht auf, für ihn zu beten, wenn wir uns auch auf dieser Seite des Grabes wahrscheinlich nie wieder treffen. Aber trotz allem wird vielleicht eines Tages eins meiner demütigen Worte in seinem Herzen als gute Saat aufgehen.«

Hier wie immer war Clares Vater sanguinisch wie ein Kind; und wenn auch der Jüngere seines Erzeugers engstirnige Dogmen nicht gelten lassen konnte, so verehrte er doch seine Handlungen und erkannte unter dem Frömmler den Helden. Vielleicht verehrte er in diesem Augenblick seines Vaters Handlungsweise noch tiefer als je, da er sehen mußte, wie dieser bei der Frage, Tessy zu seinem Weib zu machen, nicht ein einziges Mal daran gedacht hatte, sich zu erkundigen, ob sie gut versorgt sei oder bedürftig. Diese weltfremde Uneigennützigkeit hatte Angel eigentlich dazu genötigt, sich als Landmann sein Brot zu verdienen, und würde vermutlich seine Brüder zwingen, Zeit ihres Lebens arme Pfarrer zu bleiben; doch bewunderte sie Angel darum nicht weniger. Zweifellos fühlte Angel oftmals trotz seiner ketzerischen Ansichten, daß er seinem Vater menschlich näherstand als irgendeinem seiner Brüder.

XXVII

EIN Ritt von etlichen zwanzig Meilen hügelauf und talab durch einen grellen Mittag brachte ihn am Nachmittag zu einer freistehenden Kuppe ein oder zwei Meilen westlich von Talbothays, wo er wieder in diese grüne Mulde voll saftiger Feuchte hinabschauen konnte, in das Tal des Flusses Var. Sobald er vom Hochland zu der fetten Schwemmerde hinabzusteigen begann, wurde die Atmosphäre schwerer; die schlaffen Gerüche des Sommerobstes, des Nebels, des Heus und der Blumen vermischten sich zu einem Pfuhl von Düften, der zu dieser Stunde die Tiere, selbst die Bienen und Schmetterlinge, schläfrig zu machen schien. Clare war nun mit diesem Fleck Erde so vertraut, daß er jede einzelne Kuh beim Namen nennen konnte, als er sie in weiter Ferne über die Fluren verstreut sah. Mit einem köstlichen Gefühl erkannte er seine Fähigkeit, hier das Leben von seiner verborgenen Seite zu sehen, in einer Weise, die ihm in seinen Studententagen durchaus fremd geblieben; und sosehr er auch seine Eltern liebte, konnte er sich dem Gefühl nicht verschließen, daß die Rückkehr hierher, nachdem er soeben das Leben zu Hause mitgemacht hatte, nicht anders auf ihn wirkte, als fielen Beinschienen und Bandagen von ihm ab; selbst der einzige übliche Hemmschuh für die heitere Fröhlichkeit englischer Landgemeinden fehlte an diesem Ort, da es in Talbothays keinen ansässigen Gutsherrn gab.

Auf dem Meierhofe war kein einziges menschliches Wesen im Freien. Die Bewohner genossen alle ungefähr eine Stunde lang das übliche Nachmittagsschläfchen, das die außerordentlich frühe Tagwache während der Sommerzeit zu einer Notwendigkeit machte. Vor der Tür hingen die holzbereiften Kübel, durchweicht und gebleicht von unendlichem Scheuern, gleich

Hüten am Kleiderständer auf dem gegabelten und entrindeten Eichenast, der dort zu diesem Zwecke angebracht war; alle sauber getrocknet für das abendliche Melken. Angel trat ein und schritt durch die schweigenden Gänge des Hauses in den rückwärtigen Flügel, wo er einen Augenblick lauschend stehenblieb. Ein langgezogenes Schnarchen tönte aus dem Wagenschuppen, wo einige von den Männern sich hingelegt hatten; aus weiter Ferne drang das Grunzen und Quieken in der Hitze schmachtender Schweine herüber. Auch die großblättrigen Rhabarber- und Kohlpflanzen schliefen, und ihre breiten, welken Lappen hingen gleich halbgeschlossenen Sonnenschirmen in der Sonne.

Er zäumte sein Pferd ab und fütterte es, und als er wieder ins Haus trat, schlug die Uhr drei. Drei war die Stunde für das nachmittägliche Abrahmen; und mit dem Glockenschlag hörte Clare die Bretter des Fußbodens droben knarren, und dann das Geräusch herabsteigender Schritte auf der Treppe. Es war Tess, die im nächsten Augenblick vor seinen Blicken erschien.

Sie hatte sein Eintreten nicht gehört und ahnte wohl kaum seine Anwesenheit. Sie gähnte, und er sah das rote Innere ihres Mundes, als wär's der Mund einer Schlange. Den einen Arm hatte sie hoch über ihren aufgewickelten Haarzopf emporgestreckt, so daß er dort, wo der Sonnenbrand aufhörte, die atlaszarte Haut sehen konnte; ihr Gesicht war vom Schlaf gerötet, und ihre Lider hingen schwer über die Pupillen. Die Überfülle ihrer Natur strömte von ihr aus. Es war der Augenblick, da eines Weibes Seele stärker im Körperlichen haftet als zu irgendeiner anderen Zeit, da die geistigste Schönheit ihr fleischlich irdisches Wesen verrät und das Geschlecht in den Vordergrund tritt.

Dann blitzten diese Augen hell durch die verschleiernde Schlaftrunkenheit, bevor noch der übrige Teil ihres Gesichtes richtig erwachte. Mit einem Blick, seltsam gemischt aus Freude, Schüchternheit und Überraschung, rief sie aus:

»Oh, Mr. Clare! Wie Sie mich erschreckt haben – ich –«

Es war ihr fürs erste keine Zeit geblieben, an die veränderte Beziehung zu denken, die seine Erklärung herbeigeführt hatte; aber das volle Bewußtsein dieses Umstands drang plötzlich in

ihr Gesicht, als sie Clares zärtlichem Blick begegnete, während er auf die unterste Treppenstufe zutrat.

»Liebste, Tessy, mein Liebling!« flüsterte er, legte den Arm um sie und preßte sein Gesicht an ihre errötenden Wangen. »Um Himmels willen, sag nicht mehr Mister zu mir. Deinetwegen bin ich so schnell zurückgeeilt!«

Ihr leicht erregbares Herz pochte gegen das seine, und das war ihre Antwort. Und da standen sie auf dem roten Ziegelboden des Hausflurs; die Sonne schrägte durch das Fenster herein auf seinen Rücken, als er sie eng so an die Brust gepreßt hielt, leuchtete auf ihr geneigtes Gesicht, auf die blauen Adern ihrer Schläfe, auf den nackten Arm und den Hals und tief in ihr dichtes Haar. Da sie in ihren Kleidern gelegen hatte, war sie so warm wie eine besonnte Katze. Zuerst wollte sie nicht frei zu ihm aufschauen, bald aber hoben sich ihre Augen, und seine Blicke loteten die Tiefe der ewig wandelbaren Pupillen mit ihren schimmernden, blauen, schwarzen, grauen und violetten Fäserchen, während sie ihn betrachtete, wie Eva bei ihrem zweiten Erwachen Adam betrachtet haben mag.

»Ich muß ans Rahmen gehen«, machte sie geltend; »und ich habe heute bloß die alte Deb zu Hilfe. Mrs. Crick ist mit Mr. Crick zu Markt gefahren, und Retty fühlt sich nicht wohl, und die andern sind irgendwo draußen und werden bis zum Melken nicht zurück sein.«

Als sie sich in den Milchschuppen zurückzogen, erschien Deborah Fyander auf der Treppe.

»Ich bin zurückgekehrt, Deborah«, rief Mr. Clare hinauf. »So kann ich Tess beim Rahmen helfen; und da Sie sicherlich sehr müde sind, brauchen Sie nicht vor der Melkzeit herunterzukommen.«

Vielleicht wurde die Milch zu Talbothays an diesem Nachmittag nicht sehr gründlich abgerahmt. Tess schwebte in einem Traum, der den vertrauten Gegenständen Farbe und Schatten und Lage beließ, doch ihre besonderen Umrisse zu rauben schien. Sooft sie die Rahmkelle zum Kühlen unter die Pumpe hielt, zitterte ihre Hand, denn die Glut seiner Liebe war so fühlbar, daß Tess vor ihr zurückschrak wie eine Pflanze in allzu versengender Sonne.

Dann preßte er sie wieder an sich, und wenn ihr Zeigefinger rund um den Rand der Pfanne gestrichen hatte, um die Rahmkante abzulösen, säuberte er ihn auf natürlichem Wege; denn die ungezwungenen Sitten von Talbothays kamen ihm nun zupaß.

»Ich kann es ja auch jetzt gleich sagen, Liebste«, begann er sanft. »Ich möchte dich etwas sehr Sachliches fragen, etwas, was mir seit jenem Tag, vorige Woche draußen auf der Weide, immerfort durch den Kopf geht. Bald werde ich heiraten müssen, und da ich ein Bauer bin, siehst du, so brauche ich eine Frau, die sich in der Leitung einer Wirtschaft richtig auskennt. Willst du diese Frau sein, Tessy?« So formulierte er's, damit sie nicht glauben möge, er habe einem Impuls nachgegeben, den sein Kopf einmal mißbilligen würde.

Sie wurde ganz blaß. Sie hatte sich der unvermeidlichen Folge eines engen Beisammenseins gebeugt, dem Zwang, ihn zu lieben; aber sie hatte nicht mit dieser plötzlichen Weiterung gerechnet; und freilich platzte nun Clare damit heraus, ohne es selber so rasch zu wollen. Unter Qualen, die der Bitternis des Todes glichen, murmelte sie ihre unerläßliche und beschworene Antwort als ein ehrenhaftes Weib:

»Oh, Mr. Clare – ich kann nicht Ihre Frau werden – ich kann nicht!«

Der Klang ihrer eigenen, entscheidenden Worte schien Tess das Herz zu brechen, und gramerfüllt neigte sie ihr Gesicht.

»Aber, Tess!« sagte er verwundert über ihre Antwort und preßte sie noch heißer an sich. »Sagst du nein? Du liebst mich doch?«

»O ja, ja! Und ich würde Sie lieber heiraten als irgendeinen andern Mann auf der Welt«, entgegnete die ehrliche Stimme des gequälten Mädchens. »Aber ich *kann* Sie nicht heiraten!«

»Tess«, sagte er und hielt sie auf Armeslänge vor sich, »du bist mit einem andern verlobt!«

»Nein, nein!«

»Warum schlägst du mich dann aus?«

»Ich will nicht heiraten, ich habe nicht daran gedacht, ich kann nicht. Ich will Sie nur lieben.«

»Warum aber?«

Zu einer Ausflucht gezwungen, stammelte sie:

»Ihr Vater ist Pfarrer, und Ihre Mutter würde es nicht gern sehen, wenn Sie ein Mädel wie mich zur Frau nehmen. Sie will sicher haben, daß Sie eine Dame heiraten.«

»Unsinn – ich habe mit beiden gesprochen. Das war ja einer der Gründe, weshalb ich nach Hause ging.«

»Ich fühle, ich kann nicht – nie, nie!« wiederholte sie mechanisch.

»Kommt diese Frage zu plötzlich, mein Liebchen?«

»Ja – ich habe sie nicht erwartet.«

»Wenn du mir's nachsiehst, bitte, Tessy, – ich will dir Zeit lassen«, sagte er. »Es war sehr unvermittelt, so zurückzukommen und gleich mit allem herauszuplatzen. Ich werde jetzt eine Zeitlang nicht mehr davon sprechen.«

Von neuem nahm sie die glitzernde Schöpfkelle zur Hand, hielt sie unter die Pumpe und ging wieder an die Arbeit. Aber sie war nicht imstande, wie sonst mit der erforderlichen zarten Geschicklichkeit genau die untere Fläche der Rahmschicht zu treffen, sie konnte es anstellen, wie sie wollte; manchmal fuhr sie in die Milch hinunter, manchmal in die Luft. Kaum vermochte sie zu schauen; ihre Augen hatten sich mit zwei trübenden Tränen gefüllt, durch einen Kummer hervorgelockt, den sie ihrem besten Freund und teuersten Fürsprecher niemals erklären konnte.

»Ich kann nicht rahmen – ich kann nicht!« sagte sie, sich von ihm abwendend.

Um sie nicht länger aufzuregen und zu behindern, begann der rücksichtsvolle Clare über allgemeinere Dinge zu sprechen:

»Du mißverstehst meine Eltern völlig. Sie sind die schlichtesten Leute, die es nur gibt, und nicht im mindesten ehrgeizig. Zwei Menschen von dem spärlich gewordenen protestantischen Schlag. Tessy, bist du eine Protestantin?«

»Ich weiß es nicht.«

»Du gehst regelmäßig in die Kirche, und unser hiesiger Pfarrer ist nicht sehr bischöflich, wie man mir sagt.«

Ihre Begriffe von den Anschauungen des Kirchspielgeistlichen, den sie jede Woche predigen hörte, schienen noch unbestimmter zu sein als die Clares, der ihn überhaupt nie gehört hatte.

»Ich wollte, ich könnte meine Gedanken fester auf die Dinge richten, die ich dort höre«, bemerkte sie verallgemeinernd und unverbindlich. »Es macht mir oft große Sorgen.«

Sie sprach so aufrichtig, daß Angel in seinem Herzen überzeugt war, sein Vater könne aus religiösen Gründen nichts gegen sie einzuwenden haben, wenn sie auch nicht wußte, ob ihre Grundsätze bischöflich, puritanisch oder liberal seien. Er selbst wußte, daß ihre konfusen Glaubensanschauungen, die sie offensichtlich in der Kindheit eingesogen hatte, in Wirklichkeit, wenn von ihnen überhaupt die Rede sein konnte, dem Wortschatz nach traktätchenhaft und im Kern pantheistisch waren. Mochten sie konfus sein oder nicht; sie zu stören war das letzte, wonach er Verlangen trug.

Laß deiner Schwester, betet sie,
Den jungen Himmel, die selige Schau;
Und wirre nicht mahnend in Schatten und Grau
Ein Leben voll Wohllaut und Melodie.

Dieser Rat war ihm gelegentlich weniger ehrlich als wohlklingend erschienen; nun aber unterwarf er sich ihm mit Freuden.

Er sprach weiter über die Vorfälle während seines Besuches, über seines Vaters Lebensweise, über dessen Eifer in seinen Grundsätzen. Sie heiterte sich auf, und ihre Hand schlug nicht mehr Wellen in den Rahm; wie sie so eine Pfanne nach der andern erledigte, schritt er hinter ihr her und zog die Zapfen heraus, um die Milch abzulassen.

»Es war mir, als sähen Sie ein wenig niedergeschlagen aus, wie Sie vorhin hereinkamen«, warf sie ein, ängstlich darauf bedacht, das Gespräch von ihr selber abzulenken.

»Ja – mein Vater hat mit mir ziemlich viel über seine Sorgen und Schwierigkeiten gesprochen, und das Thema ist immer dazu angetan, mich niederzudrücken. Er ist so glaubenseifrig, daß er viele Beleidigungen und Püffe von Leuten einstecken muß, die anders denken als er, und ich höre nicht gern von solchen Demütigungen für einen Mann seines Alters, um so mehr, als ich nicht glaube, daß irgend etwas Gutes herauskommt, wenn die Hitze so weit getrieben wird. Er hat mir von einem sehr unerfreulichen Vorfall erzählt, der ihm erst vor kurzer Zeit passierte. Er ging im Auftrag irgendeiner Missionsgesellschaft in die Trantridger Gegend, vierzig Meilen von hier, um zu predigen, und machte sich's zur Aufgabe, einen jungen Galgenstrick abzukanzeln, den er dort irgendwo traf; er ist der Sohn eines Gutsbesitzers aus der Nachbarschaft und hat eine erblindete Mutter. Mein Vater wandte sich unverblümt von der Kanzel herunter an den Gentleman, und es gab einen richtigen Krakeel. Ich muß sagen, es war sehr töricht von meinem Vater, einem Fremden seine Belehrungen aufzudrängen, wenn es so auf der Hand lag, daß sie nichts nützen würden. Aber was er für seine Pflicht hält, das führt er durch, ob's am Platze ist oder nicht; und natürlich macht er sich viele Feinde, nicht nur unter den hartgesottenen Sündern, sondern auch unter den bequemen Faulpelzen, die es hassen, aufgestört zu werden. Er behauptet, er freue sich über das Geschehene, und Gutes könne man auch indirekt tun; aber es wäre mir lieber, er würde sich nicht so verbrauchen, jetzt, da er alt wird, und würde es derlei Schweinen überlassen, sich im Schmutz zu sielen.«

Ihr Blick war hart geworden und stumpf, und ihr reifer Mund bekam einen leidvollen Zug; aber sie zeigte keine Bangigkeit mehr. Clares lebhafte Erinnerungen an seinen Vater verhinderten ihn, schärfer auf sie zu achten; und so schritten sie weiter die weiße Reihe flüssiger Rechtecke entlang, bis sie fertig waren und alle Gefäße entleert hatten. Dann kehrten die anderen Mägde heim und griffen nach ihren Kübeln, und Deb kam, um die Pfannen für die frische Milch auszubrühen. Als Tess sich entfernen wollte, um auf die Weide hinaus zu den Kühen zu gehen, sagte er zärtlich zu ihr:

»Und meine Frage, Tessy?«

»O nein – nein!« erwiderte sie mit ernster Festigkeit, wie ein Mensch, der eben die Stürme seiner Vergangenheit erneut gefühlt hat. »Es kann nicht sein!«

Sie schritt hinaus, der Weide zu, und gesellte sich mit einem leichten Sprung zu den anderen Milchmägden, als versuche sie, ihre traurige Beklemmung von der freien Luft verscheuchen zu lassen. Alle die Mädchen zogen nach der Stelle, wo die Kühe auf den entfernteren Wiesen grasten, und die Schar schritt mit der kühnen Anmut wilder Tiere dahin – mit den unbekümmerten, ungezügelten Bewegungen von Frauen, die an schrankenlose Weiten gewöhnt sind, so daß sie sich der wehenden Luft hingaben wie ein Schwimmer den Wellen. Nun, da er Tess wieder vor Augen hatte, schien es Clare ganz selbstverständlich, daß er in ungezwungener Natur die Gefährtin wähle und nicht an den Stätten der Künstlichkeit.

XXVIII

IHRE so gänzlich unerwartete Weigerung entmutigte Clare nicht für die Dauer. Er besaß genug Erfahrung mit Frauen, um zu wissen, daß ein Nein oft nicht mehr bedeute als die Vorrede zu einem Ja; und leicht konnte ihm entgehen, daß in der Art dieses besonderen Nein ein großer Unterschied gegenüber dem Getändel der Zimperlichkeit lag. Daß sie ihm bereits erlaubt hatte, sich ihr zu nähern, galt ihm als weitere Bestärkung, denn er glaubte nicht recht, daß man auf den Feldern und Weiden etwas für ›vergebliches Seufzen‹ übrig hätte, wird doch das Liebesspiel hier weit öfter unbedacht und um seiner eigenen Süße willen hingenommen als in den berechnenden und beflissenen Heimen des Ehrgeizes, wo eines Mädchens Streben nach Versorgung den gesunden Gedanken lähmt, daß eine Leidenschaft um ihrer selbst willen bejaht werden könne.

»Tess, warum sagtest du so entschieden nein?« fragte er sie nach Verlauf einiger Tage.

Sie fuhr zusammen.

»Fragen Sie mich nicht. Ich sagte es Ihnen – zum Teil. Ich bin nicht gut genug – bin's nicht wert.«

»Wie? Nicht feine Dame genug?«

»Ja – so ähnlich«, murmelte sie. »Ihre Verwandten würden mich über die Achsel ansehn.«

»Wirklich, du mißverstehst sie – meinen Vater und meine Mutter; um meine Brüder scher ich mich nicht –.« Er verschlang seine Finger hinter ihrem Rücken, damit sie ihm nicht entschlüpfte. »Nein – das war nicht dein Ernst, Liebste? Sicherlich nicht! Du hast mich so unruhig gemacht, daß ich nicht lesen kann, nicht spielen – nichts. Ich hab's nicht eilig, Tess, aber ich will es wissen – will es hören von deinen eigenen warmen Lippen, daß du eines Tages mein sein wirst – wann immer du es für richtig hältst, aber eines Tages doch!«

Sie konnte nur den Kopf schütteln und von ihm wegschauen.

Clare betrachtete sie aufmerksam, studierte die Züge ihres Gesichts wie Hieroglyphen. Das Nein schien echt zu sein.

»Dann sollte ich dich nicht so umarmen – nicht wahr? Ich habe kein Recht auf dich – kein Recht, dir nachzuspüren oder mit dir spazierenzugehn! Ehrlich, Tess, liebst du irgendeinen anderen Mann?«

»Wie können Sie fragen?« sagte sie, immer noch beherrscht.

»Ich weiß gewiß, daß du keinen andern liebst. Warum aber stößt du mich dann zurück?«

»Ich stoße Sie nicht zurück. Ich höre es gern – wenn Sie mir sagen, daß Sie mich lieben; und Sie dürfen mir's immer sagen, sooft Sie mit mir zusammen sind – und werden mich nie böse machen.«

»Aber du willst mich nicht zum Mann nehmen?«

»Ah – das ist etwas anderes – es ist zu Ihrem Besten, wirklich, mein Liebster! Oh, glauben Sie mir, es ist nur um Ihretwillen! Ich will mir nicht das große Glück gewähren und Ihnen versprechen, die Ihre zu werden, weil – weil ich ganz sicher weiß, daß ich es nicht *darf.*«

»Aber du wirst mich glücklich machen!«

»Ach – das glauben Sie, aber Sie wissen es nicht.«

In solchen Augenblicken, da er befürchtete, der Grund ihrer Weigerung sei das Gefühl der Unzulänglichkeit, das Gefühl, sie tauge nicht für einen Mann wie er, fing er an, ihr zu sagen, daß sie wunderbar gebildet sei und von vielseitiger Gewandtheit – was sicherlich richtig war; denn ihre natürliche schnelle Auffassungsgabe und ihre Bewunderung für ihn hatten sie dazu geführt, sich in überraschendem Ausmaß seinen Wortschatz, seinen Tonfall und Bruchstücke seines Wissens anzueignen. Nach solchen zärtlichen Kämpfen und ihrem Siege ging sie, wenn Melkzeit war, ganz allein fort zu der entferntesten Kuh oder zog sich, wenn Ruhepause war, ans schilfige Flußufer oder auf ihr Zimmer zurück und grämte sich schweigend – kaum eine Minute nach ihrem scheinbar gleichgültigen Nein.

Das Ringen war so furchtbar, ihr eigenes Herz hielt so fest zu dem seinen – zwei brennende Herzen gegen ein armes kleines Gewissen –, daß sie ihren Entschluß durch alle Mittel zu festigen trachtete, die in ihrer Macht standen. Sie war mit klaren Vorsätzen nach Talbothays gekommen. Auf keinen Fall konnte sie in einen Schritt willigen, der vielleicht ihren Gatten später einmal bitter seine Blindheit bereuen ließ. Und was ihr Gewissen beschlossen hatte, als ihr Geist noch unparteiisch war, das, glaubte sie, dürfe jetzt nicht umgestoßen werden.

»Warum erzählt ihm nicht irgendwer die ganze Geschichte, alles?« sagte sie. »Es sind ja nur vierzig Meilen – warum ist es nicht bis hierher gedrungen? Irgend jemand muß es wissen!«

Doch niemand schien es zu wissen; niemand erzählte es ihm.

Zwei oder drei Tage fiel kein Wort zwischen ihnen. Nach den traurigen Mienen ihrer Zimmergefährtinnen vermutete sie, daß diese in ihr nicht nur die Favoritin, sondern die Erwählte sahen; aber sie konnten ja selber bemerken, daß sie sich nicht in seine Nähe drängte.

Tess hatte noch nie eine Zeit erlebt, da der Faden ihres Lebens so deutlich aus zwei Strähnen geflochten war: restlose Freude und restloser Schmerz. Beim nächsten Käsen blieb das Paar wieder allein. Der Meier selbst hatte mitgeholfen; aber Mr. Crick, ebenso wie sein Weib, schien seit kurzem ein wechselseitiges Interesse zwischen den zwei Leuten zu argwöhnen, wenn diese sich auch mit solcher Vorsichtigkeit bewegten, daß der Verdacht ein bloßer Schatten blieb. Immerhin ließ sie der Meier allein.

Sie zerbröckelten die Quarkklumpen, bevor sie sie in die Kufen preßten. Der ganze Vorgang sah aus, als würde in großem Maßstab Brot zerkrümelt; und inmitten der makellosen Weiße des Quarks schimmerten Tess Durbeyfields Hände rötlichblaß wie eine Rose. Angel, der mit vollen Händen die Kufen füllte, hielt plötzlich inne und legte seine Hände flach auf die ihren. Ihre Ärmel waren bis weit über die Ellbogen aufgekrempelt, und sich niederbeugend küßte er die Pulsader ihres zarten Armes.

Obgleich das Wetter in diesen ersten Septembertagen immer noch schwül blieb, war ihr Arm durch das Kneten im Quark so kalt und feucht an seinem Munde wie ein frischgepflückter Pilz und schmeckte nach der Molke. Doch war sie solch ein Spielball jeder Erregung, daß die Berührung ihren Puls beschleunigte, ihr Blut bis in die Fingerspitzen jagte und die kühlen Arme mit heißer Röte überzog. Dann, als hätte ihr Herz gesagt: ›Was soll die Ziererei? – Wahrheit ist Wahrheit zwischen Mann und Weib wie zwischen Mann und Mann‹, hob sie den Blick strahlend und liebevoll in seine Augen, während ihre Lippen sich zu einem zärtlichen halben Lächeln schürzten.

»Weißt du, warum ich das tue, Tess?« sagte er.

»Weil Sie mich sehr lieben!«

»Ja, und als Einleitung zu neuerlichen Bitten.«

»Nicht schon wieder!«

Ihre Miene verriet plötzliche Furcht, daß ihr Widerstand unter ihrer eigenen Sehnsucht zusammenbrechen könnte.

»O Tessy!« fuhr er fort, »ich *kann* mir nicht erklären, warum du mich so quälst. Warum enttäuschst du so meine Hoffnungen? Du gleichst fast einer Kokette, bei Gott, – einer Großstadtkokette von reinstem Wasser! Heute heiß und morgen kalt, gerade wie du; und das ist wirklich das allerletzte, was man in einem Winkel wie Talbothays zu finden erwartet . . . Und doch, Liebste«, fügte er rasch hinzu, als er gewahrte, wie die Bemerkung sie verletzt hatte, »und doch weiß ich, daß du das ehrlichste, untadeligste Geschöpf bist, das jemals gelebt hat. Wie kann ich dir also einen Flirt zutrauen? Tess, wenn du mich liebst – und es scheint so –: warum ist dir dann der Gedanke zuwider, mein Weib zu werden?«

»Ich habe nie gesagt, daß mir der Gedanke zuwider ist, und ich könnte es nie sagen, weil – es nicht wahr ist!«

Unerträglich wurde die Spannung, ihre Lippen bebten, und sie mußte fortgehen. Clare war so gequält und bestürzt, daß er ihr nachlief und sie im Gang erhaschte.

»Sag mir, sag mir«, rief er, sie leidenschaftlich umklammernd, und vergaß seine quarkbeschmierten Hände, »sag mir, daß du keinem außer mir gehören wirst!«

»Ich *will,* ich *will* es Ihnen sagen!« rief sie aus. »Und ich will Ihnen restlos Antwort geben, wenn Sie mich jetzt loslassen. Ich will Ihnen meine Erlebnisse erzählen – alles über mich – alles!«

»Deine Erlebnisse, Liebchen? Ja, gewiß; soviel ihrer sind.« Mit liebevollem Spott stimmte er zu und schaute ihr ins Gesicht. »Meine Tess hat zweifellos fast ebensoviel erlebt wie diese wilde Winde da draußen an der Gartenhecke, die heute morgen zum erstenmal ihre Blüten öffnet. Erzähl mir, was du willst, aber laß diesen unglückseligen Ausdruck sein – sprich nicht mehr davon, daß du meiner nicht wert bist.«

»Ich will es versuchen! Und morgen gebe ich Ihnen meine Gründe – nächste Woche.«

»Sag am Sonntag.«

»Ja, am Sonntag.«

Schließlich machte sie sich los und hielt nicht inne in ihrer Flucht, bis sie das Dickicht gekappter Weiden am tieferen Rande des Viehhofs erreichte, wo kein Auge sie erspähen konnte. Hier warf sich Tess auf das raschelnde, dicht verwachsene Straußgras wie auf ein Bett und blieb zusammengekauert in zitterndem Jammer liegen, ab und an, einen Augenblick lang, von plötzlicher Freude durchzuckt, die ihre Ängste um die Zukunft nicht völlig unterdrücken konnten.

Willenlos trieb sie immer näher der Ergebung zu. Jede Welle ihres Atems, jede Wallung ihres Blutes, jeder Pulsschlag, der in ihre Ohren tickte, war eine Stimme, die sich mit der Natur zum Aufruhr gegen ihre ängstliche Bedenklichkeit verbündete. Kühn, leichtsinnig seine Hand ergreifen, am Altar mit ihm sich vereinigen, nichts enthüllen und die Entdeckung riskieren, die reife Freude erraffen, bevor die eisernen Zähne des Schmerzes noch Zeit fanden, sich über ihr zu schließen: Das war es, was die Liebe riet. Und mit fast schrecklichem Entzücken ahnte Tess, daß trotz der vielen Monate einsamer Selbstkasteiung, trotz all des Ringens und Grübelns, trotz all der Pläne, in Zukunft ein Leben strenger Abgeschiedenheit zu führen – daß der Rat der Liebe siegen würde.

Der Nachmittag rückte vor, und immer noch lag Tess zwischen den Weiden. Sie hörte, wie die Eimer rasselnd von den gabeligen Rechen herabgeholt wurden, hörte das Muhen, das das Zusammentreiben der Kühe begleitete. Aber sie ging nicht zum Melken. Man würde ihre Erregung merken; und Crick, in der Meinung, nur die Liebe sei daran schuld, würde sie gutmütig hänseln. Diese Pein ließ sich nicht ertragen.

Ihr Geliebter hatte wohl ihren überreizten Zustand erraten und irgendeine Entschuldigung für ihr Fernbleiben erfunden, denn niemand forschte oder rief nach ihr. Um halb sieben senkte sich die Sonne auf den Horizont hinab, sah aus wie eine große Feueresse im Himmel, und bald darauf stieg auf der anderen Seite ein ungeheurer, kürbisartiger Mond empor. Die gekröpften Weiden, durch unablässiges Stutzen ihrer natürlichen Gestalt beraubt, wurden zu stachelborstigen Ungeheuern, als ihre Umrisse sich von seiner Scheibe abhoben. Tess trat ins Haus und ging ohne Licht die Treppe hinauf.

Es war nun Mittwoch. Der Donnerstag kam, und Angel betrachtete sie gedankenvoll von weitem; aber er drängte sich ihr in keiner Weise auf. Die Milchmägde vom Haus, Marian und die übrigen schienen zu erraten, daß irgend etwas Entscheidendes im Anzug war; denn des Abends im Schlafzimmer nötigten sie ihr keinerlei Bemerkungen ab. Der Freitag verging; der Samstag. Morgen war der Tag.

»Ich werde nachgeben – ich werde ja sagen – ich werde mich von ihm heiraten lassen – ich kann nicht anders!« keuchte sie eifersüchtig in dieser Nacht, das heiße Gesicht in die Kissen vergrabend, als sie eines der Mädchen *seinen* Namen im Schlafe seufzen hörte. »Ich kann es nicht ertragen, ihn einer andern zu überlassen! Und doch ist es ein Unrecht an ihm und wird noch sein Tod sein, wenn er alles erfährt! O mein Herz – oh – oh – oh!«

XXIX

»NU, was glaubt ihr wohl, von wem ich heut morgen was Neues gehört habe?« sagte am nächsten Tag Meier Crick, als er sich zum Frühstück setzte, und warf einen rätselvollen Blick auf die kauenden Männer und Mägde. »Nun, was glaubt ihr wohl gleich?«

Der eine riet das und der andere jenes. Mrs. Crick riet gar nicht, weil sie bereits alles wußte.

»Na«, sagte der Meier, »'s ist dieser schiefgewickelte Liederjan, Jack Dollop. Er hat neulich 'ne Witwe geheiratet.«

»Was, Jack Dollop? Der Lump – denk einer bloß!« sagte ein Melker.

Tess besann sich rasch auf diesen Namen, denn es war jener Liebhaber, der seinen Schatz schlecht behandelt hatte und dem hierauf von der Mutter des jungen Mädchens in der Buttermühle so übel mitgespielt wurde.

»Und hat er die Tochter der tapferen Matrone geheiratet, wie er es versprach?« fragte Angel Clare zerstreut und schaute von der Zeitung auf; er saß lesend an dem kleinen Tisch, an den ihn Mrs. Crick, weil er ihr so vornehm vorkam, stets verbannte.

»Fiel ihm nicht ein, Sir. Hatte nie die Absicht«, erwiderte der Meier. »Wie ich sagte, ist's 'ne Witwe, und sie hatte, scheint's, Geld – fünfzig Pfund jährlich oder so was; und das war alles, worauf er's abgesehen hatte. Sie wurden Hals über Kopf getraut; und dann sagte sie ihm, daß sie durch die Heirat ihre fünfzig Pfund pro Jahr verloren hätte. Stellt euch bloß vor, wie unserm Gentleman bei dieser Neuigkeit zumute war! So ein Hund-und-Katz-Leben, wie die seither führen, hat's noch nie gegeben! Geschieht ihm recht. Aber zum Unglück kriegt dabei das arme Weib das meiste ab.«

»Nun, die dumme Person hätte ihm früher sagen sollen, daß ihn der Geist ihres ersten Mannes heimsuchen würde«, bemerkte Mrs. Crick.

»Ja, ja«, erwiderte der Meier nicht ganz sicher. »Aber man kann akkurat sehen, wie's zuging. Sie sehnte sich nach einem Heim und wollt's nicht riskieren, daß er ihr auskniff. Glaubt ihr nicht, Mädels, daß es so was Ähnliches war?«

Er blickte zu den Mädchen hinüber.

»Sie hätt's ihm im letzten Augenblick sagen sollen, bevor sie zur Kirche gingen, als er kaum mehr auskneifen konnte«, rief Marian aus.

»Ja, das hätte sie tun sollen«, stimmte Izz zu.

»Sie muß gemerkt haben, worauf er aus war, und hätte ihn abweisen sollen«, rief Retty krampfhaft.

»Und was sagen Sie, mein Liebchen?« fragte er Tess.

»Ich glaube, sie hätte ihm – sagen sollen, wie die Dinge in Wirklichkeit standen – oder ihn abweisen – ich weiß es nicht«, erwiderte Tess, und das Butterbrot blieb ihr im Halse stecken.

»Will verdammt sein, wenn ich so was täte«, sagte Beck Nibbs, eine verheiratete Hilfsmagd aus einer der Hütten. »In der Liebe ist alles erlaubt. Ich würde ihn just so heiraten, wie *sie's* gemacht hat, und wenn er mir nur ein einziges Wörtchen darüber sagen wollte, daß ich ihm nicht zuvor von meinem ersten Mann was erzählte, wozu ich keine Lust hatte, mag's sein, was es will, so würde ich ihn mit dem Nudelwalker übern Kopf hauen – so 'nen dürren, schlappen Kerl! Jede Frau brächt's zustande.«

Das Gelächter, das auf diesen Ausbruch folgte, wurde von Tess, nur der Form halber, mit einem traurigen Lächeln begleitet. Was *ihnen* als Komödie erschien, war für *sie* eine Tragödie; und sie konnte ihre Heiterkeit kaum ertragen. Früh stand sie vom Tisch auf, und mit dem Gefühl, daß Clare ihr folgen würde, schritt sie einen kleinen gewundenen Pfad entlang über die Riesenkanäle hinweg, bis sie an der Hauptader des Var stand. Weiter droben am Flusse hatten Knechte die Wasserpflanzen abgesichelt, und ganze Klumpen schwammen an ihr vorüber – flößende Inseln von grünem Hahnenfuß, die sie fast hätten tragen können; lange Strähnen dieses Unkrauts klebten an den Pflökken, die hier eingerammt waren, um die Kühe am Überqueren des Flusses zu hindern.

Ja, das war das Elend. Die Frage, ob eine Frau ihre Geschichte erzählen sollte – das schwerste Kreuz für sie selber –, schien anderen nur ein lustiger Zeitvertreib. Es war, als lachten die Leute über ein Martyrium.

»Tessy!« ertönte es hinter ihr; Clare sprang über das Rinnsal und landete dicht neben ihren Füßen. »Mein Weib – bald – darf ich es sagen?«

»Nein, nein; ich kann nicht! Um Ihretwillen! Oh, Mr. Clare; um Ihretwillen sage ich nein!«

»Tess!«

»Immer noch sage ich nein!« wiederholte sie.

Da Angel dies nicht erwartete, hatte er gleich nach seinen er-

sten Worten den Arm leicht um ihre Hüften gelegt, unter ihren herabhängenden Zopf. (Die jüngeren Mägde, einschließlich Tess, frühstückten am Sonntagmorgen mit losem Haar, bevor sie es für den Kirchgang besonders hoch aufsteckten; denn beim Melken, wenn sie den Kopf gegen die Flanke der Kuh preßten, konnten sie diese Frisur nicht brauchen.) Hätte sie ja gesagt statt nein, so würde er sie geküßt haben, es war offensichtlich seine Absicht gewesen. Aber ihre entschlossene Ablehnung scheuchte sein zart bedenkliches Herz zurück. Die häusliche Kameradschaft brachte sie, das Weib, durch ihr erzwungenes Zusammensein in eine so nachteilige Lage, daß er es als unschön empfand, ihr Liebkosungen aufzudrängen; hätte sie mehr Möglichkeiten gehabt, ihm aus dem Wege zu gehen, so hätte er's in Ehren versuchen dürfen. Er löste seinen Arm von ihren Hüften und versagte sich den Kuß.

Damit entschied er alles. Was ihr Kraft gegeben hatte, ihn diesmal zurückzuweisen, war allein die Geschichte von der Witwe gewesen, die der Meier erzählte; und dies wäre im nächsten Augenblick zusammengebrochen. Aber Angel sagte kein Wort mehr; sein Gesicht war bestürzt. Er ging fort.

Tag für Tag trafen sie einander – etwas weniger regelmäßig als früher; und so verstrichen zwei oder drei Wochen. Das Ende des Septembers rückte näher, und sie konnte in seinen Augen sehen, daß er sie noch einmal fragen würde.

Sein Plan war jetzt ein anderer – als habe er die feste Überzeugung gewonnen, daß ihre abschlägigen Antworten trotz allem nur der Ziererei entsprängen und ihrer Jugend, die vor der Neuheit des Antrags erschrak. Ihr launisches, ausweichendes Benehmen, sooft das Thema zur Sprache kam, bestärkte ihn in diesem Gedanken. So spielte er ein schmeichlerisch lockendes Spiel; und während er nie mehr über Worte hinausging oder den Versuch machte, die Zärtlichkeiten zu erneuern, tat seine Zunge ihr Äußerstes.

So warb Clare beharrlich um sie, in leisen Tönen gleich dem Purren der Milch – neben der Kuh, beim Rahmen, beim Buttern, beim Käsen, unter brütigen Hennen und sielenden Schweinen –, wie noch nie eine Milchmagd von solch einem Manne umworben wurde.

Tess wußte, daß sie zusammenbrechen mußte. Weder ihr religiöses Gefühl, das in der früheren Verbindung eine gewisse moralische Endgültigkeit sah, noch der gewissenhafte Wunsch nach Aufrichtigkeit konnte sich länger dagegen behaupten. Sie liebte ihn so leidenschaftlich, und ihren Augen erschien er so gottähnlich! Und da sie zwar ungebildet war, aber verfeinerte Instinkte besaß, sehnte sich ihre Natur nach seiner schützenden Führung. Und so – wenn auch Tess immer wieder für sich wiederholte: »Nie kann ich sein Weib sein« – blieben ihre Worte vergeblich. Es war schon ein Beweis für ihre Schwäche, daß sie aussprach, was ruhige Stärke sich nicht erst zu formulieren bemüht hätte. Jeder Ton seiner Stimme, der dem alten Thema galt, durchbebte sie in erschreckendem Entzücken, und sie sehnte sich nach dem Wort, das sie so sehr fürchtete.

Sein Verhalten – wie konnte es bei einem begehrenden Manne anders sein? – war so sehr das eines Menschen, der sie lieben und auf Händen tragen und unter jeder Bedingung, in allen Wechselfällen des Lebens, gegen alle Beschuldigungen oder Enthüllungen verteidigen würde, daß ihre Schwermut nachließ, je mehr sie in diesem Gefühl sich sonnte. Inzwischen rückte die Jahreszeit auf die Tag- und Nachtgleiche zu, und obwohl das Wetter immer noch schön war, wurden die Tage sehr viel kürzer. Schon seit längerer Zeit arbeitete die Meierei in der Frühe wieder bei Kerzenlicht; und eines Morgens zwischen drei und vier erneuerte Clare seine flehentlichen Bitten.

Sie war im Nachthemd an seine Tür hinaufgelaufen, um ihn wie gewöhnlich zu rufen; war dann zurückgegangen, um sich anzukleiden und die andern zu wecken; und zehn Minuten später schritt sie mit der Kerze in der Hand zur Treppe. Im selben Augenblick kam er in Hemdsärmeln über die Leiter von oben herab und versperrte mit seinem Arm die Stiege.

»Nun, Fräulein Flirt, bevor Sie hinuntergehn«, sagte er entschlossen, »es ist vierzehn Tage her, daß ich gesprochen habe, und so geht es nicht mehr weiter. Du *mußt* mir sagen, was du meinst, oder ich muß dieses Haus verlassen. Meine Tür stand eben halb offen, und ich sah dich. Deiner eigenen Sicherheit wegen muß ich gehn. Du weißt es nicht. Nun? Soll's endlich ein Ja sein?«

»Ich bin gerade erst aufgestanden, Mr. Clare, und es ist noch zu früh, mich zur Rede zu stellen!« schmollte sie. »Sie brauchen mich nicht Fräulein Flirt zu nennen. Das ist grausam und unwahr. Warten Sie bis später! Bitte, warten Sie bis später! Ich will mir's wirklich bis dahin ganz ernst überlegen. Lassen Sie mich hinuntergehn!«

Sie sah ein bißchen so aus, wie er sie genannt hatte, als sie nun, die Kerze zur Seite haltend, den Ernst seiner Worte fortzulächeln versuchte.

»Nenn mich Angel, und nicht Mr. Clare.«

»Angel.«

»Warum nicht *liebster* Angel?«

»Das würde heißen, daß ich einwillige, nicht wahr?«

»Es würde nur heißen, daß du mich liebst, selbst wenn du mich nicht heiraten kannst; und du warst so gut, dies schon längst zuzugeben.«

»Gut denn, *liebster* Angel, wenn es sein muß«, murmelte sie, auf ihre Kerze schauend, und schelmisch kräuselte sich ihr Mund, trotz ihrer ängstlichen Unschlüssigkeit.

Clare hatte sich vorgenommen, sie nie mehr zu küssen, bevor er nicht ihr Versprechen erlangt hatte; aber als Tess nun dastand in ihrem ziemlich geschürzten Melkkleid, das Haar nachlässig auf den Kopf gebauscht, bis nach dem Rahmen und Melken Muße sein würde, es zu frisieren – da wurde er seinem Entschluß untreu und berührte einen Augenblick lang ihre Wangen mit seinen Lippen. Sie lief rasch die Treppe hinunter, ohne sich ein einziges Mal nach ihm umzuschauen oder ein Wort zu sagen. Die andern Mägde waren bereits unten, und das Thema wurde nicht weiter berührt. Außer Marian betrachteten sie alle das Paar mit sinnenden und argwöhnischen Blicken – im trüben, gelben Schimmer der Morgenkerzen, der mit den ersten frostigen Signalen der Dämmerung vor den Fenstern kontrastierte.

Nach dem Abrahmen – da die Milch mit dem Nahen des Herbstes weniger wurde, verkürzte sich diese Prozedur von Tag zu Tag – gingen Retty und die übrigen hinaus. Die Liebenden folgten ihnen.

»Unser angstvolles Leben ist so verschieden von dem Leben

dieser Mädchen, nicht wahr?« bemerkte er nachdenklich zu Tess, während er die drei Gestalten betrachtete, die vor ihm durch die kalte Blässe des anbrechenden Tages trippelten.

»Nicht so sehr verschieden, glaub ich«, erwiderte sie.

»Warum glaubst du das?«

»Es gibt nur sehr wenig Frauen, deren Leben nicht – angstvoll ist«, erwiderte Tess und dehnte zögernd das ungewohnte Wort, als mache es Eindruck auf sie. »In diesen drei Mädchen steckt mehr, als Sie denken.«

»Was steckt in ihnen?«

»Fast jede«, begann sie, »würde – würde vielleicht – eine bessere Frau für Sie sein als ich. Und sie lieben Sie vielleicht ebensosehr wie ich – *fast* so sehr.«

»O Tessy!«

Man konnte sehen, daß es ihr köstlichen Trost bereitete, diesen ungeduldigen Ausruf zu vernehmen, obgleich sie sich so unerschrocken dazu entschlossen hatte, die Großmut noch einmal gegen sich selber auszuspielen. Das war nun geschehen, und sie hatte jetzt nicht die Kraft, einen zweiten Versuch zu machen und sich zu opfern. Ein Melker aus einer der Hütten gesellte sich zu ihnen, und kein Wort mehr fiel über das, was die beiden so tief beschäftigte. Aber Tess wußte, daß dieser Tag die Entscheidung bringen würde.

Am Nachmittag gingen mehrere von des Meiers Hausgenossen und Hilfsarbeitern wie gewöhnlich auf die Weide hinunter, ein gutes Stück Weges von der Meierei, wo viele von den Kühen gemolken wurden, ohne daß man sie nach Hause trieb. Der Ertrag verringerte sich mit der zunehmenden Trächtigkeit der Tiere, und die überzähligen Melker aus der üppig grünenden Jahreszeit waren entlassen worden.

Die Arbeit ging gemächlich vor sich. Jeder volle Eimer wurde in hohe Kannen geschüttet, die auf einem großen Frachtwagen standen; sobald die Kühe ausgemolken waren, trotteten sie davon.

Meier Crick, der gleichfalls hier war und dessen Schürze wundersam weiß gegen den bleiernen Abendhimmel leuchtete, schaute plötzlich auf seine gewichtige Taschenuhr.

»Na, 's ist später, als ich dachte«, sagte er. »Donnerwetter!

Wir kommen nicht früh genug mit der Milch zur Station, wenn wir uns nicht sputen. 's bleibt keine Zeit heute, sie nach Hause zu schaffen und vor dem Wegschicken mit der andern zu mischen. Sie muß direkt von hier zum Bahnhof. Wer fährt sie hinüber?«

Mr. Clare meldete sich freiwillig, obgleich dies nicht zu seinen Pflichten gehörte, und bat Tess, ihn zu begleiten. Der Abend, wenn auch die Sonne fehlte, war für die Jahreszeit warm gewesen und feucht, und Tess hatte nichts weiter an als ihre Melkschürze; mit bloßen Armen und ohne Jacke war sie ins Freie gekommen, sicherlich nicht für eine Wagenfahrt gekleidet. Sie antwortete daher durch einen Blick auf ihren dürftigen Anzug; aber Clare drängte sie sanft. Sie willigte ein, indem sie Eimer und Schemel dem Meier zum Nachhauseschaffen übergab, und stieg neben Clare auf den Wagen.

XXX

Im schwindenden Tageslicht fuhren sie die ebene Straße entlang durch die Wiesen, die sich meilenweit in graue Fernen erstreckten und am äußersten Rande an die dunklen, jähen Hänge der Egdoner Heide stießen. Auf der Höhe standen dichte Gruppen und Streifen von Föhren, deren zackige Wipfel Turmzinnen glichen, schwarzfrontige Zauberschlösser krönend.

Das Gefühl, so nahe beieinander zu sein, fesselte ihre Gedanken, und eine ganze Weile lang sprachen sie kein Wort; nur das Glucksen der Milch in den hohen Kannen hinter ihnen unterbrach das Schweigen. Die Straße, der sie folgten, lag so einsam, daß die Haselnüsse an den Zweigen verblieben, bis sie aus ihren Schalen glitten, und Brombeeren hingen in schweren Büscheln. Ab und zu schlang Angel die Peitschenschnur um eines dieser Büsche, riß es los und reichte es seiner Gefährtin.

Der trübe Himmel begann bald seine Absicht zu verkünden und schickte große Regentropfen als Boten herab, und die regungslos stickige Luft des Tages wich einer stoßweisen Brise, die um ihre Gesichter spielte. Die quecksilbrige Glasur auf den Bächen und Tümpeln verschwand; aus klaren Spiegeln wandelten sie sich zu glanzlosen bleiernen Flächen, rauh wie eine Raspel. Doch dieses Schauspiel betrübte Tess in ihrer Versunkenheit nicht. Die natürliche, gesunde Farbe ihres Gesichtes, leicht gebräunt von der Jahreszeit, vertiefte sich auf den Wangen unter den peitschenden Regentropfen, und eine Strähne ihres Haars, die wie gewöhnlich die scheuernde Flanke der Kuh von ihrem Halt gelöst hatte, baumelte unter dem Schleier ihrer Kattunhaube hervor; der Regen begann die Haare kaltfeucht und klebrig zu machen, bis sie kaum viel besser aussahen als Seegras.

»Ich hätte wohl nicht mitkommen sollen«, murmelte sie, den Himmel betrachtend.

»Es tut mir leid, daß es regnet«, sagte er. »Aber wie froh bin ich, daß ich dich hier habe!«

Die fernen Hänge von Egdon verschwanden allmählich hinter dem feuchten Flor. Der Abend wurde dunkler, und da viele Gatterzäune die Straßen überquerten, wäre es gefährlich gewesen, schneller als im Schritt zu fahren. Die Luft war ziemlich frostig.

»Ich habe solche Angst, daß du dich verkühlen wirst, mit deinen bloßen Armen und Schultern«, sagte er. »Schmieg dich eng an mich, vielleicht kann dir dann der Sprühregen nicht so viel anhaben. Es täte mir ja noch weit mehr leid, wenn ich nicht hoffte, daß der Regen mir am Ende noch hilft.«

Sie rückte unmerklich näher, und er umhüllte sie beide mit einem großen Stück Segeltuch, das bisweilen benützt wurde, um die Milchkannen vor der Sonne zu schützen. Tess hielt es fest, damit es nicht abgleite, da Clares Hände beschäftigt waren.

»Nun sind wir wieder in Ordnung. Ah – nein, noch nicht! Es rinnt mir ein wenig in den Nacken und sicher bei dir noch mehr. So ist's besser. Deine Arme sind wie nasser Marmor, Tess. Wisch sie an dem Tuch ab. Nun, wenn du dich ruhig verhältst, wirst du keinen einzigen Tropfen mehr abbekommen. Nun Liebste – wie ist es mit meiner Frage – mit dieser ewig offenen Frage?«

Ein Weilchen lang war keine andere Antwort zu hören als das Klatschen der Pferdehufe auf der feuchten Straße und das Klikkern der Milch in den Kannen hinter dem Bock.

»Erinnerst du dich, was du sagtest?«

»Ja«, erwiderte sie.

»Denk daran, bevor wir nach Hause kommen.«

»Ich will's versuchen.«

Er sagte nichts mehr. Als sie dahinfuhren, tauchten gegen den Himmel die Reste eines alten Schlosses aus der Zeit Karolinens empor, glitten stetig vorüber und blieben zurück.

»Das«, bemerkte er, um sie zu unterhalten, »ist eine interessante Stelle – einer von den vielen Herrensitzen einer alten normannischen Familie, die früher einmal in dieser Grafschaft großen Einfluß besaß, der d'Urbervilles. Nie komme ich an einer ihrer Besitzungen vorbei, ohne an sie zu denken. Es liegt etwas sehr Trauriges in dem Erlöschen einer berühmten Familie, selbst wenn ihr Ruhm ein grausamer tyrannischer Feudalruhm war.«

»Ja«, sagte Tess.

Sie näherten sich in schleichendem Tempo einem Fleck in der finsteren Weite vor ihnen, wo ein mattes Licht sich bemerkbar zu machen begann und wo bei Tage in kurzen Abständen ruckende weiße Dampffahnen auf dem dunkelgrünen Hintergrund für Augenblicke einen Kontakt zwischen ihrer abgeschlossenen Welt und der neuen Zeit verkündeten. Drei- oder viermal des Tages streckte das moderne Leben seine Dampffühler bis zu diesem Punkte aus, berührte das Dasein des Tales und zog rasch wieder seine Fühler zurück, als sei ihm, was es berührt hatte, unsympathisch.

Sie erreichten das matte Licht, das von der rauchigen Lampe einer kleinen Eisenbahnstation ausging, ein recht armseliger Erdenstern, doch in gewissem Sinne für die Meierei und die Menschen von Talbothays von größerer Bedeutung als die Himmelssterne, gegen die er so jämmerlich abstach. Die Kannen mit der frischen Milch wurden im Regen abgeladen, und Tess fand ein wenig Schutz unter einer Steineiche in der Nähe.

Da ertönte der Pfiff eines Zuges, der fast lautlos auf den nassen Schienen heranglitt, und die Milch wurde hurtig, Kanne um Kanne, in den Güterwagen verstaut. Das Licht der Lokomotive blitzte eine Sekunde lang über Tess Durbeyfields Gestalt, die regungslos unter der großen Eiche stand. Nichts hätte neben den schimmernden Kurbeln und Rädern fremder wirken können als dieses unverdorben natürliche Mädchen mit den runden nackten Armen, dem regenüberströmten Gesicht und Haar, mit der lässigen Haltung einer zahmen, zögernden Pantherkatze, mit dem Kattunkleid ohne Mode und Fasson und der tief in die Stirne hängenden Baumwollhaube.

Sie stieg wieder neben ihren Liebhaber auf den Bock, mit einer stummen Unterwürfigkeit, die zuzeiten für leidenschaftliche Naturen charakteristisch ist; und nachdem sie sich bis über die Ohren in das Segeltuch gewickelt hatten, tauchten sie zurück in die jetzt finstere Nacht. Tess war so empfänglich für jedweden Eindruck, daß die wenigen Minuten der Berührung mit dem Wirbel materiellen Fortschritts lange nicht aus ihren Gedanken wichen.

»Die Londoner werden sie morgen zu ihrem Frühstück trinken, nicht wahr?« fragte sie. »Fremde Leute, die wir nie gesehen haben.«

»Ja – ich vermute es. Wenn auch nicht so, wie wir sie schikken. Erst nachdem man ihre Stärke ein bißchen abgeschwächt hat, damit sie ihnen nicht zu Kopf steigt.«

»Adelige, Gesandte, Damen und Krämerinnen und Kinder, die nie eine Kuh gesehen haben. – Die nichts von uns wissen und nicht wissen, wo sie herkommt; und nicht dran denken, wie wir beide heute abend viele Meilen über die Heide gefahren sind, damit sie sie rechtzeitig bekommen.«

»Wir fuhren nicht bloß dieser kostbaren Londoner wegen; wir fuhren auch unsertwegen – dieser quälenden Frage wegen, liebe Tess, die du sicherlich endlich beilegen wirst. Nun, erlaube mir, daß ich damit anfange. Du gehörst bereits mir, das weißt du; dein Herz meine ich. Nicht?«

»Sie wissen es so gut wie ich. O ja – ja.«

»Nun also, wenn dein Herz mir gehört – warum nicht deine Hand?«

»Mein einziger Grund betrifft *Sie* – betrifft eine Frage. Ich habe Ihnen etwas zu sagen –«

»Aber nimm an, daß es mein ganzes Glück ausmacht und auch mein ganzes weltliches Wohl.«

»O ja; wenn es zu Ihrem Glück ist und zu Ihrem weltlichen Wohl. Aber meine letzten Erlebnisse, ich will –«

»Nun, es ist nötig zu meinem Wohl und zu meinem Glück. Wenn ich ein sehr großes Gut besitze, entweder in England oder in den Kolonien, wirst du eine unschätzbare Frau für mich sein; viel besser als eine Frau aus dem vornehmsten Herrensitz des Landes. Und so bitte ich dich – bitte, liebste Tessy, rede dir den Glauben aus, daß du mir hinderlich sein wirst.«

»Aber meine Geschichte! Ich will, daß Sie sie erfahren – Sie müssen mich erzählen lassen – Sie werden mich nicht mehr so gern haben!«

»Erzähle, wenn du willst, Liebste. Diese kostbare Geschichte also! Ja, ich wurde dort und dort geboren, Anno domini –«

»Ich wurde in Marlott geboren«, sagte sie und klammerte sich an seine leicht hingesprochenen Worte. »Und dort wuchs ich auf. Und als ich die Schule verließ, war ich in der sechsten Klasse, und sie sagten, ich sei sehr begabt und würde eine gute Lehrerin abgeben; so wurde bestimmt, daß ich Lehrerin werden solle. Aber in meiner Familie gab es allerlei Sorgen; mein Vater war nicht sehr fleißig, und er trank ein wenig.«

»Ja, ja. Armes Kind! Das ist nichts Neues.« Er preßte sie noch enger an sich.

»Und dann – 's gibt noch was Besonderes dabei – was mich betrifft.«

Ihr Atem ging rascher.

»Ja, Liebste. Laß es gut sein.«

»Ich – ich – bin nicht eine Durbeyfield, sondern eine d'Urberville – aus derselben Familie, die das alte Haus besessen hat, an dem wir vorüberkamen. Und – wir sind alle zugrunde gegangen!«

»Eine d'Urberville! Wirklich? Und ist das der ganze Kummer, Tessy?«

»Ja«, antwortete sie verzagt.

»Nun – warum sollte ich dich weniger lieben, nachdem ich das erfahren habe?«

»Der Meier erzählte mir, daß Sie alte Familien hassen.«

Er lachte.

»Ja, das ist wahr, in gewissem Sinne. Ich hasse das aristokratische Prinzip ›Blut über alles‹ und glaube, daß wir als denkende Menschen keine andern Stammbäume respektieren sollen als die geistigen Stammbäume der Weisen und Tugendhaften, ohne Rücksicht auf körperliche Abstammung. Aber diese Neuigkeit interessiert mich außerordentlich; du kannst dir gar nicht vorstellen, wie sehr sie mich interessiert. Hat es nicht auch für dich einen Reiz, aus diesem wohlbekannten Hause zu stammen?«

»Nein. Anfangs erschien es mir traurig – besonders seit ich hierherkam und erfuhr, daß viele von den Hügeln und Feldern, die ich sehe, früher einmal meinen Leuten gehörten. Aber andere Hügel und Felder gehörten Rettys Leuten und andere vielleicht der Familie Marians, so daß ich mir nicht besonders viel draus mache.«

»Ja – es ist überraschend, wie viele heutige *Pflüger* des Bodens ehemals seine *Besitzer* waren, und ich wundere mich manchmal, daß Politiker einer gewissen Richtung nicht Kapital aus diesem Umstand schlagen; aber sie scheinen es nicht zu wissen . . . Es wundert mich auch, daß ich die Ähnlichkeit deines Namens mit d'Urberville nicht bemerkte und nicht der offenkundigen Verstümmlung auf die Spur kam. Und das war das drückende Geheimnis!«

Sie hatte nicht gesprochen. Im letzten Augenblick verließ sie der Mut, sie fürchtete seine Vorwürfe, daß sie es nicht schon früher gesagt habe; und ihr Instinkt der Selbsterhaltung war stärker als ihre Wahrheitsliebe.

»Natürlich«, fuhr der ahnungslose Clare fort, »hätte es mich gefreut, wenn du einzig und allein von den langmütigen, stummen, namenlosen Unterklassen der englischen Nation abstammtest und nicht von den selbstsüchtigen Ausnahmemenschen, die sich auf Kosten der übrigen zur Macht emporschwangen. Aber meine Neigung für dich, Tess, hat mich bestochen, diese Einstellung fallen zu lassen« – er lachte bei seinen Worten –, »und hat mich gleichfalls selbstsüchtig gemacht. Deinetwegen freue ich mich über deine Abstammung. Die gute Gesellschaft ist hoffnungslos snobistisch, und die Tatsache deiner Abkunft kann einen merklichen Unterschied in der Art hervorrufen, wie sie dich als mein Weib aufnehmen wird, wenn ich dich erst zu einer gründlich belesenen Frau gemacht habe, denn das ist meine Absicht. Auch meine Mutter, die gute Seele, wird nun viel besser von dir denken. Tess, vom heutigen Tag an mußt du deinen Namen richtig buchstabieren – d'Urberville.«

»Mir gefällt der andere fast besser.«

»Aber du *mußt,* Liebste! Lieber Himmel, Dutzende von neugebackenen Millionären würden vor Freuden in die Luft springen, wenn sie so was hätten. Nebenbei, da gibt's einen von dieser Sorte, der sich den Namen beigelegt hat – wo hab ich nur von ihm gehört? In der Nähe von der ›Jagd‹, glaube ich. Richtig, 's ist derselbe Mann, der den Krawall mit meinem Vater hatte, ich erzählte dir davon. Was für ein kurioses Zusammentreffen!«

»Angel, ich glaube, ich möchte den Namen lieber nicht führen! Es bringt vielleicht Unglück!«

Sie war erregt.

»Nun denn, Madame Teresa d'Urberville, jetzt habe ich Sie! Nimm meinen Namen, und so bist du deinen los! Das Geheimnis ist heraus, warum also solltest du mir noch länger einen Korb geben?«

»Wenn es Sie ganz *sicher* glücklich macht, mich zur Frau zu haben, und wenn Sie fühlen, daß Sie mich wirklich heiraten wollen, *sehr, sehr* wollen –«

»Gewiß, Liebste, natürlich.«

»Ich meine, nur wenn Sie mich sehr, sehr wollen und kaum imstande sind, ohne mich recht auszukommen, was immer ich auch angestellt habe – nur dann würde ich das Gefühl haben, daß ich ja sagen müßte.«

»Du wirst es sagen – du sagst es, ich weiß! Du wirst mir gehören für immer und ewig.«

Er riß sie eng an sich und küßte sie.

»Ja.«

Kaum hatte sie das Wort gesprochen, als sie in ein trockenes, schweres Schluchzen ausbrach, so heftig, daß es sie fast zu ersticken schien. Tess war keineswegs ein hysterisches Mädchen, und es überraschte Clare.

»Warum weinst du, Liebste?«

»Ich kann es nicht sagen! – Ich bin so froh – daß ich dir gehöre und dich glücklich mache!«

»Aber das sieht nicht sehr nach Frohsein aus, meine Tessy!«

»Es ist – ich weine, weil ich mein Gelübde nicht gehalten habe! Ich sagte, daß ich ehelos sterben würde.«

»Aber wenn du mich liebst, so willst du mich doch gern zu deinem Manne haben?«

»Ja, ja, ja! Aber ach, manchmal wünsche ich, daß ich nie geboren wäre!«

»Nun, meine liebe Tess, wenn ich nicht wüßte, daß du sehr erregt bist und sehr unerfahren, so müßte ich sagen, daß diese Bemerkung nicht sehr höflich war. Wie kommst du zu diesem Wunsch, wenn dir etwas an mir liegt? Liegt dir etwas an mir? Ich wollte, du würdest es irgendwie beweisen.«

»Wie kann ich es stärker beweisen, als ich's tat«, rief sie in zärtlicher Verzweiflung. »Ist dies ein besserer Beweis?«

Sie umschlang seinen Hals, und zum erstenmal erfuhr Clare, wie eines leidenschaftlichen Weibes Küsse sind auf den Lippen eines Mannes, den es von ganzem Herzen und von ganzer Seele liebt, wie Tess ihn liebte.

»So – glaubst du jetzt?« fragte sie mit roten Wangen und sich die Augen wischend.

»Ja. Ich habe nie wirklich daran gezweifelt – nie, nie!«

So fuhren sie durch die Finsternis dahin, ein einziges Bündel unter dem Segeltuch; das Pferd trabte, wie es Lust hatte, und der Regen peitschte ihnen entgegen. Sie hatte eingewilligt. Sie hätte ebensogut gleich anfangs einwilligen können. Der ›Hunger nach Freude‹, der die ganze Schöpfung durchdringt, diese ungeheure Macht, die den Menschen nach ihren Zwecken lenkt, wie die Flut den hilflosen Tang des Meeres umherspült, ließ sich nicht durch vage, nächtliche Grübeleien über die sozialen Gesetze im Zaum halten.

»Ich muß an meine Mutter schreiben«, sagte sie. »Du hast doch nichts dagegen?«

»Natürlich nicht, liebes Kind. Du kommst mir vor wie ein *Kind,* Tess, daß du nicht weißt, wie sehr es am Platze ist, in solch einem Augenblick an deine Mutter zu schreiben, und wie unrecht es von mir sein würde, dagegen etwas einzuwenden. Wo wohnt sie?«

»Im selben Ort – in Marlott. Am entfernteren Ende des Tales von Blackmoor.«

»Ah, dann habe ich dich schon *vor* diesem Sommer gesehen. –«

»Ja, beim Tanz auf dem Rasen; aber du wolltest nicht mit mir tanzen. Oh, ich hoffe, es ist kein böses Omen für uns!«

XXXI

Tess schrieb gleich am nächsten Tag einen sehr rührenden und eindringlichen Brief an ihre Mutter, und gegen Ende der Woche kam eine Antwort auf ihr Schreiben in Joan Durbeyfields zittriger Handschrift aus dem vorigen Jahrhundert.

›Liebe Tess!

Ich schreibe diese paar Zeilen in der Hoffnung, sie werden Dich bei gutem Befinden antreffen, wie sie mich gegenwärtig verlassen, Gott sei Dank. Liebe Tess, wir freuen uns alle, daß Du wirklich bald heiraten wirst. Aber was Deine Frage betrifft, Tess, ganz unter uns gesagt, aber in vollem Ernst, sag um keinen Preis zu ihm ein Wörtchen von Deinen vergangenen Sorgen. Ich habe Deinem Vater nicht alles gesagt, weil er so stolz ist von wegen seiner Hochachtbarkeit, und Dein Zukünftiger ist vielleicht gerade so stolz. Viele Weiber – einige von den vornehmsten im Land – haben zu ihrer Zeit ihre Sorgen gehabt; und warum sollst Du die Deinen hinaustrompeten, wenn andere die ihrigen nicht hinaustrompeten? Kein Mädchen würde so 'ne Gans sein, besonders, da es schon so lang her ist und überhaupt nicht Deine Schuld war. Wenn Du mich fünfzigmal fragst, werde ich immer dasselbe antworten. Überdem dazu mußt Du dran denken, weil ich doch weiß, daß es Deine kindische Art ist, alles, was Du auf dem Herzen hast, herauszusagen – liebe Einfalt! – wie ich Dich versprechen ließ, nie was davon merken zu lassen, weder durch Worte noch durch Taten, denn ich denke nur an Dein Wohl; und Du hast es feierlich versprochen, als Du aus der Tür gingst. Ich hab vor Deinem Vater diese Frage nicht erwähnt und auch Deine zukünftige Heirat nicht, weil er es überall ausbabbeln würde, der arme, einfältige Mann.

Liebe Tess, halte den Kopf hoch, und wir wollen Dir zu Deiner Hochzeit ein Oxhoft Apfelwein schicken, denn ich weiß, in

Deiner Gegend gibt's nicht viel davon, und was ihr dort habt, ist dünnes, saures Zeug. So ist es für heute genug, und mit herzlichen Grüßen an Deinen jungen Mann

Deine liebevoll ergebene Mutter
J. Durbeyfield.‹

»O Mutter, o Mutter!« murmelte Tess.

Sie erkannte, wie wenig selbst die bedrückendsten Ereignisse Mrs. Durbeyfields elastische Lebensgeister beschwerten. Ihre Mutter sah das Leben nicht so, wie Tess es sah. Diese peinigende Episode vergangener Tage war für ihre Mutter nur ein vorübergehender Zufall. Aber vielleicht war der Weg, den die Mutter vorschlug, richtig, wie immer auch ihre Gründe sein mochten. Schweigen schien im Augenblick das beste für das Glück ihres Angebeteten: also schweigen.

So ermutigt durch einen Befehl der einzigen Person auf der Welt, die ein gewisses Recht besaß, ihre Handlungen zu kontrollieren, wurde Tess ruhiger. Die Verantwortung war abgewälzt und ihr Herz leichter, als es seit Wochen gewesen. Die Tage des schwindenden Herbstes, die auf ihr Jawort folgten, beginnend mit dem Oktober, bildeten einen Zeitraum, den sie in einer seelischen Hochstimmung durchlebte, näher reinstem Entzücken als je zuvor in ihrem Leben.

Es lag kaum ein Zug von Irdischem in ihrer Liebe zu Clare. Ihrem edlen Vertrauen war er alles, was Güte sein konnte – wußte er alles, was ein Führer, ein Philosoph und ein Freund wissen sollte. Jede Linie seines Körpers hielt sie für die Vollendung männlicher Schönheit, seine Seele für die Seele eines Heiligen, seinen Geist für den eines Sehers. Das Wissen um ihre Liebe zu ihm, als reine Liebe, erhöhte ihre Würde; sie schien eine Krone zu tragen. Seine mitleidsvolle Liebe zu ihr, wenn sie beide verglich, ließ ihr Herz in Verehrung für ihn schlagen. Manchmal fing er ihre großen, anbetenden Blicke auf, wie sie ihn aus den unergründlichen Tiefen ihrer Augen anschauten, als sähe sie etwas Unsterbliches vor sich.

Sie verbannte die Vergangenheit – trat sie unter die Füße und löschte sie aus, wie man eine schwelende und gefahrdrohende Kohle zertritt.

Sie hatte nicht gewußt, daß Männer in ihrer Liebe zu Frauen so selbstlos sein konnten, so ritterlich und beschirmend wie er. Angel Clare war bei weitem nicht so, wie sie ihn sah; aber er hatte wirklich mehr Geistiges in sich als Tierisches; er hielt sich fest in der Hand und blieb merkwürdig frei von jeder Gemeinheit. Er war nicht kaltherzig, doch eher heiter als heißblütig, weniger ein Byron als ein Shelley; er konnte bis zur Tollheit lieben, aber seine Liebe neigte zu phantastischer Verklärung. Sie war eine Leidenschaft, die voll Eifersucht das Geliebte vor seinem eigenen Ich beschützen konnte. Dies setzte Tess in Erstaunen und bezauberte sie, sie, deren geringe Erfahrungen bisher so unglücklich gewesen; und in der Reaktion auf ihren Unwillen gegen das männliche Geschlecht ging sie zu übertriebener Verehrung für Clare über.

Ohne Ziererei suchten sie das Zusammensein miteinander; in ihrer ehrlichen Treue verbarg sie nicht ihr Verlangen, in seiner Nähe zu sein. Der Inbegriff ihrer Instinkte in diesem Punkt würde in klarer Formulierung gelautet haben, daß jene spielerisch kokette Eigenschaft ihres Geschlechts, die die Männer im allgemeinen anzieht, einem so vollkommenen Mann nach einem Liebesgeständnis leicht mißfallen könnte, da sie, selbst in ihrer echtesten Natürlichkeit, den Verdacht der Künstelei mit sich bringen müsse.

Die ländliche Sitte, daß Verlobte während der Brautzeit ungezwungen auch außer dem Hause zusammen sind, war die einzige Sitte, die sie kannte, und hatte für sie nichts Seltsames; wenn sie auch Clare merkwürdig der Ehe vorzugreifen schien, bis er sah, wie selbstverständlich Tess und auch das ganze andere Meiervolk sie auffaßte. So schwärmten sie während dieses Oktobers voll wunderbarer Nachmittage über die Weiden, auf geschlängelten Pfaden, die den Ufern rieselnder Nebenflüßchen folgten und über kleine hölzerne Brücken hin und her sprangen. Nie verließ sie das Geräusch irgendeines sprudelnden Wehres, dessen summendes Rauschen ihr eigenes Geflüster begleitete, während die Strahlen der Sonne, fast horizontal wie die Wiesen selber, bunten Schimmer über die Landschaft stäubten. Winzige blaue Nebelfetzen sahen sie im Schatten der Bäume und Hecken, wenn auch überall sonst noch heller Sonnenschein herrschte. Die Sonne stand so nahe der Erde, und das Rasengelände war so flach, daß die Schatten von Clare und Tess sich eine Viertelmeile weit dehnten, gleich zwei langen Fingern, die weit in die Ferne wiesen, ◗ das satte grüne Schwemmland an die steilen Hänge des Tales grenzte.

Hier und dort waren Männer an der Arbeit – denn jetzt ging man daran, die Wiesen ›abzuräumen‹ oder die kleinen Wasserwege für die Berieselung während des Winters vom Schlamm zu säubern und ihre Ufer aufzuböschen, wo die Kühe sie niedergetrampelt hatten. Die großen pechschwarzen Lehmbrocken, die der Fluß hierher geschwemmt hatte, als er noch das ganze Tal erfüllte, waren ein Extrakt alter Ackererde, zerstampftes Land vergangener Zeiten, durchspült, veredelt und geläutert zu außerordentlich fetter Würze, der all die Fruchtbarkeit der Wiesen und des grasenden Viehes entsprang.

Dreist hielt Clare seinen Arm um ihre Hüften geschlungen, wenn sie in Sichtweite dieser schaufelnden Männer kamen; er trat auf wie ein Mann, der es gewöhnt ist, vor aller Leute Augen zu schäkern, obgleich er in Wirklichkeit ebenso schüchtern war wie sie, die mit geöffneten Lippen und nach den Arbeitern schielend wie ein scheues Tier vorüberschritt.

»Du schämst dich nicht, offen vor ihnen zu zeigen, daß ich dir gehöre!« sagte sie voll Freude.

»O nein!«

»Aber wenn es deinen Verwandten in Emminster zu Ohren kommt, daß du so mit mir herumspazierst, mit einer Milchmagd –«

»Der bezauberndsten, die man jemals sah.«

»Sie könnten es als eine Verletzung ihrer Würde empfinden.«

»Liebes Mädchen – eine d'Urberville die Würde eines Clare verletzen! Das ist ein Trumpf, den wir in der Hand haben – deine Zugehörigkeit zu solch einer Familie; und ich spare ihn auf für einen großen Effekt, bis wir getraut sind und von Pfarrer Tringham die Beweise für deine Abkunft erhalten haben. Davon abgesehen, soll ja meine Zukunft meinen Angehörigen völlig fremd bleiben – sie wird nicht einmal an die Peripherie ihres Lebens rühren. Wir verlassen diesen Teil Englands – vielleicht

England selbst, und was liegt daran, wie die Leute hier von uns denken? Du wirst gern fortgehn, nicht wahr?«

Sie vermochte nicht mehr zu antworten als ein knappes Ja, so groß war die Erregung, die der Gedanke in ihr erweckte, mit ihm in enger Vertrautheit durch die Welt zu ziehen. Ihre Gefühle rauschten ihr wie Wogengemurmel in den Ohren und brandeten in ihre Augen empor. Sie legte ihre Hand in die seine, und so schritten sie weiter zu einer Stelle, wo unter einer Brücke aus dem spiegelnden Fluß die Sonne herauffunkelte mit einem Schimmer wie geschmolzenes Metall, der ihre Augen blendete, obgleich die Sonne selbst hinter der Brücke verborgen war. Sie blieben stehen, worauf aus der glatten Oberfläche des Wassers kleine pelzige und gefiederte Köpfe heraufhuschten; doch als sie sahen, daß die Störenfriede innehielten und nicht vorübergingen, verschwanden sie wieder. Auf dieser Flußböschung verweilten sie, bis der Nebel sie von allen Seiten einzuschließen begann; was zu dieser Jahreszeit schon am frühen Abend geschah; die Tröpfchen hängten sich an die Wimpern ihrer Augen, wo sie gleich Kristallen ruhten, und an seine Brauen und sein Haar.

An Sonntagen spazierten sie länger bis in die Dunkelheit hinein. Ein paar von den Leuten aus der Meierei, die am ersten Sonntagabend nach ihrer Verlobung gleichfalls im Freien weilten, hörten ihr leidenschaftliches Gespräch, das in Entzücken zerflatterte, wenn sie auch zu weit weg waren, um die einzelnen Worte zu verstehen; hörten das krampfhafte Stocken ihres Atems bei jedem Satz, den das Pochen ihres Herzens in lose Silben zerriß, während sie, auf seinen Arm gelehnt, dahinschritt; ihre zufriedenen Pausen, das kleine Lachen hier und da, auf dem ihre Seele zu schweben schien – das Lachen eines Weibes an der Seite des Mannes, den sie liebt und den sie allein unter allen Frauen erobert hat – das Lachen, dem in der ganzen Natur nichts anderes gleicht. Sie sahen die schwebende Leichtigkeit ihres Ganges, gleich dem flüchtigen Gleiten eines Vogels, dessen Fuß noch nicht ganz die Erde berührt.

Ihre Neigung für Angel war nun der Atem und Herzschlag ihres Daseins, umhüllte sie wie ein Lichtkreis, ließ sie mit ihrem Glanz alles vergangene Leid vergessen, wehrte die düsteren Gespenster ab, die immer wieder versuchten, nach ihr zu greifen: Zweifel, Furcht, Trübsinn, Sorge, Schande. Sie wußte, daß sie dicht an der Grenze des leuchtenden Kreises gleich Wölfen lauerten, aber sie besaß mächtige Zauberformeln, um sie dort in hungrige Unterwürfigkeit zu bannen.

Was ihre Seele vergaß, stand immer mahnend vor ihrem Geist. Sie wandelte in klarer Helle, doch sie wußte, daß im Hintergrund stets jene Gestalten der Finsternis schweiften. Vielleicht wichen sie zurück, vielleicht aber näherte sich eine oder die andere Tag für Tag um einen kleinen Schritt. Eines Abends waren Tess und Clare genötigt, dazubleiben und das Haus zu hüten, da alle andern Mitbewohner fortgegangen waren. Während sie plauderten, schaute sie nachdenklich zu ihm auf und begegnete seinen bewundernden Blicken.

»Ich bin deiner nicht wert – nein, ich bin's nicht!« brach sie aus und sprang von ihrem niedrigen Schemel auf, als erschrecke sie seine Huldigung und die Fülle ihrer eigenen Freude darüber.

Clare, in der Meinung, ihre ganze Erregung beruhe auf jenem Umstand, der doch nur zum kleineren Teile schuld daran war, sagte:

»Ich will nicht, daß du so sprichst, liebste Tess! Vornehmheit besteht nicht in der einfachen Beobachtung einer Reihe verächtlicher Konventionen, nein, vornehm ist, wer zu jenen gehört, die echt sind und ehrlich und gerecht und rein, lieblich und guten Rufes – so wie du, meine Tess.«

Sie kämpfte gegen das Schluchzen in ihrer Kehle. Wie oft hatte in den letzten Jahren beim Gottesdienst diese Litanei der Tugenden ihr junges Herz gemartert, und wie seltsam, daß er sie nun zitierte.

»Warum bliebst du nicht bei mir und liebtest mich, als ich – sechzehn war; als ich bei meinen kleinen Geschwistern lebte und du auf dem grünen Rasen tanztest? Oh, warum nicht!« sagte sie, ungestüm die Hände faltend.

Angel begann sie zu trösten und zu beruhigen; bei sich selber dachte er, mit einigem Recht, was sie doch für ein launenhaftes Geschöpf sei und wie behutsam er sie werde behandeln müssen, wenn einmal ihr ganzes Glück in seinen Händen ruhte.

»Ah – warum kam ich nicht!« sagte er. »Genau dasselbe empfinde ich. Wenn ich es nur gewußt hätte! Aber du darfst es nicht so bitter bedauern – warum auch?«

Mit dem Instinkt des Weibes, das etwas verheimlichen will, lenkte sie hastig ab:

»Ich hätte dein Herz drei Jahre länger besessen, als es nun jemals möglich ist. Und hätte nicht meine Zeit vergeudet, wie ich es tat – wäre so viel länger glücklich gewesen!«

Es war kein reifes Weib mit einer langen Reihe dunkler Erlebnisse hinter sich, das unter solchen Qualen litt; nur ein Mädchen schlichten Lebens, noch nicht einundzwanzig Jahre alt, das in seinen unreifen Tagen wie ein Vogel in einer Schlinge gefangen worden war. Um sich ganz zu beruhigen, stand sie von ihrem kleinen Schemel auf und verließ das Zimmer; und der Saum ihres Rockes warf den Schemel um.

Er blieb sitzen bei dem fröhlichen Feuerschein, den ein Bündel grüner Eschenruten, quer über die Feuerböcke gelegt, durchs Zimmer warf; die Äste zerbarsten mit munterem Knistern und zischten an ihren Enden Blasen frischen Saftes hervor. Als sie zurückkam, war sie wieder die alte.

»Glaubst du nicht, Tess, daß du so ein ganz klein bißchen launisch und sprunghaft bist?« sagte er gutmütig, als er ein Kissen für sie auf den Schemel legte und sich neben sie auf die Bank setzte. »Ich wollte dich gerade etwas fragen, und da liefst du einfach davon.«

»Ja, vielleicht bin ich launisch«, murmelte sie. Plötzlich trat sie auf ihn zu und legte die Hände auf seine Arme. »Nein, Angel, in Wirklichkeit bin ich nicht so – von Natur, mein ich!« Um ihn noch deutlicher zu überzeugen, setzte sie sich dicht neben ihn auf die Bank und ließ ihren Kopf an seiner Schulter ruhen. »Was wolltest du mich fragen – ich werde dir sicher Antwort geben«, fuhr sie bescheiden fort.

»Nun, du liebst mich und hast eingewilligt, mich zu heiraten, und daraus folgt ein drittes: Wann soll der Tag sein?«

»Mir gefällt dieses Leben.«

»Aber ich muß daran denken, mit dem neuen Jahr oder ein wenig später auf eigene Faust etwas anzufangen. Und bevor ich in die mannigfachen Einzelheiten meiner neuen Stellung verwickelt werde, möchte ich gern meinen Kameraden gesichert haben.«

»Aber«, antwortete sie schüchtern, »um ganz praktisch zu sprechen: wird es nicht das beste sein, erst *nach* all diesen Dingen zu heiraten? Wenn ich auch den Gedanken nicht ertragen kann, daß du fortgehst und mich hier zurückläßt!«

»Natürlich kannst du's nicht – und es ist in diesem Fall *nicht* das beste. Ich will, daß du mir in vieler Hinsicht hilfst, wenn ich anfange. Wann soll es sein? Warum nicht heute in vierzehn Tagen?«

»Nein«, sagte sie, ernst werdend; »ich habe vorher noch so viele Dinge zu überdenken.«

»Aber –«

Sanft zog er sie enger zu sich.

Die Tatsache der Heirat erschreckte sie, als sie in solche Nähe rückte. Bevor die Frage noch weiter erörtert werden konnte, schritten um die Bank herum in den vollen Feuerschein Meier Crick, Mrs. Crick und zwei von den Milchmädchen.

Tess sprang wie ein elastischer Ball von seiner Seite auf, während ihr Gesicht errötete und ihre Augen im Feuerschein schimmerten.

»Ich wußte, wie es kommen würde, wenn ich mich so dicht zu ihm hinsetze!« rief sie ärgerlich. »Ich sagte bei mir selbst, sicherlich werden Sie kommen und uns überraschen! Aber ich bin nicht auf seinen Knien gesessen, wenn es auch fast so ausgesehen haben mag.«

»Nu – wenn Sie uns nichts gesagt hätten, so hätten wir bei diesem Licht da sicherlich nicht bemerkt, daß Sie überhaupt irgendwo gesessen sind«, erwiderte der Meier. Mit der stumpfen Miene eines Mannes, der von all den Erregungen, die der Gedanke an eine Heirat wachrufen konnte, nichts verstand, fuhr er zu seinem Weibe fort: »Siehst du, Christie, da zeigt sich, daß man sich nie einbilden darf, andere Leute dächten sich was, wenn sie sich gar nichts denken. O nein, ich hätte mich nie drum geschert, wo sie gesessen ist, wenn sie mir's nicht selbst gesagt hätte – *ich* bestimmt nicht.«

»Wir wollen bald heiraten«, sagte Clare mit improvisiertem Gleichmut.

»So – wollt ihr? Nu, das freut mich wirklich, Sir! Ich hab mir schon seit einiger Zeit gedacht, daß Sie so was dergleichen tun könnten. Sie ist zu gut für 'ne Milchmagd – das sagte ich gleich am ersten Tag, als ich sie sah – und 'n Schatz für jeden Mann; und was noch wichtiger ist, 'ne wunderbare Frau für 'nen bessern Landwirt. Wenn er *sie* an der Seite hat, wird er nie seinem Verwalter ausgeliefert sein.«

Tess verschwand auf irgendeine Weise. Die Blicke der Mädchen, die hinter Crick kamen, hatten sie noch stärker in Verlegenheit gebracht als Cricks ungeschminktes Lob.

Nach dem Abendessen, als sie ins Schlafzimmer trat, waren sie alle zugegen. Ein Licht brannte, und die drei Mädchen saßen weißgewandet aufrecht in ihren Betten, Tess erwartend, wie eine Schar von Rachegeistern.

Aber sie sah nach wenigen Augenblicken, daß kein Groll in ihren Herzen herrschte. Was sie nie erwartet hatten zu besitzen, konnten sie nun kaum als verloren empfinden. Ihre Stimmung war objektiv, beschaulich.

»Er will sie heiraten!« murmelte Retty und wandte kein Auge von Tess. »Wie ihr Gesicht es verrät!«

»Du wirst ihn wirklich heiraten?« fragte Marian.

»Ja«, sagte Tess.

»Wann?«

»Irgendwann.«

Sie glaubten, dies sei nur eine Ausflucht.

»Ja – ihn *heiraten* – einen Gentleman!« sagte Izz Huett.

Und wie unter einem Zauber krochen die drei Mädchen, eine nach der andern, aus ihren Betten und kamen herbei und standen bloßfüßig um Tess herum. Retty legte die Hände auf ihre Schultern, als wolle sie sich nach solch einem Wunder überzeugen, daß ihre Freundin Fleisch und Blut sei, die andern beiden legten den Arm um ihre Hüften, und alle schauten sie ihr ins Gesicht.

»Wie mir das vorkommt! Fast kann ich mir's gar nicht denken!« sagte Izz Huett.

Marian küßte Tess. »Ja«, murmelte sie, als sie die Lippen löste.

»War das bloß Liebe zu ihr, oder weil jetzt andere Lippen ihren Mund berührt haben?« fuhr Izz trocken zu Marian fort.

»Daran dachte ich nicht«, sagte Marian einfach. »Ich hab nur gefühlt, wie das so merkwürdig ist, daß *sie* seine Frau werden soll und keine andere. Ich sag nicht nein dazu, und keine von uns, weil wir nicht dran dachten, ihn zu heiraten – wir liebten ihn nur. Doch niemand anderes auf der ganzen Welt wird ihn heiraten – keine feine Dame in Juwelen und Gold, in Samt und Seide; sondern sie, die ganz so lebt wie wir.«

»Seid ihr sicher, daß ihr mich trotzdem noch gern habt?« fragte Tess mit leiser Stimme.

Bevor sie antworteten, standen sie zögernd in ihren dürftigen weißen Nachthemden um sie herum, als dächten sie, ihre Antwort könnte in den Blicken von Tess liegen.

»Ich weiß nicht – ich weiß nicht«, murmelte Retty Priddle. »Ich möchte dich hassen; aber ich kann nicht.«

»Das ist auch mein Gefühl«, echoten Izz und Marian. »Ich kann sie nicht hassen. Irgend etwas an ihr läßt es nicht zu!«

»Er sollte eine von euch heiraten«, murmelte Tess.

»Warum?«

»Ihr seid alle besser als ich.«

»Wir besser als du?« sagten die Mädchen in leisem, zögerndem Flüsterton. »Nein, nein, liebe Tess!«

»Doch!« widersprach sie ungestüm. Und plötzlich riß sie sich aus ihren umklammernden Armen, brach in einen hysterischen Weinkrampf aus, beugte sich über die Kommode und wiederholte unaufhörlich: »O ja, ja, ja!«

Da sie ihren Tränen einmal freien Lauf gelassen hatte, konnte sie ihnen nicht mehr Halt gebieten.

»Er hätte eine von euch bekommen müssen!« schrie sie. »Ich glaube, ich müßte ihn jetzt noch dazu bringen! Ihr wärt viel besser für ihn als – ich weiß nicht, was ich sage! Oh! Oh!«

Sie gingen zu ihr hin und umarmten sie, aber immer noch durchschüttelte sie das Schluchzen.

»Hol Wasser«, sagte Marian. »Wir haben sie aus der Fassung gebracht. Armes Ding, armes Ding!«

Sie führten sie sanft an den Rand ihres Bettes zurück und küßten sie zärtlich.

»Du bist die beste für ihn«, sagte Marian. »Viel damenhafter als wir und viel gescheiter, besonders seit er dich so viel gelehrt hat. Aber gerade du solltest stolz sein. Du bist auch stolz, ganz sicher!«

»Ja, ich bin's«, sagte sie, »und ich schäme mich, daß ich so zusammenbreche!«

Als sie alle im Bett lagen und das Licht ausgelöscht war, flüsterte Marian zu ihr hinüber:

»Du wirst an uns denken, wenn du seine Frau bist, Tess, und wie wir dir sagten, daß wir ihn lieben, und wie wir versuchten, dich nicht zu hassen, und dich wirklich nicht haßten und nicht hassen konnten, weil er dich gewählt hat, und wir niemals hofften, von ihm gewählt zu werden.«

Sie wußten nicht, daß bei diesen Worten salzige, bittere Tränen von neuem auf die Kissen tropften und daß Tess sich zerrissenen Herzens entschloß, Angel Clare, trotz des Gebots ihrer Mutter, ihre ganze Geschichte zu erzählen; lieber wollte sie sich von ihm, für den sie lebte und atmete, verachten lassen, wenn er's für gut hielt, und in den Augen ihrer Mutter als Dummkopf gelten, lieber, als ein Schweigen bewahren, das wie Verrat an ihm erscheinen konnte und irgendwie ein Unrecht gegen diese Mädchen war.

XXXII

DIESE reuige Stimmung hielt sie davon ab, den Hochzeitstag zu nennen. Der beginnende November fand das Datum immer noch unbestimmt, obgleich Angel sie in den verlockendsten Augenblicken fragte. Aber Tess schien nach einer immerwährenden Brautzeit zu verlangen, da alles so bleiben sollte, wie es jetzt war.

Die Wiesen wechselten nun ihre Farben; aber am frühen Nachmittag vor dem Melken war es immer noch warm genug, um draußen ein wenig umherzuschlendern, und die Arbeit in der Meierei gewährte zu dieser Jahreszeit manche Mußestunde. Wenn sie über den feuchten Rasen gegen die Sonne blickten, schimmerte vor ihren Augen unter dem Himmelslicht ein kräuselndes Gewebe von Altweibersommer wie die Fährte des Mondlichts auf dem Meere. Stechmücken, die nichts von ihrer kurzen Verklärung wußten, irrten auf diesem Lichtpfade durch die Luft, strahlten auf, als trügen sie Feuer in sich, schweiften dann über seine Grenzen hinaus und waren restlos ausgelöscht. Angesichts dieser Dinge erinnerte er sie daran, daß das Datum immer noch eine offene Frage war.

Oder er fragte sie des Abends, wenn er sie auf irgendeinem Botengang begleitete, den Mrs. Crick ersann, um ihm eine Gelegenheit zu verschaffen. Meist war dies ein Weg zu dem Gehöft an den Hängen oberhalb des Tals, um zu erfahren, wie es den trächtigen Kühen auf dem Strohhof ging, in den sie verbannt waren. Denn die Jahreszeit brachte der Welt des Rindviehs große Veränderungen. Täglich wurde ein Schub von den Tieren in dieses Entbindungsspital geschickt, wo sie auf reinlichem Stroh lebten, bis ihre Kälber geboren waren; nach diesem Ereignis, sobald das Kalb gehen konnte, trieb man Mutter und Sprößling in die Meierei zurück. In der Zwischenzeit, die verstrich, bevor die Kälber verkauft wurden, gab es natürlich nur wenig zu melken, doch sowie das Kalb fortgeschafft war, mußten sich die Milchmägde wieder an die Arbeit machen.

Auf der Rückkehr von einer dieser Nachtwanderungen erreichten sie eine große Kiesklippe schroff über der Niederung, wo sie stehenblieben und lauschten. Das Wasser stand nun hoch in den Flüssen, schäumte durch die Wehre, klickerte in den überwölbten Kanälen; die kleinsten Rinnsale waren voll; nirgends konnte man kurze Abschneider einschlagen, und Fußwanderer sahen sich gezwungen, den vorgezeichneten Wegen zu folgen. Aus der ganzen Weite des unsichtbaren Tales drang ein vielfältiges Brausen herauf; es erfüllte ihre Phantasie mit der Vorstellung, daß eine große Stadt zu ihren Füßen liege und daß dieses murmelnde Rauschen die Stimme ihrer Bevölkerung sei.

»Es ist, als wären Zehntausende da unten«, sagte Tess, »sie halten öffentliche Versammlungen ab auf ihren Marktplätzen, schwatzen, predigen, streiten, schluchzen, stöhnen, beten und fluchen.«

Clare hörte nicht sonderlich aufmerksam zu.

»Sprach heute Crick mit dir darüber, daß er während der Wintermonate nicht viel Hilfe braucht, Liebste?«

»Nein.«

»Die Kühe beginnen rasch trocken zu gehen.«

»Ja«, antwortete sie. »Sechs oder sieben kamen gestern auf den Strohhof, und tags zuvor drei, das macht schon fast zwanzig im Stroh. Ah – heißt das, daß der Farmer mich beim Kalben nicht braucht? Oh, man braucht mich hier nicht mehr? Und ich habe mich so sehr bemüht –«

»Crick sagte nicht gerade, daß er dich nicht länger nötig hätte. Aber da er weiß, wie unsere Beziehungen sind, sagte er in der denkbar gutmütigsten und höflichsten Weise, daß er vermute, ich würde dich bei meinem Austritt zu Weihnachten mitnehmen; und als ich ihn fragte, was er ohne dich anfangen wolle, bemerkte er bloß, daß er tatsächlich in dieser Jahreszeit mit sehr wenig weiblichen Hilfskräften auskommen könne. Ich fürchte, ich war so ein Sünder, mich darüber zu freuen, daß er dich auf diese Weise zur Heirat zwingt.«

»Ich finde nicht, daß du dich freuen mußtest, Angel. Weil es immer traurig ist, nicht gebraucht zu werden, selbst wenn es zu gleicher Zeit gerade recht paßt.«

»Nun, es paßt – das hast du also endlich zugegeben.« Er berührte ihre Wange mit seinem Finger. »Ah!« sagte er.

»Was?«

»Ich fühle, wie du rot wirst, weil du dich verplappert hast! Aber warum mache ich solche Späße! Wir wollen nicht spaßen – das Leben ist so ernst.«

»Ja – das habe ich früher erfahren als du.«

Sie erfuhr es auch jetzt. Sich trotz allem weigern, ihn zu heiraten – gehorsam dem Impuls der gestrigen Nacht – und die Meierei verlassen, das hieß, an irgendeinen fremden Ort gehen, nicht mehr in eine Meierei; denn jetzt, da die Zeit des Kalbens heranrückte, herrschte keine Nachfrage nach Milchmägden; so mußte sie dann auf irgendein Ackergut ziehen, wo kein himmlisches Wesen wie Angel Clare weilte. Sie haßte den Gedanken, und noch verhaßter war ihr der Gedanke, nach Hause zu gehen.

»Im Ernst also, liebste Tess«, fuhr er fort, »da du vermutlich zu Weihnachten hier aufhören mußt, ist es in jeder Hinsicht wünschenswert und bequem, daß ich dich dann als mein eigen fortführe. Überdies, wenn du nicht das weltfremdeste Mädchen wärst, das man sich denken kann, würdest du wissen, daß wir nicht ewig so weiter leben können.«

»Ich wollte, wir könnten's. Daß immer Sommer wäre und Herbst und du immer um mich würbest und immer so viel an mich dächtest wie den vergangenen Sommer hindurch!«

»Das werde ich immer.«

»Oh, ich weiß es!« rief sie mit plötzlichem heißem Glauben an ihn. »Angel, ich will den Tag bestimmen, an dem ich für ewig die Deine werde!«

So wurde es schließlich zwischen ihnen abgemacht auf diesem Heimweg durch die Dunkelheit inmitten der Myriaden Stimmen des Wassers zur Rechten und zur Linken.

Als sie in der Meierei ankamen, erfuhren es auf der Stelle Mr. und Mrs. Crick – und streng wurde ihnen eingeschärft, reinen Mund zu halten; denn beide Liebenden verlangten danach, daß die Heirat möglichst geheim bleibe. Der Meier, wenn er auch daran gedacht hatte, sie bald zu entlassen, erhob nun ein großes Jammergeschrei über ihren Verlust. Was sollte mit dem Abrahmen werden? Wer würde die schmucken Butterstriezel für die Damen in Anglebury und Sandbourne machen? Mrs. Crick gratulierte Tess, daß das Hin und Her schließlich ein Ende genommen habe, und sagte, gleich im ersten Moment, als ihr Tess vor die Augen getreten, sei eine Ahnung in ihr aufgestiegen, daß sie noch einmal die Erwählte irgendeines Mannes sein würde, der nicht so ganz gewöhnlich vom Lande komme; Tess habe so vornehm ausgesehn, als sie an jenem Nachmittag ihrer Ankunft über den Viehhof schritt; und daß sie aus guter Familie stamme, hätte sie beschwören können. Tatsächlich erinnerte sich Mrs. Crick, daß Tess ihr sehr anmutig und hübsch vorgekommen war; aber die Vornehmheit mochte ein Erzeugnis der Phantasie sein, die durch jüngste Erfahrungen unterstützt wurde.

Tess wurde nun auf den Schwingen der Stunden dahingetragen ohne das Gefühl eines eigenen Willens. Das Wort war verpfändet, das Datum des Tages festgelegt. Ihr von Natur klarer Geist hatte begonnen, den fatalistischen Überzeugungen Raum zu geben, wie sie gewöhnlich dem Landvolk eigen sind und all jenen Menschen, die mit den Naturereignissen weit mehr zu tun haben als mit ihren Mitgeschöpfen; und sie geriet daher gegenüber allen Dingen, die ihr Geliebter vorschlug, in jene passive Willfährigkeit, wie sie für diese Gemütsverfassung charakteristisch ist.

Doch schrieb sie noch einmal an ihre Mutter, angeblich, um den Hochzeitstag anzukündigen, in Wirklichkeit aber, um sie von neuem um ihren Rat anzuflehen. Es war ein *Gentleman,* der sie erwählte, und dies hatte ihre Mutter vielleicht nicht genügend bedacht. Eine Erklärung nach der Hochzeit, die ein derberer Mann leichten Herzens hinnehmen mochte, würde bei ihm vielleicht nicht auf dieselben Gefühle stoßen. Aber auf dieses Schreiben kam keine Antwort von Mrs. Durbeyfield.

Trotz Angel Clares einleuchtenden Beweisführungen sich selbst und Tess gegenüber, wie nötig tatsächlich ihre unverzügliche Trauung sei, lag in Wahrheit in diesem Schritt etwas Überstürztes, und das sollte sich später noch zeigen. Er liebte sie zärtlich, vielleicht aber mehr ideell als mit der leidenschaftlichen Unbedingtheit, die *ihr* Gefühl für ihn erfüllte. Als er, wie er glaubte, zu einem ungeistigen bukolischen Leben verurteilt wurde, hatte er nicht im geringsten geahnt, daß solche Reize, wie er sie in diesem idyllischen Geschöpf erblickte, hinter der Szene sich finden würden. Unverfälschte Natürlichkeit war eine Sache, über die sich sprechen ließ; aber bevor er hierherkam, hatte er nicht gewußt, wie sie in Wirklichkeit einen Menschen berührt. Doch sah er seinen künftigen Pfad noch lange nicht klar vor sich, und es mochte noch ein oder zwei Jahre dauern, bis er von sich sagen konnte, er habe nun einen richtigen Grundstein zu seinem Leben gelegt. Das Geheimnisvolle lag in dem Anflug von Abenteuerlichkeit, der seiner Laufbahn und seinem Charakter das Gefühl verlieh, daß er durch die Vorurteile seiner Familie eigentlich seine wahre Bestimmung verfehlt habe.

»Glaubst du nicht, daß es besser für uns gewesen wäre, erst zu warten, bis du auf deinem Hof in Mittelengland richtig eingerichtet bist?« fragte sie einmal schüchtern. (Ein Hof in Mittelengland war damals gerade sein Plan).

»Um die Wahrheit zu sagen, liebe Tess, ich möchte dich nicht gern irgendwo fern von meinem Einfluß und meinem Schutz zurücklassen.«

Der Grund war triftig, bis zu einem gewissen Grade. Sein

Einfluß auf sie wirkte so deutlich, daß sie seine Sitten und Gewohnheiten, seinen Tonfall und seine Redensarten, seine Neigungen und Abneigungen angenommen hatte. Und ließ er sie unter den Bauern zurück, so mochte sie leicht der Harmonie mit ihm entgleiten und wieder in ihre alte Art zurückfallen. Noch aus einem zweiten Grunde wünschte er sie unter seiner Obhut zu haben. Seine Eltern hatten natürlich verlangt, sie wenigstens einmal zu sehen, bevor er sie auf irgendeine entfernte Niederlassung in England oder in den Kolonien entführte; und da ihre Ansicht auf keinen Fall seinen Entschluß ändern durfte, dachte er, ein mehrmonatiges Zusammenleben mit ihm in einer Mietwohnung, während der Suche nach einem vorteilhaften Angebot, würde Tess in einem gewissen sozialen Sinne für jenes Ereignis nützlich sein, das sie als eine schwierige Feuerprobe empfinden könnte – ihre Vorstellung bei seiner Mutter im Vikariat.

Ferner wünschte er sich ein wenig in dem Betrieb einer Mahlmühle umzusehen, da ihm der Gedanke vorschwebte, er könnte vielleicht den Nutzen einer solchen Mühle mit der Getreidewirtschaft verbinden. Der Eigentümer einer großen alten Wassermühle in Wellbridge – ehemals die Mühle einer Abtei – hatte ihm angeboten, er solle sich sein altehrwürdiges Betriebsverfahren genauer ansehn und ein paar Tage lang bei der Arbeit mitmachen, wann immer er Lust habe zu kommen. Gerade damals suchte Clare eines Tages den Ort auf, der nur wenige Meilen entfernt lag, um sich nach näheren Einzelheiten zu erkundigen, und kehrte des Abends nach Talbothays zurück. Tess fand ihn entschlossen, eine kurze Zeit in den Wellbridger Mahlmühlen zu verbringen. Und was hatte ihn dazu bewogen? Weniger die Gelegenheit, einen Einblick in das Mahlen und Beuteln des Mehls zu erhalten, als der zufällige Umstand, daß eine Wohnung zu haben war in eben jenem Gutshaus, das vor seiner Verstümmelung einem Zweige der d'Urberville-Familie als Herrensitz gedient hatte. So pflegte Clare praktische Fragen stets zu entscheiden, nämlich durch ein Gefühl, das nichts mit ihnen zu tun hatte. Die beiden beschlossen, unmittelbar nach der Trauung dorthin zu ziehen und vierzehn Tage zu bleiben, statt in Städte zu reisen und in Gasthöfen zu wohnen.

»Dann machen wir uns auf und besehen einige Bauerngüter jenseits von London, von denen ich gehört habe«, sagte er; »und um den März oder April herum besuchen wir meine Eltern.«

Solcherlei Fragen, was zu tun wäre, tauchten auf und glitten vorüber, und der Tag, der unglaubliche Tag, an dem sie die Seine werden sollte, wuchs groß in die nahe Zukunft. Der 31. Dezember, Silvester, war das bestimmte Datum. *Sein Weib,* sagte sie zu sich selber. Konnte es jemals sein? Ihre beiden Ichs vereint, nichts, was sie trennte, jedes Erlebnis gemeinsam: Warum nicht? Und doch – warum?

Eines Sonntagmorgens kehrte Izz Huett aus der Kirche zurück und sprach unter vier Augen mit Tess.

»Du wurdest heute morgen nicht verkündet.«*

»Was?«

»Es hätte heute das erste Aufgebot sein sollen«, antwortete sie mit einem ruhigen Blick auf Tess. »Du wolltest doch zu Silvester heiraten, Liebste?«

Die andere erwiderte ein schnelles Ja.

»Und es muß dreimal aufgeboten werden. Und nun sind nur noch zwei Sonntage bis dahin.«

Tess fühlte ihre Wangen erbleichen. Izz hatte recht; natürlich mußte es dreimal sein. Vielleicht hatte er's vergessen! Wenn es so war, verschob sich die Hochzeit um eine Woche, und das bedeutete Unglück. Wie konnte sie ihren Geliebten daran erinnern? Sie, die so unlustig gewesen, war plötzlich befeuert von Ungeduld und Furcht, daß sie ja nicht ihre teure Beute verliere.

Ein natürlicher Zwischenfall befreite sie von ihren Ängsten. Izz erwähnte das Versäumnis des Aufgebots vor Mr. Crick, und Mrs. Crick nahm sich als ältere Dame die Freiheit heraus, mit Angel über diesen Punkt zu sprechen.

»Haben Sie es vergessen, Mr. Clare? Ich meine das Aufgebot.«

»Nein, ich habe es nicht vergessen«, erwiderte Clare.

Sobald er Tess allein erwischte, beruhigte er sie.

»Laß dich nicht mit dem Aufgebot quälen. Eine Lizenz wird die Sache stiller abmachen, und ich habe mich zu einer Lizenz entschlossen. Gehst du also am Sonntagmorgen in die Kirche,

* Verkünden – ein lokaler Ausdruck für das öffentliche Aufgebot

so wirst du deinen Namen nicht hören, wenn du dir's auch gewünscht hast.«

»Ich habe mir nicht gewünscht, ihn zu hören, Liebster«, sagte sie stolz.

Trotzdem war es eine ungeheure Erleichterung für Tess, zu wissen, daß die Dinge ihren Lauf nahmen, denn sie hatte beinahe gefürchtet, irgend jemand würde vortreten und das Aufgebot auf Grund ihrer Geschichte verbieten. Wie die Ereignisse sie begünstigten!

›Ich fühle mich nicht ganz ruhig‹, sagte sie sich im stillen. ›Für all dieses Glück werde ich vielleicht später einmal durch tausendfaches Unheil gezüchtigt werden. So macht es der Himmel meistens. Ich wollte, ich hätte ein gewöhnliches Aufgebot haben können!‹

Aber alles ging glatt. Sie wußte nicht genau, ob es ihm recht sein würde, wenn sie in ihrem besten weißen Kleid zum Altar ging, oder ob sie sich ein neues kaufen sollte. Diese Frage wurde durch seine Vorsorge erledigt, die sich in der Ankunft einiger großer, an sie adressierter Pakete zeigte. In diesen Paketen fand sie eine ganze Ausstattung, vom Hut bis zu den Schuhen, einschließlich eines vollständigen Vormittagskostüms, wie es gut zu der einfachen Trauung passen würde, die sie planten. Kurz nach der Ankunft der Pakete betrat er das Haus und hörte, wie Tess sie oben im Stock öffnete.

Eine Minute später kam sie herunter, das Gesicht gerötet und Tränen in ihren Augen.

»Wie vorsorglich du gewesen bist!« murmelte sie, die Wange an seine Schulter gelehnt. »Selbst an die Handschuhe und an das Taschentuch dachtest du! Mein Allerliebster – wie gut, wie lieb!«

»Nein, nein, Tess; nur ein Auftrag an ein Londoner Geschäft – nichts weiter.«

Und um sie abzulenken, daß sie nicht gar zu hoch von ihm denke, redete er ihr zu, hinaufzugehen und die Zeit auszunutzen und zu sehen, ob alles passe, und falls etwas nicht in Ordnung sei, solle sie die Näherin aus dem Dorfe holen, um ein paar Änderungen machen zu lassen.

Sie kehrte wieder nach oben zurück und zog das Kleid an.

Ganz allein stand sie einen Augenblick lang vor dem Spiegel, die Wirkung ihres seidenen Putzes betrachtend; und dann kam ihr ihrer Mutter Ballade von der mystischen Robe in den Sinn:

> Die nimmer frommen wird dem Weib,
> Das einmal fehl getan –,

diese Ballade, die Mrs. Durbeyfield ihr vorzusingen pflegte, als sie noch ein Kind war, so lustig und so schelmisch, den Fuß auf der Wiegenkufe, die sie im Takt der Melodie schaukelte. Wenn nun dieses Kleid seine Farbe wechselte und sie verriet, wie jene Robe die Königin Ginevra! Seit sie in der Meierei weilte, hatte sie bis zu diesem Augenblick nie an die Zeilen gedacht.

XXXIII

ANGEL empfand den Wunsch, vor der Hochzeit mit Tess einen Tag irgendwo fern von der Meierei zu verbringen; ein letzter gemeinsamer Ausflug sollte es sein, solange sie noch Liebesleute waren; ein romantischer Tag unter Umständen, die sich nie wiederholen würden, während jener andere, größere Tag nahe vor ihnen aufstrahlte. In der Woche vor der Trauung regte er deshalb an, in der nächsten Stadt ein paar Einkäufe zu besorgen, und sie brachen miteinander auf.

Clare hatte in der Meierei das Leben eines Einsiedlers geführt. Monatelang kam er keiner Stadt nahe, und da er kein Fuhrwerk brauchte, hielt er sich auch keins, sondern mietete des Meiers Klepper oder Gig, wenn er reiten oder fahren wollte. An diesem Tag nahmen sie das Gig.

Und dann bummelten sie zum erstenmal in ihrem Leben mit gemeinsamen Wünschen und Interessen durch die Läden. Es war der Weihnachtsabend mit seiner Fülle von Misteln und Stechpalmen, und die Stadt wimmelte von Fremden, die anläßlich des Festes aus allen Teilen der Gegend herbeigeströmt waren. Tess schritt an Clares Arm durch das Gewühl, und das Glück, das ihrer Züge Schönheit erhöhte, mußte sie damit büßen, daß aller Augen nach ihr starrten.

Abends kehrten sie zu dem Gasthof zurück, wo sie eingestellt hatten, und Tess wartete im Torweg, während Angel sich entfernte, um den Wagen vor die Tür zu beordern. Die große Wirtsstube war voller Gäste, die beständig aus- und eingingen. Jedesmal, wenn sich die Tür öffnete oder schloß, fiel das Licht aus dem Gastzimmer voll auf das Gesicht der Tess. Zwei Männer kamen heraus und schritten mit den andern an ihr vorüber. Einer dieser beiden starrte sie überrascht von oben bis unten an, und sie glaubte, er müsse ein Trantridger sein, obgleich dieses Dorf so viele Meilen entfernt lag, daß Leute aus Trantridge hier eine Seltenheit waren.

»Wirklich, ein recht hübsches Mädchen, das«, sagte der andere im Weitergehen.

»Ja, recht hübsch. Aber wenn ich mich nicht sehr irre –.« Und er beschwor sogleich den Rest seiner Bemerkung.

Clare war eben aus dem Stallhof zurückgekommen, begegnete dem Mann auf der Schwelle, hörte die Worte und sah Tess zusammenschrecken. Die Beleidigung entfachte seinen Zorn, und ohne die mindeste Überlegung schlug er den Mann aus voller Kraft mit der Faust gegen das Kinn, so daß er rücklings in die Einfahrt taumelte.

Der Mann rappelte sich auf und schien geneigt anzubinden, und Clare trat vor die Tür hinaus, wo er sich in Verteidigungsstellung warf. Aber sein Widersacher begann sich eines bessern zu besinnen. Er warf von neuem einen Blick auf Tess, während er an ihr vorüber kam, und sagte zu Clare:

»Verzeihen Sie, Sir; 's war ein purer Irrtum. Ich hielt sie für 'ne andere Frau, vierzig Meilen von hier.«

Clare, der fühlte, daß er zu hastig gewesen und daß er überdies zu tadeln war, weil er Tess in der Einfahrt eines Gasthofes stehen ließ, tat nun, was er gewöhnlich in solchen Fällen zu tun pflegte, und schenkte dem Mann fünf Shillinge als Pflaster für den Schlag; und so schieden sie mit einem friedlichen Gutenachtgruß. Sobald Clare dem Stallknecht die Zügel aus der Hand genommen hatte und das junge Paar abgefahren war, entfernten sich die beiden Männer nach der andern Richtung.

»Und war's wirklich ein Irrtum?« sagte der zweite.

»Keine Spur. Aber ich wollte nicht die Gefühle des Gentleman verletzen – nein, weiß Gott nicht.«

Inzwischen fuhren die Liebenden ihres Weges.

»Könnten wir unsere Hochzeit ein bißchen verschieben?« fragte Tess mit trockener, dumpfer Stimme. »Das heißt, wenn wir *wollten?«*

»Nein, mein Liebchen. Beruhige dich. Möchtest du dem Kerl Zeit lassen, mich wegen tätlicher Beleidigung zu verklagen?« fragte er gutgelaunt.

»Nein – ich meinte nur – wenn sie verschoben werden *müßte.«*

Es war nicht sehr klar, was sie meinte, und er riet ihr, sich derlei Gedanken aus dem Kopf zu schlagen; und sie gehorchte nach besten Kräften. Aber den ganzen Heimweg über blieb sie ernst, sehr ernst; bis sie schließlich dachte: ›Wir werden fortgehen, weit fort, hundert Meilen von dieser Gegend, und nie wieder kann so etwas passieren, und kein Gespenst der Vergangenheit wird bis dorthin dringen.‹

An diesem Abend trennten sie sich zärtlich auf dem Treppenabsatz, und Clare stieg in seine Dachkammer empor. Tess blieb auf, um ein paar notwendige Kleinigkeiten fertigzumachen, denn die wenigen restlichen Tage bis zur Hochzeit drohten nicht mehr auszureichen. Während sie bei ihrer Näherei saß, hörte sie zu Häupten in Angels Zimmer ein plötzliches Geräusch, lärmendes Plumpsen und Ringen. Alle anderen Bewohner des Hauses schliefen, und in ihrer Angst, es könnte Clare etwas zugestoßen sein, lief sie hinauf, klopfte an seine Tür und fragte ihn, was los sei.

»O nichts, Liebste«, antwortete er von drinnen. »Es tut mir so leid, daß ich dich gestört habe! Aber der Grund ist ziemlich lustig: Ich schlief ein und träumte, daß ich wieder mit diesem Kerl raufte, der dich beleidigt hat; und der Lärm, den du hörtest, kam daher, daß ich mit den Fäusten auf meinen Handkoffer lospuffte, den ich heute zum Packen hervorgeholt habe. Mir passieren gelegentlich im Schlaf solch komische Anfälle. Geh zu Bett und denk nicht mehr daran!«

Dies war das letzte Gran, dessen es noch bedurfte, um ihrem Zaudern den Ausschlag zu geben. Ihm mündlich das Vergangene mitteilen, das konnte sie nicht; aber es gab noch einen anderen Weg. Sie setzte sich hin und schrieb auf die vier Seiten eines Briefbogens eine gedrängte Schilderung jener Ereignisse vor drei Jahren, steckte das Blatt in einen Umschlag und adressierte diesen an Clare. Dann, voller Furcht, das Fleisch könnte wieder schwach werden, schlich sie barfuß die Stiege hinauf und schob den Brief unter seine Tür.

Sie schloß in dieser Nacht kein Auge, was niemand wundernehmen wird, und wartete lauschend auf das erste schwache Geräusch über der Decke. Es kam wie gewöhnlich; Clare stieg wie gewöhnlich die Leiter herab. Auch sie ging hinunter. Er begegnete ihr am Fuß der Treppe und küßte sie. Ja, sein Kuß war so warm wie immer.

Es schien ihr, als sehe er ein wenig verstört und angegriffen aus. Aber er sagte kein Wort über ihr Geständnis, auch dann nicht, als sie allein waren. Konnte er den Brief erhalten haben? Wenn er nicht anfing, mußte sie schweigen, das fühlte sie. So verstrich der Tag, und es war offensichtlich, daß er seine Gedanken, wie immer sie auch sein mochten, für sich behalten wollte. Und doch begegnete er ihr offen und liebevoll wie früher. Konnte es möglich sein, daß ihre Bedenken kindisch waren, daß er ihr verzieh, daß er sie um ihrer selbst willen liebte, so wie sie war, und ihre Ängste belächelte wie einen törichten Alp? Hatte er wirklich ihren Brief erhalten? Sie warf einen Blick in sein Zimmer und konnte ihn nirgends sehen. Er mußte ihr wohl verziehen haben.

Jeden Morgen und Abend war er unverändert derselbe, und so brach Silvester an – der Hochzeitstag.

Die Liebenden standen nicht zur Melkzeit auf, da sie während dieser letzten Woche ihres Aufenthalts in der Meierei ein wenig wie Gäste betrachtet wurden; und Tess erhielt ehrenhalber ein eigenes Zimmer eingeräumt. Als sie um die Frühstückszeit nach unten kamen, sahen sie mit Überraschung, was alles ihnen zu Ehren in der großen Küche geschehen war, seit sie das letztemal den Raum gesehen hatten. Zu irgendeiner unmöglichen Stunde des Morgens hatte der Meier angeordnet, die gähnende Kaminecke zu tünchen, den Ziegelherd rot anzustreichen und vor die Wölbung einen flammendgelben Damastvorhang anzubringen an Stelle des alten, schmutzigen, blauen Baumwolltuches mit dem schwarzen Blattmuster, das früher hier seinen Dienst getan hatte. Die glanzvolle Auffrischung dieses Winkels, der an einem trüben Wintermorgen der Brennpunkt des Raumes war, verlieh dem ganzen Gemach ein lächelndes Aussehen.

»Hab mir vorgenommen, zu Ehren des Tages irgendwas herzumachen«, sagte der Meier. »Und weil ihr partout dagegen wart, 'nen ordentlichen famosen Radau mit Fiedeln und Baßgeigen und was dazu gehört loszulassen, wie wir's in alten Zeiten gemacht hätten, nun, so wollt mir nichts anderes einfallen, wo's ohne Lärm abgehn soll.«

Die Angehörigen der Braut wohnten so entfernt, daß keiner von ihnen ohne große Umstände der Feierlichkeit hätte beiwohnen können, wenn man sie auch aufgefordert hätte; aber tatsächlich war niemand aus Marlott geladen. Was *Angels* Familie betrifft, so hatte er an sie geschrieben, hatte ihnen rechtzeitig das Datum bekanntgegeben und sie versichert, daß es ihn freuen würde, wenigstens einen aus ihrer Mitte an diesem Tage hier zu sehen, wenn es von ihrer Seite gern geschehe. Seine Brüder antworteten überhaupt nicht, anscheinend aufs tiefste aufgebracht, während sein Vater und seine Mutter einen ziemlich betrübten Brief schrieben und beklagten, daß er so Hals über Kopf vor den Altar trete; aber sie nahmen schließlich die Sache von der besten Seite und erklärten, wenn auch eine Milchmagd die letzte Schwiegertochter sei, die sie erwarten konnten, habe ihr Sohn doch jetzt das Alter erreicht, in dem er seine Angelegenheiten wohl selbst beurteilen müsse.

Diese kühle Haltung seiner Verwandten betrübte Clare weniger, als es der Fall gewesen wäre, wenn er den großen Trumpf nicht besessen hätte, mit dem er sie binnen kurzem zu überraschen gedachte. Tess frisch von der Meierei weg als eine d'Urberville und Lady zu präsentieren, war ihm unbesonnen und riskant erschienen; daher wollte er ihre Abstammung so lange verbergen, bis sie durch eine mehrmonatige Reise an seiner Seite und durch gemeinsame Lektüre mit den Sitten der großen Welt vertrauter sein würde, um sie dann auf einen Besuch bei seinen Eltern mitzunehmen, das Geheimnis zu enthüllen und sie triumphierend als würdiges Mitglied eines so alten Hauses vorzustellen. Es war der hübsche Traum eines Liebenden, wenn nicht mehr. Vielleicht hatte ihre Abkunft größeren Wert für ihn selber als für irgend jemand anderen auf dieser Welt.

Als Tess gewahrte, daß Angels Benehmen sich nicht im geringsten durch ihr schriftliches Geständnis veränderte, zweifelte sie noch am Hochzeitstag, ob er es auch wirklich erhalten habe. Sie erhob sich vom Frühstück, bevor Angel fertig war, und eilte die Stiege hinauf. Es fiel ihr ein, noch einmal einen Blick in die kuriose, ärmliche Kammer zu werfen, die so lange Zeit Clares Höhle oder vielmehr luftiger Horst gewesen; und nachdem sie die Leiter erklommen hatte, stand sie schauend und sinnend an der offenen Tür des Raumes. Sie bückte sich zu der Schwelle des Eingangs, wo sie vor zwei oder drei Tagen in solcher Erregung das Briefchen durch die Spalte geschoben hatte. Der Teppich reichte bis dicht an die Leiste, und unter der Kante des Teppichs erspähte sie den kaum sichtbaren weißen Rand des Umschlags, der ihren Brief an ihn enthielt; es war klar, daß er ihn nie bemerken konnte, denn in ihrer Hast hatte sie ihn nicht nur unter die Tür, sondern auch unter den Teppich geschoben.

Mit einem Gefühl der Verzagtheit zog sie den Brief hervor. Da lag er – versiegelt, genau so, wie er ihre Hand verlassen hatte. Noch immer war dieser Stein des Anstoßes nicht beseitigt. Sie konnte Angel den Brief jetzt nicht lesen lassen, da es im ganzen Hause vor lauter Vorbereitungen für die Trauung drunter und drüber ging; und sie lief in ihr eigenes Zimmer hinunter, wo sie den Brief vernichtete.

Als er sie wieder sah, war sie so blaß, daß er sich Sorgen machte. Der Vorfall mit dem verlegten Brief drückte sie nieder; was konnte sie jetzt in letzter Stunde noch anfangen? Alles war in hellem Aufruhr; ein ewiges Kommen und Gehen; jedermann mußte sich umkleiden, da der Meier und Mrs. Crick gebeten waren, das Paar als Trauzeugen zu begleiten, und ein ruhiges Nachdenken oder ernsthaftes Gespräch schien nahezu unmöglich. Die einzige Minute Alleinseins mit Clare, die Tess erwischen konnte, bot sich ihr, als sie einander auf dem Treppenabsatz trafen.

»Ich möchte so riesig gern mit dir sprechen – möchte dir alle meine Sünden und Fehler gestehn!« sagte sie mit erzwungener Heiterkeit.

»Nein, nein – jetzt kann nicht von Sünden die Rede sein – heute wenigstens, Herzchen, muß man dich für vollkommen halten!« rief er. »Ich hoffe, wir haben später noch massenhaft Zeit, um über deine Fehler zu sprechen. Dann werde ich gleich auch *meine* Sünden gestehen.«

»Aber ich glaube, es wäre besser für mich, wenn es jetzt geschähe, damit du nicht sagen kannst –«

»Nun, du wirst mir alles erzählen – sobald wir in unserer Wohnung sind; nicht jetzt. Auch ich will dir dann meine Fehler gestehn. Aber laß uns nicht den Tag damit verderben; 's wird ein vorzügliches Thema für langweilige Stunden sein.«

»So willst du es also wirklich nicht haben, Liebster?«

»Nein, Tessy, wirklich nicht.«

Sie mußte sich ankleiden, und der Aufbruch drängte, so daß keine Zeit blieb, um mehr zu sagen. Als sie seine Worte überdachte, schienen sie ihre Furcht zu beruhigen. Die übermächtige Flut ihrer Liebe, in die alle ferneren Gedanken mündeten, riß sie durch die nächsten kritischen Stunden fort. Ihre *eine* große, so lange zurückgedämmte Sehnsucht, sich ihm hinzugeben, ihn ihren Herrn, ihr eigen zu nennen und dann, wenn es sein müßte, zu sterben, entführte sie schließlich von dem Pfad ihres ewigen Sinnens und Grübelns. Während sie sich ankleidete, schwebte sie in einer Wolke bunter Träume, deren Glanz alle unheilverkündenden Möglichkeiten der Zukunft überstrahlte.

Bis zur Kirche war es ein langer Weg, und sie mußten mit dem Wagen fahren, besonders jetzt im tiefen Winter. Aus einem Wirtshaus an der Landstraße wurde eine geschlossene Equipage geholt, ein Vehikel, das dort seit den längstvergangenen Tagen der Postkutsche stand. Es hatte derbe Radspeichen, schwere Felgen, einen großen gekrümmten Bauch, ungeheure Bügel und Federn und eine Deichsel wie ein Sturmbock. Der Postillion war ein ehrwürdiger ›Bursche‹ von sechzig Jahren – entsetzlich geplagt von rheumatischer Gicht, der Folge maßlosen Frierens in der Jugend und starker Getränke, die er als Gegenmittel zu sich nahm. Die ganzen fünfundzwanzig Jahre, die verstrichen waren, seit seine Dienste im Sattel nicht mehr gebraucht wurden, lungerte er untätig vor den Türen der Gasthäuser herum, als wartete er darauf, daß die alten Zeiten wieder zurückkehrten. An seinem rechten Bein hatte er eine schwärende Wunde, verursacht durch das ewige Scheuern aristokratischer Kutschendeichseln während der vielen Jahre, die er im Dienste der Goldenen Krone zu Casterbridge verbracht hatte.

Im Innern dieses schwerfälligen und knarrenden Kastens und hinter dieser Ruine eines Postillions nahm das Kleeblatt Platz – die Braut und der Bräutigam, Mr. und Mrs. Crick. Angel hätte es gern gesehen, wenn wenigstens einer seiner Brüder als Brautführer dabei gewesen wäre, aber ihr Schweigen auf seinen sanften brieflichen Wink gab zu verstehen, daß sie nicht kommen wollten. Sie mißbilligten die Heirat, und man konnte von ihnen nicht erwarten, daß sie ihr Vorschub leisteten. Und vielleicht war es ganz gut, daß sie sich fernhielten. Sie waren keine weltlich heiteren jungen Leute, und die Verbrüderung mit dem Meiervolk würde ihre von Vorurteilen bestimmte Empfindlichkeit unangenehm berührt haben, ganz abgesehen von ihren Ansichten über die Verbindung.

Getragen von der Bedeutung des Augenblicks, mitgerissen vom Sturmschritt der Ereignisse, wußte Tess nichts von diesen Dingen; sah nichts, merkte nicht, welche Straße sie zur Kirche einschlugen. Sie wußte, daß Angel dicht neben ihr saß; alles übrige verschwand in einem leuchtenden Nebel. Sie war eine Art himmlischen Wesens, das sein Dasein der Poesie verdankte – eine jener klassischen Gottheiten, von denen Clare zu sprechen pflegte, wenn sie miteinander spazierengingen.

Da die Trauung auf Grund einer Lizenz erfolgte, waren nur etwa ein Dutzend Leute in der Kirche; wären es tausend gewesen, sie hätten nicht mehr Wirkung auf Tess gehabt. Sternenweiten lagen zwischen ihnen und der Welt, in der Tess jetzt atmete. In der verzückten Feierlichkeit, mit der sie ihm Treue schwor, schien die gewöhnliche Empfindsamkeit des Geschlechtes eitles und seichtes Geschwätz. Während einer Pause in der Zeremonie, als sie nebeneinander knieten, neigte sie sich unbewußt zu ihm, so daß ihre Schulter seinen Arm berührte; ein Gedanke hatte sie erschreckt, und ihre Bewegung geschah automatisch, als wollte sie sich vergewissern, daß er wirklich an ihrer Seite sei, als wollte sie ihren Glauben stärken, daß seine Treue allen Drohungen Stich halten werde.

Clare wußte, daß sie ihn liebte – jede Linie ihres Körpers verriet es; aber er kannte zu dieser Zeit nicht die ganze Tiefe ihrer Hingabe, ihre reine Aufrichtigkeit, ihre Demut, wußte nicht, welche Geduld diese Liebe verbürgte, welche Lauterkeit, Dauer und Treue.

Als sie aus der Kirche traten, schwangen die Glöckner mächtig die Schwengel der Glocken, und ein dürftiges dreitöniges Geläute erscholl – denn die Macht, Freude zu verkünden, reichte in diesem kleinen Kirchspiel nicht weiter. Als Tess mit ihrem Gatten auf dem Pfad zur Eingangspforte am Turm vorüberschritt, konnte sie fühlen, wie die zitternde Luft aus den Schallöchern des Glockenturms hervorströmte und sie in tönendem Kreis umsummte, wetteifernd mit der gespannten seelischen Atmosphäre, in der sie atmete.

Dieser Zustand der Verzückung, da sie sich durch einen fremden Strahlenglanz verklärt fühlte gleich den Engeln, die der heilige Johannes in der Sonne sah, dauerte an, bis der Schall der Kirchenglocken dahingestorben und die Erregtheit der Trauhandlung abgeklungen war. Nun konnte ihr Auge ruhiger auf Einzelheiten verweilen, und da Mr. und Mrs. Crick sich ihr eigenes Gig hatten schicken lassen, um die Kutsche den jungen Leuten einzuräumen, bemerkte sie jetzt zum erstenmal den Bau und Charakter dieses Fuhrwerks. Schweigend betrachtete sie es lange Zeit.

»Es kommt mir vor, als wärst du niedergedrückt, Tessy«, sagte Clare.

»Ja«, antwortete sie, die Hand an die Stirne legend. »Vieles ängstigt mich. Es ist alles so ernst, Angel. Und dann ist mir, als hätte ich diese Kutsche schon einmal gesehen, als sei sie mir wohlbekannt. Sehr sonderbar – ich muß sie im Traum gesehen haben.«

»Oh – du hast die Legende von der Kutsche der d'Urbervilles gehört – diese bekannte, abergläubische Geschichte, die man in der ganzen Grafschaft über deine Familie erzählte, als sie hier noch populär war; und dieser schwerfällige alte Kasten erinnert dich daran.«

»Ich habe nie davon gehört, nicht, daß ich wüßte«, sagte sie. »Wie lautet die Legende – darf ich's erfahren?«

»Nun – ich möchte sie jetzt lieber nicht ausführlich erzählen. Irgendein d'Urberville im sechzehnten oder siebzehnten Jahrhundert verübte in seiner Familienkutsche ein schreckliches Verbrechen; und seit dieser Zeit sehen oder hören die Mitglieder der Familie die alte Kutsche, so oft –. Aber ich will dir's ein andermal erzählen – 's ist ziemlich schaurig. Offenbar hat dir der Anblick dieses ehrwürdigen Vehikels eine dunkle Erinnerung ins Gedächtnis zurückgerufen.«

»Ich entsinne mich nicht, daß ich je davon gehört hätte«, murmelte sie. »Geschieht es, wenn wir sterben, Angel, daß die Mitglieder meiner Familie sie sehen, oder wenn wir ein Verbrechen begangen haben?«

»Nun, Tess!«

Er brachte sie durch einen Kuß zum Schweigen.

Als sie nach Hause kamen, war sie zerknirscht und verzagt. Freilich hieß sie Mrs. Angel Clare, aber besaß sie ein moralisches Recht auf diesen Namen? War sie nicht weit eher Mrs. Alexander d'Urberville? Besaß heiße Liebe die Macht, zu rechtfertigen, was ehrlichen Herzen vielleicht als sträfliche Hinterhältigkeit erscheinen mochte? Sie wußte nicht, was in solchen Fällen von einer Frau erwartet wurde; und sie hatte keinen Berater.

Doch als sie ein paar Minuten allein in ihrem Zimmer blieb – für immer zum letztenmal betrat sie es heute –, kniete sie nieder und betete. Sie versuchte, zu Gott zu beten, aber es war ihr Gatte, dem in Wirklichkeit ihr Flehen galt. Ihre abgöttische Verehrung für diesen Mann loderte so heftig, daß sie selbst fast zu fürchten begann, Unheil könnte daraus erwachsen. Es erfüllte sie der Gedanke, den der Mönch Laurentius ausdrückt: ›Diese heftigen Lüste nehmen ein heftiges Ende.‹ Vielleicht war es für menschliche Verhältnisse allzu verwegen – zu üppig, zu wild, zu todesnah.

»O Liebster, Liebster, warum liebe ich dich so?« flüsterte sie in der einsamen Kammer; »denn sie, die *du* liebst, ist nicht mein wirkliches Ich, sondern ein Traumbild mit meinen Zügen; ist die, die ich hätte sein können!«

Der Nachmittag kam, und mit ihm die Stunde des Scheidens. Sie hatten beschlossen, ihren Plan auszuführen und für ein paar Tage die Wohnung in dem alten Gutshof unweit der Wellbridger Mühle zu beziehen; dort gedachte er zu bleiben, während er den Mahlbetrieb studierte. Um zwei Uhr war alles so weit, daß sie aufbrechen konnten. Das ganze Gesinde der Meierei stand auf dem roten Ziegelflur, um sie scheiden zu sehen, während der Meier und sein Weib bis zum Tore folgten. Tess erblickte, an die Wand gereiht, ihre drei Schlafkameradinnen, die schwermütig ihre Köpfe hängen ließen. Sie hatte oft gezweifelt, ob sie wohl zum Abschied erscheinen würden; aber da standen sie nun, stoisch und treu bis zum letzten. Sie wußte, warum die zarte Retty so verfallen aussah, Izz so tragisch und kummervoll und Marian so bleich; und sie vergaß einen Augenblick lang die düstern Phantome, die sie selber hetzten, in der Betrachtung dieser unglücklichen Mädchen.

Mit einem plötzlichen Impuls flüsterte sie ihm zu:

»Willst du sie nicht alle küssen, die armen Dinger, zum ersten- und letztenmal?«

Clare hatte nicht das geringste gegen solch eine Abschiedsformalität einzuwenden – denn nichts anderes war es für ihn –, und als er an ihnen vorbeikam, küßte er sie der Reihe nach, wie sie dort standen, und sagte zu jeder »Lebwohl«. An der Tür warf Tess nach Frauenart einen Blick zurück, um die Wirkungen dieses Kusses der Barmherzigkeit zu beobachten; es sprach kein Triumph aus ihren Augen, wie sehr man es auch hätte erwarten dürfen. Und er wäre sicherlich verschwunden, als sie sah, wie bewegt die Mädchen alle waren. Der Kuß hatte offensichtlich Schaden gestiftet und Gefühle erweckt, die sie zu unterdrücken versuchten.

Von all diesen Dingen hatte Clare keine Ahnung. Er schritt weiter zur Haustür, schüttelte dem Meier und dessen Weib die Hände und dankte ihnen zum letztenmal für ihre Aufmerksamkeiten; dann herrschte einen Augenblick lang Schweigen, bevor der Wagen sich in Bewegung setzte. Das Krähen eines Hahnes unterbrach die Stille. Der weiße mit dem rosigen Kamm war herbeigeflogen und hatte sich vor dem Hause wenige Meter von ihnen auf das Staket gesetzt: seine Töne durchbohrten ihre Ohren und starben dahin wie das Echo in einem Felsental.

»Oh?« sagte Mrs. Crick. »Ein Krähen am Nachmittag?«

Zwei Männer standen am Hoftor und hielten es geöffnet.

»Das ist ein schlechtes Zeichen«, murmelte der eine dem andern zu, vergessend, daß die Gruppe an der Hauspforte seine Worte hören konnte.

Der Hahn krähte wieder – direkt zu Clare hinüber.

»Nun gut!« brummte der Meier.

»Ich mag ihn nicht hören«, sagte Tess zu ihrem Mann. »Laß den Kutscher losfahren. Lebt wohl, lebt wohl!«

Der Hahn krähte von neuem.

»Kusch! Schau, daß du weiterkommst, Herrchen, oder ich dreh dir den Hals um!« rief der Meier etwas gereizt, wandte sich zu dem Vogel und jagte ihn fort. Und als sie hineingingen, sagte er zu seinem Weib: »Nun denk mal, daß das grad heute passieren muß! Ein ganzes Jahr lang hab ich am Nachmittag sein Krähen nicht gehört.«

»Es bedeutet bloß, daß sich das Wetter ändert«, erwiderte sie; »nicht, was du glaubst; das ist ja unmöglich!«

XXXIV

EIN paar Meilen weit fuhren sie das Tal entlang über die ebene Straße, und als sie Wellbridge erreichten, bogen sie vom Dorfe zur Linken ab und überquerten die große Brücke aus den Zeiten Elisabeths, der der Ort die Hälfte seines Namens verdankt. Unmittelbar dahinter stand das Haus, in dem sie Zimmer gemietet hatten und dessen äußere Konturen allen Wanderern, die durch das Froomtal kamen, so wohlvertraut sind; ehemals der Trakt eines prächtigen Herrenhauses, Eigentum und Sitz eines d'Urberville, doch seit seiner teilweisen Zerstörung ein Pachtgebäude.

»Willkommen im Hause deiner Ahnen!« sagte Clare, als er ihr vom Wagen half. Aber er bereute den Scherz; er grenzte zu sehr an Spott.

Beim Eintritt erfuhren sie, daß der Pächter, obgleich sie nur ein paar Zimmer gemietet hatten, ihre geplante Anwesenheit während der kommenden Tage benutzen wollte, um bei einigen Freunden einen Neujahrsbesuch zu machen; ein Weib aus einer der benachbarten Hütten sollte für ihre geringen Bedürfnisse sorgen. Die unumschränkte Verfügung über das ganze Haus machte ihnen Vergnügen, und dieser Glücksfall wirkte auf sie wie der erste Augenblick gemeinsamen Lebens unter einem eigenen Dach.

Aber Clare entdeckte, daß der modrige alte Wohnsitz seine junge Frau ein wenig bedrückte. Als der Wagen fort war, stiegen sie die Treppe hinauf, um sich die Hände zu waschen; die Scheuerfrau wies ihnen den Weg. Auf dem Treppenabsatz stutzte Tess und schrak zusammen.

»Was ist los?« sagte er.

»Diese gräßlichen Frauen!« erwiderte sie mit einem Lächeln. »Wie sie mich erschreckt haben!«

Er schaute auf und erblickte zwei lebensgroße Porträts, auf Holztafeln gemalt und in das Mauerwerk eingelassen. Wie alle Besucher des Gebäudes wissen, stellen diese Gemälde zwei Frauen mittleren Alters dar, die vor mehr als zweihundert Jahren lebten und deren Züge, einmal gesehen, unvergeßlich im Gedächtnis haftenbleiben. Das lange spitze Gesicht, die schmalen Augen und das Lächeln der einen, so unbarmherzig und verräterisch; die Hakennase, die großen Zähne und kühnen Augen der andern, anmaßenden Dünkel verratend, der fast an trotzige Grausamkeit grenzt, verfolgen den Besucher bis in seine Träume.

»Wen stellen diese Porträts dar?« fragte Clare die Scheuerfrau.

»Die alten Leute sagen, 's wären Ladies von der d'Urberville-Familie gewesen, denen früher einmal dieses Gut gehört hat«, antwortete sie. »Weil sie in die Mauern eingebaut sind, kann man sie nicht wegräumen.«

Das Unangenehme an der Sache war nicht nur die lästige Wirkung der Bilder auf Tess; ja, unzweifelhaft ließen sich ihre schönen Züge in diesen verzerrten Gestalten erkennen. Er verlor jedoch kein Wort darüber, und voller Reue, daß er ganz gegen seine Art dieses Haus für ihre Flitterwochen gewählt hatte, schritt er weiter in das anstoßende Zimmer. Die Wohnung war ziemlich überstürzt für sie hergerichtet worden, und so mußten sie sich die Hände in *einem* Becken waschen. Clare berührte im Wasser ihre Hände.

»Welche Finger gehören mir und welche dir?« sagte er, aufblickend. »Sie sind ganz durcheinander.«

»Sie gehören alle dir«, erwiderte sie sehr nett und bemühte sich, fröhlicher zu scheinen, als ihr zumute war. Ihre Versonnenheit bei solch einem Anlaß hatte ihm durchaus nicht mißfallen; jede gefühlvolle Frau würde sich ebenso benommen haben; aber Tess wußte, daß sie bis zum Übermaß versonnen war, und kämpfte dagegen an.

Die Sonne stand an diesem kurzen letzten Nachmittag des Jahres so tief am Himmel, daß sie durch eine kleine Fensterluke hereinschien und eine goldene Lanze quer durch den Raum bis auf den Rocksaum von Tess warf, wo ein heller Fleck aufglühte gleich einem Farbmal, das sie zeichnete. Sie gingen in das altertümliche Wohnzimmer zum Tee, und hier hielten sie ihre erste gemeinsame Mahlzeit unter vier Augen. So kindisch waren sie beide, oder war vielmehr Clare, daß er es reizvoll fand, denselben Butterbrotteller zu benützen wie sie und Krumen mit seinen Lippen von ihrem Munde zu wischen. Es wunderte ihn ein wenig, daß sie auf diese Tändeleien nicht ebenso eifrig und lustig einging wie er selbst.

Lange Zeit betrachtete er sie schweigend; ›sie ist meine liebe, liebe Tess‹, dachte er im stillen wie jemand, der sich über die richtige Auslegung eines schwierigen Satzes schlüssig wird. ›Erfasse ich mit hinlänglichem Ernst, wie völlig und unabänderlich dieses kleine Frauenwesen von meiner Treue oder Untreue, von meinem Glück oder Unglück abhängt? Ich glaube nicht. Ich glaube, ich könnte es gar nicht, außer ich wäre selbst ein Weib. Was *ich* bin, ist *sie.* Was aus *mir* wird, muß aus *ihr* werden. Was ich nicht sein kann, kann auch sie nicht sein. Und soll ich sie je vernachlässigen oder ihr wehe tun oder auch nur vergessen, sie auf Händen zu tragen? Gott verhüte solch einen Frevel!‹

Sie blieben am Teetisch sitzen und warteten auf ihr Gepäck, denn der Meier hatte versprochen, es noch vor Dunkelwerden zu schicken. Doch der Abend begann hereinzubrechen, und das Gepäck kam nicht; und sie hatten nichts anderes mitgebracht, als was sie am Leibe trugen. Mit dem Verschwinden der Sonne wechselte die ruhige Stimmung des Wintertages. Vor den Fenstern erhoben sich Geräusche wie von scharf knisternder Seide; das friedvolle, tote Laub des vergangenen Herbstes feierte zürnende Auferstehung, wirbelte widerwillig durch die Luft und klopfte leise an die Läden. Bald darauf begann es zu regnen.

»Dieser Hahn wußte, daß sich das Wetter ändern würde«, sagte Clare.

Das Weib, das ihre Bedienung besorgte, war für die Nacht nach Hause gegangen, aber sie hatte Kerzen auf den Tisch gestellt, und nun zündete Clare sie an. Jedes der Flämmchen flakkerte nach dem Kamin hinüber.

»Diese alten Häuser sind so zugig«, fuhr Angel fort, die Flammen betrachtend und den Talg, der seitlings an den Kerzen hinabquoll. »Möchte wissen, wo das Gepäck bleibt. Wir haben nicht einmal Kamm und Bürste.«

»Ich weiß es nicht«, antwortete sie geistesabwesend.

»Tess, du bist heute abend nicht ein bißchen fröhlich – gar nicht wie sonst. Diese alten Hexen auf dem Getäfel droben haben dich ganz verstört. Es tut mir leid, daß ich dich hierher gebracht habe. Jetzt frage ich mich gar, ob du mich wirklich liebst.«

Er *wußte,* daß sie ihn liebte, und die Worte hatten keine ernste Absicht; aber sie fieberte vor übersteigerter Erregung und fuhr zusammen wie ein verwundetes Tier. Obgleich sie versuchte, nicht in Tränen auszubrechen, konnte sie nicht verhindern, daß ein oder zwei Tropfen über ihre Wange kollerten.

»Es war nicht mein Ernst!« sagte er bekümmert. »Du bist verstimmt, weil du deine Sachen nicht hast, ich weiß. Ich kann mir nicht denken, warum der alte Jonathan nicht kommt. Es ist ja schon sieben Uhr! Ah, da ist er!«

Ein Klopfen erscholl an der Tür, und da niemand dem Ruf Folge leisten konnte, ging Clare selbst hinunter. Er kehrte mit einem kleinen Paket in der Hand zurück.

»Es ist übrigens gar nicht Jonathan gewesen«, sagte er.

»Wie ärgerlich!« antwortete Tess.

Das Paket hatte ein besonderer Bote gebracht, der aus dem Pfarrhaus von Emminster unmittelbar nach der Abreise des verheirateten Paares in Talbothays angelangt war und ihnen nach Wellbridge folgte, da er den strengen Auftrag hatte, es niemandem andern als ihnen selber auszuhändigen. Clare trug es ans Licht. Es war noch keinen halben Meter lang, in Segeltuch genäht, mit seines Vaters Petschaft rot versiegelt und von seines Vaters Hand an ›Mrs. Angel Clare‹ adressiert.

»Ein kleines Hochzeitsgeschenk für dich«, sagte er und reichte es ihr hinüber. »Wie aufmerksam sie sind!«

Tess sah ein wenig verwirrt aus, als sie das Paket in die Hand nahm.

»Ich glaube, Liebster, es wäre mir lieber, wenn du es aufmachen würdest«, sagte sie, von der Sendung aufblickend. »Ich breche nicht gern diese großen Siegel; sie sehen so feierlich aus. Bitte, mach es für mich auf!«

Er öffnete das Paket. Es enthielt eine Kassette aus Saffianleder, auf der ein Brief und ein Schlüssel lagen.

Der Brief war für Clare und lautete:

Lieber Sohn!

Vielleicht hast Du vergessen, daß Deine Taufpatin, Mrs. Pitney, bei ihrem Tode, als Du noch ein Junge warst – das eitle, gütige Wesen! –, einen Teil des Inhalts ihrer Schmuckkassette mir hinterließ, zu treuen Händen für *Deine Frau,* falls Du jemals heiraten solltest, als ein Zeichen ihrer Liebe zu Dir und zu der Erwählten Deines Herzens. Dieses Vermächtnis habe ich erfüllt, und die Diamanten lagen seither wohlverwahrt bei meinem Bankier. Obgleich ich es unter den Umständen als eine etwas ungereimte Handlung empfinde, bin ich, wie Du sehen wirst, verpflichtet, die Schmuckstücke *der* Frau auszuhändigen, der nun ihr Gebrauch für das ganze Leben rechtmäßig zusteht, und sie gehen daher unverzüglich an sie ab. Streng genommen, glaube ich, sind sie als unveräußerliche Erbstücke gedacht, den testamentarischen Bedingungen Deiner Patin zufolge. Die genauen Worte der Klausel, die sich auf diesen Punkt bezieht, schließe ich bei.

»Jetzt erinnere ich mich«, sagte Clare; »aber ich hatte es ganz vergessen.«

Als sie die Kassette aufschlossen, fanden sie eine Halskette mit Anhänger, Armbänder und Ohrringe; und daneben noch einige kleinere Schmuckstücke.

Anfangs schien es, als scheute sich Tess, sie anzurühren, aber einen Augenblick lang funkelten ihre Augen so hell wie die Steine, als Clare den ganzen Schatz auf dem Tisch ausbreitete.

»Gehören sie mir?« fragte sie ungläubig.

»Ja, gewiß«, sagte er.

Er schaute ins Feuer. Er erinnerte sich, wie ehemals, als er ein fünfzehnjähriger Bursche war, seine Taufpatin, die Frau des Gutsherrn – die einzige reiche Person, mit der er jemals in Berührung kam – voll tiefster Zuversicht auf seinen Erfolg im Leben hoffte und ihm eine wunderbare Laufbahn prophezeite. Da schien es freilich ganz und gar im Einklang mit solch einer erhofften Karriere zu sein, wenn sie diese prächtigen Schmuckstücke für sein Weib und die Frauen ihrer Erben aufbewahrte. Jetzt schimmerten sie etwas ironisch. ›Doch warum?‹ fragte er sich. Es war durchaus nur eine Frage der Eitelkeit; und wenn dies für die eine Seite der Gleichung zugegeben wurde, mußte man es auch für die andere zugeben. Sein Weib war eine d'Urberville: Wem konnten sie besser ziemen als ihr?

Plötzlich rief er enthusiastisch:

»Tess, leg ihn an – leg ihn an!« und er wandte sich vom Feuer weg, um ihr zu helfen.

Wie durch Zaubermacht hatte sie den Schmuck bereits umgelegt – Halskette, Ohrringe, Armbänder, alles.

»Aber das Kleid ist nicht richtig, Tess‹, sagte Clare. »Für eine Brillantengarnitur müßte es tief ausgeschnitten sein.«

»Wirklich?« erwiderte Tess.

»Ja«, sagte er.

Er riet ihr, den oberen Rand ihres Leibchens einzuschlagen, damit es sich einigermaßen dem Décolleté einer Abendtoilette annähere, und als sie dies getan hatte und das Anhängsel der Kette einsam inmitten der Weiße ihres Halses schimmerte, wie es sich gehörte, trat er zurück, um sie zu betrachten.

»Lieber Gott, wie schön du bist!« sagte Clare.

Kleider machen Leute, wie jedermann weiß; ein Landmädchen, das in ihrem schlichten Stand und ihrer simplen Tracht für den gelegentlichen Betrachter nur sehr mäßige Reize besitzt, wird als blendende Schönheit aufblühen, wenn sie sich als Modedame kleidet mit all dem Beistand, den die Kunst verleihen kann; während die Schönheit des mitternächtigen Zirkels oft nur eine traurige Figur machen würde, wenn man sie in den Arbeitskittel der Schnitterin stecken und an einem trüben Tag auf einen öden Rübenacker stellen wollte. Nie bis zu diesem Augenblick hatte er die künstlerische Vollendung ihrer Glieder und Züge richtig gewürdigt.

»Wenn du nur so in einem Ballsaal erscheinen würdest!« sagte er. »Aber nein – nein, Liebste; ich glaube, am liebsten habe ich dich in der Flügelhaube und im Kattunrock – ja, lieber als mit diesem Schmuck, so gut dir auch der vornehme Flitter steht.«

Das Bewußtsein ihrer bezaubernden Erscheinung durchbebte Tess mit heißer Erregung; und doch war es nicht das Glück, was sie erröten ließ.

»Ich will ihn ablegen«, sagte sie; »Jonathan könnte mich sehen. Er paßt nicht für mich, nicht wahr? Man muß ihn wohl verkaufen.«

»Laß ihn noch ein paar Minuten an. Verkaufen? Niemals. Das wäre ein Vertrauensbruch.«

Beeinflußt durch einen neuen Gedanken, gehorchte sie bereitwillig. Sie hatte etwas zu erzählen, und vielleicht konnte der Schmuck ihr helfen. Bedeckt mit den Juwelen, setzte sie sich nieder; und sie ergingen sich von neuem in Vermutungen, wo denn wohl Jonathan mit ihrem Gepäck stecken mochte. Das Bier, das sie für ihn eingegossen hatten, damit er bei seiner Ankunft etwas zu trinken habe, war vom langen Stehen schal geworden.

Kurz darauf begannen sie mit dem Nachtmahl, das bereits auf einem Nebentisch aufgetragen war. Bevor sie noch fertiggegessen hatten, lief plötzlich ein Zucken durch den Rauch des Kaminfeuers, und seine aufsteigende Fahne bauschte sich ins Zimmer, als hätte einen Augenblick lang ein Riese seine Hand auf den Schornstein gelegt. Das rührte von dem Öffnen der äußeren Tür her. Ein schwerer Schritt ließ sich nun im Korridor vernehmen, und Angel ging hinaus.

»'s wollte kein Mensch mein Klopfen hören«, entschuldigte sich Jonathan Kail, denn er war es zu guter Letzt; »und weil's draußen regnete, macht ich die Tür auf. Ich hab die Sachen gebracht, Sir.«

»Es freut mich, daß wir sie endlich haben. Aber sie kommen sehr verspätet.«

»Wohl, Sir, ja.«

Es lag etwas Kleinlautes in Jonathan Kails Ton, wovon man tagsüber nichts gemerkt hatte, und neben den Furchen des Alters gruben sich Kummerfalten in seine Stirn. Er fuhr fort:

»Seit Sie und Ihre Madam – so muß man sie ja jetzt nennen – heute nachmittag fort sind, haben wir alle in der Meierei 'nen ordentlichen Schreck gekriegt durch 'ne Sache, die sich zu 'nem furchtbaren Unglück hätte auswachsen können. Vielleicht haben Sie nicht vergessen, wie der Hahn am Nachmittag krähte?«

»Lieber Gott – was –«

»Ja, die einen sagen, 's bedeutet das, und die andern jenes; aber was passiert ist – nun, die arme kleine Retty Priddle hat versucht, sich zu ertränken.«

»Nein! Wirklich? Sie hat uns doch mit den andern Lebwohl gesagt –«

»Ja. Nu, Herr, als Sie und Ihre Madam – so heißt sie ja jetzt von Rechts wegen –, als Sie beide wegfuhren, wie gesagt, setzten Retty und Marian ihre Hauben auf und gingen fort. Und weil's jetzt nicht viel zu tun gibt, am Silvester, wo alle Welt den moralischen Katzenjammer hat, fiel's niemandem weiter auf. Sie gingen zu Lew-Everard, wo sie ein Schlückchen zu sich nahmen, und dann strolchten sie weiter zum Dreiarmigen Kreuz, und dort scheinen sie sich getrennt zu haben: Retty schlug sich seitwärts in die Wasserwiesen, wie wenn sie nach Haus wollte, und Marian ging ins nächste Dorf, wo's ein zweites Wirtshaus gibt. Dann sahen und hörten wir nichts mehr von Retty, bis der Grabenräumer auf seinem Nachhausweg am Großen Tümpel irgendwas im Gras bemerkte; 's war ihre Haube und ihr Schal, zu 'nem Bündel geschnürt. Im Wasser hat er sie gefunden. Er und ein anderer trugen sie heim und glaubten, sie wär' tot; aber nach und nach kam sie wieder zu sich.«

Angel besann sich plötzlich, daß Tess diese traurige Geschichte mit anhören konnte, und ging zurück, um die Tür zwischen dem Korridor und dem Wohnzimmer zu schließen; aber seine Frau, einen Schal um die Schultern werfend, war näher getreten und lauschte der Erzählung des Mannes, während ihre Blicke verloren auf dem Gepäck ruhten und auf den glitzernden Regentropfen, die an den Riemen hingen.

»Und dann noch die Geschichte mit Marian: Man hat sie stockbetrunken neben dem Weidengehölz gefunden – ein Mädel, das nie zuvor was anderes angerührt hat als Kreuzerbier; obschon sie freilich immer 'ne starke Esserin war, wie man's ihr am Gesicht ansah. Es scheint, als hätten die Mädels alle den Verstand verloren!«

»Und Izz?« fragte Tess.

»Izz ist wie gewöhnlich zu Haus; aber sie sagt, sie kann sich schon denken, wie's kam; und es scheint ihr sehr schwer auf der Seele zu liegen, dem armen Mädel, was ganz natürlich ist. Und so sehen Sie, Herr, weil all das grade passierte, als wir Ihre Siebensachen und das Nachtzeug und die Kleider Ihrer Frau in den Karren packten, nun, so hab ich mich verspätet.«

»Ja. Also, Jonathan, wollen Sie jetzt die Koffer heraufschaffen und ein Glas Bier trinken und so schnell wie möglich zurückeilen; für den Fall, daß man Sie brauchen sollte!«

Tess war ins Zimmer zurückgegangen, setzte sich vor den Kamin und blickte versonnen ins Feuer. Sie hörte Jonathan Kails schwere Tritte treppauf und treppab, bis er mit dem Heraufschaffen des Gepäcks fertig war, und hörte seine Danksagungen für das Bier, das ihr Mann ihm hinausbrachte, und für das Trinkgeld, das er bekam. Dann entfernten sich Jonathans Schritte von der Tür, und sein Karren rasselte davon.

Angel schob den massiven Eichenbalken vor, der die Türe sicherte, trat dann ins Zimmer, ging zu Tess hin, die gebeugt am Herde saß, und preßte von rückwärts ihre Wangen zwischen seine Hände. Er erwartete, daß sie fröhlich emporspringen und ihre Toilettesachen auspacken würde, nach denen sie sich so sehr gesehnt hatte; doch als sie nicht aufstand, setzte er sich neben sie in den Feuerschein, und die Kerzen auf dem Eßtisch waren zu dünn und trübe, um den strahlenden Schimmer des Kamins zu stören.

»Es tut mir so leid, daß du diese traurige Geschichte von den Mädchen gehört hast«, sagte er. »Aber laß dich nicht deprimieren. Retty ist von Natur aus krankhaft schwächlich.«

»Ohne den mindesten Grund«, erwiderte Tess. »Während andere, die Grund dazu hätten, es sorgsam verstecken und so tun, als wären sie frisch und gesund.«

Dieser Vorfall gab den Ausschlag. Izz und Marian waren schlichte und unschuldige Mädchen, die eine unerwiderte Liebe ins Unglück stürzte; sie hätten es besser vom Schicksal verdient. Sie hatte es schlimmer verdient – und doch war sie die Erwählte. Wie gottlos, wenn sie alles hinnahm, ohne zu bezahlen! Aber sie würde bis auf den letzten Heller bezahlen; sie würde sprechen, hier auf der Stelle. Zu diesem endgültigen Entschluß gelangte sie, als sie ins Feuer blickte und Angel ihre Hand hielt.

Der gleichmäßige, glührote Schimmer der flammenlos glimmenden Asche bemalte mit seiner Farbe die Seiten- und Rückwand des Kamins, die blankgeputzten Feuerböcke und die alten Messingzangen, die nicht fassen wollten. Die untere Seite des Kaminsimses und die Beine des Tisches, der dem Feuer zunächst stand, glühten rot in dem blutfarbenen Licht. Über Gesicht und Hals der Tess spielte derselbe warme Farbenton, wurde zurückgeworfen und verwandelte jeden Edelstein in einen Aldebaran oder Sirius – ein Sternenkranz weißer, roter und grüner Blitze, die mit jedem Pulsschlag von Tess ihre Farben tauschten.

»Erinnerst du dich, was wir heute morgen zueinander sagten, – daß wir unsere Fehler beichten wollten?« fragte er unvermittelt, als er sah, daß sie immer noch regungslos blieb. »Wir sprachen vielleicht nur leichthin, und *du* durftest es wohl auch. Aber für mich war es kein leichtes Versprechen. Ich möchte dir ein Geständnis machen, Liebste.«

Diese Worte, die so unerwartet zurechtkamen, wirkten auf sie wie ein hilfreicher Wink der Vorsehung.

»Du hast etwas zu gestehen?« fragte sie rasch, ja fröhlich sogar und erleichtert.

»Du hast es nicht erwartet? Ah – du dachtest zu gut von mir. Nun, hör zu. Leg deinen Kopf hierher, denn ich will, daß du mir verzeihst und mir nicht zürnst, weil ich nicht früher schon alles erzählt habe, wie ich's vielleicht hätte tun sollen.«

Wie seltsam das war! Er schien ihr Doppelgänger zu sein. Sie sagte nichts, und Clare fuhr fort:

»Ich schwieg, weil ich mich davor fürchtete, meine Aussichten auf dich zu gefährden, auf dich, Liebling, den großen Gewinn meines Lebens – meine *Kameradin,* so nenne ich dich. Meines Bruders Kameradin wurde auf seiner Universität gewonnen, *meine* in der Meierei von Talbothays. Nun, ich wollte es nicht riskieren. Vor einem Monat – damals, als du einwilligtest, die Meine zu werden – stand ich auf dem Sprung, dir alles zu erzählen, aber ich konnte nicht; ich dachte, es würde dich vielleicht von mir abschrecken. Ich verschob es; dann wollte ich dir's gestern erzählen, damit dir wenigstens eine Chance bliebe, von mir zu gehen. Aber ich tat es nicht. Und ich tat es auch heute morgen nicht, als du auf der Treppe vorschlugst, unsere Fehler zu bekennen – so ein schlechter Kerl war ich! Aber jetzt, da ich dich hier so ernst sitzen sehe, kann ich nicht anders. Ich bin neugierig, ob du mir verzeihen wirst.«

»O ja! ganz sicher –«

»Nun, ich hoffe es. Aber warte ein Weilchen. Du weißt noch nichts. Um mit dem Anfang zu beginnen: Wenn auch, wie ich glaube, mein armer Vater fürchtet, meine Anschauungen müßten mir die ewige Verdammnis eintragen, so bin ich doch ein eifriger Verfechter moralischer Tugend, Tess. Immer wünschte ich mir, ein Lehrer der Menschen zu werden, und es war eine große Enttäuschung für mich, als ich entdeckte, daß ich nicht in den geistlichen Stand eintreten könne. Ich liebte unbefleckte Reinheit und haßte Unreinheit; auch heute noch. Wie immer ich über die Vollkommene Inspiration denken mag, mit ganzem Herzen bekenn ich mich zu den Worten des heiligen Paulus: ›Sei du ein Beispiel – im Wort, in der Rede, in Barmherzigkeit, im Mute, im Glauben und in der Reinheit.‹ Es ist der einzige Schutz für uns arme menschliche Geschöpfe. ›Integer vitae‹, sagt ein römischer Dichter, der eine seltsame Gesellschaft für den heiligen Paulus bildet:

Der lebenslautre Mensch, von Schwachheit frei,
Er hat des Mauren Speer und Pfeil nicht not.

Nun, da ich dies so stark empfand, wirst du einsehen, was für schreckliche Gewissensbisse ich mir machte, als ich, ich in höchst eigener Person, zu Fall kam.«

Dann erzählte er ihr von jener Zeit seines Lebens, von der hier bereits die Rede war: Als er, von Zweifeln und Schwierigkeiten umhergestoßen wie ein Kork auf den Wellen, nach London ging und sich für achtundvierzig Stunden mit einer Fremden in einen tollen Wirbel stürzte.

»Glücklicherweise kam mir fast auf der Stelle meine Torheit zu Bewußtsein«, fuhr er fort. »Ich wollte nichts mehr mit ihr zu schaffen haben und ging nach Hause. Nie habe ich diesen Fehltritt wiederholt. Aber ich empfand das Bedürfnis, völlig offen und ehrlich gegen dich zu sein, und das war nicht möglich, ohne daß ich dir alles erzählte. Verzeihst du mir?«

Statt zu antworten, drückte sie fest seine Hand.

»Dann wollen wir es jetzt und für alle Zeiten ruhen lassen – da es zu peinlich ist für den heutigen Tag – und wollen von fröhlichen Dingen sprechen.«

»O Angel, ich bin fast froh – denn jetzt kannst du mir verzeihen! Ich habe mein Geständnis noch nicht abgelegt. Auch ich muß etwas gestehen – erinnere dich, daß ich es schon sagte.«

»Ah, freilich! Nun, dann leg los, kleiner Bösewicht!«

»Vielleicht, wenn du auch lächelst, ist es ebenso ernst wie dein Geständnis oder noch ernster.«

»'s kann schwerlich ernster sein, Liebste.«

»Nein, o nein!« Freudig erregt von dieser Hoffnung, sprang sie auf. »Nein, es kann nicht ernster sein, sicher nicht«, rief sie. »Ich will es dir jetzt erzählen.« Sie setzte sich wieder hin.

Ihre Hände waren immer noch vereinigt. Die Asche unter dem Rost lag in den senkrechten Gluten des Feuers wie eine versengte Wüste. Ihre Phantasie erblickte die gespenstische Düsterkeit des Jüngsten Tages in dem Schimmer der rötlichen Kohlen, der auf sein Gesicht und seine Hand fiel, in das lose Haar um ihre Schläfen lugte und die zarte Haut überflammte. Ihre Gestalt warf einen großen Schatten auf die Wand und die

Decke. Sie beugte sich vor, und jeder Diamant an ihrem Halse schoß einen unheilvollen blinzelnden Blick wie ein Krötenauge; und die Stirn gegen seine Schläfe pressend, hob sie an, die Geschichte ihrer Bekanntschaft mit Alec d'Urberville zu erzählen und was daraus folgte, die Augenlider gesenkt und ohne Stokken murmelnd, Wort um Wort.

5. Phase

Die Frau bezahlt

XXXV

IHRE Erzählung ging zu Ende; selbst alle Wiederholungen und erklärenden Bemerkungen waren verklungen. Ihre Stimme hatte sich kaum jemals höher erhoben als bei den ersten Worten; keinerlei Phrase der Entschuldigung kam von ihren Lippen, und sie hatte nicht geweint.

Doch wie ihre Beichte fortschritt, schienen selbst äußerliche Dinge in ihrem Ausdruck eine Wandlung zu erfahren. Das Feuer auf dem Kamingitter sah teuflisch aus – von dämonischer Lustigkeit, als kümmere es sich nicht im mindesten um ihre Nöte. Der Rost grinste gelangweilt, als ob es auch ihm völlig gleich sei. Das Licht, das der Wasserflasche entströmte, war lediglich in ein chromatisches Problem vertieft. Alle materiellen Gegenstände verkündeten ohne Unterlaß mit schrecklichem Nachdruck ihre Teilnahmslosigkeit. Und doch hatte sich nichts geändert seit dem Augenblick, da er sie küßte; oder vielmehr nichts im stofflichen Bestand der Dinge. Aber das Wesen der Dinge war verwandelt.

Als sie verstummte, schienen des Ohres heimlich dunkle Erinnerungen an ihre frühere Zärtlichkeit in die Winkel ihrer Gehirne davonzuhuschen – hallten vielfältig nach, das Echo einer Zeit voll restlos verblendeter Torheit.

Mit einer mechanisch belanglosen Geste schürte Clare das Feuer; noch immer nicht war er zu vollem Verständnis erwacht. Nachdem er die Asche aufgeschürt hatte, erhob er sich von seinem Stuhl; jetzt empfand er die ganze Wucht ihrer Enthüllungen. Sein Gesicht wurde hager und abgezehrt. In seiner rastlos vergrübelten Spannung stampfte er mit zuckenden Bewegungen den Fußboden. Was er auch versuchte, er konnte nicht scharf genug nachdenken; das war die Bedeutung seiner vagen Geste.

Er begann in einem Tonfall zu sprechen, der von all den wechselnden Stimmklängen, die sie je von ihm gehört hatte, der alltäglichste war und am wenigsten angemessen.

»Tess, soll ich das glauben? Nach deinem Benehmen muß ich es für wahr halten. Du kannst nicht von Sinnen sein, wenn du's auch sein müßtest. Doch du bist es nicht. Ich sehe nichts an dir, was eine solche Annahme berechtigen würde.« Er hielt inne, um gleich darauf in scharfem Ton fortzufahren: »Warum sprachst du nicht früher? Ah, ja, du würdest gesprochen haben, gewissermaßen – aber ich hinderte dich, ja, ich weiß!«

Diese und andere Worte von seinen Lippen waren nichts als das mechanische Gekräusel der Oberfläche, während die Tiefen in lautloser Lähmung verharrten. Er wandte sich ab, beugte sich über einen Stuhl und richtete sich wieder auf. Sie folgte ihm in die Mitte des Zimmers, stand dort, die Hand auf den Rücken eines Stuhles gelegt, und starrte ihn an mit Augen, die nicht weinten. Plötzlich glitt sie zu seinen Füßen auf die Knie und fiel dann wie ein Bündel zusammen.

»Im Namen unserer Liebe, verzeih mir!« flüsterte sie mit trockenen Lippen. »Ich habe dir dasselbe verziehen.«

Und als er nicht antwortete, sagte sie von neuem: »Verzeih mir, wie *dir* verziehen ist! *Ich* verzeihe dir, Angel.«

»Du – ja, du tust es.«

»Du aber verzeihst mir nicht?«

»*Verzeihung* paßt nicht zu dem Fall. Du warst *ein* Mensch, jetzt bist du ein anderer. Wie kann Verzeihung eine so groteske Gaukelei erfassen?«

Er hielt inne; und brach dann plötzlich in ein furchtbares, erkennendes Gelächter aus – so unnatürlich und gespenstisch wie ein Lachen der Hölle.

»Nicht – nicht! Es tötet mich!« schrie sie. »Hab Mitleid mit mir – hab Mitleid.«

Er gab keine Antwort; und totenbleich sprang sie auf.

»Angel, Angel! Was soll das heißen?« rief sie aus. »Weißt du, was das für mich bedeutet?«

Er schüttelte den Kopf in verständnisloser Abwesenheit.

»Ich habe gehofft, mich gesehnt, darum gebetet – *dich* glücklich machen zu können! Ich stellte mir vor, wie mich das beglücken würde und was für ein unwürdiges Weib ich wäre, wenn es mir nicht gelänge! Das habe ich empfunden, Angel!«

»Ich weiß es.«

»Ich glaubte, Angel, daß du mich liebtest – mich, mich selbst! Wenn *ich* es bin, die du liebst, oh, wie kannst du dann so schauen und so sprechen? Es ängstigt mich! Und da ich anfing, dich zu lieben, liebe ich dich für immer – in allen Wandlungen, in allen Sünden, weil du *du selbst* bist. Nach anderem frag ich nicht. Wie kannst also du, mein geliebter Mann, aufhören, mich zu lieben?«

»Ich wiederhole: Die Frau, die ich geliebt habe, bist nicht *du*.«

»Wer – wer denn?«

»Eine andere in deiner Gestalt.«

Sie erkannte in seinen Worten, daß ihre angstvollen Ahnungen früherer Tage Wirklichkeit geworden waren. Er sah in ihr eine Art Betrügerin; ein schuldiges Weib in der Maske der Unschuld. Entsetzen malte sich auf ihrem bleichen Gesicht, als sie dies gewahrte; ihre Wangen wurden welk, und ihr Mund erstarrte zu einem kleinen runden Loch. Das grauenhafte Bewußtsein des Bildes, das er von ihr gewann, entnervte sie so, daß sie taumelte; und er trat vor, in der Meinung, sie würde fallen.

»Setz dich, setz dich«, sagte er aus purem Mitleid. »Dir ist nicht wohl; und nichts natürlicher als das.«

Sie setzte sich nieder, ohne zu wissen, wo sie sich befand, immer noch jenen verlorenen Ausdruck in den Zügen; und ihr Blick durchschauerte ihn kalt.

»Ich gehöre also nicht mehr zu dir; ist es so, Angel?« fragte sie hilflos. »Nicht ich bin es, sagt er, sondern eine andere Frau, mir ähnlich, die er liebt.«

Als dieser Gedanke ihr klar wurde, begann sie sich selbst zu bemitleiden und sich mißhandelt zu fühlen. Ihre Augen füllten sich, als sie ihre zukünftige Lage bedachte; sie wandte sich ab und brach in eine Flut leidvoller Tränen aus.

Angel Clare fühlte sich durch diese Wandlung erleichtert, denn die Wirkung des Geschehenen auf sie begann ihn zu bekümmern, kaum weniger als der Schmerz über ihre Enthüllung. Er wartete geduldig und apathisch, bis die Heftigkeit ihres Grames sich erschöpft hatte und ihr hemmungsloses Weinen in ein keuchendes stoßweises Schluchzen verebbte.

»Angel«, sagte sie plötzlich mit ihrer natürlichen Stimme, und der irre, trockene Tonfall des Entsetzens war nun von ihr gewichen: »Angel, bin ich zu schlecht, als daß wir zusammen leben könnten?«

»Ich war noch nicht imstande, darüber nachzudenken, was wir können oder nicht können.«

»Ich werde dich nicht bitten, Angel, mich bei dir bleiben zu lassen; denn ich habe kein Recht dazu! Ich werde nicht an Mutter und die Schwestern schreiben und ihnen sagen, daß wir verheiratet sind, wie ich es tun wollte; und ich werde nicht das schöne Täschchen fertigmachen, das ich zuschnitt und nähen wollte, während wir zur Miete wohnten.«

»Nicht?«

»Nein, *nichts* werde ich tun, außer du befiehlst es mir; und wenn du von mir fortgehst, werde ich dir nicht folgen; und wenn du nie wieder zu mir sprichst, werde ich nicht fragen, warum, solange du es mir nicht erlaubst.«

»Und wenn ich dir wirklich etwas befehle?«

»Ich will dir gehorchen wie eine elende Sklavin, selbst wenn du mir befiehlst, mich hinzulegen und zu sterben.«

»Du bist sehr gut. Aber es fällt mir wunderlich auf, daß zwischen deinem jetzigen Impuls zur Selbstaufopferung und deinem früheren Impuls der Selbsterhaltung jede Übereinstimmung fehlt.«

Doch geschliffene Sarkasmen auf Tess zu münzen, war fast dasselbe, als hätte man sie einem Hund oder einer Katze entgegengeschleudert. Der Reiz ihrer Feinheit ging ungewürdigt an ihren Ohren vorüber, und sie nahm sie lediglich als feindliche Klänge auf, die Zorn und Ärger verkündeten. Sie blieb stumm und wußte nicht, daß er verzweifelt seine Liebe zu ihr in seinem Herzen niederrang. Sie bemerkte nicht, daß auf seiner Wange eine Träne auftauchte und langsam hinabrollte, eine Träne, so groß, daß sie die Poren der Haut, über die sie hinwegglitt, wie die Linsen eines Mikroskops vergrößerte. Aber von neuem wurde er sich der schrecklichen und restlosen Veränderung bewußt, die ihre Beichte in seinem Leben, in seiner ganzen Welt verursacht hatte, und er versuchte verzweifelt, unter den neuen Verhältnissen, in die er sich versetzt sah, einen Schritt vorwärts zu kommen. Irgendeine folgerichtige Tat war notwendig; doch was?

»Tess«, sagte er so sanft und freundlich, wie er nur konnte, »ich kann nicht – ich kann nicht in diesem Zimmer mit dir bleiben. Ich will ein wenig ins Freie gehen!«

Still verließ er den Raum, und die zwei Gläser voll Wein, die er zum Abendessen eingegossen hatte – eines für sie, eines für ihn –, blieben unberührt auf dem Tische stehn. So sollte also ihre Agape enden. Beim Tee, zwei oder drei Stunden zuvor, hatten sie in kindisch verliebtem Mutwillen aus *einer* Tasse getrunken.

Als die Tür hinter ihm ins Schloß fiel, so vorsichtig er sie auch zudrückte, fuhr Tess aus ihrer Betäubung auf. Er war fort; sie konnte nicht bleiben. Hastig den Mantel überwerfend, öffnete sie die Tür und ging ihm nach; sie blies die Kerzen aus, als würde sie nie mehr zurückkommen. Der Regen hatte aufgehört, und klar war jetzt die Nacht.

Bald war sie ihm dicht auf den Fersen, denn Clare ging langsam und planlos dahin. Seine Gestalt neben ihrer hellgrauen Figur sah finster aus, unheilvoll und drohend; sie hatte vergessen, die Juwelen abzulegen, auf die sie einen Augenblick lang so stolz gewesen. Als Clare ihre Schritte vernahm, drehte er sich um, aber die Tatsache ihrer Anwesenheit schien keinen Eindruck auf ihn zu machen, und er ging weiter über die fünf gähnenden Bögen der großen Brücke vor dem Haus.

Die Hufspuren der Kühe und Pferde auf der Straße standen voll Wasser; der Regen war stark genug gewesen, um sie anzufüllen, vermochte sie aber nicht fortzuspülen. Über diese winzigen Tümpel flitzten die gespiegelten Sterne in rascher Flucht, als Tess vorüberschritt; sie würde nicht gewußt haben, daß sie über ihrem Kopfe leuchteten, wenn sie nicht ihren Widerschein da unten erblickt hätte – die gewaltigsten Gebilde des Weltalls in so armselige Pfützen gemalt.

Der Ort, in den sie heute gereist waren, lag in demselben Tal wie Talbothays, ein paar Meilen weiter unten am Fluß; und da die Umgebung freien Ausblick gewährte, behielt Tess seine

Fluten leicht im Auge. Vom Haus weg wand sich die Straße durch weite Wiesen, und von Krümmung zu Krümmung folgte sie Clare, ohne jeden Versuch, ihn einzuholen oder seine Aufmerksamkeit zu fesseln, mit stummer und gedankenloser Treue.

Schließlich jedoch brachte sie ihr teilnahmslos träger Gang an seine Seite, und immer noch sprach er kein Wort. Groß ist oft die Grausamkeit eines genarrten ehrlichen Herzens in seiner Ernüchterung, und sie wirkte jetzt mächtig in Clare. Die freie Luft hatte ihn sichtlich von jeder Neigung befreit, nach Impulsen zu handeln; sie wußte, daß er sie ohne Verklärung sah – in ihrer ganzen Blöße.

Die Zeit besang Tess in ihrem spottenden Psalm:

Siehe, entblößt wird dein Antlitz, und er, der dich liebte,
  wird dich hassen;
Und im sinkenden Sturz des Geschickes wird die Schönheit
  dein Antlitz verlassen.
Denn dein Leben fällt wie ein Blatt und verströmt
  wie das Regengerinn'.
Gram ist der Schleier deines Haupts,
  und Schmerz seine Kronenzinn'.

Er dachte immer noch angestrengt nach, und ihre Nähe hatte jetzt nicht Macht genug, um den gespannten Lauf seiner Gedanken zu unterbrechen oder abzulenken. Was für ein elendes Nichts mußte ihre Gegenwart für ihn geworden sein! Sie konnte sich nicht beherrschen, sie redete ihn an.

»Was habe ich getan – was habe ich denn getan? Nichts ist in meiner Erzählung, was meine Liebe zu dir stört oder sie Lügen straft. Du glaubst doch nicht, daß ich es plante, nicht wahr? In deiner Einbildung liegt, was dich erzürnt; nicht in mir. Oh, nicht in mir, Angel, und ich bin nicht die hinterlistige Frau, für die du mich hältst!«

»Hm – gut. Nicht hinterlistig; aber nicht mehr dieselbe. Nein, nicht dieselbe. Aber zwinge mich nicht, dir Vorwürfe zu machen. Ich habe geschworen, daß ich es nicht tun will; und ich versuche alles, um es zu vermeiden.«

Aber sie fuhr in ihrer Verzweiflung fort, mit ihm zu rechten, sagte vielleicht Dinge, die besser ungesagt geblieben wären.

»Angel! Angel! Ich war ein Kind – ein Kind, als es geschah! Ich wußte nichts von Männern.«

»Es wurde mehr an *dir* gesündigt, als du selber gesündigt hast, das gebe ich zu.«

»Willst du mir also nicht verzeihen?«

»Ich verzeihe dir. Doch Verzeihung ist nicht alles.«

»Und liebst mich?«

Auf diese Frage antwortete er nicht.

»O Angel – meine Mutter sagt, daß es manchmal so ist! Sie kennt mehrere Fälle, da die Frau viel schlechter war als ich, und der Mann hat es nicht schwer genommen – hat ihr zumindest verziehen. Und doch konnten diese Frauen nicht so lieben wie ich!«

»Laß, Tess; disputiere nicht. Andere Schichten, andere Sitten. Du bist eine unwissende Bäuerin, die nie in das Getriebe sozialer Verhältnisse eingeweiht wurde. Du weißt nicht, was du sagst.«

»Nur durch meine Stellung bin ich eine Bäuerin, nicht von Natur.«

Sie sprach mit einem zornigen Impuls, aber er verging, wie er gekommen war.

»Um so schlimmer für dich. Ich glaube, dieser Pfarrer, der deinen Stammbaum ans Tageslicht brachte, hätte besser getan, den Mund zu halten. Ich kann nicht umhin, den Verfall deiner Familie mit dieser andern Tatsache in Verbindung zu bringen – mit deinem Mangel an Charakterstärke. Zermürbte Familien lassen notwendig auf einen zermürbten Willen schließen, auf eine zermürbte Moral. Lieber Gott, warum hast du mir deine Abstammung mitgeteilt und mir dadurch eine Handhabe gegeben, dich noch mehr zu verachten! Eben noch hielt ich dich für ein jung aufsprossendes Naturkind, und da standest du plötzlich vor mir, der kraftlose Sämling einer ausgepumpten Aristokratie!«

»Eine Menge Familien sind darin ebenso schlimm wie die meine. Rettys Vorfahren waren einmal große Grundherren, und auch die Vorfahren Meier Billets. Und die Debbyhouses, die jetzt Kärrner sind, gehörten einmal zum Hause De Bayeux. Meinesgleichen findest du überall; 's ist ein Merkmal unserer Grafschaft, und ich kann nichts dafür.«

»Um so schlimmer für die Grafschaft.«

Sie nahm diese Vorwürfe nur in ihrer Gesamtheit hin, nicht in den Einzelheiten; er liebte sie nicht mehr, wie er sie bisher geliebt hatte, und alles übrige war ihr gleichgültig.

Wieder schritten sie schweigend weiter. Später einmal hieß es, daß ein Häusler aus Wellbridge, der in derselben Nacht zu später Stunde den Doktor holen ging, auf den Weiden einem Liebespaar begegnete, das langsam und wortlos dahinschritt, einer hinter dem andern, wie bei einem Leichenzug; und der flüchtige Blick, den er auf ihre Gesichter werfen konnte, schien zu verkünden, daß sie bekümmert waren und traurig. Auf seinem Rückweg kurze Zeit später kam er auf demselben Felde wieder an ihnen vorbei, und sie wandelten wie zuvor einher, ebenso langsam und ebenso unbekümmert um die Stunde und die trostlose Nacht. Nur der Umstand, daß seine eigenen Angelegenheiten und die Krankheit in seinem Heim all seine Gedanken in Anspruch nahmen, war daran schuld, daß er diesen merkwürdigen Vorfall nicht im Gedächtnis behielt; doch erinnerte er sich nach langer Frist wieder an ihn.

In der Zwischenzeit, die zwischen dem Gehen und Kommen des Häuslers verstrich, hatte sie zu ihrem Gatten gesagt:

»Ich sehe nicht, wie ich es vermeiden soll, dir dein ganzes Leben lang Jammer und Elend zu bereiten. Da unten ist der Fluß. Ich kann mit mir ein Ende machen. Ich fürchte mich nicht.«

»Ich will nicht Mord zu meinen anderen Torheiten fügen«, sagte er.

»Ich werde ein paar Zeilen hinterlassen, um zu zeigen, daß ich es selbst tat – meiner Schande wegen. Dann wird man dich nicht tadeln.«

»Sprich nicht so – ich will es nicht hören. Es ist absurd, in einem Fall wie diesem solche Gedanken zu hegen; denn hier ist eher ein höhnisches Gelächter am Platze als eine tragische Katastrophe. Du verstehst nicht im mindesten den Charakter dieses Mißgeschicks. Neun Zehntel der Menschheit würden es als einen Spaß betrachten, wenn es bekannt wäre. Bitte, tu mir den Gefallen, geh ins Haus zurück und leg dich zu Bett.«

»Ja, gut«, antwortete sie unterwürfig.

Sie waren längs einer Straße umhergestreift, die zu den wohlbekannten Ruinen der Zisterzienserabtei hinter der Mühle führte, denn die letztere gehörte in vergangenen Jahrhunderten zu dem klösterlichen Hauswesen. Die Mühle arbeitete immer noch, denn die Speise des Menschen ist eine ewige Notwendigkeit; die Abtei war zerfallen, denn der Glaube des Menschen ist vergänglich. Man sieht beständig, daß der Dienst am Zeitlichen den Dienst am Ewigen überdauert. Da sie im Kreis gewandert waren, befanden sie sich immer noch in der Nähe des Hauses, und um seinem Befehl Folge zu leisten, hatte Tess nichts weiter zu tun, als die große Steinbrücke über den Hauptarm des Flusses aufzusuchen und hundert Meter weit der Straße zu folgen. Als sie ins Haus zurückkam, war alles geblieben, wie sie es verlassen hatte, und das Feuer brannte immer noch. Sie verweilte nicht länger als ein paar Augenblicke in den unteren Räumen und begab sich dann auf ihr Zimmer, wohin Jonathan das Gepäck geschafft hatte. Dort setzte sie sich auf den Rand des Bettes, verloren um sich schauend, und bald darauf begann sie sich auszukleiden. Als sie aus dem Feuerschein des Kamines trat, der zur Bettstatt herüberdrang, fielen seine Strahlen auf den Baldachin aus weißem Baumwolldamast; irgend etwas hing unter seinen Falten, und sie zündete die Kerze an, um zu sehen, was es wäre. Ein Mistelzweig. *Angel* hatte ihn dort befestigt; das wußte sie augenblicklich. So erklärte sich jenes geheimnisvolle Paket, das so schwer zu verpacken und mitzutragen war; dessen Inhalt er nicht verraten wollte, wobei er sagte, bald würde die Zeit seinen Zweck enthüllen. In seiner eifrigen Freude und Heiterkeit hatte er ihn hier an den Baldachin gehängt. Wie dumm und sinnlos sah diese Mistel jetzt aus!

Da sie nichts mehr zu fürchten, kaum noch etwas zu erhoffen hatte – denn es schien keinerlei Aussicht zu bestehen, daß Angel sich erweichen würde –, legte sie sich voll stumpfer Schwermut zum Schlafen nieder. Wenn der Kummer aufhört zu grübeln, ersieht der Schlaf seine Gelegenheit. Neben so vielen glücklicheren Stimmungen, die dem Menschen die Ruhe verwehren, war dies eine Stimmung, die sie willkommen hieß, und nach wenigen Minuten schlummerte die einsame Tess in Vergessen hinüber, umhüllt von der aromatischen Stille des Zimmers, das vielleicht ehemals das Brautgemach ihrer eigenen Vorfahren gewesen.

Später des Nachts lenkte auch Clare seine Schritte zum Hause zurück. Behutsam das Wohnzimmer betretend, suchte er sich eine Kerze, und mit den Gebärden eines Menschen, der genau überlegt hat, was er tun will, breitete er seine Wagendecken auf das alte Roßhaarsofa, das an der Wand stand, und machte es flüchtig zu einer Lagerstätte zurecht. Bevor er sich hinlegte, schlich er barfüßig die Treppe hinauf und lauschte an der Tür ihres Zimmers. Ihr gleichmäßiger Atem verriet, daß sie in tiefem Schlummer lag.

»Gott sei Dank!« murmelte er; und doch fühlte er einen schmerzlichen Stich bei dem Gedanken – der annähernd, wenn auch nicht völlig richtig war –, daß sie nun, nachdem sie die Bürde ihres Lebens auf seine Schultern abgewälzt hatte, sorglos und unbekümmert ruhen konnte.

Er wandte sich zum Hinuntergehen; dann drehte er sich wieder unschlüssig zu ihrer Türe um. Bei dieser Bewegung fiel ihm eine der d'Urberville-Damen in die Augen, deren Porträt unmittelbar über dem Eingang zum Schlafzimmer hing. Im Kerzenlicht wirkte die Malerei mehr als abstoßend. Unheilvoll finstere Anschläge lauerten in den Zügen des Weibes, ein brennendes Gelüst nach Rache an dem andern Geschlecht – so kam es ihm vor. Das Mieder aus der Zeit Karolinens auf dem Bilde war tief ausgeschnitten – genau so, wie das Leibchen bei Tess ausgesehen hatte, als er den Rand einschlug, um die Halskette sichtbar zu machen; und von neuem erlebte er das qualvolle Gefühl einer Ähnlichkeit zwischen ihnen.

Dieser Hemmstoß genügte. Er machte von neuem kehrt und ging hinunter.

Sein Gehaben blieb ruhig und kalt, sein schmaler, zusammengepreßter Mund verkündete seine starke Selbstbeherrschung; sein Gesicht trug immer noch jenen schrecklichen leeren Ausdruck, den es seit ihrer Beichte angenommen hatte. Es war das Gesicht eines Mannes, der nicht mehr Sklave der Leidenschaft ist, der aber keinen Gewinn in seiner Befreiung findet. Regungslos betrachtete sein geistiges Auge die herzzerreißenden Wechselfälle des menschlichen Lebens, die Plötzlichkeit alles Geschehens. All die lange Zeit hindurch, da er Tess anbetete, schien nichts Reineres denkbar, nichts Süßeres, nichts Jungfräulicheres als sie, bis vor einer Stunde; doch

Ein Gran entschwunden, und Welten dahin!

Sein Schluß war falsch, wenn er sich sagte, daß die ehrliche Frische ihres Gesichtes nicht ihr Herz verkünde; aber Tess besaß keinen Fürsprecher, der ihm seinen Irrtum benommen hätte. Konnte es möglich sein, fuhr er fort, daß Augen, deren Blicke dem Wort der Zunge niemals widersprachen, dennoch beständig eine andere Welt hinter ihrer Scheinwelt sahen, eine Welt mißtönigen Kontrastes?

Er legte sich auf sein Lager im Wohnzimmer und löschte das Licht aus. Die Nacht drang herein und ließ sich zwischen den Wänden nieder, unbekümmert und gleichgültig; die Nacht, die schon sein Glück verschlungen hatte und es nun träg verdaute und bereit war, das Glück von tausend anderen mit ebenso stumpfer und unveränderter Miene zu verschlingen.

XXXVI

CLARE erhob sich in dem Licht einer Dämmerung, die aschgrau war und scheu, als sei sie mitschuldig an einem Verbrechen. Seine Blicke fielen auf den Kamin mit seiner erloschenen Asche; auf den gedeckten Nachtmahltisch, auf dem die zwei Gläser unberührten Weines standen, schal nun und mit einem Häutchen überzogen; auf ihren leerstehenden Stuhl und auf seinen eigenen; auf all die anderen Möbel, die ewig und ewig zu sagen schienen, daß sie's nicht ändern könnten, die unerträglich forschten, was denn zu tun sei. Von oben drang kein Laut herunter; aber nach wenigen Minuten erscholl ein Klopfen an der Tür. Er erinnerte sich, daß dies wohl das Weib des benachbarten Häuslers sein würde, das während ihres Aufenthaltes für ihre Bedürfnisse sorgen sollte.

Die Anwesenheit eines Dritten im Hause mußte in diesem Augenblick äußerst mißlich sein, und da er bereits angekleidet war, öffnete er das Fenster und teilte der Alten mit, daß er und seine Frau sich heute morgen allein behelfen könnten. Sie hielt eine Kanne Milch in der Hand, die er sie bat vor die Türe zu stellen. Als das Mütterchen sich entfernt hatte, suchte er in den rückwärtigen Kammern des Hauses nach Brennmaterial und zündete dann eilig ein Feuer an. In der Speisekammer fanden sich Eier, Butter, Brot und so weiter in Fülle, und Clare hatte bald das Frühstück aufgetischt, denn seine Erfahrungen in der Meierei lehrten ihn, flink mit häuslichen Zurüstungen umzugehen. Der Rauch des angezündeten Holzes stieg gleich einer lotosgekrönten Säule aus dem Schornstein in die Luft empor; Ortsbewohner, die vorüberkamen, sahen ihn und dachten an das jungverheiratete Paar und beneideten sie um ihr Glück.

Angel warf einen abschließenden Blick auf seine Vorbereitungen, ging dann an den Fuß der Treppe und rief mit klarer Stimme:

»Das Frühstück ist fertig!«

Er öffnete die Haustür und ging ein paar Schritte in die Morgenluft hinaus. Als er nach kurzer Frist zurückkehrte, stand Tess bereits im Wohnzimmer, mechanisch das Frühstücksgeschirr zurechtrückend. Da sie fertig angezogen war und seit seinem Rufe nur zwei oder drei Minuten verstrichen sein konnten, mußte sie bereits völlig oder nahezu angekleidet gewesen sein, bevor er noch zur Treppe ging, um sie herunterzubitten. Ihr Haar war auf dem Hinterkopf zu einem großen runden Knäuel aufgeflochten, und sie hatte eines der neuen Kleider angelegt – ein blaßblaues Wollkleid mit weißen Halskrausen. Ihre Hände und ihr Gesicht schienen zu frieren; sie hatte vielleicht lange Zeit ohne Feuer im Schlafzimmer gesessen. Die auffällige Freundlichkeit in Clares Ton, als er sie rief, schien ihr für den Augenblick einen neuen Hoffnungsschimmer eingeflößt zu haben. Doch er starb bald dahin, als sie Clare ansah.

Das Paar war in Wahrheit nur mehr der Aschenrest des alten Feuers. Auf den heißen Kummer der vergangenen Nacht war träge Schlaffheit gefolgt; es schien, als könnte nichts in ihnen je wieder die Glut einer Empfindung entfachen.

Er sprach mit freundlicher Milde zu ihr, und sie antwortete mit der gleichen ruhigen Gemessenheit. Schließlich trat sie auf ihn zu und blickte in sein scharfgeschnittenes Gesicht, wie ein Mensch, dem das Bewußtsein fehlt, daß auch *sein* Antlitz den Blicken preisgegeben ist.

»Angel!« sagte sie und hielt inne, und leicht wie ein Lufthauch berührte sie ihn mit ihren Fingern, als könne sie kaum glauben, daß leibhaftig der Mann vor ihr stehe, der einst ihr Liebhaber war. Ihre Augen glänzten hell, ihre bleichen Wangen zeigten immer noch die alte Rundung, wenn auch halbgetrocknete Tränen glitzernde Spuren auf ihnen zurückgelassen hatten; und der sonst reife rote Mund war fast so blaß wie ihre Wangen. Ob auch immer noch lebendig das Blut in ihr pochte, unter der Wucht ihres seelischen Kummers pulste das Leben so stockend, daß ein weiterer kleiner Anstoß genügen mußte, um wirkliche Krankheit zu erzeugen, ihre so eigenartig strahlenden Augen zu trüben und ihren Mund hager zu härmen.

Sie sah makellos rein aus. Die Natur in ihrer grillenhaften Gaukellust hatte ihren Zügen so sehr das Siegel der Jungfräulichkeit aufgeprägt, daß Clare sie mit verblüffter Miene anstarrte.

»Tess! Sag, daß es nicht wahr ist! Nein, es ist nicht wahr!«

»Es ist wahr.«

»Jedes Wort?«

»Jedes Wort.«

Er sah sie flehend an, als hätte er willig eine Lüge von ihr hingenommen, wissend, daß es eine Lüge sei, und würde sie durch irgendeine Spitzfindigkeit in einen gültigen Widerruf verwandelt haben. Doch sie wiederholte nur:

»Es ist wahr.«

»Lebt er?« fragte Angel hierauf.

»Das Kindchen starb.«

»Doch der Mann?«

»Er ist am Leben.«

Letzte Verzweiflung glitt über Clares Antlitz.

»Wohnt er in England?«

»Ja.«

Er lief ein paar Schritte im Kreis.

»Meine Lage – ist so«, sagte er unvermittelt. »Ich glaubte – jeder Mann hätte es geglaubt –, dadurch, daß ich allen Ehrgeiz aufgab, ein Weib aus den besseren Schichten, mit Vermögen, mit Weltkenntnis zu gewinnen, würde ich mir ein ländlich unverfälschtes Geschöpf erobern, so gewiß, wie ich rote, frische Backen finden würde; doch –. Aber ich bin nicht der Mann dazu, dir Vorwürfe zu machen, und ich will es nicht tun.«

Tess empfand so restlos seine Lage, daß er sich die Worte wirklich sparen konnte. Darin lag ja der Jammer; sie sah, daß er alles verspielt hatte.

»Angel – ich hätte es nie zu unserer Heirat kommen lassen, wenn ich nicht gewußt hätte, daß es schließlich und endlich noch einen letzten Ausweg für dich gibt; obgleich ich hoffte, du würdest niemals –« Ihre Stimme wurde heiser.

»Einen letzten Weg?«

»Ich meine, mich loszuwerden. Du *kannst* mich loswerden.«

»Wie?«

»Durch eine Scheidung.«

»Lieber Himmel – wie kannst du so einfältig sein! Wie kann ich mich von dir scheiden lassen?«

»Nein? – Obschon ich dir alles erzählt habe? Ich dachte, meine Beichte würde dir die Berechtigung dazu geben.«

»O Tess – ich vermute, du bist zu, zu – kindisch – ungebildet – unreif! Ich weiß gar nicht, was du bist. Du verstehst das Gesetz nicht – du verstehst es nicht!«

»Wie – du kannst nicht?«

»In der Tat, es ist unmöglich.«

Plötzliche Scham gesellte sich zu dem Kummer in den Mienen der lauschenden Tess.

»Ich glaubte es – ich glaubte es«, flüsterte sie. »Oh, jetzt sehe ich, wie schlecht ich dir erscheine! Glaub mir – glaub mir, bei meiner Seele, ich dachte immer, daß es dir möglich sei! Ich hoffte, du würdest es nicht tun; doch ich glaubte, ohne zu zweifeln, daß du mich jederzeit verstoßen könntest, falls du dich dazu entschlössest und mich *gar nicht – gar nicht* mehr liebtest!«

»Du hast dich geirrt«, sagte er kühl.

»Oh, dann hätte ich es tun sollen, hätte es gestern nacht tun sollen! Aber mir fehlte der Mut. Das sieht mir ganz ähnlich!«

»Mut – wozu?«

Als sie nicht antwortete, nahm er sie bei der Hand.

»Woran dachtest du?« forschte er.

»Ein Ende mit mir zu machen.«

»Wann?«

Sie wand sich unter seinem inquisitorischen Blick. »Gestern nacht«, antwortete sie.

»Wo?«

»Unter deinem Mistelzweig.«

»Guter Gott! Wie?« fragte er rauh.

»Ich will es dir sagen, wenn du mir nicht böse bist!« antwortete sie zusammenschreckend. »Mit dem Strick meines Koffers. Aber im letzten Augenblick – konnte ich nicht. Ich fürchtete, es würde zu einem Skandal für deinen Namen führen.«

Dieses unerwartete Geständnis, das er ihr abgezwungen hatte und das nicht freiwillig von ihren Lippen kam, erschütterte ihn unbeschreiblich. Aber er hielt sie immer noch fest, und während er seinen Blick von ihrem Gesicht zu Boden gleiten ließ, sagte er:

»Nun, hör gut zu. Wenn du nicht noch tiefer in meiner Achtung sinken willst, wirst du mir versprechen, so etwas nie wieder zu versuchen.«

»Ich verspreche es gern. Ich sah, wie gottlos es war.«

»Gottlos! Der Gedanke empört mich über die Maßen!«

»Doch, Angel!«, verteidigte sie sich, und ihre Blicke ruhten mit stiller Gelassenheit auf ihm, »ich dachte ja nur deinetwegen daran – um dich zu befreien, ohne den Skandal einer Scheidung, die du, wie ich glaubte, anstreben würdest. Nicht im Traum hätte ich je daran gedacht, es um meinetwillen zu tun. Doch von meiner eigenen Hand zu sterben ist am Ende zu gut für mich. Du, mein zugrunde gerichteter Gatte, du müßtest den Schlag führen. Ich glaube, ich würde dich noch mehr lieben, wenn das möglich wäre, wenn du dich dazu aufraffen könntest, da es ja sonst kein Entrinnen für dich gibt. Ich fühle, daß ich so völlig wertlos bin! Daß ich dir so sehr im Weg stehe!«

»Still!«

»Gut, wenn du nein sagst, werde ich es nicht tun. Ich habe keinen Wunsch, der deinen Wünschen widerspricht.«

Er wußte, daß sie die Wahrheit sprach. Seit der völligen Verzweiflung der Nacht war ihre Willenskraft auf den Nullpunkt gesunken, und es war keine unbesonnene Tat mehr zu befürchten.

Tess versuchte, sich von neuem, mehr oder weniger erfolgreich, mit dem Frühstückstisch zu beschäftigen, und sie setzten sich beide auf derselben Seite nieder, so daß ihre Blicke einander nicht begegneten. Anfangs wirkte es etwas peinlich, als sie einander essen und trinken hörten, aber dies ließ sich nicht vermeiden; auch sprachen sie beide ihren Tellern nicht sehr tapfer zu. Als das Frühstück vorüber war, stand er auf, sagte ihr, um welche Stunde sie ihn zum Mittagessen erwarten könne, und ging fort in die Mühle, mechanisch seinen Plan verfolgend, diesen Betrieb kennenzulernen; war ja das der einzige praktische Grund gewesen, der ihn hierherführte.

Als er fort war, stellte sich Tess ans Fenster, und bald darauf sah sie seine Gestalt die große Steinbrücke überschreiten, die zu dem Mühlengrundstück führte. Er tauchte die Böschung hinab, überquerte die Schienen am andern Ufer und verschwand. Dann wandte sie ohne einen Seufzer ihre Aufmerksamkeit dem Zimmer zu und begann, den Tisch abzudecken und in Ordnung zu bringen.

Bald darauf kam die Scheuerfrau. Anfangs bedrückte ihre Gegenwart Tess, doch später war sie ihr eine Erleichterung. Um halb eins ließ sie ihre Helferin allein in der Küche, kehrte in das Vorzimmer zurück und wartete, bis Angels Gestalt hinter der Brücke wieder auftauchen würde.

Gegen ein Uhr wurde er sichtbar. Ihr Gesicht errötete, obgleich er eine Viertelmeile entfernt war. Sie lief in die Küche, um das Mittagessen in dem Augenblick seines Eintritts auftragen zu lassen. Er ging zuerst in das Gemach, wo sie sich tags zuvor gemeinsam die Hände gewaschen hatten, und als er das Eßzimmer betrat, flogen die Deckel von den Schüsseln, wie auf das Gebot seines eigenen Schrittes.

»Wie pünktlich!« sagte er.

»Ja. Ich sah dich über die Brücke kommen«, erwiderte Tess.

Das Mahl verging unter belanglosen Gesprächen über all das, was er den Vormittag über in der Abteimühle getan hatte, über die Methoden des Mahlens und die altmodische Betriebseinrichtung, die ihn, wie er fürchtete, nicht sehr über die modernen verbesserten Methoden aufklären würde; denn manche Teile schienen schon seit jenen Tagen in Gebrauch zu stehn, da sie noch für die Mönche in dem anstoßenden Konventsgebäude – jetzt ein Trümmerhaufen – das Mehl mahlten. Nach Verlauf einer Stunde verließ er wieder das Haus, kehrte bei Dunkelwerden heim und beschäftigte sich den Abend über mit seinen Papieren. Sie fürchtete, im Wege zu sein, und als das alte Weib fort war, zog sie sich in die Küche zurück, wo sie, so gut es ging, mehr als eine Stunde lang hantierte.

Clares Gestalt erschien in der Tür.

»Du darfst nicht so arbeiten«, sagte er. »Du bist nicht meine Dienerin; du bist meine Frau.«

Sie hob den Blick nicht, doch ihr Gesicht hellte sich auf. »Ich darf mich dafür halten – wirklich?« murmelte sie mit kläglicher Scherzhaftigkeit. »Du meinst, dem Namen nach! Nun, ich wünsche mir nicht mehr.«

»Du *darfst,* Tess! Du *bist* meine Frau. Was sollen deine Worte besagen?«

»Ich weiß es nicht«, erwiderte sie hastig, Tränen in ihrem Blick. »Ich dachte, ich – weil ich nicht anständig bin! Ich sagte dir schon vor langem, daß ich glaube, ich sei nicht anständig genug, und deshalb wollte ich dich auch nicht heiraten – doch du hast mich dazu gedrängt!«

Sie brach in Schluchzen aus und drehte ihm den Rücken zu. Fast jeden Mann außer Angel Clare würde dies besiegt haben. In den innersten Tiefen seines Charakters, so sanft und liebevoll er auch im allgemeinen war, lag ein hartes, logisches Fundament verborgen gleich einer Metallader in weichem Lehm, das allem, was den Versuch machte durchzudringen, die Schneide stumpfte. Es hatte ihm den Weg zur Kirche versperrt, es versperrte ihm den Weg zu Tess. Auch besaß seine Neigung selbst weniger Feuer als Glanz, und was die Frauen betrifft – sobald er aufhörte zu glauben, versagte er auch die Gefolgschaft: Darin stach er von vielen empfänglichen Naturen ab, die auch dort noch in sinnlicher Betörung verharren, wo ihr Verstand verachtet. Er wartete, bis ihr Schluchzen verstummte.

»Ich wollte, die Hälfte der englischen Frauen wären so anständig wie du«, sagte er in einer Aufwallung von Bitterkeit gegen das weibliche Geschlecht im allgemeinen. »Es ist nicht eine Frage der Anständigkeit, sondern des Prinzips.«

Solche Dinge sprach er zu ihr und viele verwandter Art, immer noch beherrscht von der feindseligen Welle, die geradlinige Seelen so beharrlich vorwärtstreibt, wenn sie einmal entdecken, daß ihr Blick durch äußerlichen Schein genarrt wurde. Freilich lag darunter ein Gegenstrom von Sympathie, mit dessen Beistand eine welterfahrene Frau ihn hätte besiegen können. Aber Tess dachte nicht daran, sie ließ alles als verdiente Strafe über sich ergehen und machte kaum den Mund auf. Die Unerschütterlichkeit ihrer Verehrung für ihn wirkte fast bejammernswert; obwohl sie von Natur sehr reizbar war, konnte nichts, was er sagte, sie aus der Fassung bringen. Sie begehrte nichts für sich, war nicht erbittert – dachte nichts Böses von seiner Handlungsweise. In diesem Augenblick erschien sie wie die apostolische Güte selber, die in eine selbstsüchtige moderne Welt zurückkehrte.

Dieser Abend, diese Nacht und der nächste Morgen vergingen genauso wie der vergangene Abend, die vergangene Nacht und der vergangene Morgen. Einmal, und nur ein einziges Mal, wagte sie – die ehemals freie und unabhängige Tess –, sich Angel zärtlich zu nähern. Es war, als er nach ihrer dritten gemeinsamen Mahlzeit aufbrach, um in die Mahlmühle zu gehen. Als er den Tisch verließ, sagte er »Lebewohl«, und sie erwiderte mit denselben Worten, zu gleicher Zeit ihre Lippen zu seinem Munde neigend. Er machte keinen Gebrauch von dieser Einladung, wandte sich hastig zur Seite und sagte:

»Ich werde pünktlich zu Hause sein.«

Tess fuhr zusammen wie unter einem Faustschlag. Oft genug hatte er versucht, diese Lippen gegen ihren Willen zu erhaschen – hatte fröhlich ausgerufen, ihr Mund und ihr Atem schmeckten nach der Butter und den Eiern und der Milch und dem Honig, von denen sie hauptsächlich lebte, sagte scherzend, er sauge Nahrung von ihren Lippen, und andere Torheiten mehr.

Aber jetzt wollte er nichts von ihnen wissen. Er bemerkte ihr Zusammenzucken und sagte in sanftem Ton:

»Du weißt, ich muß an einen Weg denken. Es war geboten, daß wir noch eine kleine Weile beisammenbleiben, um dem Skandal auszuweichen, den unsere unmittelbare Trennung für dich zur Folge hätte. Aber du mußt einsehen, daß es nur eine Formsache ist.«

»Ja«, erwiderte Tess geistesabwesend.

Er verließ das Haus, und auf seinem Weg zur Mühle blieb er stehn und bereute einen Augenblick lang, daß er nicht noch freundlicher geantwortet und sie nicht wenigstens einmal geküßt hatte.

So durchlebten sie diese paar trostlosen Tage zwar unter demselben Dach, doch klaffte zwischen ihnen eine tiefere Kluft als ehemals, bevor sie noch Liebesleute waren. Sie erkannte, daß seine ganze Tatkraft, wie er angedeutet hatte, durch das Bestreben beansprucht war, einen Plan für sein Vorgehen zu ersinnen. Es erfüllte sie mit Ehrfurcht, als sie unter soviel scheinbarer Geschmeidigkeit diese starke Entschlossenheit entdeckte. Jetzt hoffte sie nicht mehr auf Verzeihung. Mehr als einmal dachte sie daran, während seiner Anwesenheit in der Mühle auf und davon zu laufen; aber sie fürchtete, dieser Schritt könnte, statt eine Wohltat für ihn zu sein, seine Nöte und Kränkungen nur noch vergrößern, sobald es die Leute erführen.

Inzwischen zermarterte Clare sein Hirn. Sein Denken hielt keinen Augenblick inne; es machte ihn krank, fraß ihn auf, zermürbte ihn; peinigte ihn so lange, bis er all seine frühere lebendige und geschmeidige Kultiviertheit verlor. Er ging umher und murmelte vor sich hin: »Was ist zu tun – was ist zu tun?«; und zufällig belauschte sie ihn. Dieser Zufall veranlaßte sie, aus der Zurückhaltung zu treten, die sie beide bisher in allen Fragen der Zukunft beobachtet hatten.

»Ich vermute – du willst nicht mehr lange mit mir leben, nicht wahr, Angel?« fragte sie, und die gefurchten Winkel ihres Mundes verrieten, wie ganz äußerlich nur sie diesen Ausdruck demütiger Gelassenheit in ihre Züge gebannt hatte.

»Ich kann es nicht«, antwortete er, »ohne mich selbst zu verachten und, was vielleicht noch schlimmer ist, ohne *dich* zu verachten. Ich meine natürlich, ich kann nicht mit dir im gewöhnlichen Sinne zusammenleben. Was mich jetzt auch von dir trennen mag, ich verachte dich nicht. Und da wir begonnen haben, Tess, laß mich offen sprechen, sonst kannst du nicht alle meine Schwierigkeiten begreifen. Wie sollen wir zusammenleben, solange dieser Mann am Leben ist? ... Entscheide nun selbst. Denk nicht an mich oder an dich, an meine oder deine Gefühle. Das ist gar nicht die ganze Schwierigkeit; sie liegt in einer anderen Erwägung – im Gedanken an die Zukunft *anderer* Wesen. Denk an kommende Jahre, denk daran, daß uns Kinder geschenkt werden und daß plötzlich diese alte Geschichte ans Licht kommt – denn sie muß ans Licht kommen. Es gibt keinen noch so entfernten Winkel der Erde, daß nicht von überall Leute hinkämen; keinen Winkel, aus dem nicht irgendwer den Weg in die Heimat fände. Nun, denke dir, daß arme Würmer von unserem eigenen Fleisch und Blut unter einer höhnenden Schande aufwachsen, deren ganze Gewalt sie allmählich mit reifenden Jahren zu fühlen bekommen. Was für ein Erwachen für sie! Welche Aussicht! Kannst du ehrlich sagen, ›bleib‹, nachdem du diese Möglichkeit bedacht hast? Glaubst du nicht, daß es besser für uns ist, die jetzigen Übel zu ertragen, als uns fliehend in neue zu stürzen?«

Ihre Lider, beschwert vom Gram, blieben gesenkt wie zuvor.

»Ich kann nicht sagen ›bleib‹«, antwortete sie. »Ich kann nicht; ich hatte nicht so weit gedacht.«

Ihre weibliche Zuversicht – sollen wir's gestehn? – besaß eine so zähe Verjüngungskraft, daß sie in heimlich verstohlenen Träumen wieder auflebte und ihr eine häusliche Intimität vormalte, die so lange dauern würde, bis schließlich all seine Kälte selbst gegen die Stimme der Vernunft zusammenbrechen müßte. Sie war zwar unverfälscht im üblichen Sinne, doch nicht zurückgeblieben; und es müßte einen Mangel an Weiblichkeit bedeuten, hätte sie nicht instinktiv gewußt, was für ein starkes Argument in nahem Beisammensein liegt. Wenn dies versagte, *dann,* wußte sie, konnte nichts anderes mehr helfen. Sie hielt sich vor, daß es unrecht sei, auf etwas zu hoffen, was wie ein schlauer Winkelzug aussah; doch diese Hoffnung konnte sie nicht ersticken. Nun hatte er seine letzte Darstellung gegeben, und sie zeigte alles, wie Tess selber sagte, in neuem Licht. Nie hatte sie so weit gedacht, und das flammende Bild, das er von einer möglichen Nachkommenschaft entwarf, die ihre Mutter verachten würde, mußte auf ein lauteres Herz, das bis in seine letzten Tiefen menschenfreundlich war, mit tödlicher Überzeugung wirken. Einfache Erfahrung hatte sie bereits gelehrt, daß unter gewissen Umständen *eins* noch besser ist, als ein *gutes* Leben zu führen: Wenn es einem völlig erspart blieb, überhaupt ein Leben zu führen. Gleich allen Menschen, die das Leid hellsichtig gemacht hat, konnte sie, nach den Worten M. Sully Prouhommes, in dem Schöpfergebot: ›Du sollst geboren werden!‹ ein strafendes Urteil lesen, zumal wenn dieser Befehl an ein Kind ihres Leibes ergehen sollte.

Doch so stark ist die listige Schlauheit der Mutter Natur, daß bis zu diesem Augenblick die Liebe zu Clare Tess die Augen blendete und sie vergessen ließ, wie diese Liebe dazu führen könnte, neuen Wesen das Leben zu schenken und ihren Schultern ein Los aufzubürden, das sie selbst als ein Unglück bejammert hatte.

Sie konnte sich daher seinem Argument nicht widersetzen. Doch der Hang überempfindlicher Herzen, stets gegen die eigenen Entschlüsse anzukämpfen, rief in Clares eigener Seele eine Entgegnung wach, und er fürchtete sich fast davor. Diese Antwort stützte sich auf ihre außergewöhnliche physische Natur, und Tess hätte sie zuversichtlich benützen können. Überdies hätte sie hinzufügen dürfen: ›Im Hochland von Australien oder auf den Ebenen von Texas – wer kennt dort mein Mißgeschick oder kümmert sich darum, wer soll mir oder dir Vorwürfe machen?‹ Doch gleich den meisten ihres Geschlechts nahm sie die Dinge hin, wie sie im Augenblick sich darstellten, als seien sie unabänderlich. Und sie mochte vielleicht recht haben. Das Herz der Frau kennt nicht allein seine eigenen Qualen, es kennt auch die Leiden des Gatten, und wenn es auch nicht wahrscheinlich war, daß jene gefürchteten Vorwürfe von fremden Leuten gegen ihn oder die Seinen erhoben würden, so konnte doch sein eigenes strenges Hirn sie immer wieder in seine Ohren gellen lassen.

Es kam der dritte Tag ihrer Entfremdung. Clares Liebe war ätherisch bis zum Übermaß, phantastisch bis zur Unfruchtbarkeit. Auf diese Naturen wirkt zuweilen körperliche Nähe weniger bestimmend als Trennung und Ferne; diese erschafft eine ideale Gemeinschaft, die in der günstigsten Weise von allen Mängeln des wirklichen Beisammenseins befreit ist. Tess entdeckte, daß ihre körperliche Schönheit ihre Sache nicht so mächtig führte, wie sie es erwartet hatte. Das Gleichnis erwies sich als richtig: Sie war ein anderes Weib als jenes, das er begehrt hatte.

»Ich habe über deine Worte nachgedacht«, bemerkte sie, mit dem Zeigefinger über das Tischtuch fahrend; und ihre andere Hand, die den Ring trug, der ihrer beider spottete, stützte die Stirn. »Es ist ganz richtig, alles. Du mußt von mir fortgehen.«

»Aber was kannst du anfangen?«

»Ich kann nach Hause gehn.«

Daran hatte Clare nicht gedacht.

»Weißt du das sicher?« sagte er.

»Ganz sicher. Wir müssen uns trennen, und es ist am besten, wir machen auf der Stelle Schluß. Du sagtest einmal, daß ich imstande sei, Männer gegen ihr besseres Wissen zu betören; und wenn ich dir ständig vor Augen bin, könnte ich dich verleiten, deiner Vernunft und deinen Wünschen zum Trotz deine Pläne zu ändern. Und dann würden später einmal deine Reue und mein Kummer schrecklich sein.«

»Und möchtest du gern nach Hause gehn?« fragte er.

»Ich will dich verlassen und nach Hause gehn.«

»Dann soll es so sein.«

Obgleich sie nicht den Blick zu ihm erhob, fuhr sie zusammen. Es war ein Unterschied zwischen dem Vorschlag und der Zustimmung, ein Unterschied, den sie nur allzu schneidend empfand.

»Ich habe gefürchtet, daß es dazu kommen würde«, murmelte sie, und ihre Mienen erstarrten in unterwürfiger Ausdruckslosigkeit. »Ich beklage mich nicht, Angel. Ich – ich halte es für das beste. Was du sagtest, hat mich völlig überzeugt. Und sollte auch niemand anders mir Vorwürfe machen, falls wir beisammenblieben – nach Jahren vielleicht könntest du wegen irgendeiner Nichtigkeit böse auf mich werden – denn ich sehe ja, wie du dir meine Vergangenheit zu Herzen nimmst – und könntest dich zu Worten hinreißen lassen, die vielleicht belauscht würden, belauscht vielleicht von meinen eigenen Kindern. Oh, was mich jetzt nur schmerzt, würde mich dann martern und töten! Ich will gehen – morgen.«

»Und ich werde nicht hier bleiben. Wenn ich auch nicht damit anfangen wollte: Ich habe eingesehen, daß es ratsam ist, unsere Wege zu trennen – zumindest für eine Zeit, bis ich klarer sehe, wie sich die Dinge gestalten, und dir schreiben kann.«

Tess warf einen verstohlenen Blick auf ihren Mann. Er war blaß, er zitterte sogar; doch wie zuvor erschrak sie über die Entschlossenheit, die sich in den Tiefen dieses sanftmütigen Wesens enthüllte, das sie geheiratet hatte – über den Willen, die roheren Regungen den feineren zu unterwerfen, die Sache dem Begriff, das Fleisch dem Geiste. Leidenschaften, Neigungen, Gewohnheiten waren wie dürres Laub in dem grausamen Sturmwind seiner herrischen Seelengewalt.

Er mochte wohl ihren Blick bemerkt haben, denn er erklärte:

»Ich denke freundlicher von den Menschen, wenn ich fern von ihnen bin«; und fügte zynisch hinzu: »Gott weiß, vielleicht werden wir eines Tages müde und tun uns wieder zusammen; Tausende haben es getan!«

An diesem Tag begann er zu packen, und sie ging hinauf und begann gleichfalls, ihre Bündel zu schnüren. Beide wußten, welche Gedanken des andern Geist erfüllten: Ja, am nächsten Morgen würden sie sich vielleicht für immer trennen, ungeachtet des mildernden Schimmers, den tröstliche Hoffnungen über ihr Tun breiteten; denn sie gehörten zu jenen Menschen, für die jede Trennung, die den Stempel der Endgültigkeit an sich trägt, eine Marter bedeutet. Er wußte, und auch sie wußte es: Obgleich die Betörung, die jeder auf den andern geübt hatte – und wie wenig persönliche Vorzüge hatte sie dabei in die Waagschale zu werfen gehabt –, vermutlich in den ersten Tagen ihrer Trennung noch mächtiger sein würde als je, mußte die *Zeit* diese Wirkung abschwächen; seine triftigen Argumente, die dagegen sprachen, mit ihr Tisch und Bett zu teilen, mochten sich in dem kalten Nordlicht entfernterer Tage noch stärker in den Vordergrund drängen. Zudem, wenn zwei Leute einmal getrennt sind, gemeinsames Dach und gemeinsamen Kreis verlassen haben, sproßt neues Wachstum unmerklich auf und füllt die leergewordenen Plätze; unvorhergesehene Zufälle hemmen frühere Vorsätze, und alle Pläne geraten in Vergessenheit.

XXXVII

MITTERNACHT kam und ging schweigend vorbei, denn nichts im Tale des Var verkündete ihr Nahen.

Nicht lange nach ein Uhr erscholl ein leichtes Knarren in dem finsteren Gutshaus, das ehemals der Sitz der d'Urbervilles gewesen. Tess, dic das obere Stockwerk innehatte, hörte es und wachte auf. Das Geräusch kam von der Randstufe der Stiege, die wie gewöhnlich nachlässig genagelt war. Sie sah die Türe ihres Schlafzimmers aufspringen, und die Gestalt ihres Gatten durchquerte den Strom des Mondlichts mit merkwürdig tastenden Schritten. Er hatte nur Hemd und Hosen an, und ihre erste Freudenwallung starb dahin, als sie gewahrte, daß seine Augen mit einem unnatürlichen Starrblick ins Leere gerichtet waren. Als er die Mitte des Raumes erreichte, blieb er stehen und murmelte mit einer Stimme voll unbeschreiblicher Traurigkeit:

»Tot! Tot! Tot!«

Unter dem Einfluß irgendeiner verwirrenden Macht pflegte Clare gelegentlich im Schlafe zu wandeln und sogar merkwürdige Streiche anzustellen, wie damals in der Nacht nach ihrer Rückkehr vom Markte, kurz vor der Hochzeit, als er in seinem Schlafzimmer seinen Streit mit dem Manne, der sie beleidigt hatte, von neuem in Szene setzte. Tess begriff, daß die ständige seelische Spannung ihn nun in diesen somnambulistischen Zustand getrieben hatte.

Ihre reine Zuversicht lag so tief in ihrem Herzen verankert, daß er ihr, ob wachend oder im Schlaf, keinerlei persönliche Furcht einflößte. Wäre er mit einer Pistole in der Hand eingetreten, er hätte kaum ihr Vertrauen in seine schützende Treue erschüttert.

Clare kam dicht an das Bett heran und beugte sich über sie. »Tot, tot, tot!« murmelte er.

Nachdem er sie einige Augenblicke mit demselben starren

Blick voll unermeßlichen Wehs betrachtet hatte, beugte er sich tiefer, nahm sie in die Arme und wickelte sie in das Bettlaken wie in ein Leichentuch. Dann hob er sie vom Bett mit so stiller Ehrfurcht, wie man sie einem Leichnam in solchem Augenblick erweisen würde, und trug sie durchs Zimmer, leise vor sich hinmurmelnd:

»Meine arme, arme Tess – Liebling, liebste Tess! So lieblich, so gut, so treu!«

Die zärtlichen Worte, die er sich in seinen wachen Stunden so streng versagte, klangen ihrem elenden und hungernden Herzen unaussprechlich süß. Und hätte es auch ihr müdes Leben gegolten, sie würde sich doch nicht bewegt oder gesträubt haben. So blieb sie in völliger Reglosigkeit liegen, wagte kaum zu atmen, und während sie sich verwundert fragte, was er wohl mit ihr tun würde, ließ sie sich widerstandslos auf den Treppenabsatz hinaustragen.

»Mein Weib – tot, tot!« sagte er.

Er hielt einen Augenblick in seinen Mühen inne und lehnte sich mit ihr gegen das Geländer, so daß ihre Füße bedrohlich ins Leere hingen. Wollte er sie hinunterwerfen? Die Besorgnis um ihr eigenes Schicksal war nahezu in ihr erloschen, und voll des verzehrenden Bewußtseins, daß er morgen, vielleicht für immer, fortgehen wollte, ruhte sie in dieser gefährlichen Situation still auf seinen Armen und empfand eher Behagen als Furcht. Wenn sie nur zusammen hinunterstürzen könnten und mit zerschmetterten Gliedern liegenblieben – wie gut das wäre, wie begehrenswert! Sie wünschte nicht, sich zu retten.

Doch er ließ sie nicht fallen, sondern nützte den Halt des Geländers aus, um einen Kuß auf ihre Lippen zu drücken – Lippen, am Tage verachtet. Dann packte er sie von neuem mit festem Griff und stieg die Treppe hinab. Das Knacken der lockeren Stufen weckte ihn nicht auf, und sie erreichten wohlbehalten das Erdgeschoß. Für einen Augenblick eine Hand von ihrem Körper lösend, schob er den Türbalken zurück und schritt hinaus, wobei er leicht mit seiner bestrumpften Zehe gegen den Rand der Türe stieß. Aber er schien nicht darauf zu achten, trug sie über das Grundstück hinaus und wandte sich nach wenigen Metern dem Flusse zu.

Seine eigentliche Absicht, wenn er überhaupt eine hatte, konnte sie bis jetzt noch nicht erraten; und sie ertappte sich dabei, wie sie über diesen Umstand Vermutungen anstellte, nicht anders, als ein unbeteiligter Dritter es getan hätte. So ruhig hatte sie ihm ihr ganzes Dasein ausgeliefert, daß ihr der Gedanke Freude machte, er betrachtete sie als sein unumschränktes Eigentum, über das er verfügen könne, wie es ihm beliebe. Überschattet von den Schrecken der morgigen Trennung, fand sie Trost in der Empfindung, daß er sie wirklich nun als sein Weib Tess anerkannte und nicht von sich stieß, mochte er darin auch so weit gehn, daß er sich das Recht anmaßte, ihr Schaden zu tun.

Ah! Jetzt wußte sie, wovon er träumte – von jenem Sonntagmorgen, da er sie durch das Wasser trug, sie und die anderen Milchmädchen, die ihn fast so sehr liebten wie sie, wenn das möglich war (und dies konnte Tess kaum zugeben). Clare überquerte nicht die Brücke mit ihr, sondern ging mehrere Schritte am selben Ufer weiter, bis er sich der Mühle näherte, und blieb schließlich an der steilen Böschung stehen.

Die Wasser des Flusses, die meilenweit dieses Weideland durchschlichen, teilten sich häufig, schlängelten sich in zwecklosen Krümmungen, wanden sich um kleine namenlose Inseln, kehrten zurück und vereinigten sich wieder zu einer breiten Hauptader. Gegenüber der Stelle, die Clare jetzt mit ihr erreicht hatte, lag solch ein Zusammenfluß vieler Mündungen, und der Strom war verhältnismäßig wasserreich und tief. Ein schmaler Fußsteg führte hinüber; doch die Herbstregen hatten das Geländer fortgespült und nur die nackte Planke zurückgelassen, die, wenige Zoll über den schnell dahinschießenden Wassern, jedem, dessen Kopf nicht klar und sicher war, einen schwindeligen Pfad bot; und Tess hatte untertags vom Fenster des Hauses aus beobachtet, wie junge Burschen, um ihre Geschicklichkeit im Balancieren zu zeigen, hinübertänzelten. Ihr Gatte hatte vielleicht dasselbe Schauspiel mit angesehen; jedenfalls stieg er jetzt auf die Planke, und immer den gleichen Fuß vorwärtsschiebend, schritt er den Steg entlang.

Wollte er sie ertränken? Vermutlich. Niemand war in der Nähe, der Fluß tief und breit genug, um die Durchführung solch eines Planes zu erleichtern. Mochte er sie ertränken, wenn er wollte; besser, als morgen Abschied nehmen und getrennte Lebenswege gehn!

Der rasche Strom jagte und wirbelte unter ihnen dahin, schüttelte, verzerrte und zerriß des Mondes gespiegeltes Antlitz. Schaumflocken eilten vorüber, und festgeklemmtes Unkraut wiegte sich hinter den Pfeilern. Wenn sie jetzt beide zusammen in den Fluß stürzten, würden ihre Arme so eng verschlungen sein, daß eine Rettung unmöglich wäre; fast schmerzlos schieden sie aus der Welt, und nie wieder stürmten Vorwürfe auf sie ein, oder auf ihn, weil er sie geheiratet hatte. Seine letzte halbe Stunde mit ihr wäre dann von Liebe erfüllt gewesen; lebten sie aber weiter, bis er erwachte, so kehrte mit dem hellen Tag seine Abneigung zurück, und diese Stunde bliebe nur als ein flüchtiger Traum in ihrer Erinnerung.

Dieser Impuls regte sich mächtig in ihr, doch sie wagte nicht, ihm nachzugeben und eine Bewegung zu machen, die sie beide in den Wasserschlund geschleudert hätte. Wie sie ihr eigenes Leben einschätzte, hatte sich gezeigt; doch sie besaß kein Recht, in *sein* Leben einzugreifen. Er erreichte wohlbehalten mit ihr das andere Ufer.

Hier stieg der Boden zu einer Schonung hinan, und dicht daneben stand ein Zaun, der die Grenze der Abteigründe gebildet hatte. An dieser Stelle hielt Clare inne, kletterte über den Zaun, faßte Tess von neuem fester und ging ein paar Schritte weiter, bis sie das verfallene Chorschiff der Klosterkirche erreichten. An der Nordwand stand der leere, deckellose Steinsarg eines Abtes. Er bettete sie sorgsam in diesen Sarg. Nachdem er ein zweites Mal ihre Lippen geküßt hatte, atmete er tief auf, als sei nun ein heißersehntes Ziel erreicht. Dann legte sich Clare langhin neben den Sarg auf die Erde, wo er unverzüglich in den tiefen, totenähnlichen Schlummer der Erschöpfung fiel und regungslos liegenblieb. Die Welle seelischer Erregung, die seine Kräfte aufgepeitscht hatte, war nun vorüber.

Tess setzte sich im Sarge auf. Die Nacht, wenn auch trocken und mild für die Jahreszeit, war mehr als kühl genug, um es gefährlich zu machen, wenn er in seinem halbbekleideten Zustand lange hier liegenblieb. Wäre er sich selbst überlassen, er würde aller Wahrscheinlichkeit nach bis zum Morgen schlafend hier verweilen und sicherlich erfrieren. Sie hatte von Leuten gehört, die im Traumwandeln eines solchen Todes starben. Aber wie konnte sie es wagen, ihn aufzuwecken und ihn wissen zu lassen, was er getan hatte? Mußte es ihn nicht kränken, wenn er sein törichtes Verhalten ihr gegenüber entdeckte? Dennoch stieg Tess aus ihrem steinernen Gefängnis und schüttelte ihn vorsichtig; doch war sie außerstande, ihn aufzuwecken, wenn sie nicht Gewalt anwenden wollte. Es mußte unbedingt etwas geschehen, denn sie begann zu frösteln; das Bettuch gewährte nur armseligen Schutz. Ihre Erregung hatte sie während des Abenteuers bis zu einem gewissen Gradc warm gehalten; aber diese beseligende Frist war vorbei.

Plötzlich fiel ihr ein, es mit Zureden zu versuchen; und folglich flüsterte sie ihm mit aller Festigkeit und Entschiedenheit, die ihr zu Gebote stand, ins Ohr:

»Laß uns weitergehen, Liebling«; und im selben Augenblick faßte sie beschwörend seinen Arm. Zu ihrer Erleichterung fügte er sich widerstandslos; ihre Worte hatten ihn offenbar in seinen Traum zurückgeworfen, der von nun an in eine neue Phase zu treten schien; er bildete sich ein, sie sei als Geist auferstanden und führte ihn in den Himmel. So geleitete sie ihn den Flußpfad entlang, von der Ruine weg und weiter bis an die Grenze ihrer Wohnstätte, wo sie die Steinbrücke über den Strom erreichten; dann schritten sie hinüber und standen an der Tür des Herrenhauses. Die Füße von Tess waren nackt, und die Steine verletzten sie und durchfröstelten sie bis ins Mark; doch Clare hatte seine Wollstrümpfe an und schien sich nicht unbehaglich zu fühlen.

Es gab keine weiteren Schwierigkeiten. Sie bewog ihn, sich auf sein Schlafsofa niederzulegen, und deckte ihn warm zu; dann zündete sie ein leichtes Holzfeuer an, um die Feuchte der Nacht aus seinen Gliedern zu vertreiben. Sie dachte, das Geräusch dieser liebevollen Zurüstungen würde ihn vielleicht aufwecken, und im geheimen wünschte sie es sogar. Aber seine geistige und körperliche Erschöpfung war so groß, daß nichts seinen Schlaf zu stören vermochte.

Als sie einander am nächsten Morgen begegneten, erriet Tess

sofort, daß Angel mit keinem Gedanken wußte, wie weit sie selbst an dem nächtlichen Ausflug beteiligt gewesen; was ihn selbst betraf, so mochte er wohl eine dunkle Ahnung haben, daß er nicht die ganze Nacht stillgelegen hatte. Er erwachte auch an diesem Morgen aus seinem Schlafe, der so tief war wie der Vernichtungsschlaf des Todes; und während jener ersten paar Augenblicke, in denen das Gehirn, sich schüttelnd wie ein Simson, seine Kraft erprobt, harrte er erwartungsvoll, bis er erkennen würde, welchem Ziele es zuging; er wußte, wenn irgendeiner seiner Vorsätze, den er am Abend zuvor gefaßt hatte, im Lichte des Morgens nicht verschwand, daß dieser Entschluß dann, mochte er auch einem Gefühlsimpuls entsprungen sein, auf annähernd so fester Basis stand wie ein reiner Vernunftsgrund und daß er sich folglich auch so weit auf ihn verlassen durfte.

So erschien ihm in dem blassen Morgenlicht der Entschluß, sich von ihr zu trennen, nicht als ein brennender und zornerfüllter Antrieb, sondern entblößt von aller Leidenschaftlichkeit, die ihn zum Aufflammen gebracht hatte, nackt und knöchern; nichts als ein Gerippe, doch darum nicht weniger greifbar. Clare zögerte nicht länger.

Beim Frühstück und während sie die paar restlichen Sachen zusammenpackten, zeigte sich seine Müdigkeit nach den Anstrengungen der Nacht so unverkennbar, daß Tess auf dem Sprunge stand, das ganze Geschehnis zu enthüllen. Aber die Erwägung, wie sehr es ihn erzürnen, kränken, blamieren würde, wenn er erführe, daß er unbewußt eine Zärtlichkeit für sie verraten hatte, die sein gesunder Verstand nicht billigte; daß seine Neigung, während die Vernunft im Schlafe lag, seine Manneswürde bloßgestellt hatte – diese Erwägung schreckte sie von neuem ab. Es sah zu sehr danach aus, als wollte man einen Menschen seiner exzentrischen Taten wegen, die er in der Betrunkenheit verübt hat, verspotten und verlachen, sobald er wieder nüchtern ist.

Es schoß ihr auch flüchtig der Gedanke durch den Kopf, daß er sich vielleicht dunkel an seine zärtliche Laune erinnerte und abgeneigt war, auf den Vorfall anzuspielen, in der Überzeugung, sie würde sich diese zweifellos günstige Gelegenheit zunutze machen und ihn von neuem bitten, nicht fortzugehen.

Er hatte brieflich aus der nächsten Stadt einen Wagen beordert, der bald nach dem Frühstück anlangte. Dies war für Tess der Anfang vom Ende – vom zeitweiligen Ende zumindest; denn die Offenbarung seiner Zärtlichkeit durch den nächtlichen Vorfall rief Träume wach an eine mögliche Zukunft an der Seite des Geliebten. Das Gepäck wurde aufs Dach des Wagens gelegt, sie stiegen ein, und der Kutscher trieb die Pferde an; der Müller und die alte Aufwartefrau äußerten einiges Erstaunen über diese überstürzte Abreise, die Clare seiner Entdeckung zuschrieb, daß der Mühlenbetrieb nicht die moderne Einrichtung zeige, über die er sich zu orientieren wünsche – eine Behauptung, die bis zu einem gewissen Grade der Wahrheit entsprach. Darüber hinaus lag nichts in der Art der Abreise, was ein Fiasko hätte vermuten lassen; niemand zweifelte daran, daß sie gemeinsam einen Besuch bei Freunden machten.

Ihr Weg führte nahe an der Meierei vorbei, von der sie wenige Tage zuvor mit so festlicher Freude aneinander ausgezogen waren; und da Clare wünschte, seine Angelegenheiten mit Mr. Crick zu Ende zu bringen, konnte es Tess kaum vermeiden, zu gleicher Zeit Mrs. Crick einen Besuch zu machen, wenn sie nicht Verdacht erregen und ihr unglückliches Verhältnis verraten wollte.

Um den Besuch so unaufdringlich wie möglich zu machen, verließen sie den Wagen neben dem Zaungatter, das von der Landstraße zur Meierei führte, und stiegen zu Fuß, Seite an Seite, den Pfad hinab. Man hatte das Weidengehölz umgeschnitten, und über die Stümpfe hinweg konnten sie die Stelle erspähen, wohin Clare ihr gefolgt war, als er sie drängte, sein Weib zu werden; zur Linken sahen sie das Gehege, wo seine Harfe sie bezaubert hatte, und in weiter Ferne hinter den Kuhställen die Wiese, den Schauplatz ihrer ersten Umarmung. Der goldene Schimmer jenes sommerlichen Bildes war nun grau verblaßt, die Farbe armselig, der fette Boden kotig und der Fluß kalt.

Der Meier erblickte sie vom Tor des Viehhofs aus und kam auf sie zu, jene Lustigkeit in seine Mienen legend, die man in Talbothays und in der Nachbarschaft bei dem Wiedererscheinen des jungvermählten Paares für passend hielt. Dann tauchte Mrs. Crick aus dem Hause auf, und mehrere alte Bekannte folgten ihr; doch Marian und Retty schienen nicht anwesend zu sein.

Tapfer ertrug Tess ihre versteckten Anspielungen und freundlichen Scherze, die wohl ganz anders auf sie wirkten, als diese Leute vermuteten. Kraft ihrer stillschweigenden Übereinkunft, ihre Entfremdung geheimzuhalten, benahmen sich Mann und Frau, wie es der Brauch erforderte. Und dann mußte Tess ausführlich die Geschichte Marians und Rettys mit anhören, obgleich es ihr lieber gewesen wäre, wenn man kein Wort über das Thema gesprochen hätte. Retty war zu ihrem Vater nach Hause gegangen, und Marian hatte gekündigt, um sich anderswo nach einem Posten umzusehen. Sie fürchtete, es würde mit ihr kein gutes Ende nehmen.

Um den traurigen Eindruck dieser Erzählung zu verscheuchen, ging Tess zu all ihren Lieblingskühen und nahm von ihnen Abschied, jede einzelne mit der Hand streichelnd; und wie nun sie und Clare beim Scheiden Seite an Seite standen, als wären sie vereint an Körper und Seele, würde für einen eingeweihten Betrachter etwas besonders Trauriges in ihrem Anblick gelegen haben; zwei Glieder *eines* Lebens, so schien es äußerlich – sein Arm berührte den ihren, ihr Rocksaum streifte ihn, ihre Blicke schweiften in der gleichen Richtung, den Blicken des ganzen Meiervolkes begegnend, sie sprachen in ihren Abschiedsgrüßen als ›wir‹ – und waren doch getrennt wie die Pole der Erde. Vielleicht zeigte sich irgend etwas Steifes und Verwirrtes in ihrer Haltung, irgend etwas Ungeschicktes in der Art, wie sie mit jeder Geste ihre Zusammengehörigkeit betonten, so verschieden von der natürlichen Schüchternheit junger Ehepaare; denn als sie fort waren, sagte Mrs. Crick zu ihrem Mann:

»Wie unnatürlich der Glanz ihrer Augen ausgesehen hat, und wie sie dastanden gleich Wachspuppen und redeten, als ob sie träumten! Ist dir's nicht aufgefallen? Tess hatte immer was Kurioses in sich, und sie ist jetzt nicht ganz so die richtige stolze junge Frau 'nes wohlsituierten Mannes.«

Die beiden stiegen wieder in die Kutsche und fuhren die Straßen entlang zu dem fernen Weatherbury und Stagfoot Lane, bis sie Nuzzlebury erreichten, wo Clare den Mietwagen und den Kutscher entließ. Hier rasteten sie eine Weile, betraten dann das Tal und fuhren zunächst mit einem Fremden, der ihre Beziehungen nicht kannte, ein Stück Weges auf das Heimatdorf der Durbeyfields zu. Auf halbem Wege, nachdem sie viele Meilen zurückgelegt und eine Straßenkreuzung erreicht hatten, ließ Clare das Gefährt halten und sagte zu Tess: Wenn sie beabsichtige, in ihr Vaterhaus zurückzukehren, wolle er sich hier von ihr trennen. Da sie in Gegenwart des Kutschers nicht ungezwungen sprechen konnten, bat er sie, ihn auf einer der Zweigstraßen einige Schritte zu Fuß zu begleiten; sie willigte ein, und nachdem sie den Mann angewiesen hatten, ein paar Minuten zu warten, schlenderten sie fort.

»Nun, wir wollen einander recht verstehen«, sagte er freundlich. »Es herrscht keine Zwietracht zwischen uns, wenn auch diese Sache da ist, die ich momentan nicht ertragen kann. Ich will's versuchen und mich so weit bringen, daß ich sie ertrage. Ich werde dir mitteilen, wohin ich gehe, sobald ich es selbst weiß. Und kann ich mich dazu bringen, es zu überwinden – ist es wünschenswert und möglich –, dann komme ich zu dir. Aber solange *ich* nicht zu dir komme, ist es besser, wenn du nicht versuchst, zu *mir* zu kommen.«

Die Strenge dieses Urteils schien Tess von tödlicher Grausamkeit. Deutlich erkannte sie, wie Angel über sie dachte; er konnte in ihr nichts anderes sehen als einen Menschen, der ihn gröblich hintergangen hatte. Doch konnte eine Frau, mochte sie auch getan haben, was *sie* getan hatte, all dies verdienen? Aber sie vermochte nicht mehr über diesen Punkt mit ihm zu streiten. Sie wiederholte einfach seine eigenen Worte.

»Solange du nicht zu mir kommst, darf ich nicht versuchen, zu dir zu kommen?«

»Genauso ist es.«

»Darf ich dir schreiben?«

»O ja – wenn du krank wirst oder irgend etwas brauchst. Ich hoffe, das wird nicht der Fall sein; so daß ich wohl als erster schreiben werde.«

»Ich willige in diese Bedingung ein, Angel; denn du weißt am besten, welche Strafe ich verdiene; nur – nur – mach es nicht härter, als ich's ertragen kann!«

Das war alles, was sie über die Sache sagte. Wäre Tess schlau gewesen, hätte sie auf dieser einsamen Straße eine Szene gemacht, hysterisch geweint, sich in Ohnmacht geworfen – trotz der heftigen seelischen Prüderie, die er besaß, würde er wahrscheinlich nicht widerstanden haben. Aber ihre Langmut machte ihm seinen Weg leicht, und sie selbst war sein bester Anwalt. Durch ihre Unterwürfigkeit – vielleicht ein Symptom jener Ergebung in den Willen des Zufalls, die in der ganzen d'Urberville-Familie nur allzusehr hervortritt – blieben die vielen wirksamen Saiten, die sie durch ein flehentliches Bitten zum Erklingen hätte bringen können, unberührt.

Der Rest ihres Gespräches drehte sich nur mehr um praktische Dinge. Er händigte ihr nun ein Paket ein mit einer ziemlich bedeutenden Summe Geldes, die er zu diesem Zweck von seiner Bank abgehoben hatte. Die Brillanten, die Tess nur für Lebenszeit zu gehören schienen (wenn er den Wortlaut des Testaments richtig verstand), sollte sie ihn, wie er ihr riet, der Sicherheit wegen an eine Bank schicken lassen; und diesem Vorschlag stimmte sie bereitwillig zu.

Als diese Dinge geordnet waren, ging er mit Tess zum Wagen zurück und half ihr hinein. Der Kutscher wurde bezahlt und erhielt Weisung, wohin er sie fahren sollte. Dann ergriff Clare seine Tasche und seinen Schirm, die einzigen Gegenstände, die er mitgenommen hatte, und sagte ihr Lebewohl; und sie schieden auf der Stelle.

Die Kutsche bewegte sich schleichend den Hügel hinan, und Clare beobachtete ihre Fahrt mit einer plötzlichen, unüberlegten Hoffnung, Tess möchte für einen einzigen Augenblick aus dem Fenster schauen. Aber daran dachte sie nicht, würde es gar nicht gewagt haben; sie lag halb ohnmächtig in den Kissen des Wagens. So sah er sie scheiden, und in seiner Herzenspein sagte er die Zeile eines Dichters vor sich hin, mit einigen eigenen Berichtigungen:

Gott ist *nicht* im Himmel; 's steht *schlimm* mit der Welt.

Als der Wagen mit Tess hinter dem Kamm des Hügels verschwunden war, machte er kehrt, um seine Straße zu verfolgen, und wußte nicht, daß er sie immer noch liebte.

XXXVIII

Als sie durch das Blackmoortal fuhr und ringsumher die Landschaft ihrer Jugend sich zu entfalten begann, raffte sich Tess aus ihrer Betäubung. Ihr erster Gedanke war: Wie würde sie imstande sein, ihren Eltern vor die Augen zu treten?

Sie erreichte den Schlagbaum unweit vom Eingang des Dorfes. Er wurde von einem Fremden aufgezogen, nicht mehr von dem alten Mann, der diesen Posten viele Jahre lang bekleidet und sie gut gekannt hatte; vermutlich war er zu Neujahr ausgeschieden, dem Tag, an dem solche Veränderungen stattfinden. Da sie in letzter Zeit keine Nachricht von zu Hause erhalten hatte, fragte sie den Schlagbaumwächter, was es Neues gebe.

»Oh – nichts, Fräulein«, antwortete er. »Marlott ist immer noch Marlott. Leute sind gestorben, und was so eben passiert. Auch 'ne Tochter John Durbeyfields hat diese Woche 'nen Gutsbesitzer geheiratet. Nicht in Johns eigenem Haus, müssen Sie wissen; sie wurden anderswo getraut. Der Gentleman ist so vornehm, daß Johns Anhang nicht für nobel genug galt, um auch dabeizusein; denn der Bräutigam scheint nicht zu wissen, wie sich's herausgestellt hat, daß John selber ein alter und ehrwürdiger Edelmann von Geblüt ist, mit Familiengerippen in ihren eigenen Grüften bis auf den heutigen Tag, bloß daß er in der Römerzeit um sein ganzes Hab und Gut gekommen ist. Doch Sir John, wie wir ihn jetzt nennen, hat den Hochzeitstag, so gut er konnte, gefeiert und jede Seele im Kirchspiel fleißig traktiert; und Johns Weib hat im ›Reinen Tropfen‹ bis nach elf Uhr Liedchen gesungen.«

Als Tess dies hörte, wurde ihr so schlimm ums Herz, daß sie sich nicht entschließen konnte, vor aller Leute Augen mit ihrem Gepäck und ihren Habseligkeiten im Wagen nach Hause zu fahren. Sie fragte den Schlagbaumwärter, ob sie ihre Sachen für kurze Zeit in seinem Haus abstellen dürfe, und da er nichts dagegen hatte, fertigte sie den Wagen ab und schritt allein über einen Hinterpfad dem Dörfchen zu.

Beim Anblick des Schornsteins auf dem Vaterhaus fragte sie sich, wie sie denn wohl das Haus betreten dürfe. Ihre Angehörigen unter diesem Dach glaubten sie in weiter Ferne auf einer Hochzeitsreise mit einem verhältnismäßig reichen Manne, der sie zu einem strahlenden Glück führen sollte; sie aber war hier, verlassen und freundlos, und schlich ganz allein auf die alte Türe zu. Denn sie wußte auf der ganzen Welt keinen besseren Ort, wo sie hingehen konnte.

Sie gelangte nicht unbemerkt bis zur Hütte. Dicht an der Gartenhecke begegnete ihr ein Mädchen, das sie kannte – eine von den zwei oder drei Kameradinnen, mit denen sie auf der Schule Freundschaft geschlossen hatte. Nach ein paar Fragen, wo sie denn herkomme, unterbrach ihre Freundin, die ihr trauriges Aussehn nicht beachtete, Tess mit den Worten:

»Aber wo ist dein Mann, Tess?«

Tess erklärte hastig, er sei in Geschäften abberufen worden, und die Sprecherin verlassend, stieg sie über die Gartenhecke und lenkte so ihre Schritte dem Hause zu.

Als sie den Gartenpfad entlangging, hörte sie ihre Mutter an der Hintertür singen; und sobald die Pforte in Sicht kam, erblickte sie Mrs. Durbeyfield auf der Türstufe, beschäftigt, ein Laken auszuwringen. Als sie damit fertig war, ohne Tess zu bemerken, ging sie hinein, und ihre Tochter folgte ihr.

Der Waschtrog stand am alten Platz, auf demselben alten Viertelfaß, und ihre Mutter, die das Laken beiseite gelegt hatte, war eben dabei, von neuem die Arme in den Seifenschaum zu versenken.

»Oh, Tess! Mein Kind – ich dachte, du wärst verheiratet – richtig und echt verheiratet diesmal – wir schickten den Apfelwein –«

»Ja, Mutter; so ist es auch.«

»Wirst heiraten?«

»Ich meine – ich *bin* verheiratet.«

»Verheiratet! Wo steckt denn dein Mann?«

»Oh, er ist für eine Zeit weggegangen.«

»Weggegangen! Wann wurdest du denn getraut? An dem Tag, den du schriebst?«

»Ja, Mutter, Dienstag.«

»Und heute haben wir erst Samstag. Er ist weggegangen?«

»Ja; er ist fort.«

»Was soll denn das heißen? Der Teufel hol solche Männer, sag ich, wie du sie zu kriegen scheinst!«

»Mutter!« Tess ging durch das Zimmer zu Joan Durbeyfield, legte das Gesicht an die Brust der guten Frau und brach in Schluchzen aus. »Ich weiß nicht, wie ich dir's erzählen soll, Mutter! Du sagtest und schriebst mir, daß ich ihm nichts sagen dürfe. Aber ich sprach – ich konnte nicht anders –, und er ging fort!«

»O du kleiner Idiot – du kleiner Idiot!« brach Mrs. Durbeyfield aus, in ihrer Aufregung Tess und sich selbst mit dem Waschwasser bespritzend. »Lieber Himmel, daß ich's erlebe, so was sagen zu müssen; aber ich sag's noch einmal: du kleiner Idiot!«

Tess wand sich in konvulsivischem Schluchzen; die Spannung so vieler Tage hatte sich schließlich gelöst.

»Ich weiß es – ich weiß – ich weiß!« stieß sie zwischen ihren Tränen hervor. »Doch, liebe Mutter, ich konnte nicht anders! Er war so gut – und ich fühlte, wie gottlos es wäre, wenn ich versuchen würde, ihn zu belügen, ihm all das, was geschehen war, zu verschweigen! Wenn – wenn ich noch einmal in dieselbe Lage käme – ich würde es wieder tun. Ich konnte nicht – ich wagte es nicht – so an ihm zu sündigen.«

»Aber es war Sünde genug, daß du ihn zuvor geheiratet hast!«

»Ja, ja; das ist es, was meinen Jammer ausmacht! Aber ich dachte, er könnte mich auf gesetzlichem Wege loswerden, wenn er nicht über meinen Fehltritt hinwegsehn wollte. Und oh, wenn du wüßtest – wenn du nur halbwegs wissen könntest, wie ich ihn liebte – wie ich mich sehnte, ihn zu besitzen – und wie es mich hin und her riß zwischen meinem Verlangen nach ihm und meinem Wunsch, ehrlich gegen ihn zu handeln!«

Tess war so erschüttert, daß sie nicht weitersprechen konnte und hilflos in einem Stuhl zusammenbrach.

»Gut, gut; was geschehen ist, ist geschehen! Wahrhaftig, ich weiß nicht, warum die Kinder, die ich in die Welt gesetzt habe, allesamt größere Tröpfe sein müssen als die von andern Leuten – und nichts Besser's wissen, als so was auszubabbeln, wo er es doch nicht früher herauskriegen konnte, als bis es zu spät war!« Hier begann Mrs. Durbeyfield um ihrer selbst willen Tränen zu vergießen und sich als bedauernswerte Mutter zu beweinen. »Was dein Vater sagen wird, weiß ich nicht«, fuhr sie fort;

»denn seither schwatzt er Tag für Tag bei Rolliver und im ›Reinen Tropfen‹ über die Hochzeit und daß seine Familie durch dich wieder in die Position kommt, die ihr von Rechts wegen gebührt – der arme einfältige Mann! Und jetzt hast du den Karren schön verfahren! Du lieber Himmel!«

Wie um alles in einen Brennpunkt zu fassen, ließ sich in diesem Augenblick das Nahen des Vaters vernehmen. Er trat jedoch nicht sogleich ein, und Mrs. Durbeyfield sagte, sie wolle ihm selbst die schlimme Neuigkeit hinterbringen; Tess solle ihm fürs erste aus den Augen bleiben. Nach ihrem ersten Ausbruch der Enttäuschung begann Joan das Mißgeschick so hinzunehmen, wie sie das ursprüngliche Leid ihrer Tochter hingenommen hatte und wie sie einen verregneten Feiertag oder eine mißratene Kartoffelernte hinnehmen würde: als eine Sache, die unabhängig von Verdienst oder Torheit über sie gekommen war; ein äußerlicher Schicksalsschlag, mit dem man sich abfinden mußte; nicht aber eine *Lehre.*

Tess zog sich nach oben zurück und gewahrte flüchtig, daß man die Betten umgestellt und neue Einrichtungen getroffen hatte. Ihr altes Bett war für zwei jüngere Geschwister zurechtgemacht. Jetzt gab es hier keinen Platz mehr für sie.

Da das Zimmer unter ihr keine getäfelte Decke hatte, konnte sie das meiste hören, was dort vorging. Bald trat ihr Vater ein, anscheinend eine lebendige Henne tragend. Er hausierte jetzt zu Fuß durch die Gegend, da er genötigt gewesen, sein zweites Pferd zu verkaufen, und wanderte mit dem Korb am Arm. Die Henne war diesen Morgen umhergetragen worden, wie sie oftmals umhergetragen wurde – um den Leuten zu zeigen, daß er seiner Arbeit nachging, obgleich sie mehr als eine Stunde lang mit zusammengebundenen Beinen unter dem Tisch in Rollivers Stube lag.

»Wir hatten grade 'nen Diskurs über –«, begann Durbeyfield und erzählte hierauf seinem Weibe ausführlich von einer Diskussion, die sich im Wirtshaus über das Thema Geistlichkeit entsponnen hatte, verursacht durch die Tatsache, daß seine Tochter in eine geistliche Familie heiratete. »Früher einmal betitelten sie sich ›Sir‹ wie meine eigenen Ahnen«, sagte er; »doch heutigentags ist, strenggenommen, ihr richtiger Titel bloß ›Pastor‹.« Da Tess gewünscht habe, man solle das Ereignis nicht allzu öffentlich bekanntmachen, habe er keinen Namen genannt. Er hoffe, sie würde dieses Verbot bald aufheben. Er schlug vor, das Paar solle den eigentlichen Namen d'Urberville in der ursprünglich unverdorbenen Gestalt annehmen. Er sei besser als der Name ihres Mannes. Er fragte, ob heute ein Brief von ihr gekommen sei.

Dann teilte ihm Mrs. Durbeyfield mit, es sei zwar kein Brief eingetroffen, doch unglücklicherweise sei heute die Tochter selber gekommen.

Als er schließlich die ganze Katastrophe erfahren hatte, überwältigte eine mürrische Gekränktheit, wie sie an Durbeyfield nicht üblich war, die Wirkungen des frohsinnspendenden Glases. Doch das Ereignis an und für sich berührte seine reizbare Empfindlichkeit weniger als die vermutliche Wirkung auf andere.

»Jetzt denk einer mal, daß es damit enden mußte!« sagte Sir John. »Und ich mit einer Familiengruft unter der Kirche dort in Kingsbere, so groß wie Squire Jollards Bierkeller, und meine Leute liegen dort in Sechser- und Siebenerreihen, so echtes adliges Mark und Bein wie nur irgendeins in den Annalen der Geschichte! Und jetzt weiß ich schon, was die Kerls bei Rolliver und im ›Reinen Tropfen‹ zu mir sagen werden! Wie sie schielen und glotzen werden und kichern: ›Das ist deine dicke Partie; so kommst du also wieder dahin, wo deine Vorfahren zu König Normans Zeiten waren!‹ Das spür ich nur zu gut, Joan; ich werde mit mir ein Ende machen, trotz Titel und allem – ich halt's nicht länger aus! . . . Aber wenn er sie geheiratet hat, kann sie ihn doch zwingen, sie bei sich zu behalten?«

»Nu, ja. Aber 's fällt ihr nicht im Traum ein.«

»Glaubst du, daß er sie wirklich geheiratet hat? Oder ist's wie beim erstenmal –«

Die arme Tess, die bis zu diesem Augenblick zugehört hatte, konnte es nicht ertragen, noch mehr zu hören. Die Erkenntnis, daß sogar hier, im Elternhaus, ihr Wort angezweifelt wurde, machte ihr diesen Aufenthalt verhaßt, wie kein anderer Zufall es hätte bewirken können. Wie unerwartet kamen die Schläge des Schicksals! Und wenn ihr Vater *ein wenig* an ihr zweifelte, würden ihr dann nicht Fremde und Bekannte *gänzlich* mißtrauen? Oh, sie konnte nicht längere Zeit zu Hause leben!

Daher erlaubte sie sich nur wenige Tage in der Heimat, und gegen Ende dieser Frist erhielt sie einen kurzen Brief von Clare, der ihr mitteilte, daß er nach dem nördlichen England gegangen sei, um sich nach einem Bauernhof umzuschauen. In ihrer flehentlichen Sehnsucht, für sein ehrlich angetrautes Weib zu gelten, und um vor ihren Eltern das schreckliche Ausmaß ihrer Entfremdung geheimzuhalten, benützte sie diesen Brief als Grund für ihre neuerliche Abreise und hinterließ in ihnen den Eindruck, daß sie sich aufmache, um an die Seite ihres Gatten zu eilen. Um Angel noch ferner vor der Beschuldigung zu schützen, daß er sie ungütig behandelt habe, nahm sie fünfundzwanzig Pfund von den fünfzig, die Clare ihr gegeben hatte, und händigte die Summe ihrer Mutter ein, als könne sich die Frau eines Mannes wie Angel Clare dies unschwer leisten; und sie sagte ihr, es sei eine geringe Vergütung für den Kummer und die Kränkungen, die sie in vergangenen Jahren über ihre Eltern gebracht habe. Mit dieser nachdrücklichen Betonung ihrer Würde nahm sie Abschied; und hierauf gab es in der Familie Durbeyfield einige Zeitlang ein lebhaftes Hin und Her über ihre große Freigebigkeit, wobei ihre Mutter sagte und auch wirklich glaubte, daß der Bruch zwischen dem jungen Ehemann und seiner Frau sich wieder völlig behoben habe, kraft des sieghaften Gefühls, daß sie nicht getrennt voneinander leben könnten.

XXXIX

Es war drei Wochen nach der Hochzeit, als Clare wieder den Hügelpfad hinabstieg, der zu dem vertrauten Pfarrhaus seines Vaters führte. Wie er so die Schritte abwärts lenkte, wuchs der Kirchturm in den Abendhimmel empor, gleichsam als wolle er fragen, warum Angel hierher komme; und keine lebende Seele in der vom Zwielicht verschleierten Stadt schien von ihm Notiz zu nehmen, geschweige denn ihn zu erwarten. Wie ein Geist zog er ein, und der Schall seiner eigenen Schritte war fast eine drückende Last, die er abwerfen sollte.

Das Bild des Lebens hatte sich gewandelt. Vor dieser Zeit kannte er es nur in der Theorie, nun glaubte er es als erfahrener Mann zu kennen; obgleich er's vielleicht selbst jetzt noch nicht kannte. Gleichwohl stand *der Mensch* nicht mehr mit der sinnenden Lieblichkeit italienischer Kunst vor seinem inneren Blick, sondern in den starren und gespenstischen Haltungen eines Wiertz-Museums und mit dem scheelen Blick einer Studie von der Hand Van Beers.

Sein Verhalten während dieser ersten Wochen war über die Maßen planlos und sprunghaft gewesen. Nach mechanischen Versuchen, seine landwirtschaftlichen Pläne durchzuführen, als wäre nichts Ungewöhnliches vorgefallen – wie es die großen weisen Männer aller Zeitalter empfehlen –, gelangte er zu dem Entschluß, daß nicht ein einziger dieser großen und weisen Männer jemals weit genug aus sich herausgegangen sei, um die Ausführbarkeit seines eigenen Rates zu erproben. ›Dies ist das erste: Laß dich nicht verwirren‹, sagte der heidnische Moralist. Genauso lautete Clares eigene Überzeugung. Doch er *war* verwirrt. ›Laß dein Herz nicht in Kümmernis fallen und laß es nicht in Ängste geraten‹, sagte der Nazarener. Clare stimmte von ganzer Seele zu; aber sein Herz war trotz allem bekümmert. Wie gern wäre er diesen beiden Denkern Auge in Auge gegenübergetreten, hätte sie ernstlich als Mensch den Menschen beschworen und sie gebeten, ihm ihre Methode zu verraten!

Seine Stimmung verwandelte sich in eine verbissene Gleichgültigkeit, bis er sich schließlich einbildete, er betrachte sein eigenes Dasein mit dem willenlos untätigen Interesse eines Außenstehenden.

Ihn erbitterte die Überzeugung, daß all dieses trostlose Elend durch einen Zufall herbeigeführt wurde, durch den Zufall, daß sie eine d'Urberville war. Aber wenn er nun entdeckt hatte, daß Tess aus jenem erschöpften alten Hause stamme und nicht zu den neuen Schichten des einfachen Volkes gehöre, wie er sich's heiß erträumt hatte – warum verließ er sie nicht, stoisch und seinen Grundsätzen getreu? Er war also abtrünnig geworden, und er verdiente seine Strafe.

Dann wurde er müde und beklommen, und seine Beklommenheit wuchs. Er fragte sich, ob er sie nicht vielleicht ungerecht behandelt habe. Er aß, ohne zu wissen, daß er aß, und trank, ohne zu schmecken, was er trank. Als die Stunden verstrichen, als die Motive jeder Handlung während der langen Reihe vergangener Tage vor sein geistiges Auge traten, da merkte er, wie eng der Gedanke, Tess als sein teures Eigentum zu besitzen, mit allen Plänen, Worten und Wegen verknüpft war.

Auf seinen Kreuz- und Querzügen stieß er in den äußeren Vierteln einer kleinen Stadt auf ein Plakat in roten und blauen Farben, das in nachdrücklicher Weise verkündete, welch große Vorteile das Reich Brasilien als Tätigkeitsfeld für den auswandernden Landwirt biete. Zu ausnehmend günstigen Bedingungen wurde Land offeriert. Brasilien lockte ihn irgendwie als eine neue Idee. Tess konnte ihm gegebenenfalls übers Meer folgen, und vielleicht würden inmitten jener fremden Landschaften, Begriffe und Sitten die herkömmlichen Anschauungen, die ihm hier ein Leben an ihrer Seite untunlich erscheinen ließen, nicht mehr so wirksam sein. Kurz, er fühlte sich sehr geneigt, einen Versuch mit Brasilien zu machen, besonders da die Jahreszeit für die Überfahrt eben heranrückte.

Mit diesem Vorsatz kehrte er nach Emminster zurück, um seinen Eltern den Plan zu verraten und, so gut er konnte, zu erklären, warum er Tess nicht mitgebracht habe; ohne aber zu enthüllen, was sie in Wirklichkeit getrennt hatte. Als er die Tür erreichte, schien der neue Mond auf sein Antlitz, genauso, wie ihn der alte in den ersten Stunden jenes Morgens beschienen hatte, als er sein Weib auf seinen Armen über den Fluß zum Friedhof der Mönche trug; doch sein Gesicht war nun schmaler.

Clare hatte den Eltern seinen Besuch nicht angekündigt, und seine Ankunft brachte die ganze Atmosphäre des Vikariats in Aufruhr, wie das Tauchen des Eisvogels einen stillen Teich in Aufruhr bringt. Vater und Mutter saßen beide im Salon, doch diesmal war keiner von seinen Brüdern zu Hause. Angel trat ein und schloß geräuschlos die Tür hinter sich.

»Aber – wo ist deine Frau, liebster Angel?« rief seine Mutter. »Wie du uns überraschst!«

»Sie ist bei ihrer Mutter – vorübergehend. Ich bin in ziemlicher Hast heimgeeilt, weil ich mich entschlossen habe, nach Brasilien zu gehen.«

»Brasilien? Wie? Dort leben doch lauter römische Katholiken!«

»So? Daran habe ich nicht gedacht.«

Doch selbst die Neuheit und Schmerzlichkeit seiner Absicht, in ein papistisches Land zu ziehen, konnte Mr. und Mrs. Clares natürliches Interesse an ihres Sohnes Heirat nicht für lange Zeit verdrängen.

»Vor drei Wochen erhielten wir deinen kurzen Brief mit der Nachricht, daß die Hochzeit stattgefunden habe«, sagte Mrs. Clare, »und dein Vater schickte ihr das Geschenk deiner Patin, wie du weißt. Natürlich war es am besten, daß niemand von uns der Zeremonie beiwohnte, besonders da du es vorzogst, sie von der Meierei weg zu heiraten und nicht in ihrem Heimatort, gleichgültig, wo dieser liegt. Es würde *dir* Verlegenheit bereitet und *uns* kein Vergnügen gemacht haben. Deine Brüder empfanden das sehr deutlich. Jetzt, da es geschehen ist, beklagen wir uns nicht darüber, besonders wenn sie dir für den Beruf paßt, den du, statt ein Diener des Evangeliums zu werden, erwählt hast. Dennoch wäre mir lieber, ich hätte sie vorher sehen können, Angel, oder hätte ein wenig mehr über sie erfahren. Wir selbst schickten ihr kein Geschenk, da wir nicht wußten, was ihr am meisten Freude machen wird; aber das darfst du nur als einen Aufschub ansehen. Angel, weder in meinem Herzen, noch im Herzen deines Vaters herrscht der leiseste Groll; wir nehmen dir deine Heirat nicht übel; aber es erschien uns viel besser, uns unsere Ansicht über deine Frau vorzubehalten, bis wir sie sehen. Und nun hast du sie nicht mitgebracht. Das mutet mich sonderbar an. Was ist geschehen?«

Er antwortete, sie hätten es für das beste gehalten, wenn Tess sich vorerst in ihr Elternhaus begebe, während er hierher ging.

»Ich will gerne zugeben, liebe Mutter«, sagte er, »daß ich stets die Absicht hatte, sie von diesem Hause fernzuhalten, bis ich das Gefühl haben würde, daß sie mit Zuversicht vor euch hintreten könne. Aber dieser Gedanke an Brasilien ist eine ganz neue Idee. Wenn ich wirklich hinübergehe, wird es nicht ratsam sein, sie auf diese Reise mitzunehmen. Sie bleibt in ihrem Vaterhaus, bis ich zurückkehre.«

»Und werde ich sie nicht sehen, bevor du aufbrichst?«

Er fürchtete, nein. Wie er schon sagte, sei sein ursprünglicher Plan gewesen, sie während der nächsten Zeit nicht hierherzubringen, um die Vorurteile der Eltern, ihre Gefühle in keiner Weise zu verletzen; und aus anderen Gründen habe er an diesem Vorsatz festgehalten. Wenn er sogleich hinausziehe, würde er nach Verlauf eines Jahres einen Besuch in der Heimat machen müssen; und dann sei es ihnen möglich, sie zu sehen, bevor er zum zweitenmal aufbräche – mit ihr.

Ein eilig bereitetes Nachtmahl wurde aufgetragen, und Clare erläuterte ferner seine Pläne. Die Enttäuschung darüber, daß sie die junge Frau nicht sehen solle, wollte seine Mutter nicht verlassen. Clares jüngster Enthusiasmus für Tess hatte sich ihr kraft der mütterlichen Sympathien mitgeteilt, bis sie fast zu denken begann, aus Nazareth könne Gutes kommen – und eine reizvolle Frau aus der Meierei von Talbothays. Sie beobachtete ihren Sohn, indes er aß.

»Kannst du sie nicht beschreiben? Sicherlich ist sie sehr hübsch, Angel.«

»Das kann niemand bezweifeln!« sagte er mit einem Eifer, der seine Bitterkeit verhehlte.

»Und daß sie rein und tugendhaft ist, steht zweifellos fest?«

»Rein und tugendhaft, natürlich.«

»Ich kann sie ganz deutlich vor mir sehen. Du sagtest neulich, daß sie von zarter Gestalt sei, mit rundlichen Formen; daß sie tiefrote Lippen habe, mit scharfgeschnittenen Mundwinkeln; dunkle Wimpern und Brauen, einen dicken Zopf wie ein Schiffstau und große violettblauschwarze Augen.«

»Ja, Mutter.«

»Ich sehe sie ganz vor mir. Und da sie in solcher Abgeschlossenheit lebte, hat sie natürlich kaum jemals einen jungen Mann aus der Außenwelt gesehen, bevor sie *dich* sah?«

»Schwerlich.«

»Du warst ihre erste Liebe?«

»Natürlich.«

»Es gibt schlimmere Frauen als diese schlichten, rotlippigen, kräftigen Bauernmädchen. Sicherlich hätte ich wünschen dürfen – nun, da mein Sohn ein Landwirt werden will, ist es vielleicht nur angemessen, daß seine Frau von Jugend auf an ein Leben im Freien gewöhnt ist.«

Sein Vater war weniger neugierig; doch als die Stunde kam für das Kapitel aus der Bibel, das stets vor dem Abendgebet verlesen wurde, bemerkte der Vikar zu Mrs. Clare:

»Ich denke, da Angel gekommen ist, wird es passender sein, lieber den einunddreißigsten Spruch zu lesen als das Kapitel, das sonst an der Reihe wäre?«

»Ja, gewiß«, sagte Mrs. Clare. »Die Worte König Samuels.« (Sie konnte ebensogut wie ihr Mann Kapitel und Vers zitieren.) »Mein lieber Sohn, dein Vater hat beschlossen, uns jene Sprüche Salomonis zum Lobe eines tugendhaften Weibes vorzulesen. Wir bedürfen nicht erst der Ermahnung, bei diesen Worten der Abwesenden zu gedenken. Möge sie der Himmel auf all ihren Wegen beschirmen!«

Ein Klumpen stieg in Clares Kehle auf. Das tragbare Lesepult wurde aus der Ecke geholt und mitten vor den Kamin gestellt, die beiden alten Dienstboten kamen herein, und Angels Vater begann bei dem zehnten Vers des erwähnten Kapitels zu lesen:

»Wem ein tugendsam Weib bescheret ist, die ist viel edler, denn die köstlichsten Perlen. Sie stehet des Nachts auf und gibt Futter ihrem Hause und Essen ihren Dirnen. Sie gürtet ihre Lenden fest und stärket ihre Arme. Sie merket, wie ihr Handel Frommen bringt; ihre Leuchte verlöschet des Nachts nicht. Sie schauet, wie es in ihrem Hause zugeht, und isset ihr Brot nicht mit Faulheit. Ihre Söhne kommen auf und preisen sie selig; ihr Mann lobet sie. Viele Töchter bringen Reichtum; du aber übertriffst sie alle.«

Als das Gebet vorbei war, sagte seine Mutter:

»Ich konnte mich dem Gedanken nicht verschließen, wie sehr dieses Kapitel, das dein lieber Vater las, in einigen Zügen auf das Weib deiner Wahl paßt. Die vollkommene Frau, wie du siehst, war eine Frau der Arbeit; nicht eine Müßiggängerin; nicht eine feine Dame, sondern eine, die ihre Hände, ihren Kopf und ihr Herz zum Wohle anderer benützte. ›Ihre Söhne kommen auf und preisen sie selig; ihr Mann lobet sie. Viele Töchter bringen Reichtum; du aber übertriffst sie alle.‹ Nun, ich wollte, ich hätte sie sehen können, Angel. Da sie rein ist und keusch, wäre sie vornehm genug für mich gewesen.«

Clare konnte dies nicht länger ertragen. Seine Augen standen voller Tränen, die Tropfen geschmolzenen Bleies glichen. Er sagte diesen lauteren und schlichten Seelen, die er so innig liebte, ein rasches Gutenacht; diesen schlichten Menschen, die in ihrem eigenen Herzen weder die Welt noch das Fleisch, noch den Teufel kannten, für die jene Mächte nur vage Phantome waren, fern außerhalb ihres eigenen Lebens. Er ging auf sein Zimmer. Seine Mutter folgte ihm und klopfte an die Tür. Clare öffnete und sah sie draußen stehen, besorgten Blickes.

»Angel«, fragte sie, »ist irgend etwas nicht in Ordnung, daß du so bald die Heimat verläßt? Ich sehe deutlich, daß du nicht ganz beisammen bist.«

»Ja, nicht ganz, Mutter«, erwiderte er.

»Ihretwegen? Nun, mein Sohn, ich weiß, daß es das ist – ich weiß, es ist ihretwegen! Habt ihr euch in den letzten drei Wochen gezankt?«

»Nicht richtig gezankt«, sagte er. »Aber es gab eine kleine Differenz –«

»Angel – ist sie ein junges Weib, dessen Vergangenheit einer Nachforschung standhält?«

Mit dem Instinkt einer Mutter hatte Mrs. Clare ihren Finger auf jene Wunde gelegt, die wohl solch eine Unruhe erzeugen müßte, wie sie ihren Sohn zu erfüllen schien.

»Sie ist fleckenlos!« erwiderte er; und fühlte, wenn diese Lüge ihn im selben Augenblick zu ewigen Höllenqualen verdammen würde, er hätte sie dennoch ausgesprochen.

»Dann laß alles übrige gut sein. Schließlich findest du in der ganzen Natur wenig Reineres als ein unbeflecktes Landmädchen. Jede Ungeschliffenheit, die vielleicht deine kultivierteren Gefühle anfangs unangenehm berührt, wird zweifellos unter dem Einfluß deiner Gesellschaft und Leitung verschwinden.«

Dieser unbewußte schreckliche Sarkasmus blinder Großmut erweckte in Clare die nachträgliche Erkenntnis, daß er seine Laufbahn durch die Heirat völlig vernichtet hatte, eine Erkenntnis, die unter seinen ersten Gedanken nach der Beichte nicht aufgetaucht war. Freilich, um seiner selbst willen lag ihm sehr wenig an seiner Laufbahn; aber er hatte gewünscht, sie der Eltern und Brüder wegen zumindest achtbar zu gestalten. Und nun, als er in die Kerze schaute, verkündete ihm die Flamme mit stummer Mahnung, daß sie geschaffen sei, vernünftige Leute zu bescheinen, und daß sie es verabscheue, das Antlitz eines Narren und Gestrandeten zu beleuchten.

Als seine Erregung sich abkühlte, zürnte er in kurzen Momenten seinem armen Weib, weil sie eine Situation herbeigeführt hatte, die ihn zwang, seine Eltern zu betrügen. In seinem Zorn sprach er sogar mit ihr, als wäre sie im Zimmer gewesen. Und dann drang ihre girrende Stimme mit klagenden Vorwürfen aufwühlend durch die dunkle Stille, der samtweiche Druck ihrer Lippen glitt über seine Stirne, und er konnte in der Luft die Wärme ihres Atems spüren.

Die Frau, der sein herabsetzender Tadel galt, dachte in dieser selben Nacht darüber nach, wie groß und gut ihr Gatte sei. Doch über ihnen beiden hing ein tiefer Schatten, tiefer als der Schatten, den Angel Clare gewahrte: Der Schatten seiner eigenen Begrenztheit. Trotz all seiner Bemühungen, frei und unabhängig zu urteilen, war dieser fortschrittliche Mann dennoch Sklave der Sitte und Konvention, wenn ihn ein plötzliches Ereignis unversehens zu den Vorurteilen zurückführte, die er in seiner Jugend eingesogen hatte. Kein Prophet hatte ihm gesagt – und er war nicht Prophet genug, um es sich selbst zu sagen –, daß dieses sein junges Weib das Lob König Samuels ebensowohl verdiente wie jede andere Frau, die mit demselben Abscheu vor dem Bösen begabt ist: denn ihr moralischer Wert mußte nicht nach ihren Taten, sondern nach ihrem Streben gewogen werden. Überdies leidet bei solchen Gelegenheiten immer die Gestalt in nächster Nähe, weil sie ihre Erbärmlichkeit ohne jede Hülle zur Schau stellt; während undeutliche Gestalten in weiter Ferne geadelt werden, da der Abstand ihre Makel zu künstlerischen Vorzügen verklärt. In der Erwägung dessen, was Tess *nicht* war, übersah er, was sie *war,* und vergaß, daß das Unvollkommene wertvoller sein kann als die Vollendung.

XL

BEIM Frühstück drehte sich das Gespräch um Brasilien, und alle bemühten sich, Clares Plan, den Ackerboden jenes Landes zu erproben, in einem hoffnungsvollen Lichte zu sehen, ungeachtet der entmutigenden Berichte einiger Landarbeiter, die dorthin ausgewandert und noch vor Ablauf der zwölf Monate wieder heimgekehrt waren. Nach dem Frühstück ging Clare in das Städtchen, um allerlei Kleinigkeiten abzuwickeln, die er hier zu erledigen hatte, und um alles Geld, das er besaß, von der Bank des Ortes abzuheben. Auf seinem Rückweg begegnete ihm Miß Mercy Chant neben der Kirche, und sie wirkte wie eine Emanation dieser heiligen Mauern. Sie trug eine Anzahl Bibeln für ihre Sonntagsschule unter dem Arm, und ihre Lebensanschauung war so weltentrückt, daß Ereignisse, die anderen das Herz zerrissen, ein glückseliges Lächeln über ihre Züge breiteten – ein beneidenswertes Resultat, obgleich es nach Angels Ansicht durch eine merkwürdig unnatürliche Aufopferung alles Menschlichen zugunsten mystischer Verzückung erreicht wurde.

Sie hatte erfahren, daß er im Begriff stand, England zu verlassen, und bemerkte, dies scheine ein vortrefflicher und vielversprechender Plan zu sein.

»Ja; vom geschäftlichen Standpunkt aus ist es zweifellos ein ziemlich hübscher Plan«, erwiderte er. »Aber, meine liebe Mercy, er unterbricht die Kontinuität meines Lebens. Vielleicht wäre ein Kloster vorzuziehen.«

»Ein Kloster! Oh, Angel Clare!«

»Nun?«

»Nun, Sie gottloser Mensch, ein Kloster bedingt einen Mönch und ein Mönch römischen Katholizismus.«

»Und römischer Katholizismus Sünde und Sünde Verdammnis. Dein Zustand ist gefährlich, Angel Clare.«

»*Ich* bin stolz auf meinen protestantischen Glauben«, erwiderte sie streng.

Clare, durch schieren Kummer zu einer jener dämonischen Launen hingerissen, in denen ein Mensch seinen wahren Grundsätzen zuwiderhandelt, rief hierauf Mercy dicht neben sich und flüsterte ihr boshaft die ketzerischen Gedanken ins Ohr, auf die er sich nur besinnen konnte. Sein kurzes Lachen über das Entsetzen, das sich auf ihrem schönen Antlitz malte, brach ab, als dieser Ausdruck in Schmerz und Angst um sein Seelenheil überging.

»Liebe Mercy«, sagte er, »Sie müssen mir verzeihen. Ich glaube, ich werde verrückt!«

Sie glaubte, er sei es bereits; und so endete das Zwiegespräch, und Clare kehrte in das Vikariat zurück. Bei dem Bankier des Ortes deponierte er die Juwelen, bis glücklichere Tage erstehen würden. Auch hinterlegte er dreißig Pfund bei der Bank, die nach ein paar Monaten an Tess zu schicken waren, je nach ihrer Verfügung; und er schrieb an sie in ihr Elternhaus im Blackmoortal, um ihr mitzuteilen, was er getan habe.

Dieser Betrag, nebst der Summe, die er ihr bereits eingehändigt hatte – ungefähr fünfzig Pfund –, mußte für ihre Bedürfnisse während der nächsten Zeit, wie er hoffte, vollauf genügen, zumal er sie angewiesen hatte, sich im Notfall an seinen Vater zu wenden.

Er hielt es für das beste, seine Eltern *nicht* mit Tess in Verbindung zu setzen und folglich ihre Adresse geheimzuhalten; und da sie nicht wußten, was sich wirklich ereignet und die jungen Leute einander entfremdet hatte, baten ihn weder Vater noch Mutter, ihre Adresse bekanntzugeben. Im Laufe des Tages verließ er das Pfarrhaus, denn er wünschte rasch abzumachen, was noch zu tun blieb.

Als letzte Pflicht, bevor er diesen Teil Englands verließ, erwuchs ihm die Notwendigkeit, in dem Gutshaus zu Wellbridge vorzusprechen, wo er mit Tess die ersten Tage ihrer Ehe verbracht hatte; die geringfügige Miete mußte bezahlt werden, der Schlüssel zu den zwei Räumen, die sie bewohnt hatten, abgeliefert und eine oder die andere Kleinigkeit, die sie damals zurückließen, abgeholt werden. Unter diesem Dach hatte der tiefste Schatten, der je auf sein Leben fiel, sein Düster über ihn gebreitet. Doch als er die Tür des Wohnzimmers aufsperrte und hineinschaute, galt die erste Erinnerung, die auf ihn einstürmte, ihrer fröhlichen Ankunft an einem ähnlichen Nachmittag, jenem neuen Gefühl, die gleiche Wohnung zu teilen, dem ersten gemeinsamen Mahle, der Plauderei, Hand in Hand vor dem Feuer.

In dem Augenblick, da er anlangte, waren der Pächter und sein Weib auf den Feldern, und Clare blieb einige Zeit allein in den Räumen. Innerlich geschwellt von neuerwachenden Gefühlen, mit denen er nicht ganz gerechnet hatte, ging er die Treppe hinauf in ihr Zimmer, das nie das seine gewesen. Das Bett war glatt gestrichen, wie sie es mit ihren eigenen Händen am Morgen des Scheidens gerichtet hatte. Der Mistelzweig hing unter dem Baldachin an derselben Stelle, wo er ihn damals befestigte. Schon drei oder vier Wochen hing er hier, begann sich zu verfärben, und die Blätter und Beeren waren verrunzelt. Angel holte ihn herunter und schleuderte ihn auf den Kaminrost.

Als er so vor dem Bett stand, zweifelte er zum erstenmal, ob sein Vorgehen in dieser Krise klug, geschweige denn großmütig war. Aber hatte man ihn nicht grausam geblendet? Von tausend zwiespältigen Gefühlen erregt, kniete er am Rande des Bettes nieder und weinte: »Oh, Tess! Wenn du mir's früher gesagt hättest, ich würde dir verziehen haben«, rief er.

Da er Schritte im Erdgeschoß hörte, stand er auf und ging zur Treppe. Am Fuß der Stiege sah er eine Frau stehen, und als sie ihr Gesicht emporwandte, erkannte er die blasse, dunkeläugige Izz Huett.

»Mr. Clare«, sagte sie, ich komme, um Sie und Mrs. Clare zu besuchen und mich zu erkundigen, ob es Ihnen so gut geht, wie man erwarten darf.«

Da stand ein Mädchen, dessen Geheimnis er erraten hatte, wenn sie auch das seine noch nicht ahnte; ein ehrliches Mädchen, das ihn liebte – ein Mädchen, das ebensogut wie Tess, oder fast so gut, für einen werktätigen Landmann zur Frau getaugt hätte.

»Ich bin allein«, sagte er; »wir wohnen jetzt nicht hier.« Nachdem er ihr kurz erklärt hatte, warum er gekommen war, fragte er: »Wohin führt Ihr Heimweg, Izz?«

»Ich bin nicht mehr in der Meierei von Talbothays daheim, Mr. Clare«, sagte sie.

»Wie kommt das?«

Izz blickte zu Boden.

»Es war so traurig, daß ich fortging. Ich wohne jetzt dort draußen.« Sie zeigte nach der entgegengesetzten Richtung, der Richtung, in die sein Weg führte.

»Gut – ist das jetzt Ihr Weg? Ich kann Sie mitnehmen, wenn Sie meinen Wagen benutzen wollen.«

Ihre Olivenwangen färbten sich höher.

»Danke, gern, Mr. Clare«, sagte sie.

Bald hatte er den Pächter gefunden, beglich die Rechnung für seine Miete und die paar andern Posten, die noch in Betracht kamen, da sie die Wohnung so plötzlich aufgaben. Clare kehrte zu seinem Gespann zurück, und Izz sprang neben ihn auf den Bock.

»Ich bin im Begriff, England zu verlassen, Izz«, sagte er, während sie dahinfuhren. »Gehe nach Brasilien.«

»Und gefällt Mrs. Clare der Gedanke an eine solche weite Reise?«

»Sie geht fürs erste nicht mit – sagen wir für ein Jahr etwa. Ich will rekognoszieren – will sehen, wie sich's dort lebt.«

Sie jagten eine beträchtliche Strecke weit ostwärts dahin, ohne daß Izz eine Bemerkung machte.

»Wie geht es den andern?« fragte er. »Wie geht es Retty?«

»Sie hat 'ne Art nervöser Zustände; und ist so mager und hohlwangig, daß es scheinbar mit ihr abwärtsgeht. Nie wieder wird sich jemand in sie verlieben«, sagte Izz zerstreut.

»Und Marian?«

Izz senkte die Stimme.

»Marian trinkt.«

»Wirklich?«

»Ja. Der Meier sagt, er muß sie loswerden.«

»Und Sie?«

»Ich trinke nicht, und es geht auch mit mir nicht abwärts. Aber – mit meinem Singen morgens vor dem Frühstück ist es jetzt nicht mehr weit her!«

»Wie kommt das? Erinnern Sie sich, wie nett Sie ›'s war in Cupidos Gärten‹ und ›Des Schneiders Hosen‹ beim morgendlichen Melken zu trällern pflegten?«

»Ach ja! Als Sie *kamen,* Mr. Clare, da war es so. Dann später, als Sie schon ein Weilchen da waren, lange nicht mehr.«

»Und warum ließ das nach?«

Statt einer Antwort blitzten ihre schwarzen Augen einen Augenblick lang zu seinem Gesicht empor.

»Izz – ja, ich verstehe«, sagte er gütig und versank in Träumerei. »Dann – wie, wenn ich um *Ihre* Hand angehalten hätte?«

»Dann würde ich ja gesagt haben, und Sie hätten eine Frau geheiratet, die Sie liebte!«

»Wirklich?«

»Von ganzem Herzen!« flüsterte sie. »O mein Gott, haben Sie es bis heute nicht geahnt?«

Allmählich erreichten sie eine Zweigstraße, die zu einem Dorf führte.

»Ich muß absteigen, ich wohne da drüben«, sagte unvermittelt Izz, die seit ihrem Geständnis kein Wort mehr gesprochen hatte.

Clare zügelte das Pferd. Er zürnte seinem Schicksal, war bitter aufgebracht gegen die Satzungen der Gesellschaft; denn sie hatten ihn in eine Enge gepfercht, aus der es keinen gesetzmäßigen Ausweg gab. Warum nicht an der Gesellschaft Rache nehmen und in Zukunft seine Privatangelegenheiten selbst entscheiden, statt in solcher Verlassenheit demütig die pädagogische Zuchtrute der Konvention zu küssen?

»Ich gehe allein nach Brasilien, Izz«, sagte er. »Ich habe mich aus *persönlichen* Gründen, nicht der Seereise wegen, von meiner Frau getrennt. Ich werde vielleicht nie wieder mit ihr zusammenkommen. Wollen Sie an ihrer Stelle mit mir gehen?«

»Wünschen Sie wirklich, daß ich mitgehe?«

»Ja. Mir wurde so übel mitgespielt, daß ich mich nach einem Trost sehne. Und Sie lieben mich wenigstens uneigennützig.«

»Ja – ich will mitgehn«, sagte Izz nach einer Pause.

»Wollen Sie? Sie wissen, was es bedeutet, Izz?«

»Es bedeutet, daß ich für die Zeit Ihres Aufenthalts da drüben bei Ihnen sein werde – was Besseres wünsche ich mir nicht.«

»Bedenken Sie, daß Sie sich jetzt auf meine Moral nicht verlassen dürfen. Und ich muß Sie darauf aufmerksam machen, daß es in den Augen der Zivilisation ein Vergehen sein wird – das heißt in den Augen der westländischen Zivilisation.«

»Ich kümmere mich nicht darum; *keine* Frau kümmert sich drum, wenn es um tiefstes Leid geht und kein anderer Weg bleibt!«

»Dann steigen Sie nicht ab, sondern bleiben Sie sitzen, wo Sie sind.«

Er kutschierte an der Straßenkreuzung vorbei, eine Meile weit, zwei Meilen weit, ohne die mindeste zärtliche Regung zu verraten.

»Sie lieben mich sehr, wirklich sehr, Izz?« fragte er.

»Ja – ich habe es schon gesagt! Ich liebte Sie all die Zeit hindurch, die wir in der Meierei zusammen waren.«

»Mehr als Tess?«

Sie schüttelte den Kopf.

»Nein«, murmelte sie, »nicht mehr als sie.«

»Wie das?«

»Weil niemand Sie mehr lieben kann, als Tess Sie liebte! ... Sie hätte ihr Leben für Sie hingegeben. Ich könnte nicht mehr tun.«

Gleich dem Propheten auf dem Gipfel von Peor würde Izz Huett in solch einem Augenblick gern ein böseres Wort gesprochen haben; aber der Zauber, den Tess durch ihr Wesen auf ihre derbere Natur übte, zwang sie zur Großmut.

Clare schwieg; sein Herz schwoll bei diesen geradsinnigen Worten, die aus solch unerwarteter, ungetrübter Quelle kamen. In seiner Kehle würgte etwas, als ob ein Schluchzen sich dort zusammenballte. In seinen Ohren widerhallte es: *›Sie hätte ihr Leben für Sie hingegeben. Ich könnte nicht mehr tun!‹*

»Vergessen Sie unser leeres Geschwätz, Izz«, sagte er, plötzlich das Pferd herumreißend. »Ich weiß nicht, was ich gesagt habe! Ich will Sie jetzt zu der Kreuzung zurückbringen, wo Ihre Straße abzweigt.«

»Das habe ich von meiner Ehrlichkeit gegen Sie! Oh – wie kann ich es ertragen – wie – wie!«

Izz Huett brach in wildes Weinen aus und schlug sich an die Stirn, als sie sah, was sie angerichtet hatte.

»Bereuen Sie diesen ärmlichen, kleinen Akt der Gerechtigkeit gegen eine Abwesende? Oh, Izz, machen Sie ihn nicht durch Ihre Reue hinfällig!«

Nach und nach beruhigte sie sich.

»Gut so, Mr. Clare. Vielleicht wußte auch ich nicht, was ich sagte, als ich einwilligte, mit Ihnen zu gehn. Ich begehrte – was nicht sein kann!«

»Weil ich bereits ein liebendes Weib habe.«

»Ja, ja. Das haben Sie.«

Sie erreichten die Straßenecke, die sie eine halbe Stunde früher passiert hatten, und Izz sprang vom Wagen.

»Sie werden meine vorübergehende leichtsinnige Laune vergessen?« sagte er. »Es war unbesonnen, übel bedacht.«

»Vergessen? Nie, nie! Oh, für mich war es keine Laune!«

Er fühlte, wie reichlich er den Vorwurf verdiente, den dieser verwundete Aufschrei enthielt, und in einer Bekümmernis, die unaussprechlich war, sprang er hinunter und nahm sie bei der Hand.

»Ja, Izz, doch wir wollen trotzdem als Freunde scheiden. Sie wissen nicht, was ich durchmachen mußte!«

Sie war wirklich ein großherziges Mädchen und ließ keine fernere Bitterkeit mehr ihren Abschied trüben.

»Ich verzeihe Ihnen, Mr. Clare«, sagte sie.

»Nun, Izz«, begann er ernst, während sie an seiner Seite stand, »ich bitte Sie, sobald Sie Marian sehen, sagen Sie ihr, sie müsse ein gutes Mädchen sein und dürfe sich nicht zu Torheiten hinreißen lassen. Versprechen Sie mir das und sagen Sie Retty, daß es wertvollere Männer auf der Welt gibt als mich, daß sie um meinetwillen klug und richtig handeln müsse – merken Sie sich die Worte: klug und richtig – um meinetwillen. Ich schicke ihnen diese Botschaft als ein Sterbender dem Sterbenden; denn ich werde sie nie wieder sehen. Und *Sie,* Izz, Sie haben mich durch Ihre ehrenhaften Worte über meine Frau vor einem unglaublich törichten und verräterischen Schritt bewahrt. Frauen mögen schlecht sein, aber in diesen Dingen sind sie nie so schlecht wie die Männer! Um dieser einen Sache willen kann ich Sie nie vergessen. Bleiben Sie stets das gute und ehrliche Mädchen, das Sie bisher gewesen sind; und sehen Sie in mir einen unwürdigen *Liebhaber,* aber einen treuen *Freund.* Versprechen Sie mir das.«

Sie gab ihm feierlich das Versprechen.

»Der Himmel segne und behüte Sie, Sir. Leben Sie wohl!«

Er fuhr davon. Doch kaum hatte Izz die Nebenstraße eingeschlagen, kaum war Clare außer Sicht, als sie sich, von folternder Qual überwältigt, am Straßenrain niederwarf; und mit einem unnatürlich verzerrten Gesicht betrat sie am späten Abend ihrer Mutter Hütte. Niemand hat je erfahren, wie Izz die Stunden der Dunkelheit verbrachte, die zwischen Angel Clares Scheiden und ihrer Heimkunft verstrichen.

Auch Clare, nachdem er dem Mädchen Lebewohl gesagt hatte, war heftig erregt; schmerzliche Gedanken durchzuckten ihn, und seine Lippen bebten. Aber sein Kummer galt nicht Izz. An diesem Abend hätte das Gewicht einer Feder den Ausschlag gegeben und ihn veranlaßt, seine Straße zum nächsten Bahnhof zu verlassen und quer über die hügelige Rückenlinie von Südwessex nach der Heimat seiner Tess zu fahren. Was ihn zurückhielt, war weder Verachtung für ihren Charakter noch der mutmaßliche Zustand ihres Herzens.

Nein, es war das Gefühl, daß trotz ihrer Liebe, wie Izz Huetts Zugeständnis sie bezeugt hatte, die Tatsachen nicht verändert waren. Wenn er anfangs recht getan hatte, tat er auch jetzt recht. Und die treibende Kraft des Weges, den er eingeschlagen hatte, zwang ihn, auf diesem Wege zu verharren, solange ihn nicht eine stärkere, unmittelbarer wirkende Macht, als die an diesem Nachmittag ihr Spiel mit ihm getrieben hatte, zur Seite riß. Es war möglich, daß er bald zu ihr zurückkehrte. Er nahm am selben Abend den Zug nach London, und fünf Tage später schüttelte er im Einschiffungshafen seinen Brüdern zum Abschied die Hand.

XLI

WIR wollen von diesen letzten Ereignissen des Winters zu einem Oktobertag vorauseilen, mehr als acht Monate nach Clares Scheiden von Tess. Wir finden die letztere in einer veränderten Lage; nicht eine junge Frau mit Schachteln und Koffern, die andere ihr nachtragen – wir sehen sie als ein verlassenes Weib mit Korb und Bündel, die sie selber schleppen muß wie zu früheren Zeiten, als sie noch keinen Ehering trug; statt der reichlichen Geldmittel, die ihr Gatte für ihr bequemes Auskommen während dieser Probezeit gesichert hatte, kann sie nur eine geschrumpfte Börse vorzeigen.

Nach dem neuerlichen Abschied von Marlott, ihrer Heimat, hatte sie den Frühling und den Sommer ohne große körperliche Anstrengungen überstanden, da sie die Zeit hauptsächlich damit verbrachte, in der Nähe Port Bredys im westlichen Blackmoortal, gleich weit entfernt von ihrer Geburtsstätte und von Talbothays, unregelmäßige, leichte Aushilfsdienste bei der Meierarbeit zu leisten. Dies war ihr lieber, als von Angels Rente zu leben. Ihr Geist verharrte in völliger Schlaffheit, ein Zustand, den die mechanische Beschäftigung eher nährte als hemmte. Ihr Bewußtsein weilte in jener anderen Meierei, in jener anderen Jahreszeit, in der Nähe des zärtlichen Geliebten, der dort ihren Weg gekreuzt hatte – er, der in dem Augenblick, da sie ihn faßte, um ihn ganz zu besitzen, wie eine Traumgestalt entschwand.

Die Meierarbeit dauerte nur so lange, bis die Milch zu versiegen begann, denn sie hatte keinen zweiten Dauerposten wie zu Talbothays gefunden, sondern diente als überzählige Hilfskraft. Da jedoch nun der Herbst begann, mußte sie bloß von der Weide auf das Stoppelfeld übersiedeln, um fernere Arbeit in Hülle und Fülle zu finden; und dies dauerte an, bis die Ernte vorbei war.

Von den fünfundzwanzig Pfunden, die ihr von Clares Taschengeld übriggeblieben, nachdem sie die andere Hälfte der Summe als Beisteuer an ihre Eltern für all den Verdruß und die Ausgaben, die sie ihnen verursachte, abgeliefert hatte, war bis jetzt nur sehr wenig ausgegeben. Doch es folgte nunmehr eine unglückliche Periode, es setzte regnerisches Wetter ein, und sie sah sich gezwungen, auf ihre Goldstücke zurückzugreifen.

Tess konnte es kaum ertragen, sie fortzugeben. Angel hatte sie ihr in die Hand gedrückt, hatte die glänzenden und neuen Münzen von seiner Bank für sie abgehoben; *seine* Berührung weihte sie zu Andenken an ihn selbst – sie schienen noch keine andere Geschichte zu haben, als die ihnen seine und ihre Erlebnisse schufen; und sie in alle Winde zu streuen, das war wie ein Abschied von teuren Reliquien. Aber sie mußte es tun, und ein Sovereign nach dem andern verließ ihre Hände.

Sie war genötigt gewesen, ihrer Mutter von Zeit zu Zeit ihre Adresse mitzuteilen; doch sie verheimlichte ihre Lage. Als ihr Geld fast zu Ende ging, kam ein Brief von der Mutter. Joan meldete, daß sie sich in einer schrecklichen Notlage befänden; die Herbstregen hätten das Strohdach des Hauses durchspült, und es bedürfe einer völligen Erneuerung; dies aber ließe sich nicht machen, weil das frühere Dach niemals bezahlt worden sei. Auch brauche das Dachgeschoß neue Sparren und eine neue Decke, und das Ganze würde sich einschließlich der früheren Rechnung auf eine Summe von zwanzig Pfund belaufen. Da ihr Gatte ein vermögender Mann und zweifellos inzwischen zurückgekehrt sei, könne sie ihnen da nicht das Geld schicken?

Fast in demselben Augenblick erhielt Tess dreißig Pfund von Angels Bank, und da der Fall so kläglich war, sandte sie, kaum daß sie die Summe besaß, die verlangten zwanzig Pfund nach Hause. Einen Teil des Restbetrages mußte sie in Winterkleidung anlegen, so daß für die ganze rauhe Jahreszeit, die vor der Tür stand, nur eine minimale Summe übrigblieb. Als das letzte Pfund ausgegeben war, stand noch Angels Bemerkung zu erwägen: falls sie weitere Mittel benötige, solle sie sich an seinen Vater wenden.

Doch je länger Tess diesen Schritt überdachte, desto mehr widerstrebte er ihr. Derselbe Zartsinn, derselbe Stolz, dieselbe Scham (wie immer man es nennen mag) um Clares willen, die sie veranlaßt hatten, ihren eigenen Eltern die Fortdauer der Entfremdung zu verhehlen, verwehrten ihr, nun *seinen* Eltern einzugestehen, daß sie trotz der schönen Rente, die Angel ihr hinterließ, in Not geraten war. Wahrscheinlich dachten sie ihrer bereits mit Verachtung; wieviel mehr noch würden sie sie in der Rolle einer Bettlerin verachten! Die Folge war, daß es die Schwiegertochter des Pfarrers um keinen Preis über sich bringen konnte, ihm ihre Lage zu enthüllen.

Sie dachte, ihr Widerwille gegen eine Verbindung mit ihres Gatten Eltern würde sich vielleicht im Laufe der Zeit mildern; doch die Abneigung, sich an ihre eigenen Eltern zu wenden, behauptete sich in unverminderter Stärke. Als Tess am Ende ihres kurzen Besuches nach der Hochzeit das Elternhaus verließ, hegten Vater und Mutter die Überzeugung, daß sich die Tochter nun schließlich wieder mit ihrem Gatten vereinigen würde; und von jener Zeit an bis zu diesem Augenblick hatte sie nichts getan, um ihrer Eltern Glauben, daß sie in behaglicher Ruhe auf seine Rückkehr warte, zu zerstören. Denn sie gab sich einer verzweifelten Hoffnung hin, daß Angels Reise nach Brasilien nur mit einem kurzen Aufenthalt enden und daß er dann kommen würde, um sie zu holen, oder ihr schreiben, sie möge in seine Arme eilen; und daß sie jedenfalls binnen kurzem vor ihren Angehörigen und vor der ganzen Welt in voller Einigkeit dastehen würden. Diese Hoffnung nährte sie immer noch. Ihre Eltern wissen lassen, daß sie ein verlassenes Weib war und nun, da sie ihren Nöten abgeholfen hatte, mit eigenen Händen ihr Brot verdienen mußte – nach dem Eklat einer Heirat, die den Zusammenbruch des ersten Abenteuers wiedergutmachen sollte –, das wäre wirklich zu *viel* gewesen.

Die Brillantengarnitur fiel ihr wieder ein. Sie wußte nicht, wo Clare sie deponiert hatte, und wenn es auf Wahrheit beruhte, daß sie den Schmuck nur benützen und nicht verkaufen durfte, lag auch nicht viel daran. Und wenn selbst der Schmuck *bedingungslos* ihr gehörte, wie ehrlos müßte es erscheinen, wollte sie sich durch einen gesetzlichen Anspruch bereichern, der ihr dem Wesen nach gar nicht zustand.

Inzwischen blieben ihres Gatten Tage keineswegs frei von schweren Prüfungen. In diesem Augenblick lag er fieberkrank in den Lehmgründen unweit von Curitiba in Brasilien, denn heftige Gewitter hatten ihn durchnäßt und vielfaches Ungemach hatte ihn verfolgt, ihn wie alle die englischen Bauern und Landarbeiter, die irrigerweise angenommen hatten, daß ihre Körperbeschaffenheit, die beim Pflügen und Säen im *englischen Hochland* all den seit frühester Jugend gewohnten Wetterumschlägen widerstanden hatte, ebensogut all den Unbilden der Witterung widerstehen mußte, die auf den *brasilianischen Ebenen* über sie herfallen würden.

Nun zurück zu Tess: So geschah es, daß sie, als der letzte ihrer Sovereigns davongerollt war, keine andern mehr besaß, die an die Stelle der verschwundenen treten konnten, während es zufolge der Jahreszeit von Tag zu Tag schwieriger ward, Arbeit zu finden. Da sie nicht wußte, wie selten und wertvoll Klugheit,

Energie, Gesundheit und guter Wille in jeder Sphäre des Lebens sind, unterließ sie es, nach einer häuslichen Beschäftigung zu suchen; sie fürchtete sich vor Städten, großen Häusern, vor reichen und sozial verbildeten Menschen und vor anderen als ländlichen Sitten. Aus jenen Bezirken der Vornehmheit war die schwarze Sorge gekommen. Die Gesellschaft mochte vielleicht besser sein, als Tess nach ihren oberflächlichen Erfahrungen vermutete. Aber sie hatte keinen Beweis dafür, und ihr Instinkt in der gegenwärtigen Situation riet ihr, jene Regionen zu meiden.

Die kleinen Meiereien, wo sie während des Frühlings und Sommers als überzählige Milchmagd gedient hatte, brauchten keine Hilfskräfte mehr. Die Ernte war vorbei. Man hätte ihr wahrscheinlich in Talbothays eine Stätte geboten, schon aus bloßem Mitleid; doch so behaglich auch ihr Leben dort gewesen, sie konnte nicht wieder hingehn. Der Absturz würde allzu fühlbar sein; und ihre Rückkehr könnte ihrem vergötterten Manne Tadel zuziehn. Unerträglich wäre das Mitleid der Kameradinnen und ihre von Ohr zu Ohr geflüsterten Bemerkungen über ihre sonderbare Situation; obgleich sie es fast mit kühner Stirne ausgehalten hätte, daß jeder einzelne Hausgenosse von Talbothays ihr Geheimnis wüßte, solange nur ihre Geschichte in jeder einzelnen Seele beschlossen bliebe. Es war der heimliche Gedankenaustausch, das Raunen über sie, wovor ihre Feinfühligkeit zurückschrak. Tess konnte diese Unterscheidung nicht erklären; sie wußte einfach, daß sie nicht anders empfand.

Jetzt war sie unterwegs zu einem hochgelegenen Gutshof im Zentrum der Grafschaft; ein Brief von Marian, der sie nach vielen Irrfahrten erreichte, hatte ihr dieses Ziel empfohlen. Marian erfuhr auf irgendeine Weise, wahrscheinlich durch Izz Huett, daß Tess getrennt von ihrem Gatten lebte, und das gutmütige, dem Trunke ergebene Mädchen, das Tess in Not glaubte, beeilte sich, ihrer alten Freundin mitzuteilen, daß sie selbst nach dem Austritt aus der Meierei diesen Hof im Hochland aufgesucht habe und Tess gerne dort sehen würde; es gebe noch Platz für Arbeitskräfte, falls es wirklich wahr sei, daß sie wieder wie ehemals in Arbeit stehe.

Als die Tage kürzer wurden, begann alle Hoffnung auf ihres

Gatten Verzeihung von Tess zu weichen; und es lag etwas von dem Gebaren wilder Tiere in dem besinnungslosen Instinkt, mit dem sie sich auf die Wanderschaft begab – bei jedem Schritte löste sie sich Stück für Stück von ihrer ereignisreichen Vergangenheit, tilgte ihre Identität, dachte mit keinem Gedanken an Zufälle oder Möglichkeiten, die eine rasche Entdeckung ihres Aufenthalts durch andere für ihr eigenes Glück, wenn nicht gar für das Glück jener, bedeutungsvoll machen könnten.

Die Aufmerksamkeit, die ihre Erscheinung erregte, war nicht die letzte unter den Schwierigkeiten ihrer verlassenen Lage; denn ein gewisses vornehmes Betragen, das sie von Clare angenommen hatte, verstärkte ihre natürlichen Reize. Solange die Kleider hielten, die Clare für ihre Trauung besorgt hatte, schufen ihr diese gelegentlichen interessierten Blicke kein Unbehagen; doch sobald sie gezwungen war, den Hosenkittel einer Feldarbeiterin anzuziehen, wurde sie mehr als einmal die Zielscheibe ungezogener Worte. Aber nichts fiel vor, was ihr körperliche Furcht eingejagt hätte – bis zu einem merkwürdigen Novembernachmittag.

Sie hatte anfangs dem Hochlandshof, zu dem sie jetzt ihre Schritte lenkte, die fruchtbare Gegend im Südwesten vorgezogen, weil sie dort dem Vaterhause ihres Gatten näher war; und unerkannt in jener Region zu verweilen mit dem Gedanken, daß sie sich eines Tages entschließen könnte, das Vikariat aufzusuchen, bereitete ihr Vergnügen. Aber da sie sich nun einmal vorgenommen hatte, die höheren und trockeneren Ebenen zu erproben, zögerte sie nicht länger und wanderte zu Fuß auf das Dorf Chalk-Newton zu, wo sie die Nacht zu verbringen gedachte.

Die Straße war lang und abwechslungslos, und da die Tage nun immer kürzer wurden, überfiel sie die Dunkelheit, bevor sie es recht merkte. Sie hatte die Spitze eines Hügels erreicht, an dessen Hang die Straße ihre Schlangenlinien trübe schimmernd abwärts streckte, als sie hinter ihrem Rücken Schritte vernahm; und nach wenigen Augenblicken wurde sie von einem Manne eingeholt. Er schritt neben sie heran und sagte:

»Guten Abend, hübsches Mädchen«; und sie antwortete höflich.

Das Licht, das immer noch am Himmel zögerte, erhellte ihr Gesicht, obgleich die Landschaft fast in völliger Finsternis lag. Der Mann drehte sich zu ihr und starrte sie scharf an.

»Nu, kein Zweifel, das ist ja die junge Dirne, die 'ne Zeitlang in Trantridge wohnte – die Freundin des jungen Squire d'Urberville! Ich war damals dort, wenn ich auch schon längst fort bin.«

Sie erkannte in ihm den wohlhabenden Bauern, den Angel im Flur jenes Gasthofs niederschlug, weil er sie angepöbelt hatte. Krampfhafte Angst schoß durch ihr Herz, und sie gab keine Antwort.

»Sei'n Sie bloß ehrlich und geben Sie's zu; und daß es ganz richtig war, was ich in der Stadt sagte, wenn auch Ihr Liebhaber aus dem Häuschen geriet – he, meine Schlaue? Sie sollten mich von Rechts wegen um Verzeihung bitten für den Schlag, den er mir versetzt hat.«

Immer noch scholl keine Antwort von ihren Lippen. Für ihre gehetzte Seele schien es nur *einen* Ausweg zu geben. Sie ergriff plötzlich mit Windeseile die Flucht, und ohne sich umzuschauen, lief sie die Straße entlang, bis sie zu einem Gatter kam, das unmittelbar in ein Gehölz führte. Sie stürzte sich zwischen die Bäume und hielt nicht eher inne, als bis sie tief genug in ihre Schatten vorgedrungen war, um vor jeder möglichen Entdeckung gesichert zu sein.

Das Laub unter ihren Füßen knirschte trocken, und das Blattwerk der Stechpalmenbüsche, die zwischen den entlaubten Bäumen standen, war dicht genug, um Windstößen den Zutritt zu verwehren. Sie kratzte das verwelkte Laub zusammen, bis sie einen großen Haufen geschichtet hatte, und höhlte sich eine Art Nest in die Mitte. Dann kroch sie hinein.

Der Schlaf, den sie fand, war natürlicherweise ruckhaft und vielfach unterbrochen; sie glaubte seltsame Laute zu hören, überredete sich aber, daß der Wind daran schuld sei. Sie dachte an ihren Gatten, der auf der andern Seite des Erdballs in irgendeinem unbestimmten warmen Klima weilte, während *sie* hier in der Kälte lag. ›Gibt es auf der ganzen Welt noch ein zweites so elendes Wesen?‹ fragte sich Tess; und an ihr vergeudetes Leben denkend: ›Alles ist eitel.‹ Sie wiederholte mechanisch die

Worte, bis ihr einfiel, daß dieser Gedanke sehr wenig in moderne Zeiten passe. Vor mehr als zweitausend Jahren hatte Salomon schon so weit gedacht; sie selbst, obgleich sie nicht in die stürmende Phalanx der Denker gehörte, war viel weiter gelangt. Wenn alles nur eitel wäre, wer würde sich dann darum scheren? Ach, schlimmer als eitel ist alles! Das Weib Angel Clares legte die Hand an die Stirn und fühlte deutlich unter der weichen Haut ihre Wölbung und den Rand der Augenhöhlen, und der Gedanke schoß ihr durch den Kopf, daß dereinst einmal dieser Knochen nackt und bloß liegen würde. »Ich wollte, es wäre schon soweit«, sagte sie.

Inmitten dieser absonderlichen Phantasien hörte sie zwischen den Blättern ein neues seltsames Geräusch. Es mochte der Wind sein; doch wehte kaum ein Lüftchen. Manchmal war es ein heimliches Tasten, manchmal ein Flattern; dann wieder eine Art Keuchen oder Glucksen. Bald vergewisserte sie sich, daß diese Geräusche von irgendwelchen wilden Geschöpfen herrührten; denn es raschelte in den Zweigen über ihrem Kopfe, und dann folgte der Sturz eines schweren Körpers auf den Boden. Wäre sie hier unter anderen und freundlicheren Verhältnissen verborgen gelegen, sie hätte sich erschreckt; doch fern von den Menschen empfand sie nun jetzt keine Furcht.

Am Himmel brach schließlich der Tag an. Und als schon seit einer kleinen Weile droben im Freien heller Tag herrschte, tagte es auch im Walde.

Sobald das ermutigende und prosaische Licht der tätigen Stunden dieser Welt erstarkt war, kroch Tess aus ihrem Blätterhügel hervor und sah sich beherzt um. Nun entdeckte sie, was in der Nacht ihren Schlummer gestört hatte. Das Gehölz, in dem sie Schutz gefunden, lief an dieser Stelle in eine spitze Kuppe aus, die diesseits seine Grenze bildete; außerhalb der Hecke erstreckte sich pflügbarer Boden. Unter den Bäumen lagen mehrere Fasanen umher, das bunte Gefieder mit Blut bespritzt; einige waren tot, andere flatterten schwach mit den Flügeln, starrten zum Himmel empor, atmeten stockend, dieser zusammengekrümmt, jener starr ausgestreckt – und alle wanden sich im Todeskampf, alle, außer den Glücklichen, deren Qualen während der letzten Nacht ein Ende gefunden hatten, da die Natur nicht mehr noch zu ertragen vermochte.

Tess erriet sogleich, was dies bedeutete: Tags zuvor trieb irgendeine Jagdgesellschaft die Vögel in diesen Winkel herunter, und während jene, die der Schuß tot zu Boden streckte oder die noch vor dem Einbruch der Dunkelheit starben, aufgestöbert und fortgeschleppt wurden, waren viele leichtverwundete Vögel entkommen, hatten sich verkrochen oder flatterten in die dichten Äste hinauf, wo sie sich an die Zweige krampften, bis sie des Nachts durch den Blutverlust immer schwächer wurden und, einer nach dem andern, zur Erde stürzten.

Mit dem Impuls einer Seele, die verwandtes Leid ebenso stark zu empfinden vermochte wie das eigene, dachte Tess zu allererst daran, die noch lebenden Vögel von ihren Qualen zu befreien, und so drehte sie allen Tieren, die sie finden konnte, mit eigener Hand den Hals um; dann ließ sie die Leichen dort liegen, bis die Wildhüter kommen würden – wie es zu erwarten stand –, um ein zweites Mal nach ihnen Ausschau zu halten.

»Arme Lieblinge – und inmitten solchen Jammers habe ich mich für das unglücklichste Wesen auf der Erde gehalten!« rief sie aus, und ihre Tränen liefen herab, während sie die Vögel mit barmherziger Hand tötete. »Und nicht der leiseste Schmerz peinigt meinen Körper! Ich bin nicht verstümmelt, und ich blute nicht, und ich habe zwei Hände, um mich zu nähren und zu kleiden.« Sie schämte sich ihrer düstern Schwermut dieser Nacht, die keinen greifbaren Grund hatte als das Gefühl, von einem willkürlichen Gesetz verdammt zu sein, von einem Gesetz, das nirgends in der Natur begründet war.

XLII

Es war nun heller Tag, und sie machte sich wieder auf den Weg, vorsichtig auf die Landstraße hinausschleichend. Aber es bedurfte keiner Vorsicht; keine Menschenseele ließ sich blikken, und Tess schritt mutig dahin. Der Gedanke an das stumme Dulden der Vögel in der Nacht ihres Todeskampfes prägte ihr ein, wie relativ jedes Leid ist und wie erträglich ihr eigenes wäre, wenn sie sich nur *einmal* dazu aufraffen könnte, die Meinung der Welt zu verachten. Aber das blieb unmöglich, solange Clare sich jener Meinung beugte.

Sie erreichte Chalk-Newton und frühstückte in einem Gasthof, wo mehrere junge Männer ihr hübsches Aussehen mit lästigen Komplimenten überhäuften. Leise fühlte sie neue Hoffnung in sich erwachen: war es nicht möglich, daß ihr Gatte, trotz allem, eines Tages Anspruch auf sie erheben könnte? Aber im Hinblick auf diese Möglichkeit mußte sie sich in acht nehmen und sich die verliebten Männer vom Leibe halten. Und so beschloß sie, sich nie mehr durch ihre Schönheit gefährden zu lassen. Sobald sie das Dorf hinter sich hatte, schlüpfte sie in ein Dickicht und zog aus ihrem Korb einen jener alten Feldkittel, die sie selbst in der Meierei nie getragen hatte – nie wieder seit jenem Tagewerk auf den Stoppelfeldern zu Marlott. Mit glücklichem Einfall holte sie aus ihrem Bündel ein Taschentuch hervor und knüpfte es unter die Haube ums ganze Gesicht, so daß es das Kinn und zur Hälfte die Wangen und Schläfen verhüllte, als leide sie an Zahnweh. Dann nahm sie den Taschenspiegel und zwickte unbarmherzig mit ihrer kleinen Schere die Augenbrauen weg; und so gesichert gegen aufdringliche Bewunderer, setzte sie ihre beschwerliche Wanderung fort.

»Was für 'ne Vogelscheuche!« sagte gleich der erste Mann, der ihr begegnete, zu seinem Begleiter.

Als sie diese Worte hörte, trieb ihr das Mitleid mit sich selber Tränen in die Augen.

»Aber ich mache mir nichts draus!« sagte sie. »O nein – ich kümmere mich nicht darum! Immer will ich jetzt häßlich sein, weil Angel nicht hier ist und ich niemanden habe, der auf mich acht gibt. Mein Gatte ist fortgegangen und wird mich nie wieder lieben; aber ich liebe ihn deshalb nicht weniger und hasse alle anderen Männer, und sie sollen nur verächtlich von mir denken!«

So schreitet Tess dahin, ein Teil der Landschaft, ein echtes und schlichtes Bauernweib in winterlicher Vermummung: grauer Kragenmantel aus Serge, rotes wollenes Halstuch, ein Stoffrock, bedeckt von der bräunlichweißen groben Kittelschürze, und derbe Lederhandschuhe. Jeder Faden der alten

Kleider ist zerdehnt und dünn geworden unter den peitschenden Regentropfen, den brennenden Sonnenstrahlen und den zausenden Winden. Nichts an ihr verrät nun jugendliche Leidenschaft:

Des Mädchens Mund ist kalt.
- - - - - - - - - - - - - - - - - - - -
Schlichtes Gebind und Gefalt
hüllt ihr das Haupt.

Unter dieser rauhen Außenseite, über die das Auge hinweggleiten konnte wie über eine fühllose, fast unorganische Sache, schlummerten die Erinnerungen an ein blutvolles Leben, das nur allzugut für seine Jahre die aschgraue Nichtigkeit der Dinge, die Grausamkeit der Lust und die Hinfälligkeit der Liebe erfahren hatte.

Am folgenden Tage war das Wetter schlecht, aber sie stapfte weiter; die ehrliche, gerade und unparteiische Feindschaft der Elemente störte nur wenig ihre Fassung. Sie strebte nach einer Beschäftigung und einem Heim für den Winter, und so war keine Zeit zu verlieren. Ihre Erfahrung mit kurzfristigen Dienstplätzen hatte in ihr den Entschluß erweckt, sich darauf nicht mehr einzulassen.

So marschierte sie vorwärts, von Hof zu Hof, jenem Ort entgegen, wo Marians Briefchen herkam. Dieses Angebot wollte sie nur im äußersten Notfall benützen, denn die berüchtigte Strenge und Rauheit des Platzes waren alles eher als verlokkend. Zuerst fragte sie nach leichterer Beschäftigung, und als keine Hoffnung mehr blieb, irgendwo unter ähnlichen Bedingungen Aufnahme zu finden, versuchte sie es mit weniger leichter Arbeit, bis sie schließlich, nachdem sie mit Schweizerei und Geflügelzucht, die ihr am meisten zusagten, begonnen hatte, bei dem schweren und groben Tagewerk endete, das sie am wenigsten mochte – Arbeit auf pflügbarem Ackerland, Arbeit, die in der Tat so drückend war, daß sie sich nie vorsätzlich und freiwillig dazu erboten hätte.

Gegen Ende des zweiten Abends erreichte sie das wellige Tafelland, die Hochebene aus Kreidekalk, die sich, übersät mit

halbkugelförmigen Erhebungen, zwischen dem Tal ihrer Geburt und dem Tal ihrer Liebe erstreckte.

Hier war die Luft trocken und kalt, und wenige Stunden nach dem Regen lagen die langen Karrenwege wieder weißgefegt und staubig da. Es gab nur wenige oder gar keine Bäume, denn die paar Stämme, die in den Hecken gewachsen wären, wurden bei der Pflanzung der Hecken zur Erde gekrüppelt. Vor sich in mittlerer Entfernung erblickte Tess die Gipfel des Bulbarrow und Nettlecombe Tout, und sie sahen freundlich aus. Hier auf der Hochebene wirkten sie niedrig und bescheiden; von der anderen Seite, wenn Tess in ihrer Kindheit sich ihnen im Blackmoortale genähert hatte, waren sie wie himmelhoch ragende Bastionen erschienen. Südwärts, viele Meilen entfernt, über den Hügeln und Bergketten der Küste zu, konnte sie eine glänzende Fläche wie polierten Stahl erspähen: Es war der Ärmelkanal, weit draußen gegen Frankreich hin.

Vor ihr in einer seichten Bodensenkung lagen die Überbleibsel eines Dorfes. Sie hatte Flintcomb-Ash erreicht, Marians Aufenthaltsstätte. Es schien nicht mehr zu ändern: sie war dazu verurteilt, hier zu landen. Der zähe Ackerboden rundum verriet deutlich genug, daß die Arbeit, die in Flintcomb-Ash verlangt wurde, zur gröbsten Art zählte; doch es war an der Zeit, von der ermüdenden Suche auszuruhen, und sie beschloß zu bleiben, besonders da es zu regnen begann. – Am Eingang des Dorfes stand eine Hütte, deren Giebel über die Straße vorsprang, und bevor sich Tess nach einer Wohnung umsah, stellte sie sich unter sein schützendes Dach und beobachtete das Einbrechen der Dämmerung.

»Wer würde denken, daß ich Mrs. Angel Clare bin!« sagte sie.

Die Mauer am Rücken und an den Schultern fühlte sich warm an, und Tess entdeckte, daß unmittelbar hinter der Giebelwand der Herd der Hütte stand, dessen Hitze durch die Ziegel drang. Sie wärmte ihre Hände und drückte auch ihre Wange, rot und feucht von dem Sprühregen, an die behaglich warme Fläche. Die Mauer schien der einzige Freund zu sein, den sie besaß. Sie empfand so gar kein Verlangen, sie zu verlassen, daß sie ruhig die ganze Nacht hier hätte bleiben können.

Tess hörte die Bewohner der Hütte – versammelt nach des Tages Arbeit – hinter der Wand miteinander plaudern und vernahm auch das Klappern ihrer Nachtmahlteller. Doch in der Dorfstraße hatte sich bis jetzt noch keine Seele blicken lassen. Schließlich wurde die einsame Stille durch das Nahen einer weiblichen Gestalt unterbrochen, die, obgleich der Abend kalt war, das sommerliche Kattunkleid und die Flügelhaube trug. Tess dachte instinktiv, dies könnte Marian sein, und als sie nahe genug heran kam, um im abendlichen Düster erkannt zu werden, blieb kein Zweifel mehr bestehen: Sie war es. Marian schien noch beleibter und ihr Gesicht noch röter als je und ihre Kleidung entschieden schäbiger. In jeder früheren Periode ihres Lebens hätte Tess wohl kaum sehr viel Lust verspürt, unter solchen Umständen die Bekanntschaft zu erneuern; aber ihre Verlassenheit war grenzenlos, und sie erwiderte bereitwillig Marians Gruß.

Marian war höflich und zurückhaltend in ihren Fragen, schien aber sehr bewegt durch die Tatsache, daß Tess sich immer noch in keiner besseren Lage befand als ehemals, wenn sie auch dunkel von der Trennung gehört hatte.

»Tess – Mrs. Clare – das liebe Weib des lieben Angel! Und ist's wirklich so schlimm, mein Kind? Warum hast du dein hübsches Gesicht so eingewickelt? Hat dich wer geschlagen? Doch nicht *er?*«

»Nein, nein, nein! Ich tat es nur, um nicht belästigt zu werden, Marian.«

Ärgerlich riß sie diese Binde ab, die so tolle Gedanken erwekken konnte.

»Und du hast keinen Kragen um.« (Tess hatte in der Meierei immer einen kleinen weißen Kragen getragen.)

»Ich weiß, Marian.«

»Hast 'n unterwegs verloren?«

»Ich habe ihn nicht verloren. Die Wahrheit ist, ich kümmere mich nicht um mein Aussehen; und so legte ich ihn nicht um.«

»Und du trägst auch nicht deinen Ehering?«

»Doch, doch; aber nicht sichtbar. Ich trag ihn an einem Band um den Hals. Will nicht, daß die Leute argwöhnen, welchen Namen ich durch meine Heirat führe, oder daß ich überhaupt verheiratet bin; es würde sehr unangenehm sein, solange ich dieses Leben führe.«

Marian schwieg eine Weile.

»Aber du bist doch die Frau eines Gentleman; und es ist doch wohl kaum in der Ordnung, daß du so lebst.«

»O ja, 's ist ganz in Ordnung; wenn ich auch *sehr* unglücklich bin.«

»So, so. *Er* heiratet dich – und du kannst unglücklich sein?«

»Frauen *sind* manchmal unglücklich; nicht durch die Schuld ihrer Männer – durch eigene Fehler.«

»Du hast keine Fehler, Schatz; das will ich beschwören. Und auch er hat keine. So muß es etwas sein, wofür ihr beide nichts könnt.«

»Marian, liebe Marian, willst du mir einen guten Dienst leisten, ohne Fragen zu stellen? Mein Mann ist verreist, und ich habe aus verschiedenen Gründen mein Geld aufgebraucht, so daß ich für einige Zeit wieder zu meiner alten Arbeit zurückkehren muß. Nenne mich nicht Mrs. Clare, sondern Tess, wie früher. Brauchen sie hier eine Kraft?«

»O ja; sie nehmen immer welche auf, weil nur wenige hergehn wollen. 's ist 'ne Hungerscholle. Korn und Steckrüben, was andres will nicht wachsen. Ich selber bin zwar hier; aber ich fühle, 's ist ein Jammer, wenn ein Mensch wie du in das Loch kommt.«

»Doch du warst immer eine ebenso gute Schweizerin wie ich.«

»Ja; aber das hab ich verlernt, seit ich anfing zu trinken. Mein Gott, 's ist das einzige Glück, das mir noch bleibt. Wenn du Einstand nimmst, wird man dich zum Rübenhacken schikken. Das mach auch ich; aber 's wird dir nicht gefallen.«

»Ach – ganz gleich! Willst du ein Wort für mich einlegen?«

»'s wird besser sein, wenn du für dich selber sprichst.«

»Gut also. Doch, Marian, denk daran – kein Wort über ihn, wenn ich den Posten bekomme. Ich möchte nicht seinen Namen in den Schmutz zerren.«

Marian, die wirklich ein zuverlässiges Mädchen war, wenn auch von gröberem Korn als Tess, versprach alles, was sie von ihr verlangte.

»Heute ist Zahlabend«, sagte sie, »und wenn du mit mir kommst, wirst du's gleich wissen. 's tut mir wirklich leid, daß du nicht glücklich bist; aber 's ist nur, weil *er* fort ist, ich weiß. Du könntest gar nicht unglücklich sein, wenn er hier wäre, selbst wenn er dir keinen Kreuzer Geld geben würde – selbst wenn er dich wie ein Lasttier behandeln würde.«

»Das ist wahr; ich könnte nicht unglücklich sein!«

Sie schritten miteinander weiter und erreichten bald das Pachthaus, das in seiner düsteren Öde fast erhaben wirkte. So weit das Auge reichte, gab es keinen Baum, gab es zu dieser Jahreszeit nicht *eine* grüne Weide – nichts als Brachland und Rüben auf großen Feldern, durchschnitten von Hecken, die flach und einförmig niedergestutzt waren.

Tess wartete vor der Tür des Pachthauses, bis der Trupp des Arbeitsgesindes seinen Lohn erhalten hatte, und dann führte Marian sie ein. Der Pächter selbst war anscheinend nicht zu Hause, aber seine Frau, die ihn an diesem Abend vertrat, hatte nichts dagegen, Tess zu dingen, da diese einwilligte, bis zum Liebfrauentag zu bleiben. Weibliche Arbeitskräfte für die Felder wurden jetzt nur selten angeboten, und ihre Billigkeit machte sie rentabel für Beschäftigungen, die Frauen ebenso flink verrichten konnten wie Männer.

Nachdem Tess den Vertrag unterzeichnet hatte, blieb ihr vorläufig nichts weiter zu tun, als eine Wohnung zu suchen, und sie fand Unterkunft in dem Haus, an dessen Giebelwand sie sich bei ihrem ersten Einzug wärmte. Es war ein ärmliches Auskommen, das sie errungen hatte; doch es mußte ihr auf jeden Fall ein Dach für den Winter verschaffen.

In derselben Nacht noch schrieb sie an ihre Eltern, um ihnen die neue Adresse mitzuteilen, für den Fall, daß ein Brief ihres Gatten nach Marlott käme. Aber sie schrieb kein Wort über die Kläglichkeit ihrer Lage: Es hätte *ihm* einen Vorwurf eintragen können.

XLIII

MARIANS Definition, daß Flintcomb-Ash eine Hungerscholle sei, enthielt nicht die geringste Übertreibung. Das einzig Üppige auf diesem Boden war Marian selbst: und *sie* war importiert. Aber Tess machte sich an die Arbeit. Geduld, diese Mischung aus moralischem Mut und psychischer Furchtsamkeit, war jetzt ein Hauptzug ihres Wesens und hielt sie aufrecht.

Das Rübenfeld, auf das man sie und ihre Gefährtin zum Hakken schickte, war ein Streifen von etlichen hundert Acres in *einer* Fläche auf dem höchstgelegenen Grund der Besitzung, der über steinige Klippen oder Grate emporstieg – zutage tretende Kieseladern der Kreideformation, aus Myriaden lockerer weißer Flintsteine in knolligen, spitzhornigen und phallischen Formen zusammengefügt. Die obere Hälfte jeder Schwedenrübe war vom Vieh abgefressen worden, und die beiden Frauen hatten die Aufgabe, mit einer gekrümmten Gabel, Hacker genannt, die untere oder in der Erde versteckte Hälfte der Wurzel herauszuscharren. Jedes Blatt der Pflanze war bereits verzehrt, und so trug das ganze Feld eine trostlos graue Färbung, glich einem Antlitz ohne Züge, als wollte ein Gesicht vom Kinn bis zur Stirn nur aus *einer* glatten Hautfläche bestehn. Der Himmel zeigte in anderer Färbung dasselbe Bild; ein weißes leeres Antlitz, dessen Konturen verschwunden waren. So lagen diese beiden Visagen den ganzen lieben Tag lang einander gegenüber, das weiße Gesicht schaute auf das braune Gesicht herab, und das braune Gesicht schaute zu dem weißen Gesicht hinauf, und nichts stand zwischen ihnen als die beiden Mädchen, die gleich Fliegen über die braune Fläche krochen.

Niemand kam in ihre Nähe, und ihre Bewegungen zeigten eine mechanische Gleichförmigkeit; ihre Gestalten waren in hessische ›Schlupfer‹ gehüllt – ärmliche braune Vorsteckschürzen, rückwärts bis hinunter zugeknöpft, um das Bauschen des Kleides zu verhindern – kurze Röcke, Stiefel enthüllend, die bis hoch über die Knöchel reichten, und gelbe Schaflederhandschuhe mit Stulpen. Das schwermütig sinnende Aussehen, das die Flügelhaube den gesenkten Köpfen verlieh, würde den Beschauer an irgendeine frühitalienische Darstellung der beiden Marien erinnert haben.

Stunde um Stunde arbeiteten sie fort, ohne zu wissen, welch kläglich verlorenen Anblick sie in der Landschaft boten, ohne darüber nachzudenken, ob ihr Los gerecht sei oder ungerecht. Selbst in solch einer Lage war es möglich, in einem Traum dahinzuleben. Am Nachmittag setzte der Regen wieder ein, und

Marian sagte, sie brauchten nicht länger zu arbeiten. Aber wenn sie nicht arbeiteten, wurden sie nicht bezahlt; so schafften sie also weiter. Das Feld lag so hoch, daß die Regentropfen gar nicht erst fallen konnten, sondern mit dem heulenden Wind waagerecht dahinjagten und wie Glassplitter auf die Frauen einstachen, bis sie völlig durchnäßt waren. Tess hatte bis heute nicht gewußt, was das wirklich bedeutete. Es gibt verschiedene Grade von Durchnäßtheit, und in der üblichen Redeweise wird schon ein sehr geringer Grad ›naß bis auf die Knochen‹ genannt. Aber langsam grabend auf einem Felde stehen, fühlen, wie das Regenwasser zuerst über die Beine und Schultern rieselt, dann über Hüften und Haupt, über den Rücken, die Brust und die Lenden, und dennoch arbeiten, bis das bleierne Licht schwindet und anzeigt, daß die Sonne untergegangen ist, das erfordert schon eine merkliche Dosis Stoizismus, ja sogar Tapferkeit.

Dennoch fühlten sie die Nässe nicht so stark, wie man annehmen könnte. Beide waren sie jung, und sie plauderten von den Zeiten, da sie zusammen lebten und liebten, von der fernen Meierei von Talbothays, jenem glücklichen grünenden Landstrich, wo der Sommer freigebig seine Gaben ausgestreut hatte: Wohlstand für alle, Leidenschaften für sie. Tess hätte lieber nicht mit Marian über den Mann gesprochen, der gesetzlich, wenn auch nicht wirklich, ihr Gatte war; aber der unwiderstehlich bezaubernde Reiz des Themas verführte sie dazu, Marians Bemerkungen zu erwidern. Und so, obgleich die feuchten Flügel ihrer Hauben peitschend in ihre Gesichter klatschten und ihre Schürzen in der lästigsten Weise an den Gliedern klebten, lebten sie diesen ganzen Nachmittag in Erinnerungen an das grüne, sonnige, romantische Talbothays.

»Wenn es schön ist, kannst du von hier einen Hügel schimmern sehen, der nur ein paar Meilen vom Froomtal entfernt liegt«, sagte Marian.

»Ah! Wirklich?« erwiderte Tess, empfänglich für diesen neuen Wert der Gegend.

So waren hier wie überall die beiden Kräfte am Werk: der angeborene Wille zur Freude und der Schicksalswille, Freude zu hemmen. Marians Wille besaß eine Methode, die ihn kräftig unterstützte; denn als der Nachmittag vorrückte, zog sie aus der Tasche eine Viertelliterbulle, mit weißen Lumpen verkorkt, und lud Tess zum Trinken ein. Da aber deren Macht, tröstliche Träume zu beschwören, in diesem Augenblick auch ohne jede Hilfe für den Mut ihrer Seele genügte, lehnte sie ab bis auf ein winziges Schlückchen, und Marian selber tat einen kräftigen Zug aus der Branntweinflasche.

»Ich hab mich dran gewöhnt«, sagte sie, »und ich kann's jetzt nicht lassen. 's ist mein einziger Trost. – Siehst du, *ich* habe ihn verloren: *du nicht;* und *du* kannst vielleicht ohne das Zeug auskommen.«

Tess dachte, ihr Verlust sei wohl ebenso groß wie Marians Verlust; doch getragen von der Würde, Angels Weib wenigstens dem Buchstaben nach zu sein, stimmte sie Marians Unterscheidung bei.

Inmitten dieser Szenerie schuftete Tess in den Morgenfrösten und Nachmittagsregen. Wenn nicht Rübenhacken an der Reihe war, gab es Rüben zu putzen; mit einem Gartenmesser schabten sie die Erde und die Wurzelfäserchen von den Strünken, bevor die Rüben für künftigen Gebrauch aufgestapelt wurden. Bei dieser Beschäftigung flüchteten sie vor dem Regen unter eine gedeckte Hürde; wenn es aber frostig war, konnten selbst ihre dikken Lederhandschuhe nicht verhindern, daß die gefrorenen Klumpen, mit denen sie umgingen, stechend ihre Finger durchkälteten. Immer noch verlor Tess nicht die Hoffnung. Sie hegte die Überzeugung, daß Angels Großmut, die sie beharrlich und standhaft für eine Haupteigenschaft seines Charakters hielt, ihn früher oder später von neuem an ihre Seite führen würde; und was machte es aus, einen Winter lang Rüben zu putzen, wenn solch ein Ziel am Ausgang winkte?

Oftmals schauten sie über die Lande hinüber in jene Fernen, wo, wie sie wußten, der Var oder Froom seine Wasser wälzte, wenn sie auch nicht imstande waren, ihn zu erspähen; und die Blicke auf den verschleiernden grauen Nebel heftend, träumten sie von den alten Zeiten, die sie dort draußen verbracht hatten.

»Ach«, sagte Marian, »wie schön wär's, wenn noch ein oder zwei von unserer alten Sippschaft zu uns kämen! Dann könnten wir jeden Tag Talbothays hier auf dem Feld hervorzaubern und von *ihm* schwatzen, und was für feine Zeiten wir dort hatten, und von den alten Dingen, die wir erlebten, und 's würde dann sein, als käme alles, alles wieder zurück!« Marians Augen wurden weich, und ihre Stimme zitterte verloren, als diese Bilder wieder vor ihr auftauchten. »Ich will an Izz Huett schreiben«, sagt sie. »Ich weiß, sie ist zu Hause und tut gar nichts, und ich will ihr mitteilen, daß wir hier wohnen, und sie bitten zu kommen; und vielleicht geht es auch Retty jetzt wieder gut.«

Tess hatte nichts gegen den Vorschlag einzuwenden, und das nächste, was sie von diesem Plan, die Freuden des alten Talbothays hierher zu verpflanzen, zu hören bekam, war Marians Mitteilung, zwei oder drei Tage später, daß Izz ihre Anfrage beantwortet und versprochen habe, womöglich zu kommen.

Seit Jahren hatte es solch einen Winter nicht gegeben. Er rückte mit verstohlen gleitenden und abgemessenen Schritten heran, gleich den Zügen eines Schachspielers. Eines Morgens sahen die wenigen einsamen Bäume und die Dornsträucher in den Rainhecken ganz so aus, als hätten sie ihre pflanzliche Hülle mit einer tierischen vertauscht. Jeden Zweig bedeckte wie ein Pelz eine weiße filzige Schicht, die über Nacht aus der Rinde hervorgeschossen war und seine gewöhnlichen Dimensionen vervierfachte; der ganze Busch oder Baum zeichnete in weißen Linien einen starren Umriß auf das traurige Grau des Himmels und Horizontes. Spinnweben verrieten ihr Dasein an Dächern und Mauern, wo nie ein Auge sie bemerkt hatte, bis nun die kristallisierende Atmosphäre ihre Netze sichtbar machte; gleich Maschen aus weißem Wollgarn hingen sie von den Vorsprüngen der Schuppen, Pfosten und Gatter.

Nach dieser Periode verharschter Feuchte kam eine Zeit trokkenen Frostes; fremdartige Vögel, jenseits des Polarkreises daheim, begannen lautlos auf dem Hochland von Flintcomb-Ash aufzutauchen, hagere gespenstische Geschöpfe mit tragischen Augen – Augen, die Zeugen verheerender Katastrophen gewesen in unzugänglichen Polarregionen von einer Großartigkeit, wie kein menschliches Wesen sie jemals geträumt hat, in Temperaturen, die das Blut erstarren machen und die kein Mensch ertragen könnte; Augen, die das Zerschellen der Eisberge gesehen hatten und stürzende Lawinen im stechenden Schimmer des Nordlichts; Augen, halb geblendet durch die Wirbel kolossaler Stürme und wühlender Zuckungen über Meer und Land; Augen, die sprechend den Ausdruck bewahrten, den solche Schauspiele erzeugt hatten. Diese namenlosen Vögel flogen ganz dicht an Tess und Marian heran; aber von all dem, was sie gesehen hatten und was die Menschheit niemals sehen wird, brachten sie keine Kunde. Sie besaßen nicht den Ehrgeiz des Reisenden, Geschichten zu erzählen, und mit stummer Unempfindlichkeit vergaßen sie Erlebnisse, auf die sie keinen Wert legten, zugunsten der gegenwärtigen Ereignisse auf diesem schlichten Hochland – der trivialen Bewegungen zweier Mädchen, die mit ihren Hacken die Schollen zerbröckelten, so daß dies oder jenes zum Vorschein kam, was diese Besucher als Nahrung schätzten.

Dann überfiel eines Tages eine seltsame Wandlung die Luft dieses offenen Hochlands. Es kam eine Feuchtigkeit, die nichts mit Regen zu tun hatte, und eine Kälte, die kein Frost war. Die Augäpfel der beiden erstarrten, die Stirnen schmerzten sie, bis auf die Knochen drang die Kälte und wirkte weniger auf die Oberfläche des Körpers als auf das innerste Mark. Sie wußten, daß es Schnee bedeutete, und in der Nacht kam der Schnee. Tess, die immer noch in der Hütte mit dem warmen Giebel wohnte, der die einsame Wanderin, die neben ihm rastete, getröstet hatte, erwachte in der Nacht und hörte über dem First ein lärmendes Tosen, das zu verkünden schien, daß das Dach sich in einen Kampfplatz aller Winde verwandelt habe. Als sie des Morgens ihre Lampe anzündete, um aufzustehen, entdeckte sie, daß der Schnee durch eine Spalte im Fensterflügel hereingeweht wurde und an der inneren Scheibe einen weißen Kegel von feinstem Pulver häufte; auch durch den Kamin war er herabgedrungen, so daß er sohlenhoch den Boden bedeckte, und ihre Schuhe hinterließen Spuren, während sie umherging. Draußen brauste der Sturm so schnell dahin, daß er einen Schneenebel durch die Küche wirbelte; aber bis jetzt war es vor den Fenstern noch zu dunkel, um irgend etwas zu unterscheiden.

Tess wußte, daß es unmöglich war, bei den Rüben weiterzuarbeiten; und als sie neben der einsamen kleinen Lampe ihr Frühstück beendet hatte, langte Marian an und sagte ihr, daß sie den Auftrag hätten, in der Scheune mit den übrigen Weibern Stroh zu zupfen, bis das Wetter sich wieder änderte. Sobald also die einförmige Hülle der Finsternis vor den Fenstern in einen wirren Mischmasch grauer Schatten zerfloß, bliesen sie die Lampe aus, hüllten sich in ihre dicksten Schürzen, knüpften ihre wollenen Schals um Hals und Brust und brachen nach der Scheune auf. Der Schnee war den Vögeln vom Polarbecken als eine weiße Wolkensäule gefolgt, und man konnte keine einzelnen Flocken unterscheiden. Der Sturm roch nach Eisbergen, arktischen Meeren, Walfischen und weißen Bären und trug den Schnee so jagend dahin, daß dieser den Boden fegte, ohne sich anzuhäufen. Die beiden stapften mit schief geneigtem Körper durch die seidig übersponnenen Felder und hielten sich, so gut sie konnten, nahe den bergenden Hecken, die jedoch eher wie ein Sieb denn als Schutzwehr wirkten. Die Luft, voll blassen Entsetzens über die weißlich schimmernden Scharen, die sie durchwühlten, wirbelte und spann sie exzentrisch durcheinander und schuf ein farbloses Chaos. Doch beide junge Frauen waren guter Dinge; solch ein Wetter auf einer trockenen Hochebene wirkt an sich nicht niederdrückend.

»Haha! Die schlauen Nordvögel wußten, was im Anzug war«, sagte Marian. »Verlaß dich drauf, den ganzen Weg vom Polarstern bis zu uns sind sie knapp vor dem Schneesturm hergeflogen. Dein Mann, Liebchen, hat die ganze Zeit über glühend heißes Wetter, gar nicht zu zweifeln. Mein Gott, wenn er bloß jetzt seine hübsche Frau sehen könnte! Nicht, als ob dieses Wetter deiner Schönheit schaden würde – wirklich, es kommt ihr eher zugute.«

»Du darfst zu mir nicht über ihn sprechen, Marian«, erwiderte Tess streng.

»Gut; aber sicherlich liegt dir an ihm. Nicht wahr?«

Tess, statt zu antworten, wandte tränenden Auges impulsiv ihr Gesicht der Richtung zu, wo ihrer Ansicht nach Südamerika liegen mußte, schürzte die Lippen und hauchte einen leidenschaftlichen Kuß in den Schneewind hinaus.

»Gut, gut, ich weiß es. Aber bei meiner Seele, 's ist ein kurioses Leben für ein Ehepaar! Pscht – ich sag kein Wort mehr!

Nun, was das Wetter anlangt, 's wird uns in der Weizenscheuer nichts anhaben; aber Strohzupfen ist 'ne schrecklich harte Arbeit – schlimmer als Rübenhacken. *Ich* kann's aushalten, weil ich stämmig bin; aber du bist schmächtiger. Kann mir nicht denken, warum dich der Alte dazu angestellt hat.«

Sie erreichten die Weizenscheuer und traten ein. Das eine Ende des langen Gebäudes war voll Getreide; in der Mitte sollte das Strohzupfen vor sich gehen, und dort hatte man bereits am Abend zuvor so viele Weizengarben in die Rohrpresse gelegt, daß sie für das Tagewerk der Frauen ausreichen würden.

»Oh, da ist Izz!« sagte Marian.

Es war Izz, und sie kam heran. Sie war am vergangenen Nachmittag von ihrem Vaterhaus bis hierher gewandert und hatte sich, da sie die Entfernung nicht für so groß hielt, ziemlich verspätet; sie kam jedoch gerade noch vor dem Einsetzen des Schneegestöbers an und schlief im Wirtshaus. Der Pächter hatte auf dem Markt mit ihrer Mutter vereinbart, sie aufzunehmen, falls sie heute käme, und sie wollte ihn um keinen Preis durch eine Verzögerung vor den Kopf stoßen.

Neben Tess, Marian und Izz waren noch zwei Weiber aus einem benachbarten Dorfe zugegen, zwei amazonische Schwestern, in denen Tess mit Schrecken die schwarze Car, die Pikkönigin, und deren Schwester, die Carokönigin, erkannte – jene Mädchen, die sich bei dem mitternächtigen Streit zu Trantridge mit ihr prügeln wollten. Sie verrieten mit keiner Miene, daß sie sich ihrer erinnerten, und erinnerten sich vielleicht auch wirklich nicht mehr an sie; denn bei jener Gelegenheit standen sie unter dem Einfluß des Alkohols und waren dort wie hier nur zeitweilige Gäste. Mit Vorliebe verrichteten sie alle Arten von Männerarbeit, bohrten sogar Brunnen, schnitten Hecken, zogen Kanäle und hoben Gruben aus, ohne die geringste Ermüdung zu verspüren. Auch berühmte Strohzupferinnen waren sie und musterten die andern drei mit einiger Hochnäsigkeit.

Sie zogen die Handschuhe an und machten sich an die Arbeit, alle fünf in einer Reihe vor der Presse. Dieses Gerüst bestand aus zwei durch einen Querbalken verbundenen Pfosten, unter dem die Garben für das Zupfen mit den Ähren nach außen geschichtet lagen; der Balken war durch Bolzen in die

Strebepfeiler gefügt und senkte sich herab, sowie die Garben zusammenschrumpften.

Die harten Farben des Tages verstärkten sich, denn an den Scheunentüren drang das Licht vom Boden aufwärts ins Innere, und nicht vom Himmel herunter. Die Mädchen zerrten Handvoll um Handvoll aus der Presse; doch die Gegenwart der fremden Weiber, die Skandalgeschichten erzählten, verhinderte Marian und Izz fürs erste, von alten Zeiten zu plaudern. Bald darauf hörten sie den gedämpften Tritt eines Pferdes, und der Pächter ritt vor das Scheunentor. Als er abgestiegen war, näherte er sich Tess, blieb stehen und betrachtete sinnend das Profil ihres Gesichtes. Anfangs rührte sie sich nicht; aber seine starre Haltung bewog sie, sich umzuschauen, und da entdeckte sie, daß ihr Arbeitgeber der gebürtige Trantridger war, vor dem sie auf der Landstraße die Flucht ergriffen hatte, weil er auf ihre Vergangenheit anspielen wollte.

Er wartete, bis sie die gezupften Bündel auf den Schober hinausgetragen hatte, und sagte dann: »So sind Sie also die junge Person, die meine Höflichkeit so übel aufnahm! Gehenkt will ich sein, wenn ich mir's nicht gleich dachte, sobald ich hörte, daß meine Frau Sie gedungen hat! Gut, Sie glaubten, Sie hätten mich untergekriegt – das erstemal im Gasthof mit Ihrem Liebhaber und das zweitemal auf der Straße, als Sie auskniffen; aber jetzt, scheint mir, hab *ich* die Oberhand.« Er schloß mit einem hämischen Gelächter.

Tess, zwischen den Amazonen und dem Pächter wie ein Vogel in einer Schlinge gefangen, gab keine Antwort und fuhr fort, das Stroh zu zupfen. Sie konnte hinlänglich gut in fremden Charakteren lesen, um diesmal zu wissen, daß sie von der Galanterie ihres Arbeitgebers nichts zu fürchten hatte; eher mußte sie seine grausame Härte fürchten, die seinem Verdruß über Clares Grobheit entsprang. Alles in allem war ihr dieses Gefühl an einem Manne lieber, und sie fühlte sich tapfer genug, es zu ertragen.

»Sie glaubten wohl, ich wär in Sie verliebt? Manche Weiber sind solche Gänse, daß sie jeden Blick für bitteren Ernst nehmen. Aber 's gibt nichts Besseres als 'nen Winter auf den Feldern, um jungen Weibern so dummes Zeug auszutreiben; und

Sie haben sich mit Ihrer Unterschrift bis zum Liebfrauentag verpflichtet. Nun also, wollen Sie mich um Verzeihung bitten?«

»Ich glaube wohl, *Sie* müßten mich um Verzeihung bitten.«

»Gut, gut – wie Sie wollen. Aber wir werden sehen, wer hier der Herr ist. Sind das alle Garben, die Sie heute fertig haben?«

»Ja, Sir.«

»Das sieht sehr schäbig aus. Sehen Sie bloß, was die da drüben geschafft haben.« Und er zeigte auf die beiden stämmigen Frauenzimmer. »Auch die andern arbeiten besser als Sie.«

»Sie haben alle von früher her Übung, und ich nicht. Und ich dachte, es wär Ihnen gleich, weil's Stückarbeit ist; wir bekommen ohnehin nur das bezahlt, was wir schaffen.«

»Oh, 's ist mir aber nicht gleich. Ich will die Scheune geräumt haben.«

»So werde ich den ganzen Nachmittag durcharbeiten, statt, wie die andern, um zwei Uhr fortzugehn.«

Er warf ihr einen bösen Blick zu und entfernte sich. Tess fühlte, daß sie es wohl kaum hätte schlimmer treffen können; aber das Schlimmste war immer noch besser als galante Annäherungen. Als die zweite Stunde heranrückte, stürzten die zünftigen Strohzupferinnen den letzten Rest in ihren Krügen hinunter, legten ihre Sicheln hin, banden ihre letzten Garben und gingen fort. Marian und Izz wären ihrem Beispiel gefolgt, doch da sie hörten, daß Tess zu bleiben gedachte, um ihren Mangel an Geschicklichkeit durch eine verlängerte Arbeitszeit wett zu machen, wollten sie die Freundin nicht verlassen. Auf den Schnee hinausschauend, der immer noch vom Himmel fiel, rief Marian aus: »So, jetzt sind wir ganz unter uns.« Und so wandte sich schließlich das Gespräch ihren alten Erlebnissen in der Meierei zu und natürlich auch den verschiedenen Ereignissen, die mit ihrer Liebe für Angel Clare zusammenhingen.

»Izz und Marian«, sagte Mrs. Angel Clare mit einer Würde, die äußerst ergreifend wirkte, da sie doch kaum der Schatten einer Gattin war: »Ich kann mich jetzt nicht mehr so wie früher an eurem Gespräch über Mr. Clare beteiligen; ihr werdet einsehen, daß ich's nicht kann; denn wenn er mich auch jetzt verlassen hat – er ist mein Gatte.«

Unter all den vier Mädchen, die Clare geliebt hatten, war Izz

von Natur die frechste und spöttischste. »Er war ein blendender Liebhaber, kein Zweifel«, sagte sie; »aber mir scheint nicht gerade, daß er ein besonders zärtlicher Ehemann ist, wenn er so schnell nach der Hochzeit wegläuft.«

»Er *mußte* gehen – er war gezwungen, zu gehen, um sich drüben das Land anzusehen«, verteidigte ihn Tess.

»Er hätte dir erst über den Winter weghelfen können.«

»Ah, daran ist ein Zufall schuld – ein Mißverständnis; wir wollen nicht darüber streiten«, antwortete Tess mit Tränen in der Stimme. »Vielleicht läßt sich eine Menge zu seinen Gunsten sagen! Er ist nicht wie gewisse Ehemänner fortgeschlichen, ohne mir etwas zu sagen; und ich kann immer herausfinden, wo er sich aufhält.«

Nach diesen Worten verharrten sie lange Zeit in sinnender Träumerei, indes sie fortfuhren, die Ähren des Getreides zu fassen, das Stroh herauszuziehen, es unter den Arm zu raffen und mit ihren Sichelmessern die Ähren abzuschneiden; nichts ließ sich in der Scheune hören als das Rascheln des Strohs und das Knirschen der Sicheln. Dann klappte Tess plötzlich zusammen und sank auf den Haufen von Weizenähren zu ihren Füßen nieder.

»Ich wußte, du würdest nicht imstande sein, es auszuhalten!« rief Marian. »Diese Arbeit braucht härtere Knochen, als die deinen sind.«

In diesem Augenblick trat der Pächter ein. »Oh, *so* schaffen Sie's also, wenn ich fort bin«, sagte er zu ihr.

»Aber *ich* habe ja den Schaden davon«, verteidigte sie sich. »Nicht Sie.«

»Ich will es fertig haben«, erwiderte er barsch, durchschritt die Scheune und verließ sie durch das andere Tor.

»Scher dich nicht um ihn, sei nur ganz ruhig«, sagte Marian. »Ich hab hier schon gearbeitet. Geh jetzt und leg dich dorthin, und Izz und ich werden deine Stückzahl voll machen.«

»Nein, das mag ich nicht zulassen. Ich bin auch viel größer als ihr.«

Doch sie war so fertig mit ihren Kräften, daß sie einwilligte, ein Weilchen zu ruhen, und sich auf einen Haufen zerschlissener Halme streckte, der am entfernteren Ende der Scheune aufgeschichtet war – die unbrauchbaren Abfallreste nach dem Zupfen der geraden Halme. Die Erregung, die sie ergriffen hatte, als von neuem ihre Trennung von Angel zur Sprache kam, war nicht weniger schuld an ihrem Zusammenklappen als die schwere Arbeit. Sie lag mit wachen Sinnen, doch ohne Willenskraft, und das Rascheln des Strohs und das Absicheln der Ähren durch die zwei Mädchen lastete wie ein körperlicher Druck auf ihr.

Zwischen diesen Geräuschen hörte sie in ihrem Winkel die murmelnden Stimmen der beiden. Sie war überzeugt, daß sie das angesponnene Thema fortsetzten, aber die Stimmen klangen so leise, daß ihr Ohr die Worte nicht erhaschen konnte. Schließlich wurde Tess immer neugieriger, wollte unbedingt wissen, was sie miteinander sprachen; und so redete sie sich ein, daß es ihr besser gehe, stand auf und machte sich wieder an die Arbeit.

Dann brach Izz Huett zusammen. Sie hatte am vergangenen Abend mehr als ein Dutzend Meilen zu Fuß zurückgelegt, war um Mitternacht ins Bett gegangen und um fünf Uhr schon wieder aufgestanden. Einzig und allein Marian, dank ihrer Schnapsflasche und ihres stämmigen Körperbaues, ertrug die schmerzhafte Spannung im Rücken und in den Armen, ohne darunter zu leiden. Tess drang in Izz, die Arbeit abzubrechen, und erklärte sich bereit, da sie sich besser fühlte, das Tagewerk ohne sie zu erledigen und die Zahl der Garben gleichmäßig aufzuteilen.

Izz nahm das Anerbieten dankbar an und verschwand durch das große Tor auf den beschneiten Pfad, der zu ihrer Wohnung führte. Marian – wie es dank der Flasche jeden Nachmittag um diese Stunde der Fall war – begann in eine romantische Stimmung zu gleiten.

»Das hätte ich nicht von ihm gedacht – nie!« sagte sie in verträumtem Ton. »Und ich liebte ihn so! Daß er *dich* bekam, dagegen hatte ich nichts. Aber das mit Izz ist *zu* schlimm!«

Tess fuhr bei diesen Worten zusammen, und beinahe hätte sie sich mit dem Sichelmesser einen Finger abgeschnitten.

»Handelt es sich um meinen Mann?« stammelte sie.

»Ja, gewiß. Izz sagte, ›erzähl ihr nichts davon‹; aber ich kann mir nicht helfen, ich muß es dir erzählen! Es handelt sich drum, was er von Izz verlangte. Er wollte, daß sie mit ihm nach Brasilien geht.«

Das Gesicht der Tess entfärbte sich, wurde so weiß wie der stöbernde Schnee vor dem Tore, und jede Falte straffte sich. »Und hat Izz sich geweigert, mitzugehen?« fragte sie.

»Ich weiß nicht. Jedenfalls hat er sich anders besonnen.«

»Pah – dann meinte er es nicht ernst. 's war bloß ein Scherz.«

»Doch, er meinte es ernst; denn er fuhr sie ein gutes Stück auf den Bahnhof zu.«

»Er hat sie nicht mitgenommen!«

Sie zupften schweigend weiter, bis plötzlich Tess, ohne jedes mahnende Symptom, in Tränen ausbrach.

»So!« sagte Marian. »Hätt ich dir's lieber doch nicht erzählt!«

»Nein. Es ist sehr gut so! Ich habe blind und schlafmützig in den Tag gelebt und nicht gesehen, wohin es führen kann! Ich hätte ihm öfter einen Brief schicken sollen. Er sagte, ich dürfe nicht zu ihm kommen, aber er verbot mir nicht, so oft ich Lust hätte, zu schreiben. Ich will nicht mehr so weitermachen! Es war sehr unrecht und nachlässig von mir, daß ich alles *ihm* überließ!«

Das trübe Licht in der Scheune wurde noch trüber, und sie konnten nicht mehr genug bei der Arbeit sehen. Als Tess an diesem Abend ihr Heim erreicht und sich in die Einsamkeit ihrer kleinen weißgetünchten Kammer zurückgezogen hatte, begann sie ungestüm, einen Brief an Clare zu schreiben. Doch neue Zweifel ergriffen sie, und sie konnte den Brief nicht beenden. Später dann knüpfte sie den Ring von dem Bande los, an dem sie ihn dicht neben ihrem Herzen trug, und behielt ihn die ganze Nacht am Finger, als wollte sie sich in dem Gefühl bestärken, daß sie wirklich das Weib des wankelmütigen Liebsten sei, der Izz vorschlug, mit ihm außer Landes zu gehen – so kurze Zeit, nachdem er *sie* verlassen hatte. Da sie dies wußte, wie konnte sie flehende Briefe an ihn schreiben, wie konnte sie ihm zeigen, daß sie sich überhaupt noch um ihn kümmerte?

XLIV

DIESE Enthüllung in der Scheune lenkte ihre Gedanken von neuem in jene Richtung, die sie seit kurzem mehr als einmal eingeschlagen hatten: sie schweiften nach dem fernen Vikariat von Emminster. Durch ihres Mannes Eltern mußte sie ihre Briefe an Angel schicken, wenn sie ihm schreiben wollte, und er hatte ihr befohlen, direkt in das Pfarrhaus zu schreiben, sobald sie in Schwierigkeiten gerate. Doch das Gefühl, daß sie moralisch keinen Anspruch auf ihn besitze, hatte Tess stets bewogen, jeden Impuls, der sie zum Schreiben drängte, zu unterdrücken; und für die Familie im Pfarrhaus, wie seit der Hochzeit für ihre eigenen Eltern, war sie folglich so gut wie nicht vorhanden. Diese Verleugnung ihres Daseins stimmte völlig zu ihrem unabhängigen Charakter, der nichts von der Gnade oder dem Mitleid anderer erbitten wollte, sofern ihr nicht eine unparteiische Erwägung ihrer Verdienste ein *Recht* darauf verlieh. Sie hatte sich fest vorgenommen, mit ihren Tugenden und Fehlern zu stehen oder zu fallen und auf all jene gänzlich äußerlichen Ansprüche an eine fremde Familie zu verzichten, wie sie ihr durch die nichtige Tatsache eingeräumt wurden, daß ein Mitglied dieser Familie in einer Eingebung des Augenblicks seinen Namen neben den ihren in ein Kirchenbuch schrieb.

Doch nun, da Izz Huetts Erzählung sie zu fieberhafter Erregung stachelte, fand ihre Kraft der Entsagung eine Grenze. Warum schrieb ihr Gatte nicht an sie? Er hatte deutlich zu verstehen gegeben, daß er ihr zumindest die Gegend mitteilen würde, in die er reiste; aber er schickte nicht eine einzige Zeile, um seine Adresse zu verraten. War er wirklich so gleichgültig? Oder lag er vielleicht krank? War es an ihr, irgendeinen Schritt zu tun? Ja, sie konnte den Mut der Verzweiflung zusammenraffen, konnte sich im Pfarrhaus Auskunft holen und ihrem Kummer über sein Schweigen Ausdruck geben. Wenn Angels Vater der gute Mann war, als den man ihn geschildert hatte, mußte er imstande sein, ihre verzehrende Sehnsucht zu begreifen. Ihr soziales Ungemach konnte sie geheimhalten.

Den Pachthof an einem Wochentag zu verlassen stand nicht in ihrer Macht; der Sonntag bot die einzige Gelegenheit. Da

Flintcomb-Ash mitten auf dem Kreidehochland lag, das bisher noch keine Eisenbahn erklommen hatte, war es nötig, zu Fuß zu gehen. Und da die Entfernung hin und zurück dreißig Meilen betrug, mußte sie sich für das Unternehmen einen langen Tag sichern und folglich zeitig aufstehn.

Vierzehn Tage später, als auf den Schnee ein grimmig harter Frost gefolgt war, nützte sie den festgefrorenen Zustand der Straße, um das Abenteuer zu versuchen. Um drei Uhr morgens an diesem Sonntag kam sie die Treppe herunter und trat in die sternhelle Nacht hinaus. Das Wetter war immer noch günstig, die Erde klirrte unter ihren Füßen wie ein Amboß.

Marian und Izz nahmen großen Anteil an ihrer Reise, denn sie wußten, daß sie ihren Gatten betraf. Sie wohnten in einer Hütte ein wenig weiter oben an der Dorfstraße, aber sie kamen herbei und waren Tess beim Aufbruch behilflich und rieten ihr, sich mit ihren hübschesten Sachen herauszuputzen, um die Herzen ihrer Schwiegereltern zu bestricken. Doch sie, die des alten Mr. Clare strenge und calvinistische Grundsätze kannte, blieb teilnahmslos und hegte sogar Bedenken. Es war nun seit ihrer traurigen Hochzeit ein Jahr verstrichen, aber sie hatte sich aus den Resten ihrer damals reichen Garderobe genug Putzkram gerettet, um sich sehr reizvoll kleiden zu können – als ein einfaches Landmädchen, das keinen Anspruch macht auf modische Neuheit: ein weiches graues Wollkleid mit weißem Krepp, der sich faltig an die rosige Haut ihres Gesichts und ihres Halses schmiegte, eine schwarze Samtjacke und einen Hut.

»Jammerschade, daß dein Mann dich jetzt nicht sehen kann – du siehst wie 'ne richtige Schönheit aus!« sagte Izz Huett, Tess betrachtend, als sie auf der Schwelle stand, zwischen dem stählern fahlen Sternenschein am Himmel und dem gelben Kerzenlicht im Hause. Izz sprach mit großmütiger Hingabe an die Situation; sie war nicht imstande – keine Frau, deren Herz größer war als eine Haselnuß, konnte dazu imstande sein –, sich gegen Tess feindlich zu stellen, wenn sie ihr gegenüberstand; denn der Einfluß, den diese auf ihr eigenes Geschlecht übte, war von einer ganz ungewöhnlichen Wärme und Stärke und überwältigte seltsam die weniger rühmlichen weiblichen Gefühle des Grolles und der Rivalität.

Ein letztes Zupfen und Glätten hier, ein leichtes Bürsten dort, und sie entließen Tess; und die perlentrübe Luft der ersten Dämmerung verschluckte sie. Sie hörten ihre Tritte die hartgefrorene Straße entlangtappen, hörten, wie sie allmählich immer kräftiger ausschritt. Selbst Izz hoffte, sie würde Erfolg haben, und wenn sie auch keinerlei besondere Achtung für ihre eigene Tugend empfand, dachte sie doch mit Freude daran, daß sie damals, als Clare sie einen Augenblick lang in Versuchung führte, davor bewahrt wurde, ihre Freundin zu kränken.

Es war bis auf den Tag ein Jahr her, daß Clare sie geheiratet hatte, und nur ein paar Tage weniger als ein Jahr, daß er fern von ihr weilte. Doch eine flotte Wanderung mit solch einem Ziele, wie sie es vor Augen hatte, an einem trockenen, klaren winterlichen Morgen, in der dünnen Luft dieser kalkigen Hügelkämme, wirkte nicht entmutigend; und es ist kein Zweifel, daß sie beim Aufbruch davon träumte, das Herz ihrer Schwiegermutter zu gewinnen, dieser Dame ihre ganze Geschichte zu erzählen, sie zu sich herüberzuziehen und so den Ungetreuen zurückzuerobern.

Bald erreichte sie den Rand des gewaltigen Abhangs, an dessen Fuß sich das lehmige Blackmoortal erstreckte, das nun neblig und lautlos in der Dämmerung lag. Die farblose Luft des Hochlands wich dort unten einer tiefblauen Atmosphäre. Statt der großen Gehege von hundert Acres, in denen sie jetzt gewöhnt war zu arbeiten, lagen zu ihren Füßen kleine Felder von weniger als einem halben Dutzend Acres, und so zahlreich, daß sie von dieser Höhe wie die Maschen eines Netzes aussahn. Hier war die Landschaft bräunlichweiß; dort unten, wie im Tale des Froom, grünte sie immer. Doch gerade in diesem Tal hatte ihr Unglück sich gestaltet, und sie liebte es nicht mehr so wie in früheren Tagen. Für sie, wie für alle, die je im Leben etwas empfunden haben, lag Schönheit nie in einer Sache selbst, sondern in dem, was die Sache symbolisierte.

Das Tal zur Rechten, lenkte sie ihre Schritte stetig nach Westen, überschritt die Hintocks, kreuzte im rechten Winkel die Landstraße von Sherton-Abbas nach Casterbridge und umkreiste den High-Stoy oder Rubdon Hill. Immer noch dem hochgelegenen Pfade folgend, erreichte sie Croß-in-Hand, wo trostlos und schweigend der steinerne Pfeiler steht, um den Schauplatz eines Wunders oder Mordes, oder beides zusammen, zu verkünden. Drei Meilen weiter stieß sie auf die schnurgerade verödete Römerstraße, Long-Ash Lane genannt, die sie, sobald sie sie erreicht hatte, gleich wieder verließ, um über eine Querstraße den Hügel hinab in das kleine Städtchen oder Dorf Evershead zu tauchen; denn nun hatte sie ungefähr die halbe Strecke zurückgelegt. Hier machte sie Station und frühstückte ein zweites Mal ziemlich herzhaft – nicht bei der ›Eichelsau‹, denn sie vermied Wirtshäuser, sondern in einem Bauernhaus neben der Kirche.

Die zweite Hälfte ihrer Reise führte sie über die Benviller Straße durch eine freundlichere Gegend. Doch in demselben Maße, wie sich die Meilenzahl zwischen ihr und dem Ziel ihrer Pilgerfahrt verringerte, sank auch ihre Zuversicht, und ihr Abenteuer gewann erschreckendere Farben. Sie sah ihr Vorhaben in so grellen Umrissen vor sich und die Landschaft so verschwimmend, daß sie manchmal in Gefahr war, ihren Weg zu verlieren. Doch gegen Mittag hemmte sie ihren Schritt vor einem Gatter am Rande des Beckens, in dem Emminster und sein Pfarrhof lagen.

Der breite, viereckige Turm, unter dessen Dach, wie sie wußte, in diesem Augenblick der Vikar und seine Gemeinde versammelt waren, hatte in ihren Augen ein strenges Aussehen. Sie wünschte, daß sie es lieber irgendwie ermöglicht hätte, an einem Wochentag zu kommen. Ein so frommer Mann konnte vielleicht gegen eine Frau, die den Sonntag zum Wandern wählte, voreingenommen sein, ohne ihre Zwangslage zu ahnen. Doch jetzt blieb ihr nichts anderes übrig, als weiterzugehen. Sie legte die dicken Stiefel ab, in denen sie bis hierher gewandert war, zog ihre hübschen dünnen Schuhe aus Lackleder an, schob dann jene in die Hecke neben den Gatterpfosten, wo sie sich leicht wiederfinden ließen, und stieg den Hügel hinab; die frische Gesichtsfarbe, die die scharfe Luft in ihre Wangen gerufen hatte, blaßte ihr zum Trotz dahin, als sie sich dem Pfarrhaus näherte.

Tess hoffte auf irgendeinen Zufall, der sie begünstigen könnte, aber nichts kam ihr zu Hilfe. Die Stauden auf dem Rasenplatz des Vikariats raschelten ungemütlich in dem frostigen Wind. Trotzdem sie aufs beste herausgeputzt war, konnte keinerlei Anspannung ihrer Phantasie das Gefühl in ihr erwecken, daß dieses Haus die Wohnstätte naher Verwandter sei; und doch trennte sie nichts Wesentliches von ihnen, weder in ihrer Natur noch in ihren Regungen: Ihre Schmerzen, ihre Freuden, ihre Gedanken, ihre Geburt, ihr Tod und ihre Lose *nach* dem Sterben waren dieselben.

Mit aller Kraft riß sie sich zusammen, durchschritt das Drehtor und zog an der Türglocke. Es war getan; es gab kein Zurück mehr. Doch nein; es war noch nicht getan. Niemand antwortete auf ihr Läuten. Sie mußte sich aufraffen und die Tat von neuem vollbringen. Sie läutete ein zweites Mal; und die Erregung, im Verein mit ihrer Müdigkeit nach einer Wanderung von fünfzehn Meilen, zwang sie, während des Wartens einen Halt zu suchen; sie stemmte die Hand in die Hüfte und lehnte den Ellbogen gegen die Wand der Vorhalle. Der Wind wirkte so dörrend, daß die Efeublätter verrunzelt und grau geworden waren; unablässig tappten sie raschelnd gegeneinander, und das Geräusch quälte Tess und zerrte an ihren Nerven. Ein Fetzen blutbefleckten Papiers, von irgendeines Fleischkäufers Müllhaufen aufgewirbelt, flatterte auf der Straße vor dem Tore auf und ab, zu leicht, um zu ruhen, zu schwer, um fortzufliegen; und ein paar Strohhalme leisteten ihm Gesellschaft.

Das zweite Läuten war lauter gewesen, und immer noch kam niemand heraus. Nun verließ sie die Vorhalle, öffnete die Pforte und schritt auf die Straße. Und obgleich sie unschlüssig nach der Hausfront blickte, als wäre sie geneigt, wieder umzukehren, entschlüpfte ihr ein Seufzer der Erleichterung, als das Tor hinter ihr ins Schloß fiel. Es verfolgte sie ein unbestimmtes Gefühl, daß man sie vielleicht erkannt habe (wenn sie auch nicht wußte, wie) und Befehl erteilt, sie nicht einzulassen.

Tess schritt bis zur Ecke. Sie hatte alles getan, was in ihrer Macht stand; doch entschlossen, nicht auf Kosten künftiger Ruhe der Bangigkeit des Augenblicks zu entfliehen, ging sie wieder zurück, am ganzen Haus entlang, und schaute zu allen Fenstern hinauf.

Ah – hier war die Erklärung: sie weilten alle in der Kirche, ohne Ausnahme. Tess erinnerte sich an die Bemerkung ihres Gatten, sein Vater bestehe darauf, daß alle Hausbewohner, einschließlich der Dienstboten, den Morgengottesdienst besuchten; und wenn sie zurückkamen, mußten sie ein kaltes Mittagmahl essen. Es war daher nichts weiter nötig, als zu warten, bis der Gottesdienst zu Ende ging. Sie wollte sich nicht dadurch auffällig machen, daß sie auf demselben Fleck stehenblieb, und schritt vorwärts, um an der Kirche vorbei auf die Hauptstraße zu gelangen. Doch als sie das Tor des Friedhofs erreichte, begannen die Leute herauszuströmen, und Tess sah sich plötzlich in ihrer Mitte.

Die Kirchgemeinde von Emminster starrte Tess an, wie nur eine Gemeinde ländlicher Kleinstädter, müßig nach Hause schlendernd, eine Frau anstarren kann, deren Erscheinung ungewöhnlich wirkt und in der sie eine Fremde erkennen. Sie beschleunigte ihren Schritt und stieg die Straße hinan, über die sie gekommen war, um zwischen den Hecken Zuflucht zu suchen, bis die Familie des Vikars zu Mittag gegessen hätte und es passend finden würde, sie zu empfangen. Bald ließ sie die Kirchgänger weit hinter sich zurück, mit Ausnahme zweier jüngerer Männer, die mit eingehakten Armen raschen Schrittes hinter ihr herankamen.

Als sie sich näherten, konnte sie ihre Stimmen in ernstem Gespräche vernehmen, und die natürliche Hellhörigkeit einer Frau in ihrer Situation verfehlte nicht, in diesen Stimmen den Tonfall ihres Gatten zu erkennen. Die Fußgänger waren seine beiden Brüder. Tess vergaß all ihre Pläne und fürchtete nur eines: Daß sie jetzt in ihrem verwirrten Zustand von ihnen überholt würde, bevor sie darauf vorbereitet war, ihnen ins Gesicht zu schauen; denn obgleich sie fühlte, daß sie in ihr nicht des Bruders Frau erkennen konnten, fürchtete sie sich instinktiv vor ihren forschenden Blicken. Je schneller die Männer ausschritten, desto schneller ging auch sie. Es war offensichtlich beider Absicht, bevor sie zum Mittagessen ins Haus gingen, einen kurzen, schnellen Spaziergang zu machen, um die Glieder, die das lange Sitzen während des Gottesdienstes durchkältet hatte, wieder zu erwärmen.

Nur eine einzige Person war Tess den Hügel hinan vorausgeschritten – eine damenhafte junge Frau, nicht uninteressant, wenn auch vielleicht ein bißchen geschraubt und geziert. Tess hatte sie nahezu eingeholt, als der hurtige Schritt ihrer Schwäger diese so dicht hinter ihren Rücken heranführte, daß sie jedes Wort ihres Gespräches hören konnte. Sie sprachen jedoch nichts, was sie besonders interessierte, bis sie die junge Dame vor sich gewahrten, und einer von ihnen bemerkte: »Da ist Mercy Chant. Wir wollen sie einholen.«

Tess kannte den Namen. Dies war die Frau, die von Angels und ihren eigenen Eltern zu seiner Lebensgefährtin ausersehen wurde und die er vermutlich geheiratet hätte, wäre *sie* nicht dazwischengekommen. Sie würde dies alles auch ohne frühere Auskünfte erfahren haben, wenn sie einen Augenblick gewartet hätte; denn einer der Brüder fuhr fort: »Ah, armer Angel, armer Angel! Nie sehe ich dieses nette Mädchen, ohne mehr und mehr zu bedauern, daß er sich so Hals über Kopf an eine Milchmagd fortgeworfen hat, oder was sie sonst sein mag. 's ist offenbar eine verdrehte Sache. Ob sie sich schon wieder mit ihm vereinigt hat, weiß ich nicht; doch vor einigen Monaten, als ich von ihm hörte, war es noch nicht so weit.«

»Kann's nicht sagen. In jüngster Zeit verrät er mir gar nichts mehr. Seine unüberlegte Heirat scheint die Entfremdung zwischen uns, die mit seinen abwegigen Anschauungen den Anfang nahm, restlos befestigt zu haben.«

Tess strebte noch rascher den langen Hügelhang hinan; aber sie konnte ihren Vorsprung nicht behaupten, ohne aufzufallen. Schließlich überholten sie sie endgültig und schritten an ihr vorüber. Die junge Dame weiter vorn hörte ihre Schritte und drehte sich um. Dann gab es ein Begrüßen und Händeschütteln, und die drei gingen miteinander weiter. Sie erreichten bald den Gipfel des Hügels, und da sie offensichtlich diese Stelle zur Grenze ihres Spaziergangs bestimmt hatten, verlangsamten sie ihren Schritt und wandten sich alle drei seitwärts zu dem Gatter, wo Tess eine Stunde zuvor geruht hatte, um die Stadt zu beschauen, bevor sie hinabstieg. Während des Gesprächs sondierte einer von den geistlichen Brüdern sorgfältig mit seinem Schirm die Hecke und zerrte irgend etwas ans Tageslicht.

»Da ist ein Paar alter Stiefel«, sagte er. »Irgendein Landstreicher wird sie wohl weggeworfen haben.«

»Vielleicht ein Betrüger, der barfuß in die Stadt gehen wollte, um unser Mitgefühl zu erregen«, sagte Miß Chant. »Ja, das muß es gewesen sein, denn es sind vorzügliche Wanderstiefel – nicht im mindesten abgetragen. Wie gottlos, so etwas zu tun! Ich werde sie mit nach Hause nehmen für irgendeinen Armen.«

Cuthbert Clare, der sie gefunden hatte, fischte sie mit der Krücke seines Stockes auf; und die Stiefel der Tess waren beschlagnahmt.

Sie, die dies mit angehört hatte, schritt, verhüllt unter ihrem wollenen Schleier, vorbei, bis sie sich dann nach einiger Zeit umschaute, um zu gewahren, daß die fromme Gesellschaft mit ihren Stiefeln das Gatter verließ und hügelabwärts den Rückzug antrat.

Da setzte unsere Heldin ihren Weg fort. Tränen, trübende Tränen liefen über ihr Gesicht. Sie wußte, es war alles nur Gefühlsschwäche, grundlose Überempfindlichkeit, was sie veranlaßt hatte, in diesem Auftritt ihr Verdammungsurteil zu sehen; gleichwohl konnte sie nicht darüber hinwegkommen, konnte in all ihrer Wehrlosigkeit nicht all diesen widrigen, unheilverkündenden Vorzeichen die Stirne bieten. Es war unmöglich, an eine Rückkehr ins Vikariat zu denken. Angels Weib fühlte sich fast so elend, als hätten sie jene – in ihren Augen – hochfeinen geistlichen Herren wie ein verachtetes Geschöpf den Hügel hinaufgehetzt. So absichtslos auch die Beleidigung geschah, es war doch einigermaßen ein Unglück, daß sie den Söhnen begegnete und nicht dem Vater, der trotz seiner Engstirnigkeit viel weniger gestärkt und geschniegelt war als jene und ein Herz voll Nächstenliebe besaß. Als sie wieder an ihre staubigen Stiefel dachte, bemitleidete sie fast diese stummen Diener ob der Verachtung, die sie erdulden mußten, und fühlte, wie hoffnungslos das Leben für ihre Herrin war.

»Ah!« sagte sie und weinte voller Selbstbedauern, »sie wußten nicht, daß ich jene Stiefel auf den schlechten steinigen Straßen trug, um diese hübschen Schuhe zu schonen, die *er* mir gekauft hat – nein, sie wußten es nicht! Und die dachten nicht im Traum, daß *er* die Farbe meines hübschen Rockes ausgesucht hat – nein, wie konnten sie auch! Und wenn sie es gewußt hätten, es wäre ihnen vielleicht gleichgültig gewesen, denn sie machen sich nicht viel aus ihm, dem Armen!«

Dann vergoß sie Tränen für den geliebten Mann, dessen konventionelle Maßstäbe all dies jüngste Leid über sie gebracht hatten; und sie ging ihres Weges, ohne zu wissen, wie sie dadurch, daß sie ihren Schwiegervater nach seinen Söhnen einschätzte und so im letzten und kritischen Augenblick weibisch den Mut verlor, das größte Unglück ihres Lebens besiegelt hatte. Ihre gegenwärtige Lage würde unfehlbar die Sympathien der alten Clares gewonnen haben. Ihre Herzen schlugen ungestüm für alles wirkliche Elend, wenn auch die subtilen geistigen Kümmernisse nicht so ganz verzweifelter Menschenkinder ihr Interesse oder ihre Rücksicht nicht zu erwecken vermochten. Wenn sie ihre Arme den Zöllnern und Sündern öffneten, vergaßen sie, daß sich auch über die Nöte der Schriftgelehrten und Pharisäer ein tröstliches Wörtchen sagen ließe; und dieser Mangel oder diese Beschränktheit hätte ihnen in diesem Augenblick vielleicht ihre eigene Schwiegertochter als eine auserlesene verlorene Seele, die ihrer Liebe würdig wäre, empfehlen können.

Nun begann sie sich heimwärts zu schleppen, die Straße entlang, über die sie zwar nicht ganz voller Hoffnung gekommen war, doch fest überzeugt, daß eine Krisis in ihrem Leben bevorstehe. Offenbar war keine Krisis eingetreten; und es blieb ihr nichts übrig, als für den Rest des Winters auf jenem Pachthof der Hungerscholle auszuharren. Freilich nahm sie immer noch so viel Anteil an sich selber, daß sie auf dieser Rückwanderung ihren Schleier aufschlug, als wolle sie die Welt sehen lassen, daß sie zumindest ein Antlitz zu enthüllen habe, wie es Mercy Chant nicht zeigen konnte. Aber es geschah mit einem traurigen Kopfschütteln. »Es ist nichts – es ist nichts!« sagte sie. »Niemand liebt mich; niemand sieht es. Wer kümmert sich um das Aussehen einer Verstoßenen gleich mir!«

Ihre Heimreise war eher ein schweifendes Irren als ein stetiges Schreiten. Keine Munterkeit lag in ihrem Schritt, kein festes Ziel; nur ein dunkles Richtungsstreben. Als sie die lange, beschwerliche Benvill Lane entlangwanderte, begann sie müde zu werden, und sie lehnte sich an die Feldgatter und rastete neben den Meilensteinen.

Keine Schwelle überschritt sie, bis sie schließlich bei der siebenten oder achten Meile den steilen hohen Hügel hinabstieg, an dessen Fuß das Dorf oder Städtchen Evershead lag, wo sie am Morgen, von so ganz anderen Erwartungen erfüllt, gefrühstückt hatte. Das Bauernhaus neben der Kirche, unter dessen Dach sie von neuem einkehrte, war fast das erste Haus an diesem Ende des Dorfes, und während die Hausfrau etwas Milch aus der Speisekammer holte, schaute Tess die Straße hinunter und gewahrte, daß der Ort ganz ausgestorben schien.

»Die Leute sind wohl zum Nachmittagsgottesdienst gegangen?« sagte sie.

»Nein, mein Schatz«, erwiderte die alte Frau. »Dazu ist es zu früh; die Glocken haben noch nicht eingeläutet. Sie sind alle 'rüber gegangen, um die Predigt in der Dorfscheuer anzuhören. Ein Mucker predigt dort zwischen den Gottesdiensten – ein tüchtiger, eifernder Christenmensch, sagen die Leute. Aber mein Gott, *ich* geh nicht hin und hör mir ihn an! Was schlecht und recht von der Kanzel kommt, ist gesalzen genug für mich.«

Bald darauf ging Tess weiter ins Dorf hinein, und ihre Schritte hallten von den Häusern wider, als sei es eine Stätte der Toten. Sobald sie sich dem Mittelpunkt näherte, drangen durch das Echo ihrer Schritte andere Laute; und da sie die Scheune vor sich erblickte, vermutete sie, dies müßten die Worte des Predigers sein.

Seine Stimme wurde in der stillen klaren Luft so deutlich, daß sie bald seine Sätze verstehen konnte, obgleich sie sich auf der geschlossenen Seite der Scheuer befand. Die Predigt bewegte sich, wie man erwarten konnte, in den Bahnen des extremen Antinomismus, handelte von der Heiligung durch den Glauben, wie die Theologie des Apostels Paulus sie auslegt. Diese fixe Idee des begeisterten Redners wurde mit beschwingtem Enthusiasmus vorgetragen, in völlig deklamatorischem Tonfall, denn er war offensichtlich kein gewandter Dialektiker. Obgleich Tess den Beginn der Ansprache nicht gehört hatte, erkannte sie bald, welcher Text zugrunde lag, da sich beständig die Worte wiederholten.

»Oh, ihr unverständigen Galater, wer hat euch bezaubert, daß ihr der Wahrheit nicht gehorchet? Welchen Christus Jesus vor die Augen gemalet war und jetzt unter euch gekreuziget ist?«

Tess, die lauschend an der Wand stand, war um so mehr interessiert, da sie merkte, daß des Predigers Lehren eine leidenschaftliche Spielart der Anschauungen bildeten, die Angels Vater hegte, und ihr Interesse verstärkte sich, als der Sprecher seine eigenen seelischen Erlebnisse zu detaillieren begann, die ihn zu diesen Ansichten geführt hatten. Er sei, sagte er, der schlimmste aller Sünder gewesen. Er habe gelästert; er habe sich zügellos zu den Übermütigen und Unzüchtigen gesellt. Aber der Tag des Erwachens sei gekommen, und nach menschlichen Maßen habe diesen Tag vor allem der Einfluß eines bestimmten Priesters herbeigeführt, eines Priesters, den er zu Anfang gröblich beschimpfte, dessen Abschiedsworte sich aber in sein Herz senkten und dort ruhten, bis sie schließlich durch die Gnade des Himmels diese Wandlung in ihm erzeugten und ihn zu dem Manne machten, den die Zuhörer jetzt vor sich sähen.

Aber noch bestürzender als die Lehre des Predigers wirkte auf Tess seine *Stimme,* die, so unmöglich es auch schien, Ton für Ton die Stimme Alec d'Urbervilles war. Mit schmerzlich gespannten Zügen ging sie zur Vorderseite der Scheune und schritt vor das Tor. Die tiefstehende Wintersonne funkelte geraden Wegs auf den großen, zweiflügeligen Eingang; einer der Flügel stand offen, so daß die Strahlen über den Dreschboden weit ins Innere drangen, bis zu dem Prediger und seinem Publikum, die alle behaglich vor dem Nordwind geschützt waren. Die Zuhörer bestanden gänzlich aus Dörflern, und unter ihnen befand sich jener Mann, den sie bei einem früheren denkwürdigen Anlaß mit seinem roten Farbentopf gesehen hatte. Aber ihre Aufmerksamkeit heftete sich auf die Gestalt in der Mitte, die auf einigen Kornsäcken stand, das Antlitz den Leuten und der Türe zugekehrt. Die Sonne der dritten Nachmittagsstunde schien voll auf ihn, und die seltsame, lähmende Überzeugung, daß ihr Verführer vor ihr stehe, diese Überzeugung, die von dem Augenblick an, da sie deutlich seine Worte vernahm, in Tess Boden gewonnen hatte, erwuchs schließlich zu unumstößlicher Gewißheit.

6. Phase

Der Bekehrte

XLV

SEIT ihrer Abreise von Trantridge bis zu diesem Augenblick hatte sie nichts mehr von d'Urberville gesehen oder gehört.

Das Zusammentreffen fiel in einen Augenblick tiefer Niedergeschlagenheit, und nichts wäre besser geeignet gewesen, den seelischen Schock auf ein Mindestmaß zu dämpfen. Doch obgleich er hier unverhüllt und offenkundig als ein bekehrter Sünder vor ihr stand, der sein vergangenes anstößiges Leben bitter bereute, übertönte die Erinnerung alle beschwichtigenden Gedanken so mächtig, daß kalte Furcht sie überkam und ihre Glieder lähmte; und sie konnte sich weder zurückziehen noch weitergehen.

Denken, was aus diesen Mienen sprach, als Tess sie zum letzten Male sah, und sie jetzt erblicken! . . . Da waren dieselben hübschen und unangenehmen Züge, aber jetzt trug er einen sauber gestutzten altmodischen Backenbart, und der schwarze Schnurrbart war verschwunden. Seine Kleidung hatte einen halbgeistlichen Anstrich, ein Wandel, der sein Aussehen hinlänglich veränderte, um seinen Zügen den geckenhaften Ausdruck zu nehmen und Tess in den Glauben zu wiegen, er sei ein anderer geworden.

Für ihr Gefühl lag im ersten Augenblick eine gespenstische Verzerrung, eine abstoßende Ungereimtheit in diesem Schauspiel, da die feierlichen Bibelworte über solche Lippen schritten. Dieser nur allzu vertraute Tonfall hatte vor weniger als vier Jahren Worte mit so ganz anderen Zielen an ihr Ohr getragen, daß die Ironie des Kontrastes ihr Herz zusammenschnürte. Doch er meinte es unverkennbar ernst.

Es war weniger eine Entwicklung als eine Verwandlung. Die einstigen Furchen der Sinnlichkeit woben in die Züge leiden-

schaftlicher Frömmigkeit hinüber. Die geschwungenen Lippen, die verführerischer Lockung dienten, waren nun bestimmt, Gebete zu stammeln; die Glut auf den Wangen, in der man gestern zügellose Wollust lesen konnte, verkündete heute mit verklärtem Leuchten andachtsvolle Begeisterung. Animalische Sinnlichkeit war Fanatismus geworden, Heidentum paulinischer Glaube. Das kühne rollende Auge, das in alter Zeit so herrisch über ihre schönen Glieder blitzte, strahlte nun in der unbarmherzigen Energie einer Gottesverehrung, die fast grausam und wild war. Jene finstere Steifheit, die sein Gesicht anzunehmen pflegte, wenn seine Wünsche durchkreuzt wurden, erfüllte nun ihre Pflicht, wenn es den unverbesserlichen Apostaten zu malen galt, der beharrlich immer wieder in den alten Kot und Suhl zurückfällt.

Seine Gesichtszüge selbst schienen sich zu beklagen. Ihre ererbte Form war ihnen entrissen, und sie mußten ein Gepräge tragen, das die Natur nicht für sie bestimmt hatte. Seltsam, daß gerade ihre Verklärung falsch am Platze wirkte, daß die Veredlung hier als Fälschung erschien.

Konnte das möglich sein? Sie wollte dies ungroßmütige Gefühl nicht länger dulden. D'Urberville war nicht der erste gottlose Mensch, der sich von seiner Gottlosigkeit abgewandt hatte, um noch bei Lebzeiten seine Seele zu retten; und wie durfte sie es bei ihm für *unnatürlich* halten? Schuld trug nur der träge Trott des Denkens, das mißtönig in ihr aufgestört wurde, als sie gütige neue Worte von böser altgewohnter Zunge vernahm. Je größer der Sünder, desto größer der Heilige; es war nicht nötig, sich tief in die Geschichte des Christentums zu versenken, um dies zu entdecken.

Solcherlei Eindrücke bewegten ihre Seele, unklar und ohne feste Umrisse. Sobald die entnervende Bestürzung ihr wieder erlauben wollte, sich zu rühren, fühlte sie den Drang, schnell aus seinem Gesichtskreis zu fliehen. Da sie gegen die Sonne stand, hatte er sie augenscheinlich noch nicht erspäht.

Aber in dem Augenblick, da sie sich wieder regte, erkannte er sie. Die Wirkung auf ihren alten Liebhaber war wie ein elektrischer Schlag, weit stärker als die Wirkung *seiner* Gegenwart auf *sie.* Sein Feuer, seine dröhnende Beredsamkeit schienen ihn zu verlassen. Seine Lippen zuckten und zitterten krampfhaft unter den Worten, die ihnen eben entströmen wollten; aber sie brachten keinen Ton hervor, solange Tess ihm ihr Gesicht zuwandte. Seine Augen, nach dem ersten flüchtigen Blick auf ihr Antlitz, suchten geflissentlich jede andere Richtung; doch alle paar Sekunden schweiften sie sprunghaft und verzweifelt wieder zu ihr zurück. Diese Lähmung dauerte nur kurze Zeit; Tess fand ihre Energie mit dem Schwinden seiner Kräfte wieder zurück, und so schnell sie nur konnte, schritt sie an der Scheune vorüber und weiter des Weges.

Sobald sie zur Besinnung kam, erschrak sie über diese Wandlung, die ihrer beider Plätze seltsam vertauschte. Er, der ihr Verderben bewirkt hatte, stand nun im Lager des göttlichen Geistes, während sie in der Sünde verharrte. Und wie in der Legende war es gekommen, daß plötzlich das Bild der zyprischen Buhlerin auf seinem Altar erschien und das Feuer des Priesters fast erstickte.

Ohne den Kopf zu wenden, schritt sie dahin. Ihr Rücken, ja selbst ihre Kleidung schien die Gabe zu besitzen, Strahlen eines Auges zu spüren – so lebhaft fieberte sie dem Phantom eines Blickes entgegen, der sie vielleicht vom Tor jener Scheune her verfolgte. Den ganzen Weg über bis zu diesem Dorfe war ihr Herz schwer gewesen von trägem Gram; nun veränderte sich das Wesen ihres Kummers. Jener allzulang unterdrückte Hunger nach Liebe wurde in diesem Augenblick verdrängt durch das fast physische Empfinden einer unerbittlichen Vergangenheit, die sie immer noch in ihrem Banne hielt. Dies Gefühl verstärkte das Bewußtsein ihres Fehltritts zu völliger Verzweiflung; der Riß im stetigen Zusammenhange ihres früheren und jetzigen Daseins, dieser Bruch, den sie erhofft hatte, war nun am Ende doch nicht eingetreten. Das Vergangene würde nie völlig vergangen sein, solange sie nicht selbst der Vergangenheit angehörte.

So in Sinnen versunken, kreuzte sie von neuem im rechten Winkel die nördliche Hälfte der Long-Ash Lane, und bald darauf sah sie die Straße weiß schimmernd zu dem Hochland hinansteigen, an dessen Rand ihr Pfad entlangführte. Das trockene, fahle Antlitz der Straße dehnte sich mitleidslos dahin, keine einzige Gestalt, kein einziges Fuhrwerk und kein einziges Wegzeichen unterbrach ihre Öde, nur hier und da übersprenkelten kleine Häufchen von Pferdemist die frostig leere Brache. Während Tess langsam diesen Abhang hinanstrebte, drangen plötzlich von rückwärts Schritte an ihr Ohr, und rasch sich wendend, sah sie jene wohlbekannte Gestalt herankommen, so seltsam als Methodist herausstaffiert – den einzigen Menschen auf der ganzen Welt, dem sie diesseits des Grabes nicht mehr allein zu begegnen wünschte.

Es blieb ihr jedoch nicht viel Zeit, um nachzudenken oder auszuweichen, und so ruhig sie konnte, fügte sie sich der Notwendigkeit, sich von ihm einholen zu lassen. Sie sah, daß er erregt war, weniger durch das Tempo seines Schrittes, als durch die Gefühle in seiner Brust.

»Tess!« rief er.

Ohne sich umzusehen, verlangsamte sie ihren Gang.

»Tess!« wiederholte er. »*Ich* bin es – Alec d'Urberville.«

Nun schaute sie nach ihm zurück, und er kam herbei.

»Das sehe ich«, antwortete sie kalt.

»Nun – ist das alles? Doch ich verdiene nicht mehr! ... Ich hörte, daß Sie fortgegangen seien, und niemand wußte, wohin. Tess, Sie wundern sich, daß ich Ihnen gefolgt bin?«

»Ja, ich wundere mich ein wenig; und ich wünschte von ganzem Herzen, Sie hätten es *nicht* getan!«

»Ja – so können Sie wohl sprechen«, erwiderte er ernst, während sie miteinander dahinschritten; und die Füße der Frau zögerten widerwillig. »Aber mißverstehen Sie mich nicht, und diese Bitte hat ihren Grund: Denn Sie könnten verleitet sein, mich mißzuverstehen, da Sie bemerkten – *wenn* Sie es bemerkt haben –, wie mich Ihre plötzliche Erscheinung dort unten im Dorfe der Fassung beraubte. Es war nur eine momentane Erschütterung; und bedenkt man, *was* Sie mir gewesen sind, so muß diese Wirkung ganz natürlich erscheinen. Aber Gott half mir darüber hinweg, und unmittelbar danach fühlte ich, daß von allen Menschen auf der Welt, die vor dem kommenden Zorn des Himmels zu erretten meine Pflicht und mein Verlangen mich treibt, *die* Frau, der ich so bitteres Unrecht zufügte, die erste ist, der mein Eifer gebührt. Ich habe nur dieses einzige Ziel vor Augen – weiter nichts.«

Es lag ein Gran höhnischer Verachtung in ihrer Erwiderung: »Haben Sie *Ihre* Seele gerettet? Jeder ist sich selbst der Nächste, sagt man.«

»*Ich* habe nichts getan!« rief er hitzig. »Der *Himmel,* wie ich meinen Zuhörern sagte, hat alles vollbracht. Kein Ausmaß von Verachtung, mit dem Sie mich überschütten könnten, Tess, wird *der* Verachtung gleichkommen, die ich selber auf mich gehäuft habe – auf den alten Adam meiner früheren Jahre! Aber ich kann Ihnen verraten, auf welche Weise meine Bekehrung bewirkt wurde, und ich hoffe, Sie werden hinlänglich Anteil an mir nehmen, um meine Worte anzuhören. Haben Sie je den Namen des Pfarrers von Emminster gehört – Sie müssen von ihm gehört haben –, von dem alten Mr. Clare? Er zählt zu den Eifrigsten seiner Sekte. Einer der wenigen kampfesmutigen Männer, die der Kirche noch geblieben sind; nicht so kampfesmutig wie der extreme Flügel christlicher Glaubensstreiter, dem ich angehöre, aber eine bemerkenswerte Ausnahme unter dem Klerus der Staatskirche, deren jüngere Mitglieder durch ihre Spitzfindigkeiten die echte Lehre allmählich immer stärker verwässern, bis sie nur mehr der Schatten ihrer früheren Gestalt ist. Das einzige, worin ich mit ihm nicht übereinstimme, ist die Frage von Kirche und Staat – die Auslegung der Textworte: ›Tretet hervor aus ihrer Mitte und sondert euch ab, sagt der Herr‹ – weiter nichts. Er ist ein Mann, der meiner festen Überzeugung nach als demütiges Werkzeug Gottes mehr Seelen in diesem Lande gerettet hat als irgendein anderer, den Sie mir nennen könnten. Sie haben von ihm gehört?«

»Ja«, sagte sie.

»Er kam vor zwei oder drei Jahren nach Trantridge, um zugunsten irgendeiner Missionsgesellschaft zu predigen; und ich Elender beschimpfte ihn, als er in seiner Selbstlosigkeit versuchte, mir ins Gewissen zu reden und mich auf den rechten Weg zu führen. Er nahm mir mein Benehmen nicht übel; er sagte einfach, daß ich eines Tages die Erstlinge des Heiligen Geistes empfangen würde – daß jene, die gekommen sind, um zu schmähen, manchmal verweilen, um zu beten. Es lag eine seltsame Magie in seinen Worten. Sie senkten sich in mein Herz, wenn ich's auch damals nicht ahnte; und auch er wußte es nicht. Und allmählich wurde ich zum Lichte geführt. Seit jener Stunde ist es mein einziges Verlangen, die frohe Botschaft weiterzutragen, und das versuchte ich auch heute; obgleich es noch nicht lange her ist, daß ich in dieser Gegend predige. Die ersten Monate meiner Priesterschaft verbrachte ich im nördlichen England unter Fremden, denn ich zog es vor, meine ersten unbeholfenen Versuche dort anzustellen, um Mut zu sammeln, bevor ich mich jener schwersten aller Prüfungen für eines Menschen Aufrichtigkeit unterzog und meine Worte an jene richtete, die mich in den Tagen der Finsternis kannten und meine Gefährten waren. Wenn Sie nur das Gefühl der *Sicherheit,* der *Gewißheit* erfassen könnten, Tess, Sie würden zweifellos –«

»Sprechen Sie nicht weiter!« rief sie leidenschaftlich und kehrte sich von ihm ab; und lehnte sich gebeugten Hauptes über einen Zauntritt am Straßenrand. »Ich kann nicht an so plötzliche Dinge glauben! Mein Gefühl empört sich gegen Sie, weil Sie so zu mir sprechen und doch wissen – wissen, was Sie mir angetan haben! Sie und Ihresgleichen, ihr sättigt euch an den irdischen Freuden, indem ihr das Leben unglücklicher Geschöpfe, wie ich eins bin, mit bitterem und düsterem Leid erfüllt; und habt ihr schließlich genug, dann ist es eine feine Sache, wenn ihr euch daran macht, euch die *himmlischen* Freuden zu sichern, und euch bekehrt! Pfui über euch – ich glaube nicht an Sie – das Ganze ist mir verhaßt!«

»Tess«, sagte er beschwörend, »sprechen Sie nicht so! Es kam wie ein strahlendes Licht über mich! Und Sie glauben mir nicht? Was glauben Sie nicht?«

»Ihre Bekehrung. Ihr religiöses System.«

»Warum?«

Sie senkte die Stimme. »Weil ein besserer Mann als Sie an solche Dinge nicht glaubt.«

»Was für eine Frauenlogik! Wer ist dieser bessere Mann?«

»Ich kann es nicht sagen.«

»Gut«, erklärte er, und hinter seinen Worten schien ein Groll zu lauern, bereit, jeden Augenblick hervorzubrechen; »Gott verhüte, daß ich sagen wollte, ich sei ein guter Mensch – und Sie wissen, daß ich nichts dergleichen sage. Ich bin ein Neuling in frommer Güte, wohl wahr; doch Neulinge sehen manchmal am weitesten.«

»Ja«, erwiderte sie traurig. »Aber ich kann nicht an Ihre Bekehrung zu einem neuen Leben glauben. Solch plötzliche Wallungen, wie Sie sie empfinden, Alec, die dauern, fürchte ich, nicht an!«

Mit diesen Worten verließ sie den Zauntritt, über den sie sich gelehnt hatte, und wandte ihm ihr Gesicht zu; und als seine Blicke flüchtig auf die vertrauten Mienen und die vertraute Gestalt fielen, verharrten sie in sinnender Betrachtung. Der niedrige Mensch in ihm schlummerte jetzt; doch war er sicherlich nicht ausgetilgt, ja, nicht einmal ganz gebändigt.

»Schauen Sie mich nicht so an«, sagte er unvermittelt.

Tess, die sich ihrer Haltung und Miene nicht im mindesten bewußt gewesen, riß augenblicklich den starren Blick ihrer großen dunklen Augen von seinem Gesichte los und stammelte errötend: »Verzeihen Sie mir!« Und wieder erwachte in ihr die erbärmliche Empfindung, die schon früher oftmals über sie gekommen war, die Empfindung, daß es fast ein Unrecht von ihr sei, in diesem fleischlichen Tabernakel zu wohnen, das die Natur ihr geschenkt hatte.

»Nein, nein! Bitten Sie mich nicht um Verzeihung. Doch Sie tragen einen Schleier, um Ihre Schönheit zu verhüllen – warum schlagen Sie ihn nicht herunter?«

Sie ließ den Schleier herab und sagte: »Ich tat es wegen des Windes.«

»Es mag grob erscheinen, wenn ich so kommandiere«, fuhr er fort; »aber es ist besser, daß ich Sie nicht allzuviel anschaue. Es könnte gefährlich sein.«

»Still!« sagte Tess.

»Nun, die Gesichter der Frauen übten nur allzuviel Macht über mich, als daß ich sie nicht fürchten sollte! Ein Diener des Evangeliums hat nichts mehr mit solchen Dingen zu tun; und es gemahnt mich an die alten Zeiten, die ich vergessen möchte.«

Nach diesen Worten versiegte ihr Gespräch und beschränkte sich auf gelegentliche flüchtige Bemerkungen, während sie des Weges dahinschlenderten. Tess fragte sich im stillen, wie weit er wohl noch mit ihr gehen würde, doch wollte sie ihn nicht durch einen nachdrücklichen Befehl zur Umkehr zwingen. Häufig, wenn sie zu einem Gatter oder Zauntritt kamen, erblickten sie irgendeine Bibelstelle in roten Lettern auf die Planken gemalt, und sie fragte ihn, ob er wisse, wer sich die Mühe gemacht habe, diese Inschriften anzubringen. Er sagte ihr, dieser Mann sei von ihm selbst und von anderen, die mit ihm in diesem Bezirk wirkten, angestellt, um solche Mahnworte längs der Straßen hinzumalen, damit kein Mittel unversucht bleibe, das die Herzen eines gottlosen Geschlechtes aufrütteln könnte. Schließlich berührte die Straße jene Stelle, die ›Cross-in-Hand‹ heißt. Unter allen Plätzen auf dieser fahlen und trostlosen Hochfläche war dies der ödeste Fleck. Es fehlte ihm so völlig an jenem Reiz, den Künstler und Liebhaber schöner Ausblicke an einer Landschaft suchen, daß er eine neue Art Schönheit gewann, eine negative Schönheit schwermütigen Düsters. Die Stelle trug ihren Namen nach einem steinernen Pfeiler, der dort stand, einem seltsamen, rotbehauenen Monolithen aus einer Felsart, die man in keinem Steinbruch der Gegend kannte. Eine menschliche Hand war plump in seine Fläche gemeißelt. Seine Geschichte und Bedeutung wurde verschiedenartig erklärt. Einige Autoritäten behaupteten, daß ehemals ein Andachtskreuz auf dem Stein das Bauwerk vervollständigt habe und daß dieser jetzige Rest nur das Postament darstelle; andere wieder erklärten, der Stein, wie er da stünde, sei in sich abgeschlossen, und man habe ihn errichtet, um eine Grenze oder einen Versammlungsort zu bezeichnen. Doch wo immer auch die Reliquie herstammen mochte, es lag und liegt etwas Drohendes oder Feierliches, je nach der Stimmung des Beschauers, in dieser Landschaft, in deren Mitte der Pfeiler aufragt: ein Etwas, das dazu angetan ist, selbst auf den stumpfesten Wanderer Eindruck zu machen.

»Ich glaube, jetzt muß ich Sie verlassen«, bemerkte er, als sie sich dieser Stelle näherten. »Ich habe heut abend um sechs in Abbot's-Cernel zu predigen, und mein Weg führt rechter Hand von hier über die Felder. Und Sie haben mich auch ein wenig aus der Fassung gebracht, Tessy – ich kann, ich *will* nicht sagen, warum. Ich muß fortgehn und mich ermannen . . . Wie kommt es, daß Sie jetzt so fließend sprechen? Wer hat Sie so gutes Englisch gelehrt?«

»Ich habe in meinem Unglück allerlei gelernt«, antwortete sie ausweichend.

»Was für Unglück?«

Sie erzählte ihm von ihrem ersten Kummer – dem einzigen, der auf ihn Bezug hatte.

»Himmel!« sagte d'Urberville. »Davon wußte ich bis zu diesem Augenblick nichts! Warum haben Sie mir nicht geschrieben?«

Sie antwortete nicht; und er brach das Schweigen mit den Worten: »Gut – Sie werden mich wiedersehen.«

»Nein«, antwortete sie. »Kommen Sie mir nicht wieder in die Nähe!«

»Ich will es mir überlegen. Doch bevor wir scheiden, treten Sie hierher.« Er schritt zu dem Pfeiler. »Dies war einmal ein Kreuz Christi. Reliquien haben keinen Platz in meinem Glaubensbekenntnis. Doch in manchen Augenblicken fürchte ich Sie, Tess – weit mehr, als Sie mich zu fürchten brauchen; und um meine Furcht zu verringern, legen Sie jetzt Ihre Hand auf diese Steinhand und schwören Sie, daß Sie mich nie in Versuchung führen werden – weder durch Ihre Reize noch durch Ihr Benehmen.«

»Guter Gott – wie können Sie etwas verlangen, was so unnötig ist! Ich denke nicht im Traum daran.«

»Ja – aber beschwören Sie es, beschwören Sie es!« bat er verzweifelt.

Tess, halb erschreckt, gab seinem Drängen nach, legte ihre Hand auf den Stein und schwor.

»Es schmerzt mich, daß Sie nicht zu den Gläubigen gehören«, fuhr er fort; »daß irgendein Ungläubiger Sie in die Hände bekommen und Ihren Geist getrübt hat. Aber genug für jetzt. Zu Hause kann ich wenigstens für Sie beten; und ich will es tun. Und wer weiß, was noch geschehen mag? – Ich gehe. Leben Sie wohl!«

Er wandte sich zu einer Lücke im Zaun, und ohne auch nur einen Augenblick länger den Blick auf ihr ruhen zu lassen, sprang er hinüber und lief über die kahle Trift in die Richtung auf Abbot's-Cernel zu. Aus seinen Schritten sprach Verwirrtheit, und nach kurzer Zeit, als sporne ihn ein tröstlicher Gedanke, zog er aus der Tasche eine kleine Bibel hervor; zwischen den Blättern lag zusammengefaltet ein Brief, abgegriffen und beschmutzt wie von vielem Lesen. D'Urberville faltete den Brief auseinander. Sein Datum lag mehrere Monate zurück, und er war von Pfarrer Clare unterzeichnet.

Der Brief begann damit, daß der Schreiber seine ungeheuchelte Freude über d'Urbervilles Bekehrung äußerte. Er dankte ihm, daß er so freundlich gewesen sei und sich mit dem Pfarrer bezüglich dieses Themas in Verbindung gesetzt habe. Mr. Clare versicherte ferner mit warmen Worten, daß er d'Urberville sein früheres Benehmen verzeihe, und drückte sein Interesse für des jungen Mannes Zukunftspläne aus. Er, Mr. Clare, würde von Herzen gern d'Urberville als Mitglied der Kirche gesehen haben, deren Dienst er selbst so viele Jahre seines eigenen Lebens geweiht habe, und wäre ihm gern behilflich gewesen, zu diesem Zweck eine theologische Universität aufzusuchen; doch da d'Urberville der Verzögerung wegen, die es mit sich brächte, vermutlich keine Neigung dazu empfunden habe, sei es nicht seine Art, sich auf die überragende Wichtigkeit des Schrittes zu versteifen. Jeder Mensch müsse so arbeiten, wie er am besten arbeiten könne, und nach jener Methode, zu der er sich durch den Heiligen Geist gedrängt fühle.

D'Urberville überlas den Brief mehrere Male und schien sich neue Kraft aus ihm zu holen. Auch las er im Gehen einige Verse in seiner Bibel, bis Ruhe in sein Gesicht trat und offenbar die Erinnerung an Tess nicht länger seinen Geist verwirrte.

Sie war inzwischen dem Rande des Hügels gefolgt, an dem ihr kürzester Heimweg entlangführte. Nach einer Meile Weges begegnete ihr ein einsamer Schäfer.

»Was bedeutet dieser alte Stein, an dem ich vorübergekommen bin?« fragte sie ihn. »War das früher ein Kreuz?«

»Kreuz? Nein; 's war kein Kreuz! 's ist ein Unglücksstein, Miß. In uralten Zeiten hat ihn die Sippschaft 'nes Übeltäters aufgestellt, der dort gefoltert wurde; man nagelte seine Hand an einen Pfosten und knüpfte ihn dann auf. Die Knochen liegen darunter. Es heißt, daß er seine Seele an den Teufel verkauft hat und daß er ab und zu umgeht.«

Sie fühlte einen kalten Schauer bei dieser unerwartet grausigen Auskunft und verließ den einsamen Mann. Die Dunkelheit brach an, als sie sich Flintcomb-Ash näherte, und in der Straße am Eingang des Weilers stieß sie auf ein Mädchen mit seinem Liebhaber, ohne daß diese sie bemerkten. Sie sprachen keine Geheimnisse, und des jungen Weibes klare, sorglose Stimme, die leidenschaftlicheren Akzente des Mannes erwidernd, drang durch die frostige Luft – das einzig Sanfte und Liebliche im Umkreis des düsteren Horizontes, den eine dumpfe, reglose Finsternis, von keinem anderen Laut gestört, erfüllte. Einen Augenblick lang erheiterten die Stimmen das Herz der wandernden Tess, bis ihr einfiel, daß dieses Zwiegespräch bei dem einen oder anderen Teile seinen Ursprung in demselben Zauber hatte, der das Vorspiel zu ihren eigenen Drangsalen gewesen war. Als sie dicht herankam, drehte sich das Mädchen gelassen um und erkannte sie, während der junge Mann verlegen fortging. Das Mädchen war Izz Huett, deren Interesse an der Wanderung ihrer Freundin nach Emminster ihre eigenen Angelegenheiten in den Hintergrund schob. Tess ließ sich nicht sehr klar über die Ergebnisse vernehmen, und Izz, die Takt besaß, begann von ihrer eigenen kleinen Affäre zu sprechen; Tess hatte ja soeben eine ihrer Phasen mit angesehen.

»'s ist Amby Seedling, der Bursche, der manchmal nach Talbothays kam und aushalf«, erklärte sie gleichgültig. »Er hat sich wahrhaftig nach mir erkundigt und herausbekommen, daß ich hierher ging, und ist mir gefolgt. Er sagt, daß er mich schon seit zwei Jahren liebt. Aber ich habe ihm kaum eine Antwort gegeben.«

XLVI

MEHRERE Tage waren seit ihrer fruchtlosen Reise verstrichen, und Tess arbeitete auf dem Feld. Immer noch blies der trockene Wintersturm, doch eine Schutzwehr aus überdachtem Weidengeflecht, quer vor dem Winde errichtet, lenkte seine Wucht von ihr ab. Auf der geschützten Seite des Geflechts stand eine Rübenschneidemaschine; die hellblaue Farbe des frischen Anstrichs wirkte fast tönend in der überall mattgedämpften Szenerie. Gegenüber der Vorderseite befand sich ein langer Erdhügel oder ein sogenanntes ›Grab‹, wo man die Rüben seit dem Frühwinter in der Erde aufbewahrt hatte. Tess stand an dem freien Ende, schabte mit einem Sichelmesser die Fäserchen und Lehmklumpen von jeder Rübe ab und warf die Wurzel nach der Prozedur in die Schneidemaschine. Ein Mann drehte die Kurbel der Maschine, und aus ihrem Bauch kollerten die geschnittenen Rüben; dem frischen Geruch der gelben Schnitzel gesellten sich die Geräusche des schnaubenden Windes, das scharfe Sausen der Schneidemesser und das knirschende Schaben der Sichel in ihrer lederbehandschuhten Hand.

Das weite Areal öder, brauner Ackerkrume, wo die Schwedenrüben abgeerntet waren, begann sich streifig mit Schwielen dunkleren Brauns zu überziehen, die sich allmählich zu Bändern verbreiteten. Am Rande jedes dieser Streifen kroch etwas auf zehn Beinen entlang, bewegte sich ohne Hast und Rast über die ganze Länge des Feldes hin und zurück; es waren zwei Pferde und ein Mann, zwischen denen der Pflug dahinzog und den geräumten Boden für die Frühlingssaat aufwarf.

Stundenlang milderte nichts die freudlose Monotonie der Dinge. Dann zeigte sich fern jenseits der Pfluggespanne ein schwarzer Fleck. Er kam von dem Winkel eines Zaunes her, wo eine Lücke war, und strebte den Abhang hinauf, auf die Rübenschneider zu. Von den Ausmaßen eines bloßen Punktes wuchs er zur Gestalt eines Spielkegels an und entpuppte sich bald als ein schwarzgekleideter Mann, der aus der Richtung von Flintcomb-Ash herübereilte. Der Mann an der Schneidemaschine, dessen Augen nichts weiter zu tun hatten, beobachtete den Ankömmling unablässig; aber Tess, die beschäftigt war, gewahrte ihn erst, als ihr Kamerad ihre Aufmerksamkeit auf sein Nahen lenkte.

Es war nicht ihr harter Arbeitsvogt, Pächter Groby; es war ein Mann in halbgeistlicher Tracht, der den einstmaligen Draufgänger d'Urberville repräsentierte. Da ihn jetzt nicht der Eifer des Predigens beseelte, war er in weniger enthusiastischer Stimmung, und die Anwesenheit des Arbeiters an der Maschine schien ihn verlegen zu machen. Tess zog ihre Flügelhaube tiefer in die Stirne; eine qualvolle Blässe bedeckte ihr Gesicht.

D'Urberville kam heran und sagte ruhig:

»Ich wünsche mit Ihnen zu sprechen, Tess.«

»Sie haben meine letzte Bitte nicht erfüllt; ich bat Sie, mir nicht in die Nähe zu kommen!« erwiderte sie.

»Ja, aber ich besitze einen triftigen Grund.«

»Gut, nennen Sie ihn.«

»Er ist ernsthafter, als Sie denken mögen.«

Er warf einen Blick in die Runde, um zu sehen, ob er belauscht werde. Sie standen in einiger Entfernung von dem Manne, der die Kurbel drehte, und auch das Rattern der Maschine verhütete hinlänglich, daß Alecs Worte an fremde Ohren drangen. D'Urberville wandte dem Arbeiter den Rücken zu, so daß er Tess den Blicken des Mannes entzog.

»Es handelt sich um folgendes«, fuhr er in heftiger Zerknirschung fort. »Als wir uns das letztemal trafen, dachte ich nur an Ihre und meine Seele und versäumte es, mich nach Ihrer weltlichen Lage zu erkundigen. Sie waren gut gekleidet, und ich dachte nicht daran. Aber ich sehe nun, daß es schlimm ist – schlimmer als damals, als ich – Sie kannte; schlimmer, als Sie es verdienen. Vielleicht ist ein gut Teil davon meine Schuld!«

Sie gab keine Antwort, und er beobachtete sie forschend, während sie mit gebeugtem Haupt, das Gesicht völlig unter der Haube verborgen, von neuem anfing, Rüben zu putzen. Wenn sie so mit der Arbeit fortfuhr, fühlte sie sich besser imstande, ihre Gefühle vor ihm zu verschließen.

»Tess«, fügte er hinzu, mit einem Seufzer, der an Stöhnen grenzte, »Ihr Los ist der allerschlimmste Fall, in den ich jemals verwickelt wurde! Ich hatte keine Ahnung von den Folgen, bis Sie mir's erzählten. Ich Elender, daß ich dieses unschuldige Leben besudelt habe! Die *ganze* Schuld war mein – die ganze Niedertracht der Sünde, die abscheuliche Bosheit. Auch Sie, das echte Blut, von dem *ich* nur eine falsche Nachahmung bin – wie blind und unerfahren standen Sie den Möglichkeiten des Lebens gegenüber! Ich sage allen Ernstes, daß es eine Schande für Eltern ist, ihre Töchter in solch gefährlicher Unkenntnis all der Schlingen und Netze aufzuziehen, die der Gottlose in ihren

Weg legen kann – mag ihr Motiv nun ein gutes sein oder purer Gleichgültigkeit entspringen.«

Tess ging noch immer nicht aus ihrem stummen Zuhören heraus; mit automatischer Regelmäßigkeit warf sie die kugelförmige Wurzel in die Maschine und hob die nächste von dem Haufen auf, und in jeder Linie ihres Körpers war sie nichts weiter als das einfache, nachdenklich stille Arbeitsweib.

»Aber nicht *das* wollte ich sagen«, fuhr d'Urberville fort. »Meine Verhältnisse sind folgende: Ich habe, seit Sie in Trantridge waren, meine Mutter verloren, und die Besitzung gehört mir. Aber ich gedenke sie zu verkaufen und mich dem Missionswerk in Afrika zu widmen, entweder als geweihter Diakon oder als Außenseiter – es ist mir ziemlich gleichgültig, ob so oder so. Nun, was ich Sie fragen muß: Wollen Sie es in meine Macht geben, meine Pflicht zu erfüllen, die einzige Vergeltung zu leisten, die ich für das Unrecht leisten kann, das ich Ihnen zufügte – das heißt, wollen Sie meine Frau werden und mit mir gehen? ... Ich habe bereits dies hier besorgt, um Zeit zu sparen.«

Er zog einen Bogen Pergament aus der Tasche.

»Was ist das?« fragte sie.

»Eine Heiratslizenz.«

»Oh, nein, Sir – nein!« sagte sie rasch und fuhr zurück.

»Sie wollen nicht? Warum das?«

Und als er diese Frage stellte, glitt eine Enttäuschung über d'Urbervilles Gesicht, die nicht einzig und allein verwehrter Pflichterfüllung entsprang. Unverkennbar verriet dies Anzeichen, daß etwas von seiner alten Leidenschaft für Tess wieder aufgelebt war; Pflicht und Verlangen gingen Hand in Hand.

»Sicherlich –«, begann er von neuem in leidenschaftlicherem Tonfall und sah sich dann nach dem Arbeiter um, der die Kurbel der Schneidemaschine drehte.

Auch Tess fühlte, daß die Auseinandersetzung damit nicht zu Ende sein konnte. Sie teilte dem Manne mit, daß ein Gentleman zu Besuch gekommen sei, mit dem sie einen kleinen Spaziergang zu machen wünsche; und dann entfernte sie sich mit d'Urberville über das zebrastreifige Feld. Als sie den ersten frischgepflügten Abschnitt erreichten, streckte er seine Hand aus, um ihr über die Furchen zu helfen; aber sie schritt auf den Kuppen der Erdwülste vorwärts, als sehe sie ihn nicht.

»Sie wollen mich nicht heiraten, Tess, und mir meine Selbstachtung zurückgeben?« wiederholte er, als sie über die Furchen hinüber waren.

»Ich kann nicht.«

»Warum denn?«

»Sie wissen, ich habe keine Neigung für Sie.«

»Aber mit der Zeit würde vielleicht dieses Gefühl erwachen – sobald Sie mir wirklich verzeihen können!«

»Nie!«

»Warum so entschieden?«

»Ich liebe einen andern.«

Die Worte schienen ihn zu verblüffen.

»Lieben?« rief er. »Einen andern? Und das Gefühl dafür, was moralisch richtig und schicklich ist, hat keinerlei Gewicht bei Ihnen?«

»Nein, nein, nein – sagen Sie das nicht!«

»Immerhin, Ihre Liebe für diesen andren Mann ist vielleicht nur ein flüchtiges Gefühl, das Sie überwinden werden –«

»Nein – nein.«

»Ja, ja! Warum nicht?«

»Ich kann es Ihnen nicht sagen.«

»Die Ehre verpflichtet Sie, zu sprechen!«

»Nun denn – ich habe ihn geheiratet.«

»Ah!« rief er aus und hemmte plötzlich seinen Schritt und starrte sie an.

»Ich wollte es nicht sagen – es war nicht meine Absicht!« verteidigte sie sich. »Es ist hier ein Geheimnis oder jedenfalls nur dunkel bekannt. So wollen Sie also, bitte, wollen Sie aufhören, Fragen an mich zu stellen! Sie müssen daran denken, daß wir einander jetzt völlig fremd sind.«

»Fremd – wirklich? Fremd!«

Einen Augenblick lang zuckte ein Blitz seiner alten Ironie über sein Gesicht; aber entschlossen unterdrückte er diese Regung.

»Ist dieser Mann Ihr Gatte?« fragte er mechanisch, mit einem Wink auf den Arbeiter deutend, der die Maschine drehte.

»Dieser Mann?« sagte sie stolz. »Ich dächte wohl nein!«

»Wer also?«

»Fragen Sie mich nicht etwas, was ich nicht sagen werde!« bat sie, und in ihrem Eifer blitzten ihm flehend die wimperbeschatteten Augen aus ihrem emporgewandten Gesicht entgegen.

D'Urberville geriet in Verwirrung.

»Aber ich fragte ja nur Ihretwegen«, erwiderte er hitzig. »Himmel und Hölle – Gott verzeihe mir solch einen Ausdruck –, ich kam hierher, ich schwöre es, weil ich glaubte, Ihnen damit Gutes zu tun. Tess – sehen Sie mich nicht so an –, ich kann Ihre Blicke nicht aushalten! Nie hat es solche Augen gegeben – nie – in der ganzen Christenheit nicht! Sehen Sie – ich will nicht den Kopf verlieren; ich darf nicht. Ich gebe zu, daß ihr Anblick meine Liebe für Sie von neuem erweckt hat, die, wie ich glaubte, restlos erloschen war. Aber ich dachte, unsere Heirat könnte für uns beide eine Heiligung sein. ›Der ungläubige Mann ist geheiliget durch das Weib, und das ungläubige Weib ist geheiliget durch den Gatten‹, sagte ich zu mir. Aber mein Plan ist gescheitert; und ich muß die Enttäuschung tragen.«

Die Augen auf den Boden geheftet, stand er in trübem Sinnen.

»Verheiratet! Verheiratet! ... Nun, da es so ist«, fügte er ganz ruhig hinzu, zerriß die Lizenz langsam in zwei Hälften und steckte sie in die Tasche, »da ein anderer mir zuvorkam, möchte ich gerne Ihnen und Ihrem Mann irgend etwas Gutes tun, wer immer dieser Mann auch sein mag. Es gibt viele Fragen, die zu stellen ich mich versucht fühle, aber ich will natürlich nicht Ihren Wünschen zuwiderhandeln. Freilich, wenn ich Ihren Mann kennen würde, könnte ich ihm und Ihnen weit leichter behilflich sein. Ist er hier auf dem Pachthof?«

»Nein«, murmelte sie. »Er ist in weiter Ferne.«

»Fern? Fern von Ihnen? Was kann das für ein Mann sein?«

»Oh, sagen Sie nichts gegen ihn! Es kam durch Sie. Er fand heraus –«

»Ah, das also! ... Das ist traurig, Tess.«

»Ja.«

»Aber daß er sich von Ihnen getrennt hat – daß er Sie so arbeiten läßt!«

»Er läßt mich nicht arbeiten!« rief sie und sprang mit all ihrer Glut für den Abwesenden in die Bresche. »Er weiß es nicht! Ich habe es selbst so eingerichtet.«

»Schreibt er wenigstens?«

»Ich – ich kann es Ihnen nicht sagen. Es gibt Dinge, die privat bleiben müssen.«

»Natürlich bedeutet das, daß er nicht schreibt. Sie sind eine verlassene Frau, meine arme Tess.«

Mit einem plötzlichen Impuls wandte er sich zu ihr und ergriff ihre Hand; sie hatte den Handschuh an, und er erwischte nur die rauhen Lederfinger, die weder das Leben noch die Gestalt der darunter versteckten Glieder verrieten.

»Das dürfen Sie nicht – das dürfen Sie nicht!« rief sie furchtsam, schlüpfte aus dem Handschuh wie aus einer Tasche und ließ die leere Hülle in seinem Griff. »Oh, gehen Sie doch fort – um meinetwillen – um meines Mannes willen – gehen Sie, im Namen Ihres christlichen Glaubens!«

»Ja, ja, ich gehe«, sagte er hastig, gab ihr den Handschuh zurück und wandte sich zum Fortgehn; doch er drehte sich noch einmal um mit den Worten: »Tess, so wahr mir Gott helfe, ich meinte nichts Schlimmes, als ich Ihre Hand nahm!«

Ein Hufgeklapper auf den Schollen des Feldes, das sie in ihrer Versunkenheit nicht bemerkt hatten, brach dicht hinter ihnen ab, und eine Stimme drang an ihr Ohr:

»Was zum Teufel haben Sie um diese Tageszeit hier zu suchen, statt an der Arbeit zu stehn?«

Pächter Groby hatte die beiden Gestalten aus der Ferne erspäht und war quer über das Feld neugierig herbeigeritten, um zu erfahren, was sie auf seinem Acker zu schaffen hätten.

»Sprechen Sie nicht so mit ihr!« sagte d'Urberville, und ein Schatten verfinsterte sein Gesicht, ein Schatten, der nicht christlich war.

»Was Sie nicht sagen, Mister! Und was haben denn Methodistenpfarrer mit ihr zu schaffen?«

»Wer ist dieser Kerl?« fragte d'Urberville, sich an Tess wendend.

Sie trat dicht an ihn heran.

»Gehen Sie – ich bitte Sie darum!« sagte sie.

»Was? Und ich soll Sie diesem Tyrannen ausliefern? Ich sehe seinem Gesicht an, was für ein Flegel er ist.«

»Er wird mir nichts zuleide tun. Er ist nicht in mich verliebt. Ich kann zu Mariä Verkündigung den Dienst verlassen.«

»Gut, es bleibt mir wohl nichts übrig, als zu gehorchen. Doch – nun, leben Sie wohl!«

Nachdem ihr Verteidiger, den sie mehr fürchtete als ihren Feind, sich widerstrebend entfernt hatte, fuhr der Pächter in seiner Strafpredigt fort, die Tess mit äußerster Kühle über sich ergehen ließ, da solche Attacken ihr Innerstes nicht berührten. Nach ihren früheren Erlebnissen war es fast eine tröstliche Erleichterung, diesen steinharten Mann, der sie, wenn er es wagen dürfte, auch ruhig prügeln würde, als Brotherrn über sich zu haben. Schweigend schritt sie zu der Kuppe des Feldes zurück, wo ihre Arbeitsstätte lag, so erregt von dem Gespräch, das eben stattgefunden hatte, daß sie kaum merkte, wie Grobys Pferd beinahe mit den Nüstern ihre Schultern berührte.

»Wenn Sie schon 'nen Vertrag machen, bis Mariä Verkündigung für mich zu arbeiten, so werde ich drauf schauen, daß Sie ihn auch einhalten«, brummte er. »Der Teufel hol die Weiber – heute ist's dies und morgen jenes! Aber ich will mir's nicht mehr länger gefallen lassen!«

Da sie sehr gut wußte, daß er die andern Frauen auf dem Pachthof nicht so schlimm drangsalierte wie sie (aus Groll über den Faustschlag, den er damals von Angel erhielt), malte sie sich einen Augenblick lang aus, was für Folgen sich ergeben hätten, wenn es ihr möglich gewesen wäre, das Angebot, den begüterten Alec zu heiraten, das ihr soeben gemacht wurde, anzunehmen. Nicht nur der Abhängigkeit von ihrem harten Dienstherrn hätte diese Heirat sie entrissen – nein, auch dem Joch einer ganzen Welt, die sie zu verachten schien. »Doch nein, nein!« sagte sie atemlos; »ich könnte ihn jetzt nicht heiraten! Er mißfällt mir so sehr.«

Noch in derselben Nacht begann sie einen flehenden Brief an Clare zu schreiben, verheimlichte ihm ihre Drangsale und beteuerte ihm ihre unauslöschliche Liebe. Jeder Mensch, der in der Lage gewesen wäre, zwischen den Zeilen zu lesen, würde erkannt haben, daß im Hintergrund ihrer großen Liebe irgendeine ungeheuerliche Furcht lauerte, fast eine Verzweiflung – die Wirkung irgendwelcher verborgener Umstände, die nicht enthüllt wurden. Doch wieder brachte sie ihren Erguß nicht zu Ende; er hatte Izz aufgefordert, mit ihm zu gehen, und vielleicht lag ihm überhaupt nichts mehr an ihr. Sie legte den Brief in ihren Koffer und fragte sich im stillen, ob er wohl jemals in Angels Hände gelangen würde.

Nach diesen Ereignissen schaffte sie Tag um Tag mit schwerer Mühe ihre Arbeit, und so rückte der Tag heran, der für die Landwirte von großer Bedeutung ist; der Tag des Lichtmeßmarktes. Auf dieser Messe wurden für die zwölf Monate, die auf die kommende Mariä Verkündigung folgten, neue Arbeitsverträge abgeschlossen, und all jene Landarbeiter, die ihren Dienstplatz wechseln wollten, erschienen rechtzeitig in dem Landstädtchen, wo der Jahrmarkt abgehalten wurde. Fast das ganze Gesinde auf dem Pachthofe von Flintcomb-Ash plante zu fliehen, und früh am Morgen begann eine allgemeine Auswanderung in der Richtung auf die Stadt zu, die zehn bis zwölf Meilen entfernt lag; der Weg führte über hügeliges Gelände. Obgleich auch Tess beabsichtigte, am Quartaltag zu kündigen, war sie eine der wenigen, die den Jahrmarkt nicht besuchten; denn sie wiegte sich in einer unklar verschwommenen Hoffnung, daß irgend etwas geschehen und ihr's ersparen würde, neuerlich Arbeit auf den Feldern anzunehmen.

Es war ein friedlicher Februartag, wunderbar mild für die Jahreszeit, und man hätte fast denken können, der Winter sei vorüber. Kaum hatte sie ihr Mittagessen beendet, als d'Urbervilles Gestalt das Fenster der Hütte verdunkelte, in der sie zur Miete wohnte und heute ganz allein schaltete.

Tess sprang auf; doch ihr Besucher hatte bereits an die Tür geklopft, und sie konnte schwerlich weglaufen. D'Urbervilles Klopfen, sein Schritt zur Tür hatten etwas unbeschreiblich Verschiedenes von seinem Auftreten bei seinem letzten Besuche. Es schienen Handlungen zu sein, deren sich die stumme Türe schämte. Tess dachte daran, *nicht* zu öffnen; aber da auch das unsinnig war, erhob sie sich, drückte die Klinke nieder und trat rasch zurück. Er kam herein, erblickte sie und warf sich, bevor er zu sprechen begann, in einen Stuhl.

»Tess – ich konnte nicht anders!« begann er verzweifelt, während er sein erhitztes Gesicht abwischte; und eine Röte der Erregung überfärbte die natürliche Glut. »Ich *mußte* vorsprechen, um mich wenigstens zu erkundigen, wie es Ihnen geht. Glauben Sie mir, ich dachte mit keinem Gedanken mehr an Sie, bis ich Sie an jenem Sonntag erblickte; nun kann ich Ihr Bild nicht loswerden, was immer ich auch anstelle! Es ist schmerzlich, daß eine gute Frau einen schlechten Mann quälen soll; doch es ist so. Wenn Sie nur für mich beten wollten, Tess!«

Die mühsam unterdrückte Verzweiflung, die aus seinem Benehmen sprach, war fast mitleiderregend; und doch empfand Tess kein Bedauern um ihn.

»Wie kann ich für Sie beten«, sagte sie, »wenn mir der Glaube verwehrt ist, daß die himmlische Macht, der die Welt gehorcht, ihre Pläne um meinetwillen ändern würde?«

»Denken Sie wirklich so?«

»Ja. Ich wurde von der Anmaßung, anders zu denken, geheilt.«

»Geheilt? Durch wen?«

»Durch meinen Gatten, wenn ich es sagen muß.«

»Ah – Ihr Gatte – Ihr Gatte! Wie sonderbar das wirkt! Ich entsinne mich, daß Sie neulich etwas Ähnliches andeuteten. Was ist Ihr wirklicher Glaube in diesen Dingen, Tess?« sagte er. »Sie scheinen keine Religion zu haben – vielleicht durch meine Schuld.«

»Doch. Wenn ich auch an nichts Übernatürliches glaube.«

D'Urberville warf ihr einen argwöhnischen Blick zu.

»Dann halten Sie also den Weg, den *ich* einschlage, für gänzlich falsch?«

»Zum großen Teil.«

»Hm – und doch habe ich mich so sicher gefühlt«, sagte er mißmutig.

»Ich glaube an den Geist der Bergpredigt, und daran glaubte auch mein lieber Gatte . . . Aber ich glaube nicht –«

Und nun zählte sie alles auf, was sie ablehnte.

»Die Sache ist die«, sagte d'Urberville trocken: »Was immer auch Ihr lieber Gatte glaubt, das akzeptieren Sie, und was er verwirft, das verwerfen Sie gleichfalls, ohne selbst auch nur im mindesten nachzuforschen oder zu überlegen. Das sieht euch Frauen ganz ähnlich. Ihr Geist ist der Sklave *seines* Geistes.«

»Ah, weil er alles weiß!« sagte sie mit einem triumphierend einfältigen Glauben an Angel Clare, den der vollkommenste Mann kaum hätte verdienen können, geschweige denn ihr Gatte.

»Ja; aber Sie sollten nicht negative Anschauungen so in Bausch und Bogen von anderen übernehmen; ein netter Kerl muß er sein, daß er Ihnen diese skeptischen Grundsätze beibrachte!«

»Er hat mir nie etwas aufgezwungen! Nie hat er mit mir darüber gesprochen! Aber ich sah die Sache so: Was *er* glaubte, nachdem er gründlich alle Lehren durchforscht hatte, mußte mit viel größerer Wahrscheinlichkeit richtig sein als all das, was *ich* glauben mochte, ich, die überhaupt nie religiöse Lehren studierte.«

»Was pflegte er zu sagen? Er muß doch irgend etwas gesagt haben!«

Sie überlegte; und kraft ihres scharfen Gedächtnisses für den *Buchstaben* jeder Bemerkung aus Angel Clares Mund, selbst wenn sie den *Geist* nicht verstand, erinnerte sie sich an einen unbarmherzigen polemischen Vernunftschluß, den sie häufig von ihm gehört hatte, wenn er sich, wie es gelegentlich geschah, an ihrer Seite einer Art lauten Denkens hingab. Als sie ihn zitierte, ahmte sie auch mit ehrfurchtsvoller Treue Clares Tonfall und Gebärden nach.

»Sagen Sie das noch einmal«, bat d'Urberville, der mit größter Aufmerksamkeit zugehört hatte.

Sie wiederholte die Beweisführung, und d'Urberville murmelte ihr gedankenvoll die Worte nach.

»Noch etwas?« fragte er dann.

»Ein anderes Mal sagte er etwa folgendes –«, und sie zitierte eine zweite Schlußfolgerung, die vielleicht in einem Werk, dessen Herkunft zwischen dem Dictionnaire Philosophique und Huxleys Essays rangiert, eine Parallelstelle haben mochte.

»Ah – so! Wie kommt es, daß Sie sich daran erinnern?«

»Ich wollte glauben, was *er* glaubte, obgleich er's nicht wünschte; und ich brachte ihn mit Schmeicheleien so weit, daß er mir ein paar von seinen Gedanken mitteilte. Ich kann nicht sagen, daß ich diesen hier ganz verstehe; aber ich weiß, er ist richtig.«

»Hm. Und Sie bilden sich ein, mich etwas lehren zu können, was Sie selbst nicht wissen?«

Er versank in Nachdenken.

»Und so habe ich mich ihm in allen geistigen Dingen angeschlossen«, fuhr sie fort. »Ich wollte nicht anders denken als er. Was für ihn gut genug ist, ist auch für mich gut genug.«

»Weiß er, daß Ihre Anschauungen ebenso skeptisch sind wie seine?«

»Nein, ich sprach mit ihm nie darüber – wenn meine Anschauungen wirklich skeptisch sind.«

»Nun – heute sind Sie besser dran als ich, Tess, alles in allem! *Sie* glauben nicht, daß es Ihre Pflicht wäre, *meine* Lehren zu predigen, und handeln daher nicht gegen Ihr Gewissen, wenn Sie es unterlassen. *Ich* glaube, daß ich sie predigen sollte, aber wie die Teufel glaube ich und zittere, denn plötzlich schicke ich das ganze Predigen zum Kuckuck und gebe meiner Leidenschaft für Sie nach.«

»Wieso?«

»Nun«, sagte er müde, »ich bin den weiten Weg hierhergekommen, nur um Sie heute zu sehen! Doch brach ich von zu Hause auf, um auf den Jahrmarkt nach Casterbridge zu gehn, denn ich habe mich verpflichtet, dort heute nachmittag um halb drei Uhr von einem Wagen herunter das Gotteswort zu predigen; und in dieser Minute erwarten mich sämtliche Glaubensbrüder. Hier ist die Ankündigung.«

Er zog aus seiner Brusttasche einen Anschlagzettel mit der gedruckten Mitteilung, Tag, Stunde und Ort, wann und wo *er,* d'Urberville, das Evangelium predigen würde.

»Aber, wie wollen Sie denn hinkommen?« sagte Tess, auf die Uhr schauend.

»Ich kann nicht hin. Bin *hierher* gekommen.«

»Aber, Sie haben sich ja wirklich verpflichtet, zu predigen –«

»Ich habe mich verpflichtet, und ich werde nicht dort sein – und schuld ist mein brennendes Verlangen, eine Frau zu sehen, die ich einst verachtete! Nein, bei meinem Ehrenwort, ich habe sie *nie* verachtet; sonst würde ich Sie jetzt nicht lieben! Warum ich Sie nicht verachtete – nun, weil Sie trotz allem im Innersten rein blieben; Sie zogen sich so rasch und entschlossen von mir zurück, als Sie Ihre Lage erkannten; Sie blieben nicht als Spielball meiner Launen. So gab es denn *ein* Opfer auf der Welt, für das ich keine Verachtung empfand, und das sind Sie. Doch *Sie* dürfen mich jetzt wohl verachten! Ich dachte, ich betete Gott an auf den Bergen, aber ich sehe, daß ich immer noch in den Hainen opfere. Ha-ha!«

»Oh, Alec d'Urberville! Was soll das bedeuten? Was habe ich getan!«

»Getan?« sagte er, feige sich selber verspottend. »Mit Absicht *nichts.* Aber Sie waren das Werkzeug – das unschuldige Werkzeug – zu meiner Abtrünnigkeit, wie die Frommen es nennen. Ich frage mich selbst: Bin ich wirklich einer jener ›Knechte der Fäulnis‹, die ›dem Sündenschlamm der Welt entrinnen, um dann von neuem in ihre Fallstricke zu fallen und übermannt zu werden‹ – deren Ende schlimmer ist als ihr Anfang?« Er legte seine Hand auf ihre Schulter. »Tess, Tess, ich war auf dem Weg zum Heil, bis ich Sie wiedersah!« sagte er und schüttelte sie fiebrig, als wäre sie ein Kind. »Und *warum* haben Sie mich versucht? Ich war so standhaft, wie ein Mensch nur sein kann, bis ich von neuem diese Augen und diesen Mund erblickte – bei Gott, nie gab es einen so sinnbetörenden Mund seit Evas Mund!« Seine Stimme senkte sich, und ein heißer, mutwilliger Blick schoß aus *seinen* schwarzen Augen. – »Verführerin, Tess; bezaubernde Hexe von Babylon – ich konnte Ihnen nicht widerstehen, in dem Augenblick, da Sie von neuem meinen Weg kreuzten.«

»Es war nicht meine Schuld, daß Sie mich wiedersahen!« erwiderte Tess zurückschaudernd.

»Ich weiß es – ich wiederhole noch einmal, daß ich Ihnen keinen Vorwurf mache; aber die Tatsache bleibt bestehn. Als ich neulich sah, wie man Sie auf diesem Pachthof hier so schlecht behandelte, brachte mich der Gedanke fast von Sinnen, daß ich kein gesetzliches Recht habe, Sie zu schützen – daß ich es nicht haben *kann;* während er, der es besitzt, Sie gänzlich zu vernachlässigen scheint!«

»Sagen Sie nichts gegen ihn – er ist fern!« rief sie erregt. »Behandeln Sie ihn anständig – er hat Ihnen nie etwas zuleid getan! Oh, verlassen Sie sein Weib, bevor irgendein Klatsch sich verbreitet, der seinem ehrlichen Namen bitter schaden könnte!«

»Ja – ja«, sagte er, wie ein Mensch, der aus einem düsteren Traume erwacht. »Ich habe mein Wort gebrochen, meine Zusage, jenen armen betrunkenen Sündern auf dem Jahrmarkt Christum zu predigen – es ist das erstemal, daß ich eine solche Ungeheuerlichkeit begehe! Noch vor einem Monat hätte mir der Gedanke daran helles Entsetzen eingeflößt. Ich will fortgehn – will mich verbergen – und – ah, wenn ich es kann! – beten.« Und dann plötzlich: »Eine Umarmung, Tessy – eine einzige! Nur aus alter Freundschaft –«

»Ich bin wehrlos, Alec! Eines guten Mannes Ehre ist mir anvertraut – denken Sie daran – und schämen Sie sich!«

»O ja – ja! Mein Gott!«

Er preßte die Lippen zusammen, wütend über sich selbst ob seiner Schwäche. Leer starrten seine Augen, aller verliebten und aller frommen Hoffnungen bar. Die Leichname jener alten finsteren Leidenschaften, die seit seiner Bekehrung unbeseelt in den Falten seines Gesichtes geruht hatten, schienen zu erwachen und wie in einer Auferstehung zusammenzuströmen. Unschlüssig verließ er das Zimmer, kaum noch für seine Handlungen verantwortlich.

Obgleich d'Urberville erklärte, daß dieser Bruch seines heutigen Versprechens nichts weiter sei als der sündige Rückfall eines Gläubigen, hatten ihre Worte, das Echo Angel Clares, tiefen Eindruck auf ihn gemacht, und dieser Eindruck dauerte an, nachdem er sie verlassen. Schweigend schritt er dahin, als habe die bisher ungeträumte Möglichkeit, daß sein Standpunkt unhaltbar sein könnte, all seine Energien betäubt. Die Vernunft hatte keinen Anteil an seiner Bekehrung, und die Tropfen von Logik, die Tess in das Meer seiner Begeisterung fallen ließ, kälteten das brausende Wallen ab, bis es völlig stockte. Während er immer wieder über die kristallklaren Sätze nachgrübelte, die sie ihm getreu übermittelt hatte, sagte er bei sich selber: ›Als der schlaue Bursche ihr diese Dinge sagte, ließ er sich's wohl kaum träumen, daß er damit vielleicht *mir* den Weg zu ihr zurückbahnte!‹

XLVII

AUF dem Pachthof von Flintcomb-Ash wird der letzte Weizenschober gedroschen. Die Dämmerung des Märzmorgens ist merkwürdig ausdruckslos, und nicht das leiseste Zeichen verrät, wo der östliche Horizont liegt. Ins Zwielicht ragt die trapezförmige Kuppe des Schobers, der hier den ganzen Winter hindurch, vom Wetter durchnäßt und gebleicht, hilflos verloren stand.

Als Izz Huett und Tess den Schauplatz der Arbeit betraten, verkündete nur ein leises Rascheln, daß andere schon vor ihnen angelangt waren; und bald darauf, als die Helligkeit wuchs, tauchten die Silhouetten zweier Männer auf dem Gipfel des Schobers auf. Sie ›schunden‹ geschäftig die Miete, das heißt, sie schälten die Strohdecke ab, bevor sie begannen, die Garben hinunterzuwerfen; und während dies vor sich ging, standen Izz und Tess nebst den anderen Arbeitsweibern in ihren bräunlichweißen Steckschürzen wartend und zitternd in der Morgenkühle, denn Pächter Groby hatte darauf bestanden, daß sie schon so früh zur Stelle sein müßten, um womöglich das ganze Pensum bis zum Tagesschluß zu erledigen. Dicht unter den Regentraufen des Schobers, und bis jetzt noch kaum sichtbar, stand der rote Tyrann, dem zu fronen die Frauen gekommen waren – ein Gebilde aus hölzernem Fachwerk, mit Treibriemen und Rädern versehen: die Dreschmaschine, die, solange sie im Gange war, an die Ausdauer ihrer Muskeln und Nerven despotische Ansprüche stellte.

Ein Stückchen weiter weg ragte noch eine andere verschwommene Gestalt; schwarz war dieses Gebilde und ließ ein langgezogenes Zischen vernehmen, das von lauernd aufgespeicherter Kraft sprach. Der lange Schornstein, aufragend neben einer Esche, und die Wärme, die von der Stelle ausstrahlte, verrieten auch im matten Dämmerlicht, daß hier die Dampfmaschine war, die als das primum mobile dieser kleinen Welt in Aktion treten sollte. Neben der Maschine stand ein dunkles, regungsloses Wesen, eine berußte und schmutzige Verkörperung zyklopischen Wuchses, in einer Art Trance, mit einem Kohlenhaufen zur Seite: der Maschinist. Die Absonderlichkeit seiner Haltung und Farbe verlieh ihm das Aussehn eines Geschöpfes von Tophet, das sich in die klare Rauchlosigkeit dieser Region gelben Kornes und hellbleicher Ackererde, mit der es nichts gemeinsam hat, verirrte, um die Ureinwohner in Erstaunen zu setzen und aus der Fassung zu bringen.

So wie er aussah, waren auch seine Gefühle. Er weilte in der Welt des Ackerbaus, aber er gehörte nicht zu ihr. Er diente verehrend dem Feuer und Rauch; diese Bewohner des Feldes dienten der Vegetation, dem Wetter, dem Frost und der Sonne. Er reiste mit seiner Lokomobile von Hof zu Hof, von Grafschaft zu Grafschaft, denn noch war in diesem Teile von Wessex die Dampfdreschmaschine eine unstete Wanderin. Er sprach mit einem fremden, nördlichen Akzent; sein Denken war in sich gekehrt, sein Auge ruhte auf seinem eisernen Pflegling; kaum gewahrte er, was um ihn herum vorging, und kümmerte sich nicht im geringsten um seine Umgebung. Sein Verkehr mit den Einheimischen beschränkte sich auf das Allernotwendigste, als zwinge ihn irgendein urzeitliches Verhängnis, gegen seinen Willen im Dienste seines plutokratischen Gebieters hier umherzuirren. Der lange Treibriemen, der von dem Triebrad seines Dampfkessels zu der roten Dreschmaschine unter dem Schober lief, war die einzige Verbindungslinie zwischen ihm und der Welt des Ackerbaus.

Während die Männer die Garben abdeckten, stand er teilnahmslos neben seinem beweglichen Kraftspeicher, dessen heiße Schwärze die Morgenluft rundum erzittern machte. Er hatte keine Vorbereitungen zu treffen. Sein Feuer wartete in weißer Glut, sein Dampf stand unter Hochdruck, innerhalb weniger Sekunden konnte er den langen Riemen mit unsichtbarer Geschwindigkeit in Bewegung setzen. Darüber hinaus mochte Korn, Stroh oder Chaos den Kreis erfüllen: ihm war es gleich. Wenn irgendeiner von den zahlreichen einheimischen Müßiggängern ihn fragte, wie er sich nenne, erwiderte er kurz: »Maschinist.«

Als der helle Tag anbrach, war der Schober abgedeckt; dann

nahmen die Männer ihre Plätze ein, die Frauen stiegen hinauf, und die Arbeit begann. Pächter Groby – oder wie sie ihn nannten, ›er‹ – war soeben herbeigekommen, und sein Befehl schickte Tess auf die Plattform der Maschine, dicht neben den Mann, der sie speiste; ihre Aufgabe war es, jede einzelne Getreidegarbe aufzuknüpfen, die ihr von Izz Huett gereicht wurde (denn Izz stand ihr zunächst auf dem Schober), so daß der Zubringer die Halme packen und über die rotierende Trommel breiten konnte, die in einem Augenblick sämtliche Körner aus den Ähren fegte.

Bald war alles in vollem Gang, nach ein oder zwei anfänglichen Stockungen, über die sich jene, die den Maschinenbetrieb haßten, von Herzen gefreut hatten. Die Arbeit ging hurtig vonstatten, bis zur Frühstückszeit; dann wurde die Dreschmaschine für eine halbe Stunde stillgelegt. Und als es nach der Mahlzeit wieder losging, warfen sich alle verfügbaren Kräfte des Pachthofes auf die Arbeit, den Strohschober emporzuschichten, der neben dem gestapelten Getreide zu wachsen begann. Im Stehen, ohne ihre Plätze zu verlassen, aßen sie ein hastiges Gabelfrühstück, und dann näherte sich nach weiteren zwei Stunden die Zeit des Mittagessens; die unerbittlichen Räder fuhren fort, im Kreise zu wirbeln, und das durchdringende Summen der Dreschmaschine ging allen, die in der Nähe des rotierenden Drahtkorbes standen, durch Mark und Bein.

Die alten Männer auf dem emporwachsenden Strohschober plauderten von den vergangenen Tagen, als es noch Sitte gewesen, mit Flegeln auf dem eichenen Scheunenboden zu dreschen, als alles, selbst das Worfeln, im Handbetrieb besorgt wurde, der ihrer Ansicht nach, wenn er auch langsam war, bessere Ergebnisse zeitigte. Auch die auf der Getreidemiete schwatzten ein wenig; doch die Schwitzenden bei der Maschine, einschließlich Tess, konnten sich kaum ihre Pflicht durch den Austausch scherzender Worte versüßen. Was Tess so schwer auf die Probe stellte, war die Unablässigkeit der Arbeit, und sie begann von Herzen zu wünschen, daß sie doch nie nach Flintcomb-Ash gekommen wäre. Die Weiber auf dem Getreideschober – unter ihnen auch Marian – konnten innehalten, um ab und zu etwas Bier oder kalten Tee aus der Flasche zu trinken oder ein paar tratschende Bemerkungen zu wechseln, während sie sich das Gesicht wischten und ihre Kleider von den Stroh- und Hülsenresten säuberten. Doch für Tess gab es keine Atempause; da die Trommel keinen Augenblick innehielt, konnte der Mann, der sie speiste, nicht innehalten, und sie, die den Mann mit aufgeknüpften Garben zu versorgen hatte, durfte gleichfalls nie pausieren.

Aus irgendwelchen Gründen, vermutlich aus Sparsamkeit, wurde für diese besondere Aufgabe gewöhnlich eine Frau gewählt, und als der Pächter sich Tess dazu aussuchte, machte er als Grund geltend, daß sie zu jenen Frauen gehöre, die Kraft mit Hurtigkeit im Lösen der Garben am besten verbänden und überdies sehr viel Ausdauer besäßen; und das mag richtig gewesen sein. Das Surren der Dreschmaschine, das jedes Gespräch verhinderte, steigerte sich zur Raserei, sooft der Nachschub an Getreide hinter dem normalen Quantum zurückblieb. Da Tess und der Mann, der die Maschine speiste, keinen Augenblick die Köpfe drehen durften, wußte sie nicht, daß knapp vor der Stunde des Mittagessens ein Mensch lautlos durch das Gatter aufs Feld herausgekommen war und unter einem zweiten Schober stand, die Szene und ganz besonders Tess mit stillen Blikken betrachtend. Er trug einen leichten Tuchanzug von modischem Muster und wirbelte einen flotten Spazierstock zwischen den Fingern.

»Wer ist das?« sagte Izz Huett zu Marian. Sie hatte die Frage zuerst an Tess gerichtet, doch diese konnte sie nicht hören.

»Der Liebhaber von irgendwem, denk ich«, erwiderte Marian lakonisch.

»Ich wette 'ne Krone, daß er's auf Tess abgesehen hat.«

»O nein. 's ist ein Muckerpfarrer, der seit kurzem um sie herumschnüffelt, nicht ein Gigerl wie der da.«

»Nun – 's ist derselbe Mann.«

»Derselbe wie der Prediger? Aber er sieht ja ganz anders aus!«

»Er hat seinen schwarzen Rock und sein weißes Halstuch an den Nagel gehängt und sich den Backenbart abrasiert; aber trotz alledem ist er derselbe Mann.«

»Glaubst du wirklich? Dann will ich ihr's sagen«, erklärte Marian.

»Tu's lieber nicht. Sie wird ihn schon noch zeitig genug sehn«, riet Izz.

»Schau nur, mir scheint's nicht gerade in der Ordnung, daß er in einem Atem predigt und 'ner verheirateten Frau den Hof macht, wenn auch ihr Mann verreist und sie quasi eine Witwe ist.«

»Oh – er kann ihr nichts anhaben«, sagte Izz trocken. »Ihr Sinn läßt sich von der einen Stelle, wo er sich festgesetzt hat, ebensowenig fortlupfen wie ein festgerammter Lastwagen aus dem Loch, in dem er steckt. Du lieber Gott, weder Hofmachen noch Predigen, noch das heilige Donnerwetter selbst können eine Frau von etwas abbringen, und wenn's tausendmal besser für sie wäre, daß sie sich abbringen ließe.«

Die Essenszeit kam heran, und das Wirbeln hörte auf. Nun verließ Tess ihren Posten, und ihre Knie zitterten so erbärmlich von dem Schüttern der Maschine, daß sie kaum gehen konnte.

»Du solltest dir ein Viertelgläschen einverleiben, wie *ich's* getan habe«, sagte Marian. »Dann würdest du nicht so käsig ausschaun. Gott sei mir gnädig, dein Gesicht sieht aus, als hätt dich die Trud geritten!«

Es fiel der gutmütigen Marian ein, die Anwesenheit des Besuchers könnte, da Tess so erschöpft sei, eine schlimme Wirkung auf sie haben und ihr den Appetit rauben; und sie wollte eben Tess bewegen, auf der anderen Seite des Schobers über die Leiter herunterzuklettern, als der Gentleman vorwärtsschritt und heraufschaute.

Tess stieß ein kurzes kleines »Oh« hervor. Und einen Augenblick darauf sagte sie hastig: »Ich werde mein Mittagmahl hier essen – gleich hier auf dem Schober.«

Zuweilen, wenn sie von ihren Hütten weit entfernt waren, machten sie es alle so; da aber heute ein ziemlich scharfer Wind blies, stiegen Marian und die andern hinunter und setzten sich unter den Strohstapel.

Der Ankömmling war in der Tat Alec d'Urberville, der ehemalige Evangelist, trotz seiner veränderten Tracht und Erscheinung. Auf den ersten Blick mußte man erkennen, daß die ursprüngliche ›Weltlust‹ zurückgekehrt war, daß er, so gut ein um drei oder vier Jahre gealterter Mann dies schaffen konnte, die alte flotte, saloppe Maske wieder angelegt hatte, in der Tess ihren Bewunderer und sogenannten Vetter zu allererst kennenlernte. Da Tess beschlossen hatte zu bleiben, setzte sie sich zwischen den Bündeln nieder, so daß man sie von unten nicht mehr sehen konnte, und begann ihr Mahl; doch nach kurzer Zeit hörte sie Schritte auf der Leiter, und unmittelbar darauf erschien Alec auf dem Schober, wo jetzt die Garben eine längliche und flache Plattform bildeten. Er durchquerte die Fläche und setzte sich ohne ein Wort vor Tess nieder.

Tess fuhr fort, ihr bescheidenes Mahl zu verzehren, eine Scheibe dicken Pfannkuchens, die sie mitgebracht hatte. Die anderen Arbeitsleute waren in diesem Augenblick sämtlich unter dem Schober versammelt, wo das lockere Stroh einen behaglichen Schlupfwinkel bot.

»Da bin ich wieder, wie Sie sehn«, sagte d'Urberville.

»Warum belästigen Sie mich so?« rief sie, bis in die Fingerspitzen voll zitternden Vorwurfs.

»Belästigen – *ich?* Ich dürfte wohl fragen, warum *Sie* mich belästigen?«

»Ich belästige Sie wirklich nicht.«

»Sie leugnen es? Aber Sie tun es! Sie verfolgen mich. Diese selben Augen, die Sie eben mit einem so bitteren Aufblitzen auf mich richteten, sie suchen mich heim bei Tag und bei Nacht – so funkelnd, wie sie eben funkelten! Tess, seit Sie mir von dem Kind erzählt haben, ist es nicht anders, als hätten meine Gefühle, die in mächtigem Strom himmelwärts fluteten, plötzlich zu Ihnen hin eine Schleuse offen gefunden, durch die sie sich mit einem Male ergossen. Das Flußbett des Evangeliums liegt dürr und trocken, und Sie sind es, die das angerichtet haben – Sie!«

Sie starrte mit geöffneten Lippen vor sich.

»Wie – Sie haben Ihr Predigen gänzlich aufgegeben?« fragte sie.

Sie hatte durch Angel immerhin so viel von dem Skeptizismus modernen Denkens erworben, daß sie das Strohfeuer der Begeisterung verachtete; doch als Frau war sie ein wenig entsetzt.

Mit erheucheltem Leichtsinn fuhr d'Urberville fort:

»Gänzlich. Seit jenem Nachmittag, als ich auf dem Jahrmarkt von Casterbridge zu den Trunkenbolden reden sollte, habe ich keine einzige Verpflichtung mehr eingehalten. Der Teufel mag wissen, was die Brüder von mir denken. Ah! Die Brüder! Kein Zweifel, daß sie für mich beten – daß sie um mich weinen; denn sie sind in ihrer Art gute Kerle. Aber was geht das mich an? Wie konnte ich die Sache fortsetzen, wenn ich den Glauben daran verlor? Es wäre die allergemeinste Heuchelei gewesen! Unter den frommen Seelen wäre ich dagestanden wie Hymenäus und Alexander, die dem Satan ausgeliefert wurden, damit sie es lernen, Gott nicht zu lästern. Wie prachtvoll Sie sich gerächt haben! Ich sah Sie in Ihrer Unschuld und betrog Sie. Dreieinhalb Jahre später finden Sie mich als begeisterten Christen; und da nehmen Sie mich in die Arbeit und stürzen mich vielleicht in restlosen Untergang! Aber Tess, mein Kusinchen, wie ich Sie zu nennen pflegte, ich rede nur so ins Blaue, und Sie dürfen nicht so schrecklich bekümmert dreinschaun. Natürlich haben Sie nichts getan, außer daß Sie Ihr hübsches Gesicht und Ihre zierliche Gestalt behielten. Ich sah Ihre Gestalt auf dem Schober, bevor Sie mich erblickten – dieses knappe Schürzenzeug bringt sie richtig zur Geltung, und diese Flügelhaube – ihr Feldmädels solltet nie solche Hauben tragen, wenn ihr euch nicht in Gefahren stürzen wollt.« Ein paar Augenblicke lang betrachtete er sie schweigend und begann dann von neuem mit einem kurzen zynischen Lachen: »Ich glaube, wenn diesen Junggesellenapostel, für dessen Stellvertreter ich mich hielt, solch eine hübsche Larve in Versuchung geführt hätte, er würde um Ihretwillen die Pflugschar verlassen haben, genau wie ich!«

Tess versuchte, ihn zur Rede zu stellen, aber in diesem kritischen Augenblick ließ sie ihre ganze Beredsamkeit im Stich; und ohne auf sie zu achten, fuhr er fort:

»Nun, dieses Paradies, das Sie ersetzen müssen, ist schließlich und endlich vielleicht ebensogut wie jedes andere. Doch um ernsthaft zu sprechen, Tess« – d'Urberville erhob sich und kam näher, lagerte sich seitlings zwischen die Garben und stützte sich auf seinen Ellbogen: »Seit ich Sie das letztemal sah, habe ich über all das nachgedacht, was, wie Sie mir erzählten, ›er‹ gesagt hat. Ich bin zu dem Schluß gekommen, daß es tatsächlich jenen abgedroschenen alten Lehrsätzen erheblich an gesundem Menschenverstand mangelt. Wie es möglich war, daß mich der Enthusiasmus des armen Pfarrers Clare so befeuerte und daß ich so toll ins Zeug ging, noch hitziger sogar als er – das kann ich mir nicht erklären! Was Sie aber das letztemal sagten, über die kraftvolle Lehre Ihres wunderbaren Ehegatten – dessen Namen Sie mir nie verraten haben –, über diese Anschauungen, die man ein ethisches System ohne jedes Dogma nennt – nun, dazu kann ich überhaupt keine Beziehung finden.«

»Aber Sie können doch zumindest die Religion der Herzensgüte und Reinheit besitzen, wenn Sie sich nicht zu einem – wie nennt man es doch? – Dogma bekennen wollen.«

»O nein! Da bin ich ein ganz anderer Kerl! Wenn es niemanden gibt, der mir sagt ›Tu dies, und es wird dir nach deinem Tode gut bekommen‹, oder ›Tu das, und es wird dir schlecht bekommen‹, kann ich mich nicht erwärmen. Zum Henker, ich denke nicht daran, mich für meine Taten und Leidenschaften verantwortlich zu fühlen, wenn es niemanden gibt, vor dem man verantwortlich wäre; und an Ihrer Stelle, mein Liebchen, würde ich's auch nicht anders machen!«

Sie versuchte, ihn zu widerlegen und ihm zu sagen, daß er in seinem blinden Gehirn zwei Dinge, Theologie und Moral, durcheinandergebracht habe, zwei Dinge, die in den Urzeiten der Menschheit gänzlich gesondert waren. Doch Angel Clares Schweigsamkeit, ihr völliger Mangel an Schulung und der Umstand, daß ihr Kopf eher ein Tummelplatz von Gefühlen als von Vernunftgründen war, machten ihr's unmöglich vorwärtszukommen.

»Nun, lassen Sie's gut sein«, begann er. »Hier bin ich, mein Schatz, wie in alter Zeit!«

»Nicht wie damals – nie wieder wie damals – es ist ja ganz anders!« flehte sie. »Und nie haben Sie mich geliebt. Oh, warum behielten Sie nicht Ihren Glauben, wenn sein Verlust Sie dazu bringt, *so* mit mir zu sprechen!«

»Weil *Sie* mir das Zeug ausgetrieben haben. So fällt das Übel auf Ihr süßes Haupt zurück! Ihr Mann ließ sich's wohl nicht träumen, daß seine Lehren ihm so ein Schnippchen schlagen würden! Ha, ha – ich bin auf jeden Fall riesig froh, daß Sie einen Abtrünnigen aus mir gemacht haben! Tess, ich bin mehr in Sie verschossen als je, und Sie tun mir auch leid. Trotz all Ihrer Verschlossenheit sehe ich, daß es Ihnen miserabel geht – vernachlässigt von einem Menschen, der Sie auf Händen tragen sollte.«

Sie konnte ihre Bissen nicht herunterwürgen; ihre Lippen waren trocken, und sie meinte zu ersticken. Die Stimme und das Gelächter der Arbeitsleute, die unter dem Schober tranken und aßen, drangen verschwommen an ihr Ohr, als wären sie eine Viertelmeile weit weg.

»Das ist grausam!« sagte sie. »Wie – wie können Sie mir mit solchen Worten kommen, wenn Ihnen nur das mindeste an mir liegt?«

»Wahr, wahr«, sagte er, ein wenig zusammenzuckend. »Ich kam nicht, um Ihnen meinen Sündenfall vorzuwerfen. Ich kam, Tess, um Ihnen zu erklären, daß es mir nicht gefällt, wie Sie sich hier schinden und plagen, und ich bin Ihretwegen gekommen. Sie sagen, daß Sie einen Mann haben, und nicht ich bin dieser Mann. Gut, vielleicht ist es so; aber ich sah ihn nie, und Sie nannten mir nie seinen Namen; und alles in allem scheint er eine ziemlich mythische Persönlichkeit zu sein. Immerhin, wenn Sie auch einen Mann haben, so glaube ich doch, daß *ich* Ihnen näherstehe als er. *Ich* versuche jedenfalls, Ihnen aus der Not zu helfen, *er* aber tut nicht dergleichen – Gott segne sein unsichtbares Haupt! Die Worte des finsteren Propheten Hosea, die ich zu lesen pflegte, fallen mir wieder ein. Sind sie Ihnen bekannt, Tess? ›Und wenn sie ihrem Buhlen nachläuft, daß sie ihn nicht ergreife; und wenn sie ihn suchet, nicht finden könne und sagen müsse, ich will wiederum zu meinem vorigen Mann gehen, da mir besser war, denn mir jetzt ist!‹ . . .Tess, mein Wägelchen wartet dicht unter dem Hügel und – *mein* Liebling, nicht seiner! – alles übrige weißt du.«

Ihr Gesicht hatte sich mit düster-purpurner Glut überzogen, während er sprach; aber sie gab keine Antwort.

»Du warst der Anlaß zu meiner Abtrünnigkeit«, fuhr er munter fort; »du sollst sie freudig mit mir teilen und diesen Querkopf, den du deinen Mann nennst, zum Teufel schicken!«

Einer der Lederhandschuhe, den sie ausgezogen hatte, um ihren Rahmkuchen zu essen, lag in ihrem Schoß, und ohne die leiseste Warnung klatschte sie ihm leidenschaftlich die Stulpe ins Gesicht. Er war gewichtig und dick wie ein Soldatenhandschuh und traf ihn flach auf den Mund.

Eine lebhafte Phantasie könnte in dieser Handlung das Wiederaufleben eines Kunststücks sehn, in dem ihre gepanzerten Vorfahren nicht unbewandert waren. Alec fuhr wütend aus seiner ruhenden Lage empor. Wo ihr Schlag getroffen hatte, sikkerte es scharlachrot hervor, und im nächsten Augenblick begann das Blut von seinem Munde aufs Stroh zu tröpfeln. Aber er beherrschte sich sogleich, zog gelassen sein Taschentuch aus der Tasche und wischte sich die blutenden Lippen ab.

Auch sie war aufgesprungen, aber sie sank wieder zurück.

»Nun strafen Sie mich!« sagte sie und richtete ihre Augen zu ihm auf, mit dem hoffnungslosen Trotz, der in des Sperlings Blick liegt, bevor sein Jäger ihm den Hals umdreht. »Peitschen Sie mich, erschlagen Sie mich; Sie brauchen sich nicht um diese Leute unter dem Schober zu kümmern! Ich werde nicht schreien. Einmal Opferlamm, für immer Opferlamm – so ist das Gesetz!«

»O nein, nein, Tess!« sagte er sanft. »Ich kann Ihnen restlos verzeihen. Doch Sie vergessen sehr ungerechterweise einen Umstand: Ich würde Sie geheiratet haben, wenn sie mir's nicht unmöglich gemacht hätten. Bat ich Sie nicht rundheraus um Ihre Hand – he? Antworten Sie.«

»Ja.«

»Und Sie *können* mir Ihre Hand nicht geben. Aber vergessen Sie eines nicht!« Seine Stimme verhärtete sich, als ihn mit der Erinnerung an seine aufrichtige Werbung und ihre jetzige Undankbarkeit der Zorn überwältigte, und er schritt über die Garben an ihre Seite und packte sie bei den Schultern, so daß sie unter seinem Griff erzitterte. »Denken Sie daran, daß ich einstmals Ihr Herr war! Ich werde wieder Ihr Herr sein; wenn Sie irgendeines Mannes Weib sind, bin *ich* dieser Mann!«

Nun begannen sich die Drescher unten zu rühren.

»Genug jetzt mit unserem Zank«, sagte er, sie loslassend. »Ich werde Sie nun verlassen und komme im Laufe des Nachmittags wieder zurück, um mir Ihre Antwort zu holen. Sie kennen mich noch nicht! Aber ich kenne Sie.«

Sie hatte kein Wort mehr gesprochen, stand da wie in Betäubung. D'Urberville zog sich über die Garben zurück und stieg die Leiter hinunter, während die Arbeiter sich erhoben und die Arme rekelten und das Bier, das sie getrunken hatten, im Magen zurechtschüttelten. Dann setzte sich die Dreschmaschine wieder in Gang; und von neuem inmitten des raschelnden Strohs nahm Tess wie eine Träumende ihren Platz neben der sausenden Trommel ein und löste Garbe um Garbe in endloser Folge.

XLVIII

AM Nachmittag gab der Pächter bekannt, der Schober müsse heute abend fertiggedroschen werden; der Mond scheine jetzt hell genug, um ihnen bei der Arbeit zu leuchten, und der Mann mit der Dampfmaschine sei für morgen auf einen anderen Pachthof verpflichtet. So nahm denn das Klirren und Summen und Rascheln noch unablässiger als gewöhnlich seinen Fortgang.

Erst gegen drei Uhr nachmittags hob Tess wieder die Augen und warf einen kurzen Blick in die Runde. Sie empfand nur wenig Überraschung, als sie sah, daß Alec d'Urberville zurückgekommen war und neben der Hecke am Gatter stand. Er bemerkte, wie sie die Augen aufschlug, und winkte ihr höflich mit der Hand, während seine Lippen einen Kuß hinüberhauchten. Das bedeutete, daß ihr Zank begraben sei. Tess senkte sogleich wieder den Blick und vermied es peinlich, nach jener Richtung zu schauen.

So schleppte sich der Nachmittag dahin. Der Weizenschober schrumpfte zusammen, und die Strohmiete wuchs immer höher, und die Getreidesäcke wurden weggeführt. Um sechs Uhr war der Weizenschober nur mehr schulterhoch über dem Boden. Aber die ungedroschenen Garben schienen immer noch zahllos, trotz der ungeheuren Mengen, die das unersättliche Maul der Maschine hinuntergeschlungen hatte, gespeist von dem Manne und von Tess, durch deren zwei junge Hände jede einzelne

Garbe gegangen war. Und der gigantische Stapel von Stroh auf jenem Fleck, der morgens noch leer gewesen, wirkte wie der Verdauungsauswurf desselben knurrenden roten Schlemmers. Ein grimmiger Schimmer – schöneren Sonnenuntergang brachte der rauhe März nicht zustande – schoß nach dem bewölkten Tage am westlichen Himmel herauf, überflutete die müden, klebrigen Gesichter der Drescher und färbte sie mit einem kupfernen Licht, sie und die schlaffbaumelnden Gewänder der Frauen, die gleich trüben Flammen an den Gliedern klebten.

Ein schmerzliches Keuchen lief durch den Schober. Der Mann, der die Maschine fütterte, war erschöpft, und Tess konnte sehen, daß zahllose Hülsen seinen roten Nacken übersäten. Auch sie stand immer noch auf ihrem Posten; der Weizenstaub überzog ihr glühendes und verschwitztes Gesicht und bräunte ihre weiße Haube. Sie war die einzige Frau, die ihren Platz auf der Maschine hatte und von dem wirbelnden Rotieren durchschüttert wurde; und dieses unablässige Beben, das sich jeder Fiber ihres Körpers mitteilte, versenkte sie in eine träumerische Betäubung, und ihre Arme arbeiteten unabhängig von ihrem Bewußtsein weiter. Sie wußte kaum, wo sie sich befand, und hörte nicht, wie Izz Huett, die das Schrumpfen des Schobers notwendigerweise tiefer hinabgesenkt hatte, sich erbötig machte, mit ihr den Platz zu wechseln.

Allmählich begannen die frischesten unter ihnen leichenblaß und hohläugig zu werden. Sooft Tess den Kopf hob, immer erblickte sie gegen den grauen nördlichen Himmel den großen, hochaufgeschossenen Strohschober und auf ihm die hemdsärmeligen Männer, davor gleich einer Jakobsleiter den langen, großen Elevator, der einen ununterbrochenen Strom gedroschenen Strohs zur Höhe führte, einen gelben Fluß, der bergauf flutete und sich auf den Gipfel des Schobers ergoß.

Sie wußte, daß Alec d'Urberville immer noch auf dem Schauplatz weilte und sie von einer oder der anderen Stelle aus beobachtete, wenn sie auch nicht sagen konnte, *wo* er stand. Es gab einen Vorwand für sein Verweilen. Sobald der gedroschene Schober bis auf die letzten Garben zusammenschrumpfte, wurde stets eine kleine Rattenjagd veranstaltet, und auch Männer, die nichts mit dem Dreschen zu tun hatten, eilten manchmal zu dieser Hetze herbei – Sportsleute aller Kategorien, vornehme Herrchen mit Terriers und spaßigen Pfeifen, Pöbel mit Stöcken und Steinen.

Aber noch gab es eine Stunde Arbeit, bevor das Lager lebendiger Ratten an der Basis des Schobers erreicht sein würde; und als der abendliche Schimmer jenseits des Riesenhügels bei Abbot's Cernel dahinschmolz, stieg der weißgesichtige Mond der Jahreszeit von jenem Horizonte empor, der auf der anderen Seite gegen Middleton Abbey und Shottsford lag. Während der letzten ein oder zwei Stunden sorgte sich Marian um Tess, der sie nicht nah genug kommen konnte, um mit ihr zu sprechen; die andern Weiber hatten sich durch Biertrinken bei Kräften erhalten, während Tess diese Aufpulverung entbehrte; denn die traurigen Wirkungen des Alkohols, die sie als Kind zu Hause erleben mußte, erzeugten in ihr eine eingewurzelte Scheu vor dem Trinken. Aber Tess hielt sich immer noch aufrecht: Wenn sie ihrer Aufgabe nicht nachkam, wurde sie entlassen; und diese Möglichkeit, die sie vor ein oder zwei Monaten mit Gleichmut und sogar mit Erleichterung ins Auge gefaßt hätte, war zu einem Schreckbild geworden, seit d'Urberville begonnen hatte, sie zu umkreisen.

Die Garbenwerfer und Zuführer hatten nun den Schober so weit abgetragen, daß die Leute auf der Erde mit ihnen sprechen konnten. Da kam Pächter Groby zu Tess auf die Maschine und sagte zu ihrer Überraschung, wenn sie ihren Freund aufzusuchen wünsche, wolle er sie nicht länger festhalten und irgend jemand andern schicken, der sie ablösen würde. Sie wußte, daß d'Urberville der ›Freund‹ war, und wußte auch, daß diese Vergünstigung auf die Bitte jenes Freundes oder Feindes hin gewährt wurde. Sie schüttelte den Kopf und schuftete weiter.

Die Stunde der Rattenjagd kam schließlich herbei, und die Hetze begann. Mit dem schwindenden Bestand des Schobers waren die Tiere nach unten gekrochen, bis sie alle auf dem Grunde beisammenhockten, und da ihnen nun ihre letzte Zuflucht entrissen wurde, liefen sie nach allen Seiten über die freie Fläche auseinander; ein lautes Gekreisch der jetzt halb betrunkenen Marian verkündete ihren Kameradinnen, daß eine der

Ratten ihre Person überfallen hatte – die übrigen Weiber schützten sich gegen solche Schrecken durch mannigfaltige Kunstgriffe, spannten die Röcke um die Beine und brachten sich auf hochgelegene Punkte in Sicherheit. Die Ratte wurde schließlich vertrieben, und inmitten des Hundegekläffs, der männlichen Rufe und weiblichen Schreie, der Flüche, des Stampfens und der pandämonischen Verwirrung knüpfte Tess ihre letzte Garbe auf; die Trommel verlangsamte ihre Drehung, das Schwirren verstummte, und Tess trat von der Plattform zur Erde.

Ihr Liebhaber, der bei der Rattenjagd nur zugeschaut hatte, erschien prompt an ihrer Seite.

»Wie – trotz allem – trotz meines beleidigenden Schlags!« sagte sie, heiser flüsternd. Sie war so völlig erschöpft, daß sie nicht die Kraft besaß, lauter zu sprechen.

»Es wäre in der Tat dumm von mir, wenn ich mich durch irgend etwas, was Sie sagen oder tun, beleidigt fühlen wollte«, antwortete er mit der verführerisch schmeichelnden Stimme aus den Trantridger Tagen. »Wie die zarten Gliederchen zittern! Sie sind so schwach wie ein ausgeblutetes Kalb, das wissen Sie ganz gut; und doch hätten Sie nichts mehr tun müssen, seit ich gekommen bin. Wie konnten Sie so starrköpfig sein? Immerhin habe ich dem Pächter erklärt, daß er kein Recht hat, Frauen beim Dampfdreschen zu verwenden. Es ist keine passende Frauenarbeit. Und auf allen besseren Pachthöfen hat man längst damit aufgeräumt, wie er sehr gut weiß. Ich will Sie bis nach Hause begleiten.«

»Ja, ja«, antwortete sie matt, und die Beine knickten ihr ein. »Begleiten Sie mich, wenn Sie wollen! Ich habe nicht vergessen, daß Sie um meine Hand anhielten, bevor Sie noch meine Lage kannten. Vielleicht – vielleicht sind Sie ein wenig besser und gütiger, als ich's von Ihnen gedacht habe. Für alles, was aus Güte kommt, bin ich dankbar; was irgendwie anders gemeint ist, macht mich zornig. Manchmal kann ich nicht erraten, *wie* Sie es meinen.«

»Wenn ich unsere früheren Beziehungen nicht legitimieren darf, nun, so kann ich Ihnen doch zumindest helfen. Und ich will weit größere Rücksicht auf Ihre Gefühle nehmen, als ich es

früher einmal tat. Meine religiöse Manie, oder was sonst es war, ist vorbei. Aber es bleibt mir ein wenig Gutherzigkeit, ich hoffe es. Nun, Tess, bei allem, was Mann und Frau zärtlich und stark verbindet, haben Sie Vertrauen zu mir! Ich besitze genug und mehr als genug, um Sie aus allen Sorgen zu befreien, aus Ihren eigenen Sorgen und aus den Sorgen um Ihre Eltern und Ihre Geschwister. Ich kann sie alle glücklich machen, wenn Sie nur ein wenig Zutrauen zu mir zeigen wollen.«

»Haben Sie meine Eltern kürzlich gesehen?« forschte sie.

»Ja. Sie wußten Ihren Aufenthalt nicht. Nur durch Zufall habe ich Sie hier gefunden.«

Durch die Zweige der Gartenhecke spähte der kalte Mond schief auf ihr erschöpftes Gesicht, als sie vor der Hütte, die ihr provisorisches Heim war, rastend zögerte; und d'Urberville blieb neben ihr stehen.

»Erwähnen Sie nicht meine kleinen Geschwister – bringen Sie es nicht so weit, daß ich ganz zusammenbreche!« sagte sie. »Wenn Sie ihnen helfen wollen – Gott weiß, sie haben es nötig –, so tun Sie es, ohne mir's zu sagen. Doch nein, nein«, rief sie. »Ich will von Ihnen nichts annehmen, weder für meine Geschwister noch für mich!«

Er begleitete sie nicht weiter; da sie mit den Hausbewohnern gemeinsam lebte, konnte zwischen den Wänden kein Geheimnis bestehn. Kaum war sie eingetreten und hatte mechanisch mit der Familie das Abendessen geteilt, als sie in tiefes Nachdenken versank; und sich an den Tisch neben der Wand zurückziehend, schrieb sie bei dem Schein ihrer eigenen kleinen Lampe in leidenschaftlicher Erregung:

Mein teurer Gatte!

Laß mich Dich Gatte nennen – ich kann nicht anders, wenn Dich auch der Gedanke an ein so unwürdiges Weib erzürnt. Ich *muß* Dich in meinen Nöten anrufen – ich habe niemand andern! Angel, ich bin so großen Versuchungen ausgesetzt. Ich fürchte mich, zu sagen, *wer* es ist, und ich möchte nicht über alles schreiben. Aber ich hänge so sehr an Dir, wie Du Dir's gar nicht vorstellen kannst! Kannst Du nicht jetzt, jetzt gleich zu mir kommen, bevor irgend etwas Schreckliches geschieht? Oh, ich weiß, Du kannst nicht, weil Du in so weiter Ferne bist! Ich glaube, ich muß sterben, wenn Du nicht bald kommst oder mich zu Dir rufst. Die Strafe, die Du mir bemessen hast, ist verdient – ich weiß das, wohlverdient, und es ist gerecht und richtig von Dir, mir böse zu sein. Aber, Angel, bitte, bitte nicht nur gerecht sein – sei ein bißchen gütig zu mir, wenn ich es auch nicht verdiene, und komm zu mir! Wenn Du kommst, ich wollte gern in Deinen Armen sterben! Ich wäre es ganz zufrieden, wenn Du mir nur vorher verziehen hast.

Angel, ich lebe einzig und allein für Dich. Ich liebe Dich zu sehr, um Dir Vorwürfe zu machen, weil Du fortgingst, und ich weiß, es war notwendig, ein Landgut zu suchen. Glaube nicht, daß ich auch nur *ein* scharfes oder bittres Wort sagen werde. Nur komm zu mir zurück. Ich bin so trostlos verlassen ohne Dich, mein Liebster, oh, so verlassen! Es stört mich nicht, daß ich arbeiten muß; aber wenn Du mir nur eine kleine Zeile schikken wolltest und schreiben ›Ich komme bald‹, so würde ich weiter ausharren, Angel – oh, so freudigen Herzens.

Seit wir verheiratet sind, hat mich mein Gewissen so beständig dazu angetrieben, Dir mit jedem Gedanken und Blick treu zu bleiben, daß es mir schon wie ein Unrecht gegen Dich vorkommt, wenn ein Mann mir ein Kompliment macht, bevor ich mich dessen versehe. Hast Du nie mehr auch nur ein kleines bißchen von dem empfunden, was Du fühltest, als wir in der Meierei waren? Wenn Du so empfindest, wie kannst Du dann fern von mir bleiben? Ich bin dieselbe Frau, Angel – sie, in die Du Dich verliebt hast; ja, ganz dieselbe – nicht jene, die Du verabscheutest, ohne sie je gesehen zu haben. Was war mir die Vergangenheit in dem Augenblick, da ich Dir begegnete? Erstorben ganz und ausgelöscht! Ich wurde eine andere Frau, durch Dich mit neuem Leben erfüllt. Wie konnte ich denn noch die Frau früherer Tage sein? Warum siehst Du das nicht ein? Liebster, wenn Du nur ein wenig eingebildeter wärst und so weit an Dich selber glauben wolltest, um zu erkennen, daß Du stark genug warst, diese Wandlung in mir zu bewirken, so würdest Du vielleicht Verlangen empfinden, zu mir, Deinem armen Weibe, zu kommen.

Wie töricht war ich in meinem Glück, da ich dachte, ich könnte mich darauf verlassen, daß Du mich immer lieben würdest! Ich hätte wissen müssen, daß solch ein Los mir Armen nicht bestimmt war. Aber mein Herz tut weh; nicht nur die alte Zeit, sondern auch die Gegenwart quält mich. Denke daran – denke daran, wie es mein Herz verwundet, Dich nie zu sehen – nie! Ach – wenn ich es nur dazu bringen könnte, daß Dein teures Herz jeden Tag eine einzige kleine Minute lang das Weh empfände, das *mein* Herz Tag für Tag von früh bis abend empfindet – es würde Dich vielleicht bewegen, Dich Deines armen, einsamen Weibes zu erbarmen.

Die Leute sagen immer noch, daß ich ziemlich hübsch bin, Angel (›schön‹ ist das Wort, das sie gebrauchen, da ich aufrichtig sein will). Vielleicht ist es so, wie die Leute sagen. Aber ich lege keinen Wert auf mein gutes Aussehen; nur weil meine Schönheit Dir gehört, mein Liebster, will ich schön sein, und damit ich wenigstens etwas besitze, was wert ist, Dir zu gehören. So sehr habe ich das gefühlt: ja, als man mich dieser Schönheit wegen belästigte, wickelte ich mein Gesicht in eine Binde, bis die Leute nicht mehr daran glauben wollten. Oh, Angel, das alles sage ich Dir nicht aus Eitelkeit – das weißt Du ja –, sondern einzig und allein, damit Du zu mir kommen mögest.

Wenn Du wirklich nicht kommen kannst, willst Du mir dann nicht erlauben, zu Dir zu eilen? Man quält mich, ich sagte Dir's schon, und drängt mich zu Handlungen, die ich nicht tun will. Es kann nicht sein, daß ich auch nur *einen* Zoll breit nachgebe, doch ich fürchte mich vor all den Möglichkeiten, zu denen ein Zufall führen könnte, und bin ja so wehrlos durch meinen ersten Fehltritt. Ich kann nicht mehr darüber sagen – es macht mich allzu elend. Aber wenn ich zusammenbreche und in irgendeine schreckliche Falle gerate, wird mein Ende schlimmer sein als mein Anfang. O Gott, ich kann nicht daran denken! Laß mich sogleich zu Dir kommen, oder komm sogleich zu mir.

Ich wäre es zufrieden, ja, ich wäre froh, mit Dir als Deine Sklavin zu leben, wenn ich nicht als Dein Weib mit Dir leben darf; nur in Deiner Nähe sein und flüchtig Dein Antlitz sehen und denken, daß Du mein bist!

Das Licht des Tages hat mir nichts zu zeigen, seit Du nicht hier bist, und ich mag die Krähen und Stare auf den Feldern gar nicht mehr sehn, weil ich mich härme und härme, daß *Du* mir fehlst, der Du mit mir die Vögel zu betrachten pflegtest. Nur eines im Himmel oder auf der Erde oder unter der Erde ist meine Sehnsucht: Dir wieder zu begegnen, mein Allerliebster! Komm zu mir, komm zu mir und rette mich vor den Dingen, die mich bedrohn!

Deine treue, kummervolle
Tess.

XLIX

DIESER flehende Appell fand pünktlich seinen Weg zu dem Frühstückstisch des stillen Pfarrhauses, westwärts in jenem Tale, wo die Luft so sanft ist und der Boden so üppig, daß im Vergleich zu der Feldarbeit von Flintcomb-Ash das ringende Wachstum des Ackerbodens nur oberflächliche Unterstützung durch Menschenhand erfordert, und wo Tess die menschliche Welt mit so ganz anderen Augen ansah, obgleich es kaum einen Unterschied gab. Nur der sicheren Beförderung wegen hatte Angel von ihr verlangt, ihre Mitteilungen auf einem Umweg über seinen Vater zu schicken, den er ziemlich genau über seine wechselnden Anschriften in jenem Lande orientierte, wohin er gewandert war, um schweren Herzens sein Glück zu versuchen.

»Nun«, sagte der alte Mr. Clare zu seiner Frau, als er den Umschlag gelesen hatte, »wenn Angel vorhat, gegen Ende dieses Monats Rio zu verlassen und die Heimat zu besuchen, wie er andeutete, so dürfte dies wohl seine Pläne beschleunigen; denn ich glaube, er kommt von seinem Weib.« Er seufzte tief; und der Brief wurde umadressiert, um an Angel abzugehn.

»Der liebe Junge, ich hoffe, er kommt wohlbehalten wieder in die Heimat«, murmelte Mrs. Clare. »Noch auf dem Sterbebett werde ich das Gefühl nicht los werden, daß ihm übel mitgespielt wurde. Trotz seiner ketzerischen Ansichten hättest du ihn nach Cambridge schicken sollen und ihm dieselben Möglichkeiten geben wie den anderen Jungen. Unter richtigem Einfluß wäre er sicher diesen Anschauungen entwachsen und hätte vielleicht am Ende noch die Weihen genommen. Doch ob Kirche oder nicht Kirche – es wäre gerechter gegen ihn gewesen.«

Dies war die einzige Klage, mit der Mrs. Clare jemals ihres

Gatten Seelenfrieden störte. Und nicht oft machte sie solchen Gefühlen Luft, denn sie war ebenso rücksichtsvoll wie fromm und wußte, daß auch sein Herz von Zweifeln heimgesucht wurde, ob er in jener Sache gerecht verfahren sei. Nur zu oft hatte sie gehört, wie er des Nachts schlaflos in seinem Bette lag und schmerzliche Seufzer um Angel mit Gebeten unterdrückte. Aber der steifnackige Protestant war auch jetzt noch nicht der Meinung, daß es gerechtfertigt gewesen wäre, seinem Sohne Angel, einem Ungläubigen, dieselben akademischen Vorteile zu geben, die er den beiden andern gegeben hatte, da es doch möglich, wenn nicht wahrscheinlich schien, daß gerade diese Vorteile dazu dienen könnten, die Lehren zu schmähen, deren Verbreitung *er* zur Mission und Sehnsucht seines Lebens und auch zur Mission seiner priesterlichen Söhne erkoren hatte. Mit der einen Hand ein Postament unter die Füße der beiden gläubigen Söhne stellen und mit der andern Hand auf dieselbe künstliche Weise den Ungläubigen erhöhen, das erschien ihm gleichermaßen unvereinbar mit seinen Überzeugungen, seiner Stellung und seinen Hoffnungen. Gleichwohl liebte er seinen mißratenen Angel und grämte sich im stillen über die Behandlung, die er erdulden mußte, wie Abraham sich um den verurteilten Isaak gegrämt haben mag, während sie miteinander den Hügel hinanschritten. Die schweigende Reue seines eigenen Herzens war viel bitterer als die Vorwürfe, die sein Weib ihm zu hören gab.

Sie schoben sich selbst die Schuld an seiner unglückseligen Heirat zu. Hätten sie Angel nie zum Landwirt bestimmt, wäre er nie mit Bauernmädchen in Berührung gekommen. Sie wußten nicht genau, was ihn von seinem Weibe getrennt hatte, wußten auch das Datum nicht, an dem die Trennung stattfand. Anfangs vermuteten sie, es müsse etwas wie eine ernsthafte Abneigung sein. Aber in seinen jüngsten Briefen spielte er gelegentlich auf die Absicht an, heimzukehren und sie zu holen; diese Bemerkungen erweckten in ihnen die Hoffnung, daß der Anlaß, dem die Trennung ihren Ursprung verdankte, vielleicht nicht ganz von so hoffnungsloser Dauer wäre, wie sie anfangs befürchteten. Er hatte ihnen mitgeteilt, daß sie bei ihren Angehörigen wohne, und in ihrer Ungewißheit beschlossen sie, sich nicht in eine Situation zu drängen, zu deren Besserung sie keinen Weg wußten.

Die Augen, für die Tess den Brief bestimmt hatte, schweiften in diesem Augenblick über eine grenzenlose Ebene, vom Rükken eines Maultieres aus, das Angel Clare aus dem Innern des südamerikanischen Kontinents zur Küste trug. Seine Erfahrungen in diesem fremden Lande waren traurig gewesen. Die schwere Krankheit, die ihn kurz nach seiner Ankunft befiel, war niemals ganz von ihm gewichen, und er hatte allmählich fast beschlossen, seine Hoffnungen, sich hier anzusiedeln, völlig aufzugeben; doch solange die bare Möglichkeit des Bleibens existierte, hielt er diesen Wandel in seinen Absichten vor den Eltern geheim.

Die Scharen von Landarbeitern, die in seinen Spuren nach diesem Lande ausgewandert waren, geblendet durch verlokkende Schilderungen behaglicher Unabhängigkeit, litten, starben und schwanden dahin. Oftmals sah er Mütter aus englischen Höfen mit ihren Säuglingen auf dem Arm sich mühsam die Straßen entlangschleppen, und Fieber befiel das Kind, und es starb; dann hielt die Mutter inne, um mit den nackten Händen ein Loch in die lockere Erde zu scharren, begrub mit denselben naturgegebenen Grabgeräten den Säugling, vergoß eine Träne und schleppte sich von neuem des Weges.

Ursprünglich war es nicht Angels Absicht gewesen, nach Brasilien auszuwandern, sondern er dachte an einen Pachthof im nördlichen oder östlichen Teile seines Heimatlandes. Er kam hierher in einem Anfall von Verzweiflung, da die brasilianische Bewegung unter den englischen Landarbeitern zufällig mit seinem Verlangen, seinem bisherigen Dasein zu entrinnen, zusammentraf.

Während dieses Zeitraums, den er fern von der Heimat verbrachte, war er geistig um ein Dutzend Jahre gealtert. Was jetzt im Leben seine Gedanken fesselte und ihm wertvoll erschien, war weniger die Schönheit des Lebens als sein Pathos. Nachdem er schon längst die alten Systeme des Mystizismus verworfen hatte, begann er nun auch der alten Schätzung moralischer Werte seinen Glauben zu verweigern. Sie schien ihm einer Revision zu bedürfen. Wer war der moralische Mann? Und um es noch entscheidender zu fassen: Wer war die moralische Frau? Die Schönheit oder Häßlichkeit eines Charakters lag nicht allein in seinen Handlungen, sondern in seinen Zielen und Impulsen; seine wahre Geschichte ruhte nicht in den getanen, sondern in den gewollten Dingen.

Wie war es also mit Tess?

Wenn er sie unter diesem Gesichtspunkte betrachtete, begann ihn ein reuiges Bedauern seines vorschnellen Urteils zu bedrücken. Verschmähte er sie denn für alle Ewigkeit? Er konnte sich nicht länger einbilden, daß er sie stets verschmähen würde, und dies bedeutete im wesentlichen nichts anderes, als daß er sie nun als sein Weib gelten ließ.

Diese wachsende Zärtlichkeit im Gedenken an Tess fiel zeitlich mit ihrem Aufenthalt in Flintcomb-Ash zusammen, doch erwachte sie schon, bevor noch Tess sich berechtigt fühlte, ihn auch nur mit einem einzigen Wort über ihre Lage oder ihre Gefühle zu belästigen. Er wunderte sich sehr; und in seiner Verblüffung, da er sich die Motive ihres völligen Stillschweigens nicht erklären konnte, unterließ er es, Erkundigungen einzuziehen. So wurde ihr demütig fügsames Schweigen mißdeutet. Wieviel verriet es in Wirklichkeit, wenn er es nur verstanden hätte –: Daß sie an jedem Buchstaben der Befehle festhielt, die er erteilt und vergessen hatte; daß sie trotz ihrer angeborenen Furchtlosigkeit keinerlei Rechte in Anspruch nahm, daß sie sein Urteil in jeder Hinsicht als das einzig richtige gelten ließ und stumm ihr Haupt vor ihm beugte.

Auf der oben erwähnten Maultierreise durch das Innere des Landes ritt an seiner Seite ein zweiter Mann. Angels Gefährte war gleichfalls ein Engländer – wenn auch aus einer anderen Gegend der Insel – und mit denselben Plänen beschäftigt. Beide befanden sich in einem Zustand geistiger Niedergeschlagenheit, und sie sprachen von ihren Angelegenheiten in der Heimat. Vertrauen erzeugte Vertrauen. Mit jenem merkwürdigen Hange, den Männer an den Tag legen (ganz besonders, wenn sie in fernen Ländern weilen), fremden Menschen Einzelheiten ihres Lebens anzuvertrauen, die sie Freunden um keinen Preis mitteilen würden, weihte Angel diesen Mann, während sie miteinander dahinritten, in die traurige Geschichte seiner Ehe ein.

Der Fremde hatte viel mehr Länder und viel mehr Völker besucht als Angel; für seinen umfassenderen Geist waren derartige Abweichungen von der sozialen Norm, die einem häuslich begrenzten Blick so ungeheuerlich erscheinen, nicht wichtiger, als für die gewaltige Krümmung des Erdballs die zackige Unregelmäßigkeit der Täler und Bergketten. Er betrachtete die Sache in ganz anderem Licht als Angel; war der Ansicht, daß das, was Tess gewesen sei, dem gegenüber, was sie in Zukunft sein würde, keinerlei Bedeutung haben könne, und erklärte Angel ganz offen, daß es unrecht von ihm gewesen sei, sie zu verlassen.

Am nächsten Tag überfiel sie ein Gewitter und durchnäßte sie bis auf die Haut. Angels Gefährte wurde von schwerem Fieber gepackt und starb gegen Ende der Woche. Clare verweilte ein paar Stunden, um ihn zu begraben, und zog dann seines Weges.

Die flüchtigen Bemerkungen des Fremden, von dem er durchaus nichts wußte als seinen alltäglichen Namen, wurden durch seinen Tod verklärt und beeinflußten Clare stärker als all die ethischen Klügeleien der Philosophen. Zerknirschung bemächtigte sich seiner. Izz Huetts Worte, die nie ganz in seinem Gedächtnis geschwiegen hatten, klangen wieder an sein Ohr. Er hatte Izz gefragt, ob sie ihn liebe, und sie hatte bejaht. Liebte sie ihn mehr als Tess? Nein, erwiderte sie; Tess würde ihr Leben für ihn hingeben, und sie selbst könne nicht mehr tun.

Er dachte an Tess, wie sie ihm am Hochzeitstag erschienen war. Wie ihre Augen da auf ihm ruhten! Wie sie an seinem Munde hing, als wären seine Worte die eines Gottes! Und während des schrecklichen Abends am Kamin, als ihre schlichte Seele sich vor ihm enthüllte, wie erbarmungswürdig sah ihr Gesicht in den Strahlen des Feuers aus, wie mitleiderregend war ihr Unvermögen, sich auszumalen, daß Angel ihr vielleicht seine Liebe und seinen Schutz entziehen könnte!

So wurde er von ihrem Kritiker zu ihrem Anwalt. Zynische Dinge hatte er im stillen über sie gesagt; aber kein Mensch kann ein Zyniker sein und dennoch leben; und er nahm alles zurück. Dieser Mißgriff, daß er solchen Dingen Raum gegeben hatte, war nur entstanden, weil er sich durch allgemeine Prinzipien dazu hinreißen ließ, den Sonderfall außer acht zu lassen.

Aber das Argument ist etwas muffig; Liebhaber und Ehemänner hat es auf dieser Erde auch vor dem heutigen Tage schon gegeben. Clare hatte Tess hart behandelt, kein Zweifel; Männer sind oftmals hart gegen Frauen, die sie lieben oder geliebt haben; und Frauen gegen Männer. Und doch sind diese Härten die Zärtlichkeit selber, wenn man sie mit der allgemeinen Härte vergleicht, aus der sie erwachsen: der Härte des Standpunkts gegen das Temperament, des Mittels gegen das Ziel, des Heute gegen das Gestern, des Künftigen gegen das Heutige.

Das historische Interesse an ihrer Familie – jenem mächtigen Hause von d'Urberville –, die er als ein verbrauchtes und erschöpftes Geschlecht verachtet hatte, rührte nun sein Gefühl. Warum hatte er nicht den Unterschied zwischen dem *politischen* und dem *phantastischen* Wert dieser Dinge erkannt? Unter dem letzteren Gesichtspunkt war ihre Abkunft von den d'Urbervilles ein Faktum von beträchtlichem Ausmaß, wertlos für die Volkswirtschaft, doch ein höchst nützliches Ingrediens für den Träumer, der es liebt, über Verfall und Untergang zu moralisieren. Eine Tatsache, die bald verblassen wird – dieses kleine neugierige Interesse an Geblüt und Namen der armen Tess; und in Vergessenheit sinkt das ererbte Band zwischen ihr und den marmornen Monumenten und den bleiumhüllten Gerippen zu Kingsbere. So zerstört die Zeit unbarmherzig ihre eigene Romantik. Als er sich wieder und wieder ihre Züge zurückrief, glaubte er in ihnen nun einen Schimmer jener Würde zu erkennen, die ihre adeligen Großmütter geschmückt haben muß; und die Vision jagte jenen Schauer durch seine Adern, den er ehemals gespürt hatte, und der ein Gefühl der Schwäche zurückließ.

Trotz ihrer befleckten Vergangenheit – was heute noch in einem Weib wie Tess lebte, übertraf an Wert die Unberührtheit ihrer Gefährtinnen. War nicht die Nachlese der Trauben Ephraims besser als die volle Ernte Abiezers? So sprach die wiedergeborene Liebe und bereitete den Weg für den innigen Erguß seines Weibes, der gerade in diesem Augenblick von seinem Vater an ihn befördert wurde. –

Die Schreiberin, voll einer wachsenden Überzeugung, daß Angel ihr Flehen erhören und bald zu ihr kommen würde, wandte inzwischen ihre Gedanken der sorglichen Frage zu, was sie wohl tun könnte, um ihn bei seiner Ankunft am besten zu erfreuen. Manchen Seufzer entlockte ihr der Wunsch, daß sie doch mehr auf die Melodien geachtet hätte, die er auf seiner Harfe spielte, daß sie ihn doch eifriger ausgeforscht hätte, welche Balladen, die die Landmädchen sangen, seine Lieblingsstücke seien. Auf Umwegen befragte sie Amby Seedling, der Izz von Talbothays gefolgt war, und zufällig erinnerte sich Amby, daß von all den Bruchstücken, die sie in der Meierei ständig zu singen pflegten, um den Kühen die Milch zu entlocken, ›Cupidos Gärten‹, ›Ich habe Wälder, ich habe Hunde‹ und ›Der Tag bricht an‹ Clare offenbar am besten gefielen; aus ›Des Schneiders Hosen‹ und ›Zu solch einer Schönheit wuchs ich heran‹ scheine er sich nichts gemacht zu haben, so vortreffliche Liedchen dies auch seien.

Diese Balladen gründlich zu erlernen, war nun ihr tiefstes Bestreben. Sie übte sie heimlich in einsamen Augenblicken, besonders ›Der Tag bricht an‹:

Steh auf, steh auf, steh auf,
und pflück dem Lieb ein Sträußchen
der allerschönsten Blumen,
die in den Gärten blühn.

Die Turteltauben und Finken
baun Nester auf jedem Gezweige
so früh schon im jungen Frühling,
denn der Tag bricht an.

Es würde ein Herz von Stein erweicht haben, wie sie ihre Liedchen sang, sooft sie in dieser kalten trockenen Zeit abseits von den übrigen Mädchen arbeitete; über ihre Wangen tropften die Tränen bei dem Gedanken, daß er vielleicht am Ende gar nicht kommen würde, um sie zu hören, und die einfachen törichten Worte der Lieder widerhallten mit schmerzlichem Spott in dem wehen Herzen der Sängerin.

Tess war so eingesponnen in diesen schwärmerischen Traum, daß sie nicht zu merken schien, wie die Jahreszeit vorrückte;

daß die Tage zunahmen, daß Mariä Verkündigung vor der Tür stand und daß ihr bald der Liebfrauentag folgen würde, der Endpunkt ihrer Arbeitsfrist zu Flintcomb-Ash.

Doch bevor noch der Quartaltag gekommen war, trat ein Ereignis ein, das ihre Gedanken auf ganz andere Dinge lenkte. Eines Abends weilte sie wie gewöhnlich in ihrer Wohnung und saß mit den übrigen Hausgenossen im Zimmer zu ebener Erde, als jemand an die Tür klopfte und nach Tess fragte. Am Ende des Flurgangs im schwindenden Tageslicht erblickte sie eine Gestalt, hochgewachsen wie eine Frau und schmächtig wie ein Kind, ein großes, mageres, mädchenhaftes Geschöpf, das sie in dem Zwielicht nicht erkannte, bis das Mädchen sagte »Tess!«

»Wie – ist das Lisa-Lu?« fragte Tess in überraschtem Ton. Ihre Schwester, die sie vor etwas mehr denn einem Jahre als ein Kind zu Hause zurückgelassen hatte, war mit einem plötzlichen Ruck zu dieser Erscheinung aufgeschossen, und Lu selbst schien noch kaum imstande zu sein, zu verstehen, was das bedeutete. Ihre mageren Beine, sichtbar unter dem einstmals langen Rock, der nun durch ihr rasches Wachsen kurz geworden, und ihre eckigen Hände und Arme verrieten ihre Jugend und Unerfahrenheit.

»Ja, bin den ganzen Tag herumgestrolcht, Tess«, sagte Lu mit leidenschaftslosem Ernst, »und hab versucht, dich zu finden; und bin sehr müde.«

»Was ist zu Hause los?«

»Mutter hat's schlimm gepackt, und der Doktor sagt, sie muß sterben; und da es Vater auch nicht sehr gut geht und er sagt, daß es 'ne Kränkung ist für einen Mann von so nobler Familie, sich mit niedriger Arbeit zu schinden und zu plagen, so wissen wir gar nicht, was wir anfangen sollen.«

Tess stand lange Zeit in Träumerei versunken, bevor sie sich besann und Lisa-Lu aufforderte, hereinzukommen und sich niederzusetzen. Nachdem dies geschehen war und Lisa-Lu ein wenig Tee erhalten hatte, gelangte Tess zu einem Entschluß. Sie sah sich unweigerlich gezwungen, nach Hause zu gehn. Ihr Vertrag lief erst am Liebfrauentag, dem sechsten April, ab; doch da dieser Tag nicht mehr sehr ferne lag, entschloß sie sich, das Risiko auf sich zu nehmen und sogleich aufzubrechen.

Wenn sie sich noch in derselben Nacht auf den Weg machte, mußte dies einen Gewinn von zwölf Stunden bedeuten; aber ihre Schwester war zu ermattet, um vor dem morgigen Tag eine so lange Strecke in Angriff zu nehmen. Tess lief zu Marian und Izz hinüber, teilte ihnen mit, was geschehen war, und bat sie, dem Pächter die Sache möglichst vorteilhaft darzustellen. Sie kehrte zurück, besorgte ein Nachtmahl für Lu, und nachdem sie dann die Jüngere in ihr eigenes Bett gesteckt hatte, packte sie ihre Habseligkeiten zusammen, soviel ihrer in einem Weidenkorb Platz hatten, gab Lu den Auftrag, ihr am nächsten Morgen zu folgen, und machte sich auf den Weg.

L

ALS die Uhr zehn schlug, tauchte sie in die frostige Äquinoktialnacht hinaus; und fünfzehn Meilen Weges unter den stahlklaren Sternen lagen vor ihr. In einsamen Distrikten ist die Nacht für den lautlosen Fußgänger eher ein Schutz als eine Gefahr, und da Tess dies wußte, wählte sie die kürzeste Route über abgelegene Seitenpfade, vor denen sie sich untertags beinah gefürchtet hätte; doch Räuber gab es nicht in der Gegend, und die Angst vor Gespenstern wurde durch den Gedanken an die Mutter vertrieben. So legte sie Meile um Meile zurück, hügelauf und hügelab, bis sie zum Bullbarrow kam, und gegen Mitternacht blickte sie von seiner Höhe in einen Abgrund chaotischer Schatten hinab: Und dieser finstere Schlund war alles, was sich von jenem Tale zeigte, an dessen entfernterem Ende ihre Wiege stand. Ungefähr fünf Meilen war sie bereits auf dem Hochland gewandert; nun hatte sie noch etwa zehn oder elf Meilen in der Tiefebene, bevor ihre Reise zu Ende sein würde. Die Straße, die sich von der Höhe hinabwand, lag gerade noch sichtbar im bleichen Sternenlicht, als sie ihren Krümmungen folgte, und bald betrat sie einen Boden, so verschieden von der Erde des Hochlands, daß der tastende Fuß und der Geruch den Unterschied spürten. Es war der schwere Lehmgrund des Blackmoortales, und zwar ein Streifen des Tals, in den noch nie Chausseen vorgedrungen sind. Aberglaube hält sich auf dieser schweren

Scholle am allerlängsten. Einstmals war die ganze Gegend ein einziger Forst, und in dieser nächtlichen Finsternis schien sie etwas von ihrem alten Charakter behaupten zu wollen; Fernes und Nahes verschmolzen ineinander, und jeder Baum und jede hohe Hecke nützten das Schattendüster aufs beste aus. Die Hirsche, die ehemals in diesem Landstrich gejagt wurden, die Hexen, die man einst hier stach und tauchte, die grünflimmernden Feen, die den vorüberziehenden Wanderer foppten – der Glaube an sie alle durchwucherte immer noch die Gegend, und sie bildeten nun eine zahllose Schar von teuflischen Kobolden.

In Nuzzlebury kam sie am Dorfkrug vorüber, und das Knarren des Schildes erwiderte den Gruß ihrer Schritte, den keine Menschenseele außer ihr selber vernahm. Unter den strohgedeckten Dächern erblickte ihr geistiges Auge erschlaffte Sehnen und welke Muskeln, die im Finstern unter Decken aus grellrotem Flickwerk hingestreckt lagen und vom Schlaf durch einen Prozeß der Verjüngung geleitet wurden, um morgen mit neuen Kräften an die Arbeit zu gehn, sobald ein rosiger Schimmer den Wolkennebel am Hambledon Hill zu färben begann.

Gegen drei umschritt sie die letzte Krümmung in dem Labyrinth von Straßen, durch das sie sich hindurchgewunden hatte, und betrat Marlott quer über das Feld, wo sie als Vereinsmädchen Angel Clare zum ersten Male gesehen, damals, als er mit ihr nicht tanzen wollte; und das Gefühl der Enttäuschung war immer noch in ihr lebendig. In der Richtung ihres Vaterhauses sah sie ein Licht. Es drang aus den Fenstern des Schlafzimmers, und vor den Scheiben schwankte ein Zweig, und der Schimmer schien ihr zu winken. Sobald sie die Umrisse des Hauses erspähen konnte – das neue Strohdach von ihrem Gelde –, übte es wieder all seine alte Wirkung auf ihre Phantasie. Seit jeher schien es ein Teil ihres Körpers und ihres Lebens zu sein; die schiefen Bodenfenster, die Tünche seiner Giebel, die zackigen Ziegelreihen, die den Schornstein krönten – alles hatte etwas Gemeinsames mit ihrem persönlichen Charakter. Ihr Auge erblickte nun in diesen Konturen eine seltsame Bestürzung; die Krankheit ihrer Mutter sprach deutlich aus ihnen.

Sie öffnete die Tür so behutsam, daß sie niemanden aus dem Schlafe störte; der Raum zu ebener Erde war leer; doch die

Nachbarin, die bei ihrer Mutter wachte, kam oben an die Treppe und flüsterte herab, daß es Mrs. Durbeyfield immer noch nicht besser gehe, wenn sie auch soeben schlummere. Tess bereitete sich ein Frühstück und trat dann ihr Amt als Pflegerin im Zimmer der Mutter an.

Am Morgen, als sie die Geschwister betrachtete, sahen sie alle merkwürdig hochgeschossen aus; obgleich Tess nur wenig länger als ein Jahr fortgewesen, schien ihr Wachstum erstaunlich; und die Notwendigkeit, sich mit Herz und Seele ihren Bedürfnissen zu widmen, entrückte sie ihren eigenen Sorgen.

Ihres Vaters Unwohlsein war von derselben unbestimmten Art, und er saß wie gewöhnlich in seinem Lehnstuhl. Doch am Tag nach ihrer Ankunft war er ungewöhnlich heiter. Er hatte einen weisen Plan ersonnen, wie er sein Auskommen finden könnte, und Tess fragte ihn, worum es sich handle.

»'s ist meine Idee, ein Zirkular an alle Altertumsforscher in dieser Gegend von England zu verschicken«, sagte er, »und sie aufzufordern, daß sie 'nen Sammelfonds unterschreiben, um mich auszuhalten. Ich bin überzeugt, sie würden's als 'ne romantische, künstlerische und feine Sache auffassen. Sie schmeißen massenhaft Geld hinaus, um alte Ruinen instand zu halten und weiß Gott was für Knochen zu finden und lauter so Zeug; und lebende Reliquien müßten doch für sie noch viel interessanter sein, wenn sie bloß einmal von mir erfahren. Möchte gern, daß irgendwer herumlaufen und ihnen sagen würde, wer da unter ihnen lebt, und sie lassen sich gar nichts von ihm träumen! Wenn Pfarrer Tringham, der mich entdeckt hat, am Leben geblieben wäre, er hätt's gemacht, das weiß ich.«

Tess verschob die Erörterung dieses großartigen Projektes und machte sich vorerst mit aller Energie an die unmittelbar dringlichen Aufgaben; denn ihre Geldsendungen schienen die Lage nur wenig gebessert zu haben. Als im Hause alles Nötige halbwegs in Ordnung gebracht war, wandte sie ihre Aufmerksamkeit den Angelegenheiten außer Hause zu. Es kam nun die Jahreszeit für das Pflanzen und Säen; viele Gärten und Parzellen der Dörfler hatten bereits die Frühlingsbestellung hinter sich; doch der Garten und das Grundstück der Durbeyfields befanden sich sehr im Rückstand. Tess entdeckte zu ihrer Bestürzung, was daran schuld war: sie hatten alle Saatkartoffeln aufgegessen – die letzte Missetat auf der Bahn des Leichtsinns. So schnell und so gut es ging, verschaffte sie neues Saatgut, und nach wenigen Tagen war ihr Vater wieder so weit beieinander, daß er auf ihr dringendes Zureden hin den Garten besorgen konnte, während sie selbst die Ackerparzelle in Angriff nahm, die sie auf einem Felde ein paar hundert Meter außerhalb des Dorfes gepachtet hatten.

Diese Arbeit behagte ihr nach der Haft im Krankenzimmer, wo man ihrer nicht mehr bedurfte, da die Krankheit ihrer Mutter sich besserte. Intensive körperliche Bewegung linderte die nagenden Gedanken. Das Grundstück lag in einer erhöhten, trockenen und freien Einfriedung, wo es vierzig oder fünfzig solcher Parzellen gab und wo gerade dann am flottesten gearbeitet wurde, wenn das Tagewerk des Lohnarbeiters beendet war. Das Umgraben begann gewöhnlich um sechs Uhr und zog sich unbestimmt hin, bis in die Dunkelheit oder in den Mondschein. Jetzt brannten auf vielen von den Parzellen große Haufen dürren Unkrauts und nutzloser Abfälle, und das trockene Wetter begünstigte ihre Verbrennung.

An einem schönen Tage arbeiteten Tess und Lisa-Lu hier mit ihren Nachbarn, bis die letzten Strahlen der Sonne flach auf die weißen Pflöcke prallten, die eine Parzelle von der andern trennten. Sobald das Zwielicht auf den Sonnenuntergang folgte, begannen die Feuer von Queckengras und Kohlstrünken mit ihrem flackernden Schein stoßweise die Äcker zu beleuchten, deren Umrisse unter dem dichten, vom Wind getriebenen Rauch auftauchten und wieder verschwanden. Wenn ein Feuer nur mehr glühte, erstrahlten die Rauchschwaden, die der Lufthauch flach über den Boden entlangblies, selber in undurchsichtigem Schimmer und verbargen die Arbeitsleute voreinander; und man konnte begreifen, was jene ›Wolkensäule‹ bedeutete, die eine Mauer bei Tage war und des Nachts eine Fackel.

Als die Finsternis sich verdichtete, gaben einige von den Männern und Frauen für heute abend die Arbeit auf, doch die Mehrzahl blieb, um mit dem Pflanzen zu Ende zu kommen; Tess schickte ihre Schwester nach Hause und blieb gleichfalls noch im Freien. Sie arbeitete mit ihrer Harke auf einer der Parzellen, wo das Unkraut loderte, und die vier schimmernden Zinken entlockten den Steinen und trockenen Schollen ein blinkendes Echo. Manchmal war Tess völlig in den Rauch ihres Feuers gehüllt; dann wieder gab er ihre Gestalt frei, und der kupferne Schimmer des brennenden Haufens überstrahlte ihre Glieder. Sie war heute abend merkwürdig angezogen und bot einen etwas auffallenden Anblick; sie trug ein Kleid, gebleicht durch vieles Waschen, und darüber eine kurze schwarze Jacke, und das Ganze wirkte wie die Tracht eines Hochzeits- und Trauergastes in einem. Die Frauen weiter im Hintergrund trugen weiße Schürzen, und diese Schürzen sowie ihre bleichen Gesichter waren alles, was man von ihnen im Finstern sehen konnte, außer wenn hier und da einen Augenblick lang der Flammenschimmer über sie hinblitzte.

Westwärts hoben sich die drahtzackigen Zweige der nackten Dornenhecke, die das Feld begrenzte, gegen die schillernde Blässe des Himmels ab. Darüber hing der Jupiter wie eine aufgeblühte Narzisse so hell, daß er fast einen Schatten warf. Ein paar kleine namenlose Sterne tauchten an andern Stellen auf. In der Ferne bellte ein Hund, und ab und zu ratterten Räder über die trockene Straße.

Immer noch klickerten die Zinken, denn es war nicht spät; und die frische und scharfe Luft erfüllte ein Frühlingssäuseln, das die Arbeiter fröhlich spornte. Ein Etwas in dem Ort, der Stunde, den knisternden Feuern, den phantastischen Mysterien von Licht und Schatten bewirkte, daß Tess so gut wie die andern sich ihres Hierseins freute. Der Einbruch der Nacht, der im Winterfrost als ein Feind kommt und in der Sommerhitze als ein Liebender erscheint, kam an diesem Märztag als ein stiller Tröster.

Niemand kümmerte sich um die Gefährten. Alle Augen hafteten auf dem Boden, dessen zerwühlte Oberfläche die Feuer den Blicken enthüllten. Als daher Tess die Schollen lockerte und ihre törichten kleinen Liedchen sang, nun kaum mehr hoffend, daß Clare sie jemals hören würde, achtete sie lange Zeit nicht auf die Gestalt, die in ihrer nächsten Nähe arbeitete – ein Mann im langen Feldkittel, der, wie sie bemerkte, dieselbe Parzelle mit ihr durchharkte; sie vermutete, ihr Vater habe ihn hierhergeschickt, um die Arbeit zu fördern. Sie wurde sich seiner

Nähe stärker bewußt, als ihn die Richtung, die er beim Graben einschlug, dichter an sie heranführte. Manchmal trennte sie der Rauch; dann wieder wichen die Schwaden zur Seite, und die beiden waren einander sichtbar, abgesondert von allen übrigen.

Tess sprach kein Wort zu ihrem Arbeitsgefährten, und auch er redete sie nicht an. Auch schenkte sie ihm gerade nur so viel Aufmerksamkeit, um sich zu erinnern, daß er, als noch helles Tageslicht herrschte, nicht zur Stelle gewesen und daß sie in ihm keinen der Arbeiter von Marlott erkennen konnte, was weiter kein Wunder war; während der letzten Jahre hatte sie ja so häufig lange Zeiträume in der Fremde verbracht. Nach und nach kam er harkend so dicht an sie heran, daß die Strahlen des Feuers von den stählernen Zinken seiner Gabel ebenso hell zurücksprangen wie von ihrer Harke. Als sie an das Feuer trat, um eine Schicht dürren Unkrauts in die Flammen zu werfen, gewahrte sie, daß er auf der andern Seite des Haufens dasselbe tat. Das Feuer loderte auf, und sie erblickte d'Urbervilles Gesicht.

Seine unerwartete Anwesenheit, seine groteske Erscheinung in einem faltigen Arbeitskittel, wie ihn jetzt nur mehr die altmodischen Arbeiter trugen, war von einer gespenstischen Komik, die ihr einen Schauder durch die Knochen jagte. D'Urberville stieß ein gedämpftes, langes Gelächter aus.

»Wenn ich geneigt wäre zu spaßen, müßte ich sagen: Wie sehr gleicht dies dem Paradies!« bemerkte er launig und betrachtete Tess von unten her.

»Was sagen Sie?« fragte sie mit schwacher Stimme.

»Ein Spaßvogel könnte sagen, dies mute ihn ganz wie das Paradies an. Sie sind Eva, und ich bin der alte Widersacher, der kommt, um Sie in der Maske eines kriechenden Tieres zu versuchen. Ich kannte diese Szene bei Milton wie am Schnürchen, als ich ein Gottesmann war. Ein paar Zeilen gehn so:

›Herrin, es harrt der Weg, er ist nicht lang;
jenseits des Myrtenhains, auf flachem Rasen,
an einer Quelle dicht, vorbei dem kleinen Dickicht,
wo Myrrhen blühn und Balsam; und gefällt
dir mein Geleite, bring ich bald dich hin.‹
›So führ mich denn‹, sagt Eva.

Und so fort. Meine liebe, liebe Tess, ich erwähne das nur als eine Sache, die Sie, sehr mit Unrecht, hätten vermuten oder äußern können, da Sie ja so schlecht von mir denken.«

»Ich sagte nie, daß Sie Satan seien, und dachte es auch nie. Ich denke überhaupt nicht in dieser Weise an Sie. Meine Gedanken über Sie bleiben völlig kühl; außer Sie beleidigen mich. Wie, sind Sie nur meinetwegen in so einem Aufzug zum Harken hergekommen?«

»Ausschließlich. Um Sie zu sehen; nichts weiter. Um dagegen zu protestieren, daß Sie derlei Arbeiten verrichten.«

»Aber ich tue es gern – ich tue es für meinen Vater.«

»Ihre Dienstzeit in Flintcomb-Ash ist zu Ende?«

»Ja.«

»Wo wollen Sie jetzt hingehn? Zu Ihrem teuren Gatten?«

Sie konnte die kränkende Erinnerung nicht ertragen.

»Oh – ich weiß nicht«, sagte sie bitter. »Ich habe keinen Gatten!«

»Ganz richtig – in dem Sinne, wie Sie es meinen. Aber Sie besitzen einen Freund; und ich habe beschlossen, daß es Ihnen gut gehen soll, und wenn Sie sich noch so dagegen sträuben. Sobald Sie nach Hause kommen, werden Sie sehn, was ich Ihnen geschickt habe.«

»Oh, Alec, ich wollte, Sie würden mir nichts, gar nichts schenken! Ich kann von Ihnen nichts annehmen! Ich mag nicht, es ist nicht in der Ordnung!«

»Es *ist* in der Ordnung«, rief er in festem Ton. »Ich kann nicht eine Frau, für die ich so zärtliche Gefühle hege, in Nöten sehn, ohne den Versuch zu machen, ihr zu helfen.«

»Aber es geht mir ja nicht schlecht! Schuld an meinen Nöten sind nur – nur – nein, nicht im geringsten die Nahrungssorgen!«

Sie wandte sich ab und begann verzweifelt, wieder zu graben; Tränen tropften auf den Harkenstiel und auf die Schollen.

»Schuld sind die Kinder – Ihre Brüder und Schwestern«, fuhr er fort. »Ich habe auch an *sie* gedacht.«

Ihr Herz erbebte – er traf Tess an einer schwachen Stelle, er hatte ihre größte Sorge erraten. Seit ihrer Heimkehr war ihre

Seele jenen Kindern entgegengeflogen, mit einer Zärtlichkeit, die an Leidenschaft grenzte.

»Wenn Ihre Mutter sich nicht erholt, muß sich irgend jemand ihrer annehmen; denn Ihr Vater wird vermutlich nicht imstande sein, sehr viel für sie zu tun.«

»Mit meinem Beistand kann er's. Er muß!«

»Und mit *meinem* Beistand.«

»Nein, Sir!«

»Wie verdammt töricht das ist!« brach d'Urberville aus. »Er denkt doch, daß wir zur gleichen Familie gehören, und wird ganz befriedigt sein!«

»Nein, ich habe ihn aufgeklärt.«

»Um so dümmer von Ihnen!«

Zornig zog sich d'Urberville gegen die Hecke zurück, wo er den langen Kittel und das rote Halstuch ablegte, die Hauptstücke seiner Verkleidung; und nachdem er sie zusammengewickelt und in das Queckenfeuer geworfen hatte, entfernte er sich.

Nach diesem Vorfall ging Tess das Harken nicht mehr recht von der Hand; sie fühlte sich ruhelos; sie fragte sich, ob Alec wohl in ihr Vaterhaus zurückgekehrt sei; und die Harke ergreifend, machte sie sich auf den Heimweg.

Einige zwanzig Meter vor dem Haus lief ihr eine ihrer Schwestern entgegen.

»Oh, Tessy – denk nur mal an! Lisa-Lu heult, und ein Haufen Leute sind in unserm Haus, und Mutter geht's mächtig besser, aber sie glauben, Vater ist tot!«

Das Kind erfaßte die großartige Bedeutung der Neuigkeit, aber noch nicht ihr trauriges Gewicht; es stand da und schaute Tess mit großgerundeten, wichtigtuenden Augen an, bis es die Wirkung gewahrte, die seine Worte auf Tess übten:

»Hör mal, Tess, werden wir niemals nicht mehr mit Vater sprechen?«

»Aber Vater war doch nur ein ganz klein wenig krank!« rief Tess verstört aus.

Lisa-Lu kam herbei.

»Er ist gerade erst zusammengefallen, und der Doktor, der bei Mutter war, sagte, 's wär keine Hoffnung mehr für ihn, weil sein Herz zugewachsen ist.«

Ja, das Ehepaar Durbeyfield hatte die Plätze getauscht: die Sterbende war außer Gefahr und der Unpäßliche tot. Die Neuigkeit war sogar noch viel bedeutungsvoller, als sie klang. Ihres Vaters Leben besaß, auch abgesehen von seinen persönlichen Taten, erheblichen Wert – sonst würde es vielleicht nicht allzuviel Wert besessen haben: Mit ihm ging das letzte der drei Leben dahin, für deren Dauer das Haus und Grundstück in Pacht standen; und der Hauptpächter spitzte schon lange auf das Gebäude für seine ständigen Arbeiter, die in ihren Wohnverhältnissen sehr beengt waren.

So sahen die Durbeyfields, ehemals d'Urbervilles, jenes Verhängnis auf ihre Häupter stürzen, das sie ohne Zweifel, als sie noch zu den Olympiern der Grafschaft gehörten, manches liebe Mal und ziemlich unerbittlich auf die Häupter landlosen Volks, wie sie es nun selber waren, herabbeschworen hatten.

LI

SCHLIESSLICH kam der Abend des Liebfrauentages, und die Welt des Ackerbaus geriet in fieberhafte Bewegung, wie es nur an diesem besonderen Datum des Jahres geschieht. Es ist ein Tag der Erfüllung; Verträge über Feldarbeit für das folgende Jahr, abgeschlossen zu Lichtmeß, müssen nun erfüllt werden. Die Arbeiter – oder ›Werkleute‹, wie sie sich seit unvordenklicher Zeit zu nennen pflegten –, die nicht länger auf ihren alten Dienstplätzen bleiben wollen, siedeln auf die neuen Höfe über.

Diese jährlichen Wanderzüge von Pachthof zu Pachthof nahmen im Blackmoortal immer mehr überhand. Als Mutter Durbeyfield noch ein Kind war, blieben die Feldarbeiter von Marlott der Mehrzahl nach ihr ganzes Leben lang auf *einem* Hofe, der auch das Heim ihrer Väter und Großväter gewesen; doch seit kurzem wuchs in hohem Maße das Verlangen nach einem alljährlichen Wechsel. Die jüngeren Familien waren freudig erregt, weil sie sich Vorteil davon versprachen. Das Ägypten der einen Familie war für die andere, die es aus der Ferne sah, das Land der Verheißung, bis es durch den Aufenthalt dort auch zu *ihrem* Ägypten wurde; und so tauschten sie und tauschten.

Da die Wohnräumlichkeiten zu Marlott auf diese Weise durch starke Abnutzung beträchtlich zusammengeschmolzen, wurde jedes Haus, das stehen blieb, von dem Gutsherrn für seine Arbeitsleute benötigt. Seit dem Eintritt jenes Ereignisses, das den schwersten Schatten über das Leben von Tess warf, wurden die Durbeyfields (deren Abstammung keinen Glauben fand) stillschweigend als eine Familie betrachtet, die unbedingt ausziehen mußte, sobald ihr Pachtvertrag zu Ende ging – wenn auch nur im Interesse der Moral. Es war in der Tat ziemlich richtig, daß die Bewohner des Hauses weder an Besonnenheit noch an Nüchternheit, noch an Keuschheit ein leuchtendes Beispiel boten. Der Vater und sogar die Mutter betranken sich zuweilen, die jüngeren Kinder gingen selten in die Kirche, und die älteste Tochter schloß fragwürdige Verbindungen. Auf irgendeine Weise mußte man das Dorf reinhalten. So wurde an diesem Tage, dem ersten Liebfrauentag, der die Vertreibung der Durbeyfields erlaubte, das geräumige Haus für einen Kärrner mit großer Familie angefordert, und Witwe Joan, ihre Töchter Tess und Lisa-Lu, der Knabe Abraham und die jüngeren Kinder mußten sich anderswo hinscheren.

Am Abend vor ihrem Auszug wurde es zeitig dunkel, weil ein rieselnder Regen den Himmel neblig verdüsterte. Da dies ihre letzte Nacht in dem Dorfe war, das ihre Heimat und ihre Geburtsstätte gewesen, gingen Mrs. Durbeyfield, Lisa-Lu und Abraham ins Dorf, um von einigen Bekannten Abschied zu nehmen, und Tess hütete bis zu ihrer Rückkehr das Haus.

Sie kniete in der Fensterbank, das Gesicht dicht am Flügelrahmen, wo außen eine Scheibe von Regenwasser die innere gläserne Scheibe entlangglitt. Ihr Auge ruhte auf dem Gewebe einer vermutlich längst verhungerten Spinne, das versehentlich in einen Winkel gespannt wurde, wo nie eine Fliege hinkam, und sie fröstelte in der feinen Zugluft, die durch den Fensterrahmen drang. Tess sann über die Lage der Familie nach und erkannte in allem ihren eigenen schlechten Einfluß. Wäre sie nicht nach Hause gekommen, so hätte man vermutlich ihrer Mutter und den Kindern erlaubt, als Wochenmieter zu bleiben. Aber fast unmittelbar nach ihrer Rückkehr wurde sie von einigen Leuten beobachtet, die prüden Charakter und großen

Einfluß besaßen: wurde gesehn, wie sie auf dem Friedhof umhertrödelte und, so gut es ging, mit einem kleinen Spaten eines Säuglings zerstörtes Grab aufbesserte. Auf diese Weise entdeckten sie, daß Tess wieder hier wohnte; und ihre Mutter wurde ausgescholten, weil sie ihr ›Unterschlupf bot‹; scharfe Worte fielen von Joans Seite, die sich aus freien Stücken erbötig machte, sogleich fortzuziehen; man nahm sie beim Wort, und hier war das Ergebnis.

›Ich hätte nie nach Hause kommen sollen‹, sagte Tess bitter zu sich selber.

Ein plötzliches rebellisches Gefühl, vom Schicksal ungerecht behandelt zu sein, stieg in ihr auf, heiße Tränen schossen in ihre Augen und schwellten die Lider; aber sie stürzten nicht über die Wangen herab. Sogar ihr Gatte, Angel Clare selber, maß sie mit hartem Maße, ja gewiß! Nie zuvor hatte sie solchen Gedanken Raum gegeben; aber es war so, zweifellos! Nie in ihrem Leben – sie konnte es von ganzer Seele beschwören – lag es je in ihrer Absicht, Unrecht zu tun, und dennoch kam dies harte Strafgericht. Was immer sie auch für Sünden begangen hatte, nicht vorsätzliche Sünden waren es, sondern Sünden ahnungsloser Blindheit; und warum mußte sie so beharrlich Strafe erdulden?

Leidenschaftlich ergriff sie das erstbeste Blatt Papier, das ihr zur Hand kam, und kritzelte die folgenden Zeilen hin:

Oh, warum hast Du mich so ungeheuerlich behandelt, Angel! Ich verdiene es nicht. Ich habe alles sorgsam überdacht, und ich kann Dir nie, nie verzeihen! Du weißt, daß es nicht meine Absicht war, Dich zu kränken – warum hast *Du* mich so gekränkt? Du bist grausam, ja, grausam! Ich will versuchen, Dich zu vergessen. Nur Unrecht hab ich aus Deinen Händen empfangen! –

Sie lauerte, bis der Postbote vorüberkam, lief mit ihrer Epistel zu ihm hinaus und nahm dann wieder träg und teilnahmslos ihren Platz an den Fensterscheiben ein.

Sie war so versunken in bittere, vorwurfsvolle Gedanken, daß sie einem Manne in weißem Überzieher, den sie die Straße entlangreiten sah, anfangs kaum Beachtung schenkte. Vielleicht weil ihr Gesicht sich an die Fensterscheibe preßte, erspähte er sie so rasch und lenkte sein Pferd so dicht an die Hütte, daß die Hufe beinahe auf das schmale Beet trampelten, wo im Schutze der Mauer immergrüne Pflanzen wuchsen. Erst als er mit seiner Reitpeitsche das Fenster berührte, wurde sie auf ihn aufmerksam. Der Regen hatte nahezu aufgehört, und seinem Wink gehorchend, öffnete sie einen Fensterflügel.

»Haben Sie mich nicht gesehen?« fragte d'Urberville.

»Ich habe nicht aufgepaßt«, sagte sie. »Ich hörte Sie, glaub ich, aber ich bildete mir ein, es sei ein Wagen. Ich träumte.«

»Ah, vielleicht hörten Sie die Kutsche der d'Urbervilles. Sie kennen wohl die Legende?«

»Nein. Mein – irgend jemand wollte sie mir einmal erzählen, aber er tat es nicht.«

»Wenn Sie eine echte d'Urberville sind, sollte ich sie Ihnen vermutlich auch nicht erzählen. Was mich betrifft, ich bin ein gefälschter, und so geht's mich nichts an. Die Geschichte ist ziemlich düster. Nur die vom Geblüt der d'Urberville können dieses Rattern einer nicht existierenden Kutsche hören, und es gilt als ein böses Vorzeichen für den, der es vernimmt. Es hängt mit einem Mord zusammen, den ein Mitglied der Familie vor Jahrhunderten beging.«

»Da Sie angefangen haben, erzählen Sie nun auch zu Ende.«

»Gut. Ein d'Urberville hat angeblich irgendeine schöne Frau entführt, die aus der Kutsche, in der er sie fortschleppte, zu entfliehen versuchte, und in dem Kampf tötete er sie – oder sie tötete ihn – das habe ich vergessen. So lautet die Legende. Ich sehe, daß eure Zuber und Eimer zusammengepackt sind. Ihr zieht aus, wie?«

»Ja, morgen –«

»Ich hörte davon, aber ich konnte es kaum glauben; es mutet mich so plötzlich an. Warum denn nur?«

»Vater war der letzte Lebenspächter auf dem Besitz, und mit seinem Tod besaßen wir kein Recht mehr auf die Wohnung. Doch hätten wir vielleicht als Wochenmieter bleiben können – wenn *ich* nicht gewesen wäre.«

»Was ist mit Ihnen?«

»Ich bin keine – anständige Frau.«

D'Urbervilles Gesicht rötete sich.

»Was für eine höllische Schande! Elende Philister! Der Teufel soll ihre schmutzigen Seelen zu Asche brennen!« rief er leidenschaftlich mit grollendem Tone aus. »Deshalb also geht ihr, wie? Hinausgeworfen?«

»Man hat uns nicht gerade hinausgeworfen; aber da sie sagten, wir müßten bald fort, war es das beste, gleich zu gehen, weil jetzt alles auszieht und sich bessere Möglichkeiten bieten.«

»Wohin zieht ihr?«

»Nach Kingsbere. Wir haben dort Zimmer gemietet. Mutter ist so närrisch eitel auf Vaters Familie, daß sie dorthin will.«

»Aber eine Mietwohnung ist nicht das richtige für die Familie Ihrer Mutter, und noch dazu in einem so kleinen Nest. Hören Sie mal: warum wollt ihr nicht in mein Gartenhaus nach Trantridge kommen? Es gibt zwar jetzt kaum noch Geflügel seit dem Tod meiner Mutter; aber das Haus ist da, wie Sie wissen, und der Garten. In einem Tag kann man es weiß tünchen, und Ihre Mutter wird ganz behaglich dort wohnen; und ich schicke die Kinder in eine gute Schule. Ich muß wirklich etwas für Sie tun!«

»Aber wir haben bereits die Zimmer in Kingsbere gemietet!« erklärte sie.

»Nun, obgleich ich Ihr Feind war, *jetzt* bin ich Ihr Freund, auch wenn Sie es nicht glauben wollen. Kommen Sie in diese Hütte zu mir. Wir werden eine regelrechte Geflügelkolonie einrichten, und Ihre Mutter kann ausgezeichnet das Ganze verwalten; und die Kinder können die Schule besuchen.«

Ihr Atem ging immer schneller, und schließlich sagte Tess:

»Wie soll ich wissen, ob Sie das alles auch wirklich tun? Ihre Absichten können sich ändern – und dann würden wir – würde meine Mutter – wieder heimatlos sein.«

»O nein – nein. Dagegen würde ich Sie schriftlich sicherstellen, wenn es nötig ist. Überdenken Sie's.«

Tess schüttelte den Kopf. Aber d'Urberville ließ nicht nach. Sie hatte ihn selten so entschlossen gesehn; er wollte eine abschlägige Antwort um keinen Preis gelten lassen.

»Bitte, sagen Sie es bloß Ihrer Mutter«, fuhr er in nachdrücklichem Tone fort. »An *ihr* ist es, zu entscheiden – nicht an

Ihnen. Morgen früh lasse ich das Haus auskehren und weißen und Feuer machen; und bis zum Abend wird es trocken sein, so daß Sie ohne Verzug übersiedeln können. Nun wohl gemerkt, ich werde Sie *erwarten.*«

Tess schüttelte von neuem den Kopf; ein Knäuel erregter Gefühle würgte sie in der Kehle. Sie vermochte nicht zu d'Urberville aufzublicken.

»Sie wissen, daß ich für das Vergangene in Ihrer Schuld bin«, begann er wieder. »Und Sie haben mich auch von jener Schrulle geheilt; so freut es mich –«

»Mir wäre lieber, Sie hätten die Schrulle beibehalten, und so auch die Haltung, die damit Hand in Hand ging!«

»Ich freue mich über diese Gelegenheit, Sie ein wenig entschädigen zu können. Morgen erwarte ich zu hören, wie man Ihrer Mutter Habseligkeiten vor meinem Hause ablädt . . . Geben Sie mir jetzt Ihre Hand darauf – schöne, liebe Tess!«

Bei den letzten Worten dämpfte er seine Stimme zu einem Murmeln und streckte die Hand durch das halbgeöffnete Fenster hinein. Mit stürmisch wildem Blick zog sie rasch an der Rahmenspreize und klemmte dabei seinen Arm zwischen den Fensterflügel und den steinernen Mittelpfosten.

»Donnerwetter – Sie sind sehr grausam!« sagte er, seinen Arm zurückreißend. »Nein, nein – ich weiß, Sie taten es nicht mit Absicht. Nun denn, ich werde Sie erwarten oder zumindest Ihre Mutter und die Kinder.«

»Ich werde nicht kommen – ich habe viel Geld!« rief sie.

»Wo?«

»Bei meinem Schwiegervater, wenn ich's von ihm verlange.«

»*Wenn* Sie es verlangen. Aber das werden Sie nicht tun, Tess; ich kenne Sie; Sie werden nie darum bitten – eher verhungern!«

Mit diesen Worten ritt er davon. Just an der Straßenecke stieß er auf den Mann mit dem Farbentopf, der ihn fragte, ob er die Brüder verlassen habe.

»Hol Sie der Teufel!« sagte d'Urberville.

Tess blieb lange Zeit an derselben Stelle knien; es wurde dunkler, und der Feuerschein leuchtete durch das Zimmer. Die beiden größten ihrer jüngeren Geschwister waren mit der Mutter ausgegangen: die vier kleinsten, zwischen dreieinhalb und elf Jahren, alle in schwarzen Röcken, saßen rund um den Herd versammelt und plapperten über ihre eigenen kleinen Angelegenheiten. Tess gesellte sich schließlich zu ihnen, ohne eine Kerze anzuzünden.

»'s ist die letzte Nacht, die wir hier schlafen werden, Lieblinge, hier in dem Hause, wo wir alle geboren wurden«, sagte sie lebhaft. »Wir sollten darüber nachdenken, nicht wahr?«

Sie versanken alle in Schweigen; ihre empfänglichen, jungen Herzen waren nahe daran, in Tränen auszubrechen, so erschütterte sie das Bild eines traurigen Endes, das Tess heraufbeschwor, obgleich sie sich bisher den ganzen Tag mit dem Gedanken an die neue Wohnung erfreut hatten. Tess wechselte das Thema:

»Singt mir etwas vor, Lieblinge«, sagte sie.

»Was sollen wir singen?«

»Was ihr grade könnt; 's ist mir gleich.«

Einen Augenblick lang herrschte Stille; sie wurde zuerst durch einen einzigen dünnen und tastenden Ton unterbrochen; dann verstärkte eine zweite Stimme diesen Ton, und eine dritte und eine vierte fielen im Gleichklang ein, mit Worten, die sie in der Sonntagsschule gelernt hatten:

Hier verfolgt uns Gram und Pein.
Hier muß stets geschieden sein.
Im Himmel gibt es kein Scheiden.

Die vier sangen drauflos, mit der phlegmatischen Leidenschaftslosigkeit von Menschen, die die Frage schon längst entschieden haben und auch, da es keinen Zweifel geben kann, das Gefühl hegen, es sei kein ferneres Nachdenken mehr erforderlich. Die Züge hart gespannt, um die Silben deutlich zu formen, starrten sie unablässig mitten in das flackernde Feuer, und die Töne der Jüngsten irrten versprengt in die Pausen der beiden andern hinüber.

Tess verließ die Geschwister und ging wieder ans Fenster. Draußen war die Nacht hereingebrochen, doch sie preßte das Gesicht gegen die Scheiben, als wollte sie in das Düster hinausspähen. In Wirklichkeit geschah es, um ihre Tränen zu verbergen. Wenn sie nur glauben könnte, was die Kinder sangen! Wenn sie es nur sicher wüßte, wie ganz anders würde nun alles sein; wie zuversichtlich würde sie ihre Geschwister der Vorsehung und ihrem himmlischen Königreich überlassen! Doch da ihr dieser Glaube mangelte, geziemte es ihr, irgend etwas zu tun, ihre Vorsehung zu sein; denn für Tess, wie für einige Millionen ihrer Mitmenschen, lag ein gespenstischer Spott in den Zeilen des Dichters:

Nicht nackt und bloß,
von Wolken des Ruhms umwallt, so kommen wir her.

Für sie und ihresgleichen war schon die Geburt ein Gottesurteil voll erniedrigenden persönlichen Zwanges, dessen Willkür auch der weitere Lebenslauf nicht rechtfertigen, höchstens abmildern konnte.

Bald darauf erspähte sie im Düster der feuchten Straße ihre Mutter mit der hochgewachsenen Lisa-Lu und mit Abraham. Mrs. Durbeyfields Holzpantinen klapperten zur Türe heran, und Tess öffnete.

»Ich sehe die Spuren eines Pferdes vor den Fenstern«, sagte Joan. »War Besuch da?«

»Nein«, erwiderte Tess.

Die Kinder am Fenster schauten sie ernst an, und das jüngste murmelte:

»Nun, Tess, der Gentleman zu Pferd!«

»Er hat mich nicht besucht«, sagte Tess. »Er sprach mit mir im Vorüberreiten.«

»Was war das für 'n Gentleman?« fragte ihre Mutter.

»Oh, du brauchst nicht zu fragen«, antwortete Tess. »Du hast ihn schon früher gesehen, und ich wohl auch.«

»Ah! Was sagt er?« rief Joan neugierig.

»Ich will es dir erzählen, sobald wir morgen in unserer Wohnung zu Kingsbere eingerichtet sind – Wort für Wort.«

LII

WÄHREND der frühen Morgenstunden des nächsten Tages, als noch Finsternis die Felder bedeckte, sahen die Anrainer längs der Landstraßen ihre Nachtruhe durch rumpelnde Geräusche gestört, die mit Unterbrechungen bis zum Anbruch des Tages dauerten – Geräusche, die in dieser besondern ersten Woche des Monats ebenso zuverlässig wiederkehrten wie der Ruf des Kuckucks in der dritten Woche. Es waren die Vorboten des allgemeinen Umzugs, die leeren Lastwagen, die vorüberfuhren, um die Habseligkeiten der wandernden Familien zu holen; denn der Mietling wurde stets mit dem Gefährt des Pächters, der seine Dienste benötigte, an den Bestimmungsort befördert. Der Wunsch, dies noch im Verlaufe desselben Tages zu bewerkstelligen, erklärte die hallenden Geräusche, die so bald nach Mitternacht laut wurden, denn es war das Ziel der Kärrner, die Tür der ausziehenden Familie um sechs Uhr morgens zu erreichen, da dann sogleich mit dem Verladen des beweglichen Hausrats begonnen wurde.

Doch zu Tess und ihrer Mutter schickte kein besorgter Pächter sein Gespann. Sie waren nur Frauen, nicht reguläres Arbeitsvolk; nirgends bedurfte man ihrer. Daher mußten sie auf eigene Kosten einen Wagen mieten und erhielten keinen Nagel unentgeltlich zugeschickt.

Als Tess an diesem Morgen zum Fenster hinausschaute, gewahrte sie zu ihrer großen Erleichterung, daß es trotz des windigen und düstern Wetters nicht regnete und daß der Wagen vor der Türe stand. Ein regnerischer Liebfrauentag war ein Gespenst, das umziehende Familien niemals vergaßen; nasse Möbel, nasses Bettzeug, nasse Kleider kamen in seinem Gefolge und ließen einen Rattenschwanz von Übeln zurück.

Ihre Mutter, Lisa-Lu und Abraham waren gleichfalls wach, doch die jüngsten Kinder ließ man weiterschlafen. Die vier frühstückten im trüben Dämmerlicht, und dann wurde das ›Räumen‹ in Angriff genommen.

Es ging mit einigem Frohsinn vonstatten, und ein oder zwei freundliche Nachbarn halfen mit. Nachdem die großen Möbelstücke an Ort und Stelle verstaut waren, baute man aus den Betten und dem Bettzeug ein kreisrundes Nest, in dem Joan Durbeyfield und die kleinen Kinder während der Reise sitzen sollten. Nach dem Verladen trat eine lange Verzögerung ein, bevor die Pferde gebracht wurden, da man sie während des Räumens ausgeschirrt hatte; doch schließlich gegen zwei Uhr setzte sich das Ganze in Bewegung; der Kochtopf baumelte an der Deichsel des Wagens, Mrs. Durbeyfield und Familie saßen obendrauf, und in ihrem Schoß hielt die Matrone, um das Räderwerk vor Schaden zu bewahren, das Kopfgehäuse der Uhr, die bei jedem stärkeren Ruck des Wagens in dünnen Tönen eins oder halb zwei schlug. Tess und das nächstälteste Mädchen schritten zu Fuß neben dem Wagen her, bis sie aus dem Dorfe heraus waren.

Sie hatten an diesem Morgen und am vergangenen Abend etliche Nachbarn besucht, und ein paar kamen herbei, um ihnen das Geleite zu geben; alle wünschten sie ihnen Glück, obgleich sie im innersten Herzen ein echtes Glück solch einer Familie kaum für möglich hielten, so harmlos auch die Durbeyfields für alle außer für sich selber waren. Bald begann das Gefährt zu höhergelegenen Strichen hinanzusteigen, und mit dem Wechsel des Niveaus und Bodens wurde der Wind schärfer.

Heute, am sechsten April, begegnete der Wagen der Durbeyfields zahlreichen anderen Fuhrwerken mit vielköpfigen Familien auf dem Gipfel der Ladung, die nach einem nahezu unwandelbaren Prinzip aufgeschichtet wurde, nach einem Prinzip, das vermutlich für den Landarbeiter ebenso charakteristisch ist wie das Sechseck für die Biene. Das Fundament des Aufbaus bildete die Familienkredenz, die mit ihren schimmernden Griffen und Fingerabdrücken, dick überzogen von Spuren häuslichen Gebrauchs, vorne auf dem Wagen imposant über den Schwänzen der Deichselpferde thronte, aufrecht und in natürlicher Stellung wie eine Bundeslade, die sie voll Ehrfurcht von Tempel zu Tempel führten.

Einige Familien waren munter, andere betrübt; ein paar machten vor den Türen der Straßenschenken halt, wo zur gehörigen Stunde auch die Durbeyfield-Menagerie anhielt, um die Pferde zu füttern und die Reisenden zu erfrischen.

Während des Aufenthalts erblickte Tess einen blauen Literkrug, der durch die Luft hinauf- und hinabstieg, von und zu der

weiblichen Abteilung eines Haushalts auf dem Gipfel eines beladenen Wagens, der in geringer Entfernung vor demselben Wirtshaus haltgemacht hatte. Sie folgte mit ihrem Blick einem der Höhenflüge des Kruges und sah, wie er von Händen ergriffen wurde, deren Eigentümerin sie sehr gut kannte. Tess lief hinüber.

»Marian und Izz!« rief sie zu den Mädchen hinauf, denn sie waren es, saßen auf dem Wagen mit der umziehenden Familie, in deren Haus sie gewohnt hatten. »Räumt ihr heute wie alle Welt?«

»Ja«, sagten sie. Das Leben in Flintcomb-Ash sei ihnen zu aufreibend gewesen, und sie seien fortgezogen, fast ohne Aufkündigung; Groby möge sie nur ruhig einklagen, wenn er Lust dazu habe. Sie nannten Tess ihren Bestimmungsort, und Tess verriet ihnen den ihren.

Marian neigte sich über die Ladung herab und dämpfte die Stimme. »Weißt du, daß der Gentleman, der dir nachläuft – du wirst erraten, wen ich meine –, nach Flintcomb gekommen ist, nachdem du weg warst, und nach dir gefragt hat? Wir sagten ihm nicht, wo du hin bist; wußten, du würdest ihn nicht gerne sehen.«

»Ah – aber ich habe ihn gesehn«, murmelte Tess. »Er fand mich.«

»Und weiß er, wo du hingehst?«

»Ich glaube wohl.«

»Dein Mann zurückgekommen?«

»Nein.«

Sie sagte ihren Freundinnen Lebwohl – denn die betreffenden Fuhrleute kamen nun aus der Schenke heraus –, und die beiden Wagen nahmen ihre Fahrt in entgegengesetzten Richtungen wieder auf. Das Vehikel, auf dem Marian und Izz nebst der Pflügerfamilie saßen, mit der sie gemeinsame Sache machten, strahlte in glänzender Bemalung und wurde von drei kräftigen Pferden mit schimmerndem Messingflitter am Kummet gezogen, während der Wagen, in dem Mrs. Durbeyfield und ihre Familie fuhren, ein knarrender Kasten war, der kaum das Gewicht der Ladung auf seinen Achsen aushalten wollte, ein Vehikel, das seit seiner Entstehung mit keinem Tropfen Farbe mehr in Berührung gekommen war und nur von zwei Rössern gezogen wurde. Deutlich ließ der Kontrast erkennen, was für ein Unterschied es ist, ob man von einem wohlhabenden Pächter abgeholt wird oder sich selbst an einen Ort befördert, wo einen kein Lohnherr erwartet.

Lang dehnte sich der Weg, und obgleich sie Marlott so zeitig verlassen hatten, war es recht spät am Tage, als sie die Flanke einer Höhenkuppe überschritten, die einen Teil des Hochlandes namens Greenhill bildet. Während die Rösser stillstanden, um Wasser zu lassen und zu verschnaufen, schaute sich Tess um. Unter dem Hügel und gerade vor ihnen lag das halbverödete Städtchen, das Ziel ihrer Pilgerschaft, Kingsbere, wo ihre Ahnen ruhten, die ihr Vater bis zum Überdruß beschwatzt und besungen hatte: Kingsbere, *der* Fleck unter allen Flecken auf Erden, den man als die Heimat der d'Urbervilles ansprechen konnte, da sie hier volle fünfhundert Jahre gehaust hatten.

In der Ferne ließ sich ein Mann blicken, der vom Saum des Dorfes her auf sie zukam, und als er die Art ihrer Wagenladung erkannte, beschleunigte er seine Schritte.

»Sie sind die Frau, schätz' ich, die sich Mrs. Durbeyfield nennt?« sagte er zur Mutter, die abgestiegen war, um den Rest des Weges zu Fuß zurückzulegen.

Sie nickte. »Witwe des seligen Sir John d'Urberville, des armen Edelmanns, wenn ich mich um meine Rechte kümmern wollte; und auf der Heimkehr in die Lande seiner ritterlichen Ahnen.«

»So? Nun, davon weiß ich nichts; aber wenn Sie Mrs. Durbeyfield heißen, muß ich Ihnen ausrichten, daß die Zimmer, die Sie haben wollten, vermietet sind. Wir wußten nicht, daß Sie kommen, bis wir heute morgen Ihren Brief kriegten – und da war's zu spät. Aber Sie können sicher irgendwo ein anderes Unterkommen finden.«

Der Mann blickte Tess an und bemerkte, wie ihr Gesicht bei seiner Nachricht aschfahl wurde. Ihre Mutter schaute hoffnungslos verlegen drein. »Was sollen wir jetzt machen, Tess?« sagte sie bitter. »So empfängt man uns im Land deiner Ahnen! Aber wir wollen's weiter probieren.«

Sie fuhren in die Stadt und probierten's aus Leibeskräften;

Tess blieb bei dem Wagen, um auf die Kinder achtzugeben, während ihre Mutter und Lisa-Lu Umfrage hielten. Als Joan eine Stunde später neuerlich zu dem Vehikel zurückkehrte, nachdem ihre Suche nach Unterkunft immer noch fruchtlos geblieben war, erklärte der Kutscher des Wagens, die Fracht müsse abgeladen werden, da er den Auftrag habe, noch am selben Abend nach Hause zu fahren.

»Gut – laden Sie hier ab«, erwiderte Joan unbekümmert. »Ich werde schon irgendwo ein Obdach auftreiben.«

Der Wagen hatte in einem verborgenen Winkel neben der Friedhofsmauer haltgemacht, und der Kutscher, durchaus nicht abgeneigt, schaffte flink den armseligen Haufen abgenutzten Hausrats zur Erde. Als dies getan war, machte er sich auf die Strümpfe und verließ sie, nur allzu froh, daß er mit solch einer Familie nichts mehr zu tun hatte. Die Nacht war trocken, es würde ihnen weiter nichts Schlimmes passieren.

Tess starrte verzweifelt die Möbelpyramide an. Der kalte Sonnenschein des Frühlingsabends lugte gehässig auf die Töpfe und Kessel, auf die Bündel getrockneter Kräuter, die im Windhauch zitterten, auf die Messinggriffe der Kredenz, auf die Korbwiege, die sie ehemals alle geschaukelt hatte, und auf das glattpolierte Uhrgehäuse; und jedes einzelne Stück glitzerte mit dem vorwurfsvollen Schimmer friedlichen Hausrats, der sich den Wechselfällen eines Daseins unter freiem Himmel, für das er niemals geschaffen wurde, plötzlich preisgegeben sieht. Rundumher lagen entforstete Hügel und Hänge – zerstückelt nun in kleine Weideplätze –, lagen die grün überwachsenen Fundamente, die verrieten, wo ehemals das Herrenhaus der d'Urbervilles stand; und dahinter ein vorgeschobener Streifen der Egdoner Heide, der stets zur Besitzung gehört hatte. Dicht neben Tess blickte ein Kirchenschiff, genannt das Schiff der d'Urbervilles, mit unerschütterlicher Gelassenheit in die Landschaft.

»Ist nicht deine Familiengruft klipp und klar dein Freigut?« sagte die Mutter, als sie von einem Streifzug durch die Kirche und den Friedhof zurückkehrte. »Nu, ganz natürlich, und dort wollen wir auch kampieren, Mädels, bis die Stadt eurer Vorfahren ein Dach für uns findet! Vorwärts, Tess und Lisa und Abraham, packt mit an! Wir wollen ein Nest für die Kinder machen und uns dann noch einmal umsehn.«

Teilnahmslos und verdrossen half Tess ihrer Mutter, und nach einer Viertelstunde war die alte vierpfostige Bettstatt von dem Möbelhaufen heruntergeholt und neben der Südwand der Kirche aufgestellt, neben jenem Trakte, der als das Schiff der d'Urbervilles bekannt ist und unter dessen Fliesen die ungeheuren Grüfte liegen. Über dem Baldachin der Bettstatt befand sich ein vielscheibiges Fenster von wunderschönem Maßwerk, das aus dem XV. Jahrhundert stammte. Es hieß das Fenster der d'Urbervilles, und in der oberen Ecke ließen sich heraldische Embleme erkennen, ähnlich jenen auf Durbeyfields altem Siegel und Löffel.

Joan zog die Vorhänge rund um das Bett, so daß ein vortreffliches Zelt entstand, und legte die kleineren Kinder hinein. »Wenn's zum Schlimmsten kommt, können auch wir für eine Nacht hier schlafen«, sagte sie. »Aber wir wollen's noch mal probieren und für die kleinen Lieblinge was zum Futtern besorgen! O Tess, was hat's für einen Sinn, daß du mit Gentlemen Hochzeit spielst, wenn wir dann so in die Tinte kommen!«

Begleitet von Lisa-Lu und dem Knaben, schritt sie wieder das kleine Gäßchen hinab, das die Kirche von dem Marktflecken trennte. Sobald sie in die Straße bogen, erblickten sie einen Mann zu Pferde, der nach allen Seiten Ausschau hielt. »Ah – ich suche euch«, sagte er, an sie heranreitend. »Das ist ja ein richtiger Familientag auf historischem Grund und Boden!«

Es war Alec d'Urberville. »Wo steckt Tess?« fragte er.

Joan fand persönlich keinen besonderen Gefallen an Alec. Sie deutete flüchtig nach der Kirche hin und ging weiter, während d'Urberville ihr zurief, daß er sie wiedersehen würde, falls ihre Suche nach einer Unterkunft, von der er soeben gehört hatte, neuerlich erfolglos verlaufen sollte. Als sie fort waren, ritt d'Urberville zum Gasthof und kam bald darauf zu Fuß auf die Straße heraus.

In der Zwischenzeit war Tess bei den Kindern hinter dem Vorhang der Bettstatt geblieben, wo sie eine Weile mit ihnen plauderte, bis sie sah, daß sich nichts weiter tun lasse, um ihre Lage behaglicher zu machen, und zum Friedhof hinüberspazierte, den nun die Schatten der einbrechenden Nacht zu umdüstern begannen. Das Kirchentor war unverschlossen, und sie durchschritt es zum erstenmal in ihrem Leben.

Diesseits des Fensters, unter dem das Bett stand, lagen die Familiengrüfte, deren Daten mehrere Jahrhunderte umfaßten. Ein marmorner Baldachin überkrönte die schlichten und altarförmigen Deckel; die gemeißelten Verzierungen waren verunstaltet und zerbrochen, die bronzenen Gedächtnisplatten von den Matrizen losgerissen, und die Falzlöcher gähnten wie die Marderhöhlen in einer Sandklippe. Von all den Mahnzeichen, die sie je daran erinnerten, daß ihre Familie sozial völlig erloschen sei, war keines so zwingend wirksam wie diese Plünderung der Gräber.

Sie näherte sich einem dunklen Steine, auf dem geschrieben stand:

Ostium sepulchri antiquae familiae d'Urberville.

Tess verstand nicht Kirchenlatein wie ein Kardinal, aber sie wußte, daß dies die Pforte zu der Gruft ihrer Ahnen war und daß da drinnen die mächtigen Ritter lagen, die ihr Vater in seinen Schwipsen besungen hatte.

Sinnend wandte sie sich zum Fortgehn und schritt dicht an einem Altargrab vorüber, dem ältesten von allen, geschmückt mit einer ruhenden Figur. In der Dunkelheit hatte sie es nicht beachtet und würde es auch jetzt wohl kaum beachtet haben; doch plötzlich ergriff sie eine seltsame Einbildung, als bewege sich das Standbild. Sobald sie näher kam, entdeckte sie im selben Augenblick, daß die Figur ein lebender Mensch war; und das Gefühl, sie sei nicht allein gewesen, erschütterte sie so heftig, daß sie völlig zusammenknickte und, einer Ohnmacht nahe, zu Boden sank; doch zuvor erkannte sie Alec d'Urberville.

Er sprang von der Steinplatte auf und stützte sie.

»Ich sah Sie hereinkommen«, sagte er mild, »und wollte Ihre Meditationen nicht unterbrechen. Eine richtige Familientagung, nicht wahr, mit diesen alten Burschen da unter uns? Horchen Sie.«

Er stampfte mit der Ferse heftig auf die Fliesen; und ein hohles Echo drang von unten herauf.

»Will wetten, das hat sie ein bißchen aufgerüttelt!« fuhr er fort. »Und Sie dachten, ich sei bloß das steinerne Ebenbild eines dieser Kerle. Aber nein. Die alte Ordnung hat sich verkehrt. Der kleine Finger des falschen d'Urberville kann mehr für Sie tun als die ganze Dynastie des echten Geblüts da unten ... Nun, befehlen Sie. Was soll ich tun?«

»Gehn Sie fort!« murmelte sie.

»Gut – ich will mich nach Ihrer Mutter umsehn«, sagte er freundlich. Doch als er an ihr vorüberschritt, flüsterte er: »Passen Sie auf; Sie werden noch einmal höflicher sein!«

Als er fort war, neigte sie sich über den Eingang zu den Grüften und sprach:

»Warum bin ich auf der falschen Seite dieser Pforte?«

Inzwischen waren Marian und Izz Huett mit dem Hab und Gut des Bauern dahingezogen, ihrem Kanaan entgegen – dem Ägypten irgendeiner anderen Familie, die es gerade erst an diesem Morgen verlassen hatte. Doch lange Zeit dachten die Mädchen mit keinem Gedanken daran, wohin sie jetzt fuhren. Ihr Gespräch drehte sich um Angel Clare und Tess und ihren hartnäckigen Liebhaber, dessen Zusammenhang mit der Vergangenheit ihrer Freundin sie schon früher teils erfahren und teils erraten hatten.

»'s ist eben doch nicht ganz so, wie wenn sie ihn nie zuvor gekannt hätte«, sagte Marian. »Daß er sie *einmal* erobert hat, das macht 'nen gewaltigen Unterschied. 's wär jammerschade, wenn er sie wieder ködern würde. Mr. Clare kann uns nie etwas sein, Izz; und warum sollten wir ihm Tess mißgönnen und nicht versuchen, diesen Zank zu schlichten? Wenn er bloß wissen könnte, in was für einer Klemme sie steckt und was in der Luft liegt, er würde vielleicht kommen, um auf sein Eigentum aufzupassen.«

»Könnten wir ihn nicht aufklären?«

Den ganzen Weg bis zu ihrem Bestimmungsort dachten sie über diesen Einfall nach; dann aber nahm das Drunter und Drüber des Einzugs in ihre neue Behausung all ihre Aufmerksamkeit in Anspruch. Doch als sie sich ein wenig eingelebt hatten, etwa einen Monat später, hörten sie von Clares bevorstehender

Rückkehr, obgleich sie von Tess kein Sterbenswörtchen mehr erfuhren. Und Marian, durch ihre zärtliche Neigung für Clare von neuem erregt, doch voll ehrenhafter Gesinnung gegen die Freundin, entkorkte hierauf die Pfennigtintenflasche, die sie mit Izz teilte, und die beiden Mädchen heckten gemeinsam ein paar Zeilen aus:

Geehrter Herr!
Kümmern Sie sich um Ihr Weib, wenn Sie es ebenso lieben, wie es Sie liebt. Denn ein Feind in der Gestalt eines Freundes setzt ihr schlimm und bitterlich zu. Sir, es ist jemand in ihrer Nähe, der lieber weit weg sein sollte. Man darf eine Frau nicht über ihre Kraft auf die Probe stellen, und steter Tropfen höhlt den Stein – ja, mehr noch, höhlt auch einen Diamanten.

Zwei, die es gut meinen.

Dies adressierten sie an Angel Clare in den einzigen Ort, von dem sie je in Verbindung mit ihm gehört hatten, ins Vikariat zu Emminster; und dann gerieten sie in eine Stimmung leidenschaftlicher Begeisterung über ihre eigene Großmut, die sie trieb, in einem Atem hysterisch zu trällern und schluchzend zu weinen.

7. Phase

Die Erfüllung

LIII

Es war Abend im Vikariat von Emminster. Die zwei üblichen Kerzen brannten unter ihren grünen Schirmen in dem Arbeitszimmer des Vikars, doch er selber saß nicht an seinem Schreibtisch. Gelegentlich kam er herein, schürte das kleine Feuer, das für die wachsende Milde des Frühlings genügte, und ging wieder hinaus; zuweilen hielt er an der Vordertür inne, tat ein paar Schritte auf den Salon zu und kehrte dann wieder zur Tür zurück.

Die Haustür lag gegen Westen, und obgleich im Flur tiefstes Dunkel herrschte, war es draußen noch hell genug, um alles deutlich auszunehmen. Mrs. Clare, die im Salon gesessen hatte, folgte ihm hierher.

»Es ist noch massenhaft Zeit«, sagte der Vikar. »Vor sechs kommt er nicht nach Chalk-Newton, selbst wenn der Zug pünktlich sein sollte, und zehn Meilen Landstraße, fünf davon auf der Crimmercrock Lane, wird unser alter Klepper nicht allzu schnell durchtraben.«

»Aber mit uns hat er nicht mehr als eine Stunde gebraucht, mein Lieber.«

»Vor Jahren.«

So verbrachten sie die Minuten und wußten beide ganz genau, daß dies alles unnütz in den Wind geredet war; es hieß einfach warten, und damit gut.

Schließlich erscholl ein leichtes Geräusch auf der Straße, und draußen vor dem Gitter erschien das alte Wägelchen. Sie sahen vom Trittbrett eine Gestalt springen, die ihnen bekannt erschien; und wären doch in Wirklichkeit auf der Straße achtlos an ihr vorübergegangen, ohne sie zu erkennen, wenn sie nicht in diesem besonderen Augenblick, da eine besondere Person eintreffen sollte, aus ihrem eigenen Wagen ausgestiegen wäre.

Mrs. Clare stürzte durch den dunklen Korridor zur Tür, und ihr Gatte folgte ihr langsameren Schrittes.

Der neue Ankömmling, der soeben eintreten wollte, sah im Flur ihre gespannten Gesichter und den Schimmer des westlichen Himmels in ihren Brillen, weil die letzten Strahlen des Tageslichts auf ihr Antlitz fielen; sie aber konnten vor dem hellen Hintergrund nur seine Umrisse sehn.

»Oh, mein Junge, mein Junge – endlich wieder zu Hause!« rief Mrs. Clare, der im Augenblick die ketzerischen Schandflecke, die diese ganze Trennung veranlaßt hatten, ebenso gleichgültig waren wie der Staub auf seinen Kleidern. Welche Frau, selbst unter den treuesten Verehrerinnen der Wahrheit, glaubt wirklich an die Versprechungen und Drohungen des Gotteswortes ebenso felsenfest, wie sie an ihre eigenen Kinder glaubt, oder welche würde nicht ihre ganze Theologie den Winden preisgeben, wenn sie gegen das Glück des Kindes in die Waagschale fällt? Sobald sie ins Zimmer kamen, wo die Kerzen brannten, schaute sie ihm ins Gesicht.

»Oh, es ist nicht Angel – nicht mein Sohn – nicht der Angel, der von uns fortging!« rief sie mit all der Ironie des Kummers und wandte sich ab.

Auch sein Vater war erschüttert von seinem Anblick – so sehr hatte diese Gestalt ihre früheren kräftigen Konturen eingebüßt, durch körperliche Mühsal und zermürbende Wetterplagen, die Clare unter jenem Himmelsstriche, in den ihn sein erster Abscheu vor dem bittern Hohn der Ereignisse in der Heimat getrieben hatte, als Folge seiner Unbesonnenheit durchmachen mußte. Man konnte hinter dem Menschen das Skelett sehen, und fast das Gespenst hinter dem Skelett. Es war Crivellis Toter Christus. Seine eingesunkenen Augenhöhlen trugen eine krankhafte Färbung, und der Glanz seiner Augen war verblaßt. Die eckigen Falten und Furchen seiner betagten Eltern hatten ihre Herrschaft in seinem Gesicht zwanzig Jahre vor ihrer Zeit angetreten.

»Ich war krank dort drüben, wie ihr wißt«, sagte er. »Jetzt geht es mir tadellos.«

Doch wie um diese Behauptung Lügen zu strafen, schienen seine Beine den Dienst zu versagen, und er setzte sich plötzlich in einen Stuhl, um nicht hinzustürzen. Es war nur ein leichter Schwächeanfall, hervorgerufen durch die beschwerliche Tagesreise und die Aufregung der Heimkehr.

»Ist in letzter Zeit Post für mich gekommen?« fragte er.

Nur ein einziger Brief war kürzlich gekommen. Andere Briefe, die ein paar Wochen früher eintrafen, hatten sie ihm nachgeschickt, da sie nicht wußten, daß er schon so bald in die Heimat aufbrechen würde.

Hastig öffnete er den herbeigeholten Brief und las mit großer Bestürzung, von Tess geschrieben, die bitteren Worte, die ihr letztes hastiges Gekritzel ihm entgegenschleuderte.

Oh, warum hast Du mich so ungeheuerlich behandelt, Angel! Ich verdiene es nicht. Ich habe alles sorgsam überdacht, und ich kann Dir nie, nie verzeihen! Du weißt, daß es nicht meine Absicht war, Dich zu kränken – warum hast *Du* mich so gekränkt? Du bist grausam, ja, grausam! Ich will versuchen, Dich zu vergessen. Nur Unrecht hab ich aus Deinen Händen empfangen! –

»Es ist völlig wahr!« sagte Angel, den Brief auf den Tisch werfend. »Vielleicht wird sie sich nie mehr mit mir versöhnen!«

»Angel, sei nicht so bekümmert wegen eines simplen Kindes vom Lande!« sagte seine Mutter.

»Kind vom Lande! Nun, wir alle sind Kinder vom Lande. Ich wollte, sie wäre es in dem Sinne, wie du es meinst. Aber laßt mich jetzt verraten, was ich euch nie zuvor verraten habe: ihr Vater ist in männlicher Linie ein Sproß aus einem der ältesten normannischen Häuser, gleich zahlreichen andern, die in unsern Dörfern ein obskures Leben hinter dem Pfluge führen.«

Er zog sich bald in sein Bett zurück; und am nächsten Morgen fühlte er sich so äußerst unwohl, daß er grübelnd in seinem Zimmer blieb. Die Umstände, unter denen er Tess verlassen hatte, erwiesen sich als ziemlich heikel: Obgleich es ihm, solange er südlich vom Äquator weilte, als die leichteste Sache von der Welt erschienen war, zurück in ihre Arme zu eilen, kam es ihm nun, da er die Heimat erreichte, gar nicht mehr so leicht und einfach vor. Sie war voller Leidenschaft, und ihr Brief veranlaßte ihn, sich im stillen zu fragen, ob es auch klug sein würde, unangekündigt in Gegenwart ihrer Eltern vor sie hinzutreten. Angenommen, ihre Liebe hatte sich wirklich während der Trennungszeit in Abneigung verwandelt: könnte dann nicht eine plötzliche Begegnung zu bitteren Worten führen?

Clare hielt es daher für das beste, Tess und ihre Familie durch ein Briefchen vorzubereiten, in Marlott seine Ankunft zu melden und zugleich seine Hoffnung auszudrücken, daß sie immer noch dort bei ihren Eltern lebe, wie er es bei seiner Abreise aus England mit ihr vereinbart hatte. Er gab die Zeilen noch am selben Tag zur Post, und bevor die Woche um war, kam eine kurze Antwort von Mrs. Durbeyfield, die seine Verlegenheit nicht beseitigte; denn der Umschlag trug keine Absenderadresse, obgleich der Brief zu seiner Überraschung nicht aus Marlott datierte.

Sir!

Ich schreibe diese paar Zeilen, um Ihnen mitzuteilen, daß meine Tochter gegenwärtig von mir weg ist, und ich weiß nicht genau, wann sie wieder zurückkommt, aber ich werde Sie es wissen lassen, sobald es der Fall ist. Ich fühle mich nicht berechtigt, Ihnen zu verraten, wo sie sich einstweilen aufhält. Ich muß noch sagen, daß ich und meine Familie Marlott seit einiger Zeit verlassen haben.

Ihre ergebene
J. Durbeyfield.

Zu erfahren, daß es Tess allem Anschein nach zumindest gut erging, bereitete Clare so große Erleichterung, daß ihn ihrer Mutter hartnäckige Verschwiegenheit in der Frage ihres Aufenthalts nicht weiter bekümmerte. Offenbar waren sie alle böse auf ihn. Er würde warten, bis Mrs. Durbeyfield ihm die Rückkehr von Tess melden könnte, und wie ihr Brief zu verstehen gab, mußte das bald geschehn. Er verdiente nichts Besseres. Er hatte mit einer Liebe geliebt, ›die sich wandelt, wenn sie Gewandeltes findet‹. Während seiner Abwesenheit von der Heimat waren ihm einige seltsame Erkenntnisse zugefallen; er erkannte in der sittenstrengen Cornelia die Möglichkeiten Faustinas, sah eine geistige Lucretia in einer körperlichen Phryne; dachte an jenes Weib, das die Pharisäer ergriffen, um es nach Recht und Verdienst zu steinigen, dachte an Urias Frau, die zur Königin gekrönt wurde; und fragte sich, warum er Tess nicht lieber nach gesunder Vernunft als nach ihrer Vergangenheit beurteilte, nach ihrer Gesinnung lieber als nach ihren Handlungen.

Tag um Tag verstrich, während er in seinem Vaterhaus auf den versprochenen zweiten Brief von Joan Durbeyfield wartete und nebenbei auch darauf bedacht war, wieder ein wenig zu Kräften zu kommen. Mancherlei Zeichen verrieten, daß die Kräfte zurückkehrten; doch nichts zeigte sich von dem Briefe. Dann erhielt er die Briefe, die man ihm nach Brasilien nachgeschickt hatte, und er las jene Zeilen von Tess, die sie in Flintcomb-Ash schrieb. Die unerwarteten Worte entmutigten ihn völlig.

›Ich *muß* Dich in meinen Nöten anrufen – ich habe niemand anderen. . . . ich glaube, ich muß sterben, wenn Du nicht bald kommst oder mich zu Dir rufst . . . Bitte, bitte nicht nur gerecht sein – sei ein bißchen gütig zu mir! . . . Wenn Du kommst, ich wollte gern in Deinen Armen sterben! Ich wäre es ganz zufrieden, wenn Du mir nur vorher verziehen hast! . . . Wenn Du mir nur eine einzige kleine Zeile schicken wolltest und schreiben ‚ich komme bald', so würde ich weiter aushalten, Angel, – oh, so freudigen Herzens! . . . Denke daran, wie es mein Herz verwundet, Dich nie zu sehen – nie! Ach, wenn ich es nur dazu bringen könnte, daß Dein teures Herz jeden Tag eine einzige kleine Minute lang das Weh empfände, das *mein* Herz Tag für Tag von früh bis abend empfindet, es würde Dich vielleicht bewegen, Dich deines armen einsamen Weibes zu erbarmen . . . Ich wäre es zufrieden, ja, ich wäre froh, mit Dir als Deine Sklavin zu leben, wenn ich nicht als Dein Weib mit Dir leben darf; nur in Deiner Nähe sein und flüchtig Dein Antlitz sehen und denken, daß Du mein bist . . . Nur eines im Himmel oder auf der Erde oder unter der Erde ist meine Sehnsucht – Dir wieder zu begegnen, mein Allerliebster! Komm zu mir, komm zu mir, und rette mich vor den Dingen, die mich bedrohn.‹

Ungestüm sprang Clare auf, um ohne Zögern nach ihr zu suchen, und Tränen trübten seinen Blick, als er seinen Vater fragte, ob sie ihn während seiner Abwesenheit um irgendeine Summe Geldes gebeten habe. Sein Vater verneinte, und da fiel Angel zum erstenmal ein, daß ihr Stolz ja Tess diesen Weg versperren mußte. Aus seinen Bemerkungen errieten nun seine Eltern zum erstenmal den wahren Grund der Trennung; und das Christentum dieser beiden, deren innigste Bemühungen verlorenen Menschen galten, war so lauter, daß eine sorgliche Zärtlichkeit für Angels Frau durch ihre *Sünde* augenblicklich wachgerufen wurde, nachdem vorher ihr Geblüt, ihre Schlichtheit, ja selbst ihre Armut ein solches Gefühl nicht hatte erregen können.

Während er hastig ein paar Sachen für seine Reise zusammenpackte, durchflog er ein schlichtes, treuherziges Sendschreiben, das gleichfalls vor kurzem angelangt war – den Brief Marians und Izz Huetts, beginnend: ›Geehrter Herr! – Kümmern Sie sich um Ihr Weib, wenn Sie es ebenso lieben, wie es Sie liebt . . .‹ und unterzeichnet: ›Zwei, die es gut meinen.‹

LIV

EINE Viertelstunde später verließ Clare das Haus, und seine Mutter beobachtete von der Türe aus, wie seine schmächtige Gestalt die Straße hinunter verschwand. Er hatte es abgelehnt, sich die alte Stute seines Vaters zu borgen, da er wohl wußte, wie nötig sie im Haushalt war. Er eilte zum Gasthof, wo er sich ein leichtes Wägelchen mietete, und verging fast vor Ungeduld, während das Pferd angeschirrt wurde. Ein paar Minuten später fuhr er zur Stadt hinaus und den Hügel hinan, wo vor drei Monaten Tess mit solchen Hoffnungen herabgewandert und mit so zerstörten Plänen heimwärts wieder emporgeklommen war.

Bald erstreckte sich vor seinen Augen die Benville Lane, Hekken und Bäume im Purpur der Knospen; aber seine Aufmerksamkeit galt anderen Dingen, und er kümmerte sich um die Landschaft gerade nur so viel, daß er den rechten Weg nicht verfehlte. Nach etwas weniger als einundeinhalb Stunden umfuhr er die südliche Spitze des Gutes Kink's Hintock und lenkte sein

Gefährt zu der düsteren Einsamkeit von Cross-in-Hand empor, zu dem unheiligen Steinpfeiler, wo Tess von Alec d'Urberville in seiner Bekehrtenrolle gezwungen wurde, mit seltsamem Eide zu beschwören, daß sie ihn nie wieder willentlich in Versuchung führen würde. Die bleichen und verdorrten Nesselstrünke des verflossenen Jahres zauderten immer noch in kahler Nacktheit auf den Straßenrainen, und junge grüne Nesseln des neuen Frühlings sproßten aus ihren Wurzeln empor.

Von hier fuhr er am Rande des Hochlands entlang, das die übrigen Hintockhügel überragte, und mit einer Wendung nach rechts tauchte er in die stählenden, kalkigen Regionen von Flintcomb-Ash; aus diesem Dörfchen datierte einer ihrer Briefe, und er vermutete, es müsse der Aufenthaltsort sein, auf den ihre Mutter anspielte. Hier fand er sie natürlich nicht; und seine Niedergeschlagenheit wurde durch die Entdeckung verstärkt, daß die Häusler und selbst der Pächter nie etwas von einer Mrs. Clare gehört hatten, obgleich sie unter ihrem Taufnamen in jedermanns Gedächtnis war. Augenscheinlich hatte sie während ihrer Trennung nie seinen Namen geführt, und diese stolze Demut zeigte ihren adligen Sinn nicht viel weniger deutlich als all die Drangsale, von denen er nun zum erstenmal erfuhr und die sie auf sich genommen hatte, um nur ja nicht seinen Vater um weitere Geldsummen bitten zu müssen.

Man sagte ihm, Tess Durbeyfield habe diesen Platz ohne rechtzeitige Aufkündigung verlassen, um ihr Elternhaus am andern Ende des Blackmoortales aufzusuchen; und es wurde daher nötig, Mrs. Durbeyfield ausfindig zu machen. Sie hatte ihm mitgeteilt, daß sie jetzt nicht mehr in Marlott wohne, verheimlichte jedoch mit seltsamer Schweigsamkeit ihre eigentliche Adresse, und es blieb kein anderer Ausweg, als nach Marlott zu gehen und dort nachzufragen. Der Pächter, der mit Tess so grob verfahren war, begegnete Clare in der schmeichlerischsten Weise und lieh ihm für die Fahrt nach Marlott Pferd und Kutscher; das Gig, in dem er anlangte, mußte nach Emminster zurück, da die festgesetzte Frist seiner Tagesreise mit diesem Pferde abgelaufen war.

Clare wollte das geliehene Fuhrwerk des Pächters nicht weiter benützen als bis zu den äußersten Grenzen Marlotts, schickte es dann mit dem Knecht, der ihn gefahren hatte, wieder zurück und betrat zu Fuß das Dorf, die Geburtsstätte seiner teuren Tess. Es war noch früh im Jahr, und wenig Buntheit zeigte sich in den Gärten und im Laub der Bäume; der sogenannte Frühling war nichts als ein Winter, den eine dünne Hülle frischen Grüns überzog, und glich in allem den Hoffnungen Clares.

Das Haus, in dem Tess die Jahre ihrer Kindheit verbrachte, wurde nun von einer andern Familie bewohnt, die sie nie gekannt hatte. Die neuen Bewohner weilten im Garten und gingen so ganz in ihrem eigenen Treiben auf, als wäre diese Stätte früher nie mit der Geschichte anderer Menschen verknüpft gewesen, vor deren Macht die Geschichte dieser Leute wie ein Lügenmärchen erschien. Sie spazierten über die Gartenpfade, gänzlich von den Gedanken an ihre eigenen Interessen in Anspruch genommen; sie brachten ihre Handlungen jeden Augenblick in schroffen Widerspruch zu den blassen Gestalten der Vergangenheit, und schwatzten, als wäre die Zeit, da Tess hier lebte, um kein Gran lebendiger und bunter gewesen als das Heute. Selbst die Frühlingsvögel sangen über ihren Häupten, als dächten sie, es fehle weiter niemand in diesem Hause. Als Clare sich bei diesen seltenen Unschuldslämmern, für die selbst der Name ihrer Vorgänger nur eine dunkle Erinnerung war, erkundigte, erfuhr er, daß John Durbeyfield gestorben sei, daß seine Witwe mit den Kindern Marlott verlassen und erklärt habe, sie zöge nach Kingsbere, daß sie aber statt dessen in einen anderen Ort gegangen sei, den man ihm nannte. Nun verabscheute Clare dieses Haus, da es aufgehört hatte, Tess zu beherbergen, und eilte aus seiner verhaßten Nähe fort, ohne sich auch nur ein einziges Mal umzuschauen.

Sein Weg führte an dem Feld vorüber, wo er sie beim Tanze zum erstenmal gesehen hatte. Es wirkte so schlimm auf ihn wie das Haus – ja, noch schlimmer. Er schritt weiter durch den Kirchhof, wo er unter den neuen Leichensteinen einen erblickte, der etwas vornehmer ausgeführt war als die anderen. Die Inschrift lautete folgendermaßen:

Zum ewigen Gedächtnis John Durbeyfields,
recte d'Urberville, aus der einstmals mächtigen Familie

dieses Namens, und in erlauchter Linie direkter Nachkomme
Sir Bryan d'Urbervilles, eines Paladins des Eroberers.
Gestorben am zehnten März 18 . .
WIE SIND DIE MÄCHTIGEN GEFALLEN.

Ein Mann, offenbar der Totengräber, hatte Clare am Grabe stehen sehn und näherte sich. »Sir, das da ist ein Mann, der hier nicht liegen wollte; er wünschte nach Kingsbere überführt zu werden, wo seine Ahnen sind.«

»Und warum hat man seinen Wunsch nicht respektiert?«

»Oh – kein Geld. Du lieber Gott, Sir, nun – ich möcht's nicht gerne überall sagen, aber – selbst der Grabstein da, trotz all dem hochtrabenden Geschreibsel, ist noch nicht bezahlt.«

»Und wer hat ihn aufgestellt?«

Der Mann nannte ihm den Namen eines Steinmetzen im Dorfe, und nachdem Clare den Friedhof verlassen hatte, suchte er den Steinmetz auf. Er fand, daß die Sache auf Wahrheit beruhte, und bezahlte die Rechnung. Und als das erledigt war, schlug er die Richtung ein, die Mrs. Durbeyfield auf ihrem Auszug gewählt hatte.

Die Entfernung war zu groß für eine Fußwanderung, doch Clare empfand ein so starkes Bedürfnis nach Einsamkeit, daß er anfangs weder ein Fuhrwerk mietete noch die Eisenbahnrundlinie benutzen wollte, die ihn eventuell zu dem Ort gebracht hätte. In Shaston jedoch sah er sich gezwungen, Pferd und Wagen zu mieten; aber der Weg zog sich so lange hin, daß er erst gegen sieben Uhr abends in Joans Wohnort eintraf, nachdem er seit dem Aufbruch von Marlott mehr als zwanzig Meilen zurückgelegt hatte.

Da das Dorf klein war, bereitete es ihm keine Mühe, Mrs. Durbeyfields Behausung ausfindig zu machen, eine Hütte mit ummauertem Garten, von der Hauptstraße abgelegen, wo sie ihre plumpen alten Möbel, so gut sie konnte, verstaut hatte. Es war klar, daß sie aus dem einen oder andern Grunde nicht wünschte, von ihm besucht zu werden, und er fühlte, daß sein Besuch ein wenig zudringlich wirkte.

Sie kam selbst an die Tür, und der Schimmer des Abendhimmels fiel auf ihr Gesicht.

Dies war das erstemal, daß Clare ihr begegnete, aber seine Befangenheit hinderte ihn, mehr zu bemerken, als daß sie immer noch eine hübsche Frau war und die Kleidung einer achtbaren Witwe trug. Er sah sich genötigt zu erklären, daß er der Gatte von Tess sei und was ihn hierherführe, und es kam ziemlich linkisch heraus. »Ich will sie sogleich sehn«, fügte er hinzu. »Sie sagten in Ihrem Brief, daß Sie mir wieder schreiben würden, aber Sie haben es nicht getan.«

»Weil sie nicht nach Haus gekommen ist«, sagte Joan.

»Wissen Sie, ob es ihr gut geht?«

»Nein. Aber *Sie* müßten's wissen, Sir«, erwiderte sie.

»Das gebe ich zu. Wo hält sie sich auf?«

Von Anfang an während des ganzen Zwiegesprächs verriet Joan ihre Bestürzung, nervös mit der Hand die Wange reibend.

»Ich – ich weiß nicht genau, wo sie sich aufhält«, antwortete sie. »Sie war – aber –«

»Wo war sie?«

»Nun, sie ist jetzt nicht hier.«

In ihrem Wunsche, seinen Fragen auszuweichen, hielt sie von neuem inne; die jüngeren Kinder waren inzwischen an die Tür geschlichen, und das Jüngste zog die Mutter am Rock und murmelte:

»Ist das der Herr, der Tess heiraten will?«

»Er *ist* mit ihr verheiratet«, flüsterte Joan. »Geh hinein.«

Clare sah ihr Bestreben, reinen Mund zu halten, und fragte:

»Glauben Sie, daß Tess etwas dran liegen würde, wenn ich mich bemühte, sie zu finden? Wenn nicht, natürlich –«

»Ich glaube nicht.«

»Sind Sie sicher?«

»Ich bin sicher.«

Er wandte sich zum Fortgehen; und dann fiel ihm ihr zärtlicher Brief ein.

»Nun, ich bin vom Gegenteil überzeugt!« erwiderte er leidenschaftlich. »Ich kenne sie besser als Sie.«

»Sehr gut möglich, Sir; denn *ich* hab sie nie wirklich gekannt.«

»Bitte, sagen Sie mir ihre Adresse, Mrs. Durbeyfield, aus Mitleid mit einem einsamen, elenden Manne!«

Wieder rieb die Mutter ruhelos ihre Wange mit der flachen Hand, und als sie sah, wie er litt, sagte sie schließlich mit leiser Stimme:

»Sie ist in Sandbourne.«

»Aber – *wo* in Sandbourne? Sandbourne, sagt man, ist ein großer Ort geworden.«

»Ich weiß es nicht genauer – in Sandbourne. Ich selber war niemals dort.«

Er konnte nicht zweifeln, daß Joan diesmal die Wahrheit sprach, und drang nicht weiter in sie.

»Brauchen Sie irgend etwas?« fragte er freundlich.

»Nein, Sir«, erwiderte sie. »Wir sind recht gut versorgt.« Ohne das Haus zu betreten, entfernte sich Clare. Drei Meilen weiter lag ein Bahnhof, und nachdem er seinen Kutscher entlohnt hatte, wanderte er zu Fuß hinüber. Kurz darauf ging der letzte Zug nach Sandbourne ab, und seine Räder trugen Clare davon.

LV

Am selben Abend um elf, nachdem sich Clare in einem Hotel ein Bett besorgt und unverzüglich bei seiner Ankunft die neue Adresse an seinen Vater telegraphiert hatte, schlenderte er auf die Straßen von Sandbourne hinaus. Es war zu spät, um irgend jemanden zu besuchen oder Erkundigungen einzuziehen, und widerstrebend verschob er seine Absicht bis zum nächsten Morgen. Aber er brachte es nicht über sich, jetzt schon das Bett aufzusuchen.

Dieser vornehme Badeort mit seinen Ost- und Westbahnhöfen, seinen Molen, seinen Kiefergehölzen, seinen Promenaden und gedeckten Gärten wirkte auf Angel Clare wie ein Feenort, den plötzlich der Schlag eines Zauberstabes erschaffen hatte und ein wenig verstauben ließ. Ein östlicher Ausläufer der ungeheuren Egdoner Wüstenei erstreckte sich bis dicht heran, doch gerade den Saum dieses lohgelben Stückes Altertum hatte sich ein so funkelndes Stück Neuzeit wie diese Vergnügungsstadt zum Schauplatz seines schwindelnden Wachstums erwählt. Noch keine Meile jenseits ihrer Grenzen war jede Bodenfurche prähistorisch, war jedes Strombett ein unberührter Britenpfad; seit den Tagen Cäsars hatte keine einzige Rasenscholle die Harke verspürt. Und doch war hier das fremdartige Gewächs aufgeschossen, plötzlich wie der Kürbis des Propheten; und hatte Tess hierhergelockt.

Beim Schein der mitternächtigen Lampen schritt er hügelauf und hügelab über die gewundenen Wege dieser neuen Welt inmitten einer alten, und zwischen den Bäumen im Schimmer der Sterne erblickte er die hochragenden Dächer, Schornsteine, Altane und Türme der zahlreichen phantastischen Villen, aus denen der Ort sich zusammensetzte. Es war eine Stadt einzelnstehender Gartenhäuser, eine Lungerstätte von den Gestaden des Mittelmeers am Ärmelkanal; und jetzt zu nächtlicher Stunde wirkte sie sogar noch imposanter, als sie war.

Das Meer lag in nächster Nähe, aber es drängte sich nicht auf; seine Wellen murmelten, und er dachte, es seien die Kiefern; die Kiefern murmelten in genau denselben Flüstertönen, und er dachte, es sei das Meer.

Wo konnte wohl Tess sein, ein Bauernmädchen, sein junges Weib, inmitten all dieses modischen Reichtums? Je mehr er darüber nachsann, desto mehr geriet er in Verwirrung. Gab es denn hier Kühe zu melken? Sicherlich waren keine pflügbaren Felder da. Vermutlich hatte sie in einem dieser großen Häuser irgendeinen Posten angenommen; und er schlenderte durch die Gassen, zu den Zimmerfenstern hinaufblickend und zu den Lichtern, die eins nach dem andern erloschen; und fragte sich im stillen, welches dieser Lichter wohl ihr gehören mochte.

Vermutungen anzustellen, hatte keinen Zweck, und knapp nach zwölf Uhr betrat er sein Hotel und ging zu Bett. Bevor er das Licht auslöschte, las er noch einmal ihren leidenschaftlichen Brief. Aber er konnte nicht schlafen – so dicht in ihrer Nähe, und doch so fern von ihr; und immer wieder lüftete er die Fenstergardinen, betrachtete die Hintermauern der gegenüberliegenden Häuser und fragte sich im stillen, hinter welchem dieser geschlossenen Läden sie wohl im Augenblick schlummern mochte.

Er hätte fast ebensogut die ganze Nacht aufbleiben können. Des Morgens erhob er sich um sieben und verließ kurz darauf das Hotel, in der Richtung auf das Hauptpostamt zu. An der Türe traf er einen Postboten, der mit Briefschaften für die morgendliche Ausgabe auf die Straße trat.

»Kennen Sie die Adresse einer Mrs. Clare?« fragte Angel.

Der Postbote schüttelte den Kopf.

Dann erinnerte sich Clare, daß sie sehr wahrscheinlich auch weiterhin ihren Mädchennamen beibehalten hatte, und sagte:

»Oder eine Miß Durbeyfield?«

»Durbeyfield?«

Auch dieser Name war dem Postboten fremd.

»Jeden Tag kommen und gehen die Fremden, wie Sie ja wissen, Sir«, erwiderte er; »und ohne den Namen des Hauses ist's ganz unmöglich, jemanden zu finden.«

In diesem Augenblick eilte einer seiner Kameraden aus dem Postamt, und der Name wurde ihm wiederholt.

»Durbeyfield kenn ich nicht; aber bei den ›Reihern‹ gibt's den Namen d'Urberville«, sagte der zweite.

»Das ist es!« rief Clare, erfreut, daß sie darauf zurückgekommen war, den Namen richtig zu buchstabieren. »Was für ein Haus sind die ›Reiher‹?«

»'ne hochfeine Pension. 's sind lauter Pensionen hier, wenn Sie gestatten.«

Clare erhielt Weisung, wie er das Haus finden könne, eilte hin und langte zugleich mit dem Milchmann an. Die Pension zu den ›Reihern‹, wenn auch nur eine gewöhnliche Villa, stand auf eigenem Grund und Boden und war sicherlich der letzte Ort, wo man erwartet hätte, Logis zu finden; so privat wirkte ihr Äußeres. Wenn die arme Tess, wie er fürchtete, hier bedienstet war, mußte sie wohl zu dem Milchmann an die Hintertür kommen, und er fühlte sich geneigt, gleichfalls dorthin zu gehn. Doch in seiner Unschlüssigkeit wandte er sich dem Fronteingang zu und klingelte.

Da es noch früh am Morgen war, öffnete die Wirtin selber das Tor. Clare fragte nach Theresa d'Urberville oder Durbeyfield.

»Mrs. d'Urberville?«

»Ja.«

Tess galt also als verheiratete Frau, und er freute sich darüber, wenn sie auch nicht seinen Namen angenommen hatte.

»Wollen Sie so gut sein und ihr sagen, daß ein Verwandter sie gerne sehen möchte?«

»Es ist ziemlich früh. Welchen Namen darf ich nennen, Sir?«

»Angel.«

»Mr. Angel?«

»Nein; Angel. Es ist mein Taufname. Sie wird Bescheid wissen.«

»Will nachsehen, ob sie schon auf ist.«

Sie führte ihn in das Vorderzimmer – den Speisesalon –, und er blickte durch die Gardinen auf den kleinen Rasenplatz hinaus, auf die Rhododendren und anderen Büsche vor den Fenstern. Offensichtlich war ihre Lage keineswegs so schlimm, wie er gefürchtet hatte, und es fuhr ihm durch den Kopf, sie müsse wohl irgendwie die Juwelen angefordert und verkauft haben, um es so weit zu bringen. Er tadelte sie keinen Augenblick. Bald erlauschte sein geschärftes Ohr Schritte auf der Treppe, und sein Herz pochte so schmerzhaft, daß er sich kaum noch auf den Füßen halten konnte. ›Mein Gott, was wird sie von mir denken, wenn ich so verändert vor ihr stehe!‹ sagte er zu sich selber; und die Tür sprang auf.

Tess erschien auf der Schwelle – nicht im mindesten so, wie er's erwartet hatte – nein, verwirrend anders sah sie aus. Jetzt endlich ließ ihr Anzug ihrer großen natürlichen Schönheit volle Gerechtigkeit widerfahren. Sie war nachlässig in einen prächtigen losen Morgenmantel von grauweißem Kaschmir, bestickt mit den Farben der Halbtrauer, gehüllt und trug Pantoffeln von derselben Farbe. Ihren Hals umschmiegte eine Federkrause, und ihr liebvertrauter Zopf dunkelbraunen Haares war zum Teil am Hinterkopf in einen Knoten aufgeflochten, teils hing er über ihre Schulter – unverkennbar die Wirkung hastiger Eile.

Er hatte ihr seine Arme entgegengestreckt, aber sie sanken wieder schlaff zurück; denn Tess kam nicht auf ihn zu – sie blieb in der geöffneten Türe stehen. Er, ein elendes gelbes Skelett, fühlte den Kontrast zwischen ihr und sich und glaubte, sein Aussehen stoße sie ab.

»Tessy!« sagte er heiser, »kannst du mir verzeihen, daß ich fortgegangen bin? Kannst du nicht – zu mir kommen? Wie kommt es, daß du – so bist?«

»Zu spät!« antwortete sie; ihre Stimme war so scharf und hart, daß sie im Zimmer widerhallte, und ihre Augen glitzerten unnatürlich.

»Ich habe dich nicht gerecht beurteilt – ich sah dich nicht so, wie du warst!« fuhr er fort, sich zu verteidigen. »Jetzt sehe ich dich richtig, meine liebste Tess!«

»Zu spät, zu spät!« stieß sie hervor und winkte mit der Ungeduld eines Menschen, dessen Qualen jeden Augenblick zu einer Stunde dehnen. »Komm mir nicht in die Nähe, Angel! Nein, du darfst nicht. Bleib fort!«

»Liebst du mich denn nicht mehr, mein liebes Weib, weil mich die Krankheit so heruntergebracht hat? Du bist nicht so wankelmütig – ich komme ja deinetwegen – meine Mutter und mein Vater werden dich jetzt willkommen heißen!«

»Ja – o ja, ja! Aber ich sage doch, ich sage, daß es zu spät ist!« rief sie fast kreischend. Sie schien wie ein gehetzter Flüchtling im Traume, der versucht, sich von der Stelle zu bewegen, und dennoch keinen Fuß zu rühren vermag. »Weißt du denn nicht alles – weißt du es nicht? Doch wie kommst du hierher, wenn du es nicht weißt?«

»Ich erkundigte mich da und dort und fand den Weg.«

»Ich habe auf dich gewartet und gewartet!« fuhr sie fort, und in ihre Stimme kehrte plötzlich der alte ergreifende Flötenton zurück. »Aber du kamst nicht. Und ich schrieb an dich, und du kamst dennoch nicht! Er sagte mir Tag um Tag, du würdest *nie* wiederkommen, und ich sei töricht und dumm. Er war sehr gut zu mir und zu Mutter und zu uns allen, nach Vaters Tod. Er –«

»Ich verstehe nicht.«

»Er hat mich wieder zu sich gelockt.«

Clare schaute sie scharfen Blickes an, dann, den Sinn ihrer Worte erfassend, klappte er zusammen, wie vom Schlage getroffen, und sein Blick senkte sich und fiel auf ihre Hände, die, ehemals rosig, nun weiß und zart waren.

Sie fuhr fort:

»Er ist oben. Ich hasse ihn jetzt, weil er mich belogen hat – weil er sagte, daß du nie wiederkommen würdest; und du bist *doch* gekommen! Aber – willst du jetzt weggehn, Angel, bitte, und nie wieder zurückkommen!«

Sie standen erstarrt, ihre genarrten Herzen blickten ihnen aus den Augen, mit einer Freudlosigkeit, jammervoll anzusehen. Beide erschienen sie von irgendeiner Macht Schutz vor der nackten Wirklichkeit zu erflehen.

»Ah – es ist meine Schuld!« sagte Clare.

Aber er konnte nicht fortfahren. Worte waren ebenso ausdruckslos wie das Schweigen.

Ein paar Augenblicke verstrichen, und er sah, daß Tess fortgegangen war. Sein Gesicht wurde kälter und eingefallener, wie er so in gespanntem Sinnen einen Augenblick dastand, und ein oder zwei Minuten später fand er sich auf der Straße, schreitend und schreitend, ohne zu wissen, wohin.

LVI

Mrs. Brooks, die Dame, die in den ›Reihern‹ den Haushalt führte und der all die hübschen Möbel gehörten, war durchaus nicht mit einem besonders starken Hang zur Neugier begabt. Durch die lange und erzwungene Knechtschaft im Frondienst jenes Rechendämons Soll und Haben hatte sich das arme Weib allzu tief in materielle Interessen verstrickt, um Neugier der Neugier halber zu bewahren, Neugier auch dort noch, wo es sich nicht um die Taschen eventueller Mieter handelte. Doch der Besuch Angel Clares bei ihren gut bezahlenden Hausgästen, Mr. und Mrs. d'Urberville (sie hielt sie für Mann und Frau), war durch die ungewöhnliche Stunde und das Verhalten des Besuchers hinlänglich außergewöhnlich, um den weiblichen Hang wieder aufzuspornen, den sie, soweit er sich nicht auf das Mietgewerbe bezog, als gänzlich unnütz unterdrückt hatte.

Tess sprach mit ihrem Gatten von der Schwelle aus, ohne das Eßzimmer zu betreten, und Mrs. Brooks, die in der halbgeöffneten Tür ihres eigenen Wohnraums am rückwärtigen Ende des Korridors stand, erlauschte Bruchstücke der Unterhaltung zwischen diesen zwei unglücklichen Seelen – wenn man es überhaupt eine Unterhaltung nennen konnte. Sie hörte Tess die Treppe zum ersten Stock hinaufsteigen, hörte, wie Clare sich entfernte und wie die Haustür hinter ihm ins Schloß fiel. Dann

wurde die Tür des oberen Zimmers geschlossen, und Mrs. Brooks erkannte, daß Tess wieder ihre Gemächer betreten hatte. Da die junge Dame noch nicht fertig angekleidet war, wußte Mrs. Brooks, daß sie einige Zeit lang nicht wieder zum Vorschein kommen würde.

Sie ging folglich behutsam die Treppe hinauf und stellte sich an die Tür des Vorderzimmers – eines Salons, der mit dem unmittelbar dahinterliegenden Raum (dem Schlafzimmer) in der üblichen Weise durch eine Flügeltür verbunden war. Diesen ersten Stock, der Mrs. Brooks beste Zimmer enthielt, hatten die d'Urbervilles in Wochenmiete genommen. Das Hinterzimmer lag nun in tiefem Schweigen; doch aus dem Salon drangen Laute.

Anfangs konnte sie nichts weiter unterscheiden als eine einzige Silbe, unablässig in gedämpften Klagetönen wiederholt, als käme sie von einer Seele in den marternden Banden eines ionischen Rades:

»Oh – oh – oh!«

Dann ein Schweigen, dann ein schwerer Seufzer, und von neuem:

»Oh – oh – oh!«

Die Wirtin guckte durch das Schlüsselloch. Nur ein kleines Stück des Zimmers war sichtbar, aber in diesen Ausschnitt ragte eine Ecke des bereits gedeckten Frühstückstisches, und daneben ein Stuhl. Tess beugte ihr Antlitz über das Sitzgeflecht des Stuhles, denn sie lag vor ihm auf den Knien; ihre Hände waren über dem Kopf verkrampft, die Säume ihres Morgenmantels und die Stickerei ihres Nachtgewandes wallten hinter ihr über die Dielen, und ihre nackten Füße, die aus den Pantoffeln glitten, ragten auf den Teppich hervor. Von ihren Lippen drang jenes Gemurmel unsagbarer Verzweiflung.

Dann kam eine männliche Stimme aus dem anstoßenden Raum:

»Was ist los?«

Sie antwortete nicht, sondern fuhr in einem Tone fort, der eher ein Selbstgespräch war als ein Ausruf, und eher ein Grabgesang als ein Selbstgespräch. Mrs. Brooks konnte nur einige Brocken erhaschen:

»Und dann kam mein lieber, lieber Mann zu mir in die Heimat ... Und ich wußte es nicht ... Und du verfolgtest mich mit deinen grausam überredenden Worten ... Du hörtest nicht auf damit, nein, du hörtest nicht auf! Die Nöte meiner kleinen Geschwister und meiner Mutter – das war es, wodurch du mein Herz rührtest ... Und du sagtest, mein Gatte würde nie zurückkommen – nie; und du verhöhntest mich und hieltest mir vor, wie einfältig es von mir sei, ihn zu erwarten ... Und schließlich glaubte ich dir und gab nach! ... Und dann kam er zurück! Jetzt ist er fort! Fort zum zweitenmal, und ich habe ihn nun für immer verloren ... Und nie wieder wird er mich auch nur ein bißchen mehr lieben – wird mich nur hassen ... O ja, ich habe ihn jetzt verloren – wieder – wieder deinetwegen!« Als sie sich, den Kopf auf dem Stuhl, in Qualen krümmte, wandte sie ihr Gesicht der Türe zu, und Mrs. Brooks konnte den Schmerz in ihren Zügen lesen; und sah, daß ihre Lippen unter dem verkrampften Biß ihrer Zähne bluteten und daß die langen Wimpern ihrer geschlossenen Augen in nassen Strähnchen an ihren Wangen klebten. Sie fuhr fort:

»Und er geht dem Tod entgegen – er sieht aus, als stürbe er! ... Und meine Sünde wird *ihn* töten und nicht *mich!* ... Oh, du hast mein ganzes Leben zertrümmert ..., hast ein Opfertier aus mir gemacht, einen gefangenen Vogel! ... Mein lieber treuer Gatte wird nie, nie – o Gott – das kann ich nicht ertragen! – Ich kann nicht!«

Der Mann sprach noch einige Worte; dann ein plötzliches Rascheln; sie war aufgesprungen. Mrs. Brooks, in der Annahme, daß die Sprecherin aus der Türe herausstürzen würde, zog sich hastig über die Treppe zurück.

Doch hätte sie dies nicht nötig gehabt, denn die Tür des Wohnzimmers blieb ungeöffnet. Aber Mrs. Brooks hatte das Gefühl, es sei nicht mehr ganz sicher, auf dem Treppenabsatz zu lauern, und betrat ihre eigene Stube zu ebener Erde.

Sie konnte durch die Decke keinen Laut vernehmen, obgleich sie mit gespannten Sinnen lauschte, und ging hierauf in die Küche, um ihr unterbrochenes Frühstück zu beenden. Kurze Zeit später begab sie sich in das Vorderzimmer des Erdgeschosses, nahm eine Näherei zur Hand und wartete, bis ihre

Mieter klingeln würden, damit sie das Frühstücksgeschirr abräume; dies gedachte sie eigenhändig zu tun, um womöglich zu entdecken, was droben los sei. Während sie so saß, konnte sie nun über ihrem Kopf die Dielenbretter leise knarren hören, als ob jemand im Zimmer umherginge, und bald darauf erklärte sich das Geräusch: Kleider raschelten am Treppengeländer, die Haustür öffnete sich und fiel ins Schloß, und die Gestalt der jungen Frau schritt auf dem Weg zur Straße der Gartenpforte zu. Sie war jetzt fertig angekleidet, trug das Straßenkleid einer wohlhabenden jungen Dame, das sie bei ihrer Ankunft getragen hatte, mit dem einzigen Unterschied, daß über ihren Hut mit den schwarzen Federn ein Schleier gespannt war.

Mrs. Brooks war nicht imstande gewesen, an der Tür im oberen Stock irgendein Abschiedswort, für kurze Zeit oder für länger, zwischen ihren Mietern zu erlauschen. Vielleicht hatten sie sich gezankt, oder Mr. d'Urberville lag noch im Schlafe, denn er war kein Frühaufsteher.

Sie ging in das Hinterzimmer, wo sie eigentlich wohnte, und nähte dort weiter. Die Mieterin kehrte nicht zurück, und auch der Gentleman klingelte nicht. Mrs. Brooks grübelte über diese Verzögerung nach und überlegte, in welcher Beziehung wohl der Besucher, der so zeitig vorgesprochen hatte, zu dem Paar im oberen Stockwerk stehen mochte. Sinnend lehnte sie sich in ihren Stuhl zurück.

Als sie so den Kopf nach rückwärts neigte, schweiften ihre Blicke zufällig über die Zimmerdecke, bis sie durch einen Fleck mitten auf der weißen Fläche gefesselt wurden, den sie noch nie zuvor bemerkt hatte. Als er ihr zuerst in die Augen fiel, hatte er ungefähr die Größe einer Oblate, doch breitete er sich rasch zu dem Umfang einer Handfläche aus; und da erkannte sie, daß er rot war. Die längliche weiße Decke mit diesem scharlachroten Klecks in der Mitte sah aus wie ein riesenhaftes, gigantisches Herzas.

Seltsame Ahnungen wandelten Mrs. Brooks an. Sie stieg auf den Tisch und berührte den Fleck an der Decke mit ihren Fingern. Er war feucht, und sie bildete sich ein, es müsse ein Blutfleck sein.

Vom Tisch hinuntersteigend, verließ sie die Stube und ging

in den Stock hinauf mit der Absicht, jenes Zimmer über ihrer Stube zu betreten, das hinter dem Salon den Schlafraum bildete. Doch in der weibischen Schwäche, die sie jetzt befiel, konnte sie es nicht über sich bringen, die Klinke niederzudrükken. Sie lauschte. Die Totenstille hinter der Tür wurde nur durch ein regelmäßiges Klopfen unterbrochen.

Tropf, tropf, tropf.

Mrs. Brooks hastete die Treppe hinunter, riß die Haustür auf und lief auf die Straße hinaus. Ein Mann, den sie kannte, ein in der benachbarten Villa beschäftigter Arbeiter, kam eben vorüber, und sie bat ihn, einzutreten und mit ihr in den Stock hinaufzugehen; sie fürchte, einem ihrer Mieter sei etwas zugestoßen. Der Arbeiter willigte ein und folgte ihr auf den Treppenabsatz.

Sie öffnete die Tür zum Salon und trat zurück, um ihn vorzulassen, während sie selbst erst hinter ihm die Schwelle überschritt. Der Raum war leer; das Frühstück – ein kräftiger Imbiß von Kaffee, Eiern und kaltem Schinken – stand unberührt auf dem Tische, wie sie es aufgetragen hatte; nur das Vorlegemesser fehlte. Sie forderte den Mann auf, durch die Flügeltür in das anstoßende Zimmer zu gehn.

Er öffnete die Tür, tat einen oder zwei Schritte hinein und kam fast augenblicklich mit erstarrter Miene wieder zurück. »Allmächtiger Gott, der Gentleman im Bett ist tot! Ich glaube, er wurde mit einem Messer gestochen – ’ne Unmenge Blut ist auf die Dielen heruntergeronnen!«

Die Wirtin schlug Lärm, und das Haus, das in letzter Zeit so still gewesen war, widerhallte von dem Trappeln zahlreicher Füße; auch ein Arzt kam. Die Wunde war klein, doch die Spitze der Klinge hatte das Herz des Opfers getroffen; der Mann lag auf dem Rücken, bleich, starr, tot, als habe er sich, nachdem er den tödlichen Stoß empfangen, kaum mehr gerührt. Innerhalb einer Viertelstunde verbreitete sich die Neuigkeit, daß ein Gentleman, der die Stadt vorübergehend besuchte, in seinem Bett erstochen worden sei, durch jede Straße und in jedes Haus des berühmten Badeortes.

LVII

INZWISCHEN war Angel automatisch den Weg entlanggeschritten, der ihn hierhergeführt hatte; und sein Hotel betretend, setzte er sich zum Frühstück nieder, den starren Blick ins Leere gerichtet. Geistesabwesend fuhr er fort zu essen und zu trinken, bis er plötzlich die Rechnung forderte; er bezahlte, ergriff seinen Toilettenkoffer, das einzige Gepäckstück, das er mitgenommen hatte, und verließ das Hotel.

Im Augenblick seines Aufbruchs wurde ihm ein Telegramm überreicht – ein paar Worte von seiner Mutter, des Inhalts, daß sie froh seien, seine Adresse zu wissen, und daß sein Bruder Cuthbert um Mercy Chant angehalten und ihr Jawort bekommen habe.

Clare knüllte den Zettel zusammen und schlug den Weg zum Bahnhof ein; als er dort ankam, erfuhr er, daß der nächste Zug erst nach einer Stunde oder noch später abgehen würde. Er setzte sich auf eine Bank, und nachdem er eine Viertelstunde gewartet hatte, fühlte er, daß er es hier nicht länger aushalten könne. Gebrochenen Herzens und völlig betäubt, sah er nichts vor sich, was ihn zur Eile getrieben hätte, aber er wünschte diese Stadt, den Schauplatz solcher Erlebnisse, zu verlassen, und beschloß, bis zum nächsten Bahnhof zu wandern und dort erst den Zug zu besteigen.

Die Landstraße, die er einschlug, führte über freies Gelände und tauchte in geringer Entfernung in ein Tal hinab; man sah sie quer durch die Senkung von Hang zu Hang laufen. Er hatte diese Niederung bereits zum größten Teile durchschritten und klomm eben den westlichen Hang empor, als er während einer kleinen Atempause unwillkürlich über die Schulter einen Blick zurückwarf. Warum er es tat, konnte er nicht sagen; aber irgend etwas schien ihn zu dieser Bewegung zu treiben. So weit sein Auge reichte, schlängelte sich wie ein Band die Straße, immer schmäler werdend, dem Hintergrund zu, und während er schaute, schob sich ein beweglicher Fleck in die weiße Leere ihrer Fernen.

Es war eine laufende menschliche Gestalt. Clare wartete mit dem dunklen Gefühl, daß irgend jemand ihn einzuholen versuche.

Die Gestalt, die den Abhang hinunterlief, war die einer Frau; doch so völlig verschloß sich sein Geist dem Gedanken, *sein* Weib könnte ihm folgen, daß er sie auch, als sie näher kam, in ihrer gänzlich veränderten Tracht nicht erkannte. Erst als sie ganz dicht an ihn heranschritt, wollte er glauben, daß es Tess war.

»Ich sah dich – vom Bahnhof weggehn – den Augenblick, bevor ich hinkam – und bin dir den ganzen Weg gefolgt!«

Sie war so blaß, so atemlos, so zitternd in jeder Fiber, daß er nicht eine einzige Frage an sie richtete, sondern ihre Hand ergriff, ihren Arm unterfaßte und sie mit sich zog. Um einer möglichen Begegnung mit andern Wanderern auszuweichen, verließ er die Landstraße und schlug einen Fußpfad ein, der unter Tannenbäumen verborgen lag. Als sie tief zwischen den ächzenden Zweigen waren, blieb er stehen und blickte sie fragend an.

»Angel«, sagte sie, als habe sie darauf gewartet, »weißt du, warum ich dir nachgelaufen bin? Um dir zu sagen, daß ich ihn getötet habe!« Ein jammervolles, bleiches Lächeln erhellte bei diesen Worten ihr Gesicht.

»Wie!« rief er; und ihr seltsames Benehmen brachte ihn auf die Vermutung, daß sie in einem Fieberwahn befangen sei.

»Ich habe es getan – ich weiß nicht, wie«, fuhr sie fort. »Doch ich war es dir und mir selber schuldig, Angel. Schon vor langem, als ich ihn mit meinem Handschuh auf den Mund schlug, fürchtete ich, daß ich es eines Tages tun würde, um das Unrecht zu rächen, das er mir in meinen törichten Jugendtagen, und durch mich auch dir, zugefügt hat. Er ist zwischen uns getreten und hat uns zugrunde gerichtet, und nun kann er uns nie wieder schaden. Ich habe ihn überhaupt nie so geliebt, Angel, wie ich dich liebte. Du weißt es, nicht wahr? Du glaubst es? Du kamst nicht zu mir zurück, und ich war gezwungen, wieder zu ihm zu gehen. Warum bist du fortgelaufen – warum, wenn ich dich so sehr liebte! Ich kann mir nicht denken, warum. Aber ich mache dir keine Vorwürfe; doch Angel, willst du mir meine Sünde gegen dich verzeihen, jetzt, da ich ihn getötet habe? Als ich dir nachlief, dachte ich mir, du würdest mir jetzt sicher verzeihen, weil ich dies getan habe. Es kam wie eine Erleuchtung über mich, daß dies mein Weg sei, um dich wieder zu mir zurückzuführen. Ich konnte nicht länger deinen Verlust ertragen – du weißt nicht, wie ich so ganz außerstande war, das Bewußtsein zu ertragen, daß du mich nicht mehr liebtest! Sag mir, daß du mich jetzt liebst, liebster, liebster Angel; sag ja, jetzt, da ich ihn getötet habe!«

»Ich liebe dich, Tess – ja, ja – meine ganze Liebe ist wieder zurückgekommen!« sagte er und preßte sie fiebrig mit beiden Armen an sich. »Aber was willst du damit sagen – daß du ihn getötet hast?«

»Ich will damit sagen, daß es so ist«, murmelte sie verträumt.

»Wie, allen Ernstes? Ist er tot?«

»Ja. Er hörte mich weinen um dich und verhöhnte mich mit bittern Worten; und beschimpfte dich mit einem häßlichen Namen; und dann tat ich es. Mein Herz konnte es nicht ertragen. Er hatte mich schon früher deinetwegen verhöhnt. Und dann zog ich mich an und lief aus dem Hause, um dich zu suchen.«

Allmählich neigte er zu dem Glauben, daß sie wenigstens einen schwachen Versuch zu dieser Tat gemacht habe, von der sie behauptete, sie sei vollbracht; und in sein Entsetzen über ihr leidenschaftliches Vorhaben mischte sich Staunen über die Stärke ihrer Liebe zu ihm und über die Seltsamkeit dieser Liebe, die anscheinend ihr moralisches Gefühl gänzlich erstickt hatte. Unfähig, sich der Tragweite ihres Handelns bewußt zu werden, schien sie nun endlich wunschlos zufrieden zu sein; und er betrachtete sie, wie sie, Tränen des Glückes weinend, an seinem Halse hing, und fragte sich verwundert, welcher dunkel verborgene Charakterzug im Geblüt der d'Urbervilles zu dieser Verirrung geführt haben mochte – *wenn* es eine Verirrung war. Plötzlich schoß ihm der Gedanke durch den Kopf, daß hier vielleicht die vererbte Tradition der Familie hervorbrach; denn man wußte, daß die d'Urbervilles dergleichen Taten nicht selten begangen hatten. So gut sein verwirrter und erregter Geist zu denken vermochte, grübelte er darüber nach und kam zu der Vermutung, daß in dem Augenblick rasenden Kummers, von dem sie sprach, ihre Seele das Gleichgewicht verloren und sie in diesen Abgrund gestürzt habe.

Es war entsetzlich, wenn es auf Wahrheit beruhte, traurig, wenn es einer vorübergehenden Halluzination entsprang. Immerhin, hier war sein verlassenes Weib, diese Frau voll leidenschaftlicher Hingebung, und klammerte sich an ihn ohne den leisesten Argwohn, daß er ihr irgend etwas anderes sein würde als ein treuer Beschützer. Er sah, es lag für sie nicht im Bereich der Möglichkeit, daß er anders handeln könnte. Schließlich gewann in Clare zärtliche Liebe restlos die Oberhand. Er küßte sie ohne Aufhören mit seinen bleichen Lippen und hielt ihre Hand fest und sagte:

»Ich will dich nicht verlassen! Ich werde dich beschützen, mit allen Mitteln, die in meiner Macht stehn, Liebste, Geliebteste, was immer du getan oder nicht getan hast!«

Dann schritten sie unter den Bäumen weiter, und jeden Augenblick wandte Tess den Kopf, um ihn anzuschauen. So abgezehrt und häßlich er auch geworden, es war klar, daß sie nicht den mindesten Fehler in seiner Erscheinung gewahrte. In ihren Augen war er wie seit jeher alles, was Vollendung an Körper und Geist nur sein kann. Immer noch war er ihr Antinous, ja, ihr Apollo; sein kränkliches Gesicht erschien ihrem liebevollen Blick so schön wie der Morgen, heute nicht minder, als da sie ihn zum erstenmal sah; denn war es nicht das Antlitz des *einen* Mannes auf Erden, der sie reinen Herzens geliebt und an ihre Reinheit geglaubt hatte?

Mit einem Instinkt für drohende Möglichkeiten änderte er jetzt seine ursprüngliche Absicht, nach dem nächsten Bahnhof jenseits der Stadt zu eilen, und drang mit Tess noch weiter in die Schatten der Tannen vor, die hier meilenweit in dichten Gehölzen standen. Sie hielten einander umschlungen und schlenderten über den trockenen Teppich von Tannennadeln; das Bewußtsein, endlich vereint zu sein, durch keine lebende Seele getrennt, umhüllte sie mit einer vagen, berauschenden Atmosphäre, und sie vergaßen, daß ein Leichnam zwischen ihnen lag. So schritten sie mehrere Meilen dahin, bis Tess sich ermunterte, sich umschaute und zaghaft sagte:

»Haben wir ein besonderes Ziel?«

»Ich weiß nicht, Liebste. Warum?«

»Ich weiß nicht.«

»Nun, wir könnten noch ein paar Meilen weitergehn, und sobald es Abend wird, irgendwo Unterkunft finden – in einer einsamen Hütte vielleicht. Kannst du gut wandern, Tessy?«

»O ja! In deinem Arm könnte ich in alle Ewigkeit so fortwandern!«

Alles in allem schien sein Plan gut zu sein. So beschleunigten sie denn ihre Schritte, vermieden die Landstraßen und folgten abgelegenen Pfaden, die mehr oder weniger nordwärts führten. Aber den ganzen Tag über lag eine sinnlose Unbestimmtheit in ihren Bewegungen; keiner von ihnen schien die Frage zu erwägen, wie es möglich wäre zu fliehen, sich zu verkleiden oder für längere Zeit verborgen zu bleiben. Alle ihre Gedanken galten nur dem Augenblick und sannen nicht auf Abwehr, gleich den Plänen zweier Kinder.

Zu Mittag näherten sie sich einer Schenke am Straßenrand, und Tess wäre mit ihm eingetreten, um eine Kleinigkeit zu essen, aber er überredete sie, unter den Bäumen und Büschen dieser halb bewaldeten, halb versumpften Gegend auf seine Rückkehr zu warten. Ihre Kleider, bis zu dem eleganten Sonnenschirm mit elfenbeinernem Griff, waren von letzter Mode, einer Mode, wie man sie an dem entlegenen Fleck, den sie jetzt auf ihrer Wanderung erreicht hatten, sicher nicht kannte; und die Fasson dieser Putzsachen müßte zwischen den Wänden einer Straßenschenke Aufsehn erregen. Bald kehrte er zurück, mit Eßwaren, die für ein halbes Dutzend Leute gereicht hätten, und mit zwei Flaschen Wein – genug, um einen Tag oder noch länger vorzuhalten, falls sie in irgendeine schwierige Lage geraten würden.

Sie setzten sich auf einige dürre Zweige nieder und hielten gemeinsame Mahlzeit. Zwischen ein und zwei Uhr packten sie die Reste zusammen und schritten weiter.

»Ich fühle mich stark genug, um beliebig weit zu wandern«, sagte sie.

»Ich glaube, wir können ganz gut nach Norden steuern und vielleicht allmählich bis London kommen«, bemerkte Clare. »Von dort gehen Schiffe nach allen Teilen der Welt, wenn wir England verlassen wollen; und es ist dort weniger wahrscheinlich, daß man uns sieht, als in den Häfen am Kanal.«

Sie gab keine Antwort und preßte ihn nur enger an sich. Obgleich ein englischer Mai die Jahreszeit regierte, war das Wetter klar und heiter, und der Nachmittag wurde ganz warm. Während der letzten Meilen ihrer Wanderung hatte ihr Pfad sie in die Tiefen des Neuen Forstes geführt, und als sie gegen Abend die Biegung eines Fuhrweges umschritten, erblickten sie hinter einem zierlichen Gittertor ein großes Brett, bemalt mit weißen Lettern: »Behagliches Haus möbliert zu vermieten«; darunter folgten mehrere Einzelheiten und die Weisung, sich an bestimmte Londoner Agenten zu wenden. Das Gittertor durchschreitend, konnten sie das Haus erblicken, ein vornehmes Gebäude von regelmäßiger Bauart und sehr geräumig.

»Ich kenne es«, sagte Clare. »Es ist das Schlößchen Bramshurst. Du kannst sehen, daß es versperrt ist und Gras auf der Auffahrt wächst.«

»Ein paar Fenster sind offen«, sagte Tess.

»Vermutlich nur, um die Räume zu lüften.«

»All diese Zimmer sind unbewohnt, und *wir* haben kein Dach über dem Kopf!«

»Du wirst müde, meine Tessy«, sagte er. »Wir wollen bald haltmachen.« Und ihren traurigen Mund küssend, führte er sie von neuem weiter.

Auch er wurde müde, denn sie hatten nicht weniger als zwanzig Meilen zurückgelegt, und es erwies sich als nötig zu überlegen, wo sie Unterschlupf finden könnten. Von weitem betrachteten sie abgelegene Hütten und kleine Gasthöfe und waren geneigt, sich einer dieser Schenken zu nähern; doch im letzten Augenblick verließ sie der Mut, und sie schwenkten ab. Schließlich wurde ihr Gang immer schleppender, und sie blieben stehn.

»Können wir unter den Bäumen schlafen?« fragte sie.

Er glaubte, die Jahreszeit sei noch nicht genügend vorgerückt.

»Ich habe an die leere Villa gedacht, an der wir vorüberkamen«, sagte er. »Wir wollen umkehren und hingehn.«

Sie lenkten ihre Schritte zurück, aber es dauerte eine halbe Stunde, bevor sie wieder vor der Gartenpforte standen. Dann hieß er sie bleiben, wo sie war, während er nachsehen ging, wer im Hause sei.

Sie setzte sich innerhalb des Zaunes zwischen den Büschen nieder, und Clare pirschte sich an das Haus heran. Seine Abwesenheit dauerte geraume Zeit, und als er zurückkehrte, war Tess bereits heftig besorgt – nicht um sich, sondern um ihn. Er hatte von einem Bauernjungen erfahren, daß nur ein altes Weib zur Aufsicht bestellt sei, die lediglich an schönen Tagen aus dem nahen Weiler hierherkomme, um die Fenster zu öffnen und zu schließen. Sie würde bei Sonnenuntergang erscheinen, um die Läden zu verriegeln. »So können wir also durch eins der niederen Fenster hineinsteigen und drinnen schlafen«, sagte er.

Unter seinem Geleite schritt Tess zaudernd auf die Hauptfront zu, deren mit Läden verschlossene Fenster, gleich blinden Augen, jede Möglichkeit lauernder Blicke ausschlossen. Eine Reihe von Stufen führten zu der Türe hinauf, und eines der Fenster dicht daneben stand offen. Clare kletterte hinein und zog Tess nach.

Alle Räume außer der Vorhalle lagen in tiefer Dunkelheit, und die beiden stiegen die Treppe hinauf. Auch hier oben waren die Läden dicht geschlossen, da das geöffnete Flurfenster an der Vorderseite und ein Oberlicht in der Rückwand die Ventilation, für diesen Tag zumindest, oberflächlich besorgte. Clare klinkte die Tür eines großen Zimmers auf, tastete sich quer durch den Raum und öffnete die Läden zwei oder drei Zoll weit. Ein Streifen blendenden Sonnenlichts schoß herein und entschleierte schwere altmodische Möbel, tiefrote Damastvorhänge und eine ungeheure Bettstatt, in deren Kopfleiste laufende Figuren eingeschnitzt waren, offenbar Atalantas Jagd.

»Endlich Ruhe!« sagte er und legte seine Tasche und das Paket mit Eßwaren auf den Tisch.

Sie verhielten sich mäuschenstille, bis die Hausmeisterin kommen würde, um die Fenster zu schließen. Zur Vorsicht verriegelten sie die Läden und hüllten sich so in völliges Dunkel, da sie befürchteten, das Weib könnte aus irgendeinem zufälligen Anlaß die Tür des Zimmers öffnen. Zwischen sechs und sieben Uhr kam sie, doch näherte sie sich nicht dem Flügel, wo die beiden saßen. Sie hörten, wie sie die Fenster schloß, die Riegel befestigte, die Tür versperrte und sich entfernte. Dann ließ Clare wieder durch einen Spalt im Fenster verstohlen ein wenig Licht herein, und sie hielten neuerlich gemeinsame Mahlzeit, bis nach und nach die Schatten der Nacht sie umhüllten; denn sie besaßen keine Kerze, um das Düster zu verscheuchen.

LVIII

DIE Nacht war merkwürdig feierlich und still. In den frühen Morgenstunden erzählte sie ihm flüsternd die ganze Geschichte jener andern Nacht, wie er im Schlafe mit ihr auf den Armen über den Froomfluß wandelte, wie ihrer beider Leben nur an einem Faden hing und wie er sie dann bei den Ruinen der Abtei in einen steinernen Sarg legte. Er hatte bis zu diesem Augenblick nichts davon gewußt.

»Warum sagtest du mir's nicht gleich am nächsten Tag!« rief er. »Es hätte viel Mißverständnisse, viel Leid verhüten können.«

»Denk nicht an das Vergangene!« sagte sie. »Ich will über diese Stunde nicht hinausdenken. Warum auch! Wer weiß, was das Morgen uns bringt!«

Doch scheinbar brachte es keinen Kummer. Der Morgen war feucht und neblig, und da die Auskunft des Jungen, daß die Hausmeisterin nur an schönen Tagen die Fenster öffne, richtig gewesen, wagte es Clare, sich aus dem Zimmer zu schleichen und das Haus zu durchstöbern, während Tess schlafend zurückblieb. Er fand nichts Eßbares, aber es gab Wasser, und er benützte den Nebel, um sich aus dem Gebäude hinauszustehlen und aus einem Laden in der kleinen, zwei Meilen entfernten Stadt Tee, Brot und Butter zu holen. Seine Rückkehr weckte Tess aus dem Schlafe; und sie frühstückten von den Sachen, die er gebracht hatte.

Sie empfanden keine Lust, sich wieder auf die Beine zu machen, und der Tag verstrich und dann die kommende Nacht, und wieder ein Tag und noch eine Nacht, bis, fast ohne daß sie es gewahr wurden, fünf Tage in völliger Abgeschlossenheit vorübergeglitten waren. Kein Anblick und kein Laut eines menschlichen Wesens störte ihren ruhevollen Frieden. Die wechselnden Launen des Wetters waren die einzigen Ereignisse, die Vögel des Neuen Forstes ihre einzige Gesellschaft. In stillschweigender Übereinkunft sprachen sie kaum je von irgendeinem Vorfall vergangener Tage, der sich *nach* ihrer Hochzeit zugetragen. Die düstere Zwischenzeit schien in chaotisches Nichts zu versinken, und die jetzigen und die früheren Zeiten schlossen sich über ihr, als wäre sie nie gewesen. Sooft er auch vorschlug, ihren sicheren Schlupfwinkel zu verlassen und auf Southampton oder London zuzuwandern, zeigte sie sich seltsam abgeneigt.

»Warum sollen wir allem, was süß ist und lieblich, ein Ende machen?« flehte sie. »Was kommen muß, wird kommen.« Und durch die Spalte des Fensterladens blickend: »Da draußen ist lauter Sorge und Leid; hier drinnen Zufriedenheit.«

Auch er lugte hinaus. Sie hatte völlig recht: Hier drinnen war Liebe, Mitleid, Verzeihung für den Sünder; draußen das Unerbittliche.

»Und – und«, sagte sie, ihre Wange an die seine pressend, »ich fürchte, was du heute von mir denkst, wird vielleicht nicht von Dauer sein. Ich möchte nicht deine jetzigen Gefühle für mich überleben. Lieber nicht. Lieber tot sein und begraben, wenn die Zeit kommt, da du mich verachten wirst; und nie erfahren, daß du mich verachtest.«

»Nie kann ich dich verachten.«

»Das hoffe auch ich. Doch wenn ich überlege, wie mein Leben ausgesehen hat, kann ich mir nicht denken, daß nicht jeder Mann früher oder später dazu kommen müßte, mich zu verachten ... Welch gottloser Wahnsinn! Und doch konnte ich es früher nie ertragen, einer Fliege oder einem Wurm weh zu tun, und der Anblick eines Vogels in seinem Käfig brachte mich oft zum Weinen.«

Sie blieben noch einen Tag. In der Nacht klärte sich der trübe Himmel, und die Folge war, daß die alte Hausmeisterin in ihrer Hütte zeitig erwachte. Der prächtige Sonnenaufgang erfüllte sie mit ungewöhnlicher Frische; sie beschloß, unverzüglich die benachbarte Villa zu öffnen und sie an solch einem schönen Tage gründlich durchzulüften. So geschah es, daß sie vor sechs Uhr morgens anlangte, die Fenster der ebenerdigen Zimmer öffnete, dann zu den Schlafräumen hinaufstieg und im Begriffe stand, die Klinke an der Türe niederzudrücken, hinter der die beiden schlummerten. In diesem Augenblick glaubte sie Atemzüge im Zimmer zu hören. Ihre Pantoffeln und ihr hohes Alter hatten ihre Schritte lautlos gedämpft, und sie wandte sich augenblicklich zum Rückzug; dann fiel ihr ein, daß ihr Gehör sie vielleicht getäuscht habe; sie wandte sich von neuem der Türe zu und tastete behutsam nach der Klinke. Das Schloß funktionierte nicht, aber ein Möbelstück war drinnen vor die Schwelle gerückt worden und verhinderte sie, die Türe weiter als einen oder zwei Zoll zu öffnen. Ein Strom des morgendlichen Lichtes fiel durch die Spalte der Fensterläden auf die Gesichter des Paares, das in tiefem Schlummer lag; die Lippen von Tess waren geöffnet wie eine halberschlossene Blume dicht an seiner Wange. Ihr unschuldiges Aussehen und das elegante Kleid, das über einem Stuhl hing, ihre seidenen Strümpfe daneben, der Elfenbeinschirm und die anderen feinen Kleidungsstücke, in denen Tess hierhergekommen war, setzten die Hausmeisterin so in Erstaunen, daß ihre anfängliche Entrüstung über die Unverschämtheit von Landstreichern und Vagabunden augenblicklich einem sentimentalen Mitgefühl mit diesen vornehmen Ausreißern wich, die scheinbar von zu Hause entlaufen waren. Sie schloß die Tür und zog sich so behutsam, wie sie gekommen, wieder zurück, um sich mit ihren Nachbarn über die kuriose Entdeckung zu beraten.

Nicht mehr als eine Minute war nach ihrem Fortgehn verstrichen, als Tess erwachte und gleich darauf auch Clare. Beide hatten das Gefühl, daß irgend etwas sie gestört habe, obgleich sie nicht wußten, was es gewesen sein mochte; und die Unruhe, die dies Gefühl erzeugte, wuchs immer stärker. Sobald er angezogen war, musterte er durch die zwei oder drei Zoll breite Spalte der Fensterläden mit scharfen Blicken den Rasen vor dem Haus.

»Ich glaube, wir brechen sofort auf«, sagte er. »Der Tag ist schön. Und ich kann mich der Einbildung nicht erwehren, daß irgendwer in der Nähe umherspukt. Jedenfalls wird sicherlich die alte Frau heute kommen.«

Sie fügte sich geduldig, und nachdem sie den Raum in Ordnung gebracht hatte, nahmen sie die paar Sachen zur Hand, die ihnen gehörten, und entfernten sich lautlos. Als sie in den Forst gekommen waren, drehte sich Tess um und warf einen letzten Blick auf das Haus.

»Ah, Haus des Glückes – leb wohl!« sagte sie. »Mein Leben kann nur noch eine Frage von wenigen Wochen sein. Warum blieben wir nicht dort?«

»Sag das nicht, Tess! In zwei oder drei Tagen erreichen wir irgendeinen Hafen. Aber vielleicht wird es am Ende besser sein, London auszuweichen; und auch Southampton, trotzdem es in der Nähe liegt. Ich nehme an, wir versuchen es mit Bristol.«

Als ihm so planlos und flüchtig der Gedanke an eine neue Wegrichtung kam, griff er ihn sogleich auf und steuerte beiläufig auf den zuletztgenannten Hafen zu. Ihre lange Ruhepause in dem Schlößchen verlieh ihnen nun frische Kräfte zum Wandern; und gegen Mittag näherten sie sich der vieltürmigen Stadt Melchester, die unmittelbar auf ihrem Wege lag. Er beschloß, Tess während des Nachmittags unter einer Baumgruppe rasten zu lassen und dann unter dem Schutz der Dunkelheit vorwärts zu dringen. Nach Einbruch der Dämmerung kaufte Clare wie gewöhnlich einige Nahrungsmittel, und ihr Nachtmarsch begann; etwa um acht Uhr überschritten sie die Grenze zwischen Ober- und Mittelwessex.

Ihr Kurs bog von der geraden Linie ein wenig nach rechts ab, da die Stadt zwischen ihnen und ihrem Ziele lag. Quer über Land zu wandern, ohne sich viel um Straßen zu kümmern, war für Tess nichts Neues, und sie unterzog sich der Aufgabe mit all ihrer alten Beweglichkeit. *Ein* Städtchen, das ehrwürdige Ambresbury, mußten sie durchqueren, um die Stadtbrücke zu benützen, da ein großer Fluß zu überschreiten war. Zwischen zwei und drei Uhr morgens wanderten sie durch die öde Straße dahin; hier und dort flackerte eine Petroleumlaterne, und da kein gepflasterter Bürgersteig die Häuser entlanglief, fanden ihre Schritte kein Echo. Zur Rechten ragte der wuchtige Kirchturm, und dahinter lag die Steinbrücke, die sie suchten. Sobald sie einmal jenseits des Flusses waren, folgten sie der Chaussee, die sich über ein offenes ebenes Gelände hinabsenkte.

Obgleich den Himmel dichte Wolken verhüllten, hatte ihnen bisher der zerstreute Lichtschimmer eines fragmentarischen Mondes ein wenig geholfen. Doch nun ging der Mond unter, die Wolken schienen sich fast auf ihre Köpfe herabzusenken, und die Nacht wurde so finster wie eine Höhle. Doch fanden sie ihren Weg und hielten sich soviel wie möglich auf dem Gras, damit ihre Schritte nicht in der Stille widerhallten; und das gelang ihnen unschwer, da es hier keinerlei Hecken ohne Zäune gab. Rund um sie war nichts als leere Einsamkeit und finstere Öde, durchfegt von einer steifen Brise.

So hatten sie tastend zwei oder drei Meilen zurückgelegt, als Clare plötzlich dicht vor sich irgendein ungeheures Gebilde gewahrte, das schroff aus dem Grase emporstieg. Sie waren fast dagegen angerannt.

»Was ist das für ein gewaltiger, seltsamer Ort?« sagte Angel.

»Es summt«, erwiderte sie. »Horch!«

Er lauschte. Der Wind, der das Gebäude umspielte, erweckte einen dröhnenden Ton, gleich dem Hall irgendeiner gigantischen einsaitigen Harfe. Kein anderer Laut ließ sich vernehmen, und als Clare die Hand hob und ein oder zwei Schritte vorwärts trat, fühlte er die senkrechte Fläche der Mauer. Sie schien aus einem einzigen Stein zu bestehen, ohne Fugen oder Friese. Als seine Finger weitertasteten, entdeckte er, daß dieses Gebilde, mit dem er in Berührung gekommen war, einen kolossalen rechtwinkeligen Pfeiler darstellte: er streckte seine linke Hand aus und konnte dicht daneben einen ähnlichen Pfeiler tasten. In unbestimmter Höhe zu ihren Köpfen verdüsterte irgend etwas den schwarzen Himmel noch tiefer und ähnelte einem ungeheuren Architrav, der die Pfeiler horizontal miteinander verband. Behutsam schritten sie zwischen den Säulen hindurch; das leise Rascheln ihrer Schritte hallte von den Wänden. Aber sie schienen immer noch im Freien zu sein; das Gebäude hatte kein Dach. Tess atmete furchtsam, und Angel sagte verblüfft:

»Was kann es nur sein?«

Zur Seite tastend, stießen sie auf einen zweiten turmartigen Pfeiler, quadratisch und rätselhaft wie der erste; dahinter stand ein dritter und ein vierter. Der Platz bestand ganz aus Toren und Pfeilern, und einige der Säulen waren an ihren Spitzen durch geschlossene Architrave miteinander verbunden.

»Ein richtiger Tempel der Winde«, sagte Clare.

Der nächste Pfeiler stand isoliert; andere formten ein Trilithon; wieder andere lagen hingestürzt, und ihre Seitenflächen waren so breit, daß eine ganze Kutsche hätte darauf fahren können; und es zeigte sich bald, daß sie einen Wald von Monolithen bildeten, zur Gruppe geschart auf der weiten, grasbewachsenen Ebene. Das Paar schritt weiter in diesen Pavillon der Nacht hinein, bis sie im Mittelpunkt standen.

»Es ist Stonehenge!« sagte Clare.

»Der Heidentempel, meinst du?«

»Ja. Älter als die Jahrhunderte; älter als die d'Urbervilles! Nun, was sollen wir tun, Liebste? Wenn wir weitergehen, finden wir vielleicht Obdach.«

Doch die nun wirklich erschöpfte Tess warf sich auf eine längliche Steinplatte, die dicht neben ihnen lag, durch einen Pfeiler vor dem Winde geschützt. Vom Sonnenschein des vergangenen Tages war der Stein warm und trocken, eine behagliche Insel in dem struppigen und kalten Gras ringsum, das ihre Röcke und Schuhe durchfeuchtet hatte.

»Ich will nicht weiter, Angel«, sagte sie, ihre Hand nach der seinen ausstreckend. »Können wir nicht hierbleiben?«

»Ich fürchte nein. Bei Tage ist dieser Fleck meilenweit sichtbar, wenn man's auch jetzt nicht merkt.«

»Nun fällt mir ein, daß jemand aus meiner Mutter Familie hier in der Gegend Viehhirt war. Und du sagtest in Talbothays immer, ich sei eine Heidin. So bin ich jetzt zu Hause.«

Er kniete neben ihrer hingestreckten Gestalt nieder und drückte seine Lippen auf ihren Mund.

»Du bist müde, nicht wahr, Liebste? Ich glaube, du liegst da auf einem Altar.«

»Mir gefällt es hier sehr«, murmelte sie. »'s ist so feierlich und einsam – nach meinem großen Glück – nichts als der Himmel über meinem Gesicht. Es ist, als gäbe es außer uns beiden keinen Menschen auf der Welt; und ich wollte, es wäre so – außer Lisa-Lu.«

Clare dachte, sie könne ganz gut hier rasten, bis es ein wenig heller würde; und er warf seinen Überrock auf sie und setzte sich an ihrer Seite nieder.

»Angel, wenn mir irgend etwas zustößt – willst du um meinetwillen auf Lisa-Lu achten?« fragte sie, nachdem sie lange Zeit dem Winde zwischen den Pfeilern gelauscht hatten.

»Ja.«

»Sie ist so gut und schlicht und rein. Oh, Angel, ich wollte, du würdest sie heiraten, wenn du mich verlierst, und das wird ja bald geschehen. Oh, tätest du's nur!«

»Wenn ich *dich* verliere, verliere ich alles! Und sie ist meine Schwägerin.«

»Das macht nichts, Liebster. In Marlott heiraten die Leute oftmals ihre Schwägerinnen; und Lisa-Lu ist so sanft und zart, und sie wird so schön. Oh, gern will ich dich mit ihr teilen, wenn wir Geister sind! Erziehe sie doch und unterrichte sie, Angel, und lasse sie für dich heranwachsen! ... Sie besitzt alle meine besten Eigenschaften, ohne meine schlechten; und könnte sie die Deine werden, es würde fast scheinen, als hätte uns der Tod nicht getrennt ... Gut, ich habe dir's gesagt. Ich werde nicht wieder davon sprechen.«

Sie verstummte, und er versank in Nachdenken. Am fernen Nordosthimmel sah er zwischen den Pfeilern einen schwachen Streifen Lichtes. Die gleichförmig hohle Rundung schwarzen Gewölks hob sich wie der Deckel eines Topfes und ließ am Rand der Erde den kommenden Tag herein, vor dessen Schimmer sich die ragenden Monolithen und Trilithons schwärzlich abzuzeichnen begannen.

»Haben sie hier Gott geopfert?« fragte sie.

»Nein«, sagte er.

»Wem denn?«

»Ich glaube der Sonne. Dieser alleinstehende hohe Stein ragt in der Richtung der Sonne, die jetzt bald hinter ihm aufgehn wird.«

»Das erinnert mich an etwas, Liebster«, sagte sie. »Du entsinnst dich, daß du dich nie in meinen Glauben mischen wolltest, bevor wir verheiratet waren. Aber trotzdem kannte ich deine Ansichten und dachte, wie du dachtest – nicht aus eigenen Überlegungen, sondern nur, weil *du* so dachtest. Sag mir nun, Angel: Glaubst du, daß wir uns nach dem Tode wiedertreffen werden? Ich will es wissen.«

Er küßte sie, um einer Antwort zu dieser Stunde auszuweichen.

»Oh, Angel – ich fürchte, das bedeutet nein!« sagte sie mit unterdrücktem Schluchzen. »Und ich wollte dich so gern wiedersehen – so gern, so gern! Wie – nicht einmal du und ich, Angel, die wir einander so innig lieben?«

Gleich einem Größeren gab er auf die entscheidende Frage zur entscheidenden Stunde keine Antwort; und wieder schwiegen sie. Nach einigen Minuten wurden ihre Atemzüge regelmäßiger, ihre Finger, die seine Hand umklammert hatten, lockerten sich, und sie fiel in Schlummer. Das Band silberner Blässe längs des östlichen Horizontes ließ sogar die fernen Flächen der großen Ebene düster und nahe erscheinen; und die ganze ungeheure Landschaft trug jenen Stempel der Zurückhaltung, Schweigsamkeit und zaudernden Scheu, der den letzten Augenblicken vor Tagesanbruch eigen ist. Die ostwärts gerichteten Pfeiler und ihre Architrave hoben sich schwarz vor dem Lichtschein ab, und dahinter der große, wie eine Flamme gestaltete Sonnenpfeiler, und dazwischen der Opferstein. Bald darauf starb der Nachtwind dahin, und die zitternden kleinen Tümpelchen in den becherförmigen Löchern der Steine lagen still. Im selben Augenblick schien sich etwas an der Kante der östlichen Kimmung zu bewegen – ein bloßer Tupfen. Es war der Kopf eines Mannes, der sich ihnen von der Senkung jenseits des Sonnenpfeilers näherte. Clare bereute, daß sie nicht weitergegangen waren, beschloß aber unter diesen Umständen, sich ruhig zu verhalten. Die Gestalt kam geraden Wegs auf den Ring von Pfeilern zu, in dessen Mitte sie sich befanden.

Er hörte ein Geräusch hinter sich, das Schleifen von Füßen im Gras. Als er sich umdrehte, erblickte er hinter den umgestürzten Säulen eine zweite Gestalt; dann, bevor er es recht gewahr wurde, erschien eine dritte zur Rechten hinter einem Trilithon und eine vierte zur Linken. Das Dämmerlicht schien voll auf den Mann, der von Westen kam, und Clare konnte nun erkennen, daß er hoch gewachsen war und wie ein geschulter Militär ausschritt. Sie alle rückten offensichtlich planvoll und überlegt heran. Ihre Geschichte war also wahr! Aufspringend sah er sich nach einer Waffe um, nach einem Fluchtweg, nach irgend etwas. Inzwischen hatte ihn der erste erreicht.

»'s hat keinen Zweck, Sir«, sagte er. »Wir sind unser sechzehn auf der Ebene, und die ganze Grafschaft ist alarmiert.«

»Laßt sie ihren Schlummer beenden!« bat er die Männer flüsternden Tones, als sie ihn umringten.

Sobald sie sahen, wo Tess lag – denn sie hatten sie bis jetzt

noch nicht bemerkt –, zeigten sie keine Bedenken gegen Clares Bitte und standen Wache neben ihr, so regungslos wie die Pfeiler in der Runde. Clare trat zu dem Stein und beugte sich über sie und hielt ihre arme kleine Hand in der seinen; ihr Atem ging nun rasch und kurz wie der Atem eines Kindes oder Tieres. Alle warteten sie im wachsenden Tageslicht, ihre Gesichter und Hände glänzten wie versilbert, sonst waren ihre Gestalten noch von Dunkelheit beschattet; die Steine glitzerten grünlichgrau, die Ebene lag immer noch in massigem Düster. Bald darauf wurde das Licht greller, ein Strahl fiel auf die bewußtlos ruhende Frauengestalt, drang unter ihre Augenlider und weckte sie auf.

»Was gibt es, Angel?« sagte sie auffahrend. »Sind sie gekommen, mich zu holen?«

»Ja, Liebste«, erwiderte er. »Sie sind gekommen.«

»Es ist, wie es sein mußte«, murmelte sie. »Angel, ich fühle mich fast froh – ja, fast froh. Dieses Glück konnte nicht dauern. Es war zuviel. Ich habe genug genossen; und nun werde ich's nicht erleben, daß du mich verachtest.«

Sie stand auf, schüttelte sich und schritt vorwärts; keiner von den Männern hatte sich gerührt.

»Ich bin bereit!« sagte sie ruhig.

LIX

DIE Stadt Wintoncester, diese schöne alte Stadt, ehemals die Hauptstadt von Wessex, lag inmitten ihrer welligen Hügeltriften in all der Helle und Wärme eines Julimorgens. Die Hülle grüner Moosflechten auf den giebeligen Ziegel-, Kachel- und Sandsteinhäusern gilbte dürr in den Strahlen der Jahreszeit, die Flüsse in den Wiesen standen niedrig, und in der abschüssigen Hauptstraße, vom Westtor zum mittelalterlichen Kreuz und vom mittelalterlichen Kreuz bis zur Brücke, war jenes gemächliche Kehren und Fegen im Gange, das gewöhnlich einen altmodischen Markttag heraufführt.

Von dem oben erwähnten westlichen Tore steigt, wie jeder Bewohner Wintoncesters weiß, die Landstraße einen langen und

regelmäßigen Abhang hinan, auf den Zoll genau eine Meile weit, und läßt allmählich die Häuser hinter sich zurück. Diese Straße entlang gingen von der Grenze der Stadt her raschen Schrittes zwei Menschen, als achteten sie nicht des beschwerlichen Anstiegs – entrückt durch tiefes Sinnen, nicht durch beschwingte Wanderkraft. Sie schienen begierig, dem Anblick der Häuser und Menschen zu entrinnen, und diese Straße führte sie offenbar am schnellsten hinaus. Obgleich sie jung waren, gingen sie gebeugten Hauptes dahin, und die Strahlen der Sonne belächelten unbarmherzig ihre gramerfüllte Gebärde.

Eine der beiden Gestalten war Angel Clare, die andere ein hochgewachsenes, knospendes Geschöpf – halb Mädchen, halb Weib – ein vergeistigtes Ebenbild von Tess, schmächtiger als sie, doch mit denselben schönen Augen – Clares Schwägerin Lisa-Lu. Ihre bleichen Gesichter schienen eingefallen, zusammengesunken zur Hälfte ihrer natürlichen Größe. Hand in Hand gingen sie dahin und sprachen kein Wort und ließen die Köpfe hängen wie Giottos ›Zwei Apostel‹.

Als sie den Gipfel des großen West Hill fast erreicht hatten, schlugen die Stadtuhren acht. Bei diesen Klängen zuckten sie zusammen, eilten noch ein paar Schritte vorwärts und gelangten zu dem ersten Meilenstein, der weißlich auf dem grünen Rande des Rasens stand; dahinter erstreckte sich die kahle Trift, flach und frei in die Straße mündend. Sie betraten den Rasen, und getrieben von einer unwiderstehlichen Gewalt, verlangsamten sie ihre Schritte, blieben stehn, drehten sich um und warteten neben dem Steine.

Die Aussicht von dieser Höhe war fast unbegrenzt. Im Tale zu ihren Füßen lag die Stadt, die sie soeben verlassen hatten, und ihre prächtigeren Gebäude hoben sich wie eine isometrische Zeichnung vom Himmel ab – unter ihnen der breite Turm der Kathedrale mit seinen normannischen Fenstern und seinem ungeheuer langen Hauptschiff und Chorgang, die Türme von St. Thomas, der zinnengekrönte Turm der Universität und weiter rechts der Turm und die Giebel des alten Hospizes, wo noch heute der Pilger seine milde Gabe an Brot und Bier erhalten kann. Hinter der Stadt dehnte sich die kreisrunde Hochfläche von St. Catherine's Hill; weiter draußen Landschaft neben

Landschaft, bis sich der Horizont in dem Strahlenschimmer der darüberschwebenden Sonne verlor.

Gegen diese fernen Striche Landes ragte vor den andern städtischen Bauten ein großes ziegelrotes Gebäude mit flachen grauen Dächern und langen Reihen schmaler, vergitterter Fenster, die von Kerker und Ketten sprachen; und das Ganze kontrastierte seltsam durch seine kalte Nüchternheit mit dem phantastischen Zackengewirr der gotischen Bauwerke. Für den Wanderer, der die Straße entlangging, lag es ein wenig versteckt hinter Eiben und Steineichen, doch auf dieser Höhe war es deutlich sichtbar. In der Mitte des Gebäudes stieg ein häßlicher, stumpfer, achteckiger Turm vor dem östlichen Horizont empor, und von dieser Stelle betrachtet, auf der Schattenseite und gegen das Licht, schien seine schwarze Silhouette der einzige Makel in der Schönheit der Stadt zu sein. Doch gerade dieser Makel, und nicht die Schönheit des Bildes fesselte die Aufmerksamkeit der beiden Beschauer.

Am Gesims des Turmes war eine hohe Stange befestigt. Ihre Blicke hingen an ihr. Ein paar Minuten, nachdem die Stunde geschlagen hatte, kroch langsam ein dunkles Etwas die Stange empor und entfaltete sich im Winde. Es war eine schwarze Flagge.

Der ›Gerechtigkeit‹ war Genüge geschehen, und der Hochfürst der Ewigwaltenden (nach Aeschylos' Wort) hatte seine Kurzweil mit Tess beendet. Und die Ritter von d'Urberville schliefen ahnungslos in ihren Grüften weiter. Die beiden wortlos schauenden Gestalten neigten sich wie im Gebet zur Erde nieder und verharrten lange in völliger Reglosigkeit. Die Fahne flatterte schweigend im Winde. Sobald sie ihre Kräfte wieder gesammelt hatten, richteten sie sich auf, reichten einander von neuem die Hände und schritten weiter.

Auskünfte

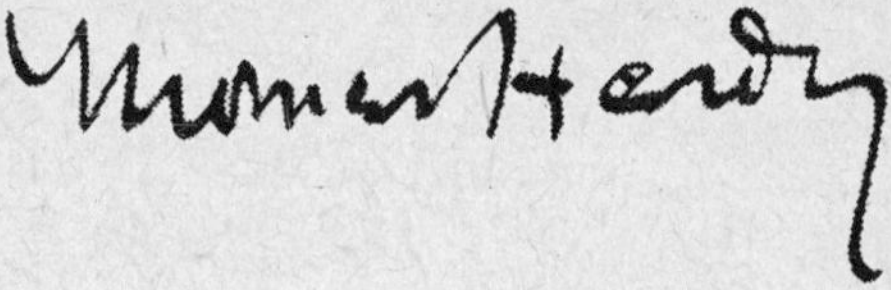

Biographische Übersicht

1840 Thomas Hardy wird am 2. Juni in Higher Bockhampton bei Dorchester als ältestes von vier Kindern des Steinmetzen und kleinen Bauunternehmers Thomas Hardy und seiner Frau Jemima geboren.

1848 Besuch der Dorfschule in Higher Bockhampton.

1849–1856 Besuch der Schule in Dorchester.

1856–1861 Lehre bei dem Architekten und Kirchenrestaurator John Hicks in Dorchester, später dessen Assistent; Studien in lateinischer und griechischer Literatur; Beginn der Freundschaft mit Horace Moule, seinem späteren Mentor.

1862–1867 Assistent des Architekten Arthur Blomfield in London, Beschäftigung mit der englischen Neugotik – grundlegende kunsttheoretische Studien; verstärktes Interesse am literarischen Journalismus, aber auch Wunsch, Geistlicher zu werden.

1865 Erste veröffentlichte Arbeit: ›How I Built Myself a House‹; erstmals Erwägungen, sich mittels der Literatur den Lebensunterhalt zu sichern.

1867 Rückkehr nach Higher Bockhampton als Assistent von Hicks; Arbeit an seinem ersten Roman ›The Poor Man and the Lady‹, dessen Veröffentlichung von George Meredith abgelehnt wurde und dessen Manuskript verlorengegangen ist; Freundschaft mit seiner Cousine Tryphena Sparks, die ihren Niederschlag in Hardys Lyrik gefunden hat.

1871 Veröffentlichung des Romans ›Desperate Remedies‹.

1872 Veröffentlichung des Romans ›Under the Greenwood Tree: A Rural Painting of a Dutch School‹ (Die Liebe der Fancy Day).*

1872–1873 Veröffentlichung des Romans ›A Pair of Blue Eyes‹.

1873–1874 Veröffentlichung des Romans ›Far from the Madding Crowd‹ (Fern der tobenden Menge).

1874 Heirat mit Emma Lavinia Gifford.

* Deutsche Titelnennungen bei vorliegender Herausgabe.

1875–1876 Veröffentlichung des Romans ›The Hand of Ethelberta: A Comedy in Chapters‹.

1878 Veröffentlichung des Romans ›The Return of the Native‹ (Die Rückkehr) in drei Bänden, denen Hardy eine Karte der Romanlandschaft hinzufügt. Untersuchung im Britischen Museum zum Hintergrund von ›The Trumpet Major‹.
Kurzgeschichten unter dem Titel ›The Distracted Young Preacher‹.

1880 Veröffentlichung des Romans ›The Trumpet Major: A Tale‹. Eine sechs Monate währende schwere Krankheit fesselt Hardy ans Bett, von wo aus er seinen neuesten Roman diktiert.

1881 Veröffentlichung des Romans ›A Laodicean‹. Umzug nach Wimborne Minster.

1882 Veröffentlichung des Romans ›Two on a Tower: A Romance‹.

1883 Umzug nach Dorchester.

1884 Einzug in das von Hardy selbst entworfene und von seinem Bruder Henry erbaute Haus Max Gate in Dorchester, in dem er bis zu seinem Tode wohnt.

1885 Beginn der Arbeit an ›The Mayor of Casterbridge‹; zunehmendes Interesse an sozialen und humanitären Fragen.

1886 Veröffentlichung des Romans ›The Life and Death of the Mayor of Casterbridge: A Story of a Man of Character‹ (Der Bürgermeister von Casterbridge) in 2 Bänden.

1887 Veröffentlichung des Romans ›The Woodlanders‹ (Die Wäldler) in 3 Bänden. Hardy reist mit seiner Frau nach Frankreich und Italien. Beginn der Arbeit an ›Tess of the d'Urbervilles‹.

1888 Veröffentlichung der ersten Sammlung von Kurzgeschichten in ›Wessex Tales: Strange, Lively and Commonplace‹; es erscheint der erste von drei Essays über Literaturtheorie: ›The Profitable Reading of Fiction‹.

1889 Tillotson's Fiction Bureau lehnt einen Vorläufer von ›Tess‹ ab. Hardy ist verbittert und veröffentlicht einen zweiten Essay ›Candour in English Fiction‹.

1891 Veröffentlichung einer weiteren Sammlung von Kurzgeschichten: ›A Group of Noble Dames‹ (Ein Kranz edler Frauen).

Veröffentlichung des Romans ›Tess of the d'Urbervilles: A Pure Woman Faithfully Presented‹ in 3 Bänden (Tess von d'Urbervilles. Eine reine Frau).

In den USA tritt das ›Copyright Bill‹ in Kraft, gerade noch rechtzeitig, um Hardy die Provision an der dortigen Herausgabe von ›Tess of the d'Urbervilles‹ zu sichern.

Der dritte Essay ›The Science of Fiction‹ erscheint.

1892 Tod von Hardys Vater. Veröffentlichung des Romans ›The Pursuit of the Well-Beloved‹ in Serie in einer Zeitschrift, der erst 1897 unter dem Titel ›The Well-Beloved: A Sketch of Temperament‹ in Buchform herauskommt.

1892–1893 Veröffentlichung der Kindergeschichte ›Our Exploits at West-Poley‹ in einer amerikanischen Zeitschrift, erst 1952 in England herausgegeben.

1893 Bekanntschaft mit Florence Henniker, einer literarisch interessierten Frau; gemeinsam mit ihr schreibt er: ›The Spectre of the Real‹.

1894 Veröffentlichung von ›The Life's Little Ironies‹, einer Sammlung von Kurzgeschichten (Schabernack des Schicksals). Hardy bearbeitet ›Tess of the d'Urbervilles‹ als Drama.

1896 Veröffentlichung des Romans ›Jude the Obscure‹ (Herzen in Aufruhr). Hardy wendet sich wieder stärker der Lyrik zu.

1898 Veröffentlichung der Gedichtsammlung ›Wessex Poems and Other Verses‹, von Hardy selbst illustriert.

1901 Veröffentlichung der Gedichtsammlung ›Poems of the Past and the Present‹.

1903–1910 Veröffentlichung des Versdramas ›The Dynasts: A Drama of the Napoleonic Wars‹ (1) (Die Herrscher).

1904 Tod von Hardys Mutter, der er sehr zugetan gewesen war.

1905 Bekanntschaft mit Florence Emily Dugdale, einer Lehrerin, Journalistin und Verfasserin von Kinderbüchern.

1906 Veröffentlichung des zweiten Teils des Versdramas ›The Dynasts‹.

1909 Veröffentlichung der Gedichtsammlung ›Time's Laughingstocks and Other Verses‹.

1910 Ehrenbürgerschaft der Stadt Dorchester and Order of Merit.

1912 Gesamtausgabe der revidierten Romane unter der Bezeichnung ›Wessex Novels‹; Hardy erhält die Goldmedaille der Königlichen Literaturgesellschaft.
Tod der Ehefrau Emma Lavinia Hardy.

1913 Veröffentlichung von Kurzgeschichten ›A Changed Man, the Waiting Supper and Other Tales‹.
Ehrendoktorwürde der Universität Cambridge.

1914 Heirat mit der um 39 Jahre jüngeren Florence Emily Dugdale. Veröffentlichung der Gedichtsammlung ›Satires of Circumstances: Lyrics and Reveries with Miscellaneous Pieces‹.

1917 Veröffentlichung der Gedichtsammlung ›Moments of Visions and Miscellaneous Verses‹.
Hardy beginnt die Arbeit an seiner (von Florence Hardy veröffentlichten) Autobiographie.
Die Mellstock-Edition, eine Luxusausgabe der Werke Hardys, erscheint.

1920 Ehrendoktorwürde der Universität Oxford.

1921 Veröffentlichung von ›The Play of Saint George‹.

1922 Veröffentlichung der Gedichtsammlung ›Late Lyrics and Earlier, with Many Other Verses‹ (späte und frühe Lyrik).
Ehrenmitglied des Queen's Colleges der Universität Oxford.

1823 Veröffentlichung von ›The Human Shows, Far Phantasies: Songs and Trifles‹ – drei Jahre später erscheint postum ›Winter Words in Various Moods and Metres‹.

1928 Thomas Hardy stirbt am 11. Januar in Dorchester. Seine Asche wurde in der Westminster Abbey in London beigesetzt, sein Herz im Grab seiner ersten Frau neben dem seiner Eltern auf dem Friedhof von Stinsford.

Anselm Schlösser

Nachwort

Thomas Hardy (1840–1928) hat für seine im Vierteljahrhundert von 1871 bis 1896 verfaßten siebzehn Romane und Novellenbände, wie auch für sein umfangreiches Werk als Versdichter und epischer Dramatiker, von der Literaturgeschichtsschreibung das Etikett eines Pessimisten verliehen bekommen, und beinahe unvermeidlich ergibt sich dabei jedesmal der Vergleich mit den Ideen des deutschen idealistischen Philosophen Arthur Schopenhauer (1788–1860), dem Hardy, wo nicht unmittelbar verpflichtet, so doch in auffälligem Grade geistesverwandt sei. Neuerlich wird Hardy gern von existentialistischer Seite als einer ihrer Vorläufer in Anspruch genommen.

Es könnte demnach so aussehen, als habe man es bei ihm mit einem Apostel der Hoffnungslosigkeit zu tun, der lediglich dem von ihm zitierten ›Weltschmerz des Modernismus‹, einer müden fatalistischen Fin-de-siècle-Stimmung, ja bereits dem Gefühl des Geworfenseins Ausdruck gibt, wie es für das spätbürgerliche Bewußtsein charakteristisch ist. Allein, die pauschale Kennzeichnung Hardys als Pessimist wird weder seiner ohne Zweifel deterministischen Philosophie noch vollends seinem schriftstellerischen Wirken ganz gerecht. Seine Weltanschauung und seine im Wesen realistische Welterfassung sind, wie die Melancholie des Jacques in Shakespeares ›Wie es euch gefällt‹, ›aus mancherlei Ingredienzien bereitet‹. Sie ergeben zusammen eine spezifische, unverwechselbare Sonderform des Pessimismus, die das humanistische Anliegen nicht nur nicht ausschließt, sondern die geradezu darauf basiert.

Die Rolle, die Hardy der Tücke des Schicksals beimißt, hinter der ein immanenter Weltwille steht, den er ironisch als ›Hochfürst der Ewigwaltenden‹ personifiziert, stellt zunächst einen bewußt provokatorischen Protest dar gegen den einst zur Zeit der bürgerlichen Revolution aktivierenden, inzwischen schal und allzu bequem gewordenen Glauben an das Walten der göttlichen Vorsehung, deren garantierte Güte selbst ein Charles Dikkens in Gestalt unrealistischer happy endings häufig strapaziert hatte. Der Ersatz der christlichen Metaphysik durch eine Art heidnisches Gegenteil ermöglicht es Hardy, den Blick auf bis dahin getarnte Abgründe unerbittlicher Tragik zu lenken, die sich mit dem zunehmenden Klaffen gesellschaftlicher Widersprüche in der zweiten Hälfte des 19. Jahrhunderts auftaten. Mit dem Übergang zur Periode des Imperialismus sahen sich die Menschen in der Tat dem Wirken unkontrollierbarer anonymer Mächte des Bösen ausgeliefert.

Doch Hardy, der Schriftsteller, macht nicht bei vagen metaphysischen Konzeptionen halt. Er gestaltet die Wirklichkeit und nimmt wahr, daß es die unharmonische ›Wechselwirkung der sozialen Kräfte‹ ist, ›welche uns heute vorwärtstreibt und im Kreise herumstößt‹. Zwar verneint er an jener Stelle die Denkbarkeit ihrer Vervollkommnung, wirft die Frage danach aber immerhin auf und spielt anderwärts mit dem Gedanken an künftig ›verbesserte Systeme moralischer und geistiger Erziehung‹. Indem er die Maxime ›solange Leben ist, solange ist Hoffnung‹ bejaht, tritt er, wenn auch nur zeitweilig, aus dem Bannkreis seines eigenen Pessimismus heraus.

Dieser Pessimismus ist auch nicht rein schopenhauerscher Artung, wie aus einer beiläufigen absprechenden Bemerkung über dessen ›Philosophie der Entsagung‹ hervorgeht. Daß er auf dem Boden des Darwinismus erwachsen sei, wird oft und mit einigem Recht behauptet; dennoch sollte man diese Komponente nicht überbewerten, zumal der Einfluß Darwins sich bei Hardy weit deutlicher in der positiven Betonung des biologisch Natürlichen gegenüber den verkehrenden Gesetzen der bürgerlichen Gesellschaft dartut.

Ein weiteres Element, das der Hardyschen Schicksalsauffassung wesentlich mit zugrunde liegt und seine Kunst nachhaltig geprägt hat, ist die Liebe des Steinmetzensohns zu seiner ländlichen Heimat, der südenglischen Grafschaft Dorsetshire, und seine enge Verbundenheit mit dem Denken und Fühlen ihrer bäuerlichen Bewohner. Was der junge Friedrich Engels über den Ursprung der Grimmschen Märchen aus der norddeutschen Heide gesagt hat, ›wo mit dem Anbruch der Nacht das Menschliche verschwindet und die grausigen, formlosen Geschöpfe der Volksphantasie über den Boden hinhuschen, dessen Öde am hellen Mittag schon unheimlich ist‹, läßt sich unschwer auf Hardys Dichtung anwenden, die in einem ähnlichen Landstrich angesiedelt ist; und in seinem scheinbar so intellektuellen Determinismus ist ein gut Teil jener ›fatalistischen Überzeugungen‹ eingegangen, ›wie sie gewöhnlich dem Landvolk eigen sind‹. Diese wiederum, einschließlich des Glaubens an Vorahnungen, Träume und Omina, die bei ihm eine so große Rolle spielen, sind weder schlechthin als finsterer Aberglaube abzutun, noch haben sie das geringste mit einer existentialistischen ›Hineingehaltenheit in das Nichts‹ zu schaffen; vielmehr sind es Vorstellungen, dazu angetan, mit den Wechselfällen des Lebens fertigzuwerden.

So ist denn auch Hardys Fatalismus ein mutiger, ja streitbarer Fatalismus. Er hat nichts von Gottergebenheit an sich, verbreitet keine Resignation. Er konfrontiert uns beschönigungslos und unsentimental mit grausamen Tatsachen, mit widersinnigen Geschehnissen. Jedoch bemerkenswerterweise gerade dadurch, daß diese in solcher Härte, mit solchem Nachdruck, förmlich mit Penetranz, als unerbittlicher, unabänderlicher, unaufhaltsamer Schicksalsablauf hingestellt werden, regt sich im Leser die Empörung, ein Resultat, welches Hardy als kritischer Realist mit ungewöhnlichen Mitteln bewußt anstrebt.

Als der Roman ›Tess von d'Urbervilles‹ 1891 erschien, entrüstete sich die bürgerliche Presse freilich ausschließlich darüber, daß das Buch gegen die guten Sitten verstoße. Diese Reaktion war einerseits Symptom der von Hardy bloßgestellten Spießermoral, zugleich aber auch ein Ablenkungsmanöver: Denn es geht darin um mehr als die Beziehungen zwischen Mann und Frau, so offenkundig die Tendenz auch – schon durch den programmatischen Untertitel – auf das damals nur zu heikle Thema des sogenannten ›gefallenen Mädchens‹ gerichtet ist. Das Werk stellt darüber hinaus implizite das unmenschliche System der kapitalistischen Ausbeutergesellschaft in Frage. Es hat, wie der englische Kritiker Arnold Kettle hervorhebt, die ökonomische und physische Vernichtung der englischen Bauern zum Gegenstand, die am typischen Schicksal der verarmten, dann landlosen und am Ende voll proletarisierten Familie Durbeyfield dargestellt wird, ein Vorgang, der sich in der Schilderung der vergeblichen Flucht der Tiere des Feldes vor ›den Zähnen der unbeirrbaren Maschine‹ symbolisch widerspiegelt, so wie hernach auf dem Gute Flintcomb-Ash der ›im Dienste seines plutokratischen Gebieters‹ stehende ›rote Tyrann‹, die Dreschmaschine, als Sinnbild zermürbender, mörderischer Ausbeutung figuriert, wonach fast unmittelbar zur Ergänzung des Bildes auf das Los der ausgewanderten ›Scharen von Landarbeitern‹ übergeblendet wird, die in Brasilien ›litten, starben und dahinschwanden‹, während der kapitalkräftige Amateurlandwirt Angel Clare von dort mit lediglich einem blauen Auge zurückkehrt.

Tess, die Häuslerstochter, deren nutzlose, praktisch illusionäre adlige Abstammung ihre reale soziale Zwangslage nur um so deutlicher macht, wird von der Familie in wirtschaftlicher Bedrängnis ausgesandt, um Anschluß an die neureiche Geldaristokratie zu suchen; sie wird von Alec zynisch mißbraucht. Als Milchmagd ist sie dann unter noch halbpatriarchalischen Verhältnissen bei Mr. Crick als ›eine neue Arbeitskraft‹ zeitweilig willkommen. Später, nachdem Angel Clare sie verstoßen, muß sie sich, gleich ihren Gefährtinnen und Schicksalsgenossinnen Izz und Marian, bei einem harten Dienstherrn als ›Arbeitsweib‹ verdingen. Hätte sie in die Ehe mit Alec eingewilligt, heißt es, so hätte ›diese Heirat sie … aus dem Joch einer ganzen Welt‹ entrissen. Die nackte Not bringt sie schließlich dahin, sich doch zu prostituieren.

Es liegt auf der Hand, daß ihre gesellschaftliche Situation, die sie mit Unzähligen teilt, an sich schon eine Tragödie darstellt; und was ihr noch zustößt und die Katastrophe herbeiführt, ist aufs engste damit verquickt. Für den reichen Schürzenjäger Alec Stoke, alias d'Urberville, ist die ihm unfreiwillig zugelaufene junge Dienstbotin Freiwild, während der von ihr und ihren Kameradinnen über Gebühr geliebte bourgeoise Pharisäer Angel Clare in Tess nur sein erkünsteltes Wunschbild des ländlich unverfälschten Geschöpfes (mit der seinen Snobismus kitzelnden Zugabe adligen Geblüts) verehrt und, als dieses zerstoben, der ›unwissenden Bäuerin‹ den ihm honorig dünkenden Laufpaß gibt. Seine Reue kommt zu spät; und wir müssen es, ob wir wollen oder nicht, glauben, daß die letzte Affekthandlung der in die Enge getriebenen Unglücklichen unausbleiblich ist. Tess' Schicksal, in leidenschaftlicher Tötung und kalter Hinrichtung endend, ist nur eine individuelle Variante des Verhängnisses einer vom Kapitalismus zum Tode verurteilten ganzen sozialen Schicht. Der regelhafte versöhnende Ausklang – der rasch getröstete Angel (›Engel‹) Arm in Arm mit seiner ihm als Ersatz vermachten Schwägerin Lisa-Lu – wirkt wie blutiger Hohn. Man legt das Buch aus der Hand mit dem Gefühl, daß nichts so hätte sein dürfen.

Genau das hatte Thomas Hardy im Sinn. Sein mit Recht berühmtester Roman, wie aus der Distanz verhalten berichtet als etwas im Lauf der Dinge Liegendes, ist dennoch ein einziger Protestruf gegen Ausbeutung und Menschenverachtung, ein Appell an den höheren Gerichtshof wahrer Humanität in der Brust des Lesers; und dieser Appell findet, ungeachtet einzelner falscher Töne, in unserer sozialistischen Gesellschaft ein breiteres und verständigeres Echo als seinerzeit bei den mürrischen Kritikern der beleidigten Kapitalistenklasse.

Zeitgenössische Pressestimmen

Westminster Review März 1892

Tess von d'Urbervilles. Hardy mag, und er tut das zu oft, unsere Gefühle mit mitleiderregenden Geschichten quälen, aber schließlich quält er niemandes Seele mit anstößigen Theorien noch Haltungen, wie der Repräsentant neuer Ansichten vom Leben oder erst kürzlich erfundener Formen von Menschlichkeit. Seine Figuren sind Kreaturen von Fleisch und Blut wie wir selbst, keine *pantins* (Hampelmänner, d. Übers.), die Theorien verkörpern. ›Tess‹ ist eine tragische Geschichte, aber auch die schönste und ergreifendste.

Westminster Review Dezember 1892

Rezensent Hannigan: ›Tess von d'Urbervilles‹ ist ein großartiges Werk. Es kennzeichnet eine besondere Epoche in der englischen Literatur ... Es ist ein Werk, das selbst eines Balzac würdig wäre. Es gibt keine Grobheit darin, keine schmutzigen Details, und doch wird nichts Wesentliches weggelassen.

Review of Review Februar 1892

Bücher des Monats

›Tess von d'Urbervilles‹, in mancher Hinsicht zolaesque, ist außerordentlich geeignet, eine beträchtliche Zahl wohlmeinender Personen zu befremden. ... Hardys Roman wird es kaum versagt sein, als das bedeutendste Werk seines Autors gewertet zu werden.

Review of Review November 1892

Bücher des Monats (zur einbändigen Osgood-Ausgabe)

Wir hoffen, daß der bedeutendste Mann des Jahres – vieler Jahre – mit seiner billigeren Ausgabe ein noch breiteres Publikum erreichen wird als mit der dreibändigen Ausgabe. Natürlich können viele kleine Einwände gegen ihn erhoben werden, zum Beispiel war Tess' Verbrechen doch nur Totschlag und würde damit kein Kapitalverbrechen sein; während Angel Clare, als Mitschuldiger an dem Verbrechen, unverzüglich wegen der

Teilnahme an Tess' Flucht verhaftet würde. Selbst wenn auch all das gesagt würde, bleibt die Geschichte doch ein Werk mit einem edlen Motiv.

Review of Review Mai 1895

Unser monatliches Bücherpaket

›Tess von d'Urbervilles‹ ist unversehens zu neuer Lebenskraft erwacht – gleich nachdem es als erster Band einer neuen Edition aller Werke von Mr. Hardy herausgekommen ist – eine Art endgültiger Edition, die keinesfalls zu früh erfolgt. ›Tess‹ ist gründlich durchgesehen worden, und Mr. Hardy hat ein neues Vorwort geschrieben und eine Karte als Schlüssel von ganz Wessex gezeichnet.

The Weekly Sun 1. Dezember 1895

Arthur Waugh: Die Prosa 1895 – eine Retrospektive

Nicht ein einziges neues Buch hat die allgemeine Öffentlichkeit so vollständig überwältigt wie ›Tess von d'Urbervilles‹ 1892 ... Der Autor von ›Jude the Obscure‹ ... scheint momentan die Beute einer einzigen Absorptionsphase literarischen Interesses zu sein, einer Phase, die seinem Talent kaum Spielraum gewährt. Bis zu einem gewissen Grade hat Mr. Hardy selbst in ›Tess von d'Urbervilles‹ ein Monstrum ins Leben gerufen, das neuerdings zum Verschmutzen der Literatur auswuchert; und in ›Jude the Obscure‹ hat sich die Kreatur seiner eigenen Schöpfung wieder verwandelt, um ihn zu verschlingen.

The Weekly Sun 1. Dezember 1895

Reaktion des Herausgebers auf einen Artikel von William Barrie (Eine Niederlage der Amazonen)

All die jüngsten und heftigsten Attacken gegen die Ehe als eine Institution, all die Argumente zugunsten der ›neuen‹ oder auf den Kopf gestellten Moral sind in den Büchern und Bühnenstücken unserer erfolgreichsten männlichen Autoren zu finden. Wenn Mr. Barrie sich selbst zum Herren über Heim und Familie ernennen will, warum greift er nicht Mr. Hardy, Mr. Grant Allen, Mr. George Gissing, Mr. Bernard Shaw, Mr. Pinero und Mr. Grundy an? Soweit ich sehe, hat kein englischer Autor von

Frauenromanen öffentlich die wilde Ehe verteidigt oder vorgeschlagen, daß der Staat den Part des Kindermädchens übernehmen soll.

The Weekly Sun 15. August 1897
›Rein Persönlich‹
Mr. Hardy wird nachgesagt, daß er sehr wetterabhängig sei. Es ist seine Gewohnheit, die Plätze, die er in seinen Romanen beschreibt, zu besuchen. ›Wenn es nicht ein so gräßlicher Tag gewesen wäre, als ich Stonehenge aufsuchte, hätte ich wahrscheinlich nicht beschlossen, Tess hier sterben zu lassen.‹ Und diese Entscheidung war endgültig, obgleich Mr. Hardy, als seine Geschichte in Fortsetzungen erschien, viele Briefe erhielt (darunter den von einem alten Herrn von 80 Jahren, wie man zu sagen weiß), die ihn flehentlich bitten, die Erzählung glücklich enden zu lassen.

St. Jame's Gazette 7. Februar 1892
Mr. Hardys neuer Roman
Tess von d'Urbervilles. Mr. Hardy hat eine Tragödie geschrieben, nicht einen Roman. Doch so gänzlich kunstvoll, so zurückhaltend, so untragisch ist die Methode, daß bis zu den letzten fünf Seiten nicht einmal der scharfsinnigste Leser erraten kann, was das Ende einer der menschlichsten und pathetischsten Romanzen sein soll, die die moderne Literatur uns gegeben hat. ›Tess von d'Urbervilles‹ ist eins dieser Bücher, die sich selbst in die Seele einbrennen, und wahrscheinlich wird niemand, der Mr. Hardy mit diesem Buch kennenlernt, es jemals vergessen. Es ist ein Buch, das neue Begeisterung weckt und alte vertieft. Seit ›Adam Bede‹ (George Eliot, d. Übers.) ist nichts Vergleichbares geschrieben worden.

The Times 13. Januar 1892
Mr. Hardys neuer Roman
Tess von d'Urbervilles. Mr. Hardys neuester Roman ist sein größter. Inmitten seiner geliebten Täler und des Hochlandes von Wessex und unter dem unverfälschten Volk, in dessen Leben und Arbeit wir durch ihn ungeahnte Würde und Romantik

zu finden gelernt haben, hat er eine Geschichte angesiedelt, kühn in der Behandlung herkömmlicher Vorstellungen, erschütternd in ihrer Trauer und äußerst ergreifend durch ihre tragische Kraft.

The Speaker 19. Dezember 1891

Tess von d'Urbervilles. Der Roman wirft einige Fragen auf, die kaum aus dem Stegreif zu beantworten sind; und während wir die große Darstellungskraft auf jeder Seite bewundern (und sogar Mr. Hardy ist niemals vortrefflicher gewesen als hier in einigen Passagen), können wir nicht die Überzeugung leugnen, daß er uns ein Bild vom Leben gegeben hat, dessen Traurigkeit fast zu erschreckend ist, als daß sie erzählt werden könnte.

The Spectator 23. Januar 1892

Mr. Hardy hat einen der bedeutendsten Romane, vielleicht seinen bedeutendsten, geschrieben, um seine Überzeugung zu illustrieren, daß es nicht nur keine Schicksalsfügung ist, die einzelne Männer und Frauen auf den rechten Weg führt, sondern daß es doch, zumindest in vielen Fällen, etwas wie ein böses Verhängnis gibt, das sie vom rechten Weg abdrängt und auf den falschen führt.

Briefe von Thomas Hardy

An Frederick Harrison 1. Januar 1892

Sehr geehrter Mr. Harrison,

›Tess‹ ist bis jetzt fair aufgenommen worden, aber die theologischen Blätter haben sich noch nicht geäußert. Was meine Wahl eines solchen Charakters in so einem Fall betrifft, so beschäftige ich mich schon seit vielen Jahren mit dem Gedanken, daß in der Literatur einer solchen Frau noch nie Gerechtigkeit widerfahren ist. Ich weiß nicht, ob die Regel allgemein verbreitet ist, aber in dieser Grafschaft führen die Mädchen, die denselben Fehler wie Tess gemacht haben, danach ein keusches Leben, trotz starker Verlockungen.

In dem ersten Entwurf der Geschichte sprach ich mehr von Gutem als von Bösem und überging die Argumente, indem ich lediglich die Schlußfolgerungen beibehielt.

An Walter Besant 17. Januar 1892

Mein lieber Besant,

ich bin eben durch die Notiz zu meinem Roman ›Tess‹ in der gestrigen Saturday Review in einer peinlichen Situation. Ich meine nicht, daß die Attacke dem Buch schaden kann – die S. R. hat darauf keinen Einfluß –, aber ich denke an den Savile Club. Falls Sie das Buch nicht gelesen haben, muß ich Ihnen erklären, daß die Rezension eine absolute Mißinterpretation ist, nach der ich alles mögliche gesagt und behauptet habe, – der ganze Artikel ist mit fast teuflischer Erfindungskraft ersonnen, um in jedem Satz eine Art Halbwahrheit zu verkünden, wobei eine Lüge zurückbleibt. Nun begegne ich immer, wenn ich in den Savile Club gehe, einer Reihe von Mitarbeitern der Saturday Review – einer von ihnen ist wahrscheinlich *mein Schmäher* – Pollock treffe ich immer. Wie kann ich also wieder dorthin gehen? Würden Sie auf die Mitgliedschaft in diesem Club verzichten, wenn Sie an meiner Stelle wären? Unglücklicherweise habe ich gerade meinen Jahresbeitrag entrichtet und habe keinen anderen Ort für den Lunch, wenn ich in der Stadt bin.

An Edmund Gosse 18. Januar 1892

Mein lieber Gosse,

hast Du eine Ahnung, wer der Rezensent von ›Tess‹ in der Saturday ist? Ich frage Dich, weil mir ein solches Verhalten wie seins bisher noch nicht begegnet ist, obgleich ich bekanntlich in den vergangenen Jahren hübsch oft attackiert worden bin. Durch eine Umstellung von Wörtern in meinem Vorwort läßt er mich etwas ganz anderes sagen, als ich wirklich gesagt habe: er verschweigt die Hälfte des Titels der Erzählung, und ausgerechnet die Worte, ohne die weder Ziel noch Zweck des Romans verstanden werden kann. Ein deutlich als solcher erkennbarer Druckfehler von ›road‹ statt ›load‹ in einem Satz ist geeignet, eine schlechte Grammatik erscheinen zu lassen, indem ein angrenzendes Wort gegen eins, das nicht im Original steht, vertauscht wird. Da dieselbe Wendung ›the summit of the load‹ in dem nächsten Absatz auftritt, kann jeder Leser – außer einem – sehen, daß die erste ein Druckfehler ist – was die *Absicht* der Kritik verrät. Weiterhin kehrt er die Darstellung in dem Buch, daß die Mutter der Heldin sie mit Tränen, Zweifeln und Seufzern der Versuchung aussetzt, um und sagt, sie wäre *sang froid* (kaltblütig, d. Übers.) wie die ›niederträchtigste ihres Geschlechts‹ etc. Ebenso wird eine Aussage im Buch, daß die Heldin reifer und eher heiratsfähig sei als vorher, als etwas Unschickliches gedeutet, an das ich niemals gedacht hatte.

Aber ich möchte Dich nicht mit noch mehr von dieser Art langweilen. Ich möchte nur gern wissen, wer mein Gentleman ist, um ihm im Savile die Hand zu schütteln.

An Edward Clodd 20. Januar 1892

Mein lieber Clodd,

Dein Brief ist voller ausgezeichneter Kritik an ›Tess‹ – großmütig, doch gleichzeitig streng. Was Du sagst: ›Das Motiv – als eine Konstante – ist alles; die Tat – als ein flüchtiger Zufall – nichts‹, birgt den Kern der Geschichte und könnte als Motto stehen, so gut hast Du das formuliert.

Zu denken, daß *Du* von allen Leuten nicht erkennen kannst, daß ›road‹ in dem Satz, der mit ›Der Wagen der Durbeyfields ...‹ beginnt, ein Druckfehler von ›load‹ ist! Ich las zweimal Korrektur, und doch schlüpfte dieses ›r‹ durch, ohne daß ich es bemerkte – um jenem Durchschnittsblatt, dem S.R. (Saturday Review, d. Übers.) Gelegenheit zum Angriffe zu bieten. Du wirst überrascht sein zu hören (falls Du die Rezension noch nicht gelesen hast), daß man mein Vorwort geändert und den Untertitel des Buches weggelassen hat, der absolut notwendig ist, um seine Bedeutung zu zeigen, und daß man in versteckten Anspielungen auf unanständige Absichten meinerseits schwelgt, was mir niemals in den Sinn gekommen wäre. Seltsamerweise hat die Rezension dennoch den Verkauf beschleunigt – ich glaube, die *Absicht* war zu deutlich sichtbar. Besant wird Dir erzählen, was er von der Moral jener Rezension hält, wenn Du ihn triffst.

Sollte Dir das Club-Exemplar in die Hände geraten – oder irgendein anderes –, würdest Du bitte so freundlich sein, das ›r‹ durch ein ›l‹ zu ersetzen? …

An Edmund Gosse 20. Januar 1892

Mein lieber Gosse,
ich danke Dir für Deinen großmütigen Brief. Dieselbe Post brachte mir einen Brief von den Verlegern, dem ich entnahm, daß seit Sonnabend die Bestellungen zugenommen haben, so daß die Rezension keinen Schaden angerichtet hat. Sie drucken wie rasend, aber unglücklicherweise werden sie die Leute ein paar Tage warten lassen müssen, fürchte ich.

Ich glaube kaum, daß der Schreiber eine Frau sein kann – dieses Geschlecht ist weiterhin begeistert, wie ich aus zahlreichen Mitteilungen von Müttern (die mir berichten, daß sie ›Tess‹ ihren Töchtern geben, um deren Zukunft zu beschützen) weiß, und von anderen Frauen der Gesellschaft, die sagen, daß mein Mut dem ganzen Geschlecht einen Dienst erwiesen hat (!). Es muß also ein Mann sein. Da die Geschichte wegen ihrer Offenheit ein ziemliches Wagnis war, hatte ich beschlossen, Dir und einigen Freunden keine Kopie zu geben, um Dich ganz unvoreingenommen zu lassen. Aber wenn die Buchausgabe erscheint, werde ich Dir ein Exemplar schicken. Die einzige andere Attacke erwarte ich vom *Spectator*, der wegen seiner Leserschaft gezwungen sein wird, zu dem Roman eine vernichtende Kritik zu verfassen. Zeitschriften müssen schließlich doch an ihren Absatz denken.

An Edward Clodd 4. Februar 1892

Mein lieber Clodd!

Langs Artikel über ›Tess‹ in der New Review ist natürlich typisch Lang. Wenn Andrew mit seinem Wissen und seinen Möglichkeiten ein Herz dort hätte, wo anstelle eines hohlen Raumes ein Herz sein sollte, würde er inzwischen unter den Unsterblichen der Literatur sein anstatt in der bedauernswerten Position, seinen bedauernswerten Federkiel über meiner armseligen Schöpfung zu zernagen. Oder, wenn der Zufall ihn zu diesem Geschäft zwingt, würde er gefühlt haben, wie kleinlich es ist, sich so weit zu erniedrigen, die üblichen Pannen einer ersten Edition aus einem Buch mit 140 000 Wörtern herauszupicken, und würde seine Finger auf die wirklichen und schwerwiegenderen Fehler der Geschichte legen, die herauszufinden nicht einer dieser Leute Witz genug hatte.

Der einzige klare Einwand, den er gegen den Roman hatte, besteht darin, daß es sich um eine Tragödie handelt. Und jedes Wort, das er diesbezüglich sagt, spricht mit gleicher Stärke gegen alle griechischen Tragödienschreiber, gegen Shakespeare und die Elisabethaner. Während sein christlicher (?) Einwand (ich vermute, er soll christlich sein) gegen die Worte ›Präsident der Unsterblichen‹ etc. sichtlich künstlich ist – denn ich weise entschieden darauf hin, daß die Worte frei nach Aeschylos wiedergegeben sind ... Es ist merkwürdig, daß nahezu jede nachteilige Kritik von einem Mitglied des Savile Clubs geschrieben wurde.

An Alfred Austin 6. Februar 1892

Sehr geehrter Herr!

Ich bin Ihnen für die Kopie der National sehr verpflichtet, in der die Rezension zu ›Tess‹ stand, und für das großmütige Verständnis, das sich im gesamten Artikel ausdrückt. Neben diesem Verständnis ist sein Verdienst (wenn ich einen Kritiker kritisieren darf), was dem englischen Kritizismus im allgemeinen seltsamerweise abgeht, den Roman vorrangig als ein künstlerisches Ganzes zu betrachten und zu untersuchen, ob es dem Autor gelungen ist, dieses Ganze zu erreichen. Unsere Kritiker der gebildeten Schule beginnen gewöhnlich mit den Kommata und Akzenten Freudscher Zitate, gehen zu den Druckfehlern über, dann zu den Ausdrucksfehlern und so weiter und kommen so überhaupt nicht zu dem eigentlichen Anliegen ...

An Norman Maccoll 9. Februar 1892

Lieber Maccoll!

... Ich weiß nicht, ob Sie sich um den folgenden Fakt kümmern würden – daß ich in der Einführungsepisode (deren Akteur von der Saturday Review als einer charakterisiert wird, der ›nicht einen einzigen Zug menschlicher Natur‹ an sich hat) das wiedergab, was sich unter meinen eigenen Augen abgespielt hatte. Ich stand an der Ecke einer kleinen Stadt in dieser Grafschaft, als ein angetrunkener Mann vorüberstolperte und lallte: ›Ich habe eine – große Familiengruft – dort drüben‹ (und so weiter, wie in dem Roman). Ich befragte einige Umstehende und erfuhr, daß alles, was er von sich gegeben hatte, der Wahrheit entspreche und daß er eine unserer ältesten normannischen Familien repräsentiere. Daraus entwickelte sich die Erzählung, ergänzt durch andere Fakten. Bei dieser Gelegenheit möchte ich Ihnen für den freundlichen Artikel im Athenaeum (9. Jan. 1892, d. Herausg.) danken.

An Roden Noel 22. April 1892

Sehr geehrter Mr. Noel:

... Beim nochmaligen Lesen der Rezension von ›Tess‹ in der Quarterly Review bin ich betroffener als beim ersten Mal wegen seiner Verlogenheit. Es ist so, daß er *unkünstlerisch* sagt, wenn er *unorthodox*, und *unmoralisch*, wenn er meint *unvorteilhaft für die Privilegien, durch die er gedeiht.* Übrigens, wenn die Motive in ›Tess‹ nicht denen der periklanischen und elisabethanischen Tragödienschreiber entsprechen – wie schwach auch immer im Roman entwickelt –, würde ich gern wissen, was sie sind.

An Roden Noel 17. Mai 1892

Sehr geehrter Mr. Noel:

Ich habe eben Ihren Brief erhalten. Die Antwort des Herausgebers der Edinburgh Review ist natürlich genau das, was man aus dieser Richtung erwarten würde. Als ob es von so großer Bedeutung wäre, ob ich eine zu freie Auslegung des Wortes ›rein‹ vorgenommen hätte oder nicht. Als ich die Erzählung nach ihrer Fertigstellung noch einmal las, durchdrang mich die Überzeugung, ohne Absicht oder Wunsch meinerseits – in der Tat eher etwas überraschend –, daß die Heldin wirklich rein war – reiner als eine sogenannte unbefleckte Jungfrau: deshalb nannte ich sie so. Das war mein Eindruck von ihr – nichts anderes. Aber der engherzige britische Verstand klopft selbst gegen eine Wand, ohne zu sehen, daß ›paradoxe Sittlichkeit‹ ihnen selbst viel zu sagen hat, besonders in der Literatur.

Dann sind da die Wortklauber, die bereit sind, etwas nachzugeben, indem sie sagen: ›Sie war am Ende nicht rein.‹ Nun – selbst wenn man das einräumt –, war Maria, schottische Königin, während der späteren Jahre ihres Lebens schön? Aber sie wird die schöne Königin der Schotten genannt. Man könnte noch viele solcher Beispiele bringen, wenn es sich lohnte.

An Grant Allan 16. Juli 1892

Mein lieber Allan:

Ich bin von dem Gefühl überwältigt, daß ich aus Ihrer großmütigen Feder viel mehr erhalten habe, als meine Verdienste rechtfertigen. Wenn die Geschichte von Tess so hätte geschrieben werden können, wie ursprünglich beabsichtigt, sie und ich wären Ihrer Bemerkungen wert gewesen. Es ist die *beabsichtigte* Geschichte, die Ihre lebhafte Vorstellungskraft hinter der geschriebenen gelesen hat, … unbewußt aus Ihrer eigenen Natur das hinzufügend, was notwendig war, um die Unzulänglichkeit meines Werkes zu beseitigen …

S. H. Spencer-Smith: 29. Dez. 1891

Es ist eine schreckliche Tragik, und wir (Verf. u. s. Frau, d. Übers.) wünschten, wir könnten ebenfalls ein gutes Ende bereithalten wie Rudyard Kipling mit seinem ›The Light that Failed‹. Wir sind der Meinung, daß Angel Clare rechtzeitig zurückkehren sollte, um Tess davor zu bewahren, zu Alec d'Urberville zurückzugehen, so daß sie wirkliche Flitterwochen in Talbothay Dairy verbringen könnten! … Tess ist eine prächtige Frau und äußerst liebenswert, ihr Brief an Clare ist außerordentlich ergreifend. Ich bin sicher, daß Tess sehr zu Ihrer Berühmtheit beitragen wird, es ist bei weitem der hervorragendste Roman, den Sie geschrieben haben, und die Beschreibung der Schauplätze, des Landlebens und der Bewohner von Wessex sind so ergötzlich wie von jeher.

Symonds John Addington: 6. Jan. 1892

Sie sind fast der einzige lebende Mann, der die tragischen Leidenschaften mit englischer Zunge beschreiben kann. Und was ich am meisten bewundere, ist, daß stets Vergils lachrymae rerum durchscheinen, sogar dann, wenn der tragische Sturm am grausamsten und heftigsten ist.

Symonds John Addington: 17. Jan. 1892

Die Art und Weise, wie Sie den Charakter einer edlen und empfindsamen Frau zeichnen, die durch die schicksalhafte Verbindung mit zwei erbärmlichen Mustern des männlichen Geschlechts zugrunde gerichtet wird, ist großartig … Also protestiere ich gegen solch einen widerlichen Mann, zu welchem Sie Angel gemacht haben. Ich frage mich, was er Ihrer Vorstellung nach wirklich sein sollte, welche Wirkung Sie beabsichtigten, als Sie ihn schufen. Ich würde ihm gern einen Fußtritt geben oder den Burschen bei jeder Krümmung seiner taktlosen, mittelmäßigen und rührseligen Handlungsweise verfluchen.

Anne Williams: 11. Dez. 1892

Ich habe soviel Interesse an Tess, als ob sie leben würde, und oft denke ich über sie und ihr Elend und kurzes Glück, bevor sie Angel heiratete, nach ... Die Geschichte von Tess hat mich mehr berührt als irgend etwas, was ich jemals gelesen habe.

Theodore Watts-Danton: 20. Juli 1910

Meine Frau hat mir wieder ›Tess‹ vorgelesen. Wir können nun behaupten, das Buch nahezu auswendig zu kennen. Ich bin in der Meinung bestärkt worden, daß es der größte Roman ist, der jemals geschrieben worden ist, und daß der Charakter von Tess wahrhaftig der verehrungswürdigste in der Literatur ist.

Thomas Hardy

Erklärende Anmerkung zur ersten Ausgabe

Der Hauptteil der folgenden Erzählung erschien in Form von Skizzen und mit geringfügigen Veränderungen in der ›Graphic‹; und andere Kapitel, vornehmlich für erwachsene Leser bestimmt, in der ›Fortnightly Review‹ und im ›National Observer‹. Den Herausgebern und den Verlegern dieser Zeitschriften gilt mein Dank dafür, daß sie es mir jetzt ermöglicht haben, den Rumpf und die Glieder des Romans zusammenzufügen und ihn vollständig zu drucken, so wie er vor zwei Jahren ursprünglich verfaßt worden ist. Ich möchte lediglich hinzufügen, daß die Geschichte in lauterer Absicht geschrieben worden ist, als ein Versuch, einer wahren Abfolge von Geschehnissen künstlerische Gestalt zu verleihen; und was die in dem Buch zum Ausdruck kommenden Meinungen und Gefühle betrifft, so möchte ich einen zu feinfühligen Leser, der es nicht ertragen kann, daß gesagt wird, was heutzutage jedermann denkt und fühlt, bitten, sich an den oft zitierten Satz des heiligen Hieronymus zu erinnern: Wenn eine Wahrheit Ärgernis erregt, dann ist es besser, daß dieses Ärgernis erkannt wird, als daß die Wahrheit verschwiegen würde.

November 1891 T. H.

Vorwort zu der fünften und zu den späteren Ausgaben

Da dies ein Roman ist, in dem der große Lebenskampf der Heldin nach einem Ereignis in ihrer Erfahrung beginnt, das gewöhnlich als verhängnisvoll für sie als Protagonistin – oder zumindest als das eigentliche Ende ihrer Unternehmungen und Hoffnungen – betrachtet wurde, widersprach es völlig der anerkannten Regel, daß die Öffentlichkeit das Buch positiv aufnahm und mir darin zustimmte, daß es in einem Roman mehr über die Schattenseiten der wohlbekannten Katastrophe zu sagen gäbe, als bislang geschehen. Aber das Verständnis, mit dem ›Tess‹ von den Lesern in England und Amerika aufgenommen worden ist, scheint zu beweisen, daß der Plan, eine Erzählung in Übereinstimmung mit verschwiegenen Ansichten zu entwerfen, anstatt sie den lediglich mündlichen Formeln der Gesellschaft anzupassen, nicht ganz und gar falsch ist, selbst nicht in einer so unangemessenen und unvollkommenen Ausführung wie der vorliegenden. Ich kann nicht umhin, für dieses Verständnis meinen Dank zum Ausdruck zu bringen, und bedaure, daß ich in einer Welt, in der man sich oft vergeblich nach Freundschaft sehnt, in der es schon als Freundlichkeit angesehen wird, nicht absichtlich mißverstanden zu werden, niemals diesen geschätzten Lesern männlichen oder weiblichen Geschlechts begegnen werde, um ihnen die Hand zu schütteln. Ich schließe die Rezensenten – bei weitem die Mehrheit – mit ein, die die Erzählung so großmütig aufnahmen. Ihre Worte zeigen, daß sie, wie die anderen Leser, in hohem Maße meine Mängel in der Erzählkunst durch ihre eigene schöpferische Intuition aufgehoben haben.

Obgleich weder eine didaktische noch eine polemische Wirkung des Romans beabsichtigt war, er dagegen in den szenischen Teilen einfach repräsentativ sein und in den besinnlichen häufiger Eindrücke als Überzeugungen vermitteln sollte, gab es Leute, die Einwände gegen das Thema und seine Umsetzung erhoben.

Die gestrengeren unter ihnen erhalten einen gewissen Meinungsunterschied aufrecht, unter anderem zu der Frage nach der Eignung von Stoffen und ihrer Behandlung in der Kunst, und verraten ihre Unfähigkeit, die Idee des Adjektivs im Untertitel mit etwas anderem als der künstlerischen und sekundären Bedeutung in Verbindung zu bringen, zu der es die Bräuche der Zivilisation geführt haben. Sie ignorieren die Bedeutung des Wortes in der Natur zusammen mit allen ästhetischen Ansprüchen, ganz zu schweigen von der religiösen Interpretation, hervorgegangen aus der edelsten Seite ihres eigenen Christentums. Andere haben für ihre ablehnende Meinung Gründe, die eigentlich nichts anderes sind als die Behauptung, daß der Roman die zu Ende des Jahrhunderts vorherrschenden Lebensansichten verkörpere und nicht jene einer früheren und primitiveren Generation – eine Behauptung, von der ich nur hoffen kann, daß sie wohlbegründet ist. Man erlaube mir zu wiederholen, daß ein Roman Eindrücke wiedergibt und keine Erörterung darstellt; und dabei wollen wir es bewenden lassen. Wie man durch eine Passage in den Briefen Schillers an Goethe an Richter dieser Art erinnert wird: ›Es sind solche, die in den Darstellungen des Dichters nur ihre eigenen Ideen suchen und das, was sein sollte, höher preisen als das, was ist. Der Grund des Streits liegt also hier schon in den ersten Prinzipien, und es ist völlig unmöglich, daß man einander versteht.‹ Und weiter: ›Sobald mir einer merken läßt, daß ihm in poetischen Darstellungen irgend etwas näher anliegt als die innere Notwendigkeit und Wahrheit, so gebe ich ihn auf.‹

In der Einführung zur ersten Ausgabe wies ich auf das mögliche Auftreten einer sensiblen Person hin, die nicht imstande sein würde, das eine oder andere auf diesen Seiten zu ertragen. Diese Person erschien auch prompt unter den oben erwähnten Tadlern. In einem Fall war sie ganz außer Fassung, weil es ihr nicht möglich war, das Buch dreimal durchzulesen, da ich nicht jene kritische Mühe hätte walten lassen, die ›allein sich als Rettung eines solchen Buches erweisen kann‹. In einem anderen Fall verwehrte der Tadler sich dagegen, daß in einer seriösen Geschichte solch vulgäre Dinge wie der Höllenspieß des Teufels, das Vorlegemesser aus einer Pension und ein mit Schande erkaufter Sonnenschirm vorkommen. An einer anderen Stelle war es ein Gentleman, der für eine halbe Stunde zum Chronisten wurde, um seinen Kummer darüber, daß angeblich abschätzig über die Unsterblichen gesprochen wurde, so besser auszudrücken; obgleich dieselbe angeborene Sensibilität ihn dazu zwingt, den Autor mit Worten des Mitleids zu entschuldigen, für die man nicht dankbar genug sein kann: ›Er hat uns nur sein Bestes gegeben.‹ Ich kann diesem bedeutenden Kritiker versichern, daß dieser unvernünftige Aufschrei gegen die Götter, im Singular oder im Plural, nicht so eine Ursünde von mir ist, wie er es sich anscheinend vorstellt. Sie mag freilich etwas von lokaler Ursprünglichkeit haben. Wenn jedoch Shakespeare eine Autorität in geschichtlicher Hinsicht wäre – was er vielleicht nicht ist –, könnte ich zeigen, daß die Sünde so früh in Wessex eingeführt wurde wie die Heptarchie (7 angelsächsische Königreiche Ende d. 6. Jh., d. Übers.) selbst. Sagt doch Gloster in Lear, auch Ina genannt, König jenes Landes:

›... was Flaggen sind
Den müß'gen Knaben, das sind wir den Göttern.
Sie töten uns zum Spaß.‹

Die übrigen zwei oder drei, die an ›Tess‹ herumkrittelten, waren von der unausbleiblichen Sorte, die die meisten Schriftsteller und Leser liebend gern vergessen würden: vorgeblich literarische Boxer, die eigens zu diesem Zweck ihre Überzeugung vortäuschen; moderne ›Hexenhämmer‹; eingefleischte Miesmacher, immer auf der Lauer, um zu verhindern, daß aus dem vorläufigen Halberfolg später einmal ein ganzer Erfolg werde; die eindeutige Meinungsäußerungen verdrehen und persönlich werden, indem sie so tun, als praktizierten sie die große historische Methode. Dennoch haben sie vielleicht Gründe vorzutragen, Privilegien zu wahren, Traditionen zu pflegen; einiges davon hat ein reiner Märchenerzähler, der ohne irgendwelche tieferen Absichten seine Eindrücke von der Welt niederschreibt, übersehen, und vielleicht war es lediglich ein Versehen, wenn er so wenig kampflustig war. Vielleicht würde irgend eine flüchtige Wahrnehmung – das Ergebnis einer Traumstunde, wenn sie so allgemein wirken würde – einem solchen Tadler beträchtliche Unannehmlichkeiten im Hinblick auf seinen Stand, Interessen, Familie, Knecht, Ochs, Esel, den Nächsten oder des Nächsten Weib bereiten. Deshalb verbirgt er seine Person heldenhaft hinter den Jalousien eines Verlegers und schreit ›Pfui!‹ So groß ist das Gedränge in der Welt, daß jegliche Meinungsänderung, sogar der am meisten gerechtfertigte Fortschritt, jemandes offene Wunde reizt. Solche Veränderungen beginnen oft im Gefühl, und so ein Gefühl beginnt manchmal in einem Roman.

Juli 1892 T. H.

Die obigen Bemerkungen wurden zu der vorhergehenden Ausgabe dieser Erzählung geschrieben, als eine lebhafte öffentliche und private Kritik an Einzelheiten noch die Gemüter erregte. Mögen die Seiten als das stehen, was sie wert sind: als etwas, was einmal gesagt worden ist; aber wahrscheinlich würden sie auch heute nicht besser geschrieben werden. Selbst in der kurzen Zeit der ersten Veröffentlichung sind einige der Kritiker, die zur Erwiderung herausforderten, in die Stille hinuntergefahren, als ob sie an die unsägliche Unwichtigkeit sowohl ihrer als auch meiner Meinung erinnern wollten.

Januar 1895 T. H.

Als Antwort auf Fragen von Lesern, die sich für die Landschaft, die vorgeschichtlichen Überreste und besonders für alte englische Architektur interessieren, ist hier die Feststellung angebracht, daß die Beschreibung des Hintergrundes (der Wessex-Romane, d. Übers.) der Wirklichkeit entnommen wurde. ... Viele Besonderheiten der beiden Erstgenannten werden mit ihrem tatsächlichen Namen bezeichnet: z. B. das Tal von Blackmoor oder Blakemore, Hambledon Hill, Bulbarrow, Wettlecombe Tout, Dogbury Hill, High-Stoy, Bubb-Down-Hill, The Devil's Kitchen, Cross-in-Hand, Long-Ash-Lane, Giant's Hill, Crimmercrock Lane und Stonehenge. Die Flüsse Froom oder Frome und Stour sind natürlich als solche wohlbekannt. Eine weitere Idee bestand darin, daß große Städte und Ortschaften, die geeignet waren, den Umriß von Wessex zu kennzeichnen, wie Bath, Plymouth, The Start, Portland Hill, Southampton etc., direkt benannt werden sollten. Der Plan wurde nicht bis ins Detail beibehalten, aber – ob sinnvoll oder nicht – die Namen wurden nicht verändert.

Was nun die Orte betrifft, die – aus Gründen, die mir damals gewichtig erschienen – unter fiktiven oder alten Namen beschrieben wurden, so haben scharfsinnige Leute in Veröffentlichungen behauptet, die Originalschauplätze eindeutig wiedererkannt zu haben, so zum Beispiel Shaftesbury in ›Shaston‹, Sturminster Newton in ›Stourcastle‹, Dorchester in ›Casterbridge‹, Salisbury Plain in ›The Great Plain‹, Cranborne in ›The Chase‹, Beaminster in ›Emminster‹, Bere Regis in ›Kingsbere‹, Woodbury Hill in ›Greenhill‹, Woolbridge in ›Wellbridge‹, Hartfoot oder Harput in ›Stagfoot Lane‹, Hazlebury in ›Nuttlebury‹, Bridport in ›Port Bredy‹, Maiden Newton in ›Chalk Newton‹, a farm near Nettlecomb Tout in ›Flintcomb Ash‹, Sherborne in ›Sherton Abbas‹, Milton Abbey in ›Middleton Abbey‹, Cerne Abbas in ›Abbot's Cernel‹, Evershot in ›Evershed‹, Taunton in ›Toneborough‹, Bournemouth in ›Sandbourne‹, Winchester in ›Wintoncester‹, Oxford in ›Christminster‹, Reading in ›Aldbrickham‹, Newbury in ›Kennethbridge‹, Wantage in ›Alfredstone‹, Basingstoke in ›Stoke Barehills‹ und so weiter. Diesen eifrigen Wirklichkeitsjägern widerspreche ich nicht; ich lasse ihre Feststellung gelten, da sie zumindest ein Zeichen für ihr Interesse an den Schauplätzen sind.

Oktober 1911 T. H.

Die vorliegende Ausgabe der Erzählung enthält einige Seiten, die bisher in keiner früheren Edition gedruckt worden sind. Als die voneinander getrennt erschienenen Episoden gesammelt wurden – wie im Vorwort von 1891 erwähnt –, wurden diese Seiten übersehen, obgleich sie im Originalmanuskript enthalten waren. Sie erscheinen im Kapitel X.

Was den Untertitel betrifft, von dem oben die Rede war, möchte ich hinzufügen, daß er im letzten Moment, nach dem Lesen der Satzkorrektur, angefügt wurde, gleichermaßen als Bewertung des Charakters der Heldin, die in einem aufgeschlossenen Geist zurückbleibt – eine Bewertung, von der nicht zu erwarten war, daß jemand sie anfechten würde. Sie wurde mehr als sonst etwas in dem Buch angefochten. Melius fuerat non scribere. Aber da steht sie nun einmal. Die Erzählung wurde im November 1891 zum ersten Mal vollständig – und zwar in drei Bänden – veröffentlicht.

März 1912 T. H.

Stimmen zu Thomas Hardy

Die Leute bezeichnen den Pessimismus Thomas Hardys als unbarmherzig, und in seiner artistischen Art war Hardy häufig auf Kosten von Vernunft und Wahrscheinlichkeit grausam. Aber sooft er einen geistigen Wandel durchmachte, zeugte sein Empfinden immer weniger von Unbarmherzigkeit und immer mehr von Barmherzigkeit. Ich wäre aufs höchste überrascht festzustellen, daß Hardy in seinem späteren Leben überhaupt noch echter Pessimist war. Seine Theorie als Theorie ist weder sehr klar noch sehr abgerundet, und ich bin überzeugt, er wurde im Lauf der Entwicklung im Hinblick auf das Dogma der Verzweiflung weder klarer noch überzeugter. Bewußt oder unbewußt schlägt die Tendenz fast stets nach der anderen Richtung um. Hardy zog sich von der Hardyschen Philosophie zurück, genauso wie Shaw sich von der Shawschen Philosophie.

Gilbert Keith Chesterton, 1932

Mit ›Tess‹ schuf Hardy seine am stärksten ausgeprägte Tragödie, und sie ist es, in der wir seine Stärke und seine Schwäche am deutlichsten offenbart finden. Die Heirat von Tess und Angel kam zustande, während es Hardy nicht gelang, mit dem Porträt von Clym seine ›moderne‹ Konzeption menschlicher Verbindungen in einer intensiv dramatischen Form zu präsentieren. Diese symbolische Ehe von Wessexschem Blut und Londoner Ideen verficht die Philosophie, daß Keuschheit aus der Seele kommt und nicht aus dem Körper, daß die innere Welt der Liebe der erst kürzlich entdeckte Kontinent der Seele ist, daß Ehen im Himmel geschlossen werden und daß es nicht jeden etwas angeht, ›ob wir so glücklich sind, wie wir sind‹. Dies ist ›die Basis ihrer sexuellen Beziehungen‹, auf der Angel und Tess stehen würden. Die Tatsache, daß sie scheitern, ist in dem etwas altmodischen Rest in Angels Grundsätzen und der höchst fragwürdigen Anziehungskraft, die d'Urberville auf Tess ausübt, geschildert. Es ist eine sehr alte Geschichte, und ich hoffe, nicht für anmaßend gehalten zu werden, wenn ich unterstelle, daß Hardy selbst sie nicht ganz verstand. Es ist eine großartige Geschichte, und ihm gebührt der Ruhm, sie geschrieben zu haben, aber sein konstantes Plädoyer ist zum Tollwerden ungenau und unlogisch und er macht aus d'Urberville eine Karikatur.

Es sei daran erinnert, daß ›Tess‹ für den viktorianischen Moralbegriff Dynamit war. Das Buch wurde vom *Murray's Magazine* und vom *Macmillan's Magazine* abgelehnt. Um eine Veröffentlichung in Fortsetzungen zu erreichen, mußte Hardy anstößige Stellen streichen. Zum Beispiel erhob der Herausgeber der *Graphic* – in der ›Tess‹ schließlich erschien – Einwände gegen die Szene, wo Angel Tess und die drei Milchmägde in seinen Armen über einen überschwemmten Pfad trug. Er behauptete, daß – zum Lesen im Familienkreis – es schicklicher wäre, sie in eine Schubkarre zu setzen. Hardy akzeptierte brav den Vorschlag und lieferte eine Schubkarre.

Dies zu sehen macht es verständlich, daß vieles von Hardys Verteidigungshaltung an ein feindliches Publikum adressiert war und deshalb manches Bedeutsame als kurzlebig aufgegeben worden sein mag. Jedoch nicht alles, denn man kann sich Hardys Überzeugung nicht entziehen, daß Tess nur deshalb litt, weil Männer (und Götter) nicht genügend liberal gesinnt waren. Sie ist, mit ihren eigenen Worten, ›eine reine Frau‹, und wenn er ihre Tragödie als ›unvermeidlich‹ ansah, tat er das nur in einer pragmatischen Weise – Leben als das, was es ist –, und nicht aus irgendeinem Gefühl der äußersten und unanfechtbaren Notwendigkeit.

Es gibt einen Moment, da Hardy mit der Idee liebäugelt, daß Tess' adlige Ahnen, in ihrer Zeit des Pomps und des Hochmuts, die Dorfmädchen so brutal benutzt haben mögen, wie sie benutzt worden ist, so daß ihre Lage auf das hinausläuft, was gemeinhin ›poetische Gerechtigkeit‹ genannt wird. Und in einem Ausbruch von bezeichnendem Edelmut ruft er aus: ›Wenn auch die Ansicht, daß die Sünden der Väter die Kinder heimsuchen, eine Moral ist, die gut genug ist für die Götter, so wird sie von der durchschnittlichen menschlichen Natur doch verspottet.‹ Das Gefühl ist, wie schon gesagt, edelmütig; aber es geht aus dem unreifen Denken hervor, denn wie könnten wir – mit einem Wort – uns selbst von dem gesamten menschlichen Erbe befreien? Es wäre besser zu sagen, daß die Sünden der Väter in der Tat Sünden sind, *weil* sie die Kinder heimsuchen – daß, mit anderen Worten, es die Natur des Unheils ist, üble Konsequenzen zu haben. Etwas anderes zu glauben heißt zu glauben, daß das Individuum von seiner eigenen Bindung an Zeit, Ort und Erde isoliert wird. Und Tess selbst straft dies Lügen, wenn sie ihrer Mutter vorwirft, sie nicht gewarnt zu haben. ›Warum hast du es mir nicht erklärt?‹ Aber wenn ihr Schicksal in irgendeiner Weise hätte Gnade vor jeder Konsequenz dieser Vernachlässigung finden können, würde das eine Wort ›Vernachlässigung‹ als bedeutungslos gewertet werden. Ich möchte nicht in tieferes philosophisches Wasser geraten als notwendig, aber es ist sicher deutlich genug, daß unsere Handlungen von ihren Konsequenzen zu trennen heißt, sie ihrer moralischen Bedeutung zu berauben. Das Wesen der Tragödie besteht nicht darin, daß der sündhafte Mensch für seine Sündhaftigkeit bestraft wird, sondern daß ein durch und durch edler Charakter durch einen unbedachten Fehltritt zerstört wird.

Doch in der Wärme seines Mitleids möchte Hardy Tess in einem glühenden Feuer prüfen und zur gleichen Zeit die Flammen auslöschen, wobei er vergißt, daß Sünde eine edle Person ruinieren muß, während eine niedere lediglich moralisch verdirbt. Wenn Tess zynisch genug wäre, ihre Verführung als einen jugendlichen Irrtum mit einem Achselzucken abzutun, oder heiter genug, darüber wie über einen Purzelbaum ins hohe Gras zu lachen, so wäre sie nicht Tess. Und zu behaupten, daß sie lediglich aufgrund einer wertlosen sozialen Schablone leidet, hieße ihre Tragödie herabsetzen. In diesem Zwiespalt zwischen seiner Sympathie und der tragischen Konzipierung nimmt Hardy Zuflucht zu Doppeldeutigkeit und Ausflüchten, in dem Versuch, den Schein zu wahren. Tess, sagt er, ›ist dazu geschaffen, ein anerkanntes soziales Gesetz zu brechen!‹ Und dann ist sie wiederum ›zeitweilig durch seine feurige Art geblendet worden‹, oder, um ihre eigenen Worte zu gebrauchen: ›Meine Augen waren durch dich für kurze Zeit geblendet, das war alles.‹ Hardy ist nicht eigentlich erpicht darauf, das Maß ihres eigenen Beitrages zu ihrem Untergang einzuschätzen.

Er ist – vielleicht unvermeidlich – freimütiger betreffs ihrer Verschwiegenheit gegenüber Angel bis nach ihrer Heirat: ›Ihr

Selbsterhaltungstrieb war stärker als ihre Aufrichtigkeit.‹ Sie ist in derselben Situation wie Elfriede in ›A Pair of Blue Eyes‹, aber mit weitaus größerem Einsatz, und sie macht denselben fatalen Fehler, indem sie die Aufrichtigkeit dem Selbsterhaltungstrieb unterordnet. In der Tat ist ihre ganze Tragödie in diesen zwei oder drei sehr menschlichen Passagen enthalten. Sie war für eine kurze Zeit geblendet und wurde zu einer verwirrten Hingabe getrieben, und als der Moment kam, den Konsequenzen ins Auge zu sehen, war ihr Selbsterhaltungstrieb stärker als ihre Aufrichtigkeit. Wäre sie ein weniger feinfühlender Charakter gewesen, würde sie überlebt haben; weil sie es nicht war, lebt sie in unserer Erinnerung als eine der großen Figuren der Tragödie.

Die Fakten, die dramatische Geschichte und das anwachsende Moment der Katastrophe sind mit großer Kraft aufgezeichnet, aber der inneren Notwendigkeit der Tragödie hat sich Hardy so widersetzt, daß sie bisweilen durch eine Art von Zensur verschlüsselt erscheint, und das Porträt von d'Urberville leidet darunter so sehr, daß es Fragment bleibt. Über die spätere Beziehung Tess' zu ihrem Liebhaber während ihres Aufenthaltes in Bournemouth läßt Hardy uns völlig im dunkeln. Man setzt voraus, daß d'Urberville keine Mätresse halten würde, die die ganze Zeit schmollt und vor sich hin brütet. Man setzt voraus, daß Tess sich selbst Rechenschaft ablegte irgendwie in irgendeiner Weise für die schließlich erfolgte Kapitulation. Und man setzt auch voraus, daß Hardys Schweigen darüber rein defensiv ist, daß er seine Augen abwendet. Am nächsten kommen wir einer klaren Feststellung in dem verschwommenen Zugeständnis, daß ›ein Bewußtsein, daß in einem physischen Sinne dieser Mann (i. e. d'Urberville) allein ihr Ehemann war, auf ihr mehr und mehr zu lasten schien‹.

Der ›physische Sinn‹, diese harte Wahrheit des Fleisches, beginnt ihren Geist zu beherrschen, beginnt sich über ihre geistige Keuschheit und ihre ›eingebildete‹ Ehe mit Angel hinwegzusetzen. Der Drang, das Reale und das Ideale in scharfer Opposition zu zeigen, war bei Hardy stets stark zu verspüren: er spiegelt die beißende Ironie des Lebens wider, die für ihn die spezifische Würze menschlicher Angelegenheiten war, und er machte sie bewußt zum Thema von ›Tess‹ und ›Jude‹. Und so, bleibt uns zu vermuten, wächst in der Tiefe von Tess' Seele die Vorstellung, daß d'Urberville irgendwie für alle Ewigkeit sein Siegel auf sie gesetzt hat. Darüber, als den Hauptgedanken ihrer Tragödie, schweigt Hardy seltsamerweise, aber es gibt einen anderen Anhaltspunkt in einem außerordentlichen Gespräch weiter vorne im Buch, als d'Urberville auf einen Heuhaufen neben Tess klettert und sie ihm erst mit einem Handschuh ins Gesicht schlägt und dann ausruft: ›Nun, bestrafen Sie mich, peitschen Sie mich aus, zerdrücken Sie mich, Sie brauchen an jene Leute unter dem Schober nicht zu denken! Ich werde nicht schreien. Einmal Opfer, immer Opfer!‹

Es ist eine bemerkenswerte Rede, und sie ruft mir den Bericht von T. E. Lawrence über seine schreckliche Demütigung vor dem Araber, der ihn auspeitschte, in Erinnerung. Man fühlt, daß es völlig unabsichtlich war, als ob es aus einer tieferen Schicht des Bewußtseins hervorgehe, als Hardy selbst verstand, und es verrät, daß ihre Liebe zu Angel jene geheime mütterliche Verachtung hat, die man von Zeit zu Zeit flüchtig erkennt, weil er nicht den Schlüssel zu jenen Impulsen in ihr hat, die sie selbst nicht kontrollieren kann und die allein d'Urberville zu wecken imstande ist. Es ist der Schrei einer leidenschaftlichen Frau nach ihrem Liebhaber – nach ihrem teuflischen Liebhaber, wenn Sie so wollen. Es wirft ein bezeichnendes Licht auf Tess und d'Urberville; aber ich glaube nicht, daß Hardy damit mehr beabsichtigte als zu beweisen, daß die Fügsamkeit des Kaninchens die Bosheit des Wiesels demonstriert. Und d'Urberville bleibt unfertig, ein theatralischer Sir Jasper.

Damit komme ich zu der letzten Phase von Hardys Sex-Drama. Bis jetzt haben seine Heldinnen Männer mit der Fähigkeit gewählt, einige stark verdeckte Gefühle in ihnen zu wecken oder zu befriedigen ..., ohne sich darum zu kümmern, daß diese Fähigkeit mit einer Verantwortungslosigkeit des Charakters verbunden ist. Daraus entsteht die Tragödie. Die einzige Gnadenfrist haben jene, die ihren Sex unterdrücken und zynisch einen Titel heiraten.

Desmond Hawkins 1950

Die bürgerlichen Kritiker haben hartnäckig versucht, Hardy als einen Fatalisten und Pessimisten hinzustellen, dessen Gestalten wie Marionetten über dem Abgrund ihres vorherbestimmten Schicksals pendeln, um dann notwendigerweise in diesen Abgrund gestoßen zu werden... Nichts in Hardys Werk rechtfertigt die Behauptung, er hätte sich resigniert in das Unheil ergeben, das von der Natur oder auch von Menschen angerichtet wird ... In seinem Werk kommt immer stärker der Unwille über die von den Menschen geschaffenen Grausamkeiten zum Ausdruck und die Erkenntnis, daß der Mensch das von Menschen Geschaffene vernichten und neu aufbauen kann ... Da er nicht genau wußte, was oder wo der Feind war und wie man ihn bekämpfen mußte, werden seine Tragödien durch keinen einzigen Hoffnungsstrahl erhellt ... Deshalb vermochte er nicht zu erkennen, daß er die herrschende Klasse herausforderte, indem er ihr die schrecklichen Beweisdokumente ihrer gefühl- und gewissenlosen Ungerechtigkeit gegen die Armen ins Gesicht schleuderte. Es ist dieser Dokumentarcharakter, der ›Herzen in Aufruhr‹ und ›Tess von d'Urbervilles‹ über Hardys übrige Romane erhebt und ihnen einen Platz unter den großen realistischen Werken der Weltliteratur sichert.

Edith Andersen 1964

Als Schriftsteller lebt Hardy hauptsächlich in zwei Romanen weiter, die allerdings bei seinen Zeitgenossen eine höchst widersprüchliche Aufnahme fanden. In ›Tess von d'Urbervilles‹ geht es ihm um die moralische Rechtfertigung eines gefallenen Mädchens, das zur Mörderin werden muß, um seine reine Liebe nicht zu beflecken. Ein solches Thema bedeutete damals nicht nur ein gewaltiges ästhetisches Risiko, sondern rief fast einhellige Entrüstung hervor, da seine verständnisvolle, menschliche Behandlung gegen viktorianische Tabus verstieß und der Autor als Maßstab für die Beantwortung der moralischen Schuldfrage nicht individuelles Versagen – trotz der beiläufig erwähnten ›dunklen Macht im Blut der d'Urbervilles‹ – allein, sondern vornehmlich die *äußeren* Umstände gelten ließ.

Das Enfant terrible Hardy hatte nicht nur das Geschmacksempfinden seiner philiströsen Leser schockiert, sondern mit der ausdrücklichen Bezeichnung der Heldin als ›einer reinen Frau‹ (a pure woman) einen zum rationalistischen Regelkodex erstarrten Moralbegriff zur Zielscheibe seines Angriffs gemacht und an seine Stelle eine neue Ethik gesetzt, deren wichtigste These in der Aufforderung bestand, sich von der ›Sklaverei der Sitte und Konvention zu befreien‹ und den moralischen Wert eines Menschen nicht ›nach seinen Taten, sondern nach seinem Streben zu wägen‹. Der hier schon angedeutete Gedanke von der Übermacht der Umstände, die Überzeugung, daß ›Tugend und Laster Produkte sind wie Zucker und Vitriol‹, wird auch in seinem letzten, vielleicht bedeutendsten Roman ›Ein Niemand namens Juda‹ (Jude the Obscure, 1896) zum eigentlichen Interpretationsschlüssel.

Klaus Udo Szudra 1972

›Tess of the d'Urbervilles‹ gilt als Hardys klassisches Meisterwerk. Was ihm hier gelang, ist weit mehr als die Geschichte eines Bauernmädchens, mit welcher der ›Präsident der Unsterblichen‹, eine der Hardyschen Schicksalsmetaphern, seinen bösen Spaß bis zum bitteren Ende treibt. Was dem Roman seine tragische Dimension gibt, sind die gesellschaftlichen Faktoren, welche die Handlung bedingen, sind die Ungerechtigkeit der Justiz, die Engstirnigkeit bürgerlicher Konvention und die Ungleichheit der Frau. Hardy sieht das Schicksal seiner Heldin eingebettet in das Schicksal der ihm intim vertrauten Klasse der unabhängigen Bauern, deren Zerstörung durch die Expansion der kapitalistischen Ordnung er in erregenden Metaphern schildert. Heldin und Roman gewinnen ihre überragende Statur schließlich aus Hardys humanistischer Perspektivsicht, die mehr als skeptisch hinsichtlich der dargestellten Weltordnung, aber voller Vertrauen auf die moralische Substanz einfacher Menschen ist.

Günter Walch 1986

Quellen

Werner Bies: Die Rezeption der Romane Thomas Hardys in England 1891–1901, Diss. A, Trier 1978. Gilbert Keith Chesterton: Über zaghafte Denker, Bremen 1932. Dorset County Museum (DCM), Dorsetshire 1891–1910. Thomas Hardy: Der Bürgermeister von Casterbridge, Stuttgart 1985. Thomas Hardy: Herzen in Aufruhr, Berlin und Weimar 1964. Thomas Hardy: The collected Letters of ... (1840–1912), Oxford 1978. Thomas Hardy: Schabernack des Schicksals, Leipzig 1972. Thomas Hardy: Tess of the d'Urbervilles, London 1912. Desmond Hawkins: Thomas Hardy, London 1950. Günter Walch: Englische Literatur im Überblick, Leipzig 1986.

Die Texte aus dem Englischen übersetzte Erika Hector.

Inhalt

Jens Baggesen
Das Labyrinth oder Reise durch Deutschland in die Schweiz 1789

Aus dem Dänischen
übertragen und herausgegeben von Gisela Perlet
Mit 17 zeitgenössischen Illustrationen

1. Auflage. 556 Seiten. Leinen 17,– M
Bestellangaben: 812 018 3 / Baggesen, Labyrinth 18. Jh.

Jens Baggesen, geboren 1764, Schriftsteller, Philosoph, Kritiker, gestorben 1826, schrieb mit ›Das Labyrinth‹ das erste dänische Prosabuch von Rang. ... Gerade das Eigene, das Baggesen liefert, macht sein Buch zu einer noch heute anregenden und angenehmen, nachdenklichen und unterhaltenden Lektüre. Eine Reise durch Deutschland also. Von Kopenhagen geht es über die Ostsee durch zahlreiche Städte und Landschaften bis in die Schweiz. Mancherlei Naturbeobachtungen und Ortsbeschreibungen gibt er. Vor allem sind es die Begegnungen mit bedeutenden Persönlichkeiten, die uns Baggesens Reisebericht doppelt wertvoll machen. So schließt er Bekanntschaft mit Voß, Verfasser der ›Luise‹ und Nachdichter Homers. Er hat Umgang mit Klopstock, dem ›Homer Germaniens‹, dem nichts Menschliches fremd ist. Baggesen besucht Gerstenberg, Claudius, Knigge, Bürger. Authentische Zeugnisse über eine wichtige Etappe unserer deutschen Literatur, locker und lose beschrieben, mit Anekdoten vermischt, Porträts und Wertungen.

Jörg Winkelmann
Junge Welt, Berlin

GUSTAV KIEPENHEUER VERLAG
LEIPZIG UND WEIMAR

Karl Philipp Moritz
Anton Reiser

Ein psychologischer Roman

Herausgegeben, erläutert und mit einem Nachwort versehen von Ernst-Peter Wieckenberg

1. Auflage. 458 Seiten. Leinen 14,80 M
ISBN 3-7351-0067-8
Bestellangaben: 787 335 1 / Moritz, Anton Reiser 18. Jh.

Der zwischen 1785 und 1790 bei Friedrich Maurer in vier Teilen erschienene psychologische Roman ›Anton Reiser‹ von Karl Philipp Moritz – von dem Goethe schrieb: ›Er ist wie ein jüngerer Bruder von mir, von derselben Art, nur da vom Schicksal verwahrlost und beschädigt, wo ich begünstigt und vorgezogen bin‹ – erzählt in erschütternder und aufrichtiger Art die Jugendgeschichte seines Autors.
Der Roman berichtet – tiefe Betroffenheit und Beklommenheit beim Leser hervorrufend (damals übrigens genauso wie heute), weshalb der Herausgeber Ernst-Peter Wieckenberg in seinem ausführlichen und fundierten Nachwort mit Nachdruck darauf verweist, es sei erstaunlich, ›daß sich heute gerade jüngere Leser mit Moritz und seinem Roman auseinandersetzen‹ – von den bitteren Erfahrungen und der tiefen seelischen Not dieses bereits mit 36 Jahren als ›Professor der Theorie der schönen Künste‹ verstorbenen Schriftstellers.

Wolfgang Widdel
Neue Zeit, Berlin

INSEL-VERLAG ANTON KIPPENBERG, LEIPZIG

Friedrich Nicolai
Kritik ist überall, zumal in Deutschland, nötig

Satiren und Schriften zur Literatur

Herausgegeben und mit Nachwort, Anmerkungen sowie Register von Wolfgang Albrecht
Mit 20 zeitgenössischen Abbildungen

1. Auflage. 584 Seiten. Leinen 17,50 M
ISBN 3-378-00118-6
Bestellangaben: 812 139 7 / Nicolai, Kritik 18. Jh.

Wenn Nicolai auch nicht das gewesen sein mag, was man einen Stern erster Ordnung nennen könnte, war er doch eine Zentralfigur der deutschen Aufklärung, die ein eigenes, rigoroses kulturpolitisches Programm entwickelt hatte und dies unverdrossen, dabei unfreiwilliger Komik nicht entgehend, in die Tat umzusetzen bestrebt war. Stand Nicolais Name fortan lange Zeit für philiströse Vernünftelei, für das Unpoetische und Triviale schlechthin, so löst diese Sammlung das Zerrbild auf: Erstmalig präsentiert werden die eigenständige literaturkritisch-theoretische Leistung Nicolais und satirisch-parodistische Texte, so die ›Werther‹-Parodie, die auch heute noch Lesevergnügen bereitet.

GUSTAV KIEPENHEUER VERLAG
LEIPZIG UND WEIMAR